Melissa Foster

Um Whiskeys willen

Die Whiskeys: Dark Knights von der Redemption Ranch

DIE AUTORIN

Melissa Foster ist eine preisgekrönte *New-York-Times-* und *USA-Today-*Bestsellerautorin. Ihre Bücher werden vom *USA-Today-Bücherblog*, vom *Hagerstown Magazin*, von *The Patriot* und vielen anderen Printmedien empfohlen. Melissa hat mehrere Wandgemälde für das *Hospital for Sick Children*, eine Kinderklinik in Washington, D. C., gemalt.

Besuchen Sie Melissa auf ihrer Website oder chatten Sie mit ihr in den sozialen Netzwerken. Sie diskutiert gern mit Lesezirkeln und Bücherclubs über ihre Romane und freut sich über Einladungen. Melissas Bücher sind bei den meisten Online-Buchhändlern als Taschenbuch und E-Book erhältlich.

www.MelissaFoster.com

MELISSA FOSTER
Um Whiskeys willen

Die Whiskeys: Dark Knights von der
Redemption Ranch

LOVE IN BLOOM – HERZEN IM AUFBRUCH

Aus dem Amerikanischen von Anna Wichmann

Es hört sich klischeehaft an, wenn ich behaupte, dass ich nur die Tinte bin, die meine Charaktere zu Papier bringt, aber für mich galt das schon immer, und ich hoffe sehr, dass es sich auch nie ändern wird. Ich fing 2013 an, Sullivan »Sully« Tates Geschichte zu schreiben, und mochte ihre stille Kraft von Anfang an sehr, musste das Manuskript allerdings beiseitelegen, weil ich keine Ahnung hatte, wer ihre ältere Schwester war und welchen Helden ich ihr an die Seite stellen sollte. Das änderte sich 2020. Beim Schreiben von *Der Liebe auf der Spur* und *Verrückt nach Liebe (Die Bradens & Montgomerys)* begegnete ich Jordan Lawler, die schon seit vielen Jahren nach ihrer kleinen Schwester sucht, und Callahan »Cowboy« Whiskey, einem durch und durch loyalen Cowboy mit ausgeprägtem Beschützerinstinkt, dessen Herz seiner Familie, seinem Motorradclub und der Redemption Ranch gehört, und da wusste ich, dass ich die Menschen gefunden hatte, die in Sullys Leben passen. Cowboy schützt sein Herz genau wie Sully, und ich bin der Ansicht, dass er sie ebenso gebraucht hat wie sie ihn. Umso mehr freut es mich, dass ich Sully und Cowboy nun endlich ihr Happy End verschaffen kann und dass Jordans Suche nach ihrer Schwester ihr wohlverdientes Ende findet. Ich hoffe sehr, dass Sie diese Charaktere ebenso lieben, wie ich es tue.

Ich sollte darauf hinweisen, dass ich mir beim Schreiben von Sullys und Callahans Geschichte einige Freiheiten herausgenommen habe. In der wirklichen Welt hätte die Entwicklung selbstverständlich viel länger gedauert, aber ich glaube felsenfest an Seelenverwandtschaft und daran, dass man genau merkt, wenn man den einen Menschen getroffen hat, der für einen bestimmt ist. Demzufolge gehe ich auch fest davon aus, dass Sully und Callahan zusammen jedes Hindernis überwinden können.

Alle meine Bücher können sowohl unabhängig voneinander als auch als Teil der übergeordneten Reihe gelesen werden. Wenn Sie Lust haben, Jordans Geschichte kennenzulernen, lesen Sie *Und dann kam die Liebe*, ein fesselnder Roman über eine verbotene Liebe aus der Serie *Die Bradens & Montgomerys*.

Sollte dies Ihr erster Kontakt mit meiner Whiskey-Welt sein, können Sie nach Cowboys und Sullys Liebesgeschichte den Roman um Billie und Dare, *Immer Ärger mit Whiskey*, lesen und sich auch noch meiner anderen Dark-Knights-Reihe widmen: *Die Whiskeys: Dark Knights aus Peaceful Harbor.*

Die Whiskeys und *Die Bradens & Montgomerys* sind nur zwei der vielen Serien aus der weitverzweigten Reihe »Love in Bloom – Herzen im Aufbruch«. Sie begegnen den Figuren aus jeder Geschichte immer wieder, sodass Sie keine Verlobung, Hochzeit oder Geburt verpassen. Eine vollständige Liste aller Serientitel sowie eine Vorschau auf den nächsten Band finden Sie am Ende dieses Buches und auf meiner Website: www.MelissaFoster.com/Herzen-im-Aufbruch

Besuchen Sie auch meine Seite mit »Reader Goodies«! Dort finden Sie Serienübersichten, Checklisten, Stammbäume und einiges mehr: www.MelissaFoster.com/Checklisten_und_Stammbaume

Abonnieren Sie meinen Newsletter und bleiben Sie immer auf dem Laufenden über alle Neuerscheinungen: www.MelissaFoster.com/Newsletter_German

Eins

Callahan »Cowboy« Whiskey nahm seinen Stetson ab, wischte sich mit dem Unterarm über die Stirn und blinzelte gegen die Spätnachmittagssonne an, während er seinen Blick über das Gelände schweifen ließ, das sich schon seit Generationen im Besitz seiner Familie befand. Sein Herz hatte immer der Redemption Ranch gehört, wo sie Pferde und Menschen retteten, ehemaligen Häftlingen und Drogensüchtigen und anderen verlorenen Seelen eine zweite Chance gaben. Auf der Ranch gab es Unterkünfte und ein vollständiges Therapeutenteam, das von Cowboys Mutter, einer ausgebildeten Psychologin, geführt wurde. Sein Vater leitete die Ranch, und Cowboy und drei seiner Geschwister lebten und arbeiteten auf dem Gelände. Cowboy war genauso tief mit dem Land verbunden wie mit seiner Familie und dem Dark Knights Motorradclub. Sein Vater hatte schon lange, bevor er und seine vier Geschwister geboren worden waren, das hiesige Chapter der Dark Knights gegründet, und der Gemeinde etwas zurückzugeben war Teil ihres Lebens, solange er sich zurückerinnern konnte.

Heute herrschte rege Betriebsamkeit auf der Ranch, da der Auftakt der von den Dark Knights ins Leben gerufenen

Antidrogenkampagne Ride Clean in vollem Gange war. Jeden Herbst startete der Club die Veranstaltung mit einer Motorrad-Sternfahrt, gefolgt von einem Tag voller Spaß und Spendenaktionen auf der Ranch. Aus den Nachbarstädten kamen Familien angereist, um an dem Fest teilzunehmen. Die Kinder lernten, wie man sich um die Pferde kümmerte, und vergnügten sich mit Hofspielen, Paintball, Pferde- und Ponyreiten sowie Fahrten auf dem Heuwagen. An diesem Nachmittag würde Cowboy das Reiten auf der unteren Koppel zusammen mit Simone Davidson beaufsichtigen. Simone war vor knapp zwei Jahren auf die Ranch gekommen, nachdem sie ihren Entzug geschafft hatte. Das Ranch-Programm hatte sie aufblühen lassen, und sie war als Angestellte dortgeblieben, während sie eine Ausbildung zur Suchtberaterin machte.

Drei kichernde Kinder rannten gerade an Cowboy vorbei, als sein Handy klingelte – es war der Klingelton seines Vaters. Er setzte sich den Hut wieder auf und entfernte sich ein Stück von der Koppel, um den Anruf anzunehmen. »Ja?«

»Ruf die Knights zusammen. Notfalltreffen im Haupthaus.« Der schroffe Ton seines Vaters ließ keinen Raum für Fragen. Wenn sie sich auf Veranstaltungen aufhielten, wurden Alarmmeldungen persönlich weitergegeben, damit nicht vierzig Handys gleichzeitig klingelten.

»Ja, Sir.« Cowboy steckte sein Handy ein, fragte sich, was zum Teufel jetzt wieder passiert war, und steuerte auf Simone zu.

»Oh, oh, der große Mann sieht nicht glücklich aus.« Simones dickes kastanienbraunes Haar umrahmte ihr hübsches Gesicht und ihr strahlendes Lächeln. Da ihre Arme von den Ärmeln ihres Flanellhemds bedeckt waren, war die Narbe auf ihrer linken Gesichtshälfte die einzige sichtbare Erinnerung an das, was sie durchgemacht hatte. »Und wenn es den ganzen Tag lang dauert, ich kriege dich schon noch zum Lächeln.«

Unwahrscheinlich. Ganz besonders jetzt. »Du musst für mich übernehmen. Mein alter Herr braucht bei irgendetwas Hilfe.« Bei ihnen galt die feste Regel, dass Clubangelegenheiten unter Clubmitgliedern blieben. Um ihre Familien zu schützen, wurden nicht einmal die Ehefrauen in Clubangelegenheiten eingeweiht.

Bei seinem Tonfall verblasste Simones Lächeln. »Ist alles in Ordnung?«

»Ja. Ich werde jemanden rüberschicken, der dir hilft. Ich reite auf Sunshine zum Haus.«

»Es könnte dir nicht schaden, wenn ihr Name ein wenig auf dich abfärben würde«, rief sie ihm hinterher, während er sich auf die gutmütige Palomino-Stute schwang, die sie vor ein paar Jahren gerettet hatten.

Er winkte ihr im Davonreiten noch einmal zu und hielt dann in der Menschenmenge Ausschau nach Männern, die wie er eine der schwarzen Lederwesten mit den Aufnähern der Dark Knights auf dem Rücken trugen. Alle Clubmitglieder und ihre Familien halfen bei der Veranstaltung mit, aber es gab auch eine Menge freiwillige Helfer, die im Notfall für sie einspringen konnten.

Cowboy ritt an den Ställen und Reitplätzen entlang und machte die anderen Dark-Knights-Mitglieder unauffällig auf das Treffen aufmerksam. Die Männer fingen ihrerseits an, weitere Mitglieder zu benachrichtigen. Mit Diskretion kannten sie sich gut aus. Das mussten sie auch. Zu viele Dark Knights, die zielstrebig in dieselbe Richtung marschierten, würden auffallen. Stattdessen gaben sie sich heiter, schlenderten zueinander hin und klopften ihren Freunden auf den Rücken wie zwei Männer, die sich nur miteinander unterhielten, bevor sie auf getrennten Wegen auf das Haupthaus zugingen, stets darauf bedacht, genug Abstand zueinander zu wahren.

Als Cowboy über das Gelände ritt, entdeckte er seinen jüngeren Bruder Dare, der heute für das Ponyreiten zuständig war, und verspürte einen vertrauten Anflug von Dankbarkeit, wie ihm das dieser Tage oft passierte, wenn er ihn sah. Dare war schon von Kindesbeinen an ein Draufgänger gewesen, und Cowboy hatte ständig versucht, ihn zu zügeln. Vor ein paar Monaten waren Dare und seine Verlobte Billie Mancini beinahe bei einem furchtbaren Unfall ums Leben gekommen. Etwas Schrecklicheres hatte Cowboy bislang noch nicht erlebt, und auch Dare war dadurch derart wachgerüttelt worden, dass er anfing, sein waghalsiges Verhalten zu ändern. Was nicht bedeutete, dass er jetzt völlig damit aufgehört hätte, verrückte Sachen anzustellen, sondern nur hieß, dass er sich dabei zumindest ein wenig zurückhielt.

Dare hob den vierjährigen Gus Moore von einem Pony herunter und trug ihn zu seinem Vater Ezra hinüber. Dare und Ezra waren beide Dark Knights und arbeiteten als Therapeuten auf der Ranch. Als Cowboy zu ihnen hinüberritt, sah er seine Schwester Sasha auf sie zukommen, die als Physiotherapeutin für Pferde arbeitete.

Ezra blickte auf, und Sasha schob sich mit einem koketten Lächeln die langen blonden Haare über die Schulter. *Was in aller Welt treibst du da, Sasha?* Die Regeln untersagten Beziehungen zwischen Mitarbeitern, und sie wusste ganz genau, dass sie nicht mit einem anderen Angestellten zu flirten hatte. Insbesondere nicht mit Ezra. Er hatte schon genug Ärger mit seiner Exfrau und war derart damit beschäftigt, dass er kein Interesse an einer Beziehung mit einer anderen Frau hatte.

Glücklicherweise unterband Ezra den Flirtversuch, so wie Cowboy es auch erwartet hatte. Er nahm sich vor, mal ein ernstes Wort mit seiner Schwester zu reden und dies im Keim zu ersticken, bevor daraus noch irgendwelcher Ärger entstehen konnte.

»Hey, Cowboy!« Gus winkte aufgeregt, und seine dunklen Locken hüpften munter auf und ab, während er sich in Ezras Armen wand. »Ich bin auch auf einem Pferd geritten!«

»Das ist ja super, Kleiner«, erwiderte Cowboy.

Gus fing sofort an loszuplappern, und Cowboy warf Sasha einen flehentlichen Blick zu und nickte. Da sie mit dem Club aufgewachsen war, wusste sie ganz genau, dass die Männer hin und wieder ungestört diskutieren mussten, daher erkannte sie ihre lautlosen Hinweise inzwischen fast immer.

Sasha reichte Gus eine Hand. »Hey, Gusto, wie wäre es, wenn wir ein bisschen in der Hüpfburg spielen und uns danach einen von Birdies leckeren Schoko-Pony-Pops holen?« Ihre eigenwillige jüngste Schwester Birdie war Mitinhaberin eines Schokoladengeschäfts in einer Nachbarstadt, und sie verkaufte auf der Veranstaltung Schokolade, um Geld für die Antidrogenkampagne des Clubs einzunehmen.

»Au ja! Bis später, Dad. Ich gehe mit *meiner Süßen* mit!« Gus schwärmte sehr für Sasha und hatte aufgeschnappt, dass Dare häufig das Kosewort *Süße* verwendete.

Die Männer glucksten, während Sasha Gus wegtrug, aber die Heiterkeit hielt nicht lange an. Kurz darauf wandten sie sich Cowboy zu.

Cowboy war sich überdeutlich der Tatsache bewusst, dass sie von Familien umgeben waren, und vermied tunlichst, irgendjemanden zu beunruhigen. »Tiny braucht Hilfe dabei, ein paar Sachen aus dem Haupthaus rauszutragen. Ich bin unterwegs, um Doc und ein paar der anderen vom Paintballfeld zu holen.« Doc war der älteste der Brüder und der Tierarzt der Ranch.

»Ich gebe Mom Bescheid, dass wir helfen«, sagte Dare gelassen. Seine Mutter würde die anderen Frauen der Clubmitglieder informieren und dafür sorgen, dass die Clubversammlung nicht weiter auffiel.

Zehn Minuten später stand Cowboy zusammen mit den anderen Clubmitgliedern der Dark Knights im größten Versammlungsraum des Haupthauses. Alle Augen ruhten auf seinem Vater, der ganz vorn stand. Tommy »Tiny« Whiskey war mit seinen eins fünfundneunzig und den hundertdreißig Kilo Gewicht ein Berg von einem Mann. Er hatte einen beachtlichen Bauch, langes graues Haar und einen zotteligen grauen Bart, und zu seiner Lederweste, auf der die Clubabzeichen prangten und ohne die er sich selten blicken ließ, trug er ein Bandana in Schwarz und Gold – den Farben der Dark Knights – um die Stirn. Tiny spielte sich nie auf, und er war der zäheste und fairste Mann, den Cowboy kannte. Er war ein starker Anführer und wurde von jedem in diesem Raum und praktisch allen Bewohnern in den drei umliegenden Kleinstädten wegen seiner bahnbrechenden Anstrengungen, anderen zu helfen, mit großem Respekt behandelt. Doch er war auch furchtlos und grimmig wie ein Grizzlybär und eine der tödlichsten Waffen, über die der Club verfügte.

»Wir haben ein Problem. Eine junge Frau ist aus einer Sekte in West Virginia entkommen und wurde von einem Trucker aufgelesen, der in diese Richtung unterwegs war. Jetzt wird ein sicherer Zufluchtsort für sie benötigt, damit DNA-Tests gemacht und alles Weitere geklärt werden kann. Ihr Name ist Sullivan Tate, sie wird allerdings Sully genannt. Sie ist Anfang zwanzig und zäh, wie es heißt, aber auch sehr verängstigt. Sie weigert sich, zu einem Arzt oder zur Polizei zu gehen, weil sie befürchtet, dass man sie zu dieser Sekte zurückbringen könnte. Daher holen wir sie heute nach Einbruch der Dunkelheit auf die Ranch, wo sie eine Therapie machen und von unseren Ärzten behandelt werden kann. Dieses Mädchen muss gut beschützt werden. Wir wissen nicht, ob die anderen Sektenmitglieder hinter ihr her sind. Keiner darf erfahren, dass sie hier ist, solange wir nicht davon überzeugt sind, dass ihr nichts passieren wird – ansonsten würdet ihr unsere ganze Familie und jeden auf dieser Ranch in Gefahr bringen. Hazard, das darf auf keinen Fall offiziell werden.« Hector »Hazard« Martinez war Polizist und wurde wie Cowboy und die anderen Anwesenden nur mit seinem Bikernamen angesprochen.

»Verstanden«, bestätigte Hazard.

»Cowboy, du übernimmst die Leitung«, bestimmte sein Vater. »Ich möchte, dass du sie nicht aus den Augen lässt. Ohne Ausnahme. Hyde, du kümmerst dich so lange um Cowboys Aufgaben, bis wir wissen, dass sie in Sicherheit ist.«

»Ja, Sir«, erwiderten Hyde und Cowboy gleichzeitig. Cowboy wusste genau, warum ausgerechnet er über das Mädchen wachen sollte. Alle Dark Knights hatten einen Beschützerinstinkt, aber er war dafür bekannt, äußerst verantwortungsbewusst und überfürsorglich gegenüber jedem in seinem Umkreis zu sein und sich nicht leicht von einem hübschen Gesicht ablenken zu lassen.

Sein Vater erzählte ihnen, dass das Mädchen seit drei Wochen bei dem Trucker und seiner Frau lebte und zu große Angst hatte, das Haus zu verlassen. Zudem teilte er ihnen alles mit, was er über die Anti-Establishment-Sekte Free Rebellion und ihre Anlage wusste, und sagte, dass die Mistkerle wahrscheinlich

Beziehungen zu korrupten Polizisten und anderen mächtigen Leuten hatten. »Ich habe die anderen Chapter alarmiert, damit sie in dieser Sache die Augen und Ohren offenhalten, und so wie es aussieht, hat das Mädchen guten Grund, Angst zu haben. Laut Biggs geht das Gerücht um, dass die Sekte nach ihr sucht.« Die Dark Knights hatten mehrere Chapter in den Vereinigten Staaten mit Beziehungen zu Informanten, die verschiedenen zwielichtigen Aktivitäten nachgingen, und Tinys Bruder Biggs leitete das Chapter in Peaceful Harbor, Maryland.

»Der Trucker, der sie mitgenommen hat, und seine Frau kommen in ein sicheres Versteck, aber ich will, dass ihr Haus aus einiger Entfernung beobachtet wird, für den Fall, dass jemand eins und eins zusammenzählt.« Zwei Mitglieder boten sich freiwillig an, das Haus zu überwachen. »Wenn ihr irgendjemanden bemerkt, der da rumschnüffelt, müssen wir es erfahren.« Nachdem die beiden genickt hatten, fuhr sein Vater fort. »Wenn hier heute Feierabend ist, bringt ihr eure Familien nach Hause, und wer kann, kommt danach zurück und bleibt hier. Bis auf Weiteres brauchen wir bessere Sicherheitsmaßnahmen auf der Ranch. Und vergesst nicht, so zu tun, als wäre alles normal, sobald ihr diesen Raum verlassen habt.«

Sein Vater erläuterte ihnen seinen Plan, mehrere Fahrzeuge als Ablenkungsmanöver zu nehmen, wenn sie das Mädchen abholten, und Absperrungen um die Ranch herum aufzustellen, die rund um die Uhr von Clubmitgliedern überwacht wurden, falls die Medien von der Flucht erfuhren und herausfanden, wo Sully untergekommen war. Manny Mancini, Billies Vater und der Vizepräsident des Clubs, stellte einen Dienstplan für den Wachdienst auf. Tiny sah Cowboy ernst an. »Sully wird in Hütte sechs untergebracht.«

Zweifellos eine strategische Entscheidung. Das war die einzige Hütte, die Cowboy von seinem Zuhause aus sehen konnte. »Was sollen wir den Mitarbeitern und Anwohnern darüber erzählen, wer sie ist und wo sie herkommt?«

»Sie ist zur Erholung hier«, erwiderte sein Vater. »Mehr braucht niemand zu wissen.«

Nach der Besprechung ging Cowboy mit seinen Brüdern, ihrem Cousin Rebel, Ezra und ihrem Kumpel Hyde hinaus.

»Verdammt. Die arme Frau.« Doc schüttelte den Kopf. Der Schmerz in seinen Augen war nicht zu übersehen. Er war der Nachdenklichste in der Familie und gleichzeitig ein Charmeur, wenn er eine Frau umgarnen wollte. Aber seine Beziehungen waren stets kurzlebige Angelegenheiten und hielten nie länger als zwei oder drei Monate. »Sie muss verdammt mutig sein, wenn sie einer Sekte entkommen ist.«

»Mutig und stark«, stimmte Dare ihm zu.

»Das ist eine krasse Geschichte«, sagte Ezra, der ebenfalls auf eine heftige Vergangenheit zurückblicken konnte. Er hatte selbst das Programm als problembehafteter Teenager durchlaufen. Später hatte er Dares Mutter in den Schulferien und Sommern als Praktikant unterstützt, während er seinen Abschluss machte. Inzwischen war er ebenfalls ein Dark Knight und einer der angesehensten Therapeuten der Ranch. So wie die anderen Dark Knights und die Ranchangestellten gehörte Ezra inzwischen zur Familie.

»Allerdings«, pflichtete Rebel ihm bei.

»Ja, während wir hier rumlaufen und uns überlegen, wen wir heute mit nach Hause nehmen, muss die Kleine um ihr Leben fürchten.« Hyde war vor ein paar Jahren als streitlustiger Ex-Häftling auf die Ranch gekommen und hatte das Programm mit Dare als Therapeuten durchlaufen. Seitdem war er zu einem sehr guten Rancharbeiter und zuverlässigen Freund geworden.

»Genau wie jede, die in deinem Bett landet«, stichelte Rebel. Sie verließen das Haus, um wie befohlen weiterhin so zu tun, als wäre alles in bester Ordnung.

Die anderen grinsten, wirkten jedoch bedrückt, da sie die Last dieser neuen Realität spürten. Es war nicht leicht, vom Clubgeschäft wieder auf fröhliche Kampagnenhelfer umzuschalten.

Etwas hatte Cowboy während der Versammlung keine Ruhe gelassen, und er konnte nicht so einfach wieder umschalten. Während sich die anderen miteinander unterhielten und sich getrennt wieder auf den Weg machten, zückte er seine Brieftasche und holte den Flyer mit der Vermisstenmeldung heraus, den sie vor ein paar Monaten auf einem Clubtreffen bekommen hatten. Cassandra »Casey« Lawler war vor über zwanzig Jahren verschwunden. Ihre Eltern waren mit ihr auf dem Weg zu ihrer Schwester gewesen, die sie aus einem Ferienlager in West Virginia abholen wollten, als sie mit dem Wagen gegen einen Baum geprallt waren. Die Rettungskräfte hatten ihre Eltern nur noch tot bergen können, und Casey wurde seitdem vermisst. Ihre Schwester hatte diesen Sommer einen Privatdetektiv engagiert, der sich des Falls annehmen sollte, und das Foto des kleinen Mädchens war seitdem überall in den sozialen Netzwerken zu sehen.

Cowboy studierte das Bild der blauäugigen Vierjährigen, das ihm tief unter die Haut gegangen war, seit er den Flyer zum ersten Mal gesehen hatte. Sie trug ein Flanellhemd, Leggings mit Schmutzflecken an den Knien und kleine braune Arbeitsschuhe im Stil von Bauarbeitern. Ihre goldbraunen Haare waren zerzaust, als wäre sie den ganzen Tag lang herumgerannt. Er hatte noch nie eine Vierjährige mit Schneid gesehen, aber diese hellblauen Augen mit den unglaublich langen dunklen

Wimpern verkündeten: *Achtung, Welt, hier komme ich!* Er musterte das erstellte Alterungsbild, das zeigte, wie sie heute aussehen könnte, sah darauf eine junge Frau mit den gleichen strahlenden, frechen Augen und verspürte so wie jedes Mal, wenn er sich den Flyer anschaute, einen Druck auf der Brust.

»Wo willst du hin, Dare?«, fragte Doc und lenkte Cowboys Aufmerksamkeit von dem Bild ab.

»Zu dem einzigen Menschen, der mich immer zum Lächeln bringt.« Dare nickte in Billies Richtung, die sich gerade mit Birdie an dem Tisch unterhielt, wo sie Schokolade verkaufte. Er musterte Cowboy. »Alles okay?«

Nein, nichts ist okay. Cowboy nickte.

»Du solltest besser eine andere Miene aufsetzen, damit nicht alle Frauen schreiend die Flucht ergreifen«, neckte Doc ihn.

»Okay.« Cowboy nahm die Schultern zurück, räusperte sich und strich sich mit einem gezwungenen Lächeln den Bart glatt. »Besser?«

Dare grinste. »Jetzt siehst du aus, als würde dir ein Furz quersitzen.«

»Vielleicht stimmt das ja auch«, meinte Cowboy lachend. »Blödmann.«

»Du weißt, dass du mich liebst.« Dare ging zu Billie.

Cowboy sah sich erneut den Flyer an. Sein Magen zog sich immer mehr zusammen.

»Du siehst dir das Ding schon seit Wochen an«, bemerkte Doc.

Er begegnete dem ernsten Blick seines Bruders. »Ich kann das Gefühl nicht abschütteln, dass sie irgendwo da draußen ist. Sie ist in West Virginia verschwunden, und diese Sully ist im selben Staat einer Sekte entkommen. Wie hoch stehen die Chancen, dass es sich um dieselbe Person handelt?«

Doc runzelte die Stirn. »Das kleine Mädchen wird seit über zwei Jahrzehnten vermisst. Wahrscheinlich lebt sie nicht mehr.«

Cowboy knirschte mit den Zähnen, um die heftige und überraschende Wut zu bezähmen, die in ihm aufstieg. »Wenn Sasha oder Birdie vermisst würden, würde ich die Hoffnung *nie* aufgeben.«

»Wenn das unsere Schwester wäre, würde ich das auch nicht tun«, erwiderte Doc ernst.

»Sie hat auch eine Schwester und die sucht nach ihr.«

Doc hob das Kinn an. »Warum nimmt dich das so mit?«

»Ich hab verdammt noch mal nicht die geringste Ahnung.« Jedes Mal, wenn er sich diesen Flyer ansah, nagte es an ihm, wie noch niemals zuvor etwas an ihm genagt hatte. »Entschuldige, aber …«

»Ja, ich weiß, dass du dir Sorgen um das Mädchen und ihre Schwester machst, die nach ihr sucht, aber wenn jemand verschwunden ist, dann bleibt er manchmal eben einfach verschwunden.«

Cowboy konnte diese bittere Pille nicht schlucken, aber er hielt den Mund. Doc war vor Jahren in die Tochter eines Politikers verliebt gewesen, die den Sommer über ein Praktikum auf der Ranch gemacht hatte, und diese Sache hatte kein gutes Ende genommen. Cowboy wusste, dass sie Docs darauffolgende Textnachrichten und Anrufe nicht beantwortet hatte, und er wollte die Büchse der Pandora nicht erneut öffnen. Sein Bruder war seitdem nicht mehr der Alte, und aus genau diesem Grund gab es inzwischen die Regel, dass Mitarbeiter nichts untereinander anfangen sollten.

»Ja, du hast vermutlich recht. Dann tun wir jetzt einfach so, als würde die Zeit nicht gegen uns arbeiten.« Während Cowboy den Blick über all die glücklichen Familien und sorglosen

Kinder schweifen ließ, fragte er sich, was für eine Art von Hölle die junge Frau durchgemacht hatte, die auf dem Weg zu ihnen war.

Zwei

Sully wusste, wann sie für das dankbar sein musste, was sie hatte, und wann sie die Hand fürchten sollte, die sie fütterte. Chester Finch, ein korpulenter, warmherziger Mann mit zotteligen braunen Haaren, der fast durchgehend eine Zigarette im Mundwinkel hängen hatte, und seine rundliche, unentwegt freundliche Frau Carol fielen eindeutig in die erste Kategorie. Die beiden waren so lieb gewesen, sie die letzten paar Wochen bei sich aufzunehmen, ohne viele Fragen zu stellen oder sie dazu zu drängen, zu einem Arzt oder zur Polizei zu gehen. Sully hätte alles dafür gegeben, um länger bei ihnen bleiben zu können, aber sie hatte so große Angst davor, ihr Haus zu verlassen, dass sie ihnen das Leben erschwerte, weil sie ihre Anwesenheit bei ihnen geheim halten wollten. Als sie schließlich zustimmte, zur Ranch zu fahren, fanden sie heraus, dass die Sekte auf der Suche nach ihr war. Möglicherweise hatte sie Chester und Carol also längst in Gefahr gebracht.

Mondlicht strömte durch die Fenster in ihr bescheidenes Wohnzimmer, während Chester in Jeans und Hemd vor dem Kamin auf- und abging und Carol ihn in einem hübschen Herbstkleid besorgt beobachtete. Angst und Reue hafteten an Sully wie eine zweite Haut. Sie hatten sie in ihr Haus gelassen und sich um sie gekümmert, und jetzt mussten sie ihretwegen ihr Leben hinter sich lassen und in ein sicheres Versteck umziehen. Wenn sie doch nur nicht in Chesters Sattelschlepper eingestiegen wäre, dann wären die beiden jetzt nicht dazu gezwungen, ihr Zuhause zu verlassen.

Wenn ich nicht in seinen Sattelschlepper eingestiegen wäre, hätten mich Rebel Joes Männer wahrscheinlich schnell gefunden.

Sie schloss die Augen, um die Wellen von Kummer und Dankbarkeit auszusperren, die über sie hinwegbrandeten, und erinnerte sich an die Nacht, in der sie geflohen war und Chesters Sattelschlepper angehalten hatte. Wie sie befürchtet hatte, er wäre ein Bekannter von Rebel Joe, dem Anführer von Free Rebellion. Man hatte ihr eingeredet, dass jeder im Umkreis von hundert Meilen Rebel Joe kannte und ihm treu ergeben war. Aber Chester war ihr einziger Ausweg gewesen, und die Tatsache, dass ihr bester Freund Ansel Rhodes ihr beigebracht hatte, wie man kämpfte und – noch wichtiger – so zu handeln, als hätte sie keine Angst, selbst wenn jeder Zentimeter von ihr vor Furcht wie erstarrt war, hatte ihr Mut gemacht.

Auf diese Stärke stützte sie sich jetzt, während sie darauf wartete, auf die Ranch der zweiten Chancen gebracht zu werden, wo man für ihre Sicherheit sorgen würde, wie Chester und Carol ihr versichert hatten. Seit Wochen sangen sie ein Loblied auf die Redemption Ranch und die Whiskeys, die Familie, der sie gehörte, ebenso wie auf den Dark Knights Motorradclub, der sie beschützen würde.

Das Dröhnen von Motoren ließ sie nur noch nervöser werden. Sie drehte sich um und schaute aus dem Fenster, und genau in diesem Augenblick fiel das Licht von Scheinwerfern in die lange Auffahrt. Carol setzte sich neben sie auf die Couch und tätschelte ihr beruhigend die Hand. »Es wird alles gut, meine Liebe. Die Whiskeys sind gute Menschen. Bei ihnen bist du in Sicherheit.«

»Was ist mit dir und Chester? Ihr müsst euer Zuhause verlassen und dürft nicht einmal euren Freunden und Verwandten sagen, wo ihr hingeht.«

»Mach dir um uns keine Sorgen«, erwiderte Chester. »Pass lieber auf dich auf, Kleine. Du bist jetzt endlich frei und kannst jetzt endlich das Leben genießen.«

»Aber …«

»Kein Aber«, beharrte Carol. »Für uns wird schon alles gut ausgehen. Wir ziehen nur vorübergehend um, bis sich die Behörden sicher sind, dass niemand nach dir sucht. Wir möchten, dass du ein wunderschönes Leben bekommst, und das sollte jetzt auch alles sein, woran du denkst. Eine strahlende neue Zukunft.«

Sully besaß nichts außer einer gestohlenen Tasche mit ein paar Sachen, die sie auf ihrer Flucht in einem Supermarkt hatte mitgehen lassen, Hygieneartikeln und anderen Bedarfsgütern, die die Finchs ihr gegeben hatten, sowie vierzehn Dollar – und in wenigen Minuten würde sie die einzigen beiden Menschen verlassen, die sie außerhalb der Sekte kannte. Sie fühlte sich noch längst nicht frei, und sie brauchte kein wunderschönes Leben. Sie brauchte einfach nur ihr *eigenes* Leben, und sie hatte keine Ahnung, wie das aussehen konnte oder würde. All ihre Pläne hatten sich nur darum gedreht, so weit wie möglich von der Anlage und der Sekte wegzukommen, aber nicht um das, was danach kommen sollte. Jetzt, wo sie damit konfrontiert war, wusste sie nicht so recht, wie sie überhaupt irgendeine Art von Leben haben könnte, ohne von anderen abhängig zu sein, aber sie war gewillt, um ihre Chance zu kämpfen und das herauszufinden.

Als es an der Tür klopfte, fing ihr Herz an zu rasen. Carol tätschelte ihr abermals die Hand und stand auf, um Chester zur Tür zu folgen. Sully war beigebracht worden, wie sie sich Fremden gegenüber verhalten sollte, aber sie hatte sich selbst das Versprechen gegeben, dass sie nicht mehr den Mund halten oder etwas anderes tun würde als das, was ihrer Überzeugung nach das Richtige war, falls sie sich je von Rebel Joes Herrschaft befreien konnte.

Mit weichen Knien stand sie auf, aber sie konnte den barsch klingenden Mann, mit dem Chester an der Vordertür sprach, nicht sehen. Eine Minute später kam ein großer, korpulenter Mann mit langem grauem Bart und einem Bandana um den Kopf herein, der eine schwarze Lederweste über einem T-Shirt trug. Seine Arme waren von verblichenen Tätowierungen bedeckt. Begleitet wurde er von einer hübschen Blondine mit kurzen, stufig geschnittenen Haaren. Beide schienen in den Fünfzigern zu sein, und ihnen folgte ein jüngerer, bärtiger Mann mit Cowboyhut und ähnlicher schwarzer Lederweste nebst T-Shirt. Von der Gürtelschlaufe des jüngeren Mannes führte eine Kette in die vordere Tasche seiner Jeans. Er war genauso groß wie der ältere Mann und hatte ebenso breite Schultern, aber während der Bauch des älteren Mannes über seinen Gürtel hing, sah der Bauch des jüngeren Mannes so hart und flach wie Beton aus. Sein Bart war hellbraun und kurzgeschnitten, und er hatte Muskeln über Muskeln und keine sichtbaren Tätowierungen. Er war genauso umwerfend und beeindruckend wie ein Sommergewitter. Sully hatte noch nie einen Mann gesehen, der so aussah wie er, aber sie hatte so viele arrogante Männer kennengelernt, die ihre Größe zur Einschüchterung nutzten, dass sie den Atem anhielt. Vor Sorge drehte sich ihr der Magen um, während sie nach einer Ausrede suchte, um nicht mit ihnen mitgehen zu müssen.

Der jüngere Mann war der Erste, der ins Wohnzimmer spähte. Ihre Blicke trafen sich, und auf einmal bekam sie keine Luft mehr und spürte ein wildes Flattern in ihrer Brust, als hätten Schmetterlinge darin geschlafen, die durch diesen Blickkontakt aufgeschreckt worden waren. So etwas hatte sie noch nie zuvor erlebt, und sie konnte den Blick nicht von ihm abwenden. Aber sie hatte keine Angst – jedenfalls nicht vor ihm –, auch wenn die unterschwellige Furcht vor dem Unbekannten weiter anhielt. Sie wusste nicht, wie sie ihre Gefühle für diesen Mann nennen sollte, der ihr Herz auf eine Art zum Rasen brachte, wie sie es noch nie zuvor erlebt hatte. Ansels Mutter Gaia war für sie einer Mutter am nächsten gekommen, und in ihrem Kopf hörte sie sie flüstern: *Bewerte eine Person niemals rein nach dem äußeren Erscheinungsbild. Freundlichkeit und Bösartigkeit liegen in ihren Augen und in dem, was sie tun oder unterlassen.*

Der Mann nahm seinen Cowboyhut ab und hielt ihn sich vor die Brust, wobei er hellbraune Haare enthüllte, die eine Nuance dunkler waren als sein Bart. Er nickte ihr einmal zu, während er sich den Hut wieder aufsetzte. Das Mitgefühl in seinen Augen und das warme Lächeln, das seinen Mund umspielte, waren Balsam für ihre Nerven und völlig unerwartet.

»Darf ich euch Sully vorstellen?« Carol führte die Besucher ins Wohnzimmer. »Sully, das sind Wynona und Tiny Whiskey und ihr Sohn Callahan. Sie führen die Redemption Ranch.«

Wynona trat vor. »Hi, Sully. Schön, dich kennenzulernen.« Sie hatte freundliche Augen und eine beruhigende Stimme. »Du kannst mich Wynnie nennen.«

»Hi«, erwiderte Sully leise.

»Wir freuen uns sehr, dass du zu uns kommst. Es ist sicherlich sehr aufregend für dich, an einen neuen Ort zu ziehen, aber wir haben eine gemütliche Unterkunft vorbereitet, die nur auf dich wartet«, sagte Wynnie.

»Mit wem werde ich sie mir teilen?«, erkundigte sie sich.

»Mit niemandem. Sie gehört ganz dir«, erwiderte Wynnie.

»Wir sind davon ausgegangen, dass du etwas Privatsphäre haben möchtest und ein Zuhause brauchst für die Zeit, die du bei uns bleibst«, warf Tiny mit einer rauen, aber beruhigenden Stimme ein.

Bart und Schnurrbart verbargen die Hälfte von Tinys Gesicht. Seine Augen blickten ernst drein, aber nicht kalt wie die von Rebel Joe. War er der Anführer? Der Mensch, bei dem sie sich für die Benutzung der Hütte bedanken musste? Sie warf einen Blick zu Callahan hinüber, der hinter seinen Eltern stand und angespannt aussah. War er ein pflichtbewusster Sohn oder eine lautlose Schlange? Es spielte keine Rolle. Ihr Körper war kein Zahlungsmittel. Ihr Nervenkostüm stand kurz vor dem Durchdrehen. »Was erwartet ihr als Gegenleistung für die Unterkunft?«

»Wir erwarten gar nichts, meine Liebe«, erklärte Wynnie sanft. »Wir sind hier, um dir zu helfen, und die Hütte gehört dir, solange du sie brauchst.«

Sully presste die Lippen aufeinander; sie wollte der Frau glauben, aber sie war nicht so dumm, alles wortwörtlich zu nehmen.

»Wir wissen, dass du dir Sorgen machst, die Mitglieder von Free Rebellion würden nach dir suchen, deshalb haben wir für zusätzliche Sicherheit rund um unsere Ranch gesorgt«, sagte Tiny. »In dieser Hinsicht kannst du ganz beruhigt sein. Keiner wird an dich rankommen, wenn du es nicht willst.«

Ihre Gedanken rasten. Sie hatte immer gedacht, dass die

Menschen in der Sekte die größte Bedrohung darstellten. Jetzt fragte sie sich, ob sie sich vor diesen Menschen und anderen auf ihrer Ranch ebenfalls fürchten sollte.

»Tiny und ich müssen einen Moment mit Chester und Carol sprechen, und dann nehmen wir dich mit auf die Ranch. Hast du deine Sachen gepackt?«, fragte Wynnie.

Sully warf einen Blick zu ihrer Tasche, die neben der Couch stand. »Ja.«

»Okay. Es dauert nur ein paar Minuten.« Wynnie nahm Tinys Hand, und sie gingen mit Chester und Carol in die Küche.

Wynnies simple Geste war so ganz anders als das, was sie kannte, und Sully ertappte sich dabei, dass sie ihnen hinterherstarrte. Dann setzte sie sich auf die Couch, wobei sie sich Callahans Anwesenheit überdeutlich bewusst war. Auch ohne hinzusehen wusste sie, dass er sie beobachtete. Sie konnte es in jeder Faser ihres Körpers spüren. Nachdem sie ein Leben lang unter Beobachtung gestanden hatte und jede Bewegung von ihr analysiert worden war, hatte sie die Nase gestrichen voll davon. Sie wollte aufstehen und von ihm verlangen, dass er wegsah. Aber sie analysierte ihrerseits jede Bewegung, jeden Atemzug und jedes Wort seiner Familie und dachte sich, dass sie vielleicht noch mehr herausfinden würde, wenn sie ihn beobachtete.

Callahan trat zu ihr, und ihr Pulsschlag beschleunigte sich, Erinnerungen an geflüsterte Drohungen von Rebel Joe und seinen herrischen Untergebenen prasselten auf sie ein. Sie hatte jedoch nicht vor, sich jemals wieder vor jemandem kleinzumachen, und reckte das Kinn in die Luft, um Callahan in die Augen zu sehen.

Er nahm den Hut ab und kniete sich mit einem Bein neben

das Sofa, sodass sie auf Augenhöhe waren. Aus nächster Nähe wirkte er sogar noch breiter, sein Brustkorb noch größer, soweit das überhaupt möglich war. Sein Kiefer war kantig, seine Nase gerade, und er hatte eckige Wangenknochen, als wäre er aus Stein gemeißelt. Aber da lag auch etwas Warmes in seinen Augen, etwas, das sie anzog und festhielt und in ihr den Wunsch weckte, ihm zu vertrauen, und das erschreckte sie sogar noch mehr.

»Hallo. Ich bin Callahan, aber alle nennen mich Cowboy. Ich werde dir dabei helfen, dich auf der Ranch zurechtzufinden. Geht es dir gut?« Seine Stimme war tief, leise und schmeichelnd.

Momentan in etwa so gut wie einer Maus in der Falle. Sie nickte.

»Mir ist bewusst, dass mein alter Herr furchteinflößend aussieht, und du kennst mich und meine Familie nicht, aber wir helfen Menschen in dieser Gegend schon, seit ich ein kleiner Junge war.«

»Warum helft ihr anderen Menschen?« Möglicherweise klang die Frage seltsam, aber das war ihr egal. Sie hatte hinter einer Mauer der Verschwiegenheit gelebt und die wenigen verfügbaren Informationen sammeln müssen, um die Motive der Menschen herauszufinden, und sie wollte nie wieder im Ungewissen leben, wenn sie es verhindern konnte.

»Das ist eine gute Frage. Die kurze und aufrichtige Antwort darauf lautet, weil es das Richtige ist.«

Sie musste mit all ihrer Kraft gegen die Gewohnheit ankämpfen, oberflächliche Antworten zu akzeptieren, um Probleme zu vermeiden. »Das reicht mir nicht, wenn ich mit euch mitkommen soll.«

»Das kann ich gut nachvollziehen. Mein Vater wurde in der

Überzeugung aufgezogen, dass es die Aufgabe der Männer ist, alles und jeden um sich herum zu beschützen. Aber für ihn hat das Beschützen nicht ausgereicht. Denn unter seiner rauen Schale steckt ein riesengroßes Herz. Er ist eingeschritten, um ein paar furchtbaren Verbrechen Einhalt zu gebieten, und da er sein ganzes Leben lang nach seinem Äußeren beurteilt wurde, weiß er nur zu gut, dass die Menschen nicht immer das sind, was sie zu sein scheinen. Manchmal begehen gute Menschen böse Taten, und manchmal gehen gute Menschen bösen Menschen ins Netz und wissen nicht, wie sie da wieder rauskommen sollen. Er hat festgestellt, dass diejenigen, die ihr Leben in eine neue Richtung lenken wollen, es mit der richtigen Unterstützung auch schaffen können. Also wurde es zu seiner Mission und zur Mission der Dark Knights, den Unterschied zu erkennen und denjenigen zu helfen, denen er helfen konnte.«

Sie versuchte, all das Gesagte zu verarbeiten, aber etwas fehlte ihr noch. »Und was ist mit den Frauen?«

Er zog die Brauen hoch. »Was soll mit ihnen sein?«

»Du hast gesagt, dass Männer Beschützer sind, aber du hast nichts davon gesagt, was deine Familie von Frauen hält.«

»Ich weiß nicht, was man dort, wo du herkommst, für eine Vorstellung von Männern und Frauen hat, aber ich vermute mal, es ähnelt sehr der Auffassung meines Großvaters, dass Frauen ihren festen Platz haben und Männern unterstellt sind.« Ein kalter Schauder lief ihr den Rücken hinunter. Sie krallte die Finger in die Kanten des Sofakissens. »Das trifft es ziemlich gut.«

»Das tut mir leid. Aber ich kann dir versichern, dass wir es auf der Ranch und in unserem Motorradclub nicht so sehen«, erklärte er ernst. »Mein Vater ist der lebende Beweis dafür, dass wir nicht die Summe der Menschen sind, die uns aufgezogen haben. Frauen sind das Herz und die Seele unserer Ranch, und meine Mutter ist das Zentrum unserer Welt. Sie bringt meinen Vater genauso oft zum Schweigen, wie sie ihm ihre Liebe zeigt, und sie hat keine Angst davor, jedem anderen Mann die Meinung zu sagen.«

»Wird sie dann dafür bestraft?« Gaia hatte ihr erzählt, dass das Leben außerhalb der Anlage anders aussah, und Sully hatte es bei Chester und Carol selbst erlebt. Aber Gaia hatte ihr auch erklärt, dass jeder Haushalt anders war und dass das, was man sehen konnte, nicht immer dem entsprach, was sich hinter verschlossenen Türen abspielte.

»Weil sie sagt, was sie denkt? Nein, natürlich nicht.« Er grinste schief. »Auch wenn es für meinen Vater vermutlich eine Form der Strafe ist, wenn meine Mutter mit ihm schimpft, weil er etwas Dummes gesagt hat.«

Sie ertappte sich bei einem Lächeln.

»Ich weiß nicht, was du durchgemacht hast, Sully, aber in unserer Welt sind Frauen gleichberechtigt. Sie haben ihre eigene Stimme und Meinung, und oft wiegen diese schwerer als unsere. Mag sein, dass wir uns zanken, aber das hat nichts mit dem Geschlecht zu tun, sondern vielmehr mit uns Sturköpfen. Als Männer mögen wir die Frauen in unserem Leben zwar körperlich beschützen, aber wir unterliegen nicht der irrigen Annahme, dass wir besser oder stärker wären als sie, und ich weiß, dass meine Schwestern und die Frauen auf unserer Ranch das bezeugen würden.«

Seine Worte waren ernst und kamen von Herzen, und sie wollte ihnen vertrauen, aber sie brauchte mehr. »Und was ist mit den Kindern? Wie werden sie behandelt?«

Sein Blick wurde sanft. »Ich habe keine eigenen Kinder, aber einer unserer Therapeuten lebt mit seinem vierjährigen

Sohn auf der Ranch, und der kleine Gus hat alle um den Finger gewickelt. Meine Mutter würde dir sagen, dass Kinder oft über wertvolle Erkenntnisse verfügen, die wir Erwachsenen längst vergessen haben. Andererseits haben wir überall auf der Ranch Pferde, Arbeitsgeräte und Fahrzeuge. Wenn sie nicht aufpassen, kann es ein gefährlicher Ort für Kinder sein, was bedeutet, dass wir ihnen sicheres Verhalten beibringen und auf sie aufpassen müssen. Aber wir alle sind davon überzeugt, dass Kinder neugierig sein und sich schmutzig machen und Autoritäten herausfordern müssen, damit sie lernen und wachsen können und hoffentlich auf der richtigen Seite des Gesetzes landen.«

Sie spürte einen Hauch von etwas Strahlendem und Neuem in sich, traute ihm aber noch lange nicht.

Tiny und Wynnie kamen mit den Finchs aus der Küche, und Cowboy nickte Sully beruhigend zu, rückte den Hut auf seinem Kopf zurecht und stand auf.

»Okay, Schatz«, sagte Wynnie. Ihr Blick wanderte zwischen Sully und Cowboy hin und her. »Ich schätze, wir können jetzt zur Ranch zurückfahren.«

Sully wusste nicht, wen von ihnen beiden sie meinte, aber ihre Nerven machten sich erneut bemerkbar, denn so oder so war es das jetzt. Sie würde Carol und Chester verlassen.

»Wir warten an der Haustür auf dich, damit du dich verabschieden kannst.« Wynnie nahm wieder Tinys Hand, während sie in den Eingangsbereich gingen. Tiny nickte Cowboy zu, der zur Tür des Wohnzimmers ging und das Kinn senkte, als wollte er ihnen Privatsphäre gewähren und könnte ihre Worte gar nicht hören.

Cowboy mochte sich zwar seinem Vater unterordnen, aber seine Ausstrahlung war genauso gebieterisch wie Tinys, und Sully hatte das Gefühl, dass er es nicht zu sehen oder möglicherweise nicht einmal zu hören brauchte, um zu wissen, was um ihn herum passierte.

»Wir werden dich vermissen, aber du wirst ein wundervolles Leben führen, und wir sind so stolz auf dich.« Carol umarmte sie. »Du bist ein wunderbarer Mensch, Sullivan Tate, und du wirst immer einen Platz in unserem Zuhause haben.«

Sully zwang sich, die Worte an dem Kloß in ihrem Hals vorbeizuzwängen. »Danke.« Sie sah Chester an, und ihr Herz wurde sogar noch schwerer, als sie sich an die Nacht erinnerte, in der er sie am Straßenrand aufgelesen hatte. Er hatte gesagt, dass er schon seit Tagen unterwegs gewesen war, und die Bartstoppeln auf seinen Wangen und die Tränensäcke unter seinen Augen hatten das bewiesen. Als er sie gefragt hatte, wovor sie davonlief, hatte sie ihn angelogen. *Ich laufe nicht weg. Meine Mutter ist krank.* Er hatte ihr die Lüge nicht abgekauft, und gesagt, dass er schon stärkere Mädchen als sie gesehen hätte, die *vor irgendwas davonliefen*, und dass es *keine Schande wäre, davonzulaufen.* Sie hatte ihre Angst hinuntergeschluckt und gesagt: *Tja, ich laufe aber nicht weg.* Aber im Kopf hatte sie hinzugefügt: *Ich gehe.*

Danach hatte er sie auf mehr als nur eine Art gerettet, aber sie konnte jetzt, wo sie dabei war, den einzigen Ort zu verlassen, an dem sie je hätte bleiben wollen, nicht daran denken. »Vielen Dank, dass du mich mitgenommen und dich um mich gekümmert hast.«

»Wie ich dir damals schon gesagt habe, ist meine Enkelin etwa in deinem Alter, und genauso wenig wie ich unsere Theresa im Stich lassen könnte, hätte ich dich deinem Schicksal überlassen können.« Er umarmte sie und drückte ihr einen Kuss auf den Scheitel. »Denk nur immer daran, was ich dir wegen des Stehlens gesagt habe, ja?«

Sie hatte sich einiges von ihm anhören müssen, als er erfahren hatte, dass sie die Tasche und alles darin gestohlen hatte. »Ja, Sir.«

Chester schüttelte schnaubend den Kopf. »Was habe ich dir *dazu* gesagt?«

»Entschuldigung.« Er hatte immer darauf bestanden, dass sie ihn mit seinem Namen ansprach, aber sie war zu nervös, um klar denken zu können. In der Anlage war sie zur Meisterin darin geworden, ihre Emotionen zu verbergen, aber nach ein paar Wochen mit Carol und Chester fiel es ihr zunehmend schwerer, sie zurückzuhalten, und sie musste sich anstrengen, um ihre Gefühle zu unterdrücken.

Cowboy sah sie mit einem stillen *Fertig?* in den Augen an.

Sie nickte und wollte nach ihrer Tasche greifen, aber er schnappte sie sich und ließ Sully vor sich hergehen. An der Tür drehte er sich zu Carol und Chester um. »Wir werden uns gut um sie kümmern.«

Sully folgte Tiny und Wynnie hinaus zum viertürigen Pickup der Redemption Ranch. Cowboy legte ihre Tasche auf die Rückbank und ging zu seinem Motorrad, wo er seinen Hut in einem Fach verstaute und sich einen Helm aufsetzte. Als sie mit Cowboys dröhnendem Motorrad hinter ihnen und nichts als Dunkelheit und dem großen Unbekannten vor ihnen davonfuhren, konnte Sully nur inständig hoffen, dass er die Wahrheit gesagt hatte.

Drei

Der Pick-up bog auf den Highway ab, und wie aus dem Nichts erschienen zwei Motorräder und setzten sich vor den Wagen. Eine Minute später tauchten zu ihrer Linken und zu ihrer Rechten jeweils zwei weitere Motorräder auf. Sullys Herz raste, während sie von einer Seite zur anderen blickte.

»Alles in Ordnung«, beruhigte Wynnie sie. »Ich hätte dich vorwarnen sollen. Das sind unsere Freunde, andere Dark Knights. Tiny ist der Präsident des Motorradclubs, und sie eskortieren uns immer, wenn wir Menschen auf die Ranch bringen. Das ist ein Zeichen der Solidarität, damit du und alle anderen in der Nähe sofort wissen, dass die Dark Knights die Person in unserem Pick-up unterstützen.«

»Aber wird das nicht die Aufmerksamkeit auf mich lenken oder die Finchs noch mehr in Gefahr bringen?«

»Nein. Die Leute hier sind daran gewöhnt, dass die Dark Knights uns begleiten, wenn wir Gäste abholen, und die Finchs sind jetzt schon auf dem Weg zu ihrem Versteck«, erklärte sie. »Wegen deiner Situation haben wir zusätzliche Vorsichtsmaßnahmen ergriffen. Üblicherweise folgen uns Clubmitglieder bis zum Haus oder Gebäude, aus dem wir Gäste abholen, aber diesmal haben sie sich uns erst hier angeschlossen, als wir schon zwanzig Meilen von den Finchs entfernt waren. Außerdem haben wir zur Ablenkung zwei weitere Fahrzeuge losgeschickt, die von anderen Clubmitgliedern zur Ranch eskortiert werden. Niemand weiß, wer in den Pick-ups sitzt. Sie wissen nur, dass jemand zur Ranch kommt.«

»Mach dir keine Sorgen«, brummte Tiny. »Das ist nicht unser erstes Rodeo. Wir machen das schon seit über dreißig Jahren. Wir wissen, wie wir dich schützen können.«

Die Art, wie sie zusammenarbeiteten, erinnerte sie ein bisschen zu sehr daran, wie Rebel Joe und seine Männer vorgingen, was Sully sogar noch nervöser machte. Aber sie rief sich auch ins Gedächtnis, dass Chester und Carol sie beschützt hatten und ihr jetziges Leben aufgaben, um in ein sicheres Versteck zu ziehen. Sie hatten gar keinen Grund, irgendetwas anderes zu machen, als für ihre Sicherheit zu sorgen. Sully sah zum Heckfenster hinaus und spürte ein Fünkchen Erleichterung beim Anblick von Cowboy, der immer noch die Gruppe von Motorrädern hinter ihnen anführte.

Laut der Uhr in Tinys Pick-up war es fast 22 Uhr, als sie auf das Gelände der Ranch fuhren. Über das Haupttor zog sich ein Holzbalken mit einem *RR* aus Eisen in der Mitte. Das erste *R* war spiegelverkehrt. Sully erinnerte sich daran, das gleiche Symbol auf Cowboys Gürtelschnalle gesehen zu haben. Zwei beeindruckende Männer in schwarzen Lederwesten standen vor Motorrädern, die das Tor blockierten. Tiny hielt den Wagen an, und sie traten an sein Fenster. Zwei dunkle Augenpaare musterten sie. Beide Männer hatten kurze, braune Haare und Bartstoppeln. Einer hatte Piercings in den Ohren, der Nasenscheidewand und dem Nasenflügel und war an Hals und Armen tätowiert, sodass er einschüchternder wirkte als der andere, der ihr merkwürdig vertraut vorkam und keine sichtbaren Tätowierungen oder Piercings aufwies.

»Alles in Ordnung?«, erkundigte sich Tiny.

»Alles ruhig mit Ausnahme dieser Labertasche«, antwortete der Ungepiercte.

Der andere Mann grinste. »Betrachte mich als deine eingebaute Entertainmentstation.«

»Eingebauter Kopfschmerz trifft es wohl eher«, erwiderte der vertraut aussehende Mann.

Wynnie drehte sich auf ihrem Sitz um. »Sully, diese Witzbolde sind unsere anderen Söhne. Seeley ist Tierarzt und wird von allen Doc genannt.«

»Willkommen auf der Ranch«, sagte Doc, der Mann ohne Piercings.

Kein Wunder, dass er ihr bekannt vorkam. Er war nicht ganz so groß wie Cowboy, aber ihre Gesichtszüge ähnelten sich und ihre Haare hatten fast die gleiche Farbe und waren ungefähr gleich lang, während die Haare des anderen Mannes dunkler und kürzer waren.

»Und ich bin Devlin, aber du kannst mich Dare nennen«, warf der Mann mit den Tätowierungen und Piercings ein.

»Hi.« Sully war erleichtert, dass die beiden nett zu sein schienen.

»Dare ist einer unserer Therapeuten«, erklärte Wynnie. »Er hat sich auf die Arbeit mit Teenagern spezialisiert. Seine Verlobte und unsere Töchter und die restlichen Mitarbeiter wirst du morgen kennenlernen.«

»Wir bringen Sully zu ihrer Hütte«, teilte Tiny den Männern mit. »Ihr Jungs behaltet hier alles im Griff.«

Dare und Doc nickten, kehrten zu ihren Motorrädern zurück und fuhren sie an den Straßenrand. Nachdem sich das Tor geöffnet hatte, fuhr Tiny hindurch, und Sully sah zu, wie

Cowboy und nur wenige weitere Motorradfahrer ihnen hineinfolgten. Sie war überrascht, dass sie nicht einmal bemerkt hatte, wie die anderen Motorräder verschwunden waren, und war sich nicht sicher, ob sie einfach zu nervös war oder ob sie sich ein bisschen sicherer fühlte. Sie fuhren eine lange Auffahrt hinunter, an Weiden, Ställen und ein paar Blockhütten vorbei. Das Gelände schien endlos zu sein, und Sully war erleichtert, dass es nicht im Geringsten an die ungepflegte Anlage der Sekte erinnerte, die zum größten Teil aus kaputten Wohnwagen bestand, die praktisch aufeinandergestapelt waren.

Tiny fuhr vor einer hübschen Blockhütte mit grünem Dach und einer mit einem Fliegengitter geschützten Veranda auf einer Seite vor und schaltete den Motor aus. »Willkommen zu Hause.«

»Wohnt ihr hier?«, fragte Sully.

»Nein, Liebes. Das ist deine Hütte«, erwiderte Wynnie.

Verblüfft wollte sie aussteigen und war überrascht, dass Cowboy ihr die Tür öffnete und ihr die Hand reichte, um ihr beim Aussteigen zu helfen. Der Helm, den er während der Fahrt getragen hatte, war erneut seinem Cowboyhut gewichen.

»Danke.« Sie stieg aus dem Wagen, ohne seine Hand zu nehmen, und bemerkte, dass die anderen Motorradfahrer ihnen nicht bis zur Hütte gefolgt waren. Als sie sich umdrehte, um ihre Tasche aus dem Wagen zu holen, hielt Cowboy sie bereits in der Hand. »Ich kann sie tragen.«

»Es macht mir nichts aus«, erwiderte er.

Sie wusste, dass nichts in dieser Welt umsonst war, und fürchtete bereits, dass sie seiner Familie für die Benutzung der Hütte eine Menge schuldig war. Da wollte sie nicht zusätzlich auch noch ihm etwas schulden. »Ich ziehe es vor, meine Sachen selbst zu tragen.«

Er nickte knapp, und ein Muskel an seinem Kiefer trat hervor, während er ihr die Tasche reichte. Dann schlenderte er zur Veranda und hielt die Tür auf, damit sie alle eintreten konnten. Die Veranda war genauso schön wie die Hütte und mit zwei grünen Schaukelstühlen und einem kleinen Holztisch dazwischen möbliert. Sully hatte direkt Lust, es sich hier mit ihrem Zeichenblock gemütlich zu machen.

Tiny und Wynnie traten zur Seite, während Cowboy die Tür zur Hütte aufschloss und sie aufdrückte. »Das alles ist dein Reich.«

Er reichte ihr den Schlüssel, und sie schloss die Finger darum. Ihr Herz raste. »Wer hat noch einen Schlüssel?«

»Nur Tiny und ich«, antwortete Wynnie. »Für den Notfall haben wir einen zusätzlichen Schlüssel für jede Hütte in unserem verschlossenen Tresor. Aber solange du hier bist, ist das dein Zuhause, und niemand darf es betreten, wenn du ihn nicht einlädst.«

Sully spähte hinein, und als sie die charmante offene Aufteilung mit hellen Holzwänden und dazu passenden Fußböden sah, verschlug es ihr fast den Atem. Zu ihrer Linken befand sich ein beigefarbenes Sofa gegenüber einem Ofen aus Eisen und Mauerwerk und einem Eckschränkchen mit einem Fernseher darauf. Sie hatte noch nie ferngesehen. Rechts vom Herd befand sich ein Schlafzimmer. *Geschieht das hier gerade wirklich?* Es war wie ein Traum, der in Erfüllung ging, aber der einzige Traum, der sich bisher für sie erfüllt hatte, war der, für den sie gekämpft und den sie selbst umgesetzt hatte.

Ihre Flucht.

»Du kannst reingehen und es dir ansehen«, sagte Cowboy.

Ihr Herz raste, als sie eintrat und sofort von einem warmen Duft umgeben war, der sich völlig von den feuchten und muffigen Gerüchen der Wohnwagen in der Sekte unterschied, sodass sie ihn nicht richtig einsortieren konnte. An der Wand zu ihrer Linken hingen mehrere Kleiderhaken nebeneinander, von denen einer mit einer Taschenlampe belegt war. Sie hängte den Schlüssel an einen Haken und warf einen Blick in das Badezimmer daneben. Es war blitzsauber und verfügte über eine Badewanne und eine separate Dusche. Flauschige Handtücher hingen auf einem Ständer neben einem Regal mit einer Schachtel Papiertaschentücher darauf, und das Toilettenpapier sah so aus, als würde es nicht kratzen, so wie es auch bei den Finchs gewesen war.

Sie ging weiter in die Hütte hinein, fuhr auf ihrem Weg in die anheimelnde Küche mit den Fingern über die Rückseite der Couch, betrachtete die Mikrowelle, den Toaster und die Kaffeemaschine. Es fühlte sich ungemein fremdartig an, so viel zu haben. Die Finchs hatten all diese Geräte besessen, aber sie hatten ihr nicht wie hier exklusiv zur Verfügung gestanden, und Sully hatte sorgsam darauf geachtet, nicht um mehr zu bitten, als man ihr anbot.

Auf dem kleinen Küchentisch lagen ein Handy und ein glänzender weißer Ordner, auf den über einem Bild des Anwesens mit all den hübschen Scheunen und umzäunten Weiden unter einem klaren blauen Himmel der Schriftzug *Willkommen auf der Redemption Ranch* gedruckt war. Das Bild war so schön, dass es ihr ein Gefühl der Hoffnung vermittelte.

»Für den Fall, dass du irgendetwas brauchst, haben wir meine Nummer und Cowboys Nummer in das Telefon eingespeichert«, bemerkte Wynnie.

Das hier war völlig anders als die Anlage der Sekte. Sie hatte noch nie ein eigenes Zimmer gehabt, geschweige denn Zugriff auf ein Telefon. Außerdem wollte sie unbedingt daran glauben, dass die Whiskeys ihr wirklich helfen wollten, und spürte, wie ihre Angst zum Teil Dankbarkeit wich. Sie ging durch das Wohnzimmer und blickte ins Schlafzimmer hinein. Auf dem Bett mit einem wunderschönen bogenförmigen Kopfteil lag ein farbenfroher Quilt, aber es war genauso groß wie Rebel Joes Bett und ganz offensichtlich für mehr als eine Person gedacht. Sie schluckte schwer und drehte sich wieder zu ihnen um. »Ihr habt zwar gesagt, dass ihr im Gegenzug nichts erwartet, aber ich weiß auch, dass es nichts umsonst gibt, und ich habe nur vierzehn Dollar. Ich kann all das hier nicht bezahlen.«

»Selbst wenn du es könntest, würden wir dein Geld nicht annehmen«, entgegnete Cowboy.

Unruhe machte sich in ihr breit, und sie kämpfte abermals darum, diese Sorgen nicht zu unterdrücken. Sie war ihre eigene Beschützerin, und nachdem sie so weit gekommen war, würde sie sich nicht im Stich lassen. Daher straffte sie sich und sah ihnen entschlossen in die Augen. »Ich werde nicht mit meinem Körper bezahlen.«

In einer Spanne von wenigen Sekunden bemerkte sie Mitgefühl in Wynnies Augen, Wut in Cowboys und eine Mischung aus beidem in Tinys. Bevor sie ein weiteres Wort herausbringen konnte, sagte Wynnie: »So sind wir nicht, meine Liebe.«

»Wenn wir dir sagen, dass es keine weiteren Verpflichtungen gibt, dann ist das auch so gemeint«, fügte Tiny bestimmt hinzu.

»Und dein Körper wird niemals Teil irgendeines Deals sein, der auf diesem Gelände geschlossen wird«, versicherte Cowboy ihr. »Darauf gebe ich dir mein Wort.«

Seine Vehemenz und sein ernsthafter Blick riefen eine ganze Welle neuer Emotionen hervor. »Danke. Ich habe nicht viel Geld, aber ich will mir meinen Aufenthalt verdienen. Ich kann kochen und putzen, und ich kann nähen, oder ich kann es mit allen möglichen anderen Arbeiten versuchen, für die ich vielleicht qualifiziert bin.«

»Es ist schon spät«, meinte Wynnie sanft. »Wir sollten dich jetzt erst einmal ankommen lassen und morgen weiter darüber reden.«

»Okay. Danke.«

»Falls du heute Nacht Hunger bekommst, steht etwas zu essen im Kühlschrank«, sagte Wynnie. »Normalerweise versuchen wir, immer zusammen mit den anderen Anwohnern und Mitarbeitern zu essen, die du morgen kennenlernen wirst. Cowboy wird dir dabei helfen, dich auf der Ranch einzuleben, und er wird morgen früh vorbeikommen, um dich herumzuführen und dich zum Frühstück ins Haupthaus zu bringen.«

Sie warf Cowboy einen Blick zu und versuchte, das bange Flattern in ihrer Brust zu ignorieren. »Um welche Uhrzeit soll ich fertig sein?«

»Wie wäre es mit sieben Uhr dreißig?«

Sie würde schon Stunden vorher wach sein. »Gut.«

»Dann um sieben Uhr dreißig«, erwiderte er mit einem Nicken.

Nachdem sie sich so herzlich von ihr verabschiedet hatten, wie auch die Begrüßung ausgefallen war, verschloss sie die Tür hinter ihnen. Erst jetzt wurde ihr bewusst, dass sie zum ersten Mal überhaupt wirklich allein war. Bei der Sekte gab es so etwas wie Privatsphäre nicht, und Carol hatte von zu Hause aus gearbeitet, daher hatten sie den ganzen Tag zusammen verbracht. In ihrem Zimmer bei den Finchs war sie allein gewesen, aber niemals allein in ihrem Haus.

Sie hatte sich so lange nach Einsamkeit gesehnt, dass sie es kaum glauben konnte, sie endlich zu haben.

Ein Anflug von Angst breitete sich in ihrer Magengrube aus.

Sie schloss die Augen und rief sich in Erinnerung, dass sie hier in Sicherheit war. Hier gab es Menschen, die das Tor und den Rest des Geländes überwachten. Rebel Joe konnte nicht an sie herankommen. Niemand konnte das. Die Türen waren verschlossen, und die Whiskeys schienen ehrliche Menschen zu sein.

Damit fing sie an, ihre Tasche auszupacken. Während sie ihre Kleidung einräumte, erinnerte sie sich an ihre Panik in der Nacht, in der sie geflohen war.

Sie schloss für einen Moment die Augen und rief sich abermals ins Gedächtnis, dass sie hier sicher war, und als sie die Augen wieder aufschlug und sich in dem behaglichen Zimmer umsah, dankte sie ein weiteres Mal ihrem Glücksstern für Chester und Carol und fing dann an, die Hygieneartikel einzuräumen, die sie von ihnen bekommen hatte.

Nachdem sie das erledigt hatte, war sie noch immer viel zu angespannt, um schlafen zu gehen, und nahm sich die Mappe der Redemption Ranch auf dem Tisch vor. Sie las den Begrüßungsbrief und eine Menge Informationen über die Rettung von Pferden und die therapeutischen Dienstleistungen. Sie blätterte durch Fotos und Angaben zu den Therapeuten und Rancharbeitern und stieß auf Cowboys Steckbrief. Schon der Anblick seines Bildes brachte ihr Herz zum Rasen, deshalb blätterte sie rasch weiter und zog einen Lageplan des Geländes heraus.

Die Gebäude waren im Vorbeifahren im Dunkeln nur schwer zu erkennen gewesen, aber auf dem Plan gab es noch viel mehr, als sie gesehen hatte. Sie hätte am liebsten einen Spaziergang gemacht und warf einen Blick zur Vordertür, aber ein Anflug von Angst hielt sie zurück. Unwillkürlich ballte sie die

Fäuste. Wie viele Nächte hatte sie damit verbracht, aus dem Fenster zu schauen und sich zu wünschen, dass sie unter den Sternen spazieren gehen könnte? Genau deshalb war sie geflohen: um die Freiheit zu haben, allein zu sein. Ihre Wünsche und Bedürfnisse selbst in die Hand zu nehmen.

Sie weigerte sich, ihr Leben weiterhin von der Angst beherrschen zu lassen. Also schnappte sie sich die Taschenlampe vom Haken und steckte den Schlüssel ein, aber als sie nach dem Türknauf griff, flammte die Panik in ihrer Brust auf.

Mit einem Schütteln der Hand versuchte sie, auch die Angst abzuschütteln, was ihr jedoch nicht gelang. Sie holte tief Luft und sagte sich, dass sie langsam anfangen und sich einfach draußen auf die Veranda setzen und etwas frische Luft schnappen würde. Sie öffnete die Tür und trat hinaus, wobei sie die Tür hinter sich zuzog. Als sie den Türknauf losließ, ging die Fliegengittertür der Veranda auf und sie sah Cowboys Gesicht, als er auf die Veranda trat.

Scheißescheißescheiße. Hatte er gelogen, als er sagte, dass ihr Körper nicht Teil irgendeines Deals sein würde?

»Alles in Ordnung?«

Ihr Magen zog sich zusammen. »Ich wollte einfach ... Entschuldige, ich dachte, ich könnte ...« Sie tastete nach dem Türknauf und ließ dabei den Plan fallen.

»*Warte.*« Er hielt die Hände zum Zeichen der Kapitulation hoch. »Hab keine Angst. Ich bin nicht hier, weil ich dir wehtun will.«

»Und warum bist du dann hier draußen?«

»Nur für den Fall, dass du irgendetwas brauchst.«

»Was könnte ich schon brauchen? Ich habe eine ganze Hütte für mich allein.« Sie hatte ihn nicht anfauchen wollen, aber sie war so lange von Rebel Joe herumkommandiert worden, dass sie nur schwer aus ihrer Haut herauskam, auch wenn ihr Bauchgefühl ihr sagte, dass er es ehrlich meinte.

Er blieb auf Distanz, die Hände immer noch erhoben. »Ich weiß es nicht, aber ich wollte einfach nicht, dass du dich allein fühlst oder Angst hast. Ich habe nicht die geringste Ahnung, was du durchgemacht hast, aber die Tatsache, dass wir dich vor den Menschen beschützen müssen, vor denen du davongelaufen bist, verrät mir, dass es nichts Gutes gewesen ist.«

»Aber ihr habt gesagt, dass ich hier sicher wäre. Dass mich hier niemand finden könnte.« *Und ich habe euch geglaubt – wieso bin ich dann jetzt so kratzbürstig?* Sie musste nicht lange nach der Antwort suchen. Vertrauen zu haben war neu für sie, und auch das war beängstigend.

»So ist es auch«, versicherte er ihr. »Ich mache mir keine Sorgen, dass dich jemand hier finden könnte. Ich bin hier, weil ich mir um dich Sorgen mache. Ich will mich nur vergewissern, dass du dich sicher fühlst und alles hast, was du brauchst.«

Die Ehrlichkeit in seinen Augen verriet ihr, wer er war, und seine Taten unterstrichen das noch weiter. Sie glaubte ihm, dennoch verschränkte sie die Arme vor der Brust und wappnete sich gegen die Angst davor, jemandem zu vertrauen, und gegen die anderen widersprüchlichen Gefühle, die in ihr tobten. »Aber du kennst mich doch kaum.«

»Ich muss dich nicht gut kennen, um mir Sorgen um dich zu machen. Das nennt man Mitgefühl.«

Ihre Gedanken gerieten völlig durcheinander, und sie fühlte sich ein bisschen schlecht, weil sie mit ihm herumstritt, wo er ihr doch so offensichtlich helfen wollte.

Cowboy mochte zwar Sullivan Tate nicht kennen, aber er kannte dieses Gesicht, selbst wenn ihre Haare eine Seite davon verdeckten. Die kindlichen Pausbacken hatten hohen Wangenknochen, einer leicht nach oben gerichteten Nase und Lippen Platz gemacht, an die zu denken er sich nicht gestatten würde. Aber es waren ihre Augen mit diesen unglaublich langen dunklen Wimpern, die an etwas tief in seinem Inneren rührten. Sie waren älter und weiser, ihr unzerstörbarer Schneid lag unter etwas begraben, das er noch ergründen musste. In dem Moment, in dem ihn diese Augen durch das Wohnzimmer der Finchs hinweg angesehen hatten, hatte er gewusst, wem sie gehörten, und das hatte bei ihm das heftige Verlangen geweckt, sich um sie zu kümmern. Er musste daran glauben, dass es einen Grund gab, aus dem diese junge Frau auf seiner Ranch gelandet war, und er würde verdammt noch mal alles tun, was nötig war, um sich ihr Vertrauen zu verdienen und sie zu beschützen.

Seine Eltern hatten ihm alles erzählt, was sie von den Finchs erfahren hatten. Sully hatte ihnen gegenüber nicht viel über die Sekte erzählt, nur dass sie dort aufgewachsen und auf eigene Faust geflohen war. Cowboy hatte unzählige Fragen und dachte über das nach, was die Finchs seinen Eltern noch mitgeteilt hatten. Dass Sully zu große Angst gehabt hatte, ihr Haus zu verlassen; sie hatte nicht einmal einen Spaziergang im Garten machen wollen, was ihm ungemein viel verriet. Er würde liebend gern die Arschlöcher in die Finger kriegen, die sie misshandelt hatten, aber im Augenblick interessierte ihn viel mehr, wohin diese junge Frau, die sich aus lauter Angst davor, gefunden zu werden, nicht in den Garten getraut hatte, nun ganz allein auf unbekanntem Gelände gehen wollte.

Er hatte genug Erfahrung mit Pferden und Menschen, um die sich niemand richtig gekümmert hatte, um zu wissen, wann er vorsichtig vorgehen musste. »Ich nehme meine Hände jetzt runter, in Ordnung?«, fragte er deshalb leise.

Sie nickte, und er ließ die Hände sinken.

»Können wir uns kurz unterhalten?«, bat er.

Sie nickte erneut.

»Du bist hier keine Gefangene, Sully, und ich lungere nicht hier herum und warte auf eine Gelegenheit, dir etwas Böses anzutun. Man hat mich als deinen Ansprechpartner bestimmt, aber wenn du mich kennenlernst, wirst du hoffentlich erkennen, dass ich ein ziemlich anständiger Mann bin, und begreifen, warum sie mich gebeten haben, für dich da zu sein.«

»Es tut mir leid, wenn ich unhöflich rübergekommen bin.«

»Du solltest dich nie für deine Gefühle entschuldigen. Sie sind das Einzige, das wirklich dir gehört. Außerdem hast du auf mich nicht unhöflich gewirkt, sondern vorsichtig, und das völlig zu Recht. Es wird eine Weile dauern, bis du dir sicher bist, dass wir auch die sind, die wir vorgeben zu sein, und das ist völlig in Ordnung. Stimmt etwas mit der Hütte nicht, oder hast du Probleme, dich einzugewöhnen?«

»Die Hütte ist klasse. Ich bin einfach nur ruhelos.«

»Das verstehe ich. Es muss hart sein, an einen neuen Ort zu ziehen, wenn du weder die Menschen noch die Umgebung kennst. Wo wolltest du denn hin?«

»Ich wollte mich hier draußen hinsetzen und ein bisschen frische Luft schnappen.«

»Das hilft mir auch immer, einen Gang runterzuschalten.« Er hob den Plan auf, den sie fallen gelassen hatte, und reichte ihn ihr, wobei er den leichten Tonfall beibehielt. »Bist du dir sicher, dass du unsere Gesichter nicht schon satthast und deine Flucht planst?«

Sie hätte fast gelächelt und schüttelte den Kopf. »Ich hatte überlegt, einen Spaziergang zu machen, aber ich wusste nicht so richtig, wohin ich gehen sollte. Ich weiß ja nicht einmal, wo ich hier bin.«

»Dann betrachte dich als Glückspilz, denn ich kenne die Ranch wie meine Westentasche und kann sie dir gerne zeigen.«

Sie hielt den Plan hoch, und er ergriff ihn an der anderen Seite und zeigte auf jeden Orientierungspunkt, den er erklärte. »Dies ist der Haupteingang, durch den wir reingekommen sind, und wir sind diesem Weg bis zu diesem hier gefolgt, der zu deiner Hütte führt. Hier. Siehst du, wie der Weg hinter deiner Hütte eine Kurve macht?«

Sie nickte.

»Wenn du ihm den Hügel hoch folgst, landest du bei meinem Zuhause.« Er deutete auf das Licht zwischen den Bäumen. Dann wandte er sich wieder dem Plan zu. »Das ist das Haupthaus, in dem die Therapeuten arbeiten und in dem wir uns zum Essen treffen. Es gibt einen Freizeitraum mit Büchern, einem Fernseher, Puzzles und Spielen. Man kann sich dort gut entspannen und mit den anderen unterhalten, und im Haupthaus gibt es außerdem ein kleines Kino.«

»Dürfen alle den Freizeitraum benutzen?«

»Ja. Dafür ist er gedacht. Das Kino ebenfalls. Dwight, unser Koch und Verwalter, wohnt hier. Wenn du etwas Besonderes haben möchtest, kann er es für dich kochen.«

»Ich brauche nichts Besonderes.«

»Das werden wir noch sehen.« Er zwinkerte ihr zu. »Und gleich hinter dem Haupttor, genau hier, befindet sich das Paintballfeld.«

»Was ist Paintball?«

»Nichts weiter als die beste Sportart überhaupt abgesehen von allem, was man auf dem Pferderücken macht.« Er erklärte ihr, was Paintball war und dass sie gerne dabei mitmachen durfte.

»Ich glaube nicht, dass ich auf Menschen schießen möchte.«

»So ist das nicht. Wir machen das alles nur zum Spaß. Selbst der kleine Gus spielt mit, allerdings achten wir darauf, ihn nicht mit den Farbkugeln zu treffen. Aber ich kann deine Zurückhaltung verstehen.« Er zeigte erneut auf den Lageplan. »Das sind die Hauptställe für die gesunden Pferde, und das hier sind die Ställe für die Pferde, die nicht ganz so viel Glück haben und mehr Hilfe brauchen. Das ist das Haus meiner Eltern, und Dare und seine Verlobte Billie wohnen hier. Doc lebt in dieser Hütte, und meine Schwester Sasha wohnt hier drüben. Du wirst Sasha und Billie morgen kennenlernen.«

»Dann ist das hier ein Gelände, auf dem die Leute wohnen und arbeiten?«

»Das könnte man wohl so ausdrücken, aber für uns ist es eine Ranch, und nicht jeder, der hier arbeitet, wohnt auch hier. Es wird nicht vorausgesetzt, dass unsere Angestellten herziehen oder dass meine Familienmitglieder auf der Ranch arbeiten oder auf dem Gelände leben. Wir haben uns alle eigenständig dafür entschieden, mit Ausnahme meiner jüngsten Schwester Birdie. Sie lebt in der Nähe in einer Stadt namens Allure und führt zusammen mit unserer Tante Marie und unserer Freundin Carly ein Schokoladengeschäft.«

»Ein Schokoladengeschäft?«

»Ja. Magst du Schokolade?«

Sie nickte, und ihre Augen strahlten. »Wir haben nicht oft welche bekommen, und ich bin noch nie in einem Schokoladengeschäft gewesen.«

»Eines Tages werde ich dich dorthin mitnehmen. Aber ich muss dich vorwarnen, denn Birdie wird dir ein Ohr abkauen.« Das brachte ihm ein richtiges Lächeln ein. »Möchtest du deinen Orientierungssinn auf die Probe stellen und einen Spaziergang machen?«

Sie beäugte ihn einen langen Moment, bevor sie antwortete. »Okay.«

»Willst du einen Pullover oder eine Jacke mitnehmen?« Es war nicht besonders kalt, aber Sully war groß und gertenschlank und in locker sitzende Jeans und ein übergroßes cremefarbenes Cordhemd gekleidet. Sie sah aus, als könnte der leichteste Windhauch sie trotz ihrer schweren, abgetragenen und abgewetzten ledernen Kampfstiefel davonwehen.

»Nein. Ich würde gern die kühle Luft spüren.«

Innerlich fügte er diesen Informationsbrocken den anderen hinzu, die er gesammelt hatte. Er wusste längst, dass sie fest entschlossen war, stark zu sein. Beim Abschied von Carol und Chester hatte sie nicht eine einzige Träne vergossen, auch wenn ihr die Traurigkeit und Angst praktisch aus allen Poren geströmt waren. Er fragte sich, wie lange sie schon ihre Gefühle unterdrückte und was passieren würde, wenn dieser Damm brach.

Vier

Cowboy schloss die Tür ihrer Hütte ab und folgte Sully von der Veranda herunter. Da er gerade erst angefangen hatte, ihr Vertrauen zu gewinnen, hielt er sich zurück und ging ein paar Schritte hinter ihr, damit sie nicht das Gefühl bekam, dass er sich ihr aufdrängte. Aber sie sah ihn über die Schulter hinweg an und wirkte unzufrieden. Selbst in der Dunkelheit konnte er sehen, wie sich ihre Augen überschatteten.

Er hielt abermals die Hände hoch. »Tu einfach so, als wäre ich nicht da. Ich will einfach nur in der Nähe sein für den Fall, dass du dich verirrst.«

»Ich mag es nicht, beobachtet zu werden. Hättest du etwas dagegen, neben mir zu gehen?«

Er speicherte diese verstörende Information ab, um sie später zu analysieren. »Sicher doch, aber um das klarzustellen: Ich beobachte dich nicht. Ich halte mich einfach nur zur Verfügung, falls du irgendetwas brauchst.«

»Hast du nichts Besseres zu tun?«, fragte sie, als er neben sie trat.

»Was gäbe es Besseres, als mit einer neuen Freundin einen Mondscheinspaziergang zu machen? Gibt es irgendetwas Bestimmtes, das du gern sehen möchtest?«

Ihre Augen weiteten sich vor Neugier. »Alles, was es zu sehen gibt.«

Er lachte leise. »Das wäre ein sehr langer Spaziergang für eine Nacht. Was hältst du davon, wenn wir zu einer der Weiden gehen und ich dir einige meiner vierbeinigen Freunde vorstelle?« Als sie nickte, spazierten sie in angenehmem Schweigen den Weg entlang. Es war kaum zu glauben, dass der Ort erst vor ein paar Stunden während der Spendensammelaktion voller Familien und Aktivitäten gewesen war, und jetzt konnte er praktisch seinen eigenen Herzschlag hören. Er warf einen Blick zu Sully hinüber, die sich umsah und alles in sich aufnahm. »Gehst du häufig nachts spazieren?«

»Nur in meinen Träumen.«

Als er den Anflug von Sehnsucht in ihrer Stimme hörte, hätte er seine vorherigen Worte gern zurückgenommen und sie einfach laufen lassen, bis sie keinen Schritt mehr machen konnte. »Das ist wirklich schade. Der Nachthimmel hat eine Menge zu bieten.«

Sie schwieg ein paar Minuten lang, bevor sie erneut das Wort ergriff. »Nachts durften wir unsere Zimmer nicht verlassen, aber ich konnte die Sterne dennoch sehen. Ich habe nachts immer an meinem Fenster gesessen und zum Himmel hochgeschaut. Sie waren wie ein sehr weit entferntes Funkeln der Hoffnung und erinnerten mich daran, dass die Welt viel größer ist als die Anlage. Ich saß dort und träumte davon, wie es wohl sein würde, nachts spazieren zu gehen oder unter den Sternen zu schlafen und beim Einschlafen die Luft auf meiner Haut zu spüren.«

Es grämte ihn, dass sie diese Freiheiten nie gehabt hatte, und er interessierte sich jetzt sogar noch mehr dafür, warum sie im Garten der Finchs nicht spazieren gegangen war, aber er konnte sie das nicht fragen, ohne ihr das Gefühl zu geben, dass hinter ihrem Rücken über sie geredet wurde. »Es muss schwierig gewesen sein, mit solchen Einschränkungen zu leben.«

»Als ich klein war, fühlte ich mich drinnen am sichersten. Als könnte nichts Böses passieren, solange ich mich innerhalb von vier Wänden befand. Ich hatte immer Angst davor, dass mich jemand aus der Anlage entführen könnte, was albern ist, da mein Onkel Richard und Rebel Joe das nie zugelassen hätten. Aber als ich älter wurde, fühlte ich mich allmählich eingesperrt.«

»Rebel Joe?«

»Er ist der Anführer von Free Rebellion.«

Cowboy merkte sich den Namen des Mannes und fragte sich, ob er ihr je wehgetan hatte, und bei der Erwähnung ihres Onkels fragte er sich, ob er sich doch täuschte und Sully nicht das gesuchte Mädchen aus dem Flyer war. »Du hast mit deinem Onkel zusammengewohnt?«

»Mhm. Aber er wurde krank und ist vor ein paar Jahren gestorben.«

»Das tut mir leid.« Wo waren ihre Eltern? Hatte sie weitere Verwandte? Warum durfte sie nachts nicht rausgehen? Er hatte so viele Fragen, aber endlich sprach sie *mit* ihm, statt *zu* ihm, und er wollte nicht, dass sie wieder dichtmachte, weil er versehentlich an etwas Unangenehmem gerührt hatte.

Sie zuckte mit den Achseln. »Danke. Was ist mit dir? Bist du nachts oft draußen?«

»Auf jeden Fall. Ich bin gerne draußen, ob Tag oder Nacht. Hier entlang.« Er bedeutete ihr, auf den Hauptweg abzubiegen, und ging mit ihr auf die Weiden zu. Sully wurde langsamer und riss die Augen auf, als sie zu einer von Cowboys Lieblingsstellen gelangten, von der man eine umwerfende Aussicht hatte. Hinter den Ställen, Weiden und hohen Bäumen hoben sich majestätische Berggipfel vor dem sternenübersäten Himmel ab.

»Wow«, murmelte sie voller Ehrfurcht. »Das sieht aus, als könnte man direkt hochklettern und die Sterne berühren.«

Das hätte er ihr zu gern ermöglicht. Er verspürte das seltsame Verlangen, ihr alle Schönheiten der Welt zu zeigen. »Es gibt nichts, was dem nahekommt. Dieser Anblick raubt mir bei Tag und bei Nacht den Atem.«

»Du bist so ein Glückspilz.« Sie wandte das Gesicht dem Himmel zu, wobei ihr die Haare aus dem Gesicht fielen und ihr Lächeln ihr gesamtes Wesen aufleuchten ließ. »Wenn ich hier leben würde, könnte ich gar nicht anders, als diese Aussicht die ganze Zeit zu genießen.« Sie sah ihn mit staunenden Augen an.

Grundgütiger, damit war der Anblick der Berge nicht einmal ansatzweise zu vergleichen. Er hatte noch nie etwas so Authentisches oder Wunderschönes gesehen. »Momentan lebst du hier, also kannst du das auch machen.«

Ihre glänzenden Augen strahlten noch mehr.

»Möchtest du dich für eine Weile ins Gras setzen und den Anblick genießen?«

»Ja, sehr gern, aber können wir uns zuerst die Pferde ansehen? Ich habe noch nie Pferde aus nächster Nähe gesehen, und ich weiß nicht, warum, aber ich habe das Gefühl, wenn ich sie jetzt nicht sehe, bekomme ich vielleicht nie wieder die Gelegenheit dazu.«

Cowboy musste kein Therapeut sein, um diese Jetzt-oder-nie-Einstellung zu verstehen. Er hatte sie schon eine Million Mal erlebt. Egal, ob es nun Menschen oder Tiere waren, die physisch oder emotional misshandelt oder vernachlässigt worden waren, so ähnelten sich ihre Instinkte häufig. Wenn die Angst weit genug nachgelassen hatte, um einen Hauch von

Vertrauen zu ermöglichen, folgte üblicherweise die unersättliche Gier nach aller zur Verfügung stehenden Freundlichkeit, begleitet von der Angst, sie könnte ihnen jederzeit wieder weggenommen werden.

»Natürlich können wir das, und du wirst noch jede Menge weiterer Gelegenheiten dazu haben, solange du hier bist.« Er führte sie zum Zaun, der die Weide umgab.

Sie blinzelte in die Dunkelheit. »Wo sind denn die Pferde?«

»Mit ungeübtem Auge sind sie schwer zu erkennen.« Er beugte sich über den Zaun und deutete auf eine Stelle. »Siehst du sie da drüben bei dem Baum?«

»Ja! Ich sehe sie«, erwiderte sie fröhlich. »Mir gefällt, dass sie so frei sind.«

»Du bist freier als sie. Sie müssen auf der Weide bleiben.«

»Ich muss auf der Ranch bleiben.«

Großer Gott, wie sehr ihn diese Worte trafen. »Nur vorübergehend, bis wir sicher sein können, dass niemand aus der Sekte Chesters Sattelschlepper aufgespürt oder Wind davon bekommen hat, wo du sein könntest. Sobald wir wissen, dass du in Sicherheit bist, kannst du die ganze Welt bereisen, aber die Pferde werden dann immer noch auf die Ställe und Weiden beschränkt sein oder einen Menschen, der ihre Zügel hält.«

»Das ist traurig.«

»Urteile nicht vorschnell. Die meisten der Pferde, die zu uns kommen, wurden misshandelt oder vernachlässigt und hätten wahrscheinlich nicht überlebt, wenn wir sie nicht wieder gesund gepflegt und ihnen die Liebe geschenkt hätten, die sie verdienen. Wenn sie hier sind, werden sie liebevoll behandelt und bekommen ein gutes Leben. Für sie wird kein Tag ohne Futter, ein Dach über dem Kopf oder Freundlichkeit vergehen.«

»Aber wären sie nicht glücklicher, wenn sie frei herumlaufen könnten?«

»Sehr viele der Pferde, die wir aufnehmen, wurden ausgesetzt und freigelassen. Sie hungern, verletzen sich oft und müssen alle möglichen Dinge erdulden, die du dir gar nicht vorstellen möchtest.«

»Daran habe ich nicht gedacht.«

»Wenn ich abends nicht frei herumlaufen dürfte, würde ich vermutlich auch glauben, dass völlige Freiheit das einzig Richtige wäre. Aber die Welt da draußen ist groß, Sully, und es ist immer gut zu wissen, dass du Möglichkeiten hast, falls du dich davor verstecken möchtest.«

Sie blickte wieder zu den Pferden hinüber. »Hattest du jemals den Wunsch, dich zu verstecken?«

»Ich glaube, jeder kommt in seinem Leben einmal an diesen Punkt.«

»Wo bist du dann hingegangen?«

»Ich habe mich auf ein Pferd gesetzt und bin stundenlang rumgeritten. Das bedeutet für mich Freiheit. Das, und auf meinem Motorrad zu fahren. Es gibt nichts Besseres, als die offene Straße vor sich zu haben. Würdest du dir die Pferde gerne aus der Nähe anschauen?«

Sie nickte eifrig.

»Wenn ich sie rufe, werden sie angerannt kommen, aber keine Bange. Sie werden nicht über den Zaun springen oder hindurchbrechen. Sie freuen sich einfach darüber, uns zu sehen, okay?«

Sully nickte erneut. Er stieß einen langen, lauten Pfiff aus, und aus der Dunkelheit schälte sich ein Anblick heraus, von dem er nie genug bekommen würde. Mehrere Pferde galoppierten mit im Wind wehenden Mähnen und Schweifen auf sie zu.

Sully stolperte mit aufgerissenen Augen rückwärts.

»Alles in Ordnung.« Er reichte ihr die Hand, und sie blickten sich gefühlt zehn aufregende Sekunden lang, in denen sie aussah, als versuchte sie, sich darüber klarzuwerden, ob sie ihm vertrauen konnte, in die Augen. Aber tatsächlich waren es vermutlich nur zwei Sekunden, bis sie seine Hand nahm und sie umklammerte. Er wollte ihr versichern, dass sie bei ihm in Sicherheit war und dass er auf jeden Fall auf sie aufpassen würde, aber er war stets der festen Überzeugung gewesen, dass die Handlungen eines Mannes für sich sprachen.

Im Näherkommen wurden die Pferde langsamer, und als sie hungrig nach Zuwendung die großen Köpfe über den Zaun streckten, trat Sully einen weiteren Schritt zurück und hielt seine Hand so fest, dass sich ihre Fingernägel in seine Haut bohrten.

»Du musst keine Angst haben«, versicherte er ihr. »Sie wollen nichts als Liebe.« Sunshine stupste seine Brust mit den Nüstern an. »Hey, meine Kleine. Hast du mich vermisst?« Er streichelte sie mit der freien Hand, drückte ihr einen Kuss auf die Stirn und tätschelte auch die anderen Pferde, die sich dazwischendrängten.

»Sie sind so groß.«

»Sie sind echte Schönheiten, nicht wahr?« Er streckte die Hand abermals nach Sunshine aus und kraulte sie am Kopf. »Das ist Sunshine. Sie ist eine ganz Liebe.«

»Hast du sie gerettet?«

»Das haben wir alle vor ein paar Jahren. Sie war ebenso wie zwei andere Pferde in einem schrecklichen Zustand, als wir sie vor dem Schlachter gerettet haben. Ich liebe all meine Pferde, aber Sunshine hat einen ganz besonderen Platz in meinem Herzen.«

»Warum?«

»Das kann ich nicht genau sagen. Vermutlich liegt es an der Art, wie sie mich immer ansieht, als sollte ich einfach in ihrem Leben sein. Möchtest du sie gern streicheln?«

Sie verstärkte ihren Griff um seine Hand. »Ich fürchte mich.«

»Ich helfe dir, wenn du es gern tun würdest.« Sie trat näher heran, und er ließ ihre Hand los und berührte sie sacht am Rücken. »Siehst du ihre Ohren? Sie sind aufgerichtet und zeigen nach vorne. Das bedeutet, dass sie sich deiner Gegenwart bewusst und an dir interessiert ist. Wenn ihre Ohren angelegt wären, solltest du lieber auf Distanz bleiben.«

»Okay«, erwiderte sie etwas unsicher.

Er nahm ihre rechte Hand. »Wir lassen sie an deiner Hand schnuppern, aber mach dir keine Sorgen. Sie beißt nicht. Halte ihr einfach deine Handfläche hin.« Er drehte ihre Hand um und zog sie auf das Pferd zu. Die Stute roch daran und drückte ihre Nüstern in ihre Handfläche.

Sullys Augen suchten seinen Blick.

»Sie mag dich. Komm her.« Er führte sie zum Zaun, sodass sie Sunshine am Hals streicheln konnte, und spürte, wie sie sich verspannte. Dann nahm er die Hand von ihrem Rücken und hoffte, dass ihr Unbehagen dadurch nachlassen würde, denn er hatte das Gefühl, dass eher ihre Nähe zueinander daran schuld war als das Pferd. Aber er blieb nah genug, um einschreiten zu können, falls sie Angst bekam.

»Ihr Fell ist so weich«, staunte Sully. »Und sie fühlt sich stark an.«

»Sie ist stark. Das beweist allein die Tatsache, dass sie noch am Leben ist. Als wir sie hierhergebracht haben, stand es eine Weile auf der Kippe. Ich habe mich abends zu ihr in den Stall gesetzt, mit ihr gesprochen und sie dazu ermuntert, um ihr

Leben zu kämpfen.«

»Was hast du ihr gesagt?«

Ihre Neugier gefiel ihm. »Ich habe ihr das gesagt, was ich all unseren Pferden sage, seit ich ein Kind war und immer mit meinem alten Herrn bei ihnen saß. Ich habe ihr gesagt, wie leid es mir tut, dass sie so misshandelt wurde, und dass ein gutes Leben auf sie wartet, sie jedoch darum kämpfen muss.«

Die Anspannung um ihre Augen und ihren Mund herum ließ nach. »Glaubst du, dass das geholfen hat?« Sie streichelte Sunshine weiter.

»Ja, das glaube ich. So wie Menschen brauchen auch Pferde Liebe und Trost. Es ist erstaunlich, wie sehr ihnen die richtigen Menschen und das richtige Umfeld helfen.«

»Aber wie kannst du ihnen ein gutes Leben versprechen? Laut den Angaben im Begrüßungspaket vermittelt ihr vielen Pferden ein neues Zuhause. Wie könnt ihr sicher sein, dass sie dort nicht misshandelt werden?«

»Wir halten unser Versprechen, indem wir potenzielle neue Besitzer sorgfältig überprüfen. Wir machen Hausbesuche, um sicherzugehen, dass ihre anderen Tiere gut versorgt sind und dass sie reichlich Platz und alles Nötige haben, um sich um das Pferd zu kümmern. Wir sprechen mit ihren Tierärzten, Nachbarn und der lokalen Polizei, und wir stellen sicher, dass sie niemals wegen Tierquälerei verurteilt wurden. Wenn ein Pferd einmal adoptiert wurde, führen wir nicht nur geplante Ortsbesuche durch, sondern behalten uns auch das Recht vor, dass unsere Mitarbeiter – oder unsere Partner, wenn die neuen Besitzer nicht hier wohnen – unangekündigte Besuche durchführen dürfen.«

»Sie liegen euch also wirklich am Herzen.«

»Diese Pferde sind mein Leben. Ich würde genauso wenig

zulassen, dass ihnen etwas passiert, wie irgendjemandem von dieser Ranch.«

Sie schien darüber nachzudenken und runzelte die Stirn. »Sind jemals Pferde auf die Ranch zurückgekehrt?«

»Bisher nicht«, erwiderte er stolz.

Während sie die Pferde streichelten, konnte er spüren, wie sie langsam ihren Schutzschild senkte. Pferde hatten auf manche Menschen diese Wirkung, und er hoffte, dass er selbst ebenfalls eine beruhigende Wirkung auf sie ausübte. Nach einer Weile setzten sie sich ins Gras, um den Anblick zu genießen. Sehr lange Zeit schwiegen sie beide. Cowboy hatte Schweigen immer als angenehm empfunden, aber er hatte bald gelernt, dass die meisten Menschen das Bedürfnis hatten, die Stille auszufüllen, als wollten sie vermeiden, ihre eigenen Gedanken hören zu müssen. Sully schien mit dem Schweigen genauso gut zurechtzukommen wie er, und das gefiel ihm an ihr.

Als sie schließlich wieder zu ihrer Hütte zurückkehrten, war er immer noch neugierig, was diese Spaziergänge anging, die sie sich nicht getraut hatte zu unternehmen, und musste ihr einfach eine Frage stellen, die möglicherweise Licht in die Sache brachte. »Bist du öfter mit Carol und Chester spazieren gegangen?«

Sie schüttelte den Kopf, wodurch ihr die Haare wieder vors Gesicht fielen. Ihn beschlich das Gefühl, dass das ein geübter und strategischer Zug war, so wie Pferde sich von Menschen abwandten, deren Energie ihnen zu intensiv war. Deshalb hakte er nicht weiter nach und ließ zu, dass die Stille sich wieder auf sie herabsenkte.

Sie bogen gerade auf den Weg zu ihrer Hütte ab, als sie ihn mit ihren Worten überrumpelte. »Ich wollte spazieren gehen. Die Finchs haben mir sogar angeboten, mich zu begleiten, aber ich fühlte mich nicht sicher genug.«

»Dann freut es mich umso mehr, dass du dich heute Abend sicher genug gefühlt hast, um mit mir spazieren zu gehen, auch wenn es mich offen gesagt überrascht hat.«

»Mich auch.« Sie sah zu ihm hoch, das eine Auge immer noch bedeckt, sodass man ihr leises Lächeln kaum sehen konnte.

»Danke, dass du mir vertraut hast.«

»Du solltest dich bei den Finchs bedanken. Ich vertraue ihnen, und ich glaube nicht, dass sie mich in Gefahr bringen würden.«

»Und ich hatte mir eingebildet, ich hätte mich bei dir eingeschmeichelt.«

Sie lachte leise, und ihr Lachen klang so sanft und glücklich, dass er sich schwor, es noch viel häufiger zu hören.

Sully konnte die Situationen, in denen sie nicht irgendeine Form von Angst verspürt hatte, an einer Hand abzählen, und sie hatte nicht damit gerechnet, dass der heutige Abend dazugehören würde. Ihre Wachsamkeit hatte nicht vollständig nachgelassen, auch wenn sie glaubte, Cowboy vertrauen zu können, weil sie seit ihrem ersten Schreck auf der Veranda überhaupt keine Angst mehr verspürt hatte. Es war angenehm, sich in seiner Gesellschaft aufzuhalten, und sie mochte seinen leisen Humor, aber der Name Cowboy kam ihr irgendwie nicht richtig vor. Er klang so beliebig, als könnte das jedermanns Name sein, als ob man einen Koch *Koch* nannte, und in ihren Augen war er nicht nur irgendjemand.

»Es tut mir wirklich leid, dass sich deine Familie meinetwegen so viele Umstände machen musste«, sagte sie. »Auch wenn ich natürlich sehr dankbar dafür bin, in Sicherheit zu sein.«

»Das waren überhaupt keine Umstände.«

Sie wusste nicht, ob sie das glauben sollte. Zahlreiche Männer auf Motorrädern hatten sie eskortiert, und zusätzliche Wachleute bewachten die Ranch. Diese Männer mussten doch ein Leben und Familien haben, und sie war neugierig. »Was machst du hier sonst noch, außer mit verlorenen jungen Frauen spazieren zu gehen?«

»Hast du denn nicht alles über mich im Begrüßungspaket gelesen?« Seine Stimme hatte einen neckenden Tonfall angenommen.

»Diese Seite muss ich überblättert haben.«

»Verflixt. Ich dachte, bei meinem Foto würden die Frauen alle innehalten.«

Sie lächelte kopfschüttelnd und freute sich über die Leichtigkeit der Unterhaltung.

Er stieß sie mit dem Ellbogen an. »War nur Spaß.«

»Nein, das stimmt nicht. Du bist kaum zu übersehen. Wahrscheinlich drehen sich jede Menge Frauen nach dir um.«

»Ich werde ehrlich zu dir sein: Jedes Mal, wenn ich am Stall vorbeigehe, versuchen die Stuten, meine Aufmerksamkeit zu erregen.«

Sie lachte leise. »Ich wette, dass sie sich dafür nicht sonderlich anzustrengen brauchen. Du scheinst sie wirklich zu lieben.«

»Sie sind mein Ein und Alles, und um auf deine Frage zurückzukommen, sie sind auch mein Beruf. Ich kümmere mich um die Pferde und das Training nach ihrer Rettung, und ich beaufsichtige die Instandhaltung des Geländes und leite die Rancharbeiter an. Aber mit verlorenen jungen Frauen spazieren zu gehen ist ab sofort meine Lieblingsaufgabe.«

Sie errötete und wusste nicht so recht, wie sie das interpretieren sollte. »Hat man dich schon immer Cowboy genannt?«

»Praktisch seit meiner Kindheit. Aber sobald ich ein Dark Knight wurde, wurde das auch zu meinem Bikernamen, also gewissermaßen meinem Spitznamen. Wir alle haben einen. Sie sind wie ein Ehrenabzeichen.«

»Verstehe. Das macht es zu etwas Besonderem. Aber es fühlt sich komisch an, dich Cowboy zu nennen. Es ist ein wenig allgemein, und Callahan ist so ein schöner Name. Er ist stark und ungewöhnlich. Er passt zu dir. Womit ich nicht sagen will, dass Cowboy ein schlechter Spitzname wäre.«

»So habe ich das noch nie betrachtet. Du kannst mich Callahan nennen, wenn du magst.«

»Wirklich?« Warum machte sie das so glücklich?

»Sicher doch. Warum nicht?«

»Gut. *Callahan.* Das gefällt mir.« Ihre Hütte kam in Sicht, und sie war ein bisschen enttäuscht und hoffte darauf, dass sie den Spaziergang verlängern und sich weiter unterhalten würden. Sie flocht noch eine weitere Frage ein. »Hast du immer hier gelebt?«

»Seit meiner Geburt.«

»Bist du nie irgendwo anders zur Schule gegangen oder so?«

»Nein. Ich habe alles, was ich brauche, hier gelernt. Ich arbeite auf der Ranch, seit ich mir selbst die Stiefel anziehen kann, und etwas anderes wollte ich niemals tun. Abgesehen davon, ein Dark Knight zu werden.«

»Wie ist das so?«

»Ein Dark Knight zu sein bedeutet, dass du dein Leben geben würdest, um jemand anderen zu retten. Es bedeutet, dass du vierzig Brüder hast, die dir immer den Rücken freihalten und auf deine Familie aufpassen, egal, was passiert, und es bedeutet, dass du dasselbe für sie tun würdest. Jeden Dienstagabend findet unser obligatorisches Clubtreffen statt, das wir Church nennen, womit wir unser Bekenntnis zueinander und zum Club zeigen. Ich liebe alles daran. Es ist das beste Gefühl in der Welt, auf einer Ebene mit dem Gefühl, mit nichts als dem Wind im Rücken auf einem Pferd zu sitzen.«

Er war so leidenschaftlich, dass sie hoffte, eines Tages etwas zu finden, das die gleiche Leidenschaft in ihr weckte. Aber sie hatte das Gefühl, dass die Freiheit für sie denselben Stellenwert haben würde. »Das klingt zu gut, um wahr zu sein. Aber was ich meinte, war, wie ist es, genau zu wissen, wer du bist und was du mit deinem Leben anfangen willst?«

»Oh. Nun ja, ich habe nie viel darüber nachgedacht«, erwiderte er, während sie die Hütte erreichten. Er hielt die Verandatür auf und folgte ihr die Stufen hoch.

Sie zog den Schlüssel aus der Tasche. »Schon okay. Entschuldige, dass ich gefragt habe.«

»Du musst dich nicht dafür entschuldigen. Das ist eine tolle Frage, und ich werde dir eine Antwort geben, sobald ich eine habe.«

»Zerbrich dir deswegen nicht den Kopf. Danke, dass du mit mir spazieren gegangen bist. Ich habe es wirklich genossen. Ich war so angespannt, als ich die Finchs verlassen hatte, und jetzt geht es mir besser.«

»Das freut mich. Mir hat unser Spaziergang auch Spaß gemacht. Ich werde heute Nacht hier draußen sein, falls du irgendetwas brauchst.«

»Hier draußen?«

»Ja. Direkt hier, um genau zu sein.« Er zeigte auf einen Schaukelstuhl.

Überrascht stellte sie fest, dass sie sich ein bisschen erleichtert fühlte, weil sie nicht allein sein würde. »Ich hol dir eine Decke.«

»Ich komme schon zurecht.«

»Nein, das ist nicht richtig. Warte einen Moment.« Sully eilte ins Haus und war dankbar dafür, dass er ihr nicht hineinfolgte. Sie fühlte sich bei ihm sicher, aber sie wusste, dass sich alles ändern konnte, sobald sie sich eingeengt vorkam. Sie schnappte sich die zusätzliche Decke, die sie im Schlafzimmerschrank entdeckt hatte, und brachte sie ihm.

»Danke.« Er warf die Decke auf den Schaukelstuhl. »Schreib mir eine Nachricht, wenn du etwas brauchst.«

Sie knetete den Saum ihres Hemds. Es war ihr unangenehm, dass sie so rückständig war. »Ich wollte vorhin nichts sagen, aber ich habe noch nie ein Handy benutzt.«

»Kein Problem. Ich zeige dir, wie es geht«, erwiderte er ohne einen Anflug von Wertung oder Überraschung. »Ich warte hier draußen, während du dein Telefon holst.«

Sie holte ihr Handy, und sie blieben auf der Veranda stehen, während er ihr zeigte, wie sie es ein- oder ausschalten und Kontakte finden und hinzufügen konnte – als gäbe es irgendjemanden, dessen Telefonnummer sie hinzufügen wollte –, wie sie telefonieren, eine Nachricht schicken und den Klingelton ausschalten konnte.

»Los, versuch es mal selbst«, forderte er sie auf. »Schick mir eine Nachricht.«

Sie öffnete die entsprechende App. »Was soll ich denn schreiben?«

»Natürlich, dass ich der beste Wanderführer der Welt bin und dass meine Pferde wunderschön sind. Wenn du magst, kannst du auch noch etwas über meine charmante und witzige Art hinzufügen.«

Sie musste unaufhörlich grinsen, während sie nach jedem einzelnen Buchstaben auf den winzigen Tasten suchte. Es dauerte eine Ewigkeit, und sie verstand nicht, warum jemand eine Nachricht schreiben sollte, statt anzurufen, aber schließlich hatte sie das geschrieben, was ihr am wichtigsten war. *Vielen Dank, dass du mir ein Gefühl der Sicherheit gibst. Sully*

Sein Telefon piepte, und während er ihre Nachricht las, traten die Muskeln an seinem Kiefer wieder hervor, aber als er wieder aufsah, wirkten seine Augen, die alles zu sehen schienen, sehr nachdenklich. »Gern geschehen.«

Er hielt ihren Blick so lange fest, dass die Schmetterlinge in ihrem Bauch abermals zum Leben erwachten, dabei hatte sie geglaubt, sie wären längst fort.

»Du brauchst deinen Namen nicht darunterzusetzen. Er ist im Telefon eingespeichert und wird auf dem Telefon der anderen Person angezeigt, wenn du jemandem eine Nachricht schickst oder ihn anrufst.« Auf seinen Lippen erschien ein Lächeln. »Aber ich hätte auch so gewusst, dass die Nachricht von dir ist.«

»Oh.« War das gut? Es fühlte sich wie etwas Gutes an. Vielleicht lag es aber auch daran, dass sich hier keiner Sorgen um die eigene Sicherheit machte, was ihr wiederum nicht so schlau vorkam. Warum raste ihr Herz so? Sie schob diesen nervenaufreibenden Gedanken beiseite. »Vielen Dank noch mal. Ich werde einfach …« Sie zeigte auf die Tür. »Gute Nacht.«

»Schlaf gut.«

Sie ging in die Hütte, verschloss die Tür und lehnte sich mit dem Rücken dagegen, wobei sie die Augen schloss und versuchte, ihr rasendes Herz zu beruhigen. Warum war sie so nervös? Sie hatte eigentlich gar keine Angst. Tatsächlich fühlte sie sich sicherer als je zuvor. Sie wusste nicht, warum sie das

Gefühl hatte, dass ihr jeden Moment das Herz aus der Brust springen könnte, aber sie vermutete, dass es etwas mit ihrem Wunsch zu tun hatte, die Nacht möge niemals enden, was ebenso verrückt wie aufregend war. Sie waren dabei, sich anzufreunden, aber mit Ansel hatte es sich nie so angefühlt.

Und auch mit niemandem sonst bisher.

Andererseits hatte sie auch noch nie jemanden wie diesen freundlichen Riesen kennengelernt, der nun auf ihrer Veranda Wache hielt.

Fünf

Cowboy sattelte Sunshine und fuhr mit der Hand über ihr dickes Fell. »Wie geht es meinem Mädchen heute? Bist du bereit, jemanden zum Lächeln zu bringen?«

Sunshine stupste ihn mit dem Maul an.

Es hatte ihn noch nie so nervös gemacht, eine Frau zu treffen, wie er es bei Sully war. Im Laufe der Nacht hatte er gehört, wie sie in der Hütte hin- und herlief, und sich überlegt, ob er ihr eine Nachricht schicken sollte, um sich zu vergewissern, dass es ihr gutging. Er hatte sie beruhigen wollen, glaubte jedoch, dass sie sich dann erst recht unwohl fühlen könnte. Je länger er über die kurzen Einblicke in ihr Leben nachdachte, die sie ihm in der vergangenen Nacht gewährt hatte, desto mehr fühlte sich der Name, den sie genannt hatte, wie der erste auf einer Abschussliste an. War der verdammte Rebel Joe derjenige, der ihr verboten hatte, abends spazieren zu gehen? Oder war das ihr Onkel gewesen? Wo steckten ihre Eltern? Was war sonst noch passiert, das sie zur Flucht bewegt hatte?

Seine Fragen nahmen kein Ende.

Er schob sie beiseite, saß auf und machte sich mit Sunshine auf den Weg zu Sullys Hütte. Die meisten Hütten hatten zwei oder drei Schlafzimmer. Wenn er daran dachte, wie lange sie diese Nacht wach gewesen war, kam ihm die Entscheidung seiner Eltern, ihr eine Einzelhütte zu geben statt einer, die sie sich mit jemandem teilen musste, umso weiser vor.

Als er sich ihrer Hütte näherte, erblickte er Sully, die in einem Streifen Sonnenlicht saß, der durch das Laub der Bäume fiel, und das Gesicht der Sonne zuwandte. Sie trug ihr Haar offen bis auf zwei dünne, geflochtene Zöpfe zu beiden Seiten ihres Gesichts. Sie sah so friedvoll aus, dass er drauf und dran war, sein Pferd zu zügeln und sich ihr nicht zu nähern, doch sie blickte zu ihm herüber, und ihre Augen leuchteten auf – er wusste nicht, ob das seinetwegen war oder wegen Sunshine, aber das spielte keine Rolle. Ihr Lächeln war für ihn der Himmel auf Erden. Aber das Licht trübte sich, und nun sah sie unsicher aus. Sie stand auf und schob dabei die langen Ärmel ihres hellgrauen Shirts hoch. Sie war vermutlich ungefähr einen Meter siebzig groß, und die Beine ihrer Jeans endeten knapp zehn Zentimeter über ihren Lederstiefeln. Zwar sah sie großartig aus, aber er war sich nicht sicher, ob sie mit Absicht eine zu kurze Jeans trug. Da sie nur mit einer kleinen Tasche angekommen war, vermutete er, dass sie einige neue Kleidungsstücke brauchen konnte. Er wollte sie nicht in Verlegenheit bringen, deshalb nahm er sich vor, darauf zu achten, statt sie danach zu fragen.

»Guten Morgen. Schicke Frisur.«

Sie errötete und berührte einen ihrer Zöpfe.

»Meinetwegen brauchst du nicht mit dem Sonnenbaden aufzuhören.« Er stieg ab und ging mit Sunshine zu ihr hinüber.

»Schon in Ordnung. Ich habe nur auf dich gewartet.« Sie musterte ihn intensiv, aber nicht mit der Angst, mit der sie zu ihnen gekommen war. Ihr Blick war sanfter, ebenso wie ihr Tonfall. »Du hast Sunshine mitgebracht.«

»Ich dachte, du möchtest sie vielleicht bis zum Haupthaus

reiten.«

Sie riss die Augen auf. »Ich bin noch nie auf einem Pferd geritten.«

»Das hatte ich schon vermutet, schließlich hast du gestern gesagt, du hättest noch nie ein Pferd aus der Nähe gesehen. Sie ist wirklich ganz lieb. Komm und sag ihr Hallo.«

Sully trat näher und stellte sich neben ihn. Sie streckte ihre Hand mit der Handfläche nach oben aus, und ihr Blick zuckte zwischen ihm und dem Pferd hin und her. Sanft legte er ihr eine Hand ins Kreuz, um ihr Sicherheit zu vermitteln, und sie sah ihn dankbar an. »Ich möchte nur, dass du dich sicher fühlst.«

»Ich weiß.« Sunshine stieß mit ihren Nüstern gegen Sullys Handfläche. Sully grinste zu ihm hoch.

»Sie vergisst niemals ein freundliches Gesicht.«

»Darf ich sie noch mal streicheln?«

»Aber sicher. Sie wird gerne liebkost. Nicht wahr, meine Kleine?«

Sunshine wieherte leise und stieß erneut mit dem Kopf gegen seine Brust.

»Das ist so bezaubernd.« Sully streichelte Sunshines Hals.

»Auf diese Weise zeigen Pferde einem ihre Zuneigung. Manchmal legen sie dir den Kopf auf die Schulter. Möchtest du versuchen, mit mir zusammen auf ihr zu reiten?«

»Ja, das möchte ich wirklich gern, aber wäre es in Ordnung, wenn wir das nicht heute machen? Ich bin ein bisschen nervös.«

»Das ist völlig in Ordnung. Wir können auch mit ihr zum Haus spazieren.«

»Soll ich irgendwas zum Frühstück mitbringen?«

»Nur den Schlüssel zu deiner Hütte und dieses wunderschöne Lächeln.«

Ihre Wangen färbten sich rosa.

»Hast du gut geschlafen?«

Sie nickte. »Und du?«

»Vermutlich genauso gut wie du.« Er zwinkerte ihr zu.

Sie biss sich auf die Unterlippe. »Ich konnte noch nie besonders gut schlafen.«

»Vielleicht ändert sich das jetzt, wo du hier bist.«

»Ich hoffe es. Ich habe meinen Schlüssel dabei, wenn du so weit bist.«

»Okay.«

Als er sich zur Straße umdrehte, sagte sie: »Auf dem Lageplan habe ich einen Pfad gesehen, der durch das Gehölz zu einem Feld beim Haupthaus führt. Können wir den Weg nehmen oder ist der für Sunshine zu schwierig?«

»Das ist ein Fußweg. Er ist geräumt, also kein Problem für sie.« Sie überquerten die Straße und steuerten auf den Weg durch den Wald zu. »Dein Orientierungssinn scheint also doch ganz gut zu funktionieren.«

»Ich bin Frühaufsteherin und hatte jede Menge Zeit, um die Informationen im Begrüßungspaket und den Lageplan zu studieren. Ich habe mir alles darüber durchgelesen, welche Patienten hier Hilfe suchen und dass die meisten von ihnen als Teil ihrer Therapie hier wohnen und arbeiten.«

»Das stimmt. Wir haben festgestellt, dass es bei Heilungsprozessen generell hilft, wenn man eine Aufgabe hat, und genau dafür sorgt die Arbeit auf der Ranch. Damit haben sie etwas, worauf sie sich konzentrieren können, worin sie sich auszeichnen und worauf sie stolz sein können, und das Leben hier vor Ort bietet ihnen eine Menge Vorteile. Sie haben ihre Psychologen in Reichweite und können sich auf ihre Therapie konzentrieren, statt sich Sorgen um alltägliche Probleme machen zu müssen.« Sie folgten dem Pfad um einen Felsbrocken herum. »Und wir essen zusammen, um sie zu unterstützen. Viele der Menschen, die hierherkommen, haben den Kontakt zu ihrer Familie verloren, und es hilft ihnen, an einem Ort, wo sie nicht bewertet oder anders behandelt werden, mit anderen Menschen zusammen zu sein, die ebenfalls lebensverändernde Dinge durchgemacht haben. Oftmals werden wir zur einzigen Familie unserer Patienten, und wenn sie uns verlassen, um sich ihr Leben neu aufzubauen, wissen sie, dass sie nie wieder allein sein werden. Wir werden immer für sie da sein. Wenn sie dann erneut eine schwere Zeit durchmachen, zum Beispiel weil sie allein im Urlaub sind, wissen sie, dass sie zu uns zurückkehren und Zeit mit uns verbringen können, damit ihrer Genesung nichts im Weg steht.«

»Das klingt echt fantastisch. Deine Familie scheint unglaublich zu sein.«

»Das gilt nicht nur für unsere Familie, sondern auch für die anderen Therapeuten und all die Menschen, die hier arbeiten, sowie für alle, die Geld für die Ranch spenden und unsere Programme ermöglichen.«

»Und machen alle von ihnen eine Therapie im Hauptgebäude und arbeiten mit den Pferden?«

»Sie arbeiten mit den Pferden oder auf der Ranch, und mit Ausnahme von Dares Stunden finden alle Therapiesitzungen im Hauptgebäude statt. Dare hält seine Sitzungen unter freiem Himmel ab und arbeitet Seite an Seite mit seinen Patienten, während sie miteinander reden.«

»Macht einer der anderen Therapeuten das auch?«

»Nein. Die anderen arbeiten in ihren Büros. Dare ist ein ausgezeichneter Therapeut. Er hat sehr vielen Menschen geholfen, aber in ein Büro eingesperrt könnte er nicht richtig arbeiten. Er hat zu viel Energie, und er arbeitet hauptsächlich mit Teenagern und streitlustigen Patienten. Seiner Ansicht nach ist es einfacher, sie zum Reden zu bringen, wenn sie sich auf etwas anderes konzentrieren.«

Während sie dem Pfad durch eine Baumgruppe hindurch folgten, ließ sie sich das durch den Kopf gehen. »Das klingt einleuchtend. Ich habe in der Anlage dabei geholfen, ein paar der kleinen Kinder zu unterrichten, und es war immer leichter, wenn ihnen nicht bewusst war, dass sie gerade lernen sollten.«

»Ihr hattet dort eine Schule?«

»Ja, und Gaia, die Mutter meines besten Freunds Ansel, hat aufgepasst, dass wir nicht einen Tag gefehlt haben. Ich habe keinen Schulabschluss oder so, aber sie meinte, ich könnte eine Prüfung ablegen und das nachholen, falls mir jemals die Flucht gelingt.«

»Das stimmt. Du kannst deinen Schulabschluss auf dem zweiten Bildungsweg nachholen. Es muss schwer für dich gewesen sein, deinen besten Freund zurückzulassen.«

»Das war es«, erwiderte sie leise, während sie das Gehölz verließen und zu einem Feld gelangten.

»Vermisst du ihn?«

Sie nickte und blinzelte rasch, als müsste sie gegen Tränen ankämpfen.

Er unterdrückte die Emotionen, die an ihm nagten. »Ich bin mir sicher, dass er dich auch vermisst. Entschuldige, falls ich dich aus der Fassung gebracht habe.«

»Das hast du nicht. Er war für mich wie ein Bruder. Wir sind zusammen aufgewachsen und haben über alles miteinander gesprochen. Ich kann immer noch sein Gesicht vor mir sehen und erinnere mich genau daran, wie er bei unserem Abschied ausgesehen hat. Bei seiner Geburt gab es Komplikationen, und ich weiß nicht genau, was passiert ist, aber sein Mund ist zur

Hälfte gelähmt und er kann eine Hand nicht richtig bewegen. Aber er hat das bezauberndste Lächeln, und an dem Tag, an dem ich gegangen bin, haben seine zotteligen braunen Haare die Tränen in seinen Augen fast verdeckt.«

»Ach herrje. Klingt so, als wäre der Arme am Boden zerstört gewesen.«

»Es war hart für mich, ihn zurückzulassen, aber ich habe so getan, als hätte ich seine Tränen nicht bemerkt. Er ist schon immer emotionaler gewesen als ich, und hat sich darüber fast genauso sehr geärgert wie über seine ungeschickte Hand. Ich würde alles dafür geben, dieses liebenswerte Lächeln noch einmal zu sehen, aber ich konnte dort nicht bleiben.«

Cowboy biss die Zähne zusammen, um sich von der Frage abzuhalten, warum sie nicht bei der Sekte hatte bleiben können, denn er wusste nicht, ob er möglicherweise ausrasten würde, wenn die Antwort auch nur annähernd seiner Vermutung entsprach.

Als sie den Wald verließen, zeigte sie auf das gewaltige Gebäude aus Stein, Holz und Glas. »Ist das das Haupthaus?«

»Ja, das ist es.«

»Es ist riesig. Alles hier ist so hübsch und gepflegt.«

»Wir kümmern uns um die Dinge, die wir lieben. Dieses Gelände ist schon seit Generationen im Besitz meiner Familie, und hoffentlich wird es das noch viele weitere Generationen sein.«

»Ich kann bei der Arbeit mithelfen. Ich bin kräftiger, als ich aussehe, und wie ich letzte Nacht schon gesagt habe, möchte ich mir meinen Aufenthalt hier verdienen.«

Die meisten Menschen, die ein traumatisches Erlebnis durchgemacht hatten, wären einfach nur dankbar für einen sicheren Aufenthaltsort gewesen, aber Sully war eindeutig nicht wie die meisten Menschen. »Wir haben reichlich Zeit, um uns darüber zu unterhalten. Ich werde Sunshine auf eine Koppel auf der anderen Seite des Gebäudes bringen. Bin gleich zurück.«

»Okay.«

Er führte Sunshine um das Gebäude herum zur Koppel, und bei seiner Rückkehr hatte Sully das Gesicht wieder der Sonne zugewandt, als wäre sie ausgehungert nach Sonnenschein. Offenbar gab es eine Menge Dinge, die der hübschen Frau gefehlt hatten. »Durftest du tagsüber auch nicht oft im Freien sein?«

»So würde ich das nicht ausdrücken, aber es gab strenge Zeitpläne, an die wir uns halten mussten.«

»Hattest du jemals die Freiheit, das zu tun, was du wolltest?«

Sie schüttelte den Kopf, zog eine Schulter hoch und senkte den Blick.

Diese elenden Mistkerle. Er ballte die Fäuste und wappnete sich für einen Kampf, den er nicht ausfechten konnte. Dann nahm er ihr Kinn zwischen Daumen und Zeigefinger und hob ihren Kopf so weit an, dass er ihr in die Augen sehen konnte. »Ich möchte, dass du mir einen Gefallen tust. Erstell eine Liste mit allem, was du machen wolltest, aber nicht tun konntest.«

Sie runzelte die Stirn. »Warum?«

»Weil ich verdammt noch mal dafür sorgen werde, dass du alles davon nachholen wirst.«

Sie starrte ihn ungläubig und seiner Meinung nach auch leicht misstrauisch an.

Er strich mit dem Daumen über ihren Kiefer und wünschte sich, er könnte dieses Misstrauen beseitigen. »Ich bin nicht wie sie, Sully. Ich werde nichts von dir verlangen oder dir etwas nehmen oder so tun, als wäre ich irgendwer, der ich nicht bin, um einen persönlichen Vorteil daraus zu ziehen. Ich will nur, dass du glücklich bist und Zugang zu all den Dingen hast, die du dir wünschst und die du verdienst.«

Sie schluckte schwer. »Wenn das stimmt, dann habe ich noch nie jemanden wie dich getroffen.«

»Es gibt eine Menge guter Menschen auf dieser Welt, und ich werde dir gleich einige der besten vorstellen. Möglicherweise wird es ein bisschen laut und überwältigend, aber ich bin immer an deiner Seite. Und nur damit du es weißt, niemand außer den Dark Knights und meiner Mutter wissen, wo du herkommst und wie du von dort abgehauen bist. Keiner der anderen Bewohner oder Mitarbeiter weiß davon. Auch meine Schwestern und Dares Verlobte wissen es nicht. Das ist eine Privatangelegenheit, und wir gehen keinerlei Risiken ein, damit es sich nicht herumspricht.«

Erleichterung machte sich auf ihrem Gesicht breit. »Danke. Was soll ich sagen, falls mich jemand danach fragt?«

»Was auch immer du möchtest. Aber die Menschen hier wissen, dass sie nicht in der Vergangenheit anderer Menschen herumstochern sollen, also sei bitte nicht überrascht, wenn niemand gezielte Fragen stellt. Es ist viel wahrscheinlicher, dass sie dich so behandeln, als würden sie dich schon seit einer Ewigkeit kennen und als wäre es nur ein weiterer normaler Tag auf der Ranch.«

»Okay.«

Sie gingen hinein. Der Eingangsbereich führte direkt in einen zweistöckigen Gemeinschaftsraum mit mehreren Sofas, Stühlen, Spieltischen, Bücherregalen und einem gemauerten Kamin. Eine Galerie führte oben um den ganzen Raum herum, und der Lärm der Frühstücksgesellschaft waberte vom Essbereich zu ihrer Rechten zu ihnen herüber. Cowboy erblickte seine Eltern und Simone am Buffet. Dare und Billie saßen mit Sasha und Doc an einem der riesigen Tische im Bauernhofstil zusammen mit Hyde und ein paar der anderen Rancharbeiter sowie Männern und Frauen, die derzeit ihre Therapieprogramme durchliefen. Docs schwarzer Labrador Mighty wanderte durch den Raum.

Cowboy spürte, wie Sully sich neben ihm verspannte, und er legte ihr eine Hand ins Kreuz und wandte ihr seine volle Aufmerksamkeit zu. »Es ist alles in Ordnung. Atme einfach tief durch.« Ihre Augen schienen ihm *Ich versuche es* zu vermitteln. Um sie von ihren Sorgen abzulenken, erklärte er: »Dies ist der Gemeinschaftsraum. Die Unterkünfte der Mitarbeiter und die Zimmer unserer jüngeren Patienten befinden sich auf der ersten Etage. Am Gang zu unserer Linken hinunter liegen die Besprechungszimmer und Büros, und zu unserer Rechten findest du hinter der lautstarken Frühstücksmeute die Küche, das Heimkino sowie weitere Büros.«

»Es ist wunderschön hier, und irgendetwas riecht köstlich«, flüsterte sie.

»Dwight ist ein fantastischer Koch. Bist du bereit, alle kennenzulernen?«

»Nicht wirklich«, gab sie leise zu. »Aber lass uns trotzdem reingehen.«

»Wir können uns ein bisschen Zeit lassen, wenn du das brauchst. Möchtest du noch einmal nach draußen gehen?«

Sie schüttelte den Kopf. »Ich komme schon zurecht.«

Er beugte sich zu ihr und senkte die Stimme. »Du bist ganz allein aus einer schlimmen Situation mit Menschen entkommen, die so mächtig sind, dass du vor ihnen geschützt werden musst. Ich habe das Gefühl, dass es nichts gibt, womit du nicht umgehen kannst.«

Sie klimperte mit den langen Wimpern und straffte die

Schultern, als würde sie sich für den Kampf bereitmachen. »Du hast recht. Ich wollte ein normales Leben haben, und hier beginnt es.«

»Gut so! Ein paar vorlaute Cowboys sollten ein Kinderspiel für dich sein.«

Der Lärm verstummte, als sie den Essbereich betraten, und alle Augen wandten sich Sully zu. Sie rückte näher an Cowboy heran. Sein Blick wanderte über ihre neugierigen Gesichter, und er bemerkte gereizt, dass Hyde und Taz – ein durchgeknallter Australier und der schnellste Rancharbeiter, den er je erlebt hatte – sie mit Blicken verschlangen. Die beiden waren dafür bekannt, sich Frauen zu teilen, und Cowboy würde Sully nicht einmal in die Nähe ihrer Wolfshöhlen kommen lassen.

Er ballte die Fäuste, während ihm *Finger weg* durch den Kopf schoss.

Cowboy hatte noch nie so heftig auf jemanden reagiert, den er gerade erst kennengelernt hatte. Das war nicht richtig, und es war verdammt noch mal nicht rational, aber er konnte es einfach nicht ändern, geschweige denn sich davon abhalten, drohende Blicke in ihre Richtung zu werfen. In dem Moment bemerkte er Dares fragenden Gesichtsausdruck, was ihn dazu brachte, selbst noch einmal richtig hinzusehen, und *Herr im Himmel*, sie verschlangen Sully gar nicht mit Blicken. Sie sahen sie voller Wärme und Besorgnis an. Was zum Teufel stimmte nicht mit ihm? Diese Männer waren seine Brüder. Sie waren bei den Clubtreffen gewesen. Sie wussten, was Sully durchgemacht hatte, und würden sie mit ebenso großem Respekt behandeln, wie er es tat.

Ich bin ein gottverdammter Idiot.

Er räusperte sich. »Hallo, Leute. Das ist Sully. Sie bleibt eine Weile bei uns.«

Alle reagierten mit *Hallo* oder *Schön, dich kennenzulernen*, und dann verfielen sie wieder in ihr typisches lautes morgendliches Wortgeplänkel. Sully war so nah an Cowboy herangerückt, dass er sich dazu entschied, die Einzelvorstellungen vorläufig auszulassen. »Warum holen wir uns nicht erst mal was zu essen?«

Sie gingen zum Buffet, wo seine Eltern sich gerade ihr Frühstück holten. Seine Mutter reichte Sully einen Teller. »Guten Morgen, Sully. Wie geht es dir, meine Liebe?«

»Gut, danke«, erwiderte Sully, während Mighty angesprungen kam, um sie zu begrüßen.

»Wunderbar. Genieß dein Frühstück, danach können wir uns dann unterhalten«, meinte seine Mutter.

»Okay, danke.« Sie beugte sich hinunter, um Mighty zu streicheln, und Mighty drückte seine Schnauze in ihren Schritt.

»*Mighty*«, bellte Cowboy, und der Hund wich zurück. »Entschuldige. Er gehört zu Docs Haustieren.«

»Schon in Ordnung. Ich mag Hunde.«

»Guten Morgen, kleine Lady«, grüßte Tiny, während er sich den Teller füllte. »Ist die Hütte für dich in Ordnung?«

»Ja, Sir«, erwiderte sie.

»Wir sprechen uns hier mit Vornamen an. Du kannst mich Tiny nennen.« Er beäugte Mighty, als der Hund sie wieder beschnüffelte. »Doc, komm her und hol deinen Handlanger ab«, brummte er und marschierte zu einem Tisch.

Doc stand auf. »Ich brauche keinen Handlanger. Aber du musst schon zugeben, dass er einen guten Geschmack hat.« Er nickte Sully zu und rief seinen Hund. Mighty trottete zu ihm hinüber. »Tut mir leid, Sully. Hol dir lieber was zu essen, bevor Cowboy alles auffuttert.«

»Los, nimm dir was.« Cowboy trat einen Schritt zurück,

während sie das Buffet in Augenschein nahm.

Seine Mutter trat zu ihm heran und fragte leise: »Alles in Ordnung, Schatz? Du wirkst ein bisschen angespannt.«

»Ich mache mir nur Sorgen um sie, weil hier so viele Menschen sind. Vielleicht hätten wir später herkommen sollen.«

»Es hilft ihr, von guten Menschen umgeben zu sein und zu sehen, dass wir mehr tun, als bloß zusammenzuarbeiten.«

»Aber sie kennt doch niemanden.«

»Sie wird sie kennenlernen. Entspann dich, Schatz, und vertraue darauf, dass sich alles in die richtige Richtung entwickelt.«

»Das tue ich, aber es gibt noch etwas, was mir keine Ruhe lässt.« Er senkte die Stimme. »Sie erinnert mich stark an diese Bilder des vermissten Mädchens. Aber sie sagt, dass sie mit ihrem Onkel zusammengelebt hat, also kann sie es nicht sein. Irgendwas stört mich daran.«

»Ich erkenne einige Ähnlichkeiten, aber sie sind nicht frappierend. Ich weiß, dass du ihr etwas Besseres wünschst, als sie bisher hatte, eine Familie, auf die sie zählen kann, aber mach dir lieber keine allzu großen Hoffnungen, dass so ein Wunder geschieht.«

»Das tue ich nicht.«

»Ich wollte dich auch noch fragen, ob du schon für den Filmabend bei den Pfadfindern zugesagt hast.« Ein paarmal im Jahr spielte er den Gastgeber bei Veranstaltungen der Pfadfinder.

»Ja. Ich habe Maya eine Nachricht mit dem genauen Datum geschickt.« Maya Martinez war ihre Büroleiterin.

»Gut. Dann lasse ich dich jetzt erst einmal frühstücken.«

Seine Mutter steuerte einen Tisch an, und er wandte sich dem Buffet zu und begann, sich den Teller zu füllen. Als Sully mit kaum etwas zu essen auf dem Teller beiseitetrat, hielt er sie auf. »Augenblick. Das reicht ja nicht einmal für einen Vogel.« Er nahm ihr den Teller ab und schaufelte ihr noch mehr darauf.

»*Callahan!*«, beschwerte sich Sully.

»Es ist sinnlos, sich mit ihm zu streiten«, warnte Simone sie. »Hi, ich bin übrigens Simone, und ich arbeite mit Cowboy zusammen. Bei mir hat er das auch immer gemacht. Offensichtlich hat er als Kind zu viele Cornflakes gegessen, und jetzt muss er all diese Muskeln füttern und glaubt, dass alle anderen genauso viel essen müssen wie er. Es ist seine Mission, dafür zu sorgen, dass wir bis zum Hals vollgestopft werden. Mittlerweile denke ich, dass das zu seiner Sprache der Liebe gehört.«

Sully blickte neugierig zwischen den beiden hin und her, und ein Lächeln umspielte ihre Lippen.

»Hey, Cowboy«, sagte Hyde, der zu den Kaffeemaschinen ging. »Ich habe mein ganzes Frühstück aufgegessen. Hast du mich am meisten lieb?«

Cowboy starrte ihn finster an, und Gelächter ertönte. Er blickte Simone mit hochgezogener Braue an. »Sprache der Liebe? Bringen sie dir das in deiner Coachingausbildung bei? Los, iss, bevor alles kalt wird.«

»Vielleicht mag ich kaltes Essen.« Simone beugte sich zu Sully hinüber und raunte ihr verschwörerisch zu: »Du kannst das zweite Brötchen unter dem Tisch Mighty zustecken.«

Sully lachte leise, während Simone davonschlenderte. Sie mochte die junge Frau mit den kastanienbraunen Haaren und Callahan offenbar auch, wenn sie seinen leicht amüsierten

Ausdruck richtig deutete, als er ihr einen Teller mit mehr Essen darauf reichte, als sie an einem ganzen Tag aufessen konnte.

»Hey, Süße! Ich will einen Muffin!«, rief ein kleiner, lockenköpfiger Junge, der in den Raum hereingerannt kam, dicht gefolgt von einem dunkelhaarigen Mann mit stark gebräunter Haut und einer zierlichen Brünetten in hautenger Trainingshose und abgeschnittenem Sweatshirt.

»Guten Morgen, Gusto!«, rief eine hübsche Blondine von den Tischen herüber.

»Cowboy!« Der kleine Junge sprintete auf sie zu, und die Erwachsenen, die ihm gefolgt waren, gingen zu Tiny hinüber. »Du hast doch nicht wieder alle Blaubeermuffins aufgegessen, oder? Beim letzten Mal musste ich einen der Maismuffins essen. *Bäh!*«

»Noch nicht, kleiner Mann«, erwiderte Callahan. »Willst du einen?«

Der kleine Junge nickte nachdrücklich, wobei die Locken um sein Gesicht tanzten, während Callahan ihm einen der drei Muffins von seinem Teller reichte.

»Danke!« Der kleine Junge drehte sich mit funkelnden braunen Augen zu Sully um. »Hi. Ich bin Gus. Wie heißt du? Magst du Muffins?«

Ihr ging das Herz auf. Seit sie die Sekte verlassen hatte, befand sie sich in solch einem emotionalen Wirbelsturm, dass ihr gar nicht bewusst gewesen war, wie sehr sie die Kinder dort vermisste. Bis jetzt. Sie kauerte sich hin, um ihm in die Augen zu sehen. »Hi. Ich bin Sully, und ich mag Muffins.«

»Hier.« Er streckte ihr seinen Muffin hin.

»Vielen Dank, aber ich habe schon einen. Siehst du?« Sie zeigte auf den Muffin auf ihrem Teller.

»Okay!« Gus sprintete davon und rief: »Mighty!«

Die zierliche Brünette eilte zusammen mit dem dunkelhaarigen Mann herbei, mit dem sie hereingekommen war, und schnappte sich Callahans Arm. »Hey. Du musst im Laden vorbeikommen. Ich habe die perfekte Frau für dich gefunden.«

Callahan und der dunkelhaarige Mann warfen einander Blicke zu, die Sully nicht deuten konnte, und Callahan erwiderte: »Birdie …«

»Hör mir einfach zu …«

»Hi, Sully, ich bin Ezra, der Vater dieses Minitornados«, stellte sich der Dunkelhaarige vor, womit er ihre Aufmerksamkeit von Callahan und der Brünetten ablenkte, bei der es sich um seine Schwester handelte, wie ihr jetzt klar wurde.

»Hi. Freut mich, dich kennenzulernen. Gus ist hinreißend.«

»Danke. Er hält mich ganz schön auf Trab.« Ezra grinste. »Ich arbeite hier als Therapeut, und Gus und ich wohnen auf dem Gelände, wir werden uns also bestimmt häufiger sehen. Ich sollte ihm lieber hinterhergehen, bevor er Mighty zu sehr ärgert, aber ich wollte mich erst vorstellen.«

»Das ist sehr nett von dir.«

»Hör auf damit, Birdie!«, schimpfte Cowboy gerade.

»So bedankst du dich also bei deiner persönlichen Heirats-vermittlerin«, erwiderte Birdie und verdrehte die Augen.

»Birdie, das ist Sully. Sully ist neu hier«, erklärte er. »Sully, das ist meine Schwester Birdie. Die, die dir ein Ohr abkauen wird.«

»Na, da hat er den Nagel auf den Kopf getroffen«, erwiderte Birdie fröhlich. Sie sah viel jünger aus als Callahan, und ihre Persönlichkeiten waren so unterschiedlich wie Tag und Nacht. »Hi. Schön, dich kennenzulernen.« Sie warf einen Blick auf Sullys Teller. »Lass mich raten. Mein Bruder hat dir das Essen auf den Teller geschaufelt.«

»*Birdie!*«, warnte er sie.

»Was denn? Du hast ihr so viel draufgetan, dass es für drei Personen reicht. Kein Wunder, dass du noch Single bist. Das kannst du nicht machen, wenn ich dich verkuppele. Frauen möchten gerne selbst die Kontrolle über ihren Körper haben.«

»Du verkuppelst mich aber nicht.«

»Wart's nur ab!« Birdie schnappte sich ein Würstchen von seinem Teller, biss einmal ab und zeigte dann mit dem verbliebenen Stück auf Sully. »Deine Frisur gefällt mir, und ich freue mich darauf, dich besser kennenzulernen, aber jetzt habe ich Yogastunde. Ich bin nur schnell reingekommen, um mir etwas zu holen, das ich auf dem Weg dorthin essen kann.« Sie nahm sich noch ein Brötchen und ein weiteres Würstchen von Callahans Teller und eilte zur Tür hinaus.

Sully berührte ihre Haare. Was das anbetraf, war sie etwas befangen, seitdem sie die Sekte verlassen hatte. Sie hatte sich immer gewünscht, sich die Haare abschneiden zu können, aber das war ihr nicht gestattet gewesen, und jetzt fühlten sie sich an wie eine Kette, die sie mit ihrer Vergangenheit verband. Aber heute Morgen hatte sie lange und heiß geduscht und dieses unglaublich duftende Lavendelshampoo benutzt, woraufhin ihre Haare nicht mehr so kraus waren, und das war nicht nur Callahan aufgefallen, sondern anscheinend auch Birdie. Dieses Shampoo würde sie garantiert weiter benutzen. »Sie ist ein ganz schöner Wirbelwind, nicht wahr?«

»So was in der Art«, erwiderte er und schüttelte dabei den Kopf. »Willkommen im Chaos. Suchen wir uns einen Platz.«

Es waren so viele Menschen da, und sie alle schienen gleichzeitig zu reden. Sully war nervös, dass sie mit Fremden zusammensitzen sollte. Callahan ließ den Blick über die Tische schweifen, und sie hoffte, dass er nach zwei leeren Plätzen nebeneinander suchte, so wie sie.

»Sully«, rief eine hübsche junge Frau mit langen dunklen Haaren durch den Raum, die neben Dare saß, der sich Essen in den Mund schaufelte, und jetzt aufstand. »Ich bin Billie, Dares bessere Hälfte. Ich bin fertig, du kannst also meinen Platz neben Sasha haben.« Die hübsche Blondine neben ihr, die nach Gus gerufen hatte, winkte Sully zu.

Sasha. Callahans andere Schwester. Sully sah Cowboy an, und er nickte. Während sie zum Tisch hinübergingen, bemerkte sie, dass er Dare anstarrte.

Dare legte den Kopf schief. »Echt jetzt?«

Daraufhin kniff Callahan die Augen zusammen.

Dare stand fluchend auf. »Schätze mal, ich bin auch fertig.«

Die Männer um ihn herum lachten, während Dare und Billie ihr Geschirr in die Küche brachten. Sully war erleichtert, dass sie mit Callahan zusammensitzen würde, aber Dare tat ihr leid.

»Hi. Ich bin Cowboys Schwester Sasha.« Sasha lächelte Sully an, ebenso wie die Männer und Frauen, die um sie herum saßen. »Ich leite den Stall für die kranken Pferde und pflege sie wieder gesund.«

»Hi. Ich bin Sully.« Callahan rückte einen Stuhl für sie zurecht, und als sie sich hinsetzte, wurde ihr bewusst, dass das noch nie zuvor jemand für sie getan hatte.

Er stellte seinen Teller neben ihren auf den Tisch. »Hättest du gern einen Kaffee?«

»Nein danke.«

»Wasser? Saft?«

»Saft wäre klasse, aber ich kann ihn mir selbst holen.« Sie wollte aufstehen, aber er legte ihr eine Hand auf die Schulter.

»Ich mach das schon.«

Sie wollte ihm widersprechen, aber alle beobachteten sie. Daher gab sie nach, war allerdings dabei enttäuscht von sich. »Okay, danke.«

»Alles in Ordnung?«, erkundigte sich Sasha leise, nachdem er gegangen war.

»Ja. Es ist nur … Ich muss nicht bedient werden.« Sie wusste nicht genau, warum es ihr so wichtig war, etwas selbst zu tun, aber so war es nun mal.

»Dann steh auf und sag es ihm«, erwiderte Sasha entschieden. »Er kann deine Gedanken nicht lesen, und er glaubt, dir damit zu helfen.«

Sully erinnerte sich daran, dass Callahan gesagt hatte, die Meinungen der Frauen würden etwas zählen, und hoffte, dass er nicht gelogen hatte, als sie aufstand. Sie versuchte, ihre prickelnden Nerven und die auf ihr ruhenden Blicke zu ignorieren, während sie auf ihn zuging. Er schenkte gerade ein Glas Orangensaft ein. »Callahan?«

»Ja?«

»Ich kann mir meinen Saft selbst holen, danke.«

Er zog eine Augenbraue hoch. »Es ist nur Saft.«

»Ich weiß, dass es für dich und vermutlich jeden anderen hier einfach nur Saft ist. Aber für mich ist das …« Sie suchte nach dem richtigen Wort. »Es ist ein Weg, mich zu befreien und unabhängig zu werden. Ich weiß deine Freundlichkeit wirklich zu schätzen, aber ich muss das selber machen, selbst wenn du das für albern hältst.«

»Ich halte das nicht für albern. Ich respektiere dich absolut dafür. Die Gläser stehen dort drüben.« Er wies mit einem Kopfnicken auf das Tablett mit den sauberen Gläsern.

Erleichterung durchströmte sie, und während er mit dem Saft, den er sich eingeschenkt hatte, davonging, streckte Sasha

ihren Daumen in die Luft. Stolz erfüllte Sully. Seit sie zurückdenken konnte, hatte sie sich nach dem Respekt der Männer
gesehnt, die sie ihr ganzes Leben lang kannte, und ihn nur von
Ansel bekommen, und jetzt hatte sie es irgendwie geschafft, sich
mit einem einzigen nervenzerreißenden Satz den Respekt von
Callahan Whiskey zu verdienen. Er konnte nicht ahnen, wie
groß das Geschenk war, das er ihr soeben gemacht hatte.

Halt. Das stimmte nicht.

Das Geschenk, das ich mir gerade selbst gemacht habe, korrigierte sie sich. Sie schenkte sich ein Glas Saft ein und kehrte mit
dem Gefühl zum Tisch zurück, dass es nichts gab, womit sie
nicht umgehen könnte.

<h1 style="text-align:center">Sechs</h1>

Nach einem lauten und überwältigenden, aber dennoch angenehmen Frühstück, bei dem Sully ein nettes Gespräch mit Sasha geführt hatte und mehr Menschen vorgestellt worden war, als sie sich Namen merken konnte, führte Callahan sie durch das restliche Haupthaus und brachte sie für ein Gespräch in Wynnies Büro. Aber Wynnie war weggerufen worden, um mit einem anderen Therapeuten zu sprechen, sodass Sully mit ihren Gedanken allein war.

Von denen ihr viel zu viele durch den Kopf gingen.

Was geschieht als Nächstes? Was mache ich, wenn sie entscheiden, dass ich nicht hierbleiben kann? und *Wo soll ich dann hingehen?* standen ganz oben auf dieser Liste. Die Whiskeys hatten bereits mehr für sie getan, als sie sich jemals hatte erhoffen können. Carol und Chester hatten gesagt, dass Wynnie ihr helfen könnte, aber dass sie ehrlich sein und das, was sie durchgemacht hatte, offen schildern musste. Das hatte Sully noch nervöser gemacht, und obendrein wusste sie nicht einmal, was für eine Art von Hilfe sie brauchte. Wie konnte ein Mensch ein neues Leben anfangen, wenn er nichts zu bieten hatte?

Sie saß auf dem Sofa, rang die Hände, und ihr Puls und ihre Gedanken rasten, während sie sich in dem sonnigen Büro umschaute. Mehrere Fotos von Callahan und seinen Geschwistern schmückten die blaugrauen Wände. Nur auf wenigen trug Callahan keinen Cowboyhut, aber er war leicht unter seinen Geschwistern auszumachen. Seine Haare waren nicht nur heller als die seiner Brüder, selbst als kleiner Junge waren seine Gesichtszüge und seine Haltung schon ganz eigen gewesen. Doc war größer und schlaksiger, und Dare hatte unverkennbar etwas Schelmisches an sich, während Callahans Körpersprache und sein ernsthafter Ausdruck ihn auf allen Bildern aussehen ließen, als versuchte er, die Stellung zu halten – außer, er saß auf einem Pferd. Auf diesen Bildern grinste er und wirkte entspannt.

Sie betrachtete ein Foto von Callahan und Birdie zu Pferde. Sie saß vor ihm, und er schien ungefähr vierzehn oder fünfzehn Jahre alt zu sein, während Birdie nicht älter als sechs oder sieben sein konnte. Er hatte einen Arm um sie gelegt, und sie hatte ihm ihr Gesicht zugewandt und sah ihn an, als wäre er ihr Held. Sully dachte an sein kurzes Gespräch mit Birdie vor dem Frühstück und machte sich über Callahans Privatleben Gedanken. Er war attraktiv und freundlich. Sicherlich waren jede Menge Frauen hinter ihm her. Warum also hatte Birdie das Bedürfnis, ihn zu verkuppeln?

Ein ungewohnter Knoten bildete sich in ihrem Magen, und sie zwang sich, von dem Bild wegzuschauen, wobei ihr Blick an einem Foto von Wynnie hängenblieb, auf dem sie hinter Tiny auf einem Motorrad saß. Sully ging hinüber, um sich das Ehepaar, das die Redemption Ranch ins Leben gerufen hatte, genauer anzuschauen. Auf dem Foto waren sie viel jünger und ungefähr in Sullys Alter. Selbst damals hatte Tiny in seinem dunklen T-Shirt und der schwarzen Lederweste eine beeindruckende Erscheinung abgegeben. Seine Haare und sein Bart waren lang, buschig und dunkel. Eine Hand ruhte auf dem

Lenker, die andere auf Wynnies Bein. Wynnies lange blonde Haare reichten ihr bis weit über die Schultern. Sie trug eine Jeansjacke, Jeans und Cowgirlstiefel. Tinys Gesichtsausdruck war genauso ernst wie die meiste Zeit auch Callahans, als würden sie die Last aller anderen auf ihren Schultern tragen, während Wynnie strahlend lächelte. Zusammen sahen sie aus wie eine Wolke mit ihrem Silberstreif.

»Tut mir leid, dass es so lange gedauert hat«, sagte Wynnie beim Betreten des Büros.

Sully wirbelte herum. »Entschuldige, ich habe mir gerade die Fotos angeschaut.«

»Kein Grund, sich zu entschuldigen, meine Liebe. Dafür sind sie doch da.« Nachdenklich warf sie einen Blick auf das Foto. »Das war, kurz nachdem Tiny und ich uns kennengelernt haben.«

»Habt ihr euch hier kennengelernt?«, fragte Sully. Wynnie war ähnlich angezogen wie ihr jüngeres Ich auf dem Foto und trug eine hübsche blaue Bluse, Jeans und Stiefel.

»Nicht auf der Ranch, sondern in Hope Valley, in der Roadhouse Bar, die jetzt Billies Eltern gehört. Ich hatte gerade das College abgeschlossen und feierte mit meiner Schwester und einigen Freunden, und dann kommt da dieser große Prachtkerl mit langen dunklen Haaren herein und Augen, die mich wie ein Blitz trafen. Er kam direkt auf mich zu und sagte: ›Hallo, Darling. Ich bin Tiny Whiskey, und ich werde der letzte Mann sein, mit dem du jemals ausgehst.‹«

»Das ist ein bisschen beängstigend«, murmelte Sully skeptisch.

»Genau das habe ich auch gesagt. Aber dann hat er mir erklärt, dass er meinte, wenn ich mich einmal mit ihm verabredete – *wenn wir ein Date hätten* –, würde ich nie wieder mit jemand anderem ausgehen wollen. Und wenn ich zustimmen würde, einmal mit ihm auszugehen, und sich dann herausstellte, dass er sich bezüglich meiner Gefühle getäuscht hätte, würde er mich nicht wieder behelligen.«

»Klingt, als wäre er sich seiner Sache sehr sicher gewesen.«

»Oh ja, das war er, und zu Recht, wie sich herausstellte. Ich war neugierig und fühlte mich stark von ihm angezogen, also habe ich mich auf eine Verabredung mit ihm eingelassen. Aber er war ein großer Mann, und das hat mich ein bisschen nervös gemacht, also sagte ich ihm, dass er vorher meinen Vater kennenlernen müsste und dass wir an einen öffentlichen Ort gehen würden. Es war Sommer, und er hat mich mit seinem Motorrad abgeholt. Als ich hinter ihm auf das Motorrad geklettert bin und meine Arme um ihn gelegt habe, gingen mir zwei Gedanken durch den Kopf, Sully, und das ist mein voller Ernst. Der erste war, dass es sich anfühlte wie ein Puzzleteil, das perfekt mit einem anderen zusammenpasst.«

»Ich kann mir gar nicht vorstellen, dass man so etwas so schnell mit solcher Sicherheit erkennt. Was war dein zweiter Gedanke?«

»Ich hoffte, dass ich nicht sterben würde.« Wynnie lachte leise.

»Auf dem Motorrad oder durch seine Hand?«

»Ach, meine Liebe, das war ein Witz, und kein besonders guter. Entschuldige bitte. Ich war nervös, weil ich noch nie zuvor auf einem Motorrad gesessen hatte, aber ich habe nicht ein einziges Mal Sorge gehabt, dass Tiny mich körperlich verletzen würde. Allerdings war ich schon ein wenig besorgt, wie es wohl sein würde, mit ihm auszugehen. Er war viel ungeschliffener als die anderen jungen Männer, mit denen ich ausgegangen war, und wie du gesehen hast, ist er recht barsch und spricht die Dinge offen aus. Aber an dem Abend merkte ich, dass er ein richtiger Herzensmensch ist. Während der Collegezeit bin ich mit vielen jungen Männern ausgegangen, aber keiner von ihnen hat mich so gut behandelt wie Tiny. Bei ihm fühlte ich mich wie eine Königin. Nicht dass er viel Geld gehabt hätte oder mir Geschenke gemacht hätte. Das war auch gar nicht nötig. Seine Liebe war viel kostbarer als alles, was man mit Geld hätte kaufen können.«

Sully hatte ihr ganzes Erwachsenenleben lang nicht geweint. Warum schnürte es ihr jetzt bei dieser Geschichte die Kehle zu? »Das ist ja wunderschön.«

»Das ist es, nicht wahr? Ich kann mir mein Leben ohne ihn gar nicht mehr vorstellen.«

»Und ihr seid seit all diesen Jahren zusammen?«

»Genau. Damals gehörte diese Ranch meinem Vater. Es war damals nur eine Pferderettungsstation, und als Tiny herausfand, dass ich in der Gegend bleiben und im Herbst zur Universität gehen würde, besorgte er sich eine Anstellung auf der Ranch und steckte mir ein paar Monate später einen Ring an den Finger.«

»Das ging aber schnell.«

»Allerdings, und ich bedauere nichts. Versteh mich nicht falsch. Wir streiten uns wie jedes Ehepaar in einer funktionierenden Beziehung, aber Liebesbeziehungen beruhen auf Kommunikation, Kompromissen und Verständnis. Ich will mir keinen Tag vorstellen, an dem ich ohne diesen stämmigen, tätowierten Mann an meiner Seite aufwache, und wenn ich daran denke, wie viel wir als Team geschafft haben, und an all die Menschen, denen wir geholfen haben, dann haut es mich um.«

»Ich habe noch nie jemanden kennengelernt, der so verliebt

gewesen ist.« Sie dachte an die Finchs und war sich sicher, dass sie einander liebten, aber ihre Liebe fühlte sich anders an als das, was Wynnie beschrieben hatte, und sie hatte sie nicht ein Mal Händchen halten oder sich küssen sehen.

»Doch, das hast du. Du kennst uns, und du hast Dare und Billie kennengelernt. Sie lieben sich, seit sie Kinder waren. Die beiden Sturköpfe haben eine Ewigkeit gebraucht, bis sie das begriffen hatten, aber wahre Liebe findet immer einen Weg.« Sie zeigte auf das Sofa. »Sollen wir uns zum Plaudern setzen?«

»Sicher.« Sully setzte sich, und ihre Fragen nagten an ihr. »Ich weiß es wirklich zu schätzen, dass ihr mich hier wohnen lasst, aber ich würde mich gerne in irgendeiner Form dafür erkenntlich zeigen.«

»Ich verstehe, dass dir das wichtig ist, und wir werden darüber sprechen.« Wynnie schnappte sich ein Notizbuch und einen Stift und setzte sich in einen Sessel. »Aber zuerst möchte ich dir ein paar Sachen erzählen, zum Beispiel was ich hier mache und wie ich dir helfen kann, und ich würde gern von dir hören, was du davon hältst.« Sie erklärte, dass sie ausgebildete Psychologin war, dass alles vertraulich blieb, was Sully ihr erzählte, und dass sie schon seit dreißig Jahren Menschen dabei half, traumatische Erlebnisse zu verarbeiten. Zudem erläuterte sie, dass eine Psychotherapie bei jedem anders aussah und dass manche Menschen sich täglich mit ihr trafen, andere hingegen seltener. Sie schlug ein tägliches Treffen vor, bis sie beide ein Gespür dafür bekommen hatten, was Sully durchgemacht hatte und wie Wynnie ihr am besten helfen konnte.

»Ich wusste nicht so recht, was für eine Art von Hilfe ihr hier anbietet, und erst recht nicht, dass Psychotherapie auch dazugehört.«

»Eine Psychotherapie kann dir das Gefühl vermitteln, dem

Treibsand entkommen zu sein und wieder festen Boden unter den Füßen zu haben, aber das ist harte Arbeit. Dabei können Gefühle und Erinnerungen zutage kommen, mit denen du dich lieber gar nicht mehr beschäftigen würdest.«

»Warum graben wir sie dann aus?«

»Weil es weiter gären kann, wenn wir etwas in uns vergraben, wie eine Wunde, die niemals verheilt. Selbst wenn du dir dessen nicht bewusst bist, versuchst du unbewusst die ganze Zeit, es in Schach zu halten, und lebst in Angst davor. Diese Dinge, die wir unterdrücken, stecken ihre hässlichen Köpfe immer irgendwann ins Freie, und oftmals verstehen wir gar nicht, dass das passiert. Ich habe gesehen, wie Beziehungen und ganze Leben von der Vergangenheit zerstört wurden. Deshalb empfehle ich dir, diese Dinge mit einem Profi zusammen anzugehen, damit du deine Gefühle verarbeiten kannst und lernst, nach vorn zu blicken, ohne Ängste zu hegen oder an unangebrachten Emotionen festzuhalten. Klingt das nach etwas, was für dich interessant ist?«

Sully presste die Hände auf die Oberschenkel. »Es klingt nervenaufreibend, aber ich denke die ganze Zeit an das, was ich durchgemacht habe, und es wäre ein Segen, wenn ich das nicht mehr tun müsste.«

»Zu wollen, dass sie funktioniert, ist schon ein großer Schritt auf dem Weg zu einer erfolgreichen Therapie, deshalb bin ich mir sicher, dass wir das schaffen werden. Es wird nicht einfach sein, und es mag Tage geben, an denen du dich im Bett verkriechen und nicht wieder aufstehen möchtest, aber du bist jetzt nicht mehr allein damit, und wir stehen das gemeinsam durch.«

Wynnie hatte ja keine Ahnung, dass sich Sully selbst davor fürchtete, ins Bett zu gehen. Seit sie zurückdenken konnte, wurde sie immer wieder von einem sich wiederholenden Albtraum heimgesucht, der sie jedes Mal aufs Neue erschütterte.

»Bevor wir anfangen, würde ich gern wissen, wie es mit Cowboy läuft. Fühlst du dich in seiner Gegenwart wohl?«

Wärme breitete sich in ihrer Brust aus. »Ja, das tue ich. Die Finchs zu verlassen war beängstigend, und ich hatte nicht die geringste Ahnung, wo und bei wem ich landen würde. Aber wir beide haben uns letzte Nacht lange unterhalten, daher empfinde ich nicht länger so. Er scheint ehrlich und freundlich zu sein, und er hat mir alles über eure Arbeit hier erzählt. Ich hoffe, du kannst mir dabei helfen, meinen Weg zu finden.«

»Das höre ich gern. Wenn du dich mit ihm oder mit jemand anderem unwohl fühlst, lässt du es mich wissen, okay? Und keine Bange, alles, was du mir erzählst, bleibt unter uns.«

Sie nickte. »Okay. Das mache ich.«

»Zuerst möchte ich dich besser kennenlernen. Mir ist bewusst geworden, dass ich nicht einmal weiß, wie alt du bist oder wann du Geburtstag hast.«

»Ich bin fünfundzwanzig und habe am dreizehnten Januar Geburtstag.«

»Großartig. Bist du bei Free Rebellion aufgewachsen?«

»Ja.«

»Und was ist mit deiner Familie? Hat sie auch dort gewohnt?«

»Nur mein Onkel, aber er ist vor ein paar Jahren gestorben.«

»Das tut mir leid. Wie hieß er?«

»Richard Tate.«

»Was ist mit deinen Eltern? Wo leben sie?«

»Ich habe sie nie kennengelernt. Mein Onkel wusste nicht, wer mein Vater war, und er sagte mir, dass meine Mutter nicht das Geld hatte, um mich aufzuziehen, weshalb sie ihn darum gebeten hat.«

»Wie alt warst du, als du zu deinem Onkel gezogen bist?«

»Das weiß ich nicht genau. Ich kann mich gar nicht daran erinnern, jemals mit meiner Mutter zusammengelebt zu haben.«

»Kennst du ihren Namen oder weißt du, wo sie lebt?«

»Sie heißt Allison, und ich weiß, dass sie im Westen lebt, aber wo genau sie wohnt, weiß ich nicht.«

»Verstehe. Na, das ist doch ein guter Anfang.« Sie kritzelte etwas in das Notizbuch. »Du hast heute Morgen beim Frühstück eine ordentliche Dosis von unserer lautstarken Gruppe abbekommen, und ich weiß, dass wir ziemlich anstrengend sein können. Wie war das für dich? War es überwältigend, oder liefen eure Mahlzeiten in der Sekte ähnlich ab?«

»Es war ein bisschen überwältigend, aber alle waren wirklich nett, und es war ganz anders als dort, wo ich aufgewachsen bin. Die Mahlzeiten waren nie so wie hier.«

»Was war anders?«

Sie wollte unbedingt ehrlich sein. »Eigentlich alles, sogar wer das Frühstück gemacht hat.« Callahan hatte ihr Dwight vorgestellt, den Koch und Verwalter. »Unsere Mahlzeiten waren ruhiger, und die Männer kochten nicht und spülten kein Geschirr, und sie scherzten nicht so mit den Frauen wie ihr hier.«

»Was hast du davon gehalten, als du dort noch gelebt hast?«

»Das war in Ordnung. Es gab ohnehin nicht viel, worüber ich reden wollte.«

»Ich würde gerne mehr darüber wissen, wie dein Leben dort ausgesehen hat. Hattest du dein eigenes Zimmer in eurem Haus? Hattest du Freunde?«

»Ich habe nie in einem richtigen Haus gelebt. Mein Onkel und ich wohnten in einem alten Wohnmobil, und als ich zehn wurde, bin ich in einen der Mädchenschlafräume gezogen, die sich in größeren Wohnwagen befanden, da haben wir alle zusammen geschlafen.«

»Wie viele Mädchen wohnten darin?«

»Alle Mädchen, die zehn Jahre oder älter waren. Wir hatten Feldbetten und teilten uns Kommoden.«

Wynnie notierte sich etwas. »Wie war das für dich?«

»Gut und schlecht. Ich war gerne mit den anderen Mädchen zusammen, aber ich hatte nie das Gefühl, dort reinzupassen.«

»In welcher Hinsicht?«

In jeder Hinsicht. »Das kann ich nicht genau sagen. Sie waren immer so brav, als wären sie mit dem Wissen geboren worden, wie man sich benimmt.«

»Was bedeutet das für dich, sich zu benehmen?«

»Zuzuhören und das zu tun, was man dir sagt. Ich habe lange gebraucht, um das zu lernen, und ich wurde häufig bestraft. Ich konnte einfach nicht verhindern, dass ich hin und wieder über die Stränge schlug, und mir war völlig schleierhaft, warum die anderen Mädchen nicht gegen die Regeln aufbegehrt haben.«

»Welche Art von Regeln?«

»Wir sollten keine Widerworte geben oder uns schmutzig machen oder irgendetwas zu laut machen, und es gab immer Pläne, an die wir uns halten mussten. Ich war nicht gut darin, mit meiner Meinung hinter dem Berg zu halten.«

»Das klingt, als wärst du ein Kind mit einem starken Willen gewesen. Daran ist nichts falsch. Wolltest du wie sie sein und die Regeln befolgen?«

Sully schluckte schwer und ging tief in sich hinein, um ehrlich zu antworten. »Nein. Aber ich wusste, dass ich das tun musste.«

»Warum?«

»Weil ich häufig bestraft wurde, selbst bevor ich in den Schlafsaal gezogen bin, und um nicht bestraft zu werden, gab es nur eine Möglichkeit: die Regeln nicht zu brechen. Aber das zu lernen, fiel mir schwer.«

»Starke Menschen lassen sich nicht so einfach zum Schweigen bringen, und ebenso wenig sollten sie das tun. Kannst du dich daran erinnern, wie alt du warst, als du gelernt hast, dich anzupassen?«

Sie zuckte mit den Achseln. »Das war etwa ein Jahr, nachdem ich in den Schlafsaal gezogen bin.«

Wynnie schrieb etwas auf. »Wie wurdest du bestraft?«

Erinnerungen prasselten auf sie ein, und es fiel ihr schwer zu antworten. Im Geiste ging sie die Bestrafungen durch und ließ die schlimmsten davon weg. »Wenn ich mich weigerte, eine Aufgabe auszuführen, haben sie mich schon mal geschlagen oder angeschrien, und wenn ich geweint oder widersprochen habe, wurde mir der Hintern versohlt oder ich wurde von Aktivitäten ausgeschlossen und musste stundenlang zusätzliche Arbeiten übernehmen.« Wut, die sie die ganzen Jahre unterdrückt hatte, brannte in ihrem Magen. Sie presste die Hände noch fester auf die Oberschenkel und versuchte, sich diese Wut nicht anmerken zu lassen.

»Das tut mir wirklich leid. Es muss sehr schwer für dich gewesen sein. Ich würde gerne wissen, wer dich bestraft hat. War das dein Onkel?«

»Nicht immer. Wir hatten Gruppenleiter für die einzelnen Aufgaben, und sie waren es auch, die uns bestraft haben.«

»Aha, und waren diese Gruppenleiter Männer und Frauen?«

»Ja, aber die Frauen haben uns anders bestraft als die Männer.«

»Inwiefern?«

»Die Frauen haben uns meist nur Zusatzarbeiten aufgetragen. Die Männer waren da körperlicher.«

Wynnie zog die Augenbrauen zusammen, und ihr Blick wurde sanft. »Haben die Männer dich jemals zur Strafe sexuell belästigt?«

Sie konnte immer noch Rebel Joes raue Hände auf sich spüren und wie das Gewicht seines Körpers sie niederdrückte. Galle stieg in ihrer Kehle auf, und sie versuchte, sie herunterzuschlucken. »Nein. Nicht als Strafe.« Ihre Hände ballten sich zu Fäusten, und sie schob sie unter ihre Oberschenkel und wappnete sich für das Gespräch, das unweigerlich folgen würde.

»Das ist gut. Wir werden später darauf zurückkommen«, sagte Wynnie leise.

Sully war ein bisschen erleichtert, wusste aber auch, dass das Unvermeidliche nur hinausgeschoben worden war.

»Glaubst du, dass es richtig von ihnen war, euch körperlich zu bestrafen?«

»Nein. Ich wollte sie am liebsten ebenfalls schlagen.«

Sie lächelte schmerzerfüllt, und Wynnie tätschelte ihre Hand. »Dir ist doch hoffentlich bewusst, wie stark du bist, dass du trotz all des Leids deinen Kampfgeist nicht verloren hast.«

»Mein Kampfgeist ist das, was mir die Strafen eingebracht hat.«

»Dein Kampfgeist hat es dir ermöglicht, dich zu retten und zu flüchten, und die gleiche Wildheit wird dir helfen, das Trauma zu verarbeiten und zu lernen, damit umzugehen, damit du alles hinter dir lassen und dir ein Leben aufbauen kannst, über das du selbst bestimmst. Ein Leben, in dem du entscheidest, wen und was du in deinen inneren Zirkel hineinlassen möchtest.«

»Das wünsche ich mir so sehr«, brach es aus ihr heraus, als wäre es seit Jahren in ihr eingesperrt gewesen.

»Du befindest dich bereits auf dem richtigen Weg und triffst diese Entscheidungen. Ist dir das klar?«

Sully nickte, und mit der Erkenntnis kam das Brennen der Tränen, denen sie keinen freien Lauf lassen wollte. Sie konzentrierte sich auf einen Fleck auf dem Fußboden und zwang das Gefühl dazu zu verschwinden.

»Wenn dir das zu schwer ist, können wir eine Pause machen«, schlug Wynnie mitfühlend vor.

»Es ist schwer, aber ich weiß, dass ich es jemandem erzählen muss, damit ihr verstehen könnt, warum ich nicht dorthin zurück will.«

»Du brauchst niemandem irgendetwas zu erzählen, wenn du das nicht möchtest, und wir werden trotzdem dafür sorgen, dass du niemals dorthin zurück musst.«

Nichtweinennichtweinennichtweinen. »Danke.«

Sie redeten über ihren Schulunterricht und wie ihre Tage ausgesehen hatten, und Sully erzählte ihr von Ansel und wie sehr sie ihn vermisste. »Wart ihr ein Paar?«, erkundigte sich Wynnie.

»Nein. So war das nicht.«

»Hast du jemals einen Freund oder eine Freundin gehabt, mit dem oder der du zusammen gewesen bist?«

Sully schüttelte den Kopf. »Das durfte ich nicht.«

»Hättest du jemanden gewollt, wenn du es gedurft hättest? Gab es einen Jungen oder ein Mädchen, das dich auf diese Art interessiert hat?«

»Nein.« *Ich wollte nur weg von dort.*

»Hatten andere Mädchen in deinem Alter einen Freund oder eine Freundin?«

»Ja, einige hatten einen Freund. Mit einem Mädchen zusammen zu sein war nicht erlaubt.«

»Warum durften andere Mädchen einen Freund haben und du nicht?«

Sully senkte den Blick und spürte einen Anflug von Scham, der nicht angebracht war, wie sie genau wusste, aber er war dennoch da. »Weil ich Rebel Joe gehört habe, einige der anderen Mädchen jedoch nicht.«

»Einige von ihnen? Heißt das, dass es noch weitere Mädchen gab, die ihm gehörten?«

»Ja, mehrere.«

»Und waren sie in deinem Alter?«

»Manche waren jünger, manche älter.« Abscheu stieg in ihr auf.

»Verstehe. Und was bedeutet es, ihm zu gehören?«

Sie zwang sich dazu, Wynnie in die Augen zu sehen. »Es bedeutet, dass kein anderer mich anrühren durfte.«

»Aber er schon?«

Sie nickte, und bei ihrem Geständnis wurde ihr speiübel.

»Kannst du dich daran erinnern, wie alt du warst, als das passiert ist?«

»Ich war zehn, als er Anspruch auf mich erhob, aber er hat mich nicht angerührt … *auf die Art* … bis ich sechzehn war.«

»Er hat lange gewartet. Weißt du, ob das typisch für ihn war? Oder gab es Gründe dafür, warum er so lange gewartet hat?«

»Er hat bei uns allen so lange gewartet. Es gingen Gerüchte um, dass sechzehn das Schutzalter war, aber ich weiß nicht, ob das zutrifft.«

Wynnie schrieb etwas in ihr Notizbuch. »Wie alt ist Rebel Joe?«

»Ich weiß nicht genau, so um die vierzig, schätze ich.«

Offenbar empfand Wynnie das als ebenso widerwärtig wie Sully. »Hast du Kinder?«

»Nein. Ansels Mutter ist Hebamme, und sie hat mich und ein paar andere Mädchen insgeheim mit Verhütungsmitteln versorgt, damit wir nicht schwanger wurden.«

»Das klingt, als wäre Ansels Mutter ein Schutzengel. Wie heißt sie?«

Wieder kamen ihr die Tränen. *Neinneinnein.* »Gaia. Für mich war sie wie eine Mutter. Mein Onkel hat mich geliebt, und manchmal hat er mich in den Arm genommen und mir Gutenachtgeschichten erzählt, als ich klein war, aber Gaia hat mich so behandelt wie Ansel und seine Schwester Emina. Sie hat uns immer in den Arm genommen und uns gesagt, wie toll wir wären. Sie hat mir auch beigebracht, wie ich mich von Ärger fernhalten konnte.«

»Sie scheint ein wundervoller Mensch zu sein. Wie hat Rebel Joe reagiert, als du nicht schwanger wurdest?«

»Er hat mehr getrunken und gemeine Dinge gesagt. Manchmal war er gröber, wenn wir Sex hatten. Aber er hatte eine Menge Mädchen, und die meisten von ihnen wurden schwanger.«

»Ich muss dir eine schwierige Frage stellen, und du musst sie nicht beantworten, wenn sie dir zu unangenehm ist, aber dadurch kann ich besser verstehen, was du durchgemacht hast. Wolltest du mit ihm zusammen sein, oder wurdest du dazu gezwungen?«

Scham überflutete sie wie eine Feuerwalze. »Ich wollte nicht mit ihm zusammen sein, aber es wurde von mir erwartet. Wenn er auf dich Anspruch erhebt, ist es deine Aufgabe, ihm zu dienen, also bin ich bereitwillig mit ihm gegangen, um nicht bestraft zu werden.«

Wynnie legte ihr Notizbuch hin und setzte sich neben sie auf die Couch. Sie nahm Sullys Hand und hielt sie zwischen ihren Händen. »Sully, wenn du mit jemandem nicht zusammen sein willst und es nur machst, um einer Strafe zu entgehen, dann ist das Zwang, und es ist eine Form der Vergewaltigung. Der Mann hatte kein Recht, dich anzurühren.«

Von jemand anderem als Gaia und Ansel zu hören, was sie schon immer gewusst hatte, rief eine Flut von Emotionen in ihr hervor und auch Tränen, die sie nicht zulassen wollte. Sully wandte den Blick ab, kämpfte mit aller Macht dagegen an, aber ein paar kamen trotzdem. Sie wischte sie wütend weg, und Wynnie reichte ihr Taschentücher aus einer Schachtel auf dem Beistelltisch. »Ich weiß. Ich schäme mich so sehr, dass ich zu schwach war, um mich ihm zu verweigern.«

»Du bist nicht schwach, Sully. Du bist unglaublich stark und klug, dass du schon in so jungem Alter wusstest, was du tun musst, um zu überleben und von dort wegzukommen.«

Sully musste ihre ganze Kraft zusammennehmen, um tief einzuatmen und Wynnie in die Augen zu sehen. »Danke.« Sie wischte sich die Augen ab und versuchte, die Kontrolle zurückzugewinnen.

»Was du durchgemacht hast, ist nicht dein Fehler, und du kannst gegen Rebel Joe und jeden anderen, der dir wehgetan hat, Anzeige erstatten, damit man sie für ihre Taten bestraft.«

»Aber dann stünde mein Wort gegen ihres, und wenn sie nicht im Gefängnis landen, werden sie hinter mir her sein.«

»Nach dem, was du mir gerade erzählt hast, glaube ich nicht, dass das passieren kann. Anzeige zu erstatten, würde diese Männer auch davon abhalten, anderen Mädchen wehzutun, und den anderen dort helfen. Dadurch würdest du auch ein

Stück Kontrolle zurückerlangen und müsstest keine Angst mehr davor haben, dass sie dich finden.«

Sie sprachen lange Zeit darüber, und Sully wusste, dass es das Richtige war, aber sie wollte sie nie wiedersehen, und trotz Wynnies Versicherungen machte sie sich immer noch Sorgen, dass sie gefunden werden könnte, wenn sie Anzeige erstattete, und davor hatte sie Angst. »Darf ich darüber nachdenken?«

»Ja, natürlich. Ich finde, wir haben für einen Tag genug besprochen, aber ich möchte mit dir noch über einen Arztbesuch reden. Wurdet ihr dort regelmäßig ärztlich und zahnärztlich untersucht?«

»Ja. Gaia hat die ärztlichen Untersuchungen durchgeführt und eines der Mitglieder war Zahnarzt.«

»Gut. Ich weiß, dass du bei den Finchs nicht zum Arzt gehen wolltest, weil du Angst hattest, dass Free Rebellion das herausfindet. Stimmt das?«

»Ja. Rebel Joe hat Verbindungen zu sehr vielen Menschen, auch bei der Polizei.«

»Das hatte ich mir fast gedacht. Aber für uns arbeitet eine Ärztin, und ich halte es für eine gute Idee, wenn du dich von ihr untersuchen lässt und sie dir Blut abnehmen kann. Wir vertrauen ihr, und sie wird deine Angaben vertraulich behandeln. Die Körper junger Frauen machen so viele Veränderungen durch. Wir wollen sichergehen, dass du gesund bist, und sie kann mit dir darüber sprechen, ob du weiterhin verhüten möchtest, und dir alle Fragen beantworten, die du vielleicht hast. Wäre das in Ordnung?«

»Ja, wenn du ihr vertraust.«

»Das tue ich. Ich glaube auch, dass wir einen DNA-Test machen sollten. Weißt du, was das ist?«

»So ungefähr.«

»Es ist ein Test, der dir helfen kann, deine Verwandten zu ermitteln. Er könnte uns zu deiner Mutter und eventuell zu anderen Familienmitgliedern führen.«

Vor lauter Angst kribbelte Sullys Haut. »Und wenn Rebel Joe herausfindet, dass ihr nach ihr sucht?«

»Das wird er nicht. Die Dark Knights würden die Nachforschungen übernehmen, und sie arbeiten schon seit Jahren äußerst unauffällig. Mit Diskretion kennen sie sich wirklich gut aus.«

»Du verstehst das nicht«, erwiderte sie unruhig. »Wenn er herausfindet, wo ich bin, wird er versuchen, mich zu holen.«

»Dazu wird es nicht kommen. Wir würden deine Sicherheit niemals aufs Spiel setzen. Niemand kann unser Gelände betreten, ohne dass wir es erfahren. Wir haben Männer, die die Umgebung absichern, und wir haben auch Überwachungskameras. Wenn jemand unser Land betritt, werden wir alarmiert.«

Sie wollte ihr so gerne glauben.

»Möchtest du deine Mutter finden? Herausfinden, ob du eine Familie hast?«

»Ich weiß es nicht. Sie wollte mich ja nicht haben.«

»Hattest du nicht gesagt, dass sie nicht genug Geld hatte, um dich aufzuziehen?«

»Ja, das stimmt.«

»Das sind zwei völlig unterschiedliche Dinge, Liebes. Wenn ihr das Geld fehlte, um ein Kind großzuziehen, ist das etwas ganz anderes, als ein Kind nicht zu wollen. Im Laufe der Jahre können sich ihre Lebensbedingungen geändert haben, und möglicherweise hast du sogar Brüder und Schwestern. Wäre es nicht schön, das zu wissen? Verwandte können eine große Unterstützung sein.«

Ihr Magen zog sich zusammen. »Woher wollt ihr wissen, ob

sie ein guter oder ein schlechter Mensch ist?«

»Lass mich dir erklären, wie das ablaufen würde. Wir würden mit einem DNA-Test anfangen, und er kann uns hoffentlich dabei helfen, herauszufinden, wer deine Verwandten sind und wo sie wohnen. Dann durchleuchten wir sie gründlich und bringen alles über deine Mutter und jedes weitere Familienmitglied in Erfahrung, auch ob sie Vorstrafen haben oder wegen Missbrauch oder Vernachlässigung aufgefallen sind. Wir setzen auch einen Privatdetektiv ein, um zu ermitteln, womit sie sich ihren Lebensunterhalt verdienen, wo sie häufig hingehen und mit wem sie Umgang haben.«

»Und wenn sie mich zurückschickt?«

»Du bist erwachsen, Sully, und das heißt, dass alle Entscheidungen, die dich betreffen, einschließlich wer über die DNA-Ergebnisse benachrichtigt werden soll und wo du wohnst, *deine* Entscheidungen sind, und zwar ganz allein deine. Niemand kann dich irgendwo hinschicken.«

Sully starrte sie ungläubig an und war wie betäubt. Konnte es wirklich sein, dass sie statt gar keiner Kontrolle plötzlich alles selbst in der Hand hatte?

Sieben

Am späten Sonntagnachmittag marschierte Cowboy ins Haupthaus, um mit seiner Mutter zu sprechen und sich mit Sully zu treffen, und rannte dabei beinahe Doc über den Haufen, der das Gebäude gerade verlassen wollte. »Entschuldige.«

»Alles in Ordnung? Ich hab gehört, dass du heute auf Krawall gebürstet bist.«

»Mir geht's gut.« Ihm ging es alles andere als gut, und ja, er war ein bisschen reizbar, weil er unaufhörlich an Sully dachte und sich in den dunkelsten Farben ausmalte, was sie hatte durchmachen müssen. Er machte sich Gedanken, wie ihre erste Therapiesitzung gelaufen war und ob sie sich bereit erklärt hatte, sich von einem Arzt untersuchen zu lassen. Dass er sie am Dienstagabend würde allein lassen müssen, um zur Church zu gehen, machte es auch nicht besser. Er wusste zwar, dass sie dank der zusätzlichen Sicherheitsmaßnahmen in Sicherheit war, aber sicher und entspannt waren zwei völlig unterschiedliche Dinge. Daher wollte er jemanden finden, der nach ihr schaute, während er bei der Church war, aber es musste die richtige Person sein. Jemand, bei dem er sich darauf verlassen konnte, dass er bei ihr kein Unbehagen hervorrief oder in ihrer Vergangenheit herumschnüffelte.

»Du siehst aber nicht so aus«, entgegnete Doc. »Gibt es irgendetwas, wobei ich dir helfen kann?«

Ja, hilf mir, die Arschlöcher zu finden, die Sully wie ein Tier eingesperrt haben, damit ich herausfinden kann, was sie ihr sonst noch angetan haben, und sie in Stücke reißen kann. »Nein. Mir geht nur gerade viel im Kopf herum.«

»Okay. Trinkst du nach dem Abendessen noch ein Bier mit Sasha und mir?«

Ihm fiel ein, wie gut sich Sasha und Sully beim Frühstück verstanden hatten. Sasha war einfühlsam und nicht so dumm, die Menschen, die auf die Ranch kamen, mit Fragen zu bombardieren. Möglicherweise konnte sie Sully Gesellschaft leisten, während er bei der Church war. »Nicht heute Abend. Ich möchte in Sullys Nähe bleiben für den Fall, dass sie etwas braucht.«

»Dann ein andermal.«

Doc verließ das Gebäude, und Cowboy machte sich auf den Weg zum Büro seiner Mutter. Sie beendete gerade ein Telefongespräch, als er hereinkam. »Wo ist Sully?«

»Hallo, Schatz. Ich freue mich auch, dich zu sehen«, sagte seine Mutter.

»Entschuldige, Mom. Ich mache mir einfach nur Sorgen um sie. Wo ist sie?«

»Dein Vater hat sie zu ihrer Hütte gefahren.«

Verdammt! »Ich hatte deine Nachricht so verstanden, dass ich sie hier abholen sollte.«

»Ich hatte dich gebeten herzukommen, damit ich zuerst mit dir sprechen kann.«

»Stimmt irgendetwas nicht? Was hast du herausgefunden?«

Seine Mutter tätschelte ihm die Wange. »Oh, du eifriger

Beschützer, du weißt doch ganz genau, dass ich dir nichts von dem erzählen darf, worüber ich mit ihr gesprochen habe.«

Er biss die Zähne zusammen. »Mom, sie haben sie nicht mal einen verdammten Abendspaziergang machen lassen. Ich muss wissen, was sie durchgemacht hat, denn der ganze Mist, den ich mir ausmale, lässt die Mordlust in mir überbrodeln.«

»Es tut mir leid, Schatz, aber wenn Sully mit dir oder irgendjemand anderem über ihre Vergangenheit reden will, ist das ihre Sache. Vielleicht sollten wir uns hinsetzen und über das sprechen, was dir im Kopf herumgeht.«

»Nein. Ich komme schon klar, aber sie ist geflüchtet. Du weißt ganz genau, dass etwas richtig Mieses passiert sein muss, damit man so etwas macht.« Seine Mutter zuckte weder zusammen noch nickte sie oder veränderte irgendwie den Gesichtsausdruck. »Sag mir zumindest, ob sie bei der Ärztin gewesen ist.«

Sie warf ihm einen Blick zu, der ihm vermittelte: *Du weißt, dass ich das nicht tun kann.* »Ich würde vorschlagen, dass du zuerst einen Spaziergang machst, bevor du dich mit ihr triffst. So aufgebracht muss sie dich nun wirklich nicht sehen.«

»Ja, das weiß ich. Mach dir keine Sorgen. Ich will sie auf keinen Fall noch mehr belasten. Hättest du irgendwelche Einwände, wenn ich Sasha bitte, bei ihr zu bleiben, solange ich Dienstagabend bei der Church bin?«

»Nein. Beim Frühstück haben sie sich gut verstanden. Das dürfte ihr gefallen.«

»Okay. Worüber wolltest du mit mir sprechen?«

»Ich weiß, dass diese Aufgabe, die dir dein Vater übertragen hat, Angelegenheit der Dark Knights ist, aber du bist immer noch mein Sohn, und mir ist nur zu gut bewusst, dass du die Bürde anderer oftmals übernimmst. Daher wollte ich sichergehen, dass es okay für dich ist, auf sie aufzupassen.«

»Ja, das ist es. Sie ist ein guter Mensch, und du weißt, dass ich mich gut um sie kümmern werde.«

»Das weiß ich, Schatz.«

»Gut, dann gehe ich jetzt zu ihr.« Er wandte sich zur Tür, drehte sich dann aber noch einmal um. »Gibt es irgendetwas, das ich sagen oder tun könnte, um es für sie leichter zu machen?«

»Sei einfach ein Freund und behandele sie so wie deine Pferde und alle anderen, die hierherkommen.«

Führe mit Bewunderung, nicht mit Mitleid. So machten sie es hier alle.

Mit einem Nicken verließ er ihr Büro und ging zu Sullys Hütte. Als er dort ankam, saß sie über ein Notizbuch gebeugt auf den Verandastufen. Ihre langen Haare fielen ihr über eine Schulter, und sie blickte konzentriert auf ihr Blatt hinab.

»Arbeitest du an der Liste, um die ich dich gebeten habe?«

Sie klappte das Notizbuch zu, und als sich ihre Blicke trafen, umspielte ein Lächeln ihre Lippen. »Ich dachte nicht, dass du das ernst gemeint hast.«

»Es war mir todernst. Hast du was dagegen, wenn ich mich zu dir setze?«

Sie schüttelte den Kopf und rutschte zur Seite, um auf der Stufe Platz für ihn zu machen.

Er setzte sich hin. Es juckte ihn in den Fingern, sie zu fragen, wie ihr Tag gewesen war, aber er wollte nicht riskieren, dass dieses Lächeln wieder verschwand. »Schreibst du Tagebuch?«

»Nein. Ich zeichne nur.«

»Tatsächlich? Darf ich mal sehen?«

»Es ist nicht besonders gut.«

»Wie wäre es, wenn du mich das beurteilen lässt?«

Sie blickte auf das Notizbuch, als würde sie darüber nachdenken. »Versprichst du mir, nicht zu lachen?«

»Großes Ehrenwort.«

Sie reichte ihm das Notizbuch und beobachtete ihn mit ihren wunderschönen blauen Augen genau, während er es aufschlug und die makellose Skizze eines kleinen Mädchens bewunderte, das über den Rasen tobte. Die Spitzenrüschen ihres Kleides und ihre langen Haare flogen hoch, während sie sich drehte, und sie hatte das Gesicht gen Himmel gewandt. Die Zeichnung war so detailliert, dass er die warme Brise, die ihr die Haare aufwirbelte, und die Freude, die ihm von dem Papier entgegenströmte, praktisch spüren konnte.

»Das ist phänomenal. Wo hast du so zeichnen gelernt?«

»Reine Übung, schätze ich. Ich zeichne schon, seit ich zurückdenken kann. Glaubst du wirklich, dass das gut ist?«

»Machst du Witze?«, fragte er ungläubig. »Du bist wirklich talentiert, Sully. Bist das du als junges Mädchen?«

Sie schüttelte den Kopf.

»Wer ist es dann?«

»Nur jemand, den ich mir ausgedacht habe.«

»Dann hast du eine bemerkenswerte Fantasie. Hast du noch mehr von ihr gezeichnet?«

»Ja, aber ich musste meine alten Notizbücher zurücklassen, als ich die Sekte verlassen habe. Carol hat mir dieses hier gegeben. Ich habe aber auch das hier gezeichnet.« Sie blätterte um und zeigte ihm ein Bild von ihm auf Sunshine.

Es war, als würde er in einen Spiegel schauen, nur besser, weil es durch ihre Hand entstanden war. »Hast du das aus dem Gedächtnis gezeichnet?«

Sie nickte.

»Grundgütiger, Sully. Du hast sogar Sunshines Fellzeichnungen richtig hinbekommen. Hast du ein fotografisches Gedächtnis?« Falls sie so etwas Schlimmes durchgemacht hatte, wie er befürchtete, wollte er das nicht hoffen.

»Nein.« Sie lachte leise. »So gut sind meine Bilder nun auch wieder nicht.«

»Doch, das sind sie. Ich habe noch nie jemanden kennengelernt, der so gut zeichnen kann. Du könntest Kinderbücher illustrieren. Ach was, jede Art von Buch.«

»Nein, so etwas könnte ich nicht.«

»Vielleicht sollten wir darüber heute Abend bei unserem Spaziergang sprechen.«

Sie wirkte überrascht. »Du hättest nichts dagegen, wieder mit mir spazieren zu gehen?«

»Es kostet mich zwar einiges an Überwindung, aber ich komme schon damit klar.« Er stieß sie mit der Schulter an, und sie grinste. »Ich möchte vor dem Abendessen noch mit Sasha sprechen. Magst du mitkommen und dir die geretteten Pferde anschauen?«

»Das würde ich gern. Ich bring nur rasch das hier rein und hole meinen Schlüssel.«

Er stand auf, um ihr die Tür zu öffnen.

»Du bist ein richtiger Gentleman«, stellte sie im Vorbeigehen fest. »Du brauchst mir keine Türen aufzuhalten oder mir den Stuhl zurechtzurücken. Daran bin ich nicht gewöhnt.«

»Willkommen in der Whiskey-Welt, wo knallharte Rancher Motorräder fahren und Damen angemessen behandeln.«

Sie errötete und ging in die Hütte. Himmel, wie sehr er dieses Erröten mochte. Er konnte sich nicht daran erinnern, wann er zum letzten Mal eine Frau hatte erröten sehen. Es machte Sully nur noch reizender, noch liebenswerter.

Als sie wieder herauskam, gingen sie zum Stall hinunter.

Cowboy winkte unterwegs ein paar Männern zu.

»Das sind Hyde und Taz, nicht wahr?«, fragte sie.

»Genau, und der Bursche bei ihnen ist Kenny. Er geht noch zur Highschool. Vor einiger Zeit hat er unser Programm bei Dare durchlaufen, und jetzt arbeitet er ein paar Tage die Woche nach der Schule und an den Wochenenden hier, und Billie bringt ihm bei, wie man Motocross fährt.«

»Was ist Motocross?«

»Das ist eine Rennsportart, bei der man mit dem Motorrad durchs Gelände fährt. Die Motorräder sind klein und erinnern an frisierte Fahrräder. Wir haben eine Rennstrecke hinter Dares Haus, und er will eine weitere bauen, damit Billie anderen Jugendlichen Fahrunterricht geben kann. Sie war früher mal professionelle Rennfahrerin.«

»Das ist beeindruckend. Warum hat sie aufgehört?«

»Dare, sie und Eddie, ihr bester Freund von klein auf, waren die ultimativen Draufgänger. Vor ein paar Jahren ist Eddie bei einem missglückten Motorradstunt gestorben, und danach waren Billie und Dare lange Zeit am Boden zerstört.«

»Du meine Güte, das ist ja schrecklich. Kein Wunder, dass sie aufgehört hat. Und doch wirken sie beide so zuversichtlich und unerschütterlich.«

»Das sind sie, weil sie jetzt einander haben. Aber es hat eine lange Zeit gedauert, bis ihnen das aufgegangen ist.« Er wies mit einem Nicken auf den Stall. »Ich sollte dich vorwarnen, dass die geretteten Pferde ganz anders aussehen als Sunshine und die anderen Pferde, die du gestern Abend gesehen hast. Manche von ihnen sind stark unterernährt, und andere erholen sich von Verletzungen oder Operationen. Sie können zurückhaltend und scheu sein.«

»Nach allem, was du mir gestern Abend erzählt hast, bin ich

davon ausgegangen, dass sie in einem schlechten Zustand sind.«

»Ihr Anblick kann schockierend und schwer zu ertragen sein. Ich wollte nur, dass du vorbereitet bist, und wenn es für dich zu viel wird, gehen wir.«

»Das schaffe ich schon. Ich habe schon einige schlimme Sachen gesehen.«

Verdammt. Natürlich hast du das. Er blieb direkt vor der Stalltür stehen. »Entschuldige. Ich habe nicht nachgedacht. Vielleicht sollten wir besser nicht hineingehen. Ich will keine schlimmen Erinnerungen heraufbeschwören.«

»Ich weiß es zu schätzen, dass du mich beschützen willst, Callahan, aber ich kann mit diesem Anblick umgehen. Ich mag vielleicht nicht viel zu bieten haben, aber ich habe Selbstvertrauen, und ich bin fest entschlossen, daran festzuhalten. Ich wäre dir deshalb dankbar, wenn du mich so behandeln würdest wie heute Morgen, als du sagtest, dass ich mit allem zurechtkäme.«

»Ich glaube dir, dass du das kannst. Nur ist das hier eben anders. Tiere leiden zu sehen bricht einem das Herz.«

»Das weiß ich. Wir hatten auch Tiere bei uns. Keine Pferde, aber wir hatten Hunde, und ich hab zwei von ihnen sterben sehen, und es gab Kühe und Ziegen und Hühner, um die wir uns gekümmert haben, nur damit wir sie schlachten und essen konnten. Ich verstehe es. Aber dieser Ort ist das genaue Gegenteil von dem, an dem ich früher gelebt habe. Du hilfst diesen Tieren und Menschen dabei, wieder gesund zu werden, und das gefällt mir. Ich möchte den Beweis dafür sehen, und ich muss sie sehen, wenn sie noch leiden, damit ich nachvollziehen kann, wie sie gesund werden.«

»Ach, Sully. Es tut mir so leid. Ich bin manchmal ein bisschen überfürsorglich, aber ich werde versuchen, mich im Zaum zu halten.«

»Mehr verlange ich auch gar nicht. Was meine Unabhängigkeit anbetrifft, hüte ich sie auch gerade mit Übereifer, weil ich nicht als eine Frau gesehen werden möchte, die nicht für sich selbst einstehen kann. Anscheinend lernen wir gerade beide dazu.«

Ja, das taten sie mit Sicherheit. Ihm war bestimmt schon hunderte Male gesagt worden, dass er nicht so überfürsorglich sein sollte, aber dies war eines der wenigen Male, bei denen er tatsächlich zugehört hatte. »Ich versuche, von jetzt an daran zu denken. Und wenn ich es vergesse, gibst du mir einfach eine Kopfnuss.«

Sully grinste ihn breit an.

Sie betraten den Stall und waren augenblicklich von den vertrauten Gerüchen von Leder, Pferden und Hoffnung umgeben. Sasha arbeitete gerade mit einer schwarzen Stute, die sie vor ungefähr einem Monat gerettet hatten. Sie hatte ihr Haar zu einem Pferdeschwanz zusammengebunden und trug Jeans, ein pinkfarbenes T-Shirt und – so wie immer – ihre kastanienbraunen Cowgirlstiefel. Er nickte ihr zu. »Hey, Sasha. Wie läuft's?«

»Hallo, ihr beiden. Ich bin gerade mit Kellys Massage gegen ihre Nervosität fertig.«

»Funktioniert das?«, erkundigte sich Sully.

»Definitiv«, erwiderte Sasha. »Genauso wie bei Menschen kann Berührung auch bei Tieren heilen oder wehtun.«

Ein Schatten von irgendetwas – *einer bösen Erinnerung?* – huschte über Sullys Gesicht. »Was ist mit ihr passiert?«

»Ihr Besitzer war ein selbstsüchtiger Mistkerl, der wie ein König speiste und seine Pferde verhungern ließ.« Sasha fuhr mit der Hand über den Hals des Pferdes. »Aber Kelly macht sich klasse, sie ist nur ziemlich schreckhaft, und was das anbetrifft, sind wir auf einem guten Weg. Sie wird wieder gesund.«

»Hat der Besitzer Ärger bekommen?«, fragte Sully.

»Ja. Achtzehn Monate Gefängnis und Geldstrafen, die nicht annähernd hoch genug waren«, antwortete Cowboy.

»Zumindest wird er bestraft«, meinte Sully. »Darf ich die anderen Pferde sehen?«

»Natürlich. Ich muss Kelly ohnehin in ihre Box bringen.«

Während Sasha mit Kelly zu ihrer Box ging, erklärte Cowboy: »Manche der Pferde sind sehr schreckhaft, und die in den Boxen mit roten Griffen können aggressiv werden, also geh da lieber nicht zu nah ran.«

Sasha gesellte sich zu ihnen, und sie gingen zusammen durch den Stall.

»Sind alle Boxen aus Metall?«, fragte Sully. »Ich weiß nicht, warum ich geglaubt habe, dass sie aus Holz wären.«

»Die meisten sind auch aus Holz«, erwiderte Sasha. »Dank der Metallstäbe können wir den gesamten Körper des Pferdes sehen, und Pferde, die an offene Räume gewöhnt sind, fühlen sich darin weniger eingesperrt.«

Während sie durch den Stall schlenderten, erzählte Sasha Sully etwas über jedes Pferd und was es durchgemacht hatte. Sully erkundigte sich, wie lange die Tiere schon hier waren und wie die jeweilige Therapie aussah. Manche von ihnen ließen sich nur zu gern von ihr streicheln und dabei wirkte sie auf einmal ungemein friedlich und ruhig.

»Das ist Thistle«, sagte Sasha, als sie die Box einer Fuchsstute erreichten. »Sie kam vor ungefähr zwei Monaten mit Bänder- und Sehnenverletzungen zu uns.«

»Wie bringt ihr das wieder in Ordnung?«, fragte Sully, die den Blick nicht von Thistle abwandte.

»Das hängt vom Ausmaß des Schadens ab, aber im Allgemeinen ist es ein langer Prozess aus Ruhe, Kühlung und Entzündungshemmern. Es dauert etwa drei Monate, bis sich Narbengewebe bildet, und dann noch einige weitere Monate, bis das Gewebe wieder seine ganze Stärke erreicht hat.« Sie fuhr fort, ihr von Thistles Behandlung zu erzählen, während sie zur nächsten Box gingen, in der ein kürzlich gerettetes Pferd auf dem Boden lag. »Das ist Beauty, und in der Box neben ihr steht ihre Schwester Belle. Wie du an ihrem traurigen Zustand erkennen kannst, wurden sie von ihrem Besitzer stark vernachlässigt.«

Schmerz erfüllte Sullys Augen. »Man kann ihre Rippen sehen. Ist sie zu schwach zum Aufstehen?«

»Nein, sie kann stehen, aber ich glaube, ihr fehlt einfach der Wille dazu«, antwortete Sasha.

»Sie kennt nur Schmerz und Vernachlässigung und vertraut Menschen nicht«, ergänzte Cowboy.

Sully hockte sich hin, um durch die Gitterstäbe hindurchzuschauen. »Das arme Ding. Hat sie sich deshalb abgewandt, als wir hergekommen sind?«

»Ja«, antwortete Cowboy.

»Normalerweise können wir ziemlich schnell eine Verbindung zu einem vernachlässigten Pferd aufbauen, aber während ihre Schwester auf uns eingeht, hat Beauty noch mit keinem freiwillig interagiert«, ergänzte Sasha.

Sully stand auf. »Was passiert mit ihr, wenn es nicht besser wird?«

»Das werden wir nicht zulassen. Wir geben sie nicht auf«, erwiderte Sasha. »Es wird nur eine Weile dauern, bis wir herausgefunden haben, worauf oder auf wen sie anspricht.«

Doc kam durch die Hintertür in den Stall. »Hey, tut mir leid, wenn ich euch unterbreche. Sasha, Cowboy. Habt ihr einen Augenblick Zeit?«

Cowboy legte seine Hand auf Sullys Rücken. »Wir sind gleich wieder zurück, okay?«

»Lasst euch Zeit. Ich komme schon zurecht.«

Die drei entfernten sich ein Stück. »Sie ist ziemlich zäh, nicht wahr?«, meinte Sasha. »Als es heute Morgen um den Saft ging, hat sie laut und deutlich gesagt, was sie will. Was hat sie für einen Hintergrund? Mom sagte, sie wäre aus einer schlimmen Lage entkommen.«

»Sind das nicht die meisten Menschen, die hierherkommen?«, erwiderte Cowboy schlicht.

»Ja, vermutlich schon.«

Sie beließ es dabei, und während Doc sie über ein Pferd auf den neuesten Stand brachte, das diesen Morgen operiert worden war, warf Cowboy einen Blick zurück zu Sully. Sie hatte sich vor Beautys Box hingehockt und sprach mit dem Pferd. Er wandte seine Aufmerksamkeit erneut Doc zu, der wissen wollte, wie das Training mit einem anderen Pferd verlief, das sie gerade wieder aufpäppelten.

»Sie spricht gut darauf an«, sagte Cowboy. »Hyde übernimmt für mich, bis ich tagsüber mehr Zeit habe, aber ich denke, dass wir in ein paar Wochen einen neuen Besitzer für sie suchen können.«

»Klasse«, meinte Doc. »Ich muss jetzt wieder zurück, aber wir sehen uns beim Abendessen.«

Nachdem Doc gegangen war, drehte Cowboy sich zu Sasha um. »Könntest du mir vielleicht am Dienstagabend einen Gefallen tun und für Sully da sein, während ich bei der Church bin? Vielleicht kannst du ja mal vorbeigehen, um nach ihr zu schauen und dich zu erkundigen, ob sie etwas braucht oder gern Gesellschaft hätte?«

»Sicher doch, aber warum behältst du sie so genau im Blick? Ist sie selbstmordgefährdet oder so?«

»Nein. Sie ist einfach nur neu hier, und du weißt ja, wie das ist. Die Menschen reagieren unterschiedlich darauf, wenn sie aus einer schwierigen Situation entkommen sind. Ich möchte ihr nur zeigen, dass sie nicht allein ist.« Er warf wieder einen Blick zu Sully hinüber und wollte seinen Augen nicht trauen. Sie stand vor Beautys Box, berührte mit ihrer Stirn Beautys Nasenrücken und streichelte sie. »Heiliger Strohsack, sieh dir das nur an!«

Sasha folgte seinem Blick. »Ich fasse es nicht! Ist sie eine Art Pferdeflüsterin?«

»Das frage ich mich auch gerade.«

Sie gingen langsam auf Sully zu, um das Pferd nicht zu erschrecken, und im Näherkommen hörten sie, wie sie mit Beauty sprach.

»Du bist so ein starkes Mädchen, eine Überlebende, und du hältst dich großartig. Ich bin so stolz auf dich. Du wirst im Handumdrehen wieder gesund werden und mit deiner Schwester herumgaloppieren.«

Cowboy und Sasha tauschten ungläubige Blicke, und Sasha flüsterte: »Hast du ihr erzählt, dass Pferde besser auf Bewunderung als auf Mitleid ansprechen?«

»Nein.« *Aber sie ist ebenfalls eine Überlebende. Sie weiß das.* Als ihm dieser Gedanke durch den Kopf schoss, wurde ihm klar, dass er Sully vorhin unterschätzt hatte. Es sprach für sie, dass sie ihn so deutlich darauf hingewiesen hatte. Er schwor sich, denselben Fehler kein weiteres Mal zu machen.

Acht

Am Montagabend saß Sully in ihrer Hütte und zeichnete Bilder von den Orten, die Callahan ihr am vergangenen Abend auf ihrem Spaziergang gezeigt hatte. Wie zum Beispiel den Kletterparcours, den sein Vater für Dare, Billie und Eddie gebaut hatte, als sie noch Kinder waren, und das Paintballfeld, das Callahan und seine Brüder gemeinsam mit ihrem Vater eingerichtet hatten und das von Sasha vor Kurzem erweitert worden war. Sie konnte sich gar nicht vorstellen, wie es war, einen Vater zu haben, der sich so sehr für seine Kinder ins Zeug legte. Nach ihrem Spaziergang hatten Callahan und sie noch bei Beauty gesessen, und er hatte ihr Geschichten über die Pferde erzählt, die sie im Laufe der Jahre gerettet hatten. Sie liebte seine Leidenschaft für die Tiere, und sie verbrachte gern Zeit mit ihm. Hier gab es weder Erwartungen noch Heuchelei. Es war so wie mit Ansel, nur besser, weil Callahan etwas Tiefes, nach innen Gerichtetes an sich hatte. Er hörte ihr nicht einfach nur zu. Sein Gesichtsausdruck und seine Körpersprache verrieten ihr, dass er über ihre Antworten nachdachte. Er war auf eine Art anziehend und interessant, wie sie es noch bei keinem anderen Mann zuvor erlebt hatte, und dann war da noch dieses betörende Knistern zwischen ihnen, das mit jeder Unterhaltung stärker

112

zu werden schien.

Während sie Callahan zeichnete, wie er vergangenen Abend mit ihr in Beautys Box gesessen hatte, erinnerte sie sich daran, dass sie gestern Nachmittag sofort eine Verbindung zu dem Pferd gespürt hatte. Sie verstand den Drang, sich vor allen zu verschließen, nachdem man misshandelt worden war. Wäre sie in der Lage gewesen, allein zu überleben, hätte sie das nach ihrer Flucht von Free Rebellion wahrscheinlich genauso gemacht. Als sie dies Callahan gesagt hatte, zuckte der Muskel an seinem Kiefer erneut, und er hatte gesagt, er wäre heilfroh, dass sie das nicht tat. Ihr ging es genauso.

Allmählich wusste sie sehr viel mehr über die Arbeit auf der Ranch, beispielsweise dass die Arbeit hier einem Menschen das Gefühl geben konnte, etwas Sinnvolles zu tun, und dass die gemeinsamen Mahlzeiten eine familiäre Bindung schufen. Sie war stolz darauf, eine Verbindung zu Beauty aufgebaut zu haben, was sonst niemandem gelungen war, und Sasha hatte ihr angeboten, jederzeit wieder herzukommen, solange sie oder Callahan mit dabei waren. Im Esszimmer war es heute genauso laut gewesen wie gestern, aber diesmal hatte sie es nicht als überwältigend empfunden. Es war interessant und amüsant, dabei zuzusehen, wie alle miteinander umgingen, und Callahan hatte sie dazu überredet, nach dem Abendessen im Freizeitraum Dame zu spielen. Er lockte sie aus ihrer Komfortzone heraus, und sie wusste das zu schätzen, weil es bedeutete, dass er ihr gestern zugehört hatte, als sie ihn bat, sie nicht zu verzärteln. Sie war es nicht gewohnt, dass andere Menschen auf sie hörten und ihre Bedürfnisse unterstützten. Auf diese Weise verlor sie auch ihre Angst davor, sich zu öffnen.

Sully beendete die Zeichnung und setzte sich im Anschluss an die Liste, um die er sie gebeten hatte. Sie hatte eigentlich geglaubt, sie würde nicht viele Sachen draufschreiben, aber als sie erst einmal damit angefangen hatte, musste sie an alle möglichen Dinge denken, die sie bei der Sekte nicht hatte tun können.

Lachen, weinen, schreien und reden, wann immer ich will und so laut ich will

Unter den Sternen schlafen

Tanzen

Selbst entscheiden, wo, wann und was ich esse

Freundschaften mit Menschen schließen, zu denen ich passe

Geld verdienen

Mir die Haare abschneiden

In eine Bücherei gehen und mir die Bücher selbst aussuchen

Meine Kleider selbst kaufen

Einen Strandspaziergang machen

Nachts schwimmen gehen

Fernsehen

Einen Film anschauen

Fahrrad fahren

Autofahren

Kaugummi kauen

Shorts anziehen

Als sie an den gestrigen Tag denken musste, fügte sie noch *Einem Pferd beim Gesundwerden helfen. Reiten lernen. Häufiger mit Callahan Brettspiele spielen* hinzu.

Ein Klopfen an der Tür ließ sie zusammenzucken. Sie legte ihr Notizbuch weg und spähte zum Fenster hinaus. Beim Anblick von Callahan, der mit dem Hut in der Hand in einem

Flanellhemd über einem T-Shirt dastand, schlug ihr Magen einen Salto. Warum schwitzten ihre Hände? Sie wischte sie an ihren Jeans ab und holte einmal tief Luft, um sich zu beruhigen, bevor sie die Tür öffnete.

Sein Lächeln wanderte langsam bis zu seinen Augen hoch. »Hey, Pferdeflüsterin. Schon die Nase voll von mir?«

»Noch nicht ganz.« Himmel, sie mochte seine Stimme und diesen Blick. So wie er hatte sie noch niemand angeschaut. Es war nicht lüstern wie bei Rebel Joe oder abstoßend wie bei anderen Männern von Free Rebellion, sondern kam ihr vor, als könnte er ihr wahres Ich wahrnehmen und fände sie auf eine Art und Weise ansprechend, die ihr keine Angst einflößte, was sie wiederum auf eine andere Art nervös machte. Ihr gefiel diese Unruhe, die die Schmetterlinge in ihrem Bauch aufweckte.

»Bist du beschäftigt?«

»Ich sitze gerade an einer Liste für diesen Mann, den ich kenne.«

»Wurde aber auch Zeit.« Er zwinkerte ihr zu. »Möchtest du sie mir zeigen?«

Sie musste unaufhörlich grinsen. »Noch nicht.«

»In Ordnung. Wie wäre es denn, wenn du einem einsamen Cowboy auf einem Spaziergang Gesellschaft leistest?«

»Das hängt davon ab«, neckte sie ihn. »Wo willst du hin?«

»Wo auch immer du hinwillst.«

Er ahnte gar nicht, wie begeistert sie davon war, Optionen zu haben, aber sie war auch neugierig auf ihn und sein Leben. »Hast du irgendwelche Lieblingsorte, die du mir zeigen könntest?«

»Nur ungefähr ein Dutzend.«

Sie war sehr gespannt darauf, was für ihn etwas Besonderes war. »Okay, dann lass uns aufbrechen.«

»Möchtest du lieber unter freiem Himmel bleiben oder wärst du mit einem Spaziergang im Wald einverstanden?«

»Entscheide du.«

»Dann also der Wald.« Er warf seinen Hut auf einen Stuhl. »Schnapp dir deine Taschenlampe.«

Sie holte ihren Schlüssel und die Taschenlampe und zog die Tür hinter sich zu. Er warf einen Blick auf ihr langärmeliges Shirt.

»Wird dir das nicht zu kalt?«

»Ach, ich habe es gerne ein bisschen kühler.«

Er rüttelte am Türknauf und überprüfte das Schloss, so wie schon am vergangenen Abend, und sie reichte ihm die Taschenlampe. »Warum?«, erkundigte er sich, als sie die Veranda verließen und auf den Weg zugingen, der zu seiner Hütte führte, wie er ihr erzählt hatte.

»Dadurch fühle ich mich lebendig.«

Er sah sie mit ernster Miene an. »Im Gegensatz zu …?« Die Straße führte nach rechts, aber er legte ihr eine Hand in den Rücken und führte sie durch das Gras auf den Wald zu.

Seine Berührung war zu einer willkommenen Annehmlichkeit geworden. »Das kann ich nicht genau sagen. Mich wie betäubt fühlen vermutlich.« Sie spürte, wie sich die Energie um ihn herum veränderte und seine Anspannung bei ihrer Antwort zunahm, doch sie hatte keine Angst. Es war vielmehr so, als wenn die Temperatur fiel und die Wolken grauer wurden, aber sie bewegten sich so schnell, dass der Sturm an ihr vorbeiziehen würde, wie sie genau wusste.

Er schaltete die Taschenlampe ein und beleuchtete damit den Waldrand. »Wir gehen zwischen diesen beiden Bäumen hindurch. Dort gibt es keinen Weg, aber nach etwa fünfzehn Metern erreichen wir einen Pfad.« Seine Stimme war tief und beruhigend. Er ging neben ihr her und leuchtete mit der Taschenlampe auf den Boden vor ihr. »Vorsicht mit dem Stamm.« Sie stieg darüber, und als er einen Zweig hochhielt, damit sie darunter durchgehen konnte, fragte er: »Hast du dich immer wie betäubt gefühlt?«

»Solange ich zurückdenken kann.«

»Das macht jedes Lächeln von dir vermutlich noch wertvoller.« Er deutete mit der Taschenlampe auf einen Weg vor ihnen. »Wir werden dem Pfad zur Linken folgen.«

Er sagte das ganz nüchtern, als hätte er ihr nicht gerade mit dem Kommentar über ihr Lächeln den Atem geraubt.

»Ich möchte nicht, dass du dich wie betäubt fühlst. Es gibt eine Milliarde Gründe, etwas zu fühlen, und mir fällt nur ein Grund ein, warum eine Person gar nichts mehr empfinden möchte. Ich hoffe, dass ich dieses Bedürfnis nicht bei dir hervorrufe.«

Sie fragte sich, welches dieser eine Grund war, hatte aber das Gefühl, dass er der Wahrheit ziemlich nahekam. »Das tust du nicht.« *Ich freue mich immer darauf, dich zu sehen.* »Wo gehen wir denn hin?«

»Du wolltest einen meiner Lieblingsorte sehen, und bedeutungsvoller als dieser ist für mich keiner.«

Sie bogen auf den Pfad ab, und sie hörte Wasser rauschen, bevor er mit der Lampe auf einen Bach zu ihrer Rechten zeigte. »Diesem Bach folgen wir bis hinunter zum See.«

»Hier gibt es einen See?« Aufregung machte sich in ihr breit, während sie den Pfad entlanggingen.

»Natürlich. Dies war der Lieblingsweg meines Großvaters. Er hat mir alles über Pferde und die Arbeit auf einer Ranch beigebracht und wie man mit einem Kompass umgeht, damit ich immer weiß, wo ich hingehe.« Er blieb stehen und zog an der Kette, die an seiner Gürtelschlaufe befestigt war, woraufhin ein silberner Kompass aus seiner Hosentasche auftauchte, den er ihr zeigte. Er sah sehr alt aus, und auf der Rückseite war ein kursives *W* eingraviert. »Er gehörte ihm. Seit er ihn mir geschenkt hat, trage ich ihn jeden Tag bei mir.«

»Dein wertvollster Besitz.«

Er nickte einmal kurz.

»Er ist wirklich schön. Wie funktioniert er?«

»Er spürt die natürlichen Magnetfelder der Erde auf und reagiert darauf. Die Nadel, bei der es sich in Wahrheit um einen Magneten handelt, zeigt immer zum Nordpol, egal, wo du dich befindest.« Er zeigte ihr, wie man den Kompass abliest, und nachdem sie sich im Kreis gedreht und ihn ausprobiert hatte, steckte er ihn wieder in die Tasche.

»Danke, dass du mir gezeigt hast, wie man ihn benutzt.«

»Gern geschehen. Als ich ein Kind war, hat mich mein Großvater zu den Pfadfindern geschickt, und dort haben wir alle möglichen Sachen zusammen gemacht.«

»Wer sind die Pfadfinder?«, hakte sie nach, als sie einen großen Hügel hinunterstiegen.

»Das ist eine Vereinigung, bei der Kinder Überlebenstechniken, Führungsqualitäten, Sportarten, Kunst und Handwerken sowie Teambildung lernen. Außerdem machen sie viel Gemeinde- und ehrenamtliche Arbeit und schwören, anderen zu helfen.« Er hielt drei Finger in die Luft.

Ihr blieb das Herz stehen, als vor ihrem inneren Auge eine Erinnerung an den Tag aufblitzte, an dem sie geflohen war und sich von Ansel verabschiedet hatte. Er hatte drei Finger hochgehalten, ihr Zeichen für *Ich liebe dich.* »Warum hast du drei Finger hochgehalten?«

»Das macht man so, wenn man einen Eid schwört.«

»Ansel und ich haben das immer gemacht.«

Callahan runzelte die Stirn. »War er früher bei den Pfadfindern?«

»Nein. Er wurde in der Anlage geboren. Es war unsere Art, *Ich liebe dich* oder *Freundesliebe für immer* zu sagen. Erzähl mir mehr von den Pfadfindern und von deinem Großvater. Ich würde gern wissen, was ihr zusammen gemacht habt.«

»Na ja, bei den Pfadfindern hab ich meine Outdoor-Fähigkeiten erlernt, und mein Großvater und ich sind immer zum Üben hierhergekommen. Wir haben Schutzhütten gebaut, gezeltet, sind Tierspuren gefolgt. Er hat mir beigebracht, wie man hier draußen überlebt. Es war wirklich großartig.«

»Das klingt, als wäre er ein wunderbarer Mensch.«

»Vorsicht.« Er griff nach ihrem Arm und führte sie um einen Felsen herum. »Hier wird es steil, ich halte dich deshalb lieber fest, damit du nicht hinfällst.«

»Danke.« Seine Hand war groß und warm und lenkte sie auf eine Art ab, wie das noch keine Berührung eines Mannes geschafft hatte. Sie zwang sich, ihre Gedanken erneut auf ihre Unterhaltung zu lenken. »Wohnt dein Großvater auch hier?«

»Nicht mehr. Er ist vor langer Zeit gestorben. Ich vermisse ihn noch immer jeden Tag. Er war ein guter Mensch, aber auch ein harter Hund. Er hat an harte Arbeit und ehrliche Antworten geglaubt, und er hat Tiere und die Familie immer an die erste Stelle gesetzt.«

»Klingt ganz nach dir.«

»Was weißt du schon über mich?!«, neckte er sie mit einem leisen Lachen.

»Nur das, was du mir gezeigt hast. Wie lange warst du bei den Pfadfindern?«

»Ich stehe immer noch mit ihnen in Verbindung und führe

hier auf der Ranch Veranstaltungen für die Kinder durch. Tatsächlich findet in ein paar Wochen eine Zelt- und Filmnacht statt.«

»Tatsächlich? Ich arbeite wahnsinnig gern mit Kindern. In der Sekte habe ich den jüngeren Kindern bei den Hausarbeiten geholfen und ihnen alle möglichen Sachen beigebracht. Sie sind wie kleine Schwämme, die alles aufsaugen, von Umarmungen bis hin zu Lektionen. Ich vermisse sie.«

»Vielleicht kannst du mir bei unserer Filmnacht helfen.«

»Das würde ich liebend gern tun.«

»Klasse. Hoffentlich haben wir bis dahin grünes Licht und du kannst dich gefahrlos in der Öffentlichkeit zeigen.«

Bei seinen Worten brach die Realität mit voller Gewalt wieder über sie herein und ließ sie erstarren.

»Stimmt etwas nicht?« Mondlicht zog eine Spur über sein attraktives Gesicht und ließ seine ernste Miene erkennen.

»Deine Geschichte hat mich so in ihren Bann gezogen, dass ich für eine Sekunde tatsächlich vergessen hatte, in was für einer Lage ich momentan bin.«

Er nahm ihre Hand und drückte sie sanft. »Und wie hast du dich in dieser Sekunde gefühlt?«

»Hoffnungsvoll. Glücklich. Definitiv nicht wie betäubt. Ich will in dieser Sekunde leben!«

Er nahm sie lachend in die Arme. Es war nur eine kurze, natürliche Umarmung, aber in diesen wenigen Sekunden fühlte sie sich auf eine Art gut, die sie nicht zu definieren wagte. Ihre Wangen brannten, und sie war dankbar für die Dunkelheit, während sie ihren Weg den Hügel hinunter fortsetzten. Sie gelangten zu einer Stelle, an der es steil nach unten ging, und das Rauschen des Wassers wurde lauter. Er sprang hinunter und drehte sich zu ihr um. »Ich helfe dir.«

»Danke.« Sie legte ihm eine Hand auf die Schulter, und er fasste sie an den Hüften. Seine Berührung jagte ein Prickeln und eine Hitzewoge durch ihr Innerstes, als er sie über die großen Steine hob. Sie war Hunderte von Malen von Rebel Joe angefasst worden, aber so etwas wie das hier hatte sie dabei nie gespürt.

Als er sie auf die Füße stellte, schienen die Muskeln an seinem Kiefer zu arbeiten, und sie fragte sich, ob er ebenfalls etwas davon merkte.

»Sieh dir das an«, sagte er und lenkte sie von ihren Gedanken ab. Er leuchtete mit der Lampe auf den Bach und die Stelle, an der das Land abfiel und große Felsen einen Wasserfall entstehen ließen.

»Ich habe noch nie einen Wasserfall gesehen. Wie kann Hässlichkeit in einer Welt existieren, die so wunderschön ist?«

»Ich weiß es nicht. Hier geht es ziemlich steil nach unten.« Er reichte ihr eine Hand, und sie nahm sie. Sein Gesichtsausdruck wurde wieder ernst. »Ich wünschte, ich könnte alles Schlechte auslöschen, das du je erlebt hast.«

»Ich wünschte, ich hätte einen Großvater wie deinen gehabt«, sagte sie, und sie setzten ihren Weg fort.

»Wie war deiner?«

»Ich kannte nur meinen Onkel. Aber ich war heute bei der Ärztin, und sie führt einen DNA-Test durch. Angeblich kann er mir dabei helfen, meine Mutter und andere Verwandte zu finden, falls ich welche habe.«

»Das ist doch gut, Sully.«

»Vermutlich. Dennoch wünsche ich mir, ich hätte jemanden wie deinen Großvater gehabt, der mir beibringt, draußen in der Wildnis klarzukommen und mit einem Kompass umzugehen. Dann wäre mein erster Fluchtversuch vielleicht erfolgreich gewesen.«

»Wie oft hast du zu flüchten versucht?«, fragte er schroff, als würde der Gedanke daran ihn aufregen.

»Zweimal, bevor ich es beim dritten Mal geschafft habe. Das erste Mal bin ich nachts abgehauen. Dabei habe ich mich im Wald verirrt, und sie haben mich ein paar Stunden später gefunden. Beim zweiten Mal habe ich mich hinten in einem ihrer Pick-ups versteckt, als ich dachte, dass sie in die Stadt fahren. Aber ich bin in den falschen Wagen eingestiegen, und sie hielten an, um Holz einzuladen, und haben mich dabei gefunden.«

»Was ist passiert, als sie dich gefunden haben?«

»Ich wurde bestraft.«

Er blieb stehen, und seine dunklen Augen schienen sie zu durchbohren. »*Wie?*«

Sully wusste nicht, warum sie ihm irgendetwas davon erzählte, aber sie konnte nicht einfach so tun, als wäre es nicht geschehen. Jedenfalls nicht bei ihm. Sie wollte das nicht, und sie hatte es so viele Jahre verdrängt, dass es an ihr nagte. Es eiterte wie eine Wunde, die niemals heilte. *Wynnie hatte recht.* »Beim ersten Mal wurde ich mit einem Gürtel geschlagen, und dann musste ich ein paar Wochen lang in der Kiste schlafen und bekam kaum etwas zu essen. Beim zweiten Mal bekam ich das Zeichen.«

»Was zum Teufel ist die Kiste?«

»Eine Metallkiste mit Gittern auf der Vorderseite.«

Seine Brust hob und senkte sich, und seine Nasenlöcher weiteten sich. »Und das Zeichen?«

Sie schluckte schwer, als sie an den sengenden Schmerz des Brenneisens auf ihrer Haut dachte. »Eine Verbrennung.«

Er ballte die Fäuste. »Wie alt warst du bei deinen Fluchtversuchen?«

»Das erste Mal habe ich es kurz vor meinem sechzehnten Geburtstag versucht, das zweite Mal zwei Jahre später.« Ihr Herz raste, und sie spürte weitere Fragen an ihm nagen, genau wie letzte Nacht. Es herrschte eine zu große Anspannung zwischen ihnen, wie ein Geist, den sie erschlagen wollte. »Was möchtest du noch wissen? Frag mich einfach.«

»Was haben sie sonst noch mit dir gemacht?«, knurrte er.

Sie wollte nicht, dass er sie anders ansah, aber ihre Vergangenheit war nun mal ein Teil von ihr. Zwar konnte sie Free Rebellion entkommen, aber nicht den Dingen, die sie durchgemacht hatte. Bevor sie kalte Füße bekommen konnte, erwiderte sie: »Vermutlich all die Dinge, die du dir vorstellst.«

Er knirschte sichtlich mit den Zähnen, sein Brustkorb schwoll an, und die Adern an seinem Hals traten hervor, wodurch er sogar noch größer wirkte, aber sie hatte keine Angst vor ihm, als er zwischen zusammengebissenen Zähnen hervorstieß: »Wie viele Männer?«

Sie zitterte, jedoch nicht aus Angst, sondern weil sich die Wahrheit wie eine Schlinge anfühlte, die ihr das Atmen erschwerte. »Viele von ihnen haben mir wehgetan«, antwortete sie kaum lauter als ein Flüstern. »Meistens auf Rebel Joes Befehl. Aber nur Rebel Joe hat mich *so* berührt.«

»Hat er dir wehgetan, wenn er dich angerührt hat?« Der Schmerz in seinen Augen wetteiferte mit der Wut, die seine Gesichtszüge verzerrte.

Heiße Tränen flossen über ihre Wangen, als sie ihm das erzählte, was sie nicht einmal Wynnie gestanden hatte. »Gaia hatte mich gewarnt, dass ich ihn einfach tun lassen sollte, was er will, und dass es klüger wäre, mich nicht zu wehren. Aber beim ersten Mal war ich sechzehn, und es tat so weh, dass ich nur noch von dort weg wollte. Er hat mich festgehalten, und das war wirklich schrecklich. Danach brauchte er das nicht mehr, weil das Festhalten mir mehr wehtat als der Akt an sich. Manchmal hatte ich danach blaue Flecke. Solange ich mich nicht gewehrt habe, hat er einfach gemacht, was er wollte.«

Callahan blähte die Nasenlöcher, sein Brustkorb hob und senkte sich, während er schwer atmete und sie in seine starken Arme zog, sie mit seinem Körper schützend umgab. Dabei wirkte seine Berührung behütend, nicht schmerzhaft. Sein Herzschlag war stark und fest an ihrer Wange zu spüren, ihre Tränen durchnässten sein Hemd. »So etwas passiert dir nie wieder«, presste er mühsam hervor und drückte ihr einen Kuss auf den Scheitel. »Nie wieder.«

Sie schloss die Augen und atmete den Geruch des sichersten Ortes und sichersten Wesens ein, die sie jemals gekannt hatte.

Neun

Callahan hielt sie lange Zeit in den Armen, umgeben vom Geruch der feuchten Erde und den Klängen des murmelnden Bachs, wobei sein Körper und seine Muskeln die ganze Zeit angespannt blieben. Eine Hand hatte er schützend auf ihren Rücken gepresst, die andere rieb behutsam ihren Nacken. Es war die zarteste und freundlichste Berührung, die Sully je erlebt hatte, und als ihre Tränen versiegten und die Anspannung allmählich nachließ, die ihr ständiger Begleiter gewesen war, seit sie zurückdenken konnte, wollte sie die Sicherheit in seinen Armen nicht verlassen. Aber ebenso wenig wollte sie sein Mitleid, und obwohl sie fürchtete, dass er sie jetzt, wo er die Wahrheit kannte, mit anderen Augen ansehen würde, zwang sie sich dazu, sich aus seinen Armen zu lösen und seinem Blick zu begegnen.

Er sah sie tatsächlich anders an, aber sie erkannte weder Mitleid noch Beurteilung oder Scham in seinem Blick, nur eine Mischung aus Bewunderung und Mitgefühl. Seine Hand glitt ihren Arm hinunter und blieb an ihren Fingern hängen. »Was für ein Glück, dass du dort rausgekommen bist. Du solltest diese Mistkerle anzeigen.«

»Ich denke darüber nach.«

»Sully«, sagte er ernst. »Du kannst sie dadurch davon abhalten, anderen Menschen wehzutun, und wir werden dich beschützen. Ich werde dich beschützen.«

»Das glaube ich dir. Ich spreche mit deiner Mom darüber. Aber es macht mir Angst. Ich kann immer noch nicht glauben, dass ich entkommen bin. Manchmal habe ich Albträume, dass sie mich finden, und wenn ich aufwache, brauche ich eine Minute, bis ich wieder weiß, dass es nur ein Traum war.«

Er nahm sie abermals beruhigend in die Arme. »Sie werden nie wieder in deine Nähe kommen. Das verspreche ich dir.«

Sie glaubte ihm. Auch wenn sie nicht sagen konnte, ob das naiv war, hatte sie das Gefühl, dass er sie mit seinem Leben beschützen würde. »Danke, dass du dich so um mich sorgst.«

»Dank mir nicht. Schick diese Arschlöcher einfach dorthin, wo sie hingehören. Würdest du mir erzählen, wie du ihnen schließlich entkommen bist, oder fällt dir das noch zu schwer?«

»Nein. Die Flucht ist das Einzige, worüber ich problemlos reden kann.«

»Möchtest du immer noch zum See, oder sollen wir zurückgehen?«

Sie versuchte, die Stimmung aufzuheitern und die Wolke aufzulösen, die seit ihrem Geständnis über ihnen hing. »Lass mich darüber nachdenken.« Sie legte den Kopf schief und tippte sich ans Kinn. »Möchte ich draußen sein, wo es natürliche Wasserfälle und frische Luft und einen Cowboy gibt, der mich beschützt und auf mich aufpasst, oder will ich allein mit meinen Gedanken in einer Hütte gefangen sein?«

Er lächelte zwar, aber alles, was sie ihm erzählt hatte, belastete ihn sichtlich. »Also ab zum See.«

Sie folgten dem Bach den Hügel hinunter, und Sully erzählte ihm von dem Abend, an dem sie entkommen war. »Rebel Joe fährt einmal im Monat mit einem seiner Vertrauten drei Stunden bis nach Graveston zum Einkaufen. Manchmal durfte eine von uns zur Belohnung mitfahren, wenn wir uns gut benommen hatten. Wir durften dort mit niemandem sprechen, aber zumindest kamen wir mal raus aus der Anlage. Seit meinem letzten Fluchtversuch vor mehreren Jahren hatte ich nicht mehr mitfahren dürfen.«

»Großer Gott. Im Grunde genommen haben sie dich eingesperrt und dir einen eingeschränkten Ausflug wie eine Karotte vor die Nase gehalten.«

Er half ihr über einen weiteren Felsvorsprung, und sie prägte sich den Anblick des Wasserfalls gut ein, damit sie ihn später zeichnen konnte. »Irgendwie schon, aber alles, was ich sah, war meine letzte Chance auf die Freiheit.«

Callahan blieb abrupt stehen. »Was meinst du mit ›deine letzte Chance‹?«

»Ansels Mutter Gaia hat mich heimlich mit Verhütungsmitteln versorgt, und sie erzählte mir, dass Rebel Joe mit mir zu irgendeinem Arzt fahren wollte, um mich *in Ordnung zu bringen*, damit ich schwanger werden kann. Ich wusste, dass ich niemals dort rauskommen würde, wenn ich erst einmal ein Kind von ihm hatte. Vor ein paar Jahren ist ein Mädchen bei der Geburt ihres Kindes gestorben, und wenn du einmal ein Kind von ihm bekommen hattest, hat er dich sogar noch mehr im Auge behalten. Ich hatte meine Flucht bereits komplett durchgeplant. Ich musste es nur bis in den Waschraum des Mega Marts schaffen. Aber ich mag gar nicht darüber nachdenken, was Rebel Joe gemacht hätte, wenn ich erwischt worden wäre.«

»Wie heißt der Scheißkerl mit Nachnamen?«

»Das weiß ich nicht. Er zwingt Neuankömmlinge, ihre

Namen zu ändern, deshalb glaube ich, dass Joe auch nicht sein richtiger Name ist.« Der See kam in Sicht, und das Mondlicht funkelte wie Diamanten auf dem Wasser. Es war so wunderschön, dass sie näher herangehen wollte. »Können wir uns ans Wasser setzen?«

»Aber sicher.« Sie bahnten sich über Felsen und Geröll einen Weg und setzten sich ans Ufer. »Was ist in Graveston passiert?«

»Ich bin meinen Plan auf dem Weg dorthin die ganze Zeit im Kopf durchgegangen und habe mich so hineingesteigert, dass ich wie versteinert war, als wir endlich aus dem Pick-up ausgestiegen sind. Ich weiß noch ganz genau, dass ich an die Kiste und das Brandzeichen und die Donnerstagabende gedacht habe.«

»Was passierte donnerstagabends?«

Ihr Brustkorb zog sich zusammen, und sie starrte auf das Wasser hinaus. »Donnerstagabends ist Rebel Joe immer ins Nigel's gegangen, eine Bar in Bucksboro. Er kam immer betrunken zurück.« Die Erinnerungen an diese verschwitzten Nächte und den Gestank von Alkohol drehten ihr den Magen um. »Diese Nächte waren die schlimmsten.«

»Verdammt«, knurrte er. »Ich würde dieses Arschloch liebend gerne in die Finger kriegen.«

»Es war die Hölle«, gestand sie und sah ihm direkt in die Augen. »Aber jetzt bin ich nicht mehr bei ihm, und darauf muss ich mich konzentrieren. Ich habe viel zu hart darum gekämpft, hierher zu kommen, um mir noch irgendwas anderes von ihm rauben zu lassen, und dazu gehört auch, nicht zu viele Gedanken an ihn zu verschwenden.«

»Das ist gut. Entschuldige, dass ich so reagiert habe, aber die Vorstellung, dass dich irgendein Mann so behandelt, macht mich unfassbar wütend.«

»Du ahnst gar nicht, wie viel mir das bedeutet, dass es dir nicht egal ist. Aber für mich ist das alles ungemein schwierig, und ich muss stark bleiben, so wie an jenem Abend. Ich habe mir so große Sorgen darüber gemacht, was sie mit Ansel anstellen würden, wenn sie herausfinden, dass er mir vierzehn Dollar gegeben hat, und deshalb hab ich mich gezwungen, wieder aus dieser Starre aufzuwachen.«

»Du durftest kein Geld besitzen?«

Sie schüttelte den Kopf. »Ich habe keine Ahnung, wie Ansel da überhaupt rangekommen ist. Rebel Joe sagt, dass Geld Konkurrenz und Egoismus fördert und der Regierung dabei hilft, die Menschen zu kontrollieren. Jedenfalls meinte ich, dass ich auf die Toilette müsste, denn von dort aus wollte ich fliehen, aber sie wollten erst Munition kaufen, die sie an der Hintertür eines Angelgeschäfts ein paar Häuser weiter bekamen. Ich war zu nervös zum Warten, deshalb tat ich so, als müsste ich wirklich dringend, und schließlich ließ er mich gehen, aber nur in Begleitung von Hoyt, seiner rechten Hand.«

»Hat Hoyt dir jemals wehgetan?«

Sie zeichnete die Kante eines Steines nach, der aus der Erde ragte. »Ja. Rebel Joe hat ihm befohlen, mir das Brandzeichen zu verpassen.«

Callahan wandte sich fluchend ab, aber seine hochgezogenen Schultern und die geballten Fäuste verrieten seine Wut.

»Hoyt wollte das nicht«, fügte sie hinzu. »Das war offensichtlich.«

»Aber er hat es trotzdem getan«, schnaubte er und sah sie wieder an. »Jeder Mann, der schwach genug ist, einer Frau wehzutun, hat es nicht verdient, auf dieser Erde zu wandeln.« Er stieß den Atem aus und atmete tief ein, als versuchte er, sich zu beruhigen. »Red weiter.«

»Ich wollte dich nicht aufregen. Bist du sicher, dass ich dir den Rest erzählen soll?«

»Ja, entschuldige. Ich will diese Dreckskerle einfach nur in die Finger kriegen. Bitte, fahr fort.«

»Eine Frau und ein Kind wuschen sich gerade in der Damentoilette die Hände, daher bin ich in eine Kabine gegangen und hab darauf gewartet, dass sie gehen. Ich war so nervös, aber sobald sie den Waschraum verlassen hatten, rannte ich aus der Kabine und öffnete das Fenster, damit sie denken würden, dass ich auf dem Weg ausgerissen bin. Danach bin ich in die dritte Kabine gegangen und oben auf die Toilette geklettert, was ich schon Jahre vorher ausgekundschaftet hatte. Es war wirklich schwer, aber ich hab mich auf die Metallabtrennung zwischen zwei Kabinen hochgezogen und mich mit einer Hand festgehalten und mit der anderen die Deckenfliese angehoben. Ich hatte solche Angst, dass jemand hereinkommen und mich sehen würde. Ich glaube, ich habe sogar die ganze Zeit den Atem angehalten. Sobald ich die Fliese beiseitegeschoben hatte, konnte ich nach dem Metallstab tasten, der mir zuvor schon aufgefallen war.«

Sie öffnete und schloss ihre Hand. »Ich kann immer noch spüren, wie das kalte Metall in meine Hand schnitt, als ich mich daran hochgezogen habe. Ich musste aufpassen, dass ich auf das Metall trat und nicht auf die Fliesen, und als ich versucht habe, die Fliese wieder an ihren Platz zurückzulegen, verkantete sie sich und es sind Stückchen abgebrochen und in die Toilette gefallen. Dann kam eine Frau mit ihrem Kind in die Toilette, und das Kind rannte in die Kabine unter mir, aber die Frau sagte, dass es dort zu schmutzig sei, und betätigte die Spülung. Sie ging mit ihm in eine andere Kabine, und ich schaffte es, die

Fliese wieder an ihren Platz zu schieben, und kroch dann über die Metallstäbe auf das andere Ende des Gebäudes zu.«

»Himmel noch mal. Woher kanntest du denn den Weg?«

»Das hatte ich ein paar Monate vor meinem zweiten Fluchtversuch ausgekundschaftet. Ich wollte auf diesem Weg abhauen, und ich hätte gleich an dem Tag verschwinden sollen. Aber ich wollte nicht gehen, ohne mich von Ansel zu verabschieden, und verlor dann die Geduld, als ich darauf wartete, wieder in die Stadt mitfahren zu dürfen. Deshalb hab ich meinen Plan aufgegeben und mich stattdessen im Pick-up versteckt.«

»Großer Gott, Sully. Du musst in ständiger Angst gelebt haben.«

»Es gab ein paar schöne Augenblicke mit Ansel und seiner Mutter und seiner Schwester. Ich hatte oft Angst, aber es war eher wie ein ständiges Warten darauf, dass sich mir eine Fluchtmöglichkeit eröffnet.«

Der Schmerz in seinen Augen war abermals nicht zu übersehen. »Wie ein Krieger, der immer bereit für den Kampf ist.«

»Ja. Ich weiß, dass es unglaublich klingt, und an dem Tag auf dem Dachboden des Mega Marts war ich in Panik. Es war heiß und dunkel, und ich trug einen Rock. Ich hatte mir beim Rutschen über die Metallstäbe die Knie aufgeschürft, und ich musste die rauen Kanten mit den bloßen Fingern anfassen, was höllisch wehgetan hat. Einmal ist dabei ein Stück Metall in meinem Knie steckengeblieben, und ich musste es rausziehen und die Blutung mit meinem Rock stillen.« Sie legte eine Hand über ihr rasendes Herz. »Mein Herz schlägt jetzt genauso schnell wie damals.«

Er legte seine Hand auf ihre. »Du musst nicht weiterreden.«

»Doch. Das ist mein Sieg, und zwar mein einziger. Ich will dir die Geschichte bis zum Ende erzählen – außer du möchtest sie lieber nicht hören.«

»Ich will alles wissen. Ich möchte es dir nur nicht noch schwerer machen.«

»Du machst alles besser, Callahan, nicht schlimmer«, erwiderte sie ehrlich. »Ich war zu weit vom Waschraum entfernt, um irgendetwas zu hören, aber etwas später bekam ich mit, wie mein Name über Lautsprecher ausgerufen wurde. Die Durchsage lautete, dass ich zum Kundendienstschalter kommen soll. Ich glaube nicht, dass ich jemals zuvor so große Angst gehabt habe. Ich rechnete die ganze Zeit damit, dass Rebel Joe durch die Decke kommen würde. Ich balancierte auf Metallstäben, die in meine Haut schnitten, aber ich musste noch weiter wegkommen, deshalb kroch ich an den Stäben entlang auf die Rückseite des Geschäfts zu, wo die gefliese Decke endete und man die freiliegenden Sparren vom Lager darunter sehen konnte. Ich bemerkte Angestellte unter mir und hab mich weit von der Kante zurückgezogen, damit sie mich nicht sehen konnten. Ich habe meinen Namen noch ein paar Mal gehört, und ich wusste, dass Rebel Joe wahrscheinlich allen erzählte, dass seine Tochter verschwunden ist. So hat er alle Mädchen in der Anlage bezeichnet, und das, obwohl wir ihm zu Willen sein mussten.«

»Grundgütiger, Sully.« Seine Miene verfinsterte sich.

»Es ist, wie es ist. Das wurde nun mal von mir erwartet.«

»Ich kann den Gedanken daran kaum ertragen.«

»Ich auch nicht.« Sie sahen einander in die Augen, und er legte eine Hand auf ihre und drückte sie, um sie zu beruhigen. Das machte ihr Mut und erleichterte es ihr, die Geschichte ihrer Flucht bis zum Ende zu erzählen. »Ich habe dort im Dachraum gewartet und könnte mich vor Angst weder bewegen noch atmen, und die Abstände zwischen den Ansagen, in denen mein Name ausgerufen wurde, wurden größer und größer, bis sie schließlich ganz aufhörten. Ich habe stundenlang dort gesessen. Schließlich wurde das Geschäft geschlossen, und das Licht ging aus. Ich wusste, dass Rebel Joe nicht die Polizei rufen würde, weil er nicht wollte, dass man sich auch bei uns in der Anlage umsieht. Aber ich wusste nicht, ob er sich nicht vielleicht im Geschäft versteckt, deshalb wartete ich weiter und lauschte auf Geräusche. Ich hoffte, dass sie glaubten, ich wäre zum Fenster hinaus geflohen, aber ich hatte so große Angst. Ich war ausgehungert und zitterte, und mir tat alles weh. Ich weiß nicht, wie lange ich nach Ladenschluss noch gewartet habe, aber wahrscheinlich waren es mehrere Stunden, bis ich schließlich den Mut fasste, mich vorsichtig zur Kante zu bewegen und in das Lager hinabzuspähen. Von draußen hörte ich Motorgeräusche und wartete, bis sie verstummt waren. Und dann hab ich mir kräftig Mut zugesprochen und ein letztes Mal geschaut, ob die Luft rein ist, bevor ich mich an der Metallkante festgehalten und mich auf einen Stapel Kartons unter mir habe fallen lassen.«

»Du liebe Güte, Sully. Ich bekomme schon Angst um dich, wenn ich das nur höre. Du musst wie versteinert gewesen sein.«

»Ich hatte solche Angst davor, erwischt zu werden, dass es sich anfühlte, als würde die Stille um mich herum atmen. Aber ich konnte es mir nicht leisten, vor Angst zu erstarren, und das habe ich mir immer wieder gesagt. Ich rannte durch den Laden und schnappte mir eine Tasche, ein paar Klamotten und etwas zu essen und zog meine blutigen Kleider aus. Dann bin ich zurück in die Toilette, um aus dem Fenster zu klettern, damit ich keine Alarmanlage auslöse. Ich hab die Tasche durch das Fenster geschoben und in einen Müllcontainer darunter fallen lassen. Beim Rausklettern blieb ich mit meinen Haaren hängen. Ich habe eine kahle Stelle, wo sie mir ausgerissen wurden. Sie wachsen gerade erst wieder nach.« Sie griff sich an den Kopf und berührte die Stelle mit den Stoppelhaaren.

Callahan legte seine kräftigen Finger auf ihre, und seine mitfühlenden Augen rührten sie ebenso wie der Gedanke an das riesengroße Herz, das sich in seiner breiten, muskulösen Brust verbarg.

Cowboy musste seine ganze Kraft aufbringen, um seine Wut auf die Arschlöcher im Zaum zu halten, die Hand an Sully gelegt hatten. Während er ihr in die wunderschönen Augen blickte und mit seinen Fingern über ihre strich, wusste er, dass es nichts gab, was er nicht tun würde, um sie zu beschützen. »Du bist eine Kriegerin, und das ist eine Kampfverletzung. Die Haare wachsen wieder nach.«

»Ich fühle mich mehr wie ein Feigling als wie eine Kriegerin.«

»Du bist kein Feigling. Du bist einfach unglaublich und unfassbar tapfer. Du solltest stolz darauf sein, dass du dein Leben selbst in die Hand nimmst.«

»Das bin ich auch, aber ich habe noch einen langen Weg vor mir. Ich fühle mich mies, weil ich Chester angelogen habe, als er mich in der Nacht, in der ich geflohen bin, mitgenommen hat. Ich hatte so große Angst, er könnte Rebel Joe kennen, dass ich ihm vorlog, meine Mutter wäre krank und ich müsste zu ihr in die Nachbarstadt. Glücklicherweise hat er meine Ausrede direkt durchschaut und ist einfach weitergefahren, als ich eingeschlafen bin. Als ich wieder aufgewacht bin, hatten wir West Virginia schon längst hinter uns gelassen. Ein paar

Stunden später fuhr er vom Highway ab und hielt an einem Fluss, damit er sich ausruhen konnte. Ich bin zum Wasser hinuntergegangen und war so stolz auf mich und so glücklich über meine gelungene Flucht, dass ich mich ins Gras gelegt und mir den Sonnenaufgang angesehen habe. Aber ich war hundemüde, und schließlich fielen mir die Augen zu. Kurze Zeit später fiel ein Schatten auf mich, und als ich die Augen aufschlug, standen da zwei Kerle und starrten auf mich hinunter. Ein großer dürrer Typ und ein dicker Glatzkopf mit Tätowierungen. Der Große sagte: ›Sieh mal einer an, wen wir hier haben.‹ Und der Kahlkopf hat erwidert: ›Ist das nicht eine Hübsche?‹«

All seine Muskeln verspannten sich, und er rang um Fassung. »Was hast du gemacht?«

»Ich bin aufgesprungen und habe mich entschuldigt. Dann ging ich rückwärts und hoffte darauf, den Sattelschlepper zu erreichen, aber der große Mann sagte, dass das Flussufer ihnen gehörte, und der Glatzkopf packte mich am Arm. Ich trat ihm in den Schritt und rannte los, wobei ich um Hilfe schrie, aber der andere Mann hat mich noch am Knöchel erwischt, und ich ging zu Boden.« Sie senkte den Blick, und ihre Stimme zitterte. »Und dann kauerte der Glatzkopf auch schon über mir, riss meine Jeans auf und beschimpfte mich. Er sagte, ich müsste dafür bezahlen, dass ich ihn getreten hatte.« Sie schluckte schwer. »Der andere stand einfach nur da und lachte, und dann fielen Schüsse, und daraufhin ist der Glatzkopf aufgesprungen.«

»Chester?«, fragte er schroff.

Sie nickte. »Er stand oben auf dem Hügel und zielte mit einem Gewehr auf sie. Ich bin zu ihm gerannt, und einer von ihnen sagte, dass das alles doch nur Spaß wäre. Chester scheuchte mich ins Führerhaus, und während ich zum Sattelschlepper rannte, hörte ich ihn fragen: ›Das nennt ihr Spaß? Ich werde euch zeigen, was Spaß ist‹, und dann fiel ein weiterer Schuss.«

»Grundgütiger.« Das war alles andere als fair. »Du hast so viel durchgemacht.«

Sie blickte in ihren Schoß hinab. »Deshalb fühle ich mich schuldig, weil die Finchs ihr Zuhause verlassen mussten. Ich verdanke ihnen auf mehr als nur eine Art mein Leben.«

»Du solltest dich nicht schuldig fühlen. Sie freuen sich einfach, dass du in Sicherheit bist. Zum Teufel, *ich* freue mich, dass du in Sicherheit bist. Das tun wir alle. Wir können diesen Mistkerlen das Handwerk legen, falls du sie identifizieren kannst.«

»Das kann ich nicht, und ich will das einfach nur hinter mir lassen.« Sie lehnte sich nach hinten, stützte sich auf die Handflächen und blickte mit einem Seufzer zum Mond hinauf. »Es fühlt sich gut an, all das aus dem Kopf zu bekommen. Vielen Dank, dass du mir zuhörst.«

»Du kannst mir alles erzählen, Sully.«

Sie sah ihn an, und ein leises Lächeln umspielte ihre Lippen. »Ich habe wirklich das Gefühl, dass ich dir alles erzählen kann, was verrückt ist, weil ich geglaubt hatte, dass ich nie wieder einem Mann vertrauen würde. Aber jetzt brauche ich etwas von dir.«

»Schieß los. Was kann ich für dich tun?«

»Würdest du mir eine von euren Bachgeschichten oder eine Geschichte über diesen See erzählen? Ich will nicht mehr an das denken, was ich durchgemacht habe. Es kostet mich eine Menge Kraft, und ich möchte einfach nur glücklich sein.«

Ihre Worte setzten ihm sehr zu. »Aber sicher doch.« Er blickte für einen Moment auf das Wasser hinaus und überlegte, was er ihr erzählen sollte. »Als meine Brüder und ich jünger waren, kamen wir oft hierher und haben alle möglichen Sachen gemacht. Das war immer lustig. Mein alter Herr hat ein Seil an diesen Baum gehängt.« Er zeigte auf den großen Baum, der ungefähr sechs Meter entfernt stand. »Wir sind von dort runtergesprungen und haben im Wasser Reiterkampf gespielt.«

»Ist das Wasser dafür tief genug?«

»In der Mitte schon.«

»Bist du mit deinen Brüdern und Schwestern immer gut zurechtgekommen?«

»Die meiste Zeit verstehen wir uns gut, aber ich bin mir sicher, dass Dare mich für eine gewaltige Nervensäge hält.«

»Warum?«

»Weil er gerne die Grenzen austestet, und bevor er mit Billie zusammengekommen ist, hat er nicht immer die besten Entscheidungen getroffen.«

»Was meinst du damit?«

»Nun, im Sommer nach der Highschool hat er zum Beispiel auf einer Party mit Billie rumgeknutscht, auf der auch ihr Freund Eddie war, und ich musste einschreiten und sie voneinander trennen, bevor allen dreien das Herz gebrochen wurde.«

»Ups.«

»Genau, ups. Dann ging er aufs College, und im Sommer nach seinem ersten Studienjahr trank er zu viel, und ich habe ihn mehr als einmal von dämlichen Fehlern abgehalten.«

»Welche Art von Fehlern?«

»Wie beispielsweise mit gleich zwei Frauen unten am Wasser anzubändeln, wenn er zu betrunken war, um sich auch nur an ihre Namen zu erinnern.«

Sie musterte ihn für einen Moment. »Du beschützt also

nicht nur Menschen, die auf die Ranch kommen? Du beschützt auch Mädchen, die du nicht einmal kennst?«

»Im Allgemeinen ja. Wenn jemand in Schwierigkeiten ist oder diese bereits abzusehen sind, versuche ich einzuschreiten. Aber in dem Fall hab ich ihn *und* sie beschützt. Dare ist allerdings kein schlechter Mann, und er benimmt sich auch nicht mehr so. Er ist so loyal, wie man es sich nur wünschen kann, und für Billie würde er alles tun.«

»Das klingt, als hätte er sich wirklich verändert.«

»Oder er hat endlich das bekommen, was er schon die ganze Zeit haben wollte. Er ist schon immer ein toller Mann gewesen. Ich vermute, er war damals nur so sehr in Billie verliebt, dass er einfach nicht wusste, wohin mit all seinen Gefühlen, als sie mit jemand anderem ausging, daher endete es bei ihm mit Ärger am Bachufer.«

Sie schwieg einen langen Moment, den Blick auf ihre Finger gerichtet, mit denen sie über den Boden neben sich fuhr. »Was ist mit dir? Hast du auch Mädchen hierhergebracht?«

Sie hatte eine Unschuld an sich, die im Widerspruch zu ihrer Stärke stand, und das weckte in ihm den Wunsch, sie auf noch vielerlei mehr Arten zu beschützen als nur auf der körperlichen. Er wollte ihr dabei helfen, zu verstehen, wie das Leben wirklich lief, und ihr zeigen, dass nicht alle Männer wertlos und gemein waren.

»Nein, und ich reiße auch keine Frauen auf, wenn ich betrunken bin. Tatsächlich kann ich mich gar nicht mehr daran erinnern, wann ich das letzte Mal betrunken gewesen bin. Normalerweise passe ich auf meine Kumpel und meine Schwestern auf, und außerdem bin ich dafür ohnehin zu verantwortungsbewusst. Diese Art von Risiko gehe ich nicht ein, und ich möchte gern ganz bei der Sache sein, wenn ich mit einer Frau zusammen bin.«

Sie errötete und hielt ihren Blick auf ein Grasbüschel gerichtet, mit dem sie herumspielte. »Was bedeutet das genau?«

Er wollte sie nicht in Verlegenheit bringen, aber sie sollte verstehen, dass er anders war, und wirklich begreifen, was er ihr vermitteln wollte. Daher streckte er die Hand aus und hob ihr Kinn an, sodass er ihr in die Augen sehen konnte. »Das bedeutet, dass ich Frauen respektvoll behandele. Sie sind für mich kein Spielzeug, sie sind Geschenke. Und wenn ich mit einer Frau zusammen bin, ist sie das Einzige, woran ich denke. Dann konzentriere ich mich nur darauf, ihr Vergnügen zu bereiten, und das geht nur, indem ich ihr zuhöre, ihre Reaktionen spüre und ihre Körpersprache lese. Ich will nicht, dass irgendeine Frau im Nachhinein der Ansicht ist, es wäre ein Fehler gewesen, mit mir zusammen gewesen zu sein. *Du liebe Güte, er war der Beste, den ich je hatte* – genau das sollen sie hinterher denken.«

Sie öffnete den Mund und schloss ihn dann wieder. Dann senkte sie den Blick, und ein zaghaftes Lächeln erschien auf ihrem Gesicht, bevor sie ihn abermals ansah. »Ich weiß nicht einmal, was das bedeutet, aber es klingt schön.«

Er würde wahrscheinlich direkt in die Hölle kommen, weil er hoffte, dass er derjenige sein würde, der ihr das eines Tages zeigte, aber er wollte verdammt noch mal nicht, dass ein anderer Mann sie berührte.

»Und es muss toll für dich gewesen sein, hier aufzuwachsen«, fuhr sie fort. »Wie war es, so eine unbeschwerte und freie Kindheit zu haben?«

Er zog ein Bein an und stützte einen Unterarm auf dem Knie ab. »Es erscheint mir unfair, dir nach allem, was du durchgemacht hast, davon zu erzählen.«

»Nein. Es wird mir helfen. Über das Leben außerhalb der Sekte weiß ich nur das, was mir Gaia erzählt hat. Ich möchte wirklich wissen, wie das gewesen ist, und mir eine andere Art von Kindheit und Leben vorzustellen, macht mich glücklich.«

»Wenn das so ist … Es war nahezu perfekt. Als ich klein war, stand ich im Morgengrauen auf, damit ich noch vor der Schule meinem Großvater und meinem alten Herrn über die Ranch folgen konnte. Ich traf sie unten in der Küche, bevor alle anderen aufwachten. Sie tranken Kaffee und ich Kakao.« Bei der Erinnerung lachte er leise. »Dann zogen wir uns die Stiefel an und setzten unsere Hüte auf und marschierten über das Land, während die Sonne aufging. Ich habe diese Zeit mit ihnen geliebt. Den Sonnenaufgang gemeinsam mit jemandem zu beobachten, dem du nahestehst, lässt sich mit nichts vergleichen.«

»Ich habe noch nie einen Sonnenaufgang gesehen. Ich musste zwar mit ein paar anderen Mädchen aufstehen und das Frühstück machen, bevor alle anderen aufstanden, aber dabei waren wir nie im Freien.«

»Dann solltest du das Betrachten eines Sonnenaufgangs lieber mit auf deine Liste setzen, denn ich werde definitiv dafür sorgen, dass du das erlebst.«

Sie musste lächeln. »Ich werde es in die Liste aufnehmen. Aber ich würde gern mehr über deine Kindheit erfahren.«

»In Ordnung. Das Leben auf einer Ranch ist nicht einfach, aber befriedigend. Meine Brüder und Schwestern und ich haben selbst als Kinder hart gearbeitet. Wir haben vor und nach der Schule Routineaufgaben erledigt, und dann sind wir mit unseren Freunden herumgelaufen und haben gespielt, und nach dem Abendessen haben wir weitere Arbeiten übernommen und Hausaufgaben gemacht. Aber das alles fühlte sich für mich nie wie Arbeit an. Ich habe liebend gern die Pferde versorgt und die Ställe ausgemistet.«

»Gilt das auch für deine Brüder und Schwestern?«

»Du hast Birdie kennengelernt. Kannst du dir vorstellen, dass sie gerne Pferdemist schaufelt?«

Sie musste lachen. »Nein.«

»Sie ist sechs Jahre jünger als ich, sie war also neun, als ich fünfzehn war, und sie hat mich oft angefleht, ihr bei ihren Aufgaben zu helfen.«

»Hast du das getan?«

»Was glaubst du denn? Sie war so ein bezauberndes kleines Ding, das in Cowgirlstiefeln herumstapfte und mir das Ohr abgekaut hat. Ja, ich habe ihre Aufgaben übernommen. Das hätte ich wahrscheinlich nicht tun sollen, aber aus ihr ist trotzdem etwas geworden. In meiner Familie hat man sich schon immer sehr nahegestanden, und wir sind zu allen Veranstaltungen und Feiern in der Stadt gegangen, und unsere Eltern haben hier draußen Events für die Ranch und den Motorradclub ausgerichtet. Der Club veranstaltet ebenfalls diverse Happenings und Sternfahrten, die wir besucht haben. Das machen wir natürlich immer noch, und es findet auch jedes Jahr ein großes Weihnachtsfestessen mit allem Drum und Dran statt, zu dem alle eingeladen sind, die sich zu der Zeit auf der Ranch aufhalten.«

»Das klingt wundervoll.«

»Habt ihr die Feiertage gefeiert?«

»Nicht wirklich. Rebel Joe glaubt nicht an Religion oder überhaupt irgendetwas, was andere Leute so gemeinsam machen. Aber Ansel und ich haben uns an unseren Geburtstagen Kleinigkeiten geschenkt.«

»Wann hast du Geburtstag?«

»Am dreizehnten Januar«, erwiderte sie mit einem Lächeln. »Und du?«

»Am siebzehnten April. Hätte Ansel dir nicht bei deiner Flucht helfen können? Konnte er nicht mitten in der Nacht zusammen mit dir abhauen oder etwas in der Art?«

Sie schüttelte den Kopf. »Er hat eine kleine Schwester, Emina. Sie ist elf, und er würde sie niemals im Stich lassen.«

Wir müssen das kleine Mädchen da rausholen. »Und seine Mutter Gaia ist damit einverstanden, dass ihre Tochter letztendlich in den Händen dieses Mannes landen wird?«

»Nein. Sie würde gern weggehen, aber sie kann nicht. Ihr Mann gehört zu Rebel Joes engsten Vertrauten, und sie kümmert sich um all die anderen Frauen. Aber ich möchte jetzt nicht an die Sekte denken. Können wir vielleicht über etwas anderes reden?« Sie machte sich daran, ihre Stiefel aufzuschnüren.

»Ja, natürlich. Entschuldige.« Er sah zu, wie sie sich die Stiefel auszog. »Was machst du da?«

Sie streifte sich die Socken ab, und ihre Augen strahlten vor Aufregung. »Ich will das Wasser spüren.«

»Es ist eiskalt. Vertraue mir, du willst da nicht reingehen.«

»Ich will nur meine Zehen reinstecken.« Sie rollte ihre Jeans über die Knöchel hoch und stand auf.

»Mach dich auf was gefasst.« Er zog seine Stiefel und Socken aus.

»Und was machst du?«

Er rollte die Hosenbeine seiner Jeans hoch und stand ebenfalls auf. »Ich halte mich mal lieber bereit, falls du ins Wasser davonspringst.«

»Ich bin doch kein wildes Tier.« Sie lachte. Sobald sie die Zehen ins Wasser getaucht hatte, quietschte sie laut und machte einen Satz nach hinten. »Komm mit mir rein!« Sie griff nach seiner Hand, zog ihn ins Wasser und kreischte noch lauter. Aufgeregt wie ein Fohlen, das zum ersten Mal galoppiert, hüpfte sie auf den Zehenspitzen von einem Fuß auf den anderen. *»Brr!«*

Er gluckste. »Ich hab dir doch gesagt, dass es kalt ist.«

»Du hast doch nicht etwa Angst vor ein bisschen kaltem Wasser, oder?« Sie bespritzte ihn neckisch mit Wasser und schnappte dann mit weit aufgerissenen Augen nach Luft, als hätte sie das gar nicht beabsichtigt. Einen Moment später brach sie in Gelächter aus und bespritzte ihn erneut.

»Jetzt bist du dran, Tate!« Er griff nach ihr, und sie mussten beide lachen, als sie quietschend durch das flache Wasser rannte, um ihm zu entkommen. Aber er erwischte ihre Hand und drehte sie zu sich um. Die Freude, die von ihr ausstrahlte, war unermesslich, und er wollte sie nicht ersticken, deshalb wirbelte er sie einmal herum und zog sie in seine Arme, um daraus einen langsamen Tanz zu machen. Ihre Blicke trafen sich, und ihre Heiterkeit wurde von Funken der Lust zum Schweigen gebracht, die zwischen ihnen knisterten. Sully atmete schwer, ihre Wangen waren rosig und strahlten im Mondschein. Er unterdrückte den Drang, seine Lippen auf ihre zu drücken und die bemerkenswerteste Frau zu küssen, die er je kennengelernt hatte, und konzentrierte sich stattdessen darauf, wie unglaublich richtig sie sich in seinen Armen anfühlte.

Sie ließ ihre Wange an seiner Brust ruhen und wiegte sich mit ihm. »Ich habe dir doch gesagt, dass ich kein wildes Tier bin«, sagte sie leise.

»Du bist viel gefährlicher als ein wildes Tier.«

Sie sah durch ihre langen, dichten Wimpern zu ihm auf, und die Welt um sie herum schien stillzustehen. Dann fing sie an zu kichern, stieß ihn von sich weg, breitete die Arme weit aus und drehte sich mit dem Gesicht zum Mond herum. Ihre langen dunkelblonden Haare flogen wie ein Umhang hinter ihr her, und ihre hinreißenden nackten Füße tänzelten weiterhin durch das eiskalte Wasser.

Er steckte eindeutig in Schwierigkeiten.

Es war schon spät, als sie schließlich zurückgingen. Cowboy zog sein Flanellhemd aus und streifte es ihr über. Sie blickte auf die Ärmel hinunter, die ihr bis weit über die Hände reichten, und sie lachten beide, als er sie aufrollte. Im Anschluss schnüffelte sie am Stoff.

»Es ist sauber, das versichere ich dir.«

»Es duftet gut. Es riecht nach dir.«

»Na, das höre ich doch gern. Birdie hat mir vor einer Weile ein Duschgel gegeben. Ich mag es, aber du weißt doch, wie unterschiedlich so etwas bei jedem Menschen riechen kann.« Sobald die Ärmel die passende Länge hatten, zog er den Kragen glatt. Sie sah hinreißend und wunderschön aus.

»Es riecht nach Glück.«

Er zog eine Augenbraue hoch.

»Ernsthaft. Schnupper doch selbst mal.« Sie drehte ihm ihre Schulter zu.

Er beugte sich hinunter und atmete Sullys süßen Duft ein. Das war ein großer Fehler. »Alles, was ich rieche, bist du.«

»Wonach rieche ich?«

»Nach vorprogrammiertem Ärger. Lass uns gehen.«

Sie kicherte, während sie zurückgingen, und das war ein Geräusch, das er häufiger hören wollte. Den ganzen Weg zurück zu ihrer Hütte unterhielten sie sich, und als er sie zur Tür hinaufbegleitete, sagte sie: »Ich habe mich heute Abend prächtig amüsiert.«

»Ich auch. Nimm ein heißes Bad, bevor du zu Bett gehst. Dann schläfst du vielleicht besser.«

»Gehst du nach Hause?«

»Nein. Ich muss mich noch um eine Angelegenheit kümmern, und dann bin ich wieder zurück. Wenn du etwas brauchst, findest du mich hier draußen. Aber schließ bitte die Tür hinter dir ab, ja?«

»Das mache ich. Ich werde dir eine Decke und ein Kissen auf den Stuhl legen.«

»Ich komme schon zurecht. Und jetzt geh rein und wärme dich auf, bevor du dir noch eine Erkältung holst.«

»Ach, Callahan, du machst dir immer Sorgen um mich«, stellte sie fest und betrat die Hütte. »Gute Nacht.«

Er wartete, bis er das Einrasten des Türschlosses hörte, bevor er zum Haus seiner Eltern lief, wobei ihm jeder Schritt Sullys Worte und den Schmerz in ihrer Stimme wieder ins Gedächtnis zurückrief – *Ich wurde mit einem Gürtel geschlagen, und dann musste ich ein paar Wochen lang in der Kiste schlafen und bekam kaum etwas zu essen. Beim zweiten Mal bekam ich das Zeichen.* Als er das Haus seiner Eltern erreichte, kochte er vor Wut. Lautstark hämmerte er an die Tür. Da sie nicht reagierten, zog er seinen Schlüssel hervor, schloss auf und stürmte mit rasendem Herzen ins Haus. Er steuerte das Schlafzimmer an, das Tiny gerade in Unterwäsche verließ. Sein Vater zog sich im Gehen ein T-Shirt über.

»Wo ist deine Hose?«, zischte Cowboy.

»Du kannst von Glück reden, dass ich eine Unterhose angezogen habe.«

»Wir müssen nach West Virginia fahren und diesen Sekten-Mistkerlen das Handwerk legen.« Er lief mit geballten Fäusten auf und ab und wurde immer lauter. »Sie haben ihr schreckliche Dinge angetan, und ich werde das nicht auf sich beruhen lassen. Ich will jeden Einzelnen von ihnen in Stücke reißen und leiden lassen.«

»Beruhige dich erst einmal, Cowboy.«

»Nein, ich will mich nicht beruhigen. Du weißt ja gar nicht, was sie durchgemacht hat. Großer Gott, Dad. Wenn du die anderen nicht losschickst, werde ich allein gehen. Ich rufe Biggs an und hole sein Chapter mit ins Boot.«

»Ist ja gut, mein Sohn. Ich höre dich. Atme erst einmal durch, und lass uns darüber reden.«

»Ich kann verdammt noch mal nicht einfach durchatmen! Ich weiß gar nicht, wie diese wunderbare Frau« – er zeigte in die Richtung von Sullys Hütte – »nach all dem, was sie durchgemacht hat, noch bei Verstand sein kann, und es gibt noch mehr wie sie in dieser Sekte. Und weißt du was? Neuankömmlinge müssen dort ihren Namen ändern. Wer macht denn so etwas? Menschen, die etwas zu verbergen haben, die tun das. Ich weiß, dass sie mit einem Onkel zusammengelebt hat. Aber war er wirklich ihr Onkel?« Er zog seine Brieftasche heraus und entnahm ihr den Flyer, den er seinem Vater hinstreckte. »Das ist sie. Das ist Sully. Sieh dir die Augen des kleinen Mädchens an. Ich habe es verdammt noch mal sofort gespürt, und mir wird übel bei dem Gedanken daran, dass sie die ganze Zeit dort gewesen ist. Hilfst du mir jetzt oder nicht?«

»Auf jeden Fall, aber wir müssen erst einige Nachforschungen anstellen und einen Plan schmieden. Das Ergebnis des DNA-Tests sollte bald vorliegen, aber wenn sie Kinder entführen und junge Mädchen missbrauchen, ist das für unseren Club ein paar Nummern zu groß. Die gehören hinter Gitter ...«

»Nachdem wir sie fertiggemacht haben«, schäumte Cowboy.

»Denk doch mal nach, Junge. Wenn wir dort reingehen, um sie zu erledigen, müssen wir sicher sein, dass sie nicht wieder aufstehen, sonst sind diese Mädchen am Ende in noch größerer Gefahr.«

»Vertrau mir. Wenn ich sie in die Finger bekomme, stehen sie garantiert nicht wieder auf.«

»Du kannst niemandem helfen, wenn du im Gefängnis sitzt«, warnte Tiny ihn. »Ich werde mit Manny reden und ihn auf das Treffen vorbereiten, und ich rufe auch Biggs an und erkundige mich, ob ein paar seiner Leute für uns Erkundigungen einziehen können. Wir sehen uns dann morgen Abend wieder bei der Church und entwerfen eine Strategie.«

Seine Mutter kam im Bademantel und mit zerzausten Haaren aus dem Schlafzimmer. »Warum regt ihr zwei euch denn so auf?« Sie beäugte Cowboy. »Und warum bist du so nass?«

»Ich war mit Sully am See.«

Sie runzelte die Stirn. »Bist du ihretwegen so aufgebracht?«

»Wegen dieser verdammten Sekte. Weißt du, was sie ihr angetan haben?«, fauchte er.

»Du weißt, dass ich darauf nicht antworten darf, Schatz.«

»Richtig. Die verdammten Regeln. Diese Arschlöcher machen sich bei der Sekte ihre eigenen Regeln, und ich will dem ein Ende setzen.«

»Pass auf, welche Worte du in Gegenwart deiner Mutter in den Mund nimmst«, ermahnte ihn sein Vater.

»Entschuldige«, knurrte er. »Morgen Abend also?«

»Ich gebe dir mein Wort darauf. Vorher werde ich ein paar Leute anrufen und einiges in die Wege leiten.«

Mit einem Nicken wandte Cowboy sich zur Tür.

»Schatz«, sagte seine Mutter leise.

»Ja?« Er drehte sich noch einmal um und sah ihr in die Augen.

»Sei vorsichtig, Cowboy. Sie ist sehr verletzlich, und sie könnte Dankbarkeit mit etwas anderem verwechseln.«

»Glaubst du wirklich, dass ich das zulassen würde?«

»Nein. Ich weiß, dass du das nicht tun würdest. Aber du bist im Augenblick ziemlich aufgebracht. Vielleicht sollten wir jemand anderem die Aufgabe geben, Sully im Auge zu behalten.«

»Ich reiße mich schon zusammen«, knirschte er. »Und wenn du dich dann besser fühlst, kannst du noch zehn andere auf sie aufpassen lassen, aber ich werde trotzdem jede Nacht an ihrer Seite sein, so wie bei jedem anderen, über den ich wachen soll.«

Zehn

»Als wir gestern über deine Beziehung zu deinem Onkel gesprochen haben, hast du gesagt, dass es seiner Ansicht nach eine Ehre wäre, mit Rebel Joe zusammen zu sein, und du hast erwähnt, dass andere Mädchen der gleichen Meinung waren. Aber du hast das nie so gesehen«, stellte Wynnie während ihrer Sitzung am Dienstagnachmittag fest. »Ich möchte gern mit dir über deine Beziehung zu Rebel Joe sprechen.«

Sullys Gedanken wanderten zurück zu ihrem Spaziergang mit Callahan am vergangenen Abend. Als sie ihm von Rebel Joe erzählt hatte, war ihr nicht entgangen, dass er ihr gern weitere Fragen gestellt hätte, doch er hatte darauf verzichtet, und sie hatte überrascht festgestellt, dass ein Teil von ihr sich gewünscht hatte, er würde weiter nachbohren. Es hatte sich so gut angefühlt, mit ihm durch das Wasser zu laufen und zu lachen. Als er sie bei diesem langsamen Tanz an sich gezogen hatte, war der Rest der Welt plötzlich verschwunden, und in diesen wenigen Momenten hatte sie sich wie eine normale Frau gefühlt, die mit einem Mann tanzte, den sie attraktiv fand, und das war fantastisch gewesen. Aber sie war nicht einfach nur eine normale Frau, und Callahan war kein normaler Mann. Er war etwas Besonderes. Er war fürsorglich und nachdenklich und beschützend auf eine Art und Weise, die sie zu schätzen wusste, statt sie zu fürchten.

»Sully?«

»Hm? Entschuldigung. Ich habe gerade nachgedacht.«

»Über Rebel Joe, oder beschäftigt dich noch etwas anderes?«

»Über ihn«, erwiderte sie. Sie wollte das, was sich wie private Momente mit Callahan anfühlte, nicht vor seiner Mutter ausbreiten.

»Was empfindest du, wenn du an Rebel Joe denkst?«

»Ich bin froh, dass mir die Flucht von ihm gelungen ist«, antwortete sie aufrichtig.

»Hast du schon immer so über ihn gedacht?«

»Nein. Als ich klein war, wusste ich über ihn nur, dass er der Anführer der Gruppe ist und dass nur besondere Mädchen seinen Wohnwagen betreten dürfen. Ich gebe es nur ungern zu, aber bevor ich in den Schlafsaal umgezogen bin, wollte ich eines dieser Mädchen sein.«

»Das ist nichts, dessen du dich schämen musst. Du wurdest dazu erzogen, eines dieser besonderen Mädchen zu sein, und dir wurde eingeredet, dass es gewissermaßen mit Prestige verbunden ist. Was hast du damals gedacht, was dort passiert?«

Sie überlegte eine Minute lang. »Ich glaube, ich habe nie wirklich darüber nachgedacht. Ich wusste einfach nur, dass ich nicht hineingehen durfte.«

»Das klingt, als hätte sich dein Kampfgeist da schon bemerkbar gemacht. Hat sich das nach deinem Umzug in den Schlafsaal geändert?«

»Ja. Als ich in den Schlafsaal gezogen bin, hörte ich Gerüchte darüber, was sich darin abspielt, und da fing ich an, mich davor zu fürchten.«

»Die Gewissheit, dass du mit einem erwachsenen Mann im

Bett landen würdest, muss beängstigend für dich gewesen sein.«

Sie nickte und erinnerte sich an die Magenschmerzen, die sie jeden Tag gehabt hatte.

»Wie bist du damit umgegangen?«

»Überhaupt nicht. Ich habe natürlich versucht, ihnen zu vermitteln, dass ich das alles nicht wollte, aber dafür hat man mich bestraft, um mich dann daran zu erinnern, dass es eine Ehre wäre, auserwählt zu werden, und schließlich lernte ich, den Mund zu halten, was ich nie wieder tun werde.«

»Das höre ich gern. Manchen Menschen, die gezwungen waren, ihre Gefühle zu unterdrücken, fällt es später sehr schwer, auszusprechen, was sie denken. Es ist gut, dass du keine Angst davor hast.«

»Ich habe zu fliehen versucht, seit ich fünfzehn war.« Sie erzählte ihr von ihren beiden misslungenen Fluchtversuchen und wie sie es schließlich geschafft hatte. »Wenn Gaia nicht für mich da gewesen wäre, hätte ich wahrscheinlich am Ende Kinder bekommen, so wie die anderen Mädchen. Sie hat mich bei meiner Flucht unterstützt und mich dazu ermutigt, unter vier Augen mit ihr über meine Gefühle zu sprechen und wie wütend es mich machte, dort zu sein und mit ihm zusammen sein zu müssen. Wahrscheinlich habe ich deshalb jetzt keine Angst davor, meine Meinung zu sagen.«

»Es ist kein Wunder, dass du jetzt schon so weit bist. Das alles hört sich ganz danach an, als hättest du bereits als Zehnjährige gewusst, dass irgendetwas nicht stimmte.«

»Ich glaube, ich habe es schon vorher gewusst und es genau deshalb so sehr gehasst, die Regeln befolgen zu müssen.«

»Ja, das hast du erwähnt. Wie hat Rebel Joe dich außerhalb seines Wohnwagens behandelt?«

»Als ich klein war oder als Erwachsene?«

»Beides.«

»Als ich klein war, schenkte er mir besondere Aufmerksamkeit und tat so, als wäre er an allem interessiert, was ich tat. Aber sobald ich einmal in seinem Bett gelandet war, behandelte er mich wie sein Eigentum. Er stellte klar, wem ich gehörte und was von mir erwartet wurde, und wenn er glaubte, dass ich einen anderen Mann zu lange angesehen hatte, oder wenn ich zu lange brauchte, um zu ihm zu kommen, wenn er nach mir gerufen hatte, wurde ich ausgeschimpft.«

»Wie war er, wenn ihr miteinander intim wart?«

»Wie genau ist das gemeint?«

»War er freundlich? Hat er dir nette Dinge gesagt? War er sanft zu dir oder grob?«

»Er war weder nett noch gemein. Er tat, was er wollte, und dann rollte er sich von mir runter und schlief ein, und ich musste darauf warten, dass er mir erlaubte, wieder zu gehen.«

»Wie lange hast du gewartet?«

»Manchmal entließ er mich direkt danach, und dann wieder konnte es zwei Tage dauern.«

Wynnie nickte. »War es jemals angenehm?«

»Nein. Ich tat meine Pflicht. Es gefiel mir nicht, wie er roch, wie er sich anfühlte oder wie er mich berührte.«

Wynnies Blick wurde sanfter. »Sully, hat Gaia oder irgendjemand sonst dir je erzählt, dass Sex auch ganz anders sein kann?«

»Ja, das hat Gaia mir oft gesagt. Sie hat sich Free Rebellion erst angeschlossen, als sie schon über zwanzig war, sie hatte also vorher schon normale Beziehungen und konnte Erfahrungen sammeln. Wären sie und Ansel nicht gewesen, würde ich wahrscheinlich alle Männer hassen.«

»Weißt du, warum sie sich ihnen angeschlossen hat?«

»Sie ist mit ihrem Freund dorthin gegangen, und schließlich haben sie geheiratet. Sie hat mir erzählt, dass sie vor Ansels Geburt gar nicht gewusst hat, wie schlimm die Dinge dort wirklich standen, und dann war es zu spät zum Aussteigen. Sie konnte nicht gehen, ohne ihn zurückzulassen.«

»Das ist wirklich traurig. Was hat sie dir über Intimität erzählt?«

»Sie hat mir erzählt, dass es angenehm und sogar aufregend sein kann, jemandem nahe zu sein, den man liebt, und dass ein Mann nicht mit jemand anderem zusammen sein will, wenn er dich wahrhaftig liebt. Aber sie sagte auch, dass selbst außerhalb der Sekte viele Menschen Beziehungen mit mehr als einem Mann oder einer Frau führen, aber dass es ihre eigene Entscheidung ist und nicht etwas, wozu sie gezwungen werden.«

»Sie hat in jeder Hinsicht recht, und ich bin froh, dass sie mit dir darüber gesprochen hat. Wenn du mit jemandem zusammen bist, mit dem du zusammen sein möchtest, kann die sexuelle Intimität ein wundervolles Erlebnis sein, das euch einander näherbringt.«

Das konnte sich Sully überhaupt nicht vorstellen, aber sie musste auch unaufhörlich an Callahan denken und an das, was er über das Zusammensein mit einer Frau gesagt hatte. Sie hatte ihn fragen wollen, was er mit *der Beste, den sie je hatten* gemeint hatte. Der beste was? Sie konnte sich nicht an eine einzige angenehme Sache beim Sex oder Küssen oder irgendetwas anderem erinnern. Aber so, wie er darüber gesprochen hatte, dass er sich dann rein auf das Vergnügen einer Frau konzentrieren würde, wollte sie nur zu gern erfahren, wie es in seinen Armen wohl sein würde.

»Was hältst du von Intimität?«, erkundigte sich Wynnie, als hätte sie Sullys Gedanken gelesen. »Macht dir der Gedanke an

Küsse, Berührungen oder Sex Angst?«

»Der Gedanke daran, all das zu tun, jagt mir keine Angst ein. Aber bei der Vorstellung, so etwas mit Rebel Joe oder irgendeinem anderen Mann zu tun, mit dem ich nicht zusammen sein will, dreht sich mir der Magen um. Ich werde nicht zulassen, dass mir das jemals wieder passiert.«

»Dein Kampfgeist ist etwas Wundervolles.«

Sie sprachen eine lange Zeit miteinander, und als Callahan, dessen Muskeln sich deutlich unter seinem Hemd abzeichneten und dessen Jeans sich eng an seine kräftigen Oberschenkel schmiegte, sie abholen kam, erwachten die Schmetterlinge in ihrem Bauch abermals zum Leben. Warum fielen ihr solche Dinge auf? Ihr war noch nie zuvor so viel an einem Mann aufgefallen.

Er legte ihr eine Hand ins Kreuz, als sie das Gebäude verließen. »Alles so weit in Ordnung?«

»Ja. Ich spreche gern mit deiner Mutter.«

»Gut. Das freut mich. Hör mal, ich muss ein paar Besorgungen in der Stadt erledigen und dachte, du würdest vielleicht gern Zeit mit Sasha im Stall mit den geretteten Pferden verbringen, solange ich fort bin. Wäre das für dich in Ordnung?«

»Das klingt großartig. Ich wäre liebend gern eine Weile bei Beauty. Glaubst du, dass Sasha etwas dagegen hat?« Sie hatte Sasha während der Mahlzeiten etwas besser kennengelernt und mochte sie wirklich sehr.

»Für eine Weile eine Pferdeflüsterin dort zu haben?«, neckte er sie. »Überhaupt nicht. Ich hab sie schon gefragt. Brauchst du etwas aus der Stadt? Ich habe gesehen, dass du nur eine kleine Tasche mitgebracht hast. Wir haben zwar noch ein paar warme Tage vor uns, aber die Nächte werden kälter. Brauchst du

Shorts, Shirts? Hast du eine Jacke? Ich kann dir ein paar Dinge mitbringen.«

»Ist schon in Ordnung. Ihr habt schon genug für mich getan.«

»Das ist keine große Sache, Sully.«

»Es ist eine große Sache, und ich brauche wirklich nichts. Ich hatte noch nie Shorts, es ist also nicht so, als würde ich sie vermissen.« Shorts standen auf ihrer Liste, aber sie wollte nicht, dass er sein schwer verdientes Geld für sie ausgab. »In der Sekte haben alle Mädchen ähnliche Röcke und Oberteile angehabt. Wir durften keine Shorts tragen oder in irgendeiner Form Individualität erkennen lassen.«

Er schnaubte unwillig, und als sie an einer der Weiden vorbeigingen, sagte er: »Heute nach dem Abendessen findet mein Clubtreffen statt.«

»Stimmt, das hattest du erwähnt.« Sie hatte darüber nachgedacht, seit er ihr von dem Club erzählt hatte. Er würde ihr heute Abend fehlen. Sie wollte ihn schon fragen, ob er nach dem Treffen einen Spaziergang mit ihr machen wollte, aber sie hatte mitbekommen, wie Dare und Doc beim Frühstück darüber sprachen, dass sie nach dem Treffen ins Roadhouse gehen wollten. Dabei hatten sie Hyde aufgezogen, der mal wieder irgendwelche Frauen aufgabeln wollte. Sie fragte sich, ob Callahan den Abend auch mit der Jagd auf eine Frau verbringen würde, und versuchte, den Knoten zu ignorieren, der sich bei dem Gedanken in ihrem Magen bildete.

»Ich habe Sasha gebeten, bei dir vorbeizuschauen, falls du etwas brauchst, und ein paar Männer werden deine Hütte im Auge behalten.«

»Danke. Ich komme schon zurecht.«

In diesem Moment kam Sasha aus dem Stall. Mit ihrem

Cowgirlhut, dem langärmeligen Shirt, Shorts und rötlichbraunen Stiefeln sah sie ganz bezaubernd aus. »Hey, Leute. Ich glaube, Beauty wartet schon auf dich, Sully.«

»Ich freue mich darauf, sie zu sehen«, erwiderte Sully.

»Klasse. Ich gehe nur rasch einen Eimer holen. Bin gleich wieder zurück.«

»Kommst du zurecht?«, erkundigte sich Callahan, nachdem Sasha um die Ecke der Scheune verschwunden war.

»Natürlich.«

Er schüttelte grinsend den Kopf. »Ich hätte nicht fragen sollen. Entschuldige.«

»Ist schon okay.«

»Hast du dein Handy dabei?«

»Ja.« Er hatte ihr nach ihrem Spaziergang am vergangenen Abend eine Nachricht geschrieben, und sie hatte sich fast zu Tode erschreckt, als das Telefon auf dem Küchentisch vibriert hatte. Sie würde nie vergessen, wie euphorisch sie beim Anblick seines Namens auf dem Display geworden war oder wie die schlichten zwei Worte, die er geschrieben hatte – *Schlaf gut* – dafür gesorgt hatten, dass ihr auf einmal ganz warm ums Herz wurde. Beim Abholen zum Frühstück heute Morgen hatte er vorgeschlagen, dass sie das Handy stets bei sich tragen sollte. Es fühlte sich seltsam an, es in der Hosentasche zu spüren, aber sie sollte es für den Fall dabeihaben, dass sie ihn einmal erreichen musste. Jetzt wurde ihr bewusst, was er damit gemeint hatte: wenn er nicht bei ihr sein konnte.

Sasha kam mit einem Eimer in der Hand um den Stall herum. »Du bist immer noch da?«

»Bin schon weg.« Er sah Sully in die Augen. »Schreib mir eine Nachricht, wenn du etwas brauchst.«

»Geht klar.« Sie wusste, dass sie ihm nicht schreiben würde, aber es machte sie glücklich, es überhaupt tun zu können.

»Sie hat alles, was sie braucht, Cowboy. Verschwinde endlich, damit sie sich amüsieren kann.« Sasha hakte sich bei Sully unter und führte sie in den Stall. »Zu dumm, dass du keine Cowboy-Flüsterin bist. Vielleicht könntest du ihn dazu bringen, die Zügel ein bisschen zu lockern.«

Sully warf Callahan, der sich gerade zum Gehen wandte, über die Schulter einen Blick zu. Er winkte ihr zu, und sie seufzte innerlich. Eigentlich verstand sie gar nicht, was Sasha an dem Mann ändern wollte. Sie mochte den verantwortungsbewussten Cowboy mit dem großen Herzen genau so, wie er war.

Nachdem Cowboy seine Besorgungen für die Ranch erledigt hatte, betrat er den Laden für Künstlerbedarf und kam zwanzig Minuten später mit einer handgefertigten Lederhülle für ein Skizzenbuch mit eingebauter Stifttasche, mehreren Zeichenblöcken und einem luxuriösen Holzkasten mit Farbstiften, Aquarell- und Pastellfarben, Pinseln und allem notwendigen Zubehör wieder heraus. Sully hatte so lange ohne all diese Dinge auskommen müssen. Am liebsten hätte er ihr die ganze Welt zu Füßen gelegt.

Er verließ Hope Valley und fuhr zu Birdies Schokoladengeschäft in Allure, einer benachbarten Kleinstadt mit Kopfsteinpflaster, altmodischen Straßenlaternen und Geschäften mit Backsteinfassaden und verschnörkelten schmiedeeisernen Zäunen. Als er an Karmas Boutique vorbeikam, die einer von Birdies Freundinnen gehörte, überlegte er einen Moment, hier anzuhalten, um Sully ein paar Sachen zu besorgen. Aber er kannte ihre Kleidergröße nicht.

Sein Handy klingelte, und als er den Namen seines Vaters auf dem Display sah, stellte er auf Lautsprecher. »Was gibt's?«

»Ich hab mit Manny gesprochen und ihn für heute Abend auf den neuesten Stand gebracht. Außerdem hab ich mit Biggs geredet. Er lässt Bullet und Diesel Erkundigungen einziehen.« Bullet war Cowboys Cousin, und mit Diesel Black war Cowboy zusammen in Hope Valley aufgewachsen. Sie lebten jetzt beide in Peaceful Harbor in Maryland, und sie waren zwei der härtesten Kerle, die Cowboy kannte. »Hoffentlich haben wir bis heute Abend einen Bericht von ihnen. Ich hab auch eine Nachricht für Reggie Steele hinterlassen, den Privatdetektiv, der den Flyer mit dem vermissten Mädchen veröffentlicht hat.«

»Super, vielen Dank. Ich habe vorhin Doc und Dare eingeweiht.« Er hatte sorgfältig darauf geachtet, Sullys Vertrauen nicht zu missbrauchen. »Sonst noch was? Ich parke gerade vor Birdies Geschäft.« Er hielt vor dem Divine Intervention am Straßenrand an.

»Nein, alles gut so weit. Sag Birdie, dass sie ihren alten Herrn gelegentlich mal besuchen kommen soll.« Birdie war immer unterwegs, und ihr Vater versuchte ununterbrochen, sich ein bisschen mehr Zeit mit ihr zu verschaffen.

»Sie war doch am Samstag bei der Veranstaltung auf der Ranch und am Sonntagmorgen fürs Frühstück.«

»Das war kein Besuch. Da hat sie nur eben vorbeigeschaut.«

Cowboy gluckste. »Ich werde es ihr ausrichten. Wir sehen uns dann heute Abend.«

Er betrat das Schokoladengeschäft, und die Glöckchen über der Tür klingelten munter. Nichts war so verführerisch wie der Duft von frisch hergestellter Schokolade. Sully erschien vor seinem geistigen Auge, und er versuchte mit aller Kraft, den Gedanken an die bezaubernde Frau beiseitezuschieben, die für ihn tabu war. Es fühlte sich an, als versuchte er, nicht zu atmen.

»Komme sofort!«, rief Quinn Finney und kam mit einem Tablett voller Schokolade aus der Küche. »Wenn das mal nicht einer meiner Lieblingscowboys ist.«

Quinn war eine von Birdies besten Freundinnen und zugleich ihre Angestellte. Sie war umwerfend, hatte eine Sanduhrfigur und sanfte kastanienbraune Wellen, die ihr immer perfekt geschminktes Gesicht umrahmten. Sie musterte ihn durch ihre Brille mit breitem Rahmen von oben bis unten. Das war er von ihr und zahlreichen anderen Frauen gewohnt, aber sie war nicht sein Typ. Obwohl er nichts gegen etwas dekadenten Genuss hatte, würde eine von Birdies besten Freundinnen dabei garantiert keine Rolle spielen. Außerdem zog er natürliche Schönheit einer perfekt zurechtgemachten Frau vor. Ihm gefielen Frauen, die kein Problem damit hatten, sich im Schlafzimmer und auch außerhalb davon schmutzig zu machen, und die nicht ständig ihre Frisur oder ihre Fingernägel im Sinn hatten. Sully schlich sich abermals in seine Gedanken und führte ihn zum hundertsten Mal in Versuchung. Er konnte es nicht leugnen, dass er ihr gern zeigen wollte, wie gut alles sein konnte – sich streicheln, küssen, saugen, lecken, vögeln. *Himmel, was mache ich hier bloß?*

Er räusperte sich in dem Versuch, den Kopf frei zu kriegen. »Wie läuft es, Quinn?«

»Ach, du weißt schon. Es läuft eben. Ich habe dich seit ein paar Tagen nicht mehr im Roadhouse gesehen.«

»Ich hatte zu tun. Wo ist Birdie?«

»Sie ist unterwegs und macht ein paar Frauen für dich klar, die du ohnehin nicht beachten wirst.«

Er folgte ihr bis zum vorderen Tresen. »Bitte sag, dass das nicht die Wahrheit ist.«

»Natürlich nicht!« Birdie tauchte mit einem Schraubenzieher in der Hand hinter dem Tresen auf. Sie hatte die Haare oben auf dem Kopf zu einem unordentlichen Knoten zusammengefasst, und hinter einem Ohr steckte ein Bleistift. Sie trug ein langärmeliges schwarzes Shirt und eine kurze Latzhose mit breiten blauen und roten Streifen auf dem einen und gelben und violetten Streifen auf dem anderen Bein sowie einem Patchwork-Latz. Ein lederner Werkzeuggürtel hing um ihre Taille, aus dem auf der einen Seite ein Hammer und auf der anderen Seite ein riesiger herzförmiger Lolli herausragten.

»Was treibst du da, Bauarbeiterin Birdie?«

Birdie zeigte mit dem Schraubenzieher auf ihn. »Ich bringe die Regale an.«

»Brauchst du Hilfe?«

Sie stemmte eine Hand in die Seite. »Nein! Ich brauch keine Hilfe. Ich bin selbst absolut fähig …« Ihre Worte gingen im Poltern von Holzregalbrettern unter, die auf den Fußboden krachten.

Cowboy zog eine Augenbraue hoch, und Birdie verdrehte die Augen.

Quinn machte sich kichernd daran, die Pralinen von ihrem Tablett in der Auslage zu verteilen.

»Lass mich mal sehen.« Er machte Anstalten, um den Tresen herumzugehen, aber Birdie hob eine Hand.

»Bleib sofort stehen. Ich bin jetzt Mitbesitzerin und kann das allein.«

»Regale können knifflig sein. Warum lässt du das nicht mich erledigen?«

»Nein. Ich schaffe das«, beharrte Birdie.

»Sie sitzt jetzt seit fast zwei Stunden daran«, warf Quinn ein.

»Halt die Klappe, du Nervensäge«, fauchte Birdie.

Er erinnerte sich daran, wie wichtig es Sully war, dass er ihre Unabhängigkeit unterstützte. »Wie du willst«, gab er nach. »Ich möchte Schokolade kaufen.«

»Oh, hurra! Für wen denn?«, erkundigte sich Birdie.

Das würde er der kleinen Kupplerin bestimmt nicht verraten. »Für mich.«

Birdie kniff die Augen zusammen. »Versuch gar nicht erst, mir was vorzumachen, großer Bruder.«

»Wieso? Darf ein Mann nicht auch mal Schokolade essen?«

»Kein Mann, der sich in seinem ganzen Leben erst zweimal selbst Schokolade gekauft hat.«

Er musterte sie kritisch. »Willst du jetzt was verkaufen oder nicht?«

»Na schön. Eine herzförmige Schachtel?« Sie grinste süffisant.

»Nein.«

Sie seufzte. »Mit einem Herzen würdest du mehr Eindruck schinden.«

»Ich muss mich nicht selbst beeindrucken.« Und er wollte Sully nicht mit einer herzförmigen Schachtel verwirren. Er war einfach nur ein netter Mann. Der ihr etwas schenkte, um ihr eine Freude zu machen.

Birdie griff nach einer kleinen, rechteckigen Schachtel.

»Eine größere bitte.«

»Ah, okay. Das klingt schon besser.« Sie holte eine größere Schachtel hervor.

Cowboy ging die Auslage durch und suchte diverse Leckereien aus. »Ein paar von diesen und diesen und diesen.«

»Vergiss die Trüffel nicht. Frauen lieben Trüffel.«

Er starrte sie finster an, entschied sich noch für einige andere Sorten und kehrte erst dann zu den Trüffeln zurück in der Hoffnung, dass es ihr nicht auffiel. »Und zwei von jeder Sorte.«

»Eine gute Wahl«, stellte sie fest und klappte die Schachtel zu. »Darf ich eine Schleife darumbinden?«

»Birdie«, warnte er sie.

»Bitte! Ich verspreche dir, dass ich es nicht übertreibe. Ich werde nicht einmal eine rote nehmen. Nur eine hübsche rosafarbene, okay?« Sie presste die Handflächen zusammen und sah ihn mit ihrem Hundeblick an.

»Na schön.«

Sie wackelte mit den Schultern. »Das ist ja so aufregend.«

»Bilde dir jetzt nur nichts ein. Es ist bloß Schokolade.«

»Was in meinem Kopf vorgeht, hast du nicht in der Hand.« Sie wickelte das Band um die Schachtel und machte eine schöne Schleife. »Weißt du, was Sasha heute Abend vorhat?«

»Sie wird nach Sully sehen, während ich bei der Church bin, und vielleicht unternehmen die beiden was zusammen. Übrigens danke, dass du mich daran erinnert hast. Ich wollte Sully einige Kleidungsstücke kaufen, kenne aber ihre Größe nicht. Ich werde Sasha bitten, sie danach zu fragen, wenn sie bei ihr ist.« Er zog sein Handy aus der Tasche.

»Sully?« Birdies Augen leuchteten auf. »Die bezaubernde Neue, die ich kennengelernt habe?«

»Ja. Sie hat kaum Kleidung mitgebracht.«

»Behellige Sasha nicht damit«, erklärte Birdie und tippte alles in ihre Kasse ein. »Mit Größen bin ich richtig gut. Ich werde ein paar Sachen für sie bei Karma aussuchen und mit den beiden einen Mädelsabend veranstalten.« Sie nannte ihm einen Preis, und er reichte ihr seine Kreditkarte.

»Ich weiß nicht, ob Sully Interesse an einem Mädelsabend

hat, aber macht es dir wirklich nichts aus, ihr ein paar Sachen zu besorgen?«

»Hast du vergessen, mit wem du redest?«, fragte Quinn, die gerade mit dem leeren Tablett an ihnen vorbeiging. »Sie ist die Shopping Queen.«

»Genau das bin ich.« Birdie winkte mit Cowboys Kreditkarte. »Die behalte ich vorläufig für die Klamotten und gebe sie dir später zurück.«

»Danke. Ich weiß deine Hilfe zu schätzen. Sie braucht Shorts, Jeans, und ein paar Sachen für kältere Tage. Aber kauf bitte nichts, das zu knapp sitzt. Ich bezweifle, dass sie gern viel Dekolleté oder Hintern zeigen möchte, und nimm nichts, was … so aussieht.« Er wies mit dem Kinn auf ihre Kleidung.

Sie blickte auf ihre kurze Latzhose hinunter. »Was stimmt damit nicht?«

»Für dich ist sie perfekt, aber Sully ist zurückhaltend. Ich glaube nicht, dass sie auffallen will.«

»Sie ist kein Mädchen mehr, sondern eine Frau. Ich verspreche dir, Sachen zu kaufen, die angemessen sind und ihr gefallen werden.« Sie steckte die Schachtel in eine Tüte und reichte sie ihm. »Sind die auch für Sully?«

»Ich muss es hoffentlich nicht bereuen, dass ich mir von dir helfen lasse, Birdie.«

Sie stemmte erneut eine Hand in die Seite. »Warum können Männer miteinander über alles reden, was sie mit Frauen machen, aber schaffen es nicht mal, ihrer eigenen Schwester zu gestehen, dass sie jemanden mögen?«

»Erstens rede ich mit niemandem über solche Sachen, und zweitens bist du meine kleine Schwester, was Grund genug ist, nicht mit dir darüber zu sprechen. Aber vor allem gibt es nichts, worüber ich reden könnte. Ich passe nur auf sie auf.«

»Und für wen sind die Pralinen dann?«

»Für mich.« Es war nicht einmal völlig gelogen. Schließlich machte es ihn glücklich, Sully lächeln zu sehen. »Du solltest bald mal vorbeikommen und Dad besuchen. Er vermisst dich.«

»Nein danke. Er will mir nur eine Standpauke halten, weil Manny gesehen hat, wie ich gestern Abend im Roadhouse einen Mann geküsst habe.«

»Was? Wen?«, verlangte er zu erfahren.

Sie verschränkte die Arme und reckte das Kinn vor. »Erstens rede ich mit niemandem über solche Sachen, und zweitens bist du mein Bruder, was Grund genug ist, nicht mit dir darüber zu sprechen.«

»Das ist doch nicht zu fassen!«

Sie tat so, als würde sie ihre Lippen abschließen und den Schlüssel wegwerfen.

»Du weißt, dass ich Manny heute Abend beim Treffen sehen werde.«

»Blödes Männernetzwerk«, murmelte sie.

»Willst du beichten?«

»Nix da. Ich muss Regale anbringen.« Sie drehte ihm den Rücken zu.

»Sei vorsichtig mit Männern, die du nicht kennst, Birdie. Wir würden alle durchdrehen, falls dir irgendetwas passieren sollte.« Er sah, wie sie die Schultern leicht sinken ließ. »Und was die Regale betrifft, bewundere ich zwar deine Anstrengungen, aber lass mich wissen, wenn ich vor oder nach der Church vorbeikommen soll, um das zu erledigen.«

Bevor er zur Ranch zurückfuhr, hielt Cowboy noch beim Roadhouse an, um mit Manny zu sprechen. Er war jedoch nicht da, dafür stand Billie hinter dem Tresen.

»Hey, Großer. Welche Laus ist dir denn über die Leber gelaufen?« Sie schob einem Kunden ein Glas Bier zu.

»Mit wem hat Birdie gestern Abend rumgeknutscht?«

»Du weißt, dass ich das nicht verraten darf. Damit würde ich gegen den Kodex verstoßen.« Billie schnappte sich einen Lappen und wischte den Tresen ab. »Aber mach dir keine Sorgen, ich passe auf sie auf.«

»Billie, du kennst sie doch. Sie ist zäh, aber zu vertrauensselig.«

Sie legte sich den Lappen über die Schulter, stützte beide Hände auf die Theke und starrte ihn an. »Und du misstraust jedem, bis er sich als würdig erwiesen hat.«

»So ist es sicherer, wenn es um meine Schwestern geht.«

»Das kann ich durchaus verstehen. Aber du kannst nicht immer dort sein, wo sie ist. Irgendwann musst du darauf vertrauen, dass sie alleine klarkommt.«

»Stimmt. Ich werde sicherstellen, dass Doc einspringt, wenn ich keine Zeit habe.«

Sie lachte. »Was stimmt bloß nicht mit euch Whiskeys?«

»Mit uns ist alles in bester Ordnung, was auch die Tatsache beweist, dass du den verrücktesten von uns heiraten willst.« Er klopfte auf den Tresen. »Ich muss gehen. Wir sehen uns später.«

Er kehrte zur Ranch zurück, ließ sich von den Männern, die das Tor bewachten, auf den neuesten Stand bringen und fuhr direkt zum Stall mit den geretteten Pferden. Als er aus dem Pick-up ausstieg, sah er Sully und Sasha, die mit einem der Pferde auf den Stall zugingen. Im Licht der tief stehenden Sonne wirkte Sully nahezu ätherisch. Sie hatte sich das Haar hochgebunden, sodass ihr langer, schlanker Hals gut zu erkennen war, den er liebend gerne geküsst hätte. Sie bemerkte ihn und winkte ihm zu, und ein Lächeln erhellte ihr Gesicht. Grundgütiger, bei dem Anblick schlug sein dummes Herz doch glatt etwas schneller. Er hob das Kinn an und steuerte auf sie zu.

»Gutes Timing«, meinte Sasha. »Wir sind hier gerade fertig, und Sully ist im Umgang mit den Pferden einfach großartig. Sie fühlen sich wirklich zu ihr hingezogen.«

Sully strahlte voller Stolz.

»Das überrascht mich nicht.« Er nickte Sully zu. »Sie spüren, dass du ein guter Mensch bist.«

Etwas verlegen senkte sie den Blick, aber nur für einen Moment, bevor sie wieder aufsah. »Ich habe es wirklich genossen, bei den Pferden zu sein, und, Sasha, du hast mir so viel beigebracht. Wenn du jemals Hilfe benötigst, brauchst du mich nur zu fragen.«

»Ich wollte gerade sagen, dass du hier jederzeit willkommen bist und mithelfen darfst. Nicht nur mit Beauty, sondern so wie heute«, erwiderte Sasha. »Wenn wir Zeit mit den Pferden verbringen, begreifen sie deutlich schneller, dass sie uns wichtig sind, und jedes kleine bisschen hilft. Selbst wenn du dich einfach mit einem Buch zu ihnen setzt und liest, während sie fressen, festigt das die Beziehung zu ihnen.«

»Wie sieht es mit morgen aus?«

»Von mir aus gern. Du kannst jeden Tag vorbeikommen, wenn du magst«, bot Sasha ihr an.

»Das würde ich liebend gerne.« Sully strahlte Cowboy an.

»Und jetzt siehst du aus wie eine Frau mit einem Ziel«, bemerkte Cowboy, was ihm sogar ein noch breiteres Grinsen einbrachte.

»Ich bringe Belle in den Stall«, sagte Sasha. »Vielen Dank

für den großartigen Nachmittag, Sully. Wir sehen uns zum Abendessen.«

»Der Tag heute war unglaublich«, sagte sie, als er mit ihr zu seinem Wagen ging.

Er öffnete ihr die Tür und half ihr beim Einsteigen. »Ich will alles darüber wissen.«

»Sasha ist fantastisch«, fuhr sie fort, sobald er hinter dem Lenkrad saß und sie sich auf den Weg zu ihrer Hütte machten. »Sie hat mir alles über Pferde beigebracht, damit ich verstehe, was sie meint, wenn sie über das Maul oder den Widerrist, Sprungbeine oder Hufe spricht. Ich habe so viel zu lernen, wie man zum Beispiel die Longe richtig hält und wo man sich hinstellt, wenn man die Pferde herumführt. Ich will unbedingt mehr darüber erfahren, wie man ihnen helfen kann. Sie bringt mir bei, wie man sie striegelt, was gut für ihren Muskeltonus ist, wie sie sagt, und um eine Beziehung zu ihnen aufzubauen.« Dann erzählte sie ihm von jedem Pferd und was sie mit ihnen gemacht hatte. Ihre Begeisterung war ansteckend.

»Sasha wusste in jeder Situation genau, was zu tun war. Wenn ein Pferd versucht hat, sie zu beißen, oder nicht mitgehen wollte, hat sie nicht einmal mit der Wimper gezuckt. Und sie ist auch so geduldig. Ich muss ihr eine Million Fragen gestellt haben, und sie hat sich die Zeit genommen, jede einzelne zu beantworten. Und die Pferde …« Sie legte sich eine Hand aufs Herz. »Ich liebe sie! Jetzt weiß ich, warum du mit deinem Dad und den geretteten Pferden im Stall gesessen hast. Das klingt vielleicht seltsam, aber ich spüre eine Verbindung zu ihnen. Ich weiß, wie es sich anfühlt, den Menschen nicht zu vertrauen, die einem helfen wollen. Sie scheinen das zu spüren und zu ahnen, dass sie mir vertrauen können, wenn ich ihnen sage, dass alles wieder gut wird.«

Cowboy parkte vor ihrer Hütte. »Das ist überhaupt nicht seltsam. Pferde lesen menschliche Emotionen. Sie spüren, was in unseren Herzen ist.«

»So muss es wohl sein. Es hat sich so gut angefühlt, mit ihnen zusammen zu sein. Es ist befriedigend. Ich freue mich genauso darauf, morgen mit ihnen zu arbeiten, wie ich mich auf unsere Spaziergänge freue.«

»Ach, verdammt. Jetzt ist mein Tag ein guter Tag.«

Sie errötete hinreißend.

»Ich freue mich auch auf unsere Spaziergänge. Ich habe dir eine Kleinigkeit mitgebracht.« Er griff hinter seinen Sitz, zog eine der Tüten hervor und stellte sie zwischen ihnen auf dem Sitz ab.

Sie riss die Augen auf. »Was ist das?«

»Sieh es dir an.«

»Callahan, du brauchst mir nichts zu schenken.«

»Ich wollte es aber gern, und keine Sorge. Du schuldest mir nicht einen Penny.«

»Das wollte ich gar nicht fragen. Ich weiß, dass du nicht so bist.« Sie spähte in die Tüte und zog die lederne Skizzenbuchhülle heraus. Als sie mit der Hand über das weiche Leder fuhr, runzelte sie die Stirn. »Das ist wunderschön.«

So wie du.

Sie öffnete die Hülle, sodass das Skizzenbuch und die Farbstifte zum Vorschein kamen, die er hineingesteckt hatte, und sah ungläubig zu ihm hoch. »Callahan ...?«

»Du bist zu talentiert, um in Notizbüchern zu zeichnen, und so kannst du es mitnehmen, falls du draußen auf dem Feld, am See oder woanders kreativ sein möchtest.«

»Ich habe noch nie etwas so Schönes besessen.«

»Du verdienst noch viel mehr.« Er ließ die leere Tüte in den

Fußraum fallen und griff hinter sich, nahm den Holzkasten vom Rücksitz und stellte ihn zwischen sie.

Sie riss abermals die Augen weit auf.

»Ich dachte mir, du möchtest vielleicht gern noch ein paar andere Sachen ausprobieren.« Er öffnete den Kasten und zeigte ihr den Inhalt. »Du kommst bestimmt auch ganz hervorragend mit anderen Techniken zurecht.«

Sie sperrte ungläubig den Mund auf. »Das kann ich nicht annehmen. Das ist zu viel.«

»Nein, das ist es nicht. Ich möchte dir das schenken.«

»Aber das alles muss sehr teuer gewesen sein, und du hast hart für dein Geld gearbeitet.«

»Ja, und ich gebe es so aus, wie es mir gefällt.« Er nahm ihre Hand und versuchte, sie zu beruhigen. »Ich weiß, dass du keine Geschenke gewöhnt bist, und ganz ehrlich, ich bin es auch nicht gewohnt, welche kaufen zu wollen. Aber es macht mich glücklich, zu wissen, dass du Dinge besitzt, die dich glücklich machen. Deshalb nimm sie bitte an.«

»Bist du dir sicher?«

»Ich bin mir noch nie in meinem Leben einer Sache so sicher gewesen wie jetzt.« Er drückte ihre Hand. »Vielleicht habe ich sogar noch etwas anderes für dich.«

»Callahan.« Sie musste lachen. »Was ist nur in dich gefahren?«

»Vielleicht sehe ich dich einfach nur gerne lächeln.«

Er zog die Schachtel mit den Pralinen hinter dem Sitz hervor und reichte sie ihr. Leicht verlegen warf sie ihm einen Blick zu, löste die rosa Schleife und öffnete die Schachtel. Dann fing sie an zu strahlen. »Schokolade? Und auch noch so viele Sorten!«

»Ich habe es vielleicht ein bisschen übertrieben. Ich wusste nicht, was du magst.«

»Ich weiß selbst nicht, was ich mag. Möchtest du eine mit mir zusammen probieren?« Sie hielt ihm die Schachtel hin.

»Du zuerst.«

Ihr Blick wanderte über die Köstlichkeiten. »Davon gibt es zwei.« Sie reichte ihm ein Stück und nahm sich das andere.

Er zwinkerte ihr zu, und sie bissen beide hinein. Während die süße Leckerei in seinem Mund schmolz, schloss Sully die Augen und wandte ihr Gesicht mit einem Stöhnen dem Himmel zu. Grundgütiger, sie würde noch sein Tod sein.

»Das schmeckt so gut! Probieren wir noch eine.« Sie stellte die Schachtel zwischen ihnen ab und fand zwei weitere identische Pralinen, von denen sie ihm eine reichte. Sie biss in ihre. »Ich fasse es nicht! Schmeckt das himmlisch! Da sind Brezeln drin. Brezeln! Wie sind sie nur auf diese Idee gekommen?«

Er lachte leise, und sie machte sich auf die Suche nach der nächsten Süßigkeit. Derweil stieg er aus dem Pick-up aus und ging auf die Beifahrerseite, um ihr beim Aussteigen zu helfen. Er öffnete ihre Tür, und sie warf die Arme um ihn.

»Vielen Dank.« Sie hielt sich an ihm fest, während er sie ebenfalls umarmte.

»Für dieses Lächeln hat es sich schon gelohnt«, sagte er und gab sich die größte Mühe, nicht daran zu denken, wie gut sie sich in seinen Armen anfühlte.

Elf

Sully saß mit ihrer wunderschönen ledernen Skizzenblockhülle auf dem Schoß auf ihrer Couch und zeichnete Callahan, wie er unten am See ausgesehen hatte. Sie verwendete extra viel Zeit auf seine Augen und versuchte, die Ehrlichkeit und die Gefühle so zu erfassen, wie sie immer durchschimmerten, wenn sie zusammen waren. Es fiel ihr leicht, ihn zu zeichnen, da sie anscheinend ständig an ihn denken musste. Sie mochte die Art, wie er die Augen zusammenkniff, wenn er ernst war, und wie sein Lachen alles an ihm zum Strahlen brachte. Sie zeichnete ihn lächelnd, und als sie zu seinen Lippen kam, spürte sie wieder dieses Flattern in der Brust.

Sie hob den Stift, ließ den Kopf gegen die Rückenlehne der Couch sinken und erinnerte sich daran, wie er sie nach dem Abendessen vor ihrer Hütte abgesetzt hatte. Er hatte so ausgesehen, als wollte er gar nicht gehen, und sie gebeten, ihm eine Nachricht zu schicken, falls sie etwas brauchte. Sie hatte versprochen, das zu tun, aber gleichzeitig gewusst, dass sie es nicht tun würde. Ihr Blick ruhte auf ihrem Handy, das auf dem Couchtisch lag, und sie überlegte, ob sie ihm eine Nachricht schicken sollte. Aber was sollte sie schreiben? *Ich vermisse dich?* Wie war es überhaupt möglich, dass sie ihn vermisste, wo sie ihn doch gerade erst kennengelernt hatte?

Ein Klopfen an der Tür riss sie aus ihren Gedanken. Sie legte den Skizzenblock auf den Tisch neben die Schokolade, von der sie genascht hatte, und warf einen Blick aus dem Fenster. Sasha und Birdie standen auf der Veranda. Sie hatte völlig vergessen, dass Sasha vorbeikommen wollte, und Birdies Besuch war eine Überraschung. Sully öffnete die Tür. »Hi.«

»Hi«, erwiderte Sasha. »Wir dachten, wir sollten mal vorbeischauen und dir ein wenig Gesellschaft leisten.«

»Ich hab Klamotten für dich besorgt!« Birdie hielt mehrere Einkaufstüten hoch. »Und wir werden uns eine Rom-Com anschauen.«

»Klamotten?« *Was ist eine Rom-Com?*

»Ja! Cowboy wollte dir ein paar Sachen kaufen, aber er kannte deine Größe nicht, und da ich die Kleidergröße jeder Frau vom anderen Ende des Bundesstaats aus erraten kann, habe ich mich angeboten«, erklärte Birdie. »Abgesehen davon habe ich einen besseren Geschmack als er. Ist es in Ordnung, wenn wir reinkommen?«

»Sicher.«

Beim Eintreten ließ Birdie den Blick über Sullys Klamotten schweifen. »Oh nein. Das ist ja noch schlimmer, als ich dachte. Du leihst dir Sachen von Cowboy?«

Sully schaute auf sein Flanellhemd hinunter. Sie hatte ganz vergessen, dass sie es anhatte. »Nein. Er hat es mir nur geliehen, als wir gestern Abend zum See gegangen sind.« Sie schloss die Tür hinter ihnen.

»Er hat dir den See gezeigt?«, fragte Birdie.

Sasha warf Birdie einen Blick zu, den Sully nicht interpretieren konnte. »Das war aber nett von ihm.«

»Ja, das war es«, flötete Birdie. »Ich habe wirklich bezaubernde Sachen für dich mitgebracht. Warum breiten wir sie nicht auf deinem Bett aus, und du ziehst sie mal an?« Ohne auf eine Antwort zu warten, marschierte sie ins Schlafzimmer.

»Entschuldige bitte. Ich weiß, dass sie anstrengend ist«, bemerkte Sasha leise. »Du kannst auch Nein sagen.«

»Ist schon in Ordnung. Es gefällt mir, dass sie sich nicht verstellt.«

Sashas Blick fiel auf das Skizzenbuch. »Ich fasse es nicht, Sully. Hast du das gezeichnet?«

»Ja. Aber es ist noch nicht fertig.«

»Es ist fantastisch«, stellte Sasha fest. »Birdie, du musst dir dieses Bild von Cowboy anschauen, das sie gerade zeichnet.«

Birdie kam aus dem Schlafzimmer gestürmt. »Wow, du hast das gezeichnet?«

»Mhm.«

»Ich kriege kaum ein Strichmännchen zustande«, gestand Birdie. »Du hast ihn ziemlich gut getroffen, allerdings lächelt er auf dem Bild, was er eigentlich nur sehr selten tut. Cowboy ist eher so.« Sie blickte finster drein und zog die Augenbrauen zusammen, woraufhin Sasha lachen musste.

»So sieht er häufig aus«, gab Sully zu. »Aber ich habe ihn auch schon ein paarmal lächeln sehen.«

»Dann kannst du dich glücklich schätzen.« Birdies Blick fiel auf die Schokolade. »Oh, du bist wirklich ein Glückspilz. Hat er sie dir geschenkt?«

»Ja.« Sie bemerkte, dass Birdie und Sasha erneut Blicke tauschten. »Warum? Darf er das nicht? Bekommt er deswegen Schwierigkeiten?«

»Nein«, beschwichtigte Sasha sie. »Das darf er definitiv. Wir haben es nur noch nie erlebt, dass er einer Frau Süßigkeiten schenkt.«

»Aber wir finden es toll, dass er das getan hat«, fiel Birdie ein. »Es wurde auch langsam Zeit, dass Cowboy mal mit dem Kopf aus dem Stall herauskommt.«

»Er liebt den Stall«, sagte Sully.

»Etwas zu sehr, wenn du mich fragst«, meinte Birdie.

»Birdie kann unsere Liebe zu Pferden nicht nachvollziehen«, erklärte Sasha. »Aber wir freuen uns, dass er dir die Schokolade geschenkt hat. Offensichtlich mag er dich, und das ist doch schön für euch beide.«

Sully reichte ihnen die Schachtel. »Möchtet ihr mal kosten? Sie sind köstlich.«

»Das weiß ich. Ich habe sie nämlich hergestellt.« Birdie grinste sie an. »Warum probierst du nicht die Kleider an? Ich bin total gespannt darauf, was du von ihnen hältst, und danach können wir einander besser kennenlernen.«

»Sei nicht so aufdringlich«, schimpfte Sasha.

»Da könntest du genauso gut einen Hund bitten, nicht zu bellen.« Birdie zeigte in Richtung Schlafzimmer. »Los, probier sie an, damit wir sehen können, wie gut sie passen.«

Sully mochte ihr unbeschwertes Geplänkel. »Das war sehr nett von dir, aber ich brauche wirklich keine neuen Sachen.«

»Sei nicht albern. Jede Frau braucht neue Klamotten, selbst wenn sie einen ganzen Schrank voll davon hat.« Birdie fasste sie bei den Schultern, drehte sie um, stupste sie in Richtung Schlafzimmer und folgte ihr hinein. »Cowboy hat gesagt, dass du eher natürlich als aufgeputzt rumläufst, also hab ich einige Batik- und Boho-Oberteile, eine kuschlige Strickjacke, Tanktops, ein paar T-Shirts, mehrere schlichte langärmelige Shirts sowie Denim-Shorts und Jeans mitgebracht.« Sie hielt ein hinreißendes fließendes weißes Minikleid mit roten und hellbraunen Blumen und langen Ärmeln hoch. »Aber diesem

Boho-Minikleid konnte ich einfach nicht widerstehen. Es sieht so feminin aus und passt perfekt zu deiner Haarfarbe.« Sie legte es wieder hin und nahm ein dünnes buntes Kleidungsstück vom Bett. »Und diesen Kimono brauchst du einfach. Über einem Tanktop oder T-Shirt wird er großartig aussehen, und du kannst dazu Shorts oder Jeans tragen. Ich war mir auch nicht sicher, ob du eine Handtasche hast, darum hab ich dir diese göttliche Umhängetasche aus Segeltuch mitgebracht.«

»Der Kimono gefällt mir. Du solltest auch mal für mich einkaufen gehen«, stellte Sasha fest.

Sully starrte all die bezaubernden Kleidungsstücke und Accessoires ungläubig an. Birdie musste den ganzen Laden leergekauft haben. »Es ist alles wunderschön, aber ...«

»Kein Aber«, unterbrach Birdie sie. »Ziehe sie einfach mal an.«

»Lassen wir ihr ein bisschen Privatsphäre.« Sasha zog Birdie aus dem Schlafzimmer. »Nimm dir Zeit, Sully.«

»Komm raus, und zeig uns jedes einzelne Stück!«, rief Birdie noch, bevor Sasha die Tür hinter ihnen zuzog.

Sully hob eins der Oberteile hoch, setzte sich auf den Bettrand und drückte es an ihre Brust. Sie war ebenso überwältigt wie gerührt, weil Cowboy ein weiteres Mal an sie gedacht und Birdie sich die Mühe gemacht hatte, so viele wunderschöne Sachen für sie herauszusuchen. Ihr gefiel der lockere Stil, für den sich Birdie entschieden hatte, und sie hatte bislang noch niemanden in Boho-Kleidern oder Batikoberteilen gesehen. Die Vorstellung, anders zu sein, gefiel ihr so sehr, dass sie sich ein bisschen schuldig und zugleich gierig fühlte, was ihre Schuldgefühle noch verstärkte.

»Komm schon, Kleine!«, rief Birdie und riss Sully aus ihren Gedanken.

Sie verdrängte die widersprüchlichen Gefühle, zog sich aus und probierte eine Shorts mit Blumen auf den Gesäßtaschen an. Es fühlte sich seltsam an, nackte Beine zu haben, war aber auch befreiend und kam ihr ein bisschen rebellisch vor, was ihr sehr gefiel. Sie streifte sich ein Batikoberteil in Lila und Rosa mit V-Ausschnitt und bauschigen, am Handgelenk gerafften Ärmeln über und drehte sich dann zum Spiegel um. Ihr stockte der Atem. Sie sah so anders aus.

Sie sah hübsch aus.

Sie lachte und schlug sich rasch eine Hand vor den Mund.

»Ich esse all deine Pralinen auf!«, rief Birdie.

Was sollte sie machen, wenn sie sich für hübsch hielt, die anderen aber nicht? Es gab nur eine Möglichkeit, das herauszu-finden. Sully wappnete sich und verließ das Schlafzimmer, wobei sie sich etwas befangen fühlte.

»Hui!«, rief Birdie. »Ich habe es immer noch drauf. Du siehst heiß aus.«

»Mit diesen Beinen bekommst du jede Woche Süßigkeiten«, sagte Sasha.

Sully wurde rot und blickte auf ihre Beine hinunter, wobei sie sich fragte, ob Callahan sie auch hübsch finden würde. »Ich bin es nicht gewohnt, Shorts zu tragen.«

»Bist du aus Alaska hierhergezogen?«, neckte Birdie sie.

»Nein. Aus West Virginia. Aber wir durften keine Shorts tragen.«

»Oh.« Birdie rümpfte die Nase. »Warum nicht? War das was Religiöses?«

»Nein. Wir durften es einfach nicht.«

»Hier darfst du es aber, und du siehst klasse aus«, erklärte Sasha. »Wie fühlt es sich an?«

Sully berührte den Saum der Shorts. »Sie sind wirklich

bequem, und ich liebe dieses Shirt.«

»Juchu! Zwei Gewinner! Probiere das nächste an«, drängte Birdie sie.

Sie ging ins Schlafzimmer zurück und probierte ein Tanktop, Jeans und den Kimono an. In der Jeans sah sie kurviger aus als in der, die sie im Mega Mart geklaut hatte, und der Kimono war absolut bezaubernd und bequem. Als sie das Schlafzimmer verließ, pfiff Birdie, und beide applaudierten ihr, wodurch sie ganz euphorisch wurde.

Birdie und Sasha schwärmten bei jedem Kleidungsstück, das sie anprobierte, und sagten, wie bezaubernd sie darin aussah. Ihr Selbstvertrauen stieg immer weiter. Als sie beim letzten Teil, dem Kleid, angekommen war, schwebte sie wie auf Wolken. Das Kleid hing locker an ihr herunter und reichte nur bis zur Mitte der Oberschenkel, was sich seltsam anfühlte, aber es war so bequem, dass sie es gar nicht mehr ausziehen wollte.

»Jetzt kommt der Knüller!«, rief Birdie. »Auf den Laufsteg mit dir!«

Mutig verließ Sully das Schlafzimmer und drehte sich um die eigene Achse. »Was haltet ihr davon?«

»Ich könnte mir als Einkaufsberaterin ein zweites Standbein aufbauen«, meinte Birdie.

»Gibt es das? Ist Einkaufsberaterin ein richtiger Job? Wenn ja, wärst du wirklich gut darin«, erwiderte Sully.

»Das ist sie, und du siehst aus, als wärst du einem Katalog für Boho-Mode entsprungen«, sagte Sasha. »Darin wirst du verdammt vielen den Kopf verdrehen.«

Es gab nur einen Kopf, den sie gerne verdrehen wollte. »Das fehlte mir noch, dass ich irgendwem den Kopf verdrehe, aber mir gefällt das Gefühl, das es mir vermittelt.«

»Wie fühlt es sich an?«, fragte Sasha.

»Hübsch«, antwortete sie ehrlich.

»Versuch es mal mit umwerfend, und ob es dir gefällt oder nicht, die Leute werden sich nach dir umdrehen«, stellte Birdie fest. »Cowboy fallen bestimmt die Augen aus dem Kopf.«

»Im negativen Sinne?«, fragte sie vorsichtig.

»Nein, im positiven«, erwiderten sie gleichzeitig.

»Im allerbesten Sinn«, fügte Sasha hinzu.

Sully musste unaufhörlich grinsen, während sie ins Schlafzimmer zurückkehrte und sich wieder ihre normale Kleidung anzog und sich dazu noch in Cowboys Flanellhemd hüllte. Sie liebte das Gefühl, von seinem Geruch umgeben zu sein. Danach betrachtete sie die Kleidungsstücke. Sie mochte sie alle, und hätte sie behauptet, nicht alle behalten zu wollen, wäre das eine glatte Lüge gewesen, aber sie *brauchte* sie nicht. Sie würde sich ein Teil aussuchen, und dann würde sie Wynnie fragen, ob sie in der Küche arbeiten könnte, um etwas Geld zu verdienen, damit sie Birdie das Geld dafür geben konnte. Als sie versuchte, sich für ein Kleidungsstück zu entscheiden, sprachen die Shorts sie an, weil sie es genoss, wie sie sich darin fühlte, aber dann war da noch das Kleid, das sich auf eine ganz andere Art gut anfühlte. *Cowboy fallen bestimmt die Augen aus dem Kopf.*

Sie schnappte sich das Kleid und hängte es in ihren Kleiderschrank. Dann faltete sie die restlichen Kleidungsstücke sorgfältig zusammen und trug sie hinaus ins Wohnzimmer. »Das hat großen Spaß gemacht. Vielen Dank, dass du all das gekauft hast. Ich möchte das Kleid behalten, aber ich werde dir das Geld dafür wiedergeben.« Sie reichte ihr die anderen Kleidungsstücke.

Birdie sprang auf die Beine. »Gefallen dir die anderen denn nicht?«

»Machst du Witze? Sie gefallen mir alle, aber ich brauche

nicht so viele Sachen, und ich habe nicht das Geld, um sie zu bezahlen.«

»Cowboy hat sie bezahlt. Sie sind ein Geschenk, und vertrau mir, unser Bruder leidet bestimmt nicht unter Geldmangel.« Birdie brachte die Kleidung zurück ins Schlafzimmer.

»Aber er hat mir schon so viel geschenkt.«

»Cowboy hat ein großes Herz, Sully«, sagte Sasha. »Ich weiß nicht, wie es dort war, wo du herkommst, aber hier ist es eine nette Geste, jemandem, den man mag, etwas zu schenken. Das bedeutet, dass du für ihn etwas Besonderes bist und dass er eure Freundschaft zu schätzen weiß.«

»Das weiß ich, aber er hat mir schon die Schokolade und Zeichenmaterial geschenkt.«

»Er hat dir Zeichenmaterial geschenkt?«, fragte Birdie mit aufgerissenen Augen.

»Das war sehr umsichtig von ihm«, bemerkte Sasha und warf Birdie einen strengen Blick zu.

»Das ist er. Er ist schnell und ganz unerwartet zu einem guten Freund geworden.«

»Das ist gut, denn ich gehe fest davon aus, dass du die ganzen Klamotten behalten sollst, wenn es nach ihm geht, also macht das am besten untereinander aus«, schlug Birdie vor. »Die Nacht ist noch jung, und wir müssen uns noch einen Film anschauen. Was hältst du von Mikrowellenpopcorn?«

»Das habe ich noch nie gegessen.«

»Ernsthaft? Keine Shorts und kein Popcorn? Das ist eine Tragödie.« Birdie zog eine Schachtel Mikrowellenpopcorn aus ihrer Tasche.

»Birdie.« Sasha sah sie finster an.

»Ich meine ja nur, dass ich nicht ohne Shorts und Popcorn leben könnte.« Birdie steckte die Packung Popcorn in die

Mikrowelle. »Magst du Rom-Coms?«

Sullys Blick wanderte zwischen den beiden Frauen hin und her. »Was ist eine Rom-Com?«

»Eine romantische Komödie.« Birdie schien ihre Verwirrung bemerkt zu haben, denn sie fügte hinzu: »Ein lustiger und romantischer Film.«

»Ich habe mir noch nie einen Film angeschaut.«

Birdie zog die Brauen zusammen. »Bist du hinter dem Mond aufgewachsen, oder was?«

Sully mochte die beiden. Sie waren selbstbewusst und ganz anders als die Mädchen in der Sekte, dabei jedoch so unterschiedlich, und sie wollte sie nicht über den Ort anlügen, an dem sie aufgewachsen war, aber sie war auch noch nicht bereit dazu, ihnen die ganze Geschichte zu erzählen. »So könnte man es wohl nennen. Ich habe auf einem umzäunten Gelände gelebt. Wir hatten keine Mikrowelle und keinen Fernseher, und wir haben das Gelände nur selten verlassen. Ich weiß, dass mein Leben ganz anders ausgesehen hat als eures, aber ich hoffe, dass ihr noch immer Lust habt, den Abend heute mit mir zu verbringen.«

»Wen kümmert es schon, ob unser Leben unterschiedlich gewesen ist? Ich mag dich«, erwiderte Birdie. »Und ich habe noch nie jemanden kennengelernt, der ohne moderne Medien und so aufgewachsen ist. Hattet ihr Strom? Wasser? Internet? Telefon?«

Rebel Joe hatte einen Internetzugang und alle Männer besaßen Telefone, aber das brauchte sie jetzt nicht zu erläutern. »Wir hatten Strom und Wasser, und bestimmte Personen durften ins Internet und telefonieren, ich jedoch nie.«

»Ich wäre durchgedreht«, sagte Birdie.

»Das liegt daran, dass du die Aufmerksamkeitsspanne einer

Eintagsfliege hast«, neckte Sasha sie. »Ich finde es cool, ohne moderne Technologie zu leben. Wart ihr etwa auch Selbstversorger, habt euer eigenes Gemüse angebaut und homöopathische Heilmittel hergestellt?«

»Ja.«

»Beeindruckend. Hast du gerne dort gelebt?«, fragte Sasha.

»Nicht wirklich. Ich bin froh, hier zu sein.«

»Wir sind auch froh, dass du hier bist«, erklärte Sasha.

»Warum bist du überhaupt auf der Ranch?«, erkundigte sich Birdie. »Hattest du ein Drogenproblem?«

»Birdie!«, schimpfte Sasha.

»Entschuldige«, murmelte Birdie. »Ich wollte nicht neugierig sein. Allerdings waren die meisten Menschen, die hierherkommen, vorher in einer Entzugsklinik oder im Gefängnis, und du siehst nicht so aus, als hättest du im Knast gesessen.«

»Ist schon in Ordnung. Ich bin hier, weil ein paar Leute aus meinem vorherigen Leben möglicherweise nach mir suchen und ich nicht wieder dorthin zurückwill.«

»Das kann ich dir nicht verübeln«, sagte Birdie. »Wenn du irgendwann einmal hier raus und dir die Stadt ansehen möchtest, können Sasha und ich dir all die coolen Orte zeigen.«

»Danke. Das weiß ich zu schätzen. Momentan bleibe ich lieber auf der Ranch, aber ich möchte wirklich gerne mit euch Popcorn essen und eine Rom-Com anschauen.«

Das Clubhaus der Dark Knights, eine ehemalige Feuerwache am Stadtrand, war für Cowboy ganz ähnlich wie die Ranch schon immer ein Zufluchtsort gewesen. An diesem Ort konnte er sich in Ruhe mit den anderen Männern unterhalten, die er schon fast sein ganzes Leben kannte und denen er vorbehaltlos vertraute. Cowboy saß mit seinen Brüdern und Freunden zusammen und war zu aufgedreht, um ruhig zu bleiben. Er wollte dringend mit ihnen darüber reden, wie sie der Sekte das Handwerk legen könnten. Doch er geduldete sich, während sein Vater und Manny am vorderen Ende des Raumes an einem Tisch saßen und das Ergebnis der Spendenaktion Ride Clean zusammenfassten. Wie war es nur möglich, dass das erst letztes Wochenende stattgefunden hatte? Es fühlte sich so an, als wäre Sully schon seit einem Monat auf der Ranch.

Doc stupste ihn an und senkte die Stimme. »Wenn du noch heftiger mit dem Bein wippst, löst du ein Erdbeben aus. Entspann dich. Wir kommen schon noch auf das Thema zu sprechen.«

Cowboy hielt das Bein still und zog sein Handy heraus, um Sasha eine Nachricht zu schreiben. *Hast du nach Sully gesehen?*

Ihre Antwort kam eine Minute später. *Ja! Wir sitzen gerade mit Birdie zusammen im Roadhouse und trinken etwas.*

Was in aller Welt trieben die drei da? Er schrieb: *Bringt sie SOFORT nach Hause. Sie soll die Ranch nicht verlassen.* Er hätte Sasha in die Geschichte einweihen sollen, damit Sully nicht in Gefahr geriet. Zwar wusste er, dass die Männer, die die Ranch und insbesondere ihre Hütte überwachten, ihnen bis zur Bar gefolgt waren, aber sie waren nicht er, und selbst der Gedanke daran, dass Sully anzüglich angegrinst wurde und sich unwohl fühlte, brachte sein Blut zum Kochen.

Sashas Antwort kam sofort. *Haha! Reingelegt! Wir sehen uns in ihrer Hütte einen Film an. Warum darf sie die Ranch nicht verlassen, und seit wann kaufst du Frauen auf der Ranch Schokola-*

de? Sie fügte ein Emoji mit herzförmigen Augen hinzu.

Erleichterung überkam ihn, dicht gefolgt von einem heftigen Anfall von Eifersucht. Er wollte sich mit Sully zusammen einen Film anschauen. Die Church hätte er zwar für nichts in der Welt ausfallen lassen, aber er hatte noch nie etwas intensiver gewollt, als mit ihr zusammen zu sein. Nun ja, fast. Genauso dringend wollte er diese Arschlöcher in die Hände kriegen, die ihr wehgetan hatten. Er schrieb Sasha zurück: *Das gehört zu ihrem Programm.*

Sein Handy vibrierte eine Minute später. *Und die Klamotten und die Schokolade? Gehören die auch zu ihrem Programm?*

Leise fluchend antwortete er: *Ich will nur nett sein.*

Sein Handy vibrierte erneut, und er las Sashas Nachricht. *Lügner.* Er steckte sein Handy ein und verzog den Mund, da er die Realität nun mal nicht leugnen konnte.

»Unser nächster Punkt auf der Tagesordnung ist Sullivan Tate, die junge Frau, die wir Samstagnacht auf die Ranch geholt haben«, verkündete sein Vater. »Wir haben erfahren, dass die Sekte Free Rebellion, vor der sie weggelaufen ist, junge Mädchen missbraucht …«

Cowboy sprang auf. »Nicht nur das. Ich glaube, sie haben Sully gekidnappt! Meiner Ansicht nach ist sie Casey Lawler, jenes Mädchen, das seit zwanzig Jahren verschwunden ist. Ich weiß, dass andere sie auf den Fotos nicht erkennen, aber mein Bauchgefühl sagt mir, dass sie es ist, und ich will diese Arschlöcher erledigen.«

»Ja, verdammt!«, rief jemand, gefolgt vom Gemurmel der anderen Männer.

»Lasst uns diese Mistkerle fertigmachen!«, polterte Hyde.

»Halt.« Sein Vater hob die Hände und brachte den Raum zum Schweigen. »Das mit der Entführung ist reine Spekulation.

Ich habe mit dem Privatdetektiv gesprochen, der im Sommer engagiert wurde, um das vermisste Mädchen aufzuspüren ...«

»Casey Lawler«, knurrte Cowboy wütend. »Ihr Name ist Cassandra ›Casey‹ Lawler, und ihre Schwester sucht nach ihr.«

»Richtig«, stieß sein Vater aus. »Laut Reggie haben die zuständigen Ermittler damals, als Casey verschwand, die Sekte überprüft, und es gab keinerlei Hinweise darauf, dass sie sich dort aufhielt, aber er sagte auch, dass an der ganzen Untersuchung etwas faul gewesen wäre. Vor ein paar Monaten ist er selbst hingefahren und hat Mitglieder der Sekte befragt, konnte Casey jedoch nirgends entdecken.«

Cowboy ballte die Fäuste. »Dann haben sie sie eben versteckt.«

»Mag sein. Wenn du deinen verdammten Mund halten und mich ausreden lassen würdest, könnte ich auch den Rest erzählen«, bellte sein Vater. »Reggie hat eine Hotline für Anrufe zu Casey eingerichtet, und ein paar Tage, nachdem Sully entkommen ist, kam ein anonymer Hinweis von jemandem, der glaubte, eine Person mit einem Trucker zusammen gesehen zu haben, die wie Casey aussah. Reggie sagte, dass Hunderte von Falschmeldungen eingegangen sind, aber diese passt dazu, wie Sully hierhergekommen ist.«

»Seht ihr? Ich hab's verdammt noch mal gewusst.« Cowboy grinste spöttisch. Waren dieser Person auch Sullys Augen aufgefallen? Im Grunde genommen spielte es keine Rolle. Zumindest stand er mit seiner Vermutung nicht allein da.

»Ich erkenne ebenfalls eine Ähnlichkeit«, bemerkte Doc und begegnete Cowboys verwirrtem Blick. »Anfangs ging es mir nicht so, aber bevor sie hierherkam, hatte ich mir den Flyer auch nicht so genau angeschaut.«

Cowboy nickte und war froh darüber, dass sein Bruder

einen genaueren Blick darauf geworfen hatte.

»Ich nehme eure Worte durchaus zur Kenntnis, aber wir können sie nicht einfach ohne Beweise der Entführung beschuldigen. Das Ergebnis von Sullys DNA-Test sollte diese Woche kommen, und hoffentlich erhalten wir dadurch die Antworten, die wir brauchen. Aber wenn der Test beweist, dass es sich bei Sully um Casey handelt, ist die Entführung eine Sache für das FBI und nicht für unseren Club.«

»Und was sollen wir dann machen? Einfach hier rumhocken und nichts tun, während andere Mädchen missbraucht werden?«, rief Cowboy.

»Cowboy hat recht.« Doc stand auf. »Wenn wir die Entführung streichen, bleibt immer noch der Missbrauch.«

Dare erhob sich ebenfalls. »Wenn wir diesen Kerlen das Handwerk legen, bin ich dabei.«

»Wir auch.« Rebel, Hyde und Taz sprangen auf, ebenso jeder andere Mann im Raum. Inzwischen standen alle da und riefen das Gleiche.

Sobald sich sein Vater erhoben hatte, erstarb das Gemurmel. »Wenn es darum geht, Kinderschänder hinter Gitter zu bringen, sind wir alle mit an Bord«, erklärte er nachdrücklich. »Manny und ich werden bei dieser Sache die Leitung übernehmen. Aber die Dark Knights stürzen sich nicht vorschnell in irgendeine Situation, also setzt euch gefälligst wieder hin und hört euch in Ruhe an, womit wir es zu tun haben.«

Alle setzten sich wieder hin, mit Ausnahme von Cowboy.

Sein Vater hielt seinem Blick stand und sprach unwirsch weiter. »Bullet und Diesel überwachen, wer das Gelände betritt und verlässt, und ziehen Erkundigungen ein. Was wir bisher wissen, ist, dass Free Rebellion über ein ganzes Waffenarsenal verfügt.«

»Wir haben ebenfalls jede Menge Waffen«, knurrte Cowboy.

»Ja«, stimmte sein Vater ihm zu. »Aber auf diesem Gelände halten sich Dutzende von Frauen und Kindern auf. Willst du wirklich riskieren, dass sie ins Kreuzfeuer geraten?«

»Ach, verdammt!«

»Ja, das kannst du laut sagen, Junge. Wir wollen alle das Richtige tun, aber wir müssen es klug anstellen. Reggie sagte, dass das FBI wegen diverser Verbrechen gegen Minderjährige, darunter auch körperliche und sexuelle Gewalt, Ermittlungen aufgenommen hat. Wir werden den Ermittlern dabei helfen, Free Rebellion zu zerschlagen, aber wir machen das nicht auf eine Art und Weise, die das Leben unschuldiger Frauen und Kindern gefährden könnte. Wynnie versucht, Sully dazu zu bewegen, Anzeige zu erstatten, und wenn die DNA-Ergebnisse vorliegen, wissen wir, ob wir es mit Entführung und Missbrauch zu tun haben oder nur mit Letzterem.«

»Das ist doch Bockmist!«, schäumte Cowboy. »Sie haben es verdient, dass man ihnen anständig die Hölle heißmacht.«

Lautstarke Zustimmung ertönte um ihn herum.

»Und genau das wird auch passieren. Wir haben ehemalige Sträflinge unter uns«, meinte Manny. »Sie können dir erzählen, was im Gefängnis mit Kinderschändern passiert.«

»Sie werden fast zu Tode geprügelt, wieder und immer wieder, aber niemals wirklich umgebracht«, berichtete Hyde. »Weil Tote keine Schmerzen mehr haben.«

»Wenn ich ihnen nicht eigenhändig zeigen kann, was ich von ihnen halte, drehe ich durch.« Cowboy setzte sich hin und kam sich vor wie ein eingesperrtes Raubtier. Er zog sein Handy aus der Tasche und schrieb Diesel eine Nachricht. *Hey, Mann. Du musst mir einen Gefallen tun.*

Sully saß zwischen Birdie und Sasha auf der Couch in ihrer Hütte und sah sich das Ende von *Ungeküsst* an. Darin kehrt Josie Geller, eine Reporterin, als angebliche Schülerin an die Highschool zurück und verliebt sich in ihren Englischlehrer Sam Coulson. Anfangs war Sully davon ausgegangen, der Film würde sie zum Lachen bringen, dann erlebte sie eine turbulente Achterbahnfahrt der Gefühle, die sie zum Lachen und Weinen und innerlich völlig durcheinanderbrachte, genauso wie sie sich häufig fühlte, wenn sie mit Callahan zusammen war. Sie umklammerte eine Handvoll Taschentücher und sah zu, wie Josie mitten auf einem Baseballplatz vor der gesamten Kleinstadt die Karten auf den Tisch legte in der Hoffnung, dass Sam ihr Geständnis hören und ihre Zuneigung erwidern würde. Aber Sam war nirgendwo zu sehen, und Sully wurde das Herz schwer.

»Wo bleibt er denn?«, rief sie wütend. »Er kann sie doch nicht einfach dort stehen lassen.«

»Das passiert schon nicht«, bemerkte Sasha.

»Aber er macht es doch.« Im Film entstand ein Aufruhr, und Sully setzte sich gerade hin und rutschte zur Sofakante vor, als Sam auf der Zuschauertribüne erschien. »Da ist er ja!« Ihr kamen die Tränen, als er hinunter zum Platz ging, während die Menge ihn anfeuerte. Er entschuldigte sich bei Josie, dass er zu spät kam, und küsste sie leidenschaftlich.

Birdie und Sasha jubelten. Sully lachte und weinte und konnte den Blick nicht davon abwenden, wie Josie und Sam sich küssten, war genauso fasziniert von den Emotionen, die sie durchströmten, wie von denen, die Josie und Sam ausstrahlten.

Die Zuschauer applaudierten und pfiffen, während der unendliche Kuss Josie und Sam auf eine Art miteinander verband, die sich magisch anfühlte und Sully völlig verwirrte.

Sie ließ sich in die Polster zurücksinken, und widersprüchliche Emotionen stritten in ihr. »Warum sehen sich Menschen solche Filme an? Das war doch von vorne bis hinten eine Qual. Die Schüler waren gemein zu Josie, und sie fühlte sich schlecht. Es war so ein Auf und Ab. Immer wieder musste ich so mit ihr mitleiden, und dann haben sie das Küssen so gezeigt, als wäre es etwas Zauberhaftes und Wundervolles, dabei ist es das überhaupt nicht.«

»Die Achterbahn der Gefühle ist genau das, worum es geht«, erklärte Sasha. »Dadurch wird das *Und dann lebten sie glücklich bis ans Ende ihrer Tage* noch viel schöner.«

»Und mit dem richtigen Mann ist küssen auch genau so.« Birdie ließ sich neben ihr nach hinten sinken. »Genießt du die Vorfreude auf einen ersten Kuss denn nicht auch? Wenn die Chemie so stark ist, dass die Schmetterlinge in deinem Bauch wild herumflattern und dein Herz jedes Mal rast, wenn du an den Mann denkst und es nicht erwarten kannst, ihn wiederzusehen?«

»Und die Momente kurz vor dem Kuss«, fügte Sasha hinzu. »Wenn er mit seinen Händen deine Wangen oder deine Taille berührt und du den Atem anhältst und nur auf diesen besonderen Moment wartest.«

»Der Griff ins Gesicht! Ja. Ich liebe das«, rief Birdie aus. »Und wenn eure Lippen sich endlich berühren, versinkst du so in der anderen Person, dass alles andere egal ist.«

Sully hörte ihnen mit gespannter Aufmerksamkeit zu. Diese Gefühle hatte sie nur mit Callahan erlebt, und sie hatte ihn noch nicht einmal geküsst. »Beim Küssen habe ich so etwas noch nie gespürt.«

Sasha und Birdie sahen sie verwirrt an.

»Noch nie?«, fragte Sasha.

»Du hast noch nie Schmetterlinge im Bauch gehabt oder erlebt, wie dein Herz wegen eines Mannes rast?«, fragte Birdie.

»Ich kenne diese Gefühle, aber nicht vom Küssen.«

»Du hast also bei einem Mann solche Gefühle entwickelt, aber nicht, als du ihn geküsst hast?«, hakte Birdie nach. »Das ist jammerschade, aber manche Kerle können einfach nicht küssen.«

Sully schüttelte den Kopf. »Nein. Ich wollte damit zum Ausdruck bringen, dass es bisher nur einen Mann gab, der solche Gefühle bei mir hervorgerufen hat, und den habe ich nicht geküsst.«

»Möchtest du es denn tun?«, fragte Sasha.

Etwas in ihrem Blick gab Sully das Gefühl, als wüsste Sasha genau, dass sie gerade von Callahan sprachen, und das machte sie nervös. Sie zuckte unverbindlich mit den Achseln, aber ihr Körper schrie: *Ja!* Und mit diesen übereifrigen Schmetterlingen in ihrem Bauch fiel es ihr schwer, klar zu denken. Sie hatte sich wirklich sehr darum bemüht, ihre Gedanken in Bezug auf Callahan nicht in diese Richtung schweifen zu lassen, aber jetzt fragte sie sich, ob Gaia und Wynnie vielleicht recht hatten. War an Intimität noch mehr dran, als nur jemandem zu dienen? Sie konnte sich nicht vorstellen, dass es wirklich Spaß machte, mit jemandem intim zu sein, aber der Filmkuss und Birdies und Sashas Bekundungen riefen ihr Callahans Worte wieder ins Gedächtnis. *Dann konzentriere ich mich nur darauf, ihr Vergnügen zu bereiten, und das geht nur, indem ich ihr zuhöre, ihre Reaktionen spüre und ihre Körpersprache lese.* Er hörte ihr immer so aufmerksam zu, wenn sie etwas sagte, und sie konnte sich nur vorstellen, wie er den Körper einer Frau las.

»Warte, du hast den Mann, für den du solche Gefühle hegst, doch nicht etwa dort zurückgelassen, wo du vorher gelebt hast, oder?«, fragte Birdie.

»Nein. Damals kannte ich ihn noch gar nicht«, gab Sully zu.

Birdie und Sasha tauschten weitere neugierige Blicke. »Wenn der richtige Zeitpunkt gekommen ist, wirst du das ganz bestimmt noch erleben«, sagte Sasha. »Gegen die Chemie kommt man nur schwer an.«

Sully nahm sich ein Stück Schokolade, während Sasha und Billie über die Macht der Chemie sprachen, über das Küssen und das Gefühl von Männerhänden. Dabei musste sie unaufhörlich an diesen ersehnten Kuss und an Callahan denken. Würde er so küssen, wie Sam Josie geküsst hatte? Würde die Welt dann so wie in dem Moment, in dem sie miteinander getanzt hatten, vorübergehend verblassen?

Das Dröhnen eines Motorrads ließ Birdie zum Fenster gehen. »Es ist Cowboy.«

Sullys Puls schoss in die Höhe, und ihre Wangen brannten, als wäre sie bei der Vorstellung, ihn zu küssen, erwischt worden. Sie wusste, dass das verrückt war, aber sie hatte dennoch das Gefühl, dass es ihr ins Gesicht geschrieben stand.

»Kommt er jeden Abend hierher?«, fragte Birdie.

»Ich schlafe schlecht, darum machen wir abends manchmal noch einen Spaziergang zusammen.« War er deshalb hier? Hatte er darauf verzichtet, mit den anderen in die Bar zu gehen, um sie zu sehen? Oh Mann, das machte sie sogar noch nervöser.

»*Wirklich?* Das ist aber schön.« Bevor Sully zur Tür gehen konnte, war Birdie schon hingeeilt und riss sie auf. »Hey, großer Bruder. Bedauerlicherweise hast du die falsche Ausstattung, um bei einem Mädelsabend mitzumachen.«

»Alles klar, Birdie?« Sein Blick wanderte über Birdies Schulter zu Sully. Er zwinkerte ihr trotz seines ernsten Gesichtsausdrucks zu, und ihre Schmetterlinge verwandelten sich in Bienen.

Birdies Augen leuchteten schelmisch auf. »Sully sieht heiß aus in den Kleidern, die du ihr gekauft hast.«

»Sie ist eine umwerfende Frau und sieht in allem gut aus. Hast du meine Kreditkarte dabei?« Er streckte die Hand aus, doch der Blick aus seinen ernsten dunklen Augen blieb auf Sully gerichtet.

Bei diesem Kompliment breitete sich Feuer in ihren Wangen und bis hinunter zu ihrer Brust aus. Sie musste unaufhörlich seine Lippen anschauen. Was stimmte nicht mit ihr? Dieser Film hatte sie offenbar richtig durcheinandergebracht. Nur mit Mühe wandte sie den Blick ab, während Birdie ihm seine Kreditkarte zurückgab.

»Fahr mit ihr irgendwo hin, wo sie ein Kleid tragen kann«, schlug Birdie vor. »Aber nicht heute. Wir machen uns einen Mädelsabend, und ich habe ein paar Fragen an unsere neue Freundin, die noch unbeantwortet sind.«

»Lass das, Birdie«, warnte er sie.

»Ich halte sie davon ab«, versprach Sasha von der Couch aus.

»Gib mir einen Moment mit Sully, okay?«, bat er.

Er sah so ernst aus, dass es sie völlig aus dem Konzept brachte. War ihm aufgefallen, dass sie ihn irgendwie anders anschaute? Wenn ja, war er vielleicht verärgert deswegen. Schließlich sollte er ja dafür sorgen, dass es ihr gut ging. Es war seine Aufgabe, nett zu ihr zu sein. In Anbetracht dieser Erkenntnis schluckte sie schwer. Birdie trat beiseite, damit sie hinausgehen konnte.

Als sie auf die Veranda kam, wirkte er in seiner schwarzen Lederweste, den Helm in einer Hand, die kräftigen, in schwarzen Bikerstiefeln endenden Beine fest auf dem Boden verankert, wahrlich überlebensgroß. Er beäugte sie von Kopf bis Fuß und runzelte die Stirn. Ihr fiel wieder ein, dass sie sein Hemd trug, und rasch wollte sie es ausziehen. »Entschuldige. Ich hatte es dir längst zurückgeben wollen.«

Er legte eine Hand auf ihre und hielt sie davon ab, während ein sexy Grinsen seine Lippen umspielte. »Es sieht bezaubernd an dir aus. Behalte es.«

Sie spürte, wie ihre Welt ins Wanken geriet, und wusste nicht, was sie sagen sollte.

»Amüsierst du dich?«

»Ja«, brachte sie heraus. »Deine Schwestern sind großartig.«

»Sie werden dich wahrscheinlich bis spät nachts auf Trab halten, daher sollten wir unseren heutigen Spaziergang vielleicht ausfallen lassen.«

Ihr Magen verkrampfte sich, aber sie versuchte, sich ihre Enttäuschung nicht anmerken zu lassen. »Okay.«

»Möchtest du dir morgen früh den Sonnenaufgang anschauen? Ich kann dich gegen Viertel nach sechs abholen. Die Sonne geht um sieben Uhr auf.«

Ihr Herz hüpfte. »Das wäre schön.«

»Wir sehen uns dann.« Er wandte sich zum Gehen, verharrte jedoch noch einmal mit einer Hand auf dem Knauf der Fliegengittertür. »Nur um das klarzustellen: Mir wird unser Spaziergang heute Abend fehlen.«

Sie beobachtete, wie er die Stufen hinunterging und auf sein Motorrad stieg, und als er davonfuhr, flüsterte sie: »Mir auch.«

Zwölf

Am nächsten Morgen war Sully schon um halb sechs wach und startbereit, begierig darauf, Callahan zu treffen und ihren ersten Sonnenaufgang zu sehen. Birdie und Sasha waren bis Mitternacht geblieben, und kurz danach hatte sie Callahan auf ihrer Veranda gehört. Um drei Uhr morgens war sie aus einem Traum aufgeschreckt, der sich in einen Albtraum verwandelt hatte. Darin standen sie und Callahan auf einem Feld mit den Pferden, und er hatte ihr die Hände an die Wangen gelegt, so wie seine Schwestern das beschrieben hatten, und ihre Lippen bewegten sich aufeinander zu. Ihr Herz hatte gerast, und ihr Körper war ungemein erregt gewesen, aber bevor sich ihre Lippen berührten, erschien wie aus dem Nichts Rebel Joes Gesicht. Vor Schreck war sie aufgewacht. Sie hatte noch nie davon geträumt, einen Mann zu küssen, und ärgerte sich darüber, dass Rebel Joe noch immer einen solch großen Einfluss auf sie hatte. Doch dann sah sie zum Fenster hinaus und Callahan schlief auf einem Stuhl auf der Veranda, und da wusste sie, dass Rebel Joe sie nie wieder anrühren konnte.

Es hatte eine Weile gedauert, bis sie wieder eingeschlafen war, und als sie erneut erwachte, war Callahan fort gewesen, aber sie wusste, dass er zurückkommen würde. Sie hatte geduscht und sich angezogen und ein paar Punkte zu der Liste mit Dingen hinzugefügt, die sie unternehmen wollte, einschließlich *Mir einen Job suchen* und *Wie Josie Geller geküsst werden*, wobei sie *von Callahan* wegließ. Sie wollte heute Morgen etwas Besonderes für ihn machen, aber ihr fehlten die richtigen Zutaten zum Backen, darum hatte sie ihm stattdessen Kaffee gekocht und in eine Thermoskanne gefüllt, die sie in einem Schrank gefunden hatte. Als sie um Punkt sechs Uhr fünfzehn die Tür öffnete, war der Kaffee noch schön heiß. Callahan sah genauso unglaublich attraktiv aus wie am vergangenen Abend, nur dass er heute ein anderes Flanellhemd über einem schwarzen T-Shirt trug.

»Wenn das mal keine Augenweide ist. Du siehst außerordentlich hübsch aus.«

Ihr schoss das Blut in die Wangen, und sie sah auf die Bootcut-Jeans, das olivgrüne Tanktop und die hellbraune Strickjacke mit den blassgrünen Säumen hinunter, die Birdie ihr mitgebracht hatte. »Danke. Das sind einige der Sachen, die Birdie in deinem Auftrag für mich gekauft hat, was mehr als nur nett von dir war, und ich werde dir das Geld dafür zurückgeben.«

»Dich darin zu sehen, reicht mir als Bezahlung aus.«

Sully schüttelte den Kopf, wobei sie ihr Lächeln nicht unterdrücken konnte, weil sie wusste, dass er es auch so meinte. Außerdem war ihr klar, dass er keine Gegenleistung erwartete. Diese Freundlichkeit hätte sie nur zu gern innerlich aufbewahrt – für all die schwierigeren Momente, in denen sie ein bisschen Trost brauchte. Gleichzeitig wurde ihr bewusst, dass sie in letzter Zeit weniger dieser schwierigen Momente erlebt hatte. In der vergangenen Woche war sie glücklicher gewesen als jemals zuvor.

»Das werden wir noch sehen«, erwiderte sie und hielt die Thermoskanne hoch. »Ich hab dir Kaffee gekocht. Ich wollte dir auch Kekse oder Muffins backen, aber mir fehlten einige Zutaten.« Wieder lächelte er auf diese wahnsinnig heiße Art, und erneut malte sie sich aus, wie es wohl wäre, ihn zu küssen. *Keine Rom-Coms mehr!*

»Das war nicht nötig. Ich weiß den Kaffee sehr zu schätzen, aber wir werden unsere Hände heute für andere Dinge brauchen. Ich trinke ihn, wenn wir wieder zurück sind.« Er legte eine Hand um die Thermoskanne, und seine Finger ruhten für ein paar atemberaubende Augenblicke auf ihren, bevor er ihr die Thermoskanne abnahm und sie auf dem Tisch neben dem Stuhl abstellte. »Wir sollten lieber losgehen. Die Sonne wartet nicht.«

Sie schnappte sich schnell ihren Schlüssel und hörte ihn sagen: »Morgen nach dem Frühstück muss ich weg, um mich um einige Angelegenheiten zu kümmern. Doc wird bei dir sein, und du kannst auch Zeit mit Sasha und den Pferden verbringen. Freitagvormittag bin ich wieder zurück und hole dich zum Frühstück ab.«

Die Enttäuschung lastete schwer auf ihr, aber sie versuchte, sich das nicht anmerken zu lassen. »Okay.« Als sie die Veranda verließen, sah sie ein großes schwarzes Pferd. »Wir reiten?«

»Wenn du nichts dagegen hast. Das ist Thunder.«

»Aber ich kann gar nicht reiten.«

»Daran werden wir demnächst arbeiten, aber heute übernehme ich erst mal die Zügel. Du wirst vor mir sitzen.«

Ihre Nerven prickelten, als er sie zum Pferd führte und ihr einen Moment Zeit gewährte, damit sie sich mit Thunder anfreunden und ihm ihre Hand hinhalten konnte. Das Pferd war viel stämmiger als Sunshine. Es erinnerte sie an Callahan, der ebenfalls unglaublich kraftvoll, aber auch bezaubernd war.

»Bereit? Wenn ich dich hochhebe, schwingst du dein Bein über seinen Rücken und hältst dich an seiner Mähne fest.«

»Tut ihm das nicht weh?«

»Nicht im Geringsten«, erwiderte er mit einem leisen Lachen.

Er fasste sie an der Hüfte, hob sie hoch, als wäre sie leicht wie eine Feder, und setzte sie auf den Pferderücken. Sie stieß ein überraschtes Quietschen aus. »Das ist so hoch!«

»Hast du Höhenangst?«

»Nein. Schon vergessen, dass ich vom Dachgebälk im Mega Mart runtergesprungen bin? Ich war nur überrascht.«

Callahan stieg hinter ihr auf und griff nach den Zügeln. Sie spürte sein Herz an ihrem Rücken schlagen, seine Körperwärme ließ ihren Körper an Stellen kribbeln, wo sie es nicht für möglich gehalten hätte. Er schnalzte und Thunder ging gemächlich die Straße entlang und auf die weite, langgestreckte Rasenfläche, die zum Haupthaus führte. Es war seltsam aufregend, die Bewegungen des riesigen Tiers zu spüren, während sich Callahans starker Körper an ihren Rücken schmiegte.

Er beugte sich vor, und seine Bartstoppeln berührten kurz ihre Wange, was das Kribbeln an diesen überraschenden Stellen verstärkte, und sie spürte seinen Atem an ihrem Ohr. »Alles in Ordnung?«

»*Ja*. Können wir schneller reiten?«

»Sicher doch. An wie viel schneller hast du gedacht?«

»So schnell er laufen kann.«

Er lachte leise, und sein warmer Atem wehte gegen ihre Haut. »Okay, aber du musst mir vertrauen, damit du dir nicht wehtust.«

»Würde ich dir nicht vertrauen, säße ich nicht auf diesem

Pferd.« Ihr wurde schlagartig bewusst, wie ungewohnt es war, einem anderen Mann als Ansel zu vertrauen, insbesondere da sie mit Ansel zusammen aufgewachsen war. Sie wusste nicht, wie alt Callahan war, aber ihrer Schätzung nach musste er einige Jahre älter sein als sie.

Er nahm die Zügel in eine Hand und legte die andere fest um ihre Taille. »Das wird jetzt holprig werden, und du wirst dich instinktiv anspannen, aber versuch, locker zu bleiben und mir einfach alles zu überlassen. Lass meinen Körper deine Bewegungen steuern. Schaffst du das?«

Warum musste sie jetzt bloß daran denken, ihn zu küssen … und noch mehr mit ihm zu tun? Es gelang ihr gerade so, zu nicken.

»Okay, dann geht's jetzt los.«

Sie hielt sich an der Mähne fest, während er sich vorbeugte, sie an sich drückte und leicht anhob, bis ihr Hintern den Pferderücken nicht mehr berührte. Dann knurrte er: »Hü!« Thunder schoss vorwärts, und Sully spannte sich sofort an. Aber Callahan hielt sie so fest, dass sie sich völlig sicher fühlte, als könnte ihr nichts passieren, und sie musste nicht allzu sehr gegen ihren Instinkt ankämpfen. Es gelang ihr, sich trotz allem zu entspannen, weil ihr Bauchgefühl ihr sagte, dass sie ihm vertrauen konnte, und das überwog alles andere. Sie galoppierten durch das Gras, und die kühle Luft küsste ihre Haut, während die Welt an ihr vorbeiflog. Es war beglückend und spektakulär, als würde sie völlig sorglos fliegen. Sie fühlte sich freier als je zuvor. Flüchtig kam ihr der Gedanke, wie sie sich nur frei fühlen konnte, wenn sie sich darauf verließ, dass Callahan sie nicht fallen ließ, aber irgendwie wusste sie, dass sie sich seinetwegen so frei fühlte. Thunder galoppierte den Hügel hoch, am Haupttor vorbei und flog regelrecht über das Feld dahinter. Dann ging es einen weiteren Hügel hinauf. Während sie sich dem Kamm näherten, zügelte Callahan das Tier, brachte es mit einem *»Brr!«* zum Stehen und verstärkte seinen Griff um Sullys Taille. »Bist du noch bei mir, Liebes?«

Seine Worte fühlten sich so intim und fürsorglich an. »Ja«, antwortete sie atemlos, und ihr Herz raste. »Das war fantastisch! Das möchte ich unbedingt noch mal machen.« Sie lachte laut. »Ich will das den ganzen Tag lang machen!«

Er lachte ebenfalls und drückte sie an sich. »Aus dir wird noch ein richtiges Cowgirl.«

Callahan saß ab, half ihr vom Pferd herunter und stellte sie auf die Beine. Er war direkt vor ihr, so nah, dass sie sein Gesicht berühren wollte, nur um zu wissen, wie sich das anfühlte. Sie empfand das unbändige Bedürfnis, mit den Fingern über seinen markanten Kiefer zu streichen und die Spannung darin zu fühlen. Das Kratzen seiner Schnurrbarthaare zu spüren, die Rauheit seiner Wangenknochen und – als ob sie je den Mut dazu haben würde – seine Lippen nachzufahren. Aber er sah sie mit so viel Bewunderung und etwas spürbar Tieferem an, dass sie sich fragte, ob er ihre Gedanken erahnte. Mit einem Mal wusste sie kaum noch, wie man atmet.

Er streckte die Hand aus und schob ihr eine Haarsträhne hinter das Ohr, und auch das fühlte sich nach etwas Besonderem an. Möglicherweise hatte ihr der schnelle Ritt das Gehirn durchgeschüttelt. *Und auch mein Herz?*

»Bist du dir jetzt doch nicht mehr so sicher, ob du mir vertrauen kannst?«, fragte er.

Sie schüttelte den Kopf. »Nein. Das war unglaublich.«

»Du warst unglaublich.« Er band die Zügel des Pferdes an einem Baum fest und nahm ihre Hand, um sie auf den Hügel zu führen. Beim Anblick der dicken karierten Decke, die auf dem Rasen ausgebreitet war, des Picknickkorbs und der zweiten Decke daneben blieb ihr fast das Herz stehen. Sie schaute den Mann an, der ihr so viele Türen öffnete, der ihr Dinge zeigte, von denen sie nur geträumt hatte, und der ihr bewies, dass nicht alle Männer arrogant waren und andere missbrauchten, und ihr fehlten die Worte.

»Dein erster Sonnenaufgang sollte etwas Besonderes sein.«

»Ich kann es gar nicht fassen, dass du dir all diese Mühe gemacht hast. Gibst du dir immer so große Mühe, wenn du dir einen Sonnenaufgang anschaust?«

»Meinst du, ob ich das alles hier mache?« Er wies auf die Decke und den Picknickkorb. »Oder ob ich mir Gesellschaft mitbringe?«

»Beides, schätze ich«, erwiderte sie verlegen.

»Du bist die Erste. Für beides.«

Die Erste? Ihr Puls beschleunigte sich. Sie war davon ausgegangen, dass ein Mann wie er, der die freie Natur und Sonnenaufgänge liebte, seine Liebe dazu mit vielen Freundinnen geteilt hatte. Sie wollte ihn schon fragen, warum er das nicht getan hatte, aber dann saßen sie auf der Decke und sie betrachtete die prächtigen orangen und gelben ersten Sonnenstrahlen, die über den Berggipfeln hervorlugten, und ihre Frage verlor sich in der Schönheit des Moments. Sie warf Callahan, der sich auf die Handflächen gestützt zurücklehnte und die langen Beine an den Knöcheln überkreuzt hatte, einen verstohlenen Seitenblick zu. Er wirkte so entspannt, wie man nur sein konnte, und genoss den Sonnenaufgang, wohingegen sie von dem Mann fasziniert war, der ihr wieder einmal eine der ungewöhnlichsten Erfahrungen ihres Lebens verschaffte.

»Du schaust in die falsche Richtung. Der Sonnenaufgang ist dort drüben.« Er grinste breit und wies mit dem Kopf auf die

Aussicht.

»Ich versuche nur gerade, dich zu verstehen.«

»Ich laufe dir nicht weg. Das kannst du noch machen, nachdem du gesehen hast, wie der Morgen zum Leben erwacht.«

Ihr gefiel die Vorstellung, und sie lehnte sich so zurück wie er und überkreuzte ebenfalls die Knöchel.

»Na, also. Ist das nicht besser?«

So umwerfend der Sonnenaufgang auch war und so gut sie sich auch dabei fühlte, ging es ihr bei Callahans Anblick doch noch viel besser. »Von hier oben sieht die Welt so groß aus. Voller Möglichkeiten und so viel Schönheit.«

»Wie war es in der Anlage bei der Sekte?«

»Anders. Auf dem Gelände gab es nur überwucherten Rasen, durch den sich ausgetretene Fußwege schlängelten, und darauf standen kaputte Wohnwagen und mehr oder weniger stark verfallene Schuppen. Es gab ein großes Gebäude mit Waschräumen und einer Küche. Dort haben wir gegessen und uns gewaschen und den Unterricht und die Gruppensitzungen abgehalten. Der Efeu hat einfach alles überwuchert. Er schlängelte sich sogar in die Wohnmobile und Zelte und wuchs an den Ecken und Seiten des großen Gebäudes und an allen Schuppen hoch, wodurch sie aussahen, als wären sie direkt aus der Erde gesprossen. Es gab Feuerstellen, aber nicht aus Stein wie die in meiner Hütte. Nur große Gruben an einem freien Platz mit umgedrehten Baumstümpfen drumherum. Wir hatten verwitterte Holztische unter Vinylsonnensegeln und Planen. Das ganze Gelände war von Bäumen umgeben, aber sie boten keinen schönen Anblick. Sie waren eher wie Gitterstäbe, die mich gefangen hielten.«

»Du warst dort auch gefangen.«

»Das weiß ich. Jeden Morgen beim Aufwachen rechne ich noch immer damit, dass ich wieder dort bin, als wäre alles nur ein Traum gewesen, und dann tauchst du auf und ich weiß, dass es doch Wirklichkeit ist. Ich wusste schon immer, dass das Leben noch viel mehr zu bieten hat als das, was ich dort hatte. Unsere Spaziergänge, die anderen bei den Mahlzeiten kennenzulernen und der gestrige Abend mit deinen Schwestern, all das macht mich so glücklich.«

»Das freut mich. Meine Schwestern sind ziemlich lange bei dir geblieben. War das in Ordnung? Ich hoffe, sie haben nicht versucht, dich auszuhorchen.«

Sully wollte ihm nicht erzählen, dass Birdie ihr eine Menge Fragen über sie beide gestellt hatte, nachdem er wieder gegangen war. Sie hatte seinen Schwestern natürlich verschwiegen, dass er der Mann war, der bei ihr Schmetterlinge im Bauch hervorrief und den sie küssen wollte. Sie hatte ihnen einfach die Wahrheit gesagt und ihnen berichtet, dass sie und Callahan dabei waren, gute Freunde zu werden.

»Das haben sie nicht. Es war schön. Wir haben uns einen Film angeschaut und uns unterhalten. Ich habe noch nie zuvor einen Film gesehen. Es war irgendwie verrückt, die Beziehung von jemand anderem im Fernsehen zu sehen.« Nach und nach erschienen immer mehr farbenprächtige Strahlen am Himmel. »Dies ist eine Million Mal besser als der Film, aber ich habe mich letzten Abend gut amüsiert, und es war schön, deine Schwestern näher kennenzulernen.«

»Das freut mich. Birdie kann neugierig und aufdringlich sein, aber sie und Sasha sind gute Menschen.«

»Ich mag Birdie so, wie sie ist. Sie ist ganz unmissverständlich sie selbst, genau wie du.«

»Ich mag dich auch so, wie du bist.«

Wie konnten so simple Worte dafür sorgen, dass sie sich fühlte, als wäre sie etwas ganz Besonderes? Er hielt ihren Blick fest und ließ die Schmetterlinge in ihrem Bauch förmlich durchdrehen. Doch er musste ihre Nervosität gespürt haben, denn er wandte sich abermals dem Sonnenaufgang zu. »Welchen Film habt ihr euch angeschaut?«

»*Ungeküsst.*«

»Ach herrje. Muss ich den kennen?«

»Das ist eine Rom-Com.« Sie lächelte. »Bis gestern Abend hab ich nicht einmal gewusst, was eine Rom-Com ist. Es war ein ständiges Auf und Ab. Manche Teile fand ich schwer erträglich. Laufen Beziehungen im echten Leben auch so ab?«

»Ich hab den Film nie gesehen.«

»Aber du hast schon Beziehungen gehabt, nicht wahr?«

»Kurzfristige. Ich habe es nicht so mit Drama, und in solchen Filmen gibt es normalerweise jede Menge davon.«

»Da bin ich ganz deiner Meinung. Ich glaube, ich kann mit Dramen auch nicht viel anfangen. Warum schreiben sie keine Liebesgeschichten ohne diese ganzen Tumulte? Ich habe mein ganzes Leben in höchster Anspannung und Angst verbracht. Es scheint mir unnötig stressig zu sein, alle diese bangen Momente in eine Liebesgeschichte zu packen.«

»Die meisten Frauen, die ich kenne, lieben diese emotionalen Achterbahnfahrten in romantischen Komödien, aber ich kann verstehen, warum du es nicht genießen konntest.«

»Einige Teile davon haben mir gefallen. Die fröhlichen auf jeden Fall.« Sie schwieg eine Minute lang und überlegte, ob sie ihm mehr erzählen sollte, zögerte aber, weil sie ihn nicht mit ihren Problemen langweilen wollte. Aber er hatte ihr gesagt, dass sie ihm alles anvertrauen könnte, und sie ging davon aus, dass das ernst gemeint war. »Das mag vielleicht verrückt klingen, aber wenn wir manchmal mit allen anderen zusammen im Haupthaus essen und ich höre, wie die anderen Frauen sich unterhalten, und gestern Abend, als deine Schwestern und ich zusammen waren, kommt es mir so vor, als könnte ich niemals mit ihnen auf derselben Wellenlänge sein. Als hätte ich zu lange in einer alternativen Gesellschaft gelebt und könnte nie so unbeschwert sein oder all die Dinge verstehen, die andere Frauen machen.«

»Das ist überhaupt nicht seltsam. Und ich kann nachvollziehen, dass es dir so geht. Aber wenn du mich fragst, haben manche von uns einfach schon zu viel gesehen und erlebt, um wirklich richtig unbeschwert zu sein. Und die Menschen, die du für unbeschwert hältst, sind es nur selten. Jeder hat seine Sorgen und Probleme. Manche schlimmere als andere. Aber worauf es eigentlich ankommt, ist, dass das Leben jedes Einzelnen völlig unterschiedlich verläuft. Du musst überhaupt nichts tun, außer mit der Person glücklich zu sein, die du bist.«

»Das bin ich. Zugegeben, es gibt viele Dinge, die ich lernen und machen möchte, damit ich mich der modernen Welt nicht so entfremdet fühle, aber ich halte mich für einen guten Menschen.«

»Du bist ein guter Mensch, und wo du gerade von Dingen sprichst, die du lernen und machen willst, wüsste ich gern, wann ich deine Liste zu sehen bekomme.«

»Sie ist noch nicht fertig.«

»Sie wird nie fertig sein, weil wir immer weiterlernen und -wachsen. Genau darum geht es doch bei so einer Liste. In zehn Jahren wirst du andere Dinge machen wollen, aber dann blickst du zurück und siehst, wie viel du schon geschafft hast. Wir sollten damit anfangen, sie abzuarbeiten, bevor sie zu lang wird.«

»Das haben wir bereits getan. Ich sehe mir einen Sonnenaufgang an, und du hast mir versprochen, dass du mir das Reiten beibringen willst. Beides steht auf meiner Liste. Hast du eine Liste mit Dingen, die du machen willst?«

»Aber sicher.«

»Zum Beispiel?«

»Zum Beispiel mir mehr Sonnenaufgänge mit dir zusammen anschauen und dir reiten beibringen.«

Sie lachte leise. »Wir müssen unbedingt über diese großzügige Seele sprechen, die in dir steckt.«

»Nein, das müssen wir nicht.«

»Doch, das müssen wir. Du hast mir viel zu viele Sachen gekauft. Ich werde Wynnie fragen, wo ich einen Job herkriege, damit ich dir alles zurückzahlen kann.«

»Ich bin absolut dafür, dass du arbeiten gehst, wenn du das möchtest, aber ich werde nicht einen Penny von dir annehmen.«

»Callahan!«

»Du kannst mit mir streiten, so viel du willst, aber das ist vergebliche Liebesmüh. Du bist mit einer einzigen kleinen Tasche hier angekommen, und jeder braucht etwas zum Anziehen. Das steht nicht zur Debatte.«

»Was ist mit dem Zeichenmaterial? Und der Schokolade?«

»Die Diskussion hatten wir bereits. Ist es denn so schlimm, dass ich dich gerne lächeln sehe?«

»Nein. Ich wünschte mir einfach nur, ich könnte auch etwas für dich tun.«

»Du tust bereits mehr, als du ahnst, das kann ich dir versichern.«

Dreizehn

Am Donnerstagabend raste Cowboy auf dem Motorrad, das Diesel für ihn am Flughafen bereitgestellt hatte, durch die gewundenen Straßen von Bucksboro, West Virginia. Die Gedanken an Sully ließen sich einfach nicht zum Schweigen bringen. *Ich werde nicht mit meinem Körper bezahlen … Es wurde von mir erwartet … Die Kiste und das Brandzeichen und Donnerstagabende.* Er umfasste den Lenker fester und war dermaßen angespannt, dass er glaubte, seine Zähne würden gleich bersten, und falls sie das taten, wäre es ihm auch egal. Rebel Joe würde für das bezahlen, was er getan hatte.

Er gab mehr Gas und bremste nicht mehr ab, bis er die Kleinstadt erreichte, die eher vernachlässigt als belebt aussah. An der Hauptstraße fiel ihm die heruntergekommene Bar am Ende des Blocks ins Auge. Das *G* in dem roten *Nigel's*-Neonschriftzug über der Tür blinkte. Als er in die Seitenstraße gegenüber der Bar einbog, bemerkte er Diesels Motorrad und fuhr an den Straßenrand. Er stieg von seinem Motorrad ab, und Diesel, ein Berg von einem Mann mit knapp zwei Metern Größe und kalten dunklen Augen, dem jegliche Sozialkompetenz fehlte, trat mit drei von Cowboys Cousins aus einem Schatten. *Dieser verdammte Diesel!*

Cowboy riss sich den Helm herunter. »Was zum Teufel soll das, Diesel? Diese Männer haben Frauen und Kinder. Ich hab dir doch gesagt, dass ich mich darum kümmern werde.«

»Ich freue mich ebenfalls, dich zu sehen, Arschloch«, erwiderte Diesel. »Aber ich habe nicht vor, eine Leiche zu Tiny zurückzubringen. Der würde mir glatt den Kopf abreißen.«

»Dazu hätte er keinen Grund. Ich hab dir gesagt, dass ich das allein regle«, fauchte Cowboy und hoffte, dass er das auch wirklich konnte. Er durfte nicht sterben. Nicht bevor er die Gelegenheit bekam, Sully all das zu bieten, was sie verdient hatte.

Bullet fixierte ihn mit ernsthaftem Blick. »Was ist denn mit dir los, Cowboy? Nur weil wir Kinder haben, sind unsere Eier noch lange nicht verschrumpelt.« Er war früher bei den Special Forces gewesen, so groß wie Diesel, bärtig und vom Hals bis zu den Fußknöcheln tätowiert.

»Das haben unsere Frauen erledigt«, scherzte Bear, der jüngste seiner Maryland-Cousins und der größte Witzbold, mit einem Lachen.

Bones klopfte Bear auf die Schulter. »Da sprichst du nur für dich, kleiner Bruder. Ich hab meine noch.« Bones war ein glattrasierter Arzt, der wie Doc unauffällig und harmlos wirkte, sich aber im Handumdrehen in eine Person verwandeln konnte, die ungemein tödlich war.

Cowboy beäugte seine Cousins. »Ich weiß die Unterstützung zu schätzen, aber sagt mir bitte, dass ihr Biggs nichts davon erzählt habt, denn mein alter Herr würde mir in den Arsch treten, wenn er wüsste, dass ich hier bin.«

»Was du nicht sagst«, knurrte Bullet.

»Es gibt so einiges, wovon Biggs nichts weiß«, sagte Diesel.

»Und wir werden ihm garantiert nicht erzählen, dass der

Pfadfinder auf Blut aus ist, wenn der Präsident des Clubs ihm befohlen hat, es vorerst gut sein zu lassen«, fügte Bear hinzu.

Gott sei Dank. Cowboy blickte zur Bar hinüber, und Feuer loderte in seinem Bauch. »Ist das Arschloch da drin?« Er straffte sich und war drauf und dran, in das Gebäude zu stürmen und den Kerl in Stücke zu reißen.

»Jepp. Das ist deine Zielperson.« Diesel reichte ihm sein Handy, auf dessen Display ein Foto von zwei Männern zu sehen war, die die Bar betraten. »Es ist der Linke. Braune Haare, scheint Ende vierzig zu sein. Er ist ein großer, aber kein harter Kerl. Mit dem wirst du locker fertig.«

Mit mir können es nicht viele aufnehmen. Cowboy musterte das Bild von dem Mann, der Sully jahrelang misshandelt hatte, und sah rot. Blutrot.

»Sie sind mit diesem Pick-up hergekommen. Dein Mann hat am Steuer gesessen.« Diesel zeigte auf einen Wagen, der neben der Bar parkte. »Aber die Bar ist voller Leute, die er kennt. Komm also nicht auf dumme Gedanken. Wir halten uns an den Plan und erledigen ihn zwölf Meilen außerhalb.«

»An der Banker Road.« Cowboy hatte den Lageplan auswendig gelernt, den Diesel ihm geschickt hatte.

»Eine einsamere und abgelegenere Stelle gibt es kaum«, sagte Diesel. »Niemand wird etwas davon mitkriegen.«

Cowboy musterte seine Cousins. »Ihr solltet nach Haus zu euren Frauen gehen. Ihr wisst, dass diese Kerle wahrscheinlich bewaffnet sind, und ich will euren Tod nicht auf dem Gewissen haben.«

»Wie wär's, wenn du mit den Tagträumen aufhörst und wir unsere Plätze einnehmen, bevor dieser Dreckskerl wieder rauskommt?« Bullet zeigte auf Bones und Bear, und sie überquerten zu dritt die Straße.

»Kommst du klar?«, fragte Diesel Cowboy.

»Sicher. Hast du mitgebracht, worum ich dich gebeten habe?«

Diesel nickte. »Dir ist hoffentlich bewusst, dass dieses kranke Gefühl, das dich jedes Mal bei dem Gedanken an das überkommt, was er deinem Mädchen angetan hat, dadurch nicht weggeht? Es ist ein Teil von ihr, und jetzt ist es auch ein Teil von dir.«

Mein Mädchen. Ich wünschte, es wäre so. »Ach was. Aber darum geht es nicht. Es geht um Rache und Gerechtigkeit. Ich tue das, was sie und die anderen unschuldigen Mädchen nicht machen konnten.«

»Wir verstehen das, Bruder.« Diesel nahm ihn in die Arme und klopfte ihm auf den Rücken.

Sie stiegen auf ihre Motorräder, und Diesel fuhr die Straße hinunter, um in Position zu gehen. Cowboy wendete sein Motorrad und parkte an der Ecke mit Blick auf die Bar, während Bullet mit seinem Pick-up die Stadt verließ, gefolgt von Bear und Bones auf ihren Motorrädern.

Cowboy stand völlig unter Strom, und sein Herzschlag beschleunigte sich jedes Mal, wenn die Tür der Bar aufging. Er wusste nicht, wie lange er gewartet hatte, aber als Rebel Joe endlich mit dem anderen Mistkerl die Bar verließ, musste er sich sehr zusammenreißen, damit er den Plan nicht einfach in den Wind schoss und sich auf ihn stürzte.

Er sah zu, wie sie in ihren alten Ford einstiegen, und fuhr hinter ihnen auf die Straße, als sie losfuhren. Dabei kam er an

Diesel vorbei und bemerkte, dass er den anderen eine Nachricht schrieb. Ein paar Minuten später tauchte Diesels Scheinwerfer in seinem Rückspiegel auf. Eine Meile weiter bildete Bear das Schlusslicht. Cowboy dachte an Sully, die sich auf der Ranch in Sicherheit befand und auf die Doc aufpasste. Er würde alles tun, was nötig war, damit sie diese Sache hinter sich lassen konnte und keine Angst mehr davor haben musste, dass ihr je wieder jemand wehtat. Er fasste seinen Lenker fester, als sie von der Hauptstraße abbogen und mehrere Nebenstraßen entlangfuhren. Schließlich erreichten sie die Banker Road, die eine Meile von der Stelle entfernt lag, an der Bullet mit seinem Pick-up am Straßenrand wartete.

Eine Meile von der Vergeltung entfernt.

Cowboy fuhr um Rebel Joes Pick-up herum, als wollte er ihn auf der schmalen Straße überholen, und genau in dem Moment bretterte Bones aus der entgegengesetzten Richtung auf sie zu, und Bullets Pick-up fuhr los und blockierte die Straße vor ihnen. Rebel Joe trat auf die Bremse. Cowboy und die anderen waren bereits auf den Beinen und stürmten vorwärts. Cowboy riss die Fahrertür auf, zerrte den brüllenden Mann vom Sitz herunter und schmetterte ihn gegen die Seite des Pick-ups, während Diesel gleichzeitig den anderen Mann vom Beifahrersitz zog.

»Wer zum Teufel seid ihr?«, tobte Rebel Joe.

»Dein schlimmster Albtraum.« Cowboys Faust traf seinen Kiefer, und Rebel Joes Kopf wurde zurückgeschleudert. Wieder und wieder schlug er auf den Mann ein, dem das Blut aus Mund und Nase rann. Nach einer Weile ließ Cowboy ihn los und trat einen Schritt zurück. Der Mann wankte, holte aber dennoch aus, doch Cowboy konnte ihm problemlos ausweichen, beugte sich über ihn und knurrte: »Das ist für Sully.« Er schlug ihm in die Magengrube. Rebel Joe krümmte sich, und der nächste Aufwärtshaken ließ den Mann nach hinten taumeln. Schon landete er mit dem Hintern auf dem Asphalt. Sekunden später war Cowboy über ihm. »Und das ist für jedes weitere Mädchen, das du je angerührt hast.« Seine Fäuste flogen. Blind vor Wut schlug er auf den Kerl ein, bis ihn jemand von dem blutigen, schlaffen Körper wegzerrte. Schäumend wehrte er sich gegen den Griff, denn er wollte nicht aufhören, sondern den Mistkerl noch mehr verletzen.

»Cowboy!«, donnerte Bullet. »Du bringst ihn noch um, Mann. Das ist er nicht wert.«

»Ich will ihn tot sehen«, brüllte Cowboy und versuchte, sich aus Bullets und Bears Griff zu befreien.

»Er ist fertig, Mann. Er bewegt sich nicht mehr«, sagte Bear.

Bones beugte sich über Rebel Joe, sah Bullet an und nickte.

»Ich hab dir ein Stück von diesem Dreckskerl übriggelassen«, sagte Diesel von der anderen Seite des Pick-ups. »Sein Name ist Hoyt.«

Cowboy riss sich von seinen Cousins los und ging um den Wagen herum. Der andere Kerl hatte eine gebrochene Nase, blutete aus dem Mund, und seine Augen waren fast zugeschwollen. »Du hast sie verdammt noch mal gebrandmarkt!« Der erste Fausthieb schickte Hoyt zu Boden, der zweite setzte ihn außer Gefecht, und der dritte sollte sicherstellen, dass er das auch blieb. Cowboy richtete sich auf, beugte sich über den reglosen Mann und streckte die Hand aus. Diesel reichte ihm eines der beiden Brandzeichen, die er hatte anfertigen lassen. Bullet stand mit dem Schweißbrenner in der Hand hinter ihm.

Als sie fertig waren, hatten sie Hoyt das Wort *Kinderschänder* auf den Hals gebrannt, und Cowboy stampfte zurück zu Rebel Joe, der auf dem Asphalt lag. Er schlug ihn, bis er die

Augen öffnete. »Ich will, dass du hierfür wach bist, Arschloch. Du wirst es vor den Jungs im Gefängnis nicht verstecken können.« Sie erhitzten das Eisen wieder, und Rebel Joe kreischte aus vollem Hals, bis er ohnmächtig wurde, während Cowboy auch ihm das Wort *Kinderschänder* auf den Hals brannte.

Vierzehn

Es ging auf sechs Uhr früh zu, als Cowboy am Freitag wieder auf der Ranch ankam. Er hielt vor Sullys Hütte und ließ das Fenster herunter, als Doc von der Veranda herüberkam, um mit ihm zu reden. »Danke, dass du auf sie aufgepasst hast. Ist alles in Ordnung?«

»Ja. Sie ist in ihrer Hütte, und ich hab dir bei Dad ein Alibi verschafft. Er denkt, dass du dabei helfen wolltest, ein paar verletzte Wildpferde zusammenzutreiben.« Er warf einen Blick auf Cowboys aufgerissene Knöchel und die Blutspritzer auf seinem Hemd. »Geht es dir gut? Ist irgendwas gebrochen?«

»Mir ist nichts passiert.«

»Was ist mit deinem Kopf? Willst du darüber reden?«

»Nein. Alles gut.« Er hatte auf dem Rückflug nichts anderes getan, als über das nachzudenken, was er getan hatte. Er war nicht stolz darauf, aber es gab ihm definitiv ein Gefühl der Befriedigung und zumindest einen Hauch von Gerechtigkeit für Sully. »Du kannst jetzt gehen. Ich springe nur rasch unter die Dusche. Soll ich dich nach Hause fahren?«

»Nein danke. Ich gehe zu Fuß. Freut mich, dass du es lebendig zurückgeschafft hast.«

»Damit sind wir schon zu zweit.«

Während Doc nach Hause ging, fuhr Cowboy den Hügel zu seinem Haus hinauf. Er stieg aus seinem Pick-up und sah seinen Vater von einem Stuhl auf der Veranda aufstehen. Tiny verschränkte die Arme vor der Brust und durchbohrte ihn mit Blicken. *Verdammt!* Cowboy nahm die Schultern zurück und ging weiter, um sich seinem Zorn zu stellen.

»Wie hast du es herausgefunden?«, fragte er, als er die Verandastufen erklomm.

»Das musste ich nicht herausfinden«, zischte sein Vater. »Sobald du dich beim Treffen hingesetzt hattest, wusste ich, dass du die Dinge selbst in die Hand nehmen würdest.«

»Wie das?«

»Weil ich dich aufgezogen habe. Ich kenne jeden verdammten Blick, und dieser sagte mir: *Scheiß auf das FBI. Scheiß auf meinen alten Herrn. Ich kümmere mich selbst darum.*«

Cowboy hob das Kinn an. »Und warum hast du mich dann nicht davon abgehalten?«

Sein Vater trat auf ihn zu. Wut und Sorge rangen in seinem Blick miteinander. »Weil du ein Mann bist, mein Sohn, und weil es nicht meine Aufgabe ist, dich davon abzuhalten. Du hast nur Glück gehabt, dass du wieder heil zurückgekehrt bist, denn ich lüge deine Mutter nicht an, und wenn dir etwas zugestoßen wäre und sie mich gefragt hätte, ob ich von deinen Absichten wusste, hätte ich es zugeben müssen, und das hätte mich die Liebe meines Lebens kosten können.«

»Ich weiß, dass ich mich entschuldigen sollte, weil ich mich gegen dich und den Club gestellt habe, aber das kann ich nicht tun. Ich musste einfach gehen.« Seine Stimme wurde unwillkürlich lauter. »Und wenn ich die Wahl hätte, würde ich es wieder tun, selbst wenn ich wüsste, dass das Gewicht meiner Tat bis zu meinem letzten Tag auf mir lasten würde.«

Sein Vater kniff die Augen zusammen.

»Du hast mich dazu erzogen, das Richtige zu tun, und genau das habe ich getan. Jetzt kannst du mich aus dem Club rausschmeißen oder mir die Hölle heißmachen. Aber mach es einfach, denn ich will unter die Dusche und dann zurück zu Sully.«

Sein Vater sah ihn streng an. »Wie hast du es so schnell dort hin- und wieder zurückgeschafft?«

»Ich habe Treat angerufen. Hab behauptet, dass ich wegen eines Notfalls nach Maryland müsste.« Treat Braden war Immobilienmogul und besaß einen Privatjet. Sein Vater gehörte außerdem zu Tinys ältesten Freunden, und er lebte nur ein paar Städte von der Ranch entfernt in Weston, Colorado.

»Großer Gott, Cowboy. Dir ist schon klar, was ihn das gekostet hat?«

»Das weiß ich, und ich habe ihm angeboten, dafür zu bezahlen.«

»Lass mich raten: Er hat dein Geld nicht angenommen.«

»Nein, Sir.« Cowboy war etwas beschämt deswegen, aber er straffte sich und hielt dem Blick seines Vaters stand. »Das war es mir wert, und du kannst mir nicht sagen, dass du für Mom nicht das Gleiche getan hättest.«

»Da hast du verdammt noch mal recht. Aber ich wäre nicht so blöd gewesen, ein so großes Geheimnis meinen Brüdern anzuvertrauen, die beim besten Willen nicht lügen können.«

»Wie meinst du das?«

»Keiner von euch ist zu einer Lüge fähig, selbst wenn es um euer Leben ginge. Ihr seid alle noch genauso wie damals, als ihr vier, sechs und acht Jahre alt wart und den verdammten Heuschober in Brand gesteckt habt.«

Cowboy konnte sich nur zu gut daran erinnern. Sie hatten

davon gehört, wie man Feuer ohne Streichhölzer entzündet, und es ausprobiert – im verdammten Heuschober. Wie die totalen Idioten.

»Doc wäre gestern wie ein Kartenhaus zusammengeklappt, wenn ich es darauf angelegt hätte, aber das brauchte ich gar nicht. Ich habe ihn gefragt, wo du bist, und daraufhin machte er ein Gesicht, als hätte ich ihn bereits ertappt, genau wie damals. Und du weißt, dass sich Dares typisches Grinsen, wenn er lügt, nicht verändert hat. Und von dir muss ich wohl gar nicht erst anfangen.« Sein Vater schnaubte. »Du hast nie auch nur versucht zu lügen. Du bist diese Stufen hochgekommen und hast mir fest in die Augen gesehen, so wie damals als Kind. Du warst bereit, jede Strafe auf dich zu nehmen, die ich dir auferlege. Mein verdammter Pfadfinder.«

Cowboy biss die Zähne zusammen.

»Du weißt, dass dein Großvater dich genau deshalb zu den Pfadfindern mitgenommen hat, nicht wahr? Weil du sie dazu gebracht hast auszuprobieren, wie man ein Feuer ohne Streichhölzer macht. Überlebenstraining war schon immer dein Ding. Da ist es kein Wunder, dass dir diese junge Frau aufgefallen ist. Sie ist aus dem gleichen Holz geschnitzt wie du. Aber nur etwas über das Überlebenstraining zu lernen, hat dir nie gereicht. Du wolltest die Gewissheit haben, dass du es tatsächlich beherrschst. Teufel noch mal, Cowboy, in dem Sommer nach deinem neunten Geburtstag hast du eine Tasche gepackt, uns mitgeteilt, dass du in ein paar Tagen wieder zurück sein würdest, und bist in den Wald gegangen. Weißt du, wie schwer es war, jeden deiner Schritte zu überwachen, ohne dass du mich gesehen hast? Du warst ein agiler kleiner Kerl, der auf Bäume geklettert und durch die Wälder gerannt ist wie ein Derwisch.«

Cowboys Brustkorb zog sich zusammen. »Das hast du gemacht? Ich dachte die ganze Zeit, dass ich da draußen ganz allein wäre.«

»Du bist niemals allein, mein Sohn. Und jetzt beweg deinen Arsch hierher.« Sein Vater nahm ihn in die Arme. »Jag mir nie wieder solche Angst ein.«

»Ich kann dir nichts versprechen.«

»Nein, das kannst du vermutlich nicht. Übrigens, falls du geglaubt hast, dass Biggs gestern Nacht nicht einsatzbereit und mit ordentlich Verstärkung alles beobachtet hat, dann kennst du deinen Onkel verdammt schlecht.«

»Ach du Scheiße. Er wusste Bescheid?«

»Väter wissen immer Bescheid. Es war schon ziemlich heftig, was du da getan hast. Vielleicht möchtest du mit deiner Mutter oder Dare darüber reden, wie du mit all dem umgehen sollst.«

Eines Tages vielleicht.

Um sieben Uhr ging Cowboy zu Sullys Hütte hinunter und fand eine Nachricht an der Tür vor. *Callahan, ich bin zum See gegangen. Komme rechtzeitig zum Frühstück wieder zurück. Sully.*

Das Gelände wurde von genug Männern überwacht, sodass er sie in Sicherheit wusste, und als er sich auf den Weg zum See machte, ertappte er sich bei einem Lächeln. Er war sehr froh darüber, dass sich diese die Natur liebende Frau wohl genug fühlte, um auf Erkundungstour zu gehen.

Er hatte den See bald erreicht, und als er den Pfad verließ, sah er Sully bis zur Taille im Wasser stehen. Sie hatte sich das Haar hochgesteckt und das Gesicht der Sonne zugewandt. Ihre

Finger glitten über die Wasseroberfläche, und in dieser Haltung konnte er ihre wunderschönen Brüste bewundern. Sie war das schönste Wesen, das er je gesehen hatte. Sie machte sich mit trägen, graziösen Bewegungen daran, den See wieder zu verlassen, und da trafen sich ihre Blicke mit der Gewalt eines Infernos. Sein Herz raste. Genau in dem Moment, wo ihm bewusst wurde, dass er sie anstarrte, verschränkte sie die Arme vor der Brust.

Er drehte sich um und stieß einen Fluch aus. »Entschuldige.« Er kam sich vor wie ein Spanner, doch trotz allem hatte sich dieser wunderschöne Anblick längst in sein Gedächtnis eingebrannt. Er hörte es spritzen, als sie hastig das Wasser verließ.

»Mir war gar nicht bewusst, dass ich so lange hier gewesen bin«, sagte sie nervös.

Verdammt! »Das war mein Fehler«, erwiderte er mit dem Rücken zu ihr. »Ich konnte ja nicht ahnen, dass du in den See reingehen würdest. Es tut mir wirklich leid, Sully.«

Sie antwortete nicht, aber er hörte, wie sie sich anzog. »Ist schon in Ordnung. Du kannst dich umdrehen. Ich hab jetzt was an.«

Als er sich umdrehte, saß sie mit roten Wangen auf dem Boden und zog sich die Socken an. Er musste eine Möglichkeit finden, diese Sache aus der Welt zu schaffen, damit es ihr nicht peinlich war. Also setzte er sich neben sie und zog sich die Stiefel aus.

»Was machst du da?«

»Mich ausziehen, damit es wieder ausgeglichen ist.«

Sie riss die Augen auf. »Nein, das wirst du nicht tun!«

»Warum nicht? Dann kann ich auch verlegen sein.«

»*Du* wärst garantiert nicht verlegen.«

»Ja, da hast du natürlich recht, und du solltest dich auch nicht deswegen schämen«, sagte er sanft. »Wir sind Erwachsene. Ich habe deinen wunderschönen Körper gesehen. Das bedeutet nicht, dass unsere Beziehung jetzt komisch werden muss.«

»Jedes Mal, wenn du mich ansiehst, wirst du dir jetzt vorstellen, wie ich nackt aussehe.« Das Wort *nackt* flüsterte sie.

Er grinste schelmisch. »Sei nicht albern. Ich habe dich mir schon vorher nackt vorgestellt.«

Sie schnappte nach Luft, aber sie lächelte. »Callahan!«

Er lehnte sich an sie. »Das war nur ein Witz, Sully. Wir kommen darüber hinweg, nicht wahr?«

»Ich hoffe es. Sprich einfach nicht darüber.«

»Okay. War das Wasser kalt?«

Sie starrte ihn finster an.

»Entschuldige. Damit wollte ich jetzt nicht darauf anspielen, wie du ... worüber wir nicht sprechen. Ich kann einfach nicht glauben, dass du da reingegangen bist.«

»Es stand auf meiner Liste.«

»Wenn nackt sein in den Wäldern darauf gestanden hat, muss ich mir sofort den Rest der Liste anschauen.«

Sie lächelte und schüttelte den Kopf, und er half ihr auf die Beine. Als er ihr Handtuch aufhob, runzelte sie die Stirn. »Was ist mit deinen Händen passiert?«

»Nichts. Sie sind nur ein bisschen aufgerissen von der Arbeit mit den Pferden.«

»Lass mich einen Blick darauf werfen.«

»Nein. Ist schon okay.« Er legte ihr eine Hand ins Kreuz und sie gingen zum Pfad zurück. »Wann hast du heute deine Sitzung?«

»Um zwei. Sasha sagte, ich könnte heute Vormittag mit ihr zusammenarbeiten.«

»Klasse, dann haben wir nach dem Mittagessen Zeit für den Reitunterricht.«

Ihre Augen strahlten. »Wirklich?«

»Ich habe dir doch gesagt, dass wir ein Cowgirl aus dir machen. Es wird verdammt noch mal Zeit, dass du damit anfängst. Du hast schon lange genug getrödelt.«

Sie sah ihn neugierig an. »Ich bin so froh, dass du mir das Reiten beibringst. Und du hast vermutlich recht. Wir können über *du weißt schon was* hinwegkommen.«

»Da bin ich mir nicht so sicher.« Er seufzte dramatisch. »Vielleicht stelle ich mir jetzt vor, wie du *nackt* auf einem Pferd sitzt.« Das Wort *nackt* flüsterte er.

Sie knuffte ihn gegen den Arm und lachte, und das war Musik in seinen Ohren.

Diese Schmetterlinge, die in Sullys Bauch herumflatterten, waren nichts im Vergleich dazu, wie ihr Körper in Brand zu geraten schien, als Callahan sie nackt gesehen hatte. In seinem Blick hatte sie ein Verlangen erkannt, das so ganz anders war als alles, was sie kannte, und dadurch war mehr als nur ein Kribbeln zwischen ihren Beinen ausgelöst worden. Sie hatte steife Brustwarzen bekommen und das Gefühl gehabt, ihre Haut würde brennen. Er hatte gesagt, dass sie wunderschön wäre. Sie fühlte sich nicht wunderschön, aber in seiner Gegenwart kam sie sich anders vor, irgendwie hübscher. Als wäre sie etwas Besonderes. Dass er überhaupt erst der Grund dafür gewesen war, warum sie den eiskalten See betreten hatte, machte es nicht besser. Sie hatte einen erotischen Traum gehabt, in dem er die Hauptrolle spielte, und darin hatte sie seine großen, rauen Hände überall auf ihrem Körper gespürt. Beim Aufwachen war sie ganz feucht gewesen und hatte das dringende Bedürfnis gehabt, sich dort unten zu streicheln, was ihr noch nie zuvor passiert war. In all den Jahren, die sie mit Rebel Joe zusammen gewesen war, hatte sie nie so etwas empfunden. Der kalte See und die kühle Morgenluft hatten ihr dabei helfen sollen, diese Gefühle zu vertreiben, und das war ihr auch beinahe gelungen, bis sie und Cowboy sich in die Augen gesehen hatten und ihr Körper erneut Feuer fing.

Beim Frühstück hatten sie so wie üblich nebeneinandergesessen, aber alles fühlte sich anders an. Wenn sich ihre Beine unter dem Tisch berührten oder er sich zu ihr beugte, um mit ihr zu sprechen, wurden all diese Gefühle erneut aufgewühlt. Es war ihr gelungen, sich im Zaum zu halten, während sie Sasha half, aber dann hatte sie Callahan gesehen, wie er Heuballen auf einen Anhänger lud, und der Anblick dieses schwer arbeitenden Mannes, der so viel für die Pferde tat, die er abgöttisch liebte, hatte ihren Körper auf Hochtouren gebracht. Das Mittagessen war auch nicht einfacher gewesen. Jeder Blick und jede Berührung ihrer Gliedmaßen hatten Funken aufstieben lassen.

Jetzt war es früher Nachmittag, und sie hatte sich immer noch nicht gefangen. Sie saß auf Sunshine und er brachte ihr das Reiten bei. Wenn er ihre Hände berührte, um ihr zu zeigen, wie man die Zügel hielt, oder ihre Beine und Füße in die richtige Position brachte, wurde ihr am ganzen Körper warm. Sie bildete sich ein, auch in seinen Augen einen Anflug von Hitze wahrzunehmen, und wenn er sie neckte, klang es eindeutig nach Flirten. Auch seine Ermutigungen hatten etwas Neues und Tieferes an sich. Oder vielleicht spielte ihr Verstand ihr nur Streiche, und es war einfach nur das, was sie sehen wollte.

Oder er stellte sie sich tatsächlich nackt auf dem Pferd vor.

Sie schluckte schwer, um die Flut der warmen, prickelnden Gefühle einzudämmen, die diese Vorstellung hervorrief, und ihre Verlegenheit zu unterdrücken, weil ihr das so sehr gefiel. Glücklicherweise fühlte sich das Reiten so natürlich an wie Atmen, weil ihr Gehirn zu verwirrt war, um sich zu konzentrieren.

»Bist du dir sicher, dass du das noch nie zuvor gemacht hast?«, fragte er sie, während sie um den Reitplatz herumritt.

»Ja, aber ich glaube, ich bin zum Reiten geboren.«

»Das gefällt mir.« Er zwinkerte ihr zu.

Schon stellte sich das Prickeln abermals ein. Vielleicht sollten sie einfach den ganzen Tag lang üben, damit sie diese verlockenden Empfindungen genießen konnte.

»Halt mal an, und dann arbeiten wir an deiner Haltung, damit du das Traben lernen kannst.« Sie zügelte das Pferd, und Sunshine blieb stehen.

Callahans Handy klingelte. »Entschuldige mich einen Augenblick.« Er hielt sich das Gerät ans Ohr. »Ja. Sie ist hier bei mir. Ich gebe ihr gerade Reitunterricht.« Er schwieg einen Moment lang und runzelte die Stirn. »Und?« Er fluchte leise. »Ja. Ich komme sofort.« Er steckte sein Handy ein. »Wir müssen den Unterricht leider abkürzen. Sitz doch schon mal ab.«

»Ist alles in Ordnung?« Sie machte sich daran, so abzusteigen, wie er es ihr beigebracht hatte, aber er fasste sie um die Taille und stellte sie auf die Beine, genau wie an dem Morgen, an dem sie den Sonnenaufgang bewundert hatten.

»Ja.« Seine Miene sah angespannt aus. »Das war meine Mutter. Es gibt da etwas, das sie mit dir besprechen will, und sie möchte dich gleich jetzt treffen und nicht damit warten.«

»Okay. Warum siehst du so besorgt aus?«

»Ich bin nicht besorgt. Nur enttäuscht, dass wir den Unterricht abkürzen müssen.«

Das bin ich auch.

Kurz darauf betraten sie Wynnies Büro und fanden sie mit Tiny im Gespräch vor. Tinys und Callahans Blicke trafen sich, und Sully spürte, wie sich Callahans Hand auf ihrem Rücken anspannte. Irgendetwas passierte hier, das sie nicht deuten konnte, und es beunruhigte sie.

»Hallo, Liebes. Komm doch herein und setz dich«, sagte Wynnie herzlich, aber auch ihre Stimme klang angestrengt.

Sully sah Callahan an und hätte ihn zu gern gefragt, was eigentlich los war, aber er konzentrierte sich auf seine Eltern.

»Wir gehen, Cowboy«, sagte sein Vater barsch und machte sich auf den Weg zur Tür.

Callahan presste die Hand fester auf ihren Rücken und sie sah ihn an. »Ich hol dich nachher ab, wenn ihr fertig seid.«

Da er stark angespannt wirkte, blieb ihr nichts weiter übrig, als zu nicken. War Rebel Joe auf der Suche nach ihr? Oder war irgendjemandem ihre Reaktion auf Callahan beim Mittagessen aufgefallen? Steckte sie in Schwierigkeiten? Sie setzte sich auf das Sofa, während Callahan und Tiny hinausgingen und die Tür hinter sich schlossen. Wynnie nahm nicht wie üblich auf ihrem Stuhl Platz, sondern neben Sully auf dem Sofa, was sie sogar noch nervöser machte. »Was ist denn los?«, platzte es aus ihr heraus.

»Gar nichts, Liebes. Ich habe ein paar gute Nachrichten für dich. Das Ergebnis deines DNA-Tests liegt vor. Wir hatten doch darüber gesprochen, dass du vielleicht noch mehr Verwandte hast.«

»Ja.«

»Das ist in der Tat der Fall, aber du bist nicht die Person, die zu sein man dir eingeredet hat.«

»Das … verstehe ich nicht.«

»Lass es mich dir erklären. Deine DNA-Ergebnisse beweisen, dass dein richtiger Name Cassandra beziehungsweise Casey Lawler lautet, und Casey wird seit gut zwanzig Jahren vermisst. Klingelt bei dir etwas bei dem Namen?«

Eine Gänsehaut zog sich über ihre Arme, während sie den Kopf schüttelte. *Mein richtiger Name?* »Nein. Aber was meinst du mit vermisst?«

»Als du vier Jahre alt warst, bist du mit deinen Eltern Craig und Sarah Lawler mit dem Auto unterwegs gewesen, um deine ältere Schwester Jordan aus einem Ferienlager in West Virginia abzuholen, und ihr hattet einen Verkehrsunfall. Es tut mir leid, dir das sagen zu müssen, Liebes, aber deine Eltern haben ihn nicht überlebt, und als die Einsatzkräfte am Unfallort eintrafen, warst du nicht mehr da.«

Sully versuchte, einen Sinn in diese Worte zu bringen. *Ich habe eine Schwester? Meine Eltern sind tot?* »Das ergibt keinen Sinn. Meine Mutter lebt an der Westküste. Sie ist nicht tot. Und was meinst du mit nicht mehr da? Hat mein Onkel mich abgeholt?«

»Nein, Liebes. Das ist eine Menge zu verarbeiten, aber der Mann, der dich aufgezogen hat, war nicht wirklich dein Onkel, und die Geschichte, die er dir über deine Mutter erzählt hat, stimmt nicht. Ich habe mit einem Privatdetektiv gesprochen, den deine ältere Schwester Jordan engagiert hat, um dich zu finden. Er glaubt, dass der Mann, der sich als dein Onkel ausgegeben hat, entweder den Unfall verursacht oder die Gelegenheit genutzt hat, um dich zu entführen. Er hat dich in die Anlage von Free Rebellion gebracht, um dich dort allen als seine Nichte vorzustellen. Der Detektiv kann nicht mit Gewissheit sagen, ob er mit dir sofort dorthin gegangen ist oder ob er dich erst für eine Weile woanders hingebracht hat, bevor er mit dir zur Sekte ging. Aber er glaubt, dass der Mann derjenige ist, der dich entführt hat.«

Sully zitterte vor Wut und Verwirrung. »Warum? Wieso sollte er so etwas tun?«

»Möglicherweise wollte er Rebel Joe einen Gefallen tun, aber das werden wir nie mit Sicherheit erfahren, weil er verstorben ist.« Wynnie nahm ihre Hand. »Mir ist klar, dass das jetzt ein ziemlicher Schock für dich ist, und wir werden über alles sprechen, aber vorerst würde ich gern wissen, ob du dich an irgendetwas erinnern kannst. Erinnerst du dich an deine Schwester Jordan?«

»Nein.« Ihr kamen die Tränen. »Was bedeutet das alles?«

»Vor allem bedeutet es, dass du eine Familie hast. Du hast eine ältere Schwester und eine Tante und einen Onkel, die dich lieben und die schon seit sehr langer Zeit nach dir suchen. Aber es bedeutet auch, dass du als Kind entführt wurdest, und das ist eine Straftat. Das FBI stellt ein Team zusammen, um die Sekte aufzulösen und Rebel Joe und die anderen Männer zu verhaften, die dir wehgetan haben. Sie werden einen Agenten herschicken, der mit dir reden will, und ich werde die ganze Zeit an deiner Seite sein, wenn du das möchtest. Aber ich muss wissen, ob du dich dazu entschieden hast, diese Männer anzuzeigen.«

Sie ballte die Fäuste und versuchte, irgendwie wieder zu Atem zu kommen. »Sie haben mich meiner Familie gestohlen.« Tränen rannen ihr über das Gesicht. »Sie haben mir wehgetan und mich vergewaltigt und mich angelogen, mir vorgegaukelt, ich wäre jemand anderes. Ich werde alles tun, was nötig ist, um sie hinter Gitter zu bringen.«

Fünfzehn

Cowboy ging die Korridore des Haupthauses auf und ab und fühlte sich komplett unter Strom. Sully war schon den ganzen Nachmittag bei seiner Mutter. Laut seinem Vater bewies der DNA-Test, dass es sich bei ihr um Casey handelte. Das FBI hatte einen Agenten geschickt, um mit ihr zu sprechen, und später würde sich der Staatsanwalt mit ihr in Verbindung setzen. Er wünschte sich so sehr, er hätte bei dem Gespräch mit dem FBI-Agenten an ihrer Seite sein können, aber zumindest war seine Mutter für sie da gewesen. Sie würde sicherstellen, dass es Sully gut ging. Oder zumindest so gut es nur möglich war. Er konnte sich kaum vorstellen, wie schwer das für sie sein musste.

Sein Vater rief die Dark Knights zu einem Notfalltreffen zusammen, um sie auf den neuesten Stand zu bringen, aber Cowboy würde nicht daran teilnehmen. Er musste bei Sully sein. Bei Casey.

Er hatte es verdammt noch mal gewusst.

Sein Handy vibrierte, und der Name seiner Mutter erschien auf dem Display. Er las ihre Nachricht. *Sully hat ihr Handy nicht dabei, aber sie möchte, dass du sie zu ihrer Hütte zurückbringst. Ihr Leben wurde gerade völlig auf den Kopf gestellt, also geh bitte vorsichtig mit ihr um.*

Als ob er irgendetwas anderes machen würde.

Er klopfte einmal an und öffnete die Tür zum Büro seiner Mutter. Sully stand auf, als er hereinkam. Sie sah traurig und wütend und so verdammt verletzlich aus, dass es ihn schier umbrachte. Unwillkürlich breitete er die Arme aus, und sie stürzte sich einfach hinein. Er hielt sie fest, streichelte ihren Rücken und wünschte sich, er könnte die Zeit zurückdrehen und sie vor all dem bewahren, was sie durchgemacht hatte. »Es ist okay, Liebes. Alles wird wieder gut.« Er hoffte verdammt noch mal, dass er recht hatte.

Er spürte, wie seine Mutter sie beobachtete, und sah ihr in die Augen. Besorgnis, Liebe, Kummer und Hoffnung lagen in ihrem Blick, zu viel, zu überwältigend. »Ich bringe sie nach Hause.«

Seine Mutter nickte.

Auf dem Weg zu ihrer Hütte schwieg Sully. Er hätte gerne gewusst, was ihr durch den Kopf ging. War sie verängstigt? Verwirrt? Wütend? Was konnte er tun, um ihr zu helfen? Er wollte sie in die Arme nehmen und den Rest der Welt auf Abstand halten, aber hier ging es nicht um seine Wünsche. »Möchtest du allein sein?«, fragte er, als er sie zu ihrer Tür begleitete.

Sie schüttelte den Kopf. »Würdest du bleiben?«

»Natürlich.« Er folgte ihr in die Hütte und zermarterte sich das Hirn, wie er sie trösten sollte. »Ich kann dir einen Tee kochen oder dir ein Glas Saft holen.«

»Nein danke. Würde es dir etwas ausmachen, wenn du dich einfach zu mir setzt?« Sie sanken auf die Couch, und sie rang die Hände. »Wynnie hat mir gesagt, dass Tiny dir von dem Ergebnis des DNA-Tests erzählt hat.«

»Das hat er, und ich kann mir kaum vorstellen, wie schwierig das für dich sein muss.«

»Ich bin nur … Ich glaube, ich stehe unter Schock. Nichts ist so, wie ich dachte. Ich bin nicht einmal fünfundzwanzig Jahre alt. Ich bin vierundzwanzig, und mein Geburtstag ist nicht im Januar, sondern im April. Am siebzehnten April, so wie deiner.« Sie versuchte sich an einem Lächeln, aber es misslang ihr. »Ein Lichtblick.« Ihre Augen füllten sich mit Tränen.

Er zog sie in die Arme. »Es ist okay, Liebes.«

»Nein, das ist es nicht. Alles, was ich über mich zu wissen glaubte, ist eine Lüge.« Sie vergrub zitternd und weinend das Gesicht an seinem Hals.

Er streichelte ihren Rücken, während es ihm fast das Herz zerriss. »Es mag sich sicherlich so anfühlen, aber das stimmt nicht. Was du über deine Familie und deine Herkunft gedacht hast, war eine Lüge, aber was in deinem Herzen ist und die Person, die du bist, das hat sich nicht geändert. Diese Dinge mögen sich verändern, während du lernst und wächst und die Teile deines Lebens wieder zusammensetzt, aber ein Name ändert nicht, was für eine Person du bist.« Er zog sich zurück und legte ihr die Hände an die Wangen. »Ich weiß, dass das beängstigend und verwirrend ist und höllisch wehtut. Dein ganzes Leben wurde auf den Kopf gestellt. Aber selbst wenn du dich jetzt gerade nicht so fühlst, kann ich dir versichern, dass du eine starke, fähige Frau bist, und das kann dir nichts und niemand nehmen.« Sie nickte, während er ihr mit den Daumen die Tränen abwischte.

»Ich weiß, dass du recht hast, aber es ist alles so beängstigend. Ich soll jemand sein, den ich nicht kenne. Deine Mom hat mir einen Flyer mit einem Bild von Casey – von mir –

gezeigt, und es war so, als würde ich eine Fremde anschauen.«

»Du musst einfach nur ein bisschen genauer hinsehen.« Er holte seine Brieftasche heraus und entnahm ihr den Flyer.

»Wie lange hast du den schon?«

»Seit einer ganzen Weile. Deine Schwester hat über den Sommer einen Privatdetektiv engagiert, und alle Chapter der Dark Knights wurden informiert. Seitdem trage ich ihn bei mir und starre das Bild an. Ich habe eine Verbindung dazu gespürt und hatte keine Ahnung, wieso. Da lag etwas in deinen Augen, das ich nicht aus dem Kopf bekommen konnte. Schon als ich dich bei den Finchs zum ersten Mal gesehen hab, war ich mir sicher, dass du Casey bist. Aber dann hast du deinen Onkel erwähnt, und da die wenigen Menschen, mit denen ich über das Alterungsfoto auf dem Flyer gesprochen habe, die Ähnlichkeit nicht für markant hielten, bin ich dem nicht weiter nachgegangen. Aber als wir uns neulich Abend unterhalten haben, fiel es mir wie Schuppen von den Augen. Die Neuankömmlinge, die ihre Namen ändern mussten, was du durchgemacht hast, dass du nie das Gefühl gehabt hast, dort reinzupassen … Ich weiß nicht, warum, aber ich konnte spüren, dass du Casey bist.«

»Warum hast du nichts gesagt oder mir das Foto gezeigt?«, fragte sie.

»Weil du schon genug durchgemacht hast, und was wäre gewesen, wenn ich falsch gelegen hätte? Ich bin kein Therapeut. Ich war mir nicht sicher, ob es dir irgendwie wehtun könnte, wenn ich es dir zeigte.«

»Du machst dir immer Sorgen um mich«, sagte sie leise, aber auch mit einer leichten Schärfe.

»Ich werde mich nicht dafür entschuldigen.«

»Das will ich auch gar nicht. Das war eine Feststellung, keine Beschwerde.« Sie runzelte die Stirn und musterte das

Flugblatt. »Ich wünschte mir, ich würde dieses kleine Mädchen kennen. Sie sieht so aus, als könnte sie es mit der ganzen Welt aufnehmen.«

»Genau wie die Frau, die gerade neben mir sitzt.«

Sie blickte ihn ungläubig an und schüttelte den Kopf.

»Du fühlst dich jetzt vielleicht nicht so, aber du bist eine Überlebende, Sully. Du hast viel, viel mehr gesehen und erlebt als dieses unschuldige kleine Mädchen, und man hat dich gezwungen, diesen Ich-nehme-es-mit-der-ganzen-Welt-auf-Charakterzug zu verstecken. Aber du hast nicht den Willen verloren, es mit ihr aufzunehmen, und wenn ich dir in die Augen blicke, sehe ich all diese wunderschöne, ruhige Stärke und noch so viel mehr.«

Sie seufzte tief, aber es war ein Laut der Erleichterung, mit dem sie sich in die Sofapolster sinken ließ und sich an ihn lehnte. Er legte einen Arm um sie und zog sie an sich.

»Ich habe mich mein ganzes Leben lang allein gefühlt. Ich wusste, dass ich nicht in die Sekte gehörte, aber ich hatte sonst keinen Ort, wo ich hingehen konnte. Nur dass es eben doch einen gab. Ich hatte die ganze Zeit eine Schwester, und das haben sie uns beiden genommen.« Tränen strömten ihr über die Wangen. »Es ist so unfair.«

Er hielt sie fester, und in seinem Hals bildete sich ein Kloß. »Ich weiß, Liebes. Es tut mir so unendlich leid.«

»Ich bin so wütend, dass ich schreien oder gegen etwas treten möchte, aber für beides bin ich emotional zu erschöpft.«

Er drückte ihr einen Kuss auf die Stirn und wünschte sich, er wüsste, was er sagen sollte, aber er hatte das Gefühl, dass sie es sich einfach von der Seele reden musste.

Sie wischte sich über die Augen und atmete ein paarmal ein und aus, wobei sie sich noch mehr gegen ihn schmiegte. »Ich bin so dankbar dafür, dass ich dich und deine Familie habe. Hier fühle ich mich nie allein.«

»Und du wirst nie wieder allein sein. Du hast uns, und jetzt hast du auch Verwandte.« In Anbetracht dieser bittersüßen Wahrheit zog er sie ein bisschen enger an sich. Dass sie ihre Familie gefunden hatte, bedeutete höchstwahrscheinlich auch, dass sie die Ranch verlassen würde.

»Ich hatte Eltern, die mich geliebt haben, und ich kann mich nicht einmal an sie erinnern«, murmelte sie zitternd.

»Ich weiß, Baby, und ich wünschte mir, ich könnte das ändern. Aber zumindest hast du jetzt ein paar Antworten. Sie erklären, warum du nie das Gefühl hattest, dort dazuzugehören, und warum du dich als kleines Mädchen im Haus am sichersten gefühlt und dir Sorgen gemacht hast, dass man dich aus der Anlage entführen könnte. Darum hast du immer gewusst, dass mit dem, was dort passierte, irgendetwas nicht stimmt. Mag sein, dass du dich nicht mehr an die Zeit mit deiner Familie erinnerst, aber irgendwo in deinem Kopf und in deinem Herzen sind noch all die Dinge, die deine Eltern dir beigebracht haben. Die Liebe, die sie dir entgegengebracht haben, und die Werte, die sie dir vermittelt haben, beispielsweise was richtig und falsch ist, und wie eine Familie aussehen sollte. All das ist irgendwo da drin und wird immer dort bleiben.«

»Aber ich erinnere mich nicht an sie.« Abermals musste sie weinen. »Ich kann ihre Gesichter nicht sehen und ihre Stimmen nicht hören. Ich kann mich nicht daran erinnern, wie sie mich in den Arm genommen haben. Ich wünschte nur …«

Er legte auch den anderen Arm um sie und hielt sie, während sie weinte. »Ich wünschte, ich könnte sie für dich zurückholen«, flüsterte er. Ihre Tränen erschütterten ihn bis ins Mark. »Zumindest weißt du jetzt, dass du eine Schwester hast, die dich liebt, und das ist ein Segen.«

»Das sollte es sein. Aber ist es das wirklich?« Sie zog sich zurück und wischte sich die Tränen ab. »Sie werden Jordan Bescheid geben, dass ich hier bin, und deine Mom hat mich gefragt, ob ich bereit wäre, mich mit ihr zu treffen.«

»Und was meinst du dazu?«

»Ich habe ihr gesagt, dass ich das gern tun möchte, aber ich habe Angst, dass es sich wie ein Treffen mit einer Fremden anfühlen wird. Deine Mutter meinte, dass Jordan fünf Jahre älter ist als ich und sich an alles über mich erinnert. Was mache ich, wenn sie jetzt enttäuscht ist, weil ich mich an gar nichts erinnere?«

»Niemand, der dich trifft, könnte *jemals* enttäuscht sein. Sie hat so lange nach dir gesucht, dass sie vor Freude außer sich sein wird, dass du in Sicherheit bist und es dir gut geht. Ich bin mir sicher, dass sie genauso überwältigt und nervös sein wird wie du, und man weiß ja nie; wenn du dich mit ihr triffst, fängst du vielleicht wieder an, dich zu erinnern.«

Sie lehnte sich erneut an ihn. »Genau das hat deine Mom auch gesagt.«

»Das wäre doch gut, oder nicht?«

»Mag sein«, erwiderte sie frustriert. »Ich traue mich nicht, auf irgendetwas zu hoffen oder an irgendetwas zu glauben. Momentan fühlt sich nichts wirklich echt an.«

Er legte seine Hand auf ihre und verflocht ihre Finger miteinander. »Das kann ich verstehen.«

»Aber ich glaube an dich«, erwiderte sie sanft und fuhr mit ihrem Zeigefinger um die Schnitte und Prellungen auf seinem Handrücken.

Sein Brustkorb zog sich zusammen. »Ich glaube auch an dich, und ich weiß, dass es ein langer, harter Weg sein wird, aber ich gehe nirgendwohin. Ich helfe dir, so gut ich kann.«

»Danke.« Es war kaum mehr als ein Flüstern. »Der FBI-Mann hat gesagt, dass alle Medien darüber berichten werden, wenn sie der Sekte das Handwerk legen, und dass ich irgendwann mit dem zuständigen Staatsanwalt sprechen muss, aber das geht möglicherweise auch als Videokonferenz. Würdest du dabei an meiner Seite sein, wenn sie das erlauben?«

Er hielt ihre Hand ein bisschen fester. »Ich werde tun, was auch immer du brauchst und wann immer du es brauchst.«

»Ich habe ihn gefragt, was mit Ansel und seiner Familie passieren wird, und er sagte nur, dass man sie in Sicherheit bringen und sich um sie kümmern wird.«

»Das ist nicht das erste Rodeo für das FBI. Sie schützen die Unschuldigen, und ich werde versuchen, so viel wie möglich über Ansel und seine Familie herauszufinden, sobald sich der Staub gelegt hat. Haben sie dir versprochen, dass sie deinen Namen und die Finchs und alles über deinen Aufenthaltsort aus den Berichten raushalten werden, damit die Medien nicht herkommen und mit dir reden wollen? Es sollte keine öffentlich bekannte Verbindung zwischen Sullivan Tate und Casey Lawler geben.«

»Ja, und ich bin froh darüber.«

»Weißt du, diese Flyer sind seit dem Sommer in allen sozialen Netzwerken zu sehen. Wenn die Menschen jemals herausfinden, dass du Casey bist, wird sich die Öffentlichkeit hinter dich stellen. Deine Geschichte wird Millionen von Menschen Hoffnung machen, weil ziemlich viele vermisste Kinder niemals wieder auftauchen.«

»Das ist so traurig. Wenn ich nicht geflüchtet wäre, würde ich auch dazuzählen. Es freut mich, wenn ich anderen Menschen Hoffnung schenken kann, aber alles, was ich will, ist ein normales Leben zu führen, und jetzt weiß ich nicht einmal mehr, wer ich bin, und ich werde für alle immer das Mädchen sein, das der Sekte entkommen ist. Ich werde nie ein normales Leben haben.«

»Doch, das wirst du.« Irgendwie würde er schon dafür sorgen.

»Nicht wenn die Menschen herausfinden, dass ich Casey bin. Du hast selbst gesagt, dass diese Flugblätter überall in den Medien gewesen sind. Wenn mich jemand wiedererkennt, so wie du es getan hast, oder wenn es sich irgendwie herumspricht, werden alle wissen, was ich durchgemacht habe. Sobald das mit der Sekte bekannt wird, werden auch alle wissen, dass ich vergewaltigt und gebrandmarkt wurde und ...« Weinend vergrub sie das Gesicht an seiner Seite.

Er hielt sie fester und zwang sich, seinen Zorn zu zügeln. »Was sie wissen werden, ist, dass du das Opfer eines kranken Mannes und der feigen Mistkerle in seiner Gefolgschaft bist. Es gibt nichts, dessen du dich schämen müsstest. Deine Taten bewahren all die anderen Mädchen davor, genau das Gleiche durchzumachen, und das macht dich verdammt noch mal zu einer Heldin.« Er hob ihr Kinn an, sah die Qual in ihren Augen, und es zerriss ihm das Herz. »Genau das werden sie sehen, Sully, so wie ich auch. Aber wenn das zu viel für dich ist oder wenn du dich nicht damit auseinandersetzen willst, kannst du deinen Namen immer noch ändern. Das ist dein Leben, das du zu deinen Bedingungen führst.«

Sie sah blinzelnd zu ihm auf und ein leises Lächeln umspielte ihre wunderschönen Lippen. »Da muss ein Engel auf meiner Schulter gesessen haben, der mich hierhergebracht hat.«

»Genau den Gedanken hatte ich auch.« Er wollte sie so unbedingt küssen, sie wissen lassen, dass er sie immer beschützen würde. Aber sie war nicht sein Mädchen, und mit diesen neuen Informationen konnte sie morgen schon fort sein, also küsste er sie nur auf die Stirn statt auf die Lippen. »Möchtest du dich ein bisschen hinlegen und ausruhen?«

Sully nickte und beugte sich vor, um sich die Stiefel auszuziehen. Sie stellte sie beiseite und stand auf. »Du brauchst nicht zu bleiben, wenn du noch zu arbeiten hast.«

»Ich gehe nirgendwo hin, außer du möchtest, dass ich gehe.«

»Würdest du dich dann mit mir zusammen hinlegen und mich einfach nur in den Armen halten? Ich fühle mich am sichersten, wenn ich mit dir zusammen bin, und ich möchte nicht allein sein.«

Bei diesen Worten ging ihm das Herz auf. »Es gibt nichts, das ich lieber tun würde.«

Cowboy erwachte vom Vibrieren des Handys in seiner Tasche und dem Gefühl von Sully, die in seinen Armen tief und fest schlief. Es war dunkel geworden, und er warf einen Blick auf die Uhr auf dem Nachttisch: 20:25 Uhr. Sie hatten das Abendessen verschlafen. Vorsichtig zog er sein Handy hervor und sah, dass der Anruf von seiner Mutter kam und dass ihm mehrere Nachrichten von seinen Geschwistern entgangen waren. Leise stieg er aus dem Bett, verließ das Schlafzimmer und schloss die Tür hinter sich, bevor er den Anruf annahm. »Hey, Mom.«

»Hi, Schatz. Wir haben euch beim Abendessen vermisst. Wie geht es Sully?«

»Sie ist überwältigt, aber jetzt schläft sie.«

»Gut. Das arme Mädchen fühlt sich wahrscheinlich wie

durch den Fleischwolf gedreht. Reggie hat angerufen. Sullys Schwester und ihre Tante und ihr Onkel kommen morgen vorbei, um sie zu besuchen. Wenn sie mit mir sprechen will, nachdem sie aufgewacht ist, bring sie einfach zum Haus herüber, egal wie spät es ist.«

»Okay.«

»Falls sie heute Abend lieber nicht mehr mit mir reden möchte, können wir uns morgen früh treffen, bevor ihre Familie hier ist.«

»Ich richte es ihr aus. Habt ihr diese Leute überprüft? Ich weiß, dass die Frau ihre Schwester ist, aber ist sie auch ein guter Mensch?«

»Ja, Schatz. Reggie hat Jordan und ihre Tante und ihren Onkel bereits überprüft, und dein Vater und ich haben vor einer Weile mit ihr telefoniert. Sie ist eine ganz Liebe, und du wirst kaum glauben, mit wem sie verlobt ist: mit Zevs Bruder Jax Braden.« Zev war der Mann von Carly, die zusammen mit Birdie das Schokoladengeschäft führte, und die beiden wohnten abwechselnd in Colorado und an der Ostküste.

Er fühlte sich gleich besser. Treat hatte ungefähr eine Million Cousins, und auch wenn es Cowboy schwerfiel, sie alle auseinanderzuhalten, hörte er schon seit Jahren von ihnen, und es gab nicht ein einziges schwarzes Schaf in der Herde. »Welcher Braden ist das genau?«

»Jax ist der Brautkleiddesigner, der Zwillingsbruder von Jillian.«

»Richtig, er ist der Extravagante. Netter Mann. Jetzt erinnere ich mich an ihn. Ich habe ihn auf Carlys Hochzeit kurz kennengelernt.«

»Da ist noch eine Sache. Ich weiß nicht, ob du die Nachricht schon gesehen hast, aber die Sekte wurde aufgelöst. Der

Anführer und mehrere seiner Untergebenen wurden verhaftet, und andere werden noch verhört. Sie haben ein Waffenarsenal gefunden, und die Mitglieder, die nach Sully gesucht haben, sind nicht über die Grenzen von West Virginia rausgekommen. Sie wurden ebenfalls verhaftet. Sully ist also in Sicherheit. Niemand ist mehr hinter ihr her.«

Wurde auch verdammt noch mal Zeit.

»Es ist überall im Internet. Dein Vater hat mit deinen Schwestern gesprochen, und auch alle anderen waren neugierig, warum das FBI hier aufgetaucht ist, darum haben wir ein Meeting abgehalten, um ihre Fragen zu beantworten und sicherzustellen, dass Sullys Name und Aufenthaltsort vertraulich bleiben. Es wäre vielleicht eine gute Idee, sie heute Abend vom Fernseher fernzuhalten.«

»Wäre es nicht gut für sie, sich das anzusehen, um damit abschließen zu können?«

»Ja, aber da sie sich heute schon mit so vielen anderen Dingen auseinandersetzen muss, wäre es vielleicht am besten, wenn sie sich das erst morgen früh anschaut, nachdem sie sich ausgeschlafen hat. Sullivan Tate wurde nirgendwo erwähnt. Hoffentlich bleibt es so. Wie hältst du dich?«

»Mir geht es gut, ich mache mir nur Sorgen um Sully. Kannst du mir einen Gefallen tun? Bitte Dad darum, herauszufinden, wo sich Sullys Freund Ansel und seine Familie aufhalten. Sie macht sich Sorgen um sie.«

»Sicher doch, aber das könnte ein paar Tage dauern.«

»Das habe ich mir schon gedacht. Ich werde mit Sully reden und gebe dir Bescheid, wenn sie heute Abend noch vorbeikommen möchte.«

»Gut. Soll ich euch beiden etwas zu essen vorbeibringen?«

»Nein danke. Ich kümmere mich darum, wenn sie Hunger

bekommt.«

Nachdem er den Anruf beendet hatte, las er die verpassten Nachrichten von seinen Geschwistern.

Dare: *Hey, Mann. Wie hält Sully sich? Billie und ich sind hier, falls sie etwas braucht.*

Doc: *Gut, dass du diese Arschlöcher zuerst erwischt hast. Bin hier, wenn du mich brauchst.*

Sasha: *Ich habe von Sully gehört. Kann ich ihr irgendwie helfen? Geht es ihr gut?*

Birdie: *Heiliges Kanonenrohr. Wie geht es Sully? Ihre Geschichte ist überall in den Nachrichten. Warum hast du mir nichts davon erzählt? Wir hätten dort hinfahren und den Arschlöchern eine Abreibung verpassen können!*

Er schmunzelte über Birdies Text, und das Verrückte daran war, dass sie es auch ernst meinte. Er schrieb eine Gruppennachricht. *Sully ruht sich aus. Wir brauchen aktuell nichts. Ich weiß eure Unterstützung zu schätzen, und ich weiß, dass sie das auch tut.*

Er steckte sein Handy wieder ein und kehrte ins Schlafzimmer zurück. Sie schlief immer noch tief und fest. Dieses süße, gertenschlanke Mädchen brach ihm das Herz. Er wollte sie vor allem und jedem beschützen, aber er wusste, dass sie recht hatte mit dem, was passieren würde, wenn es sich herumsprach. Zu viele Menschen würden sie als *das Mädchen aus der Sekte* betrachten. Er nahm sich vor, mit seiner Mutter über dieses gigantische Was-wäre-wenn zu sprechen und sie zu fragen, ob sie ein paar Vorschläge hatte. Aber das konnte warten.

Alles konnte warten.

Er legte sich hinter Sully ins Bett und schlang einen Arm um sie. Sie kuschelte sich an ihn, und er vergrub das Gesicht in ihren Haaren, atmete die Gerüche von Lavendel und der süßen, verängstigten Sully ein. Ihre Hand rutschte seinen Unterarm hinunter und blieb auf seiner Hand liegen, die sie an ihre Brust presste. Es war eine unschuldige Bewegung. Sie schlief, Herrgott noch mal, aber er mochte sie zu sehr, und sein Körper reagierte darauf. Von Schuldgefühlen geplagt rückte er von ihr ab, um Abstand zwischen ihren Hintern und seine Erektion zu bringen. Aber sie presste seine Hand enger an ihre Brust, während sie die Hüften bewegte und zurückrutschte, bis sie wieder eng an ihn geschmiegt dalag. Ihm kam flüchtig der Gedanke, dass sie vielleicht gar nicht wirklich schlief, aber er spürte ihr Herz regelmäßig schlagen.

Er schickte eine lautlose Nachricht an sein bestes Stück: *Deshalb sind wir nicht hergekommen. Beruhige dich, verdammt noch mal!* Dann schloss er die Augen und konzentrierte sich auf das Vertrauen, das sie in ihn hatte, statt auf die Gefühle, die sie in ihm weckte.

Sully erwachte langsam aus einem köstlichen Traum, in dem Callahans Lippen auf ihren gelegen hatten und in dem sein verführerischer wilder Duft, die Wärme seines großen Körpers, der sich an sie schmiegte, und seine Hand auf ihrer Brust im Mittelpunkt standen. Ihr Herzschlag beschleunigte sich, und sie riss die Augen auf, die sich langsam an die Dunkelheit gewöhnten. Es war 22:38 Uhr. Sie bewegte nicht einen Muskel und genoss das Gefühl, nicht nur frei von Angst, sondern von Verlangen überwältigt in den Armen eines Mannes aufzuwachen. Wie konnte sie so viel Gutes spüren, wo sie doch so große Sorgen hatte?

»Bist du wach, Liebes?«, flüsterte er an ihrem Hals.

Ihre Nerven kribbelten, und sie drehte sich in seinen Armen um. »Hab ich dich geweckt?«

»Nein. Ich bin vor zwei Stunden aufgestanden, um einen Anruf entgegenzunehmen, und als ich zurückgekehrt bin, hast du meine Hand dort hingezogen, *wo sie die ganze Zeit lag.*« Letzteres sagte er in einem spielerischen Tonfall und schenkte ihr ein atemberaubendes Lächeln. »Und du hast deinen Hintern dort hinbewegt, *wo du deinen Hintern hinbewegt hast*, und ... *Na ja.* Ich konnte nicht mehr schlafen, aber ich wollte mich nicht bewegen, weil du dich eng an mich angekuschelt und deinen Schlaf gebraucht hast.«

»Du meine Güte, machst du Witze?« Ihre Wangen brannten. »Erst siehst du mich nackt. Dann lege *ich deine* Hand auf meine ...?« Sie vergrub ihr Gesicht an seiner Brust. »Entschuldige.«

»Ich beschwere mich nicht.« Er hob ihren Kopf an. »Abgesehen davon verstehe ich es. Du hast von mir geträumt.« Er wackelte mit den Augenbrauen.

»Das habe ich nicht.« Sie war nicht dazu bereit, die peinliche Wahrheit zuzugeben.

Er senkte die Stimme. »Ich könnte es dir nicht verdenken.«

»Würdest du bitte damit aufhören?«

Sie mussten beide lachen, und er stützte sich auf die Ellbogen, sodass sie einander anblickten. »Kannst du die Verlegenheit jetzt bitte ablegen?«

»Ich hoffe es.« Er hatte ein Händchen dafür, die peinlichsten Situationen mit Humor zu nehmen, und das mochte sie wirklich an ihm.

»Gut.« Er wurde ernst. »Der Anruf war von meiner Mutter. Es gibt Neuigkeiten.«

Sie war sich nicht sicher, ob sie noch weitere Neuigkeiten vertragen konnte. »Gute oder schlechte?«

»Großartige Nachrichten. Die Männer, die dir wehgetan haben, sind verhaftet worden.«

Sie riss die Augen auf. »Wirklich?«

»Ja. Es ist vorbei. Die Sekte wurde aufgelöst, und du brauchst dir keine Sorgen mehr zu machen, dass sie hinter dir her sein könnten.«

Sie warf die Arme um ihn, ihr Herz raste, und Gelächter und Tränen brachen sich Bahn. »Danke.«

»Das warst alles du.«

»Nein. Das wart auch ihr alle. Du und die Dark Knights, ihr habt mich beschützt, und Wynnie hat mich davon überzeugt, den DNA-Test machen zu lassen, und ihr beide habt mich dazu ermutigt, etwas zu unternehmen und nicht nur einfach so zu tun, als wäre es nicht geschehen.« Sie stützte sich auf einen Ellbogen, damit sie einander wieder ins Gesicht sehen konnten. Ihr Herz und ihre Gedanken rasten. »Ich kann gar nicht glauben, dass es vorbei ist. Mir ist schon klar, dass ich eine Zeugenaussage machen muss und noch mehr kommen wird, aber ... Ich bin wirklich frei.«

»Du bist wirklich frei, Liebes, und ich habe noch mehr Neuigkeiten. Morgen kommt deine Familie, um dich zu besuchen.«

Angst machte sich wie ein Buschfeuer in ihr breit. »Schon? Das ging aber schnell.«

»Sie suchen schon seit langer Zeit nach dir. Bestimmt sind sie sehr aufgeregt, weil sie dich treffen werden. Deine Schwester, deine Tante und dein Onkel werden morgen Vormittag hier sein.«

Ihre Nerven gingen mit ihr durch, und all ihre Sorgen platzten aus ihr heraus. »Was wird dann passieren? Was mache ich, wenn sie mich nicht mögen? Oder wenn ich sie nicht mag? Wie reagiere ich, wenn sie wollen, dass ich mit ihnen nach Maryland zurückkehre? Ich will hier nicht weg. Wynnie hilft mir so sehr, und …« *Ich will dich nicht verlassen.* »Darf ich überhaupt hierbleiben, wenn sie Anspruch auf mich erheben?«

»Ganz ruhig, Sully.« Er legte ihr die Hände an die Wangen und streichelte sie mit dem Daumen. Sein beruhigender Tonfall war ebenso besänftigend wie seine Berührung. »Erstens erhebt niemand Anspruch auf irgendjemanden. Die reale Welt ist nicht wie die Sekte. Du gehörst zu ihrer Familie – das ist eine Tatsache –, aber das ist nur eine Blutsverwandtschaft. Teil einer Familie zu sein heißt nicht, dass du diesen Leuten gehörst oder dass sie dir vorschreiben können, was du zu tun hast oder wohin du gehst. Niemand – weder wir noch sie oder sonst irgendjemand – hat das Recht, diese Entscheidungen für dich zu treffen.«

Erleichtert atmete sie aus. »Ich weiß, dass du recht hast, aber diese Gewissheit zu haben und wirklich daran zu glauben, fällt mir schwerer, als man denken sollte. Was machen wir, wenn wir einander nicht mögen? Kann ich dann hierbleiben? Ist das überhaupt eine Option?«

»Ja. Du kannst so lange bleiben, wie du möchtest, aber sie sind deine Familie und somit ebenfalls wichtig. Und wenn du dich dafür entscheidest, mit ihnen mitzugehen, kannst du jederzeit hierher zurückkehren. Du wirst hier immer einen sicheren Ort haben, und du wirst immer einen Platz bei mir haben.«

»Meinst du das wirklich?«, fragte sie vorsichtig.

»Ja.«

Sein Gesichtsausdruck war so ernst, die Ehrlichkeit in seinem Blick legte sich wie eine Umarmung um sie und rief eine weitere Welle der Erleichterung hervor. Sie rückte näher an ihn heran. Er war zu ihrem sicheren Ort geworden, ihrem Anker, ihrer Ruhe im Angesicht eines Sturms, und während sich ihr Herzschlag beruhigte, wünschte sie sich, dass sie für immer hier in seinen Armen bleiben könnte. Seine Hand ruhte fest auf ihrem Rücken und hielt ihre Körper nah beieinander. Sie war sich jedes harten Zentimeters seines Körpers überdeutlich bewusst, was sie sich noch nie zuvor gestattet hatte, und das Verlangen schoss heiß und gierig durch ihren Körper.

»Alles, was ich sage, meine ich auch so.« Er küsste sie zärtlich auf die Stirn und hielt sie eng an sich gedrückt.

Seine Lippen waren so warm und weich, dass sie sich verzweifelt zu erfahren wünschte, wie sie sich auf ihrem Mund anfühlen würden. Sie spürte, wie sich sein Herzschlag beschleunigte. Wollte er sie genauso, wie sie ihn begehrte? Sie lehnte sich gerade so weit zurück, dass sie sein Gesicht sehen konnte, und ihre Blicke trafen sich. Diese unfassbaren Emotionen in seinen Augen schienen nach ihr zu rufen und dafür zu sorgen, dass sie ihn sogar noch mehr wollte.

»Was ist? Was brauchst du?«

Was wäre, wenn ihre Verwandten sie morgen davon überzeugten, mit ihnen zu gehen, und wenn die heutige Nacht alles war, was sie je haben würden? Sie wollte sich nicht einmal vorstellen, hier wegzugehen, aber noch weniger wollte sie ihr ganzes Leben lang darauf verzichten, ihn je geküsst zu haben. Bevor sie zu viel darüber nachdenken konnte, antwortete sie »*Dich*« und berührte seine Lippen mit ihren.

Er erwiderte ihren Kuss nicht.

Enttäuscht zog sie sich zurück. »Bitte entschuldige, wenn du das nicht gewollt hast.«

Er hielt sie noch fester, und sein eindringlicher Blick rief weiterhin nach ihr, aber sein Gesicht glich einer Maske purer Zurückhaltung. »Du hast ja keine Ahnung, wie sehr ich das will, Sully. Das und noch so viel mehr. Aber wir wissen nicht, wie lange du hier sein wirst, und bei all dem, was du durchmachst, will ich nicht, dass du deine Gefühle für mich mit etwas anderem verwechselst und es später bereust.«

»Meine Gefühle für dich sind das Einzige, worüber ich mir völlig im Klaren bin.« Ihre Worte kamen schnell und überzeugt heraus, direkt aus ihrem Herzen. »Ich habe mein ganzes Leben lang damit verbracht, das zu tun, was alle anderen von mir verlangen. Ich weiß, dass meine Zukunft unsicher ist, aber ich weiß auch, was ich jetzt gerade fühle, und das ist es, worauf es ankommt. Ich werde unmöglich irgendetwas bereuen können, was ich mit dir mache, weil das Zusammensein mit dir das ist, was ich will. Bitte versuch nicht, mir diese Entscheidung abzunehmen.«

»Das werde ich nicht tun, und es tut mir leid, wenn das so rüberkam.« Er streifte ihre Lippen mit seinen und flüsterte: »*Sully.*« Die Hitze in seiner Stimme und die neckende Art, wie seine Lippen die ihren erneut berührten, beschleunigten ihre Atmung und weckten ihr Verlangen nach mehr. Er ließ die Zunge über ihre Unterlippe gleiten und brachte damit ihr Innerstes zum Prickeln. »So süß.« Seine Worte waren voller Verlangen, steigerten ihre Vorfreude, während er ihren Mundwinkel küsste und seine Hand ihren Rücken hoch und in ihre Haare gleiten ließ. Ihre Herzen schlugen im gleichen rasenden Rhythmus, und ein Inferno loderte zwischen ihnen, als er ihr tief in die Augen sah, ohne ein Wort zu sagen. Das war auch gar nicht nötig. Sie spürte sein Verlangen genauso mächtig wie seine Zurückhaltung und wusste, dass er ihr die Möglichkeit zu einem Rückzieher gab, aber nicht ein einziger Teil von ihr wollte das.

»Küss mich«, flehte sie.

»Ein Kuss wird niemals ausreichen«, erwiderte er rau.

Die Worte, die genauso gut aus ihrem Herzen hätten kommen können, verschlugen ihr den Atem, während sein Mund sich zu einem herrlichen, sinnlichen Kuss auf ihren senkte und sich ihr Verlangen mit jeder Liebkosung seiner Zunge steigerte. Er schmeckte süß und heiß und küsste sie, hielt sie in den Armen, als hätte er sein Leben lang darauf gewartet. Wie war es möglich, dass sie sich schon nach nur einem Kuss so besonders fühlte?

Aber dies war nicht einfach nur ein Kuss. Er war weich und süß und dunkel und erotisch, Freiheit und Verbundenheit verflochten mit weißglühender Erfüllung. Es war alles.

Sully klammerte sich an ihn, während er den Kuss intensivierte und sie auf den Rücken sinken ließ. Sie konnte von seinem Mund nicht genug bekommen und erwiderte seine Zärtlichkeiten heißhungrig, nahm genauso viel, wie er ihr gab, und *oh!*, wie freigiebig er war! Seine Zunge tauchte tiefer ein, erkundete die Landschaft ihres Mundes. Sie war noch nie so ausgiebig, so köstlich geküsst worden, und das weckte in ihr den Wunsch nach so viel mehr. Sie drängte sich ihm entgegen, legte ihm die Hände auf den Rücken, spürte, wie sich seine Muskeln unter ihrer Hand anspannten, so sehr beherrschte er sich. Als sich ihre Lippen voneinander lösten, sah er ihr tief in die Augen. Seine waren von Lust und von etwas Größerem verschleiert.

»Mehr«, drängte sie ihn und zog seinen Mund wieder auf ihren zurück. Dann küsste er sie, als könnte auch er niemals genug davon bekommen. Seine Zunge tastete, nahm, beanspruchte, ergriff Besitz von ihr, und zum ersten Mal in ihrem

Leben wollte sie beansprucht werden. Seine heiße Hand wanderte über ihre Hüfte und zu ihren Rippen, sein Daumen strich zart über ihre Brust. Sie stöhnte in ihre Küsse hinein, wölbte sich ihm entgegen, und er gab das sinnlichste gutturale Geräusch von sich, das sie je gehört hatte. Als er ihre Brust mit einer Hand umfing, jagte er Hitzeschauer durch ihr Innerstes, die sich tief unten in ihrem Bauch sammelten. »Es ist so wundervoll, dich zu küssen«, murmelte er an ihrem Mund und küsste sie so sinnlich, dass sich Hitze zwischen ihren Schenkeln ausbreitete. Seine warmen, heißen Lippen zogen eine Spur über ihren Kiefer und ihren Hals, seine Hand glitt ihre Rippen hinunter bis zum Saum ihres Shirts, streichelte ein entblößtes Stück Haut.

»Berühr mich«, stieß sie hervor.

Sein Mund senkte sich zu einem überwältigenden Kuss auf ihren, während er eine Hand unter ihr Shirt schob und durch den BH mit der zarten Knospe spielte. Sie wand sich unter ihm, wollte seine Hand auf ihrer Haut spüren. Er küsste ihren Hals und saugte fest genug, dass sich ihre Mitte vor Verlangen zusammenzog. »Oh Gott«, stieß sie mit einem langen Atemzug hervor. Was war das nur für ein Zauber, den er wirkte, der sie fühlen und begehren und verlangen ließ? Ihre Münder fanden sich erneut, und er fuhr mit der Zunge ihre Lippen nach. Sie hörte sich selbst wimmern, und er liebkoste weiterhin ihre Lippen und ihre Brüste, bis sie keuchte und sich rhythmisch bewegte. Er bahnte sich eine Spur aus Küssen ihren Hals hinunter, schob seine Hand hinter sie und griff nach dem Verschluss ihres BHs. Vorfreude stieg in ihr auf.

»Sag mir, wenn ich aufhören soll, Baby. Du bestimmst, was zwischen uns geschieht.«

»Ich will nicht, dass du aufhörst«, erwiderte sie atemlos.

Er öffnete ihren BH und senkte seinen Mund auf ihren, küsste sie langsam und genüsslich. Emotionen brachten die Luft zwischen ihnen zum Knistern. Sanft legte er eine Hand auf ihre nackte Brust. Die zärtliche Liebkosung seiner rauen Haut ließ sie lang und tief stöhnen. Als er ihre Knospe mit dem Daumen und dem Zeigefinger rieb, waberte die Hitze in ihrem Körper herunter und sammelte sich in ihrer Mitte. Er vertiefte ihre Küsse und drückte ihre Brustwarze gerade fest genug, um loderndes Verlangen zwischen ihre Beine zu schicken. Sie hob ruckartig das Becken an, und als er es abermals tat, drang ein lustvolles Stöhnen aus ihrem Mund. Mit Feuer in den Augen zog er sich zurück und hielt ihren Blick fest, während er ihr das Shirt und den BH auszog. Er schien sie mit den Augen zu verschlingen, sie in sich aufzusaugen, und sein Verlangen erregte sie sogar noch mehr. Sie hatte noch nie zuvor etwas so sehr gewollt, und sie hatte nicht vor, sich jetzt zurückzuhalten.

»Du bist wunderschön, Baby«, sagte er heiser.

»Ich will deine Haut auf meiner spüren.« Sie zerrte an seinem Hemd.

Er zog sich das Hemd aus. Beim Anblick seiner makellosen breiten Brust mit nur einem Hauch von Haaren darauf und seines stark muskulösen Torsos blieb ihr beinahe das Herz stehen, denn er sah so umwerfend aus, dass sie seinen ganzen Körper berühren und ablecken und küssen wollte. Er senkte den Kopf und überhäufte ihre Brüste mit Küssen und Zärtlichkeiten. Jede Berührung seiner Lippen löste einen weiteren Hitzeschub aus. Als seine Zunge um ihre Knospen spielte, seufzte sie: *»Oh, ja.«* Er wiederholte es, wobei ihr der Atem stockte, und senkte seinen heißen Mund auf ihre Brustwarze, liebkoste sie und saugte daran. Sie drängte sich ihm entgegen, schob die Hände in seine Haare, hielt ihn dort fest, während er sie um den Verstand brachte. Er verlagerte das Gewicht und legte eine Hand auf ihre Brust, ließ den Mund von der einen zur anderen wandern, leckte sie, saugte daran und fuhr mit den Zähnen über ihre empfindliche Haut. Bei jeder seiner Berührungen sog sie scharf die Luft ein. Seine Hände blieben auf ihren Brüsten ruhen und streichelten sie, während er sich seinen Weg ihren Bauch hinunter küsste, sie zwickte und an ihrer Haut saugte, bis ihr schwindelig vor Verlangen war und sie atemlos nach mehr verlangte. Aber mehr hatte sich nie gut angefühlt. Er küsste sie bis kurz vor dem Bund ihrer Jeans und berührte den Knopf, um sie dann fragend anzusehen.

Sie nahm all ihren Mut zusammen. »Ich möchte, dass du mich berührst, aber nichts hat sich … da unten je gut angefühlt.«

»Wir haben keine Eile. Wir können warten.« Er küsste sie unterhalb des Bauchnabels.

»Nein«, erwiderte sie drängend. »Mit dir ist alles anders. Ich möchte es versuchen, aber möglicherweise reagiere ich nicht so, wie du es dir erhoffst.«

»Ich hoffe einzig und allein, dass du dich bei mir wohlfühlst und alle anderen vergessen kannst, die dich vor heute Abend berührt haben.«

Ihr Herz hüpfte in ihrem Brustkorb. »Das wünsche ich mir auch.«

Er riss ihr weder die Jeans vom Leib noch fing er eilig an, sie so zu berühren, wie sie es gewohnt war. Vielmehr fuhr er damit fort, zärtlich ihren Bauch, ihre Rippen und ihre Brüste zu liebkosen, bis sie immer heftiger stöhnte und sich wand. Jeder Zentimeter von ihr bettelte nach mehr. Erst dann zog er ihr die Jeans aus, aber selbst dabei ließ er sich alle Zeit der Welt. Langsam streifte er die Hose herunter und küsste die Haut, die er dabei freilegte. »Atme einfach, Liebling. Genieß es, wie es sich anfühlt, geschätzt zu werden.« Er ließ ihren Slip unangetastet und küsste und liebkoste sich den Weg von ihren Knöcheln über die Knie und an ihren Oberschenkeln entlang nach oben, als wollte er jeden Zentimeter von ihr heilen. Und genauso fühlte es sich auch an. Seine zärtlichen Berührungen und süßen Küsse waren Balsam für ihr misshandeltes Herz. Seine Bartstoppeln kitzelten sie, und seine Berührungen waren ebenso liebevoll wie berauschend. Als er ihr einen Kuss direkt über den Venushügel drückte, konnte sie vor Verlangen kaum noch atmen.

»Ist alles in Ordnung, meine Schöne?«

»Oooh«, hauchte sie verträumt.

»Du hast die Zügel in der Hand, Baby.« Er küsste sie wieder auf den Bauch. »Wir können jederzeit aufhören.«

»Ich will nicht aufhören.«

Seine Hände glitten an der Außenseite ihrer Oberschenkel entlang, während er sich eine Spur aus Küssen nach unten bahnte. Durch ihr Höschen fühlte sie den warmen, beharrlichen Druck seiner Lippen und das Gleiten seiner Zunge, und von dort breitete sich die Hitze weiter aus. Er tat es wieder und wieder, so verlockend und anders als alles, was sie je empfunden hatte, bis sie die Augen schloss und es genoss, wie die Empfindungen sie übermannten. Ihre Hüften bewegten sich im Einklang mit seinen Liebkosungen, jede seiner Bewegungen ließ sie weiter abheben, bis sie vor Verlangen am ganzen Leib bebte. Sein Mund bewegte sich weiter nach oben, und seine Zunge presste sich durch ihren Slip genau in ihre Mitte und massierte die Nerven, die prickelnde Empfindungen durch ihre Gliedmaßen jagten. Sie bebte und wand sich, verlor sich in dem Vergnügen, das durch sie hindurchströmte, und dann küsste er sich seinen Weg ihren Körper hinauf, bis sie Brust an Brust und

Lippen an Lippen dalagen.

Seine warme Haut auf ihrer zu spüren war genauso verführerisch wie seine Berührungen, und die Emotionen in seinen Augen ließen ihr Herz stillstehen. »Bist du noch bei mir, Liebling?«

»Ja.«

Er küsste sie so leidenschaftlich, dass sie den Kuss bis in die Zehenspitzen spürte. Dann legte er sich neben sie, und sie vermisste seine Wärme und das Gewicht seines Körpers sofort. Aber seine Hand wanderte erneut an ihrem Körper hinunter, über ihren Slip und neckte sie so, wie er es zuvor mit dem Mund getan hatte, so langsam, sinnlich und aufmerksam. »Ich liebe es, dich zu berühren«, sagte er an ihren Lippen und eroberte ihren Mund abermals, küsste und berührte sie so hingebungsvoll und kundig, als würde er ihren Körper schon sein ganzes Leben lang kennen. Er strich mit seinen Lippen über ihre. »Fühlt sich das gut an, Baby?«

»So gut.«

»Bist du bereit für mehr?« Er senkte den Kopf und leckte über ihre Brustwarze, ohne den Blick von ihr abzuwenden.

Sie konnte nichts anderes tun, als zu nicken.

»Meine Süße, willst du für mich kommen?«

»Ich kann das nicht. Ich habe noch nie …«

»Keine Sorge, Baby. Du wirst durch meine Hand kommen, und wenn du dazu bereit bist, auch durch meinen Mund und den ganzen Rest.«

Oh Gott, ja. Er schenkte ihr einen weiteren Kuss, der ihr Höschen zum Schmelzen brachte, und schob eine Hand in ihren Slip. Seine kräftigen Finger schlüpften zwischen ihre Beine. »So feucht für mich«, raunte er an ihren Lippen. Sein Mund eroberte ihren, während sein Daumen den überempfindlichen Nervenknoten fand und sich in langsamen, präzisen Kreisen bewegte. Ihr stockte der Atem, und sie spürte sein Lächeln, während sie sich küssten. Er fuhr damit fort, sie zu reiben und zu streicheln. Hitze prickelte in ihren Gliedmaßen, als er mit den Fingern langsam in sie eindrang. Sie sog die Luft ein, und er küsste sie genüsslicher, tiefer. Seine Finger stießen im gleichen faszinierenden Rhythmus in sie, wie seine Zunge über ihre strich. Er krümmte die Finger und entfachte heißes und heftiges Vergnügen in ihr. Sie versuchte, sich auf ihre Küsse zu konzentrieren, seine Berührungen, die Hitze, die sich unten in ihrem Bauch sammelte, doch ihre Sinne wirbelten durcheinander und überfluteten sie, und sie konnte keinen einzigen Gedanken festhalten. Sie klammerte sich an ihn und ritt seine Hand, war begierig auf das, was sich in ihr anbahnte.

»So ist es richtig, Süße. Spüre es, besitze es, verlange es.«

»Schneller.« Der Laut, den ihr das einbrachte, schwankte zwischen einem anerkennenden Knurren und einem Stöhnen und ließ sie nach mehr verlangen. Es war ein überwältigendes Gefühl, die Kontrolle zu haben. »Hör nicht auf. Küss mich.«

»Das ist mein Mädchen.« Er eroberte ihren Mund und beschleunigte seine Anstrengungen so perfekt, dass sie nicht mehr denken und sich nur noch der Leidenschaft überlassen konnte, die sich in ihr aufbaute. Seine kräftigen Finger drangen wieder und wieder in sie ein, sein Daumen ließ sie gekonnt abheben. Hitze raste ihre Beine hinauf und durch ihr Innerstes, verschlang ihr gesamtes Wesen wie ein Buschfeuer, alles verzehrend, sodass ihr nichts anderes übrig blieb, als die Fersen in die Matratze zu pressen, während er sie direkt an den Rand des Wahnsinns trieb und sie weiter berührte und verschlang, bis ihr Kopf zurückfiel und er seinen Mund auf ihren Hals senkte und fest daran saugte. Lust explodierte in ihrem ganzen Körper, und sie zersprang in eine Million glühender Teile und schrie auf, während die Welt davonwirbelte. Und dann schwebte sie, leicht wie eine Feder, frei wie ein Vogel, eingehüllt in eine Wolke der Wonne, und der unglaublichste Mann, den sie je kennengelernt hatte, küsste sie und flüsterte ihr zu: »So sexy … so süß … so vertrauensvoll« – und liebte sie durch die allerletzte kleine Welle der Ekstase hindurch.

Sie sackte unter ihm zusammen und fühlte sich wie eine Tigerin, die von ihren Fesseln befreit worden war, und als Callahans attraktives Gesicht in ihr Blickfeld kam, konnte sie nur daran denken, dass sie noch so viel mehr tun wollte.

Sechzehn

In all den Jahren, die Cowboy schon auf der Ranch arbeitete, hatte er es noch nie verpasst, morgens mit der Sonne aufzustehen. Aber es brauchte schon höhere Gewalt, um ihn von der schlafenden Schönheit in seinen Armen wegzubringen. Sully hatte in T-Shirt und Slip geschlafen, und er hatte sich seine Jeans abgestreift, bevor sie zu Bett gegangen waren. Das Gefühl ihrer nackten Beine an seinen war die süßeste Folter, die Gedanken hingegen, die ihm durch den Kopf schossen, die schlimmste Qual. Er fragte sich, ob er jetzt alles kaputtgemacht und sie mit all dem, was sie gerade durchmachte, in eine schwierige Lage gebracht hatte.

Sie zuckte im Schlaf und gab ein schmerzerfülltes Geräusch von sich. Er drückte sie fester an sich und spürte ihr Herz rasen. Sie zuckte erneut zusammen und schreckte hoch.

»Es ist alles in Ordnung, Liebling«, sagte er. »Du hast schlecht geträumt, aber ich bin da.«

Sie drehte sich in seinen Armen um und kuschelte sich an seine Brust. »Entschuldige.«

»Du brauchst dich nicht zu entschuldigen.« Er küsste sie auf die Stirn. »Geht es dir gut? Willst du darüber reden?«

»Es ist nur ein Albtraum. Früher hatte ich ihn öfter und

dann lange Zeit nicht mehr, aber jetzt kommt er wieder.«

»Was passiert darin?« Er strich ihr übers Haar.

»Ich weiß es nicht. Es ist dunkel, und ich höre einen markerschütternden Schrei, aber das ist auch schon alles. Ich weiß nicht, wo ich bin oder wer das ist.«

Sein Brustkorb zog sich zusammen. »Vielleicht ist das eine Erinnerung an den Unfall.«

»Daran habe ich noch gar nicht gedacht. Möglicherweise hast du recht. Ich will einfach nur, dass er aufhört.«

»Hast du mit meiner Mutter darüber gesprochen?«

Sie schüttelte den Kopf.

»Möglicherweise kann sie dir dabei helfen, herauszufinden, was er bedeutet, und vielleicht hat sie ein paar Vorschläge, wie du ihn loswirst.«

»Dann rede ich mal mit ihr darüber. Ich bin so froh, dass du bei mir bist.« Sie streckte ihre Hand aus und berührte mit einem verträumten Blick seine Wange.

Dieser Blick stand ihr verdammt gut. »Was ist?«

»Ich mag dein Gesicht. Ich wollte es schon seit einer ganzen Weile berühren.«

»Mir gefällt dein Gesicht ebenfalls.« Er presste seine Lippen auf ihre. »Und du darfst jeden Teil von mir berühren, wann immer du willst.« Er fuhr mit seiner Hand ihren Rücken hinunter und presste sie enger an sich. »Ich wollte dich fragen, was du heute Morgen über uns denkst und das, was wir vergangene Nacht gemacht haben. Da du mich nicht aus deinem Bett schmeißt, bist du wahrscheinlich zufrieden. Oder bereust du es?«

Sie errötete. »Es gefällt mir, dass es ein Uns gibt. Ich habe gar nicht gewusst, dass sich ein Kuss so märchenhaft anfühlen kann oder dass mein Körper zu solchen Gefühlen fähig ist, wie du sie in mir ausgelöst hast. Das war ... Ich weiß nicht einmal, wie ich es ausdrücken soll.«

»Wir fangen gerade erst an.« Er streifte ihre Lippen mit seinem Mund und küsste sie zärtlich. »Aber ich werde meiner Mutter reinen Wein einschenken müssen und ihr sagen, dass zwischen uns etwas läuft. Ist das okay für dich?«

»Ja, aber bringst du dich damit in Schwierigkeiten?«

»Mach dir meinetwegen keine Gedanken. Ich kann mit allem umgehen, was auf mich zukommt, aber bei all dem, was du um die Ohren hast, mache ich mir Sorgen um dich. Du bist nicht mehr in Gefahr, und du brauchst dich nicht vor der Öffentlichkeit zu verstecken. Vielleicht möchtest du dich bedeckt halten, während du dir darüber klar wirst, wie du zu deinen Verwandten stehst, aber das ist ein ganz schöner Brocken, Baby. Du bist endlich frei, und ich begehre dich mehr als meinen nächsten Atemzug, aber ich möchte nicht alles noch schwieriger für dich machen. Ich will nicht, dass du dich unter Druck gesetzt fühlst, während du dir Gedanken darüber machst, wer du bist, und was du mit deinem Leben anfangen willst.« Er wollte sie nicht verlieren, aber hier ging es nicht um ihn. Er wusste, wer er war, und er hatte ein eigenes Leben. Wenn sie Raum brauchte, um über all das nachzudenken, musste er ihn ihr geben, egal, wie sehr ihn das schmerzte.

»Mit dir ist alles einfacher, und wenn ich so weit bin, dass ich mit jemandem zusammen sein will, dann wünsche ich mir, dass du derjenige bist, außer ...« Sie runzelte die Stirn. »... du versuchst, mir zu sagen, dass du nicht willst, dass ...«

»Beende diesen Satz ja nicht.« Er wusste, dass er es langsam angehen lassen musste, wenn sie wirklich mit ihm zusammen sein wollte, aber er hielt sie fest und ließ sie spüren, was ihr wunderschöner Körper, ihr wunderschönes Wesen, mit ihm gemacht hatte. »Du bist alles, was ich will, Liebste, aber ich möchte, dass du glücklich bist, und ich werde dich nie zurückhalten, egal, was das bedeutet.«

»Oh, das ist gut«, erwiderte sie mit einem bezaubernden Lächeln.

Sie war so unglaublich niedlich, dass er sie einfach küssen musste. »Heute ist ein großer Tag für dich. Wie fühlst du dich bei dem Gedanken, deine Familie kennenzulernen?«

»Ich bin nervös. Als Wynnie mich gefragt hat, ob ich sie treffen möchte, meinte sie, dass ich mich für den Anfang auch erst mal nur mit Jordan unterhalten kann. Würdest du bei mir bleiben, wenn ich sie treffe?«

»Wenn du das willst.«

»Das will ich. Ich würde mich besser fühlen, wenn du dabei bist.«

»Dann werde ich da sein. Aber es wird bestimmt alles gut gehen. Möchtest du darüber reden?«

Sie schüttelte den Kopf. »Ich möchte einfach nur hier bei dir sein und so tun, als hätten wir den ganzen Tag zusammen, auch wenn das nicht stimmt.«

»Ich kann dich gern auf andere Gedanken bringen.« Er senkte die Lippen auf ihren Mund und küsste sie leidenschaftlich. Sie drückte ihr Becken an seins und rieb sich an ihm. Bevor er es verhindern konnte, entschlüpfte ihm ein Stöhnen, und er rollte sie auf den Rücken und versuchte, sich abzulenken, damit er nicht zu weit ging. Er küsste sie weiterhin, verlor sich in ihrem Geschmack, dem Gefühl ihrer Weichheit unter ihm und den süßen, bedürftigen Lauten, die sie von sich gab. »Ich würde unheimlich gerne mit meinem Mund den Rest von dir erkunden.«

Sie runzelte die Stirn. »Den Rest von mir?«

»So ist es, Baby.« Er stieß mit seinen Hüften gegen ihre Mitte. »Ich will, dass du dich sogar noch besser fühlst als vergangene Nacht.«

Sie wurde rot und flüsterte: »Nun, das klingt gut.«

Er senkte den Kopf auf ihre Schulter. »Du wirst mich noch umbringen, Baby.«

»Hoffentlich nicht, bevor du dieses Versprechen eingelöst hast.«

Er küsste sie, wobei sie beide lachten, und dann vertiefte er den Kuss und verwandelte ihr Lachen in ein hungriges Stöhnen. Ihr Mund war wie für ihn gemacht, so heiß und süß und so unglaublich köstlich, dass er sie stundenlang küssen und dabei den Verstand verlieren wollte. Aber sie hatten keine Stunden, und sie wölbte sich ihm entgegen und rieb sich an seiner Härte, sodass er sich so viel mehr von ihr wünschte. Er zog sich zurück und blickte ihr in die lusterfüllten Augen, während er ihr Shirt lüpfte. »Runter damit, Baby.«

Sie grinste, als er ihr das Shirt auszog, es beiseitewarf und sie dann lange und intensiv betrachtete. »Du bist wirklich umwerfend.« Er neckte und kostete sich seinen Weg ihren Körper hinunter, hielt inne, um ihre Brüste auf die Art zu verwöhnen, die sie mochte, wie er inzwischen wusste. Seine Zähne streiften über ihre Knospen, was ihr noch weitere verführerische Laute entlockte. »Baby, mit diesen heißen Geräuschen machst du mich ganz wild.«

»Gut«, hauchte sie und wand sich unter ihm.

Während er sich seinen Weg ihren Körper hinunter liebkoste und ihre seidige Haut mit Küssen bedeckte, spreizte sie die Beine etwas mehr, um seinem breiten Körper Platz zu machen. Er fuhr mit der Zunge um ihren Bauchnabel herum, was ihm einen bezaubernden Laut irgendwo zwischen Kichern und

Seufzen einbrachte. Als er die Zunge in ihren Bauchnabel tauchte, drang ein sündiger, lüsterner Ton aus ihrem Mund, und sie hob das Becken von der Matratze. »*Hmm.* Meine wunderschöne Liebste mag meine Zunge.« Er zog ihr das Höschen hinunter und warf es auf den Fußboden, dann küsste er sie entlang der Schenkel und um die gelockten Haare zwischen ihren Beinen herum. »Dein Duft ist berauschend. Ich kann es gar nicht erwarten, dich zu schmecken.«

Ihre Wangen wurden feuerrot. »Grundgütiger, sag doch nicht so was!«

»Entschuldige, Baby.« Das, was er ihr wirklich sagen wollte, hielt er zurück, denn er wusste nicht, wie der andere Dreckskerl mit ihr umgegangen war, und er wollte keine bösen Erinnerungen heraufbeschwören.

»Nein. Ich bin an Schweigen oder Grunzen gewöhnt, als wäre es völlig egal, wer ich bin. Es gefällt mir, wenn du mit mir redest. Ich möchte wissen, was du fühlst.«

»Sei vorsichtig mit dem, was du dir wünschst. Ich habe ein dreckiges Mundwerk, und ich will dich nicht verletzen.«

Mit flammendem Blick sah sie ihm in die Augen. »Ich will bei dir nicht vorsichtig sein. Ich weiß, dass mir alles gefallen wird, was du tust und sagst, und wenn nicht, dann teile ich dir das schon mit.«

»Verdammt, Baby. Weißt du, wie heiß das ist?« Er drückte ihr einen Kuss auf die weichen Löckchen. »Es war so wunderbar, dich vergangene Nacht so intim zu berühren, dich kommen zu spüren und zu wissen, dass du an meinem Mund sogar noch heftiger kommen wirst.« Er hielt inne, um ihre Reaktion zu beobachten, und ihr übermütiges Stöhnen verriet ihm alles, was er zu wissen brauchte. Er strich mit dem Daumen über ihre feuchte Mitte, was einen weiteren heißen Laut aus ihr hervorlockte. »Herrlich feucht für mich.« Er fuhr mit der Zunge über ihre schimmernden Falten und nahm eine erste Kostprobe von ihr, was ihm weitere bedürftige Geräusche einbrachte. »Großer Gott, du bist süßer als Honig.« Sie hob die Hüften an. »Willst du meinen Mund auf dir spüren, Baby?«

»*Ja*«, hauchte sie.

Er leckte über ihre Mitte und hielt inne, um Druck auszuüben, wo sie es am meisten brauchte. Sie wimmerte und wand sich, während er sie liebkoste, reizte und sich an ihr ergötzte. Er nahm begierig die verlangenden Töne in sich auf, die aus ihrem Mund kamen, und beobachtete, wie sie den Rücken durchbog und die Finger in die Matratze krallte. »So verdammt süß.« Er glitt mit der Zunge über die geschwollene Perle und drang langsam mit zwei Fingern in ihre Enge ein.

»*Callahan …*«

»Zu viel, Baby?«

»*Nein.* Es ist nur … Mit dir fühlt sich alles so gut an.«

Das hörte er gerne. Er ließ die Zunge über ihre gierigen Nerven tanzen, während er sie mit den Fingern liebkoste und über die geheime Stelle strich, die sie zum Wimmern und Stöhnen brachte. Er verfiel in ein Tempo, das sie aufkeuchen ließ. Sie stieß bedürftige Laute aus und flehte verzweifelt, während sich seine Erektion danach sehnte, endlich in Aktion treten zu dürfen. Ihre Beine zitterten, und er beschleunigte seine Anstrengungen und saugte an ihrer empfindlichsten Stelle. Ihr Atem wurde flacher, sie hatte die Fäuste ins Laken gekrallt und die Augen geschlossen. Dort hielt er sie, denn er wollte ihr einen explosiven Höhepunkt bescheren. »Bitte«, flehte sie. »Oh … Cal… Ich halte das nicht länger aus.«

»Ich bin bei dir, Baby.« Er tauschte seinen Mund gegen die Finger aus und liebkoste ihre Mitte, um mit der Zunge in sie einzudringen. Sie verkrampfte die Beine und hob das Becken an, und er stieß mit seiner Zunge in ihre feuchte Hitze, während sie seinen Namen hinausschrie. Ihre Mitte pulsierte, und ihre Essenz verteilte sich auf seiner Zunge, während sie sich unter ihm aufbäumte und wand. Ein Strom unverständlicher Laute drang aus ihrem Mund, und sie genoss ihren Höhepunkt bis zur letzten Welle. Er blieb bei ihr und freute sich über jedes heiße Pulsieren, und als sie nach Luft ringend auf die Matratze sank, stieß er die Finger erneut in sie und drückte die Lippen auf ihre Mitte, um ihr direkt einen weiteren grandiosen Orgasmus zu bescheren und sie auf dem Höhepunkt zitternd und bettelnd verharren zu lassen.

Als sie schließlich vom Gipfel herunterkam, war ihre Haut gerötet und sie zitterte am ganzen Leib. Sie war so überwältigend, so unglaublich vertrauensvoll, dass er nicht widerstehen konnte, sich auf die bestmögliche Art bei ihr zu bedanken. Er bedeckte ihre angeschwollene Mitte mit Küssen, wobei sie auf jede seiner Berührungen mit lautem Keuchen reagierte. Da er wusste, dass sie nach zwei Orgasmen überempfindlich sein musste, drang er sanft wieder mit den Fingern in sie ein und fand mit der Präzision eines Lasers diese verborgene, wundersame Stelle.

»Oh … Cal, ich …« Sie schloss die Augen und presste die Fersen in die Matratze.

»Ich weiß, Baby. Aber dieser wird doppelt so gut.« Er liebte sie langsam mit den Händen und dem Mund, und es dauerte nicht lange, bis ihre Hüften zuckten und sie seinen Namen wie ein Gebet ausstieß. Es war das absolut Beste, was er je gehört hatte.

Als sie auf die Matratze sackte, nahm er sich Zeit und bahnte sich eine Spur aus Küssen bis hinauf zu ihrem Bauchnabel,

wo er an ihrer erhitzten Haut murmelte: »So sexy … So süß.«
Seine Hände lagen gleich unterhalb ihrer Hüften, und er ließ sie
weiter nach oben wandern, während er ihren Bauch küsste.
Seine Finger streiften etwas Unebenes auf ihrer linken Pobacke,
und ihr Körper versteifte sich. Sein Magen verkrampfte sich,
denn er wusste, dass dies das Brandzeichen sein musste. »Lass es
mich ansehen, Baby«, bat er leise.

»Callahan«, flüsterte sie traurig.

»Es ist schon in Ordnung, Liebling.«

Sie rollte sich auf die Seite und enthüllte das *RJ*, das in ihre
blasse Haut gebrannt worden war. Tränen brannten in seinen
Augen, und tiefste Traurigkeit kämpfte mit einer alles verzeh-
renden Wut. Aber Sully sollte diese Wut nicht spüren, deshalb
schob er sie energisch beiseite und küsste ihre vernarbte Haut.
Er schlang die Arme um sie und schloss die Augen. Dann hielt
er sie fest, bis er sich sicher war, dass er sich wieder beruhigt
hatte. Erst nach einer ganzen Weile regte er sich neben ihr und
drückte sie noch fester an sich. »Es tut mir so leid, dass du so
etwas durchmachen musstest.«

»Für mich ist es fast unerträglich, dass du das gesehen hast.«

Sie wirkte so verletzlich, dass es ihn innerlich fast zerriss.
»Für mich bist du innen wie außen wunderschön, und nichts
und niemand kann etwas daran ändern. Du bist eine Überlebende, und diese Narbe beweist, wie stark du bist.«

»Ich bin nicht stark. Ich bin dabei ohnmächtig geworden.«

Er war gleichzeitig entsetzt und erleichtert, dass sie ohnmächtig geworden war, denn auf diese Weise hatte sie all die
Schmerzen nicht spüren müssen. »Du bist stark. Es ist dir
gelungen, von dort zu fliehen, und du hast sehr viele andere
Menschen davor bewahrt, ebenso leiden zu müssen.«

»Aber ich werde ihn oder jenen Ort niemals loswerden. Sie

sind für immer auf meinem Körper.«

Es zerriss ihm das Herz, und er wusste, dass es keine Rolle spielte, wie oft er oder irgendjemand sonst ihr sagte, dass das Brandzeichen seine Gefühle für sie nicht ändern würde. Letzten Endes hatte sie recht. Dieser Dreckskerl hatte einen Weg gefunden, sie jedes Mal aufs Neue durch die Hölle gehen zu lassen, wenn sie ihren Körper im Spiegel sah oder sich umzog und das Brandzeichen berührte, und das brachte Cowboys Blut zum Kochen. Selbst die Gewissheit, dass er dieses Arschloch ebenfalls hatte leiden lassen, konnte seinen Zorn nicht dämpfen.

Er blickte ihr in die traurigen Augen und wollte unbedingt erreichen, dass sie sich besser fühlte, doch ihm fehlten schlichtweg die passenden Worte. »Ich wünschte, ich könnte es verschwinden lassen.«

»Ich auch.«

»Eine Idee wäre, die Stelle mit einer Tätowierung zu verdecken, aber das ist bei einer Verbrennung schwierig und oft unmöglich. Ich habe keine Ahnung von plastischer Chirurgie, aber möglicherweise reichen Brandzeichen dafür auch zu tief unter die Haut.«

»Ich werde bis in alle Ewigkeit damit leben müssen, dabei hasse ich es wie die Pest.«

Er stand so kurz davor, ihr zu erzählen, was er getan hatte, aber sie sollte ihn nun wirklich nicht in diesem Licht sehen. »Ich weiß, Baby. Es tut mir so leid. Aber er hat einen großen Fehler gemacht, weil ich dich für das, was du durchgemacht hast, nur umso mehr bewundere.«

Sie sah ihn mit tränenverhangenem Blick an, und er küsste sie zärtlich. Danach schwieg sie einige Zeit, und als sie abermals das Wort ergriff, war es kaum lauter als ein Flüstern. »Er hat uns unseren Moment gestohlen.«

»Was meinst du damit?«

»Wir beide waren uns so nahe, und dann hast du das Brandzeichen gesehen, und auf einmal war er bei uns im Zimmer. Er hat uns unseren Moment gestohlen.«

Er sah ihr in die tränenverschleierten Augen und drückte sie noch fester an sich. »Er kann uns niemals irgendetwas stehlen. Nicht diesen oder irgendeinen anderen Moment, den wir erlebt haben oder je erleben werden. Sie gehören uns und nur uns allein, und über diese Sachen zu sprechen, lässt uns nur näher zusammenrücken, anstatt uns voneinander zu entfernen.«

»Aber ich bin gar nicht dazu gekommen, dir zu sagen, wie sehr ich das genossen habe, was du mit deinem Mund gemacht hast, oder wie ich mich dank dir gefühlt habe und all das.«

»Mach dir keine Sorgen, Liebling. Ich habe es gespürt, und ich habe es ebenfalls genossen, dir so nah zu sein.« Er presste seine Lippen auf ihre und versuchte, ihre Sorgen mit Munterkeit zu vertreiben. »Aber wenn du mir erzählen willst, wie sehr du meinen Mund magst, bin ich ganz Ohr.«

Sie kicherte. »Er ist sehr süß und erstaunlich ungezogen, was mir gefällt … Ich meine …« Ihre Wangen wurden feuerrot. »Okay, ja, es gefällt mir. Eigentlich kann ich gar nicht genug davon bekommen.«

»Sei lieber vorsichtig, sonst lege ich gleich wieder los.«

Ihre Augen leuchteten auf. »Soll ich dir verraten, was mir am besten gefallen hat?«

»Himmel …« Seine Erektion zuckte. »Was glaubst du denn?«

»Ich mag es, wenn du so schmutzige Sachen sagst.« Sie fuhr mit ihren Fingern seinen Brustkorb hinunter. »Und was du da mit deiner Zunge gemacht hast …«

Der harte Druck seiner Lippen brachte sie zum Schweigen,

und er machte sich daran, sie weiterhin mit all dem zu verwöhnen, was ihr so gut gefiel.

Sehr viel später raffte sich Cowboy endlich dazu auf, Sullys Bett zu verlassen. Es fiel ihm schwer, sich zurückzuhalten, denn er war durchaus einsatzbereit für weitere Wonnen, für die es jedoch noch viel zu früh war, und ging nach Hause, um eine eiskalte Dusche zu nehmen. Aber selbst das machte es nicht viel besser. Er musste die Dinge selbst in die Hand nehmen, um Druck abzubauen, und er kam zum Klang von Sullys süßer Stimme in seinem Ohr und ihrem Geschmack, der noch auf seiner Zunge lag.

Nach der Dusche schnappte er sich seinen Hut und ging hinüber zum Haus seiner Eltern, um ihnen die Neuigkeiten mitzuteilen, die seine Mutter vermutlich verärgern würden. Er klopfte an die Tür, war aber zu angespannt, um eine Antwort abzuwarten, und betrat das Haus. Seine Mutter saß im Wohnzimmer auf dem Schoß seines Vaters. Sein Vater hatte eine Hand unter ihre Bluse geschoben, und sie küssten sich innig. *Herr im Himmel.* Cowboy drehte sich um. »Seid ihr nicht zu alt für so was?«

»Das solltest du lieber nicht hoffen, schließlich bist du mein Sprössling«, erwiderte sein Vater.

Seine Mutter lachte leise, und er hörte, wie sie vom Schoß seines Vaters herunterkletterte. »Ach, Cowboy. Du hast doch schon häufiger gesehen, wie wir uns küssen.«

»Aber auf den Anblick von Dads Hand unter deiner Bluse hätte ich verzichten können.« Er drehte sich um und stellte fest, dass seine Eltern jetzt neben der Couch standen.

»Wenn du mir noch zehn Minuten mehr gegeben hättest, wäre meine Hand noch ganz woanders gewesen.« Tiny lachte über seinen eigenen Witz.

»Himmel.« Cowboy starrte ihn finster an. »Wie soll ich dieses Bild je wieder aus dem Kopf bekommen?«

Sein Vater lachte nur noch lauter.

»Du bist wirklich furchtbar, Tiny«, erklärte seine Mutter amüsiert. »Ignoriere deinen ungezogenen Vater einfach, Schatz. Wie geht es Sully?«

»Sie ist nervös wegen des Treffens mit ihrer Familie.«

»Das wird ein anstrengender Tag für sie«, erwiderte seine Mutter. »Aber es ist hoffentlich auch ein Neuanfang. Wie hältst du dich?«

»Ich mache mir Sorgen um sie, aber ansonsten geht es mir gut. Was auf euch beide womöglich gleich nicht mehr zutrifft.«

Sein Vater runzelte die Stirn. »Was meinst du damit?«

»Ich muss euch etwas sagen.« Er ging kurz auf und ab und sah dann seinen Eltern in die Augen. »Sully und ich sind letzte Nacht zusammengekommen.«

Aus den Augen seiner Mutter sprach Zorn. »Cowboy! Was hast du dir nur dabei gedacht? Damit machst du ihr das Leben sehr viel schwerer.«

»Sie hat den ersten Schritt gemacht. Ich habe sie gewarnt, dass sie gerade eine Menge durchmacht und ihre Gefühle für mich womöglich falsch interpretiert, aber sie meinte, dass ich das Einzige wäre, worüber sie sich völlig im Klaren ist.«

»Tu nicht so, als hättest du keine Wahl gehabt«, schäumte seine Mutter. »Ich fasse es nicht. Du hättest es besser wissen müssen.«

»Was willst du von mir hören? Du hast verdammt noch mal

recht, dass ich eine Wahl hatte. Ich habe versucht, meine Gefühle zu ignorieren, doch ich konnte es nicht. Sie sind einfach zu tief.« Er richtete sich auf. »Los, macht mir schon die Hölle heiß oder bezeichnet mich als egoistischen Mistkerl, aber es wird mich nicht davon abhalten, mit ihr zusammen zu sein. So sieht die Sache nun mal aus, und da ihr jetzt Bescheid wisst, sagt mir bitte, wie wir jetzt weiter vorgehen.«

»Zuerst einmal kann ich jetzt nicht mehr Sullys Therapeutin sein«, entgegnete seine Mutter scharf. »Das ist ein Interessenskonflikt.«

Cowboy wurde das Herz schwer. *Verdammt!* »Daran habe ich nicht gedacht.«

»Offensichtlich«, fauchte sie. »Aber das hättest du tun sollen.«

Er biss die Zähne zusammen und begegnete ihrem stählernen Blick. »Ich hatte nicht die Absicht, sie in diese Lage zu bringen und ihre Therapie zu erschweren. Ich will ihr nicht noch mehr Steine in den Weg legen.«

»Dafür ist es nun zu spät. Sie steckt jetzt in dieser Lage«, merkte seine Mutter an. »Ich muss sie an jemand anderen verweisen.«

Ihm drehte sich der Magen um. »Warte, tu das nicht. Wir haben noch nicht einmal miteinander geschlafen.«

»Das spielt keine Rolle. Du hast Gefühle für sie, und du bist mein Sohn. Ende der Geschichte«, erwiderte seine Mutter.

»*Warte.* Ich will tun, was für sie das Beste ist, und du bist die beste Therapeutin, die wir haben.«

»Du weißt, dass wir viele ausgezeichnete Therapeuten haben, aber das ist nicht deine Entscheidung, und ich kann nicht weiter mit dir darüber diskutieren. Ich werde es mit Sully besprechen«, erklärte seine Mutter entschieden.

Er ballte die Fäuste. »Bei all dem, was sie gerade durchmacht, kannst du sie nicht einfach fallen lassen. Lässt du mich zumindest vorher mit ihr reden, bevor du ihr das mitteilst? Ich spreche heute Abend mit ihr darüber, nachdem sie sich mit ihren Verwandten getroffen hat, und du kannst es ihr dann bei eurer morgigen Sitzung beibringen.«

Seine Mutter schien hin- und hergerissen. »Na schön.«

»Danke.«

»Ich habe noch nie erlebt, dass du dermaßen Grenzen überschreitest«, bemerkte sein Vater, und sein Blick verriet Cowboy, dass er sich damit auch auf das bezog, was er in Maryland getan hatte. »Sie muss dir wirklich wichtig sein.«

»Das ist sie.« Cowboy nahm den Hut ab und fuhr sich mit der Hand übers Gesicht. Er hoffte, dass der Wechsel zu einem neuen Therapeuten Sullys Therapie nicht behindern würde. »Es tut mir leid, Mom. Ich weiß, wie viel Mühe du dir gibst, um ihr zu helfen.«

Seine Mutter atmete tief aus, und ihre Miene wurde wieder sanfter. »Schatz, als deine Mutter – nicht als Sullys Therapeutin – verstehe ich es. Das Herz geht seine eigenen Wege, und das respektiere ich. Aber sei vorsichtig. Ich möchte nicht, dass einer von euch beiden verletzt wird.«

»Glaubst du etwa, ich würde das wollen?« Es kam schärfer heraus, als er beabsichtigt hatte. »Mir liegt etwas an ihr, und ich will ihr helfen, alles zu verarbeiten und ihrem Leben einen Sinn zu geben und glücklich zu werden. Das ist das Wichtigste für mich. An die Sache mit dem Interessenskonflikt habe ich nicht gedacht, und das ist meine Schuld, aber ich bin nicht irgendein Idiot, der sich Hals über Kopf in etwas hineinstürzt. Nach allem, was sie durchgemacht hat, ist es nicht ideal, dass wir zusammenkommen, und das ist mir durchaus bewusst. Ich habe mit genug Menschen gearbeitet, die schrecklichen Situationen entkommen sind, um zu wissen, dass sie ständig eine ganze Menge durchmachen müssen. Und selbst wenn es besser wird, kann sich ihr Zustand wieder verschlechtern, sobald sich irgendwelche Umstände ändern. Das verstehe ich alles, und ich bin dennoch ganz bei Sully.«

»Du hast dein Herz noch nie so sehr aufs Spiel gesetzt wie jetzt, mein Sohn«, stellte sein Vater fest. »Was wirst du tun, wenn sie heute Nachmittag mit ihren Verwandten zu dieser Tür hinausgeht und nie wieder zurückkehrt?«

Cowboys Brustkorb zog sich zusammen. »Mach dir keine Sorgen um mich. Es gibt nichts, womit ich nicht umgehen könnte.« Er war sich nicht sicher, ob das auch stimmte, wenn es darum ging, dass Sully sie verließ, aber damit würde er sich befassen, falls und wenn es passierte. Er drehte sich zu seiner Mutter um. »Was muss ich wissen, um ihr so gut wie möglich helfen zu können?«

»Du weißt längst, was du tun musst«, antwortete seine Mutter etwas besänftigt. »Behandele sie so, wie du jeden behandelst, an dem dir etwas liegt. Sei so ehrlich, wie es nur geht. Selbst wenn du glaubst, dass es ihr wehtun könnte, nimm den schweren Weg und mach das Richtige. Hör ihr zu und nimm zur Kenntnis, was sie dir sagt und was sie verschweigt, und denk daran, dass es selbst Menschen, die unter den besten Bedingungen aufgewachsen sind, schwerfallen kann, Beschützerinstinkt von Zuneigung, Dankbarkeit oder einem Dutzend anderer Gefühle zu unterscheiden. Wie ich schon sagte, ich möchte unbedingt verhindern, dass einer von euch beiden verletzt wird.«

Ihre Bemerkung über die falsche Auslegung seiner Gefühle kam durchaus bei ihm an, aber er würde nicht mit ihr über diesen einen Punkt streiten, in dem sie ohnehin falschlag. »Was ist mit den Regeln der Ranch, dass wir keine Beziehungen untereinander eingehen sollen?«

»Diese Regel wurde für Angestellte eingeführt«, erwiderte sein Vater. »Sully ist keine unserer Angestellten.«

»Aber sie macht hier eine Therapie, und sie hat um eine bezahlte Arbeit gebeten«, betonte seine Mutter. »Und du solltest sie beschützen, Cowboy, du hast also eine Grenze überschritten, auch wenn es keine ist, die von der Ranch aufgestellt wurde, sondern von den Dark Knights.«

»Nein, das stimmt nicht. Der Schutz der Dark Knights endete, als die Sekte aufgelöst wurde und diese Mistkerle verhaftet wurden. Wir sind erst vergangene Nacht zusammengekommen, demzufolge haben wir diese Linie nicht überschritten.«

»Technisch gesehen ist das vermutlich korrekt, auch wenn ich mich des Eindrucks nicht erwehren kann, dass deine Gefühle für Sully der Grund für deinen Ausbruch am Montagabend waren und nicht allein deine Wut auf die Sekte, und dadurch könnte ich ebenfalls in Schwierigkeiten geraten«, sagte seine Mutter.

Cowboy schloss für einen Moment die Augen und versuchte, seine Emotionen unter Kontrolle zu bringen. Als er ihr in die Augen blickte, zogen sich die Schuldgefühle wie eine Schlinge um seinen Hals zusammen. »Es war beides. Aber ihr gegenüber habe ich mir das nie anmerken lassen, und ich habe ihr gegenüber meine Gefühle niemals erwähnt. Es wurden keine Grenzen überschritten, du hättest es also gar nicht wissen können.«

Seine Eltern tauschten beunruhigte Blicke.

»Es tut mir leid«, murmelte Cowboy geknickt. »Ich hoffe,

dass dies nicht auf euch zurückfallen wird, aber es tut mir nicht leid, dass ich mit Sully zusammen sein möchte.«

»Das ist nicht zu übersehen«, erwiderte seine Mutter nüchtern. »Dies wird eine sehr schwierige Zeit für euch beide, aber ich hoffe, du weißt, dass sie sich keinen besseren Mann hätte aussuchen können, auch wenn dies alles verkompliziert und ich mir Sorgen um euch beide mache.«

Sein Vater nickte zustimmend, was Cowboy zu schätzen wusste, aber während er zur Tür hinausging, schalt er sich, weil er Sullys Therapie in Gefahr gebracht hatte. Er fragte sich, warum das Leben so verdammt unfair sein musste, ihm die Frau zu bescheren, die ihn auch über die Ranch hinaussehen ließ, die Frau, an der er mit aller Kraft festhalten wollte, und das gerade jetzt, wo ihre Zukunft so unsicher und fragil war.

Siebzehn

Nach dem Frühstück und einem Treffen mit Wynnie sah sich Sully auf Callahans Handy ein weiteres Mal eines der vielen Dutzend Videos an und beobachtete, wie Rebel Joe und mehrere andere Sektenmitglieder verhaftet wurden, während sie in Wynnies Büro auf Jordans Ankunft wartete. Zusammen mit Callahan hatte sie sich vor dem Frühstück schon mehrere der Videos angeschaut und die Berichte darüber gehört, dass Casey Lawler gefunden worden war. Der Name Casey Lawler wurde von Aussagen begleitet wie *Es grenzt an ein Wunder* und *durch die Gnade Gottes*. Aber wäre Gott gnädig gewesen, dann hätte er gar nicht erst zugelassen, dass sie entführt wurde, dachte Sully. Falls es allerdings eine höhere Macht gab, hatte sie vielleicht ihre Hand im Spiel gehabt und dafür gesorgt, dass sie auf der Ranch gelandet war, gewissermaßen als eine Art Ausgleich für ihren ungeheuerlichen Fehler.

Oder war das reines Glück gewesen?

Wie auch immer der Fall gewesen sein mochte, so war sie dankbar dafür, jetzt hier zu sein, und sie war froh darüber, dass das FBI ihren jetzigen Namen und ihren Aufenthaltsort aus den Berichten herausgehalten hatte, auch wenn Callahan damit recht gehabt hatte, dass sich ihr völlig fremde Menschen für ihre

Sache einsetzen würden. Es gab Videos von Menschenmengen vor dem Gebäude, in dem Rebel Joe und weitere Sektenmitglieder festgehalten wurden, Leuten, die Schilder hochhielten, auf denen sie die Todesstrafe verlangten. Beim Frühstück war das Geschehen in aller Munde gewesen. Alle hatten die Nachrichten gehört, auch wenn die meisten nicht wussten, dass sie Casey war, weil Sullys Name nicht erwähnt wurde. Aber Birdie, Sasha, Dare, Doc und Ezra wussten Bescheid, und sie hatten ihr unter vier Augen ihre Unterstützung angeboten. Sully war besorgt gewesen, dass die anderen sie jetzt, wo sie ihre Herkunft kannten, mit anderen Augen sehen würden, aber sie hatte in ihren Blicken nur Wärme, Trost und Freundlichkeit erkennen können.

Sie standen hinter ihr, so wie Callahan vorhergesagt hatte. Aber sie gehörten auch zu seiner Familie. Selbst Ezra war dank des Clubs sein Bruder. Sie waren die freundlichsten Menschen, die Sully je kennengelernt hatte, aber aufgrund ihrer Zugehörigkeit zur Ranch auch geübt darin, an den Problemen der Menschen vorbei direkt in ihr Herz zu blicken und ihr wahres Ich zu erkennen. Manch ein Fremder würde sie vermutlich eher als die Person betrachten, zu der sie sich gerade entwickelte, aber gleichzeitig war ihr bewusst, dass sie für viele andere immer nur *das Mädchen aus der Sekte* sein würde.

Während sie das Gesicht des Mannes anstarrte, der ihr zwei Jahrzehnte ihres Lebens gestohlen, sie belogen und vergewaltigt, sie gebrandmarkt und dazu gezwungen hatte, weitere harte Strafen zu ertragen, war sie unendlich erleichtert, dass er endlich für seine Taten bezahlen würde. Aber diese Erleichterung milderte ihren Hass auf ihn kaum, und sie war sich ziemlich sicher, dass dieser sie ihr ganzes Leben lang begleiten würde.

»Bist du sicher, dass du dir das weiterhin anschauen willst,

Liebling?«

Sie warf einen Blick auf ihren großherzigen Beschützer, der die kräftigen Arme verschränkt, das Kinn gesenkt und die ernsthaften, fürsorglichen Augen auf sie gerichtet hatte. Nicht einmal ihre Qual konnte die Schmetterlinge in ihrem Bauch zum Stillstand bringen. Er war den ganzen Morgen über gestresst gewesen, vermutlich weil sie wegen des Treffens mit Jordan so nervös war. Callahan hatte sie beruhigt, und jetzt, wo sie sich nur durch den Klang seiner Stimme ein bisschen mehr entspannte, wünschte sie sich, sie könnte die gleiche Wirkung auf ihn ausüben. Aber sie wusste, dass nichts seine Sorgen zerstreuen würde, bis sie wieder festen Boden unter den Füßen hatte, und wer konnte schon sagen, wie lange das dauern würde. Sie spürte Gewissensbisse, weil sie sein Leben derart durcheinandergebracht hatte, aber sie hätte sich nicht von ihm abwenden können, selbst wenn sie das gewollt hätte.

Ihr wurde bewusst, dass er auf eine Antwort wartete. »Ich kann es immer noch nicht glauben. Aber mit jedem Mal, wo ich sehe, wie er in Handschellen abgeführt wird, wird es realer.« Auf dem Bildschirm erschien ein Polizeifoto von Rebel Joe, und sie hielt das Video an und musterte es. »Wieso ist mir das bisher entgangen? Hast du das gesehen?«

»Was denn?« Er beugte sich zu ihr herüber.

»Sieh dir seinen Hals an.« Sie zeigte auf das Wort *Kinderschänder*, das in seine Haut gebrannt worden war. »Wer macht nur so etwas? Und wie ist er an ihn rangekommen?«

»Warum spielt das eine Rolle? Der Mistkerl hat viel Schlimmeres als das verdient.«

»Das weiß ich, aber er ist eigentlich unantastbar. Seine Männer würden ihm das nie antun.« Callahans Handy vibrierte in ihrer Hand, und eine Nachricht von Dare erschien auf dem

Display. Sie reichte ihm das Gerät. »Wo war die Person, die ihm das angetan hat, als er all diese schrecklichen Dinge mit mir gemacht hat?«

»Vielleicht kannte sie dich damals noch nicht«, erwiderte Callahan, während er Dares Nachricht las. Er begegnete ihrem Blick. »Baby, es gibt wichtigere Dinge, an die du denken solltest. Jordan ist da. Meine Mom bringt sie gleich her.«

Sullys Nerven lagen plötzlich blank, das Polizeifoto war vergessen. »Jetzt wird es ernst.« Sie ging auf und ab, und ihr Herz raste. »Gleich treffe ich meine Schwester. Ich hoffe, sie mag mich. Was soll ich nur tun, wenn ich sie nicht leiden kann?«

»Sie wird dich lieben, und du wirst sie wahrscheinlich ebenfalls lieben. Aber wenn es zu überwältigend wird, können wir das Treffen jederzeit abbrechen. Du musst mir nur ein Zeichen geben.«

»Wie sieht das Zeichen denn aus?«, fragte sie angespannt.

»Ich werde es an deinen Augen ablesen. Mach dir keine Sorgen«, erwiderte er, und sie wusste, dass es stimmte, denn seitdem sie sich zum allerersten Mal getroffen hatten, schien er immer genau zu wissen, was sie brauchte.

Die Tür öffnete sich, und Sully erstarrte. Ihr schlug das Herz bis zum Hals, und sie sah Callahan an. Er nickte ihr beruhigend zu. Sie holte tief Luft, nahm all ihren Mut zusammen und drehte sich um, betrachtete die hochgewachsene, schlanke und bildschöne Blondine, die neben Wynnie in der Tür stand. Die hohen Wangenknochen und die klugen blauen Augen gaben ihr etwas Elegantes und sie trug eine beigefarbene Strickjacke über einer weißen Bluse, Skinny Jeans und hochhackige Schuhe. Sully war so nervös gewesen, dass sie sich mehrfach umgezogen und schließlich für die Kleidung entschieden hatte, in der sie sich am wenigsten eingeengt und am zuversichtlichsten fühlte. Das locker sitzende lila- und rosafarbene Batikshirt und die Jeansshorts, die sie ausgewählt hatte, schienen auch Callahan sehr zu gefallen, der nach dem Duschen zu ihr zurückgekehrt war. Er hatte ihr bestimmt zehnmal gesagt, wie umwerfend sie aussah, und sie fühlte sich darin wohl. Richtiggehend großartig! Aber jetzt schwand ihre Zuversicht. Im Vergleich zu der atemberaubenden, kultivierten Frau vor ihr verblasste sie, und sie fragte sich, wie sie jemals eine gemeinsame Basis finden sollten.

»Sully, das ist Jordan.« Wynnie trat beiseite und ließ Jordan eintreten. »Jordan, das sind Sully und mein Sohn Cowboy.«

Sully versagte die Stimme, und Callahan musste das bemerkt haben, denn er nickte Jordan zu. »Schön, dich kennenzulernen.«

»Hi.« Jordans Stimme zitterte, als versuchte sie, Tränen zurückzuhalten.

Sully hatte geglaubt, dass eine Erinnerung auftauchen würde, wenn sie ihre Schwester sah oder ihre Stimme hörte, aber das geschah nicht. Sofort bekam sie ein schlechtes Gewissen, weil ihr nicht ebenfalls nach Weinen zumute war, wodurch ihr die Unterschiede zwischen ihnen beiden um ein Vielfaches verstärkt erschienen. Schließlich brachte sie ein »Hi, Jordan« heraus.

Nun konnte Jordan die Tränen nicht länger zurückhalten, die ihr über die Wangen strömten. »Entschuldige.« Sie holte Taschentücher aus der Tasche ihrer Strickjacke und tupfte sich die Augen ab.

»Schon okay.« Sully trat näher, während Wynnie diskret das Zimmer verließ und die Tür hinter sich zuzog. »Sie haben mir erzählt, dass du fünf Jahre älter bist als ich. Dann kannst du dich vermutlich an alles erinnern.« Sie hatte sich heute Morgen den Kopf zerbrochen und versucht, sich an etwas – *irgendetwas* – aus ihrem Leben vor der Sekte zu erinnern, aber da war einfach nichts.

»Das tue ich. An jede Sekunde.« Jordan atmete stoßweise ein.

Sully litt für sie beide. »Ich kann mich nicht an dich erinnern, auch wenn ich es gern tun würde.«

Jordan schien etwas sagen zu wollen, schloss ihren Mund dann aber wieder. »Verzeih mir, aber ich habe dich so sehr vermisst.« Sie wischte sich die Tränen weg. »Ich hatte geglaubt, ich würde dich nie wiedersehen.«

Sully nahm sie verlegen in die Arme, doch das entlockte Jordan nur noch mehr Tränen. Sie spürte, wie Callahan sie beobachtete, und erinnerte sich an seine tröstenden Worte, als sie zusammengebrochen war. »Du solltest dich deiner Gefühle niemals schämen. Sie sind das, was wirklich uns gehört.«

»Du klingst, als wärst du die ältere Schwester.« Jordan wischte sich über die Augen und löste sich aus Sullys Armen.

»Ich habe mich immer um die jüngeren Kinder gekümmert.« Sully schaute zu Callahan hinüber, und er zwinkerte ihr zu.

Jordan betupfte ihre Augen. »Darüber würde ich eines Tages gerne mehr hören, und vielleicht könnte ich dir auch etwas über unsere Familie erzählen.«

»Ich würde wirklich gerne mehr über deine Familie erfahren. Hast du denn Zeit für ein längeres Gespräch?«

Jordan runzelte die Stirn, als hätte Sully etwas gesagt, das sie bekümmerte. »Ja.«

Sully wurde bewusst, dass sie *deine Familie* gesagt hatte. Aber sie konnte es nicht ändern. Im Augenblick spürte sie keinerlei Verbindung zu Jordan. Callahan rückte einen Stuhl für sie zurecht, und nachdem Sully sich hingesetzt hatte, drückte er ihr beruhigend die Schulter und blieb einige Schritte entfernt stehen, um ihr wie immer Trost zu spenden.

»Was möchtest du denn zuerst wissen?«, erkundigte sich Jordan.

Sully musterte ihr Gesicht und versuchte, sich an sie zu erinnern. Sie bemerkte eine Narbe über Jordans rechter Augenbraue, was jedoch auch keinerlei Erinnerung hervorlockte. »Ich weiß es nicht. Wynnie glaubt, dass Einzelheiten mein Erinnerungsvermögen anregen könnten. Kannst du mir etwas über unsere Eltern erzählen?«

Jordans Augen leuchteten auf, als wäre das eines ihrer Lieblingsthemen. »Sie waren bezaubernd, und sie haben uns so sehr geliebt. Sie waren schon seit der Highschool ineinander verliebt, und ob du es glaubst oder nicht, sie wurden am selben Tag geboren.«

»Sie sind auch am selben Tag gestorben«, sagte Sully mehr zu sich selbst als zu Jordan.

Jordan kamen erneut die Tränen. »Ja.«

»Entschuldige. Das hätte ich nicht sagen sollen.«

»Nein, ist schon in Ordnung. Ich bin heute einfach nur sehr emotional.« Sie wischte sich die Augen. »Wir haben beide Moms blaue Augen, auch wenn deine viel heller sind als meine, und sie hatte hellblonde Haare, so wie ich. Sie war eine Frau der leisen Töne, aber auch ein Quell des Glücks, und sie sagte uns immer, dass wir alles tun und alles sein können. Sie hat uns als ihre kleinen Tauben bezeichnet, weil Tauben das Symbol für Hoffnung sind, und sie hat uns immer in den Schlaf gesungen. Sie hatte eine wunderschöne Stimme.«

»Was hat sie gesungen?«

»My Girl« von den Temptations war ihr Lieblingslied.«

Sully erinnerte sich daran, wie Callahan sie letzte Nacht *mein Mädchen* genannt hatte. Trauer stieg in ihr auf bei dem Gedanken daran, dass sie so sehr von einer Mutter geliebt worden war, an die sie sich nicht erinnern konnte. Wie viele Nächte hatte sie in ihr Kopfkissen geweint und sich gewünscht, dass jemand sie in den Arm nahm, während um sie herum ein Dutzend anderer Mädchen schliefen?

»Ich wünschte, ich könnte mich daran erinnern.«

»Du mochtest das sehr, und du hast es geliebt, wenn sie uns Sterne auf die Zehennägel gemalt hat. Ich mach das immer noch.« Jordan schlüpfte aus einem hochhackigen Schuh und wackelte mit den Zehen, auf deren Nägeln roter, mit weißen Sternen verzierter Nagellack prangte.

»Vielleicht sehe ich mir deshalb so gern die Sterne an.« Sie warf einen Blick zu Callahan hinüber, und dessen Mundwinkel zuckten. »Was kannst du mir sonst noch über sie erzählen?«

»Sie hat niemals die Stimme erhoben«, sagte Jordan. »Nicht einmal, wenn sie wütend war.«

Sully dachte daran, wie oft sie in Schwierigkeiten geraten war, weil sie als Kind in der Anlage geschrien und Widerworte gegeben hatte, und wie man ihr das durch Strafen ausgetrieben hatte.

»Sie hat sich liebend gerne Modemagazine angesehen und eigene Entwürfe gezeichnet.«

»Hat sie sich schick angezogen?« *So wie du?*

»Nein. Das war nicht Moms Ding. Sie mochte schöne Kleider, aber keine ausgefallenen. Ich habe ihre alten Zeichenblöcke noch und kann sie dir bei Gelegenheit zeigen. Sie ist der Grund dafür, warum ich Mode liebe. Als wir noch klein waren, habe ich die ganze Zeit Kleider gezeichnet.«

»Ich zeichne ebenfalls«, erwiderte Sully und spürte einen Ansatz von … sie wusste nicht, was. Hoffnung? Einem Beweis dafür, dass es eine Verbindung zu der Mutter und der Schwester gab, an die sie sich nicht erinnern konnte?

»Tatsächlich?«

»Mhm. Aber keine Kleider. Meistens Menschen, Tiere und die Natur.«

»Sie ist wirklich talentiert«, bemerkte Callahan voller Stolz, und Sully wurde warm ums Herz.

»Darauf könnte ich wetten«, meinte Jordan. »Ich würde deine Zeichnungen bei Gelegenheit liebend gern einmal sehen.«

Sully musste darüber nachdenken, dass sie *bei Gelegenheit* sagte, was in ihr die Hoffnung weckte, dass sie Jordan wiedersehen würde. »Sehr gern. Wie war unser Vater so?«

Jordans Blick wurde träumerisch. »Er war ein großer, stämmiger Bauarbeiter. Er hat immer viel gelacht, und seine Hände waren so groß, dass unsere darin verschwanden.«

So wie Callahans Hände.

»Du hast es geliebt, wenn er dich huckepack genommen hat. Ihm warst du ähnlicher als Mom. Er trat immer für das ein, woran er glaubte, und wollte unsere Wünsche Wirklichkeit werden lassen, und bei dir war das genauso. Du hast dich immer für Dinge eingesetzt, die du für richtig gehalten hast.«

Mein Kampfgeist. »Wie zum Beispiel?«

»Na ja, du warst ja noch klein, daher hast du dich wegen Kleinkinderkram gestritten, ob du beispielsweise im Regen nach draußen gehen durftest, als du mit deinen Spielzeugautos Waschanlage spielen wolltest.« Jordan lächelte, und das machte sie noch schöner. »Du warst immer kämpferischer und willensstärker als ich. Du wolltest genauso wie Dad sein.«

»Tatsächlich?«

»Ja. Du hast dich sogar wie er angezogen, Flanellhemden, T-Shirts, Trainingshosen oder Leggings getragen, und du hast immer solche Arbeitsstiefel angezogen.« Sie warf einen Blick auf Sullys abgetragene Lederstiefel. »Sie sahen fast genauso aus.«

»Tatsächlich?« Sully ertappte sich bei einem Lächeln. Sie dachte an Callahans Flanellhemd und wie gern sie es trug.

»Er liebte das an dir. Du bist immer durch Pfützen gelaufen oder hast in der Erde gebuddelt.«

»Mit dir zusammen?«

»Nein. Ich war immer mehr wie Mom. Wir beide waren grundverschieden. Ich habe ausgefallene Kleider geliebt, aber du hast sie gehasst und mir deutlich zu verstehen gegeben, wie widerlich sie deiner Meinung nach waren.«

Sully zuckte zusammen. »Entschuldige.«

»Nein, ich fand das gut, dass du eine selbständige Persönlichkeit warst. Ich bin in meinem Prinzessinnenkleid durchs Gras gewirbelt, und du hast Schlösser aus Schlamm gebaut und warst von oben bis unten verdreckt.«

Sully dachte an die vielen Zeichnungen, die sie im Laufe der Jahre von dem kleinen über den Rasen tanzenden Mädchen angefertigt hatte, und ihr Brustkorb zog sich zusammen. Sie spürte, dass Callahan sie beobachtete, und wusste, dass er das Gleiche dachte wie sie. Aber sie konnte sich nicht daran erinnern, Jordan im Gras tanzen gesehen zu haben, und sie wollte ihr keine falschen Hoffnungen machen, also behielt sie das für sich. »Habe ich Probleme bekommen, weil ich mich schmutzig gemacht habe?«

»Nein. Unsere Eltern waren der Ansicht, dass Kinder eben Kinder sein sollten. Sie wurden nicht böse, wenn ich mit meinen ausgefallenen Kleidern zum Spielen rausgegangen bin oder wenn du den Garten umgegraben hast, um eine Baugrube anzulegen.« Jordan erzählte ihr Geschichten, wie ihr Vater Garagenflohmärkte nach gebrauchten Kleidern für sie durchstöbert und für sich und Sully die gleichen Flanellhemden gekauft hatte.

Jordan zeigte ihr Fotos von ihrer Familie und erzählte ihr von ihrem Leben vor dem Unfall und von ihrer Tante Sheila, der Schwester ihres Vaters, und deren Ehemann Gary. Nach dem Unfall hatte Jordan bei ihnen in Massachusetts gewohnt, aber nichts kam Sully auch nur ansatzweise bekannt vor.

»Du kannst die Fotos behalten«, sagte Jordan. »Vielleicht helfen sie dir dabei, dich an irgendetwas zu erinnern.«

»Danke. Das hoffe ich doch. Wie sieht dein Leben jetzt aus?«

Jordan erzählte ihr, dass sie in Pleasant Hill, Maryland, lebte, nicht weit von Prairie View entfernt, der Kleinstadt, in der sie mit ihren Eltern gewohnt hatten, und dass sie sich gerade mit Jax Braden, einem bekannten Brautmodendesigner, verlobt hatte. Sie schilderte ihr, wie wundervoll er und seine Familie waren und dass sie hoffte, Sully würde sie eines Tages kennenlernen.

Als eine natürliche Gesprächspause entstand, war Sully voller Fragen und Gefühle, mit denen sie nichts anzufangen wusste. Nur eine Sache wusste sie mit Sicherheit: Sie wollte Jordan auf jeden Fall wiedersehen. »Könntest du morgen wieder herkommen? Vielleicht können wir dann einen Spaziergang machen und uns weiter unterhalten?«

»Ja. Das wäre sehr schön. Ist es in Ordnung, wenn ich dich zum Abschied umarme?«

Sully nickte, und sie umarmten sich. »Als du reingekommen bist, kamst du mir wie eine Fremde vor, aber das hat sich inzwischen geändert.«

Jordan fing wieder zu weinen an.

»Du musst all die emotionalen Gene der Familie abbekommen haben.«

»Ich war immer schon diejenige, die nahe am Wasser gebaut ist, und du die Zähe.« Jordan wischte sich über die Augen. »Manche Dinge ändern sich vermutlich nie.«

Nachdem Jordan das Zimmer verlassen hatte, trat Callahan zu Sully. Auf einmal fühlte sich ihre Welt ein bisschen reicher an. Vielleicht konnten Jordan und sie mit der Zeit doch eine gemeinsame Basis finden.

»Wie fühlst du dich, Liebling?«

In ihr wetteiferten die widersprüchlichsten Gefühle miteinander. »Ein bisschen verloren und ein bisschen gefunden. Ergibt das irgendeinen Sinn?«

»Absolut.« Er zog sie in die Arme, und als er sie küsste, wurde das Gefühl des Gefundenseins ein bisschen stärker.

Achtzehn

Nach dem Abendessen saß Sully auf den Stufen ihrer Veranda und zeichnete Jordan. Während sie sich den blauen Augen widmete, erinnerte sie sich an etwas, das Jordan gesagt hatte. *Wir haben beide Moms blaue Augen, auch wenn deine viel heller sind als meine, und sie hatte hellblonde Haare, so wie ich. Sie war eine Frau der leisen Töne, aber auch ein Quell des Glücks, und sie sagte uns immer, dass wir alles tun und alles sein können.* Eine Welle der Trauer ergriff sie wegen der Frau, mit der sie die Augen gemein hatte, die sie aber nie mehr anlächeln würde.

Sie blickte auf, als Callahan um die Hütte herumkam, und sein zuversichtliches, heißes Grinsen ließ sie von innen heraus strahlen. Nach dem Treffen mit Jordan hatte sie den restlichen Tag gebraucht, um all ihre Gefühle zu verarbeiten, und er hatte ihr den nötigen Freiraum gegeben. Sie hatte mitbekommen, dass er auf einem der Reitplätze mit einem Pferd arbeitete, als sie Sasha unten im Stall half, und sie hatten zusammen zu Mittag und zu Abend gegessen, aber er hatte sie nicht gedrängt, über ihre Gefühle zu sprechen. Sie hatte sich nach dem Abendessen mit ihm treffen wollen, aber er hatte ihr gesagt, dass er sich vorher noch um ein paar Angelegenheiten kümmern musste.

»Hey, meine Schöne. Hast du auf dieser Stufe noch Platz für einen großen, müden Cowboy?«

»Das sollte machbar sein.« Sie hatte der Liste, um die er sie gebeten hatte, noch weitere Punkte hinzugefügt, und steckte sie in ihr Skizzenbuch, während sie zur Seite rutschte.

»Vermisst du mich schon?«

Sie nickte und grinste, als er sie küsste. »Danke, dass du mir heute Zeit gegeben hast, meine Gedanken zu sortieren. Sasha mit den Pferden zu helfen war genau das, was ich gebraucht habe.«

»Keine Sorge. Ich habe hier jede Menge zu tun, und du brauchst mich nicht rund um die Uhr an deiner Seite. Außerdem weiß ich, dass du mit mir reden wirst, wenn du dazu bereit bist. Aber es gibt da etwas, worüber ich mit dir sprechen muss.«

»Okay.«

»Ich hab's verbockt, Liebling, und es tut mir wirklich leid. Dass du das verarbeiten kannst, was du durchgemacht hast, und wieder festen Boden unter den Füßen findest, ist mir wirklich wichtig. Aber ich war so sehr davon geblendet, mit dir zusammen zu sein, dass ich nicht darüber nachgedacht habe, wie sich das auf dich und meine Mom auswirken würde. Unsere Beziehung bringt sie als deine Therapeutin leider in einen Interessenskonflikt.«

»Was genau meinst du damit?«

»Sie muss in deinem besten Interesse handeln, und wenn sie weiß, dass ich Gefühle für dich hege, könnte das ihre Urteilskraft trüben, was bedeutet, dass sie nicht länger deine Therapeutin sein kann. Ich habe sie gefragt, ob es einen Unterschied machen würde, wenn ich mich zurückziehe, aber dem ist leider nicht so. Das Problem existiert schon allein deshalb, weil sie von meinen Gefühlen weiß. Ich wollte dir das nicht verderben, und ich fühle mich schrecklich deswegen.«

»Aber ich will mit dir zusammen sein, du hast also nichts falsch gemacht. Wenn überhaupt, dann ist das unser beider Schuld.« Ein schlechtes Gewissen beschlich sie. »Ich hoffe, du hast meinetwegen keine Probleme mit deiner Mutter bekommen.«

»Da musst du dir keine Sorgen machen. Darum geht es nicht. Es geht um ihr Berufsethos.«

»Das ergibt vermutlich Sinn, aber warum hat sie heute Morgen bei unserer Sitzung nichts dazu gesagt?«

»Ich hatte sie darum gebeten, es vorerst nicht zu erwähnen, damit ich es dir selbst sagen kann. Bestimmt wird sie morgen mit dir darüber sprechen und dich an einen anderen Therapeuten verweisen.«

»Okay. Ich arbeite wirklich gern mit deiner Mutter zusammen, aber vielleicht ist es so am besten. Es kam durchaus vor, dass ich während unserer Sitzungen an dich gedacht habe, und mir war, als müsste ich meine Gefühle für mich behalten, weil sie nun mal deine Mutter ist.«

Er stützte die Ellbogen auf die Knie. »Natürlich solltest du nicht glauben, deine Gefühle verstecken zu müssen. Den Grund dafür kann ich zwar nachvollziehen, aber ich hoffe, dass es dir ab jetzt nicht mehr so gehen wird. Ich hab mir wirklich Sorgen gemacht, dass dich das aus der Fassung bringen könnte.«

»Ich bin nicht begeistert davon, mit jemand anderem neu anfangen zu müssen, aber es ist sicher sinnvoll. Colleen war mir von Anfang an sehr sympathisch. Vielleicht kann ich mit ihr arbeiten.«

»Colleen ist eine großartige Therapeutin.«

Sie dachte über ihre Unterhaltung nach, und so wie immer hatte sie Fragen. »Kann ich dich etwas fragen?«

»Jederzeit.«

»Warum hast du deiner Mutter davon erzählt, wenn du nicht mit diesem Interessenskonflikt gerechnet hast?«

Er sah ihr in die Augen, und um seine Lippen erschien ein jungenhaftes Lächeln, das so ganz anders war als das, was sie von ihm kannte. Augenblicklich schlug ihr Herz schneller. »Vor allem, weil ich es für wichtig hielt, dass sie Bescheid weiß, da sie mit dir arbeitet, und weil ich mir nicht sicher war, wie sich eine Beziehung auf deine Fortschritte auswirken könnte. Aber auch, weil ich stolz darauf bin, mit dir zusammen zu sein.« Er zuckte mit den Achseln. »Um ehrlich zu sein, möchte ich es der ganzen Welt verkünden.«

Das machte sie unglaublich glücklich, und sie ertappte sich beim Grinsen. »Wenn du an den Interessenskonflikt gedacht hättest, wären wir dann nicht zusammengekommen?«

»Wahrscheinlich hätte ich versucht, auf Distanz zu bleiben.« Er schüttelte den Kopf. »Aber ich glaube nicht, dass ich es geschafft hätte, mich von dir fernzuhalten. Ich mag dich unglaublich gern, Sully. Ich mag alles an dir, von deinem bezaubernden Wesen und deinem wunderschönen Lächeln bis hin zu deiner Entschlossenheit und deiner ruhigen Stärke, und ich mag es, wie du zu mir und den Pferden in Verbindung trittst. Mir ist bewusst, dass deine Zukunft noch in den Sternen steht und dass du eine Menge zu verarbeiten hast. Aber ich bin kein Kind mehr, Liebling. Ich bin einunddreißig und habe schon einiges im Leben gesehen, deshalb macht mir nichts davon Angst. Ich will hier sein, um dir da durchzuhelfen. Du kannst dich auf mich stützen oder mich als Resonanzboden verwenden. Solltest du einen anderen Weg einschlagen und sollte das alles sein, was wir bekommen, so würde ich es doch um nichts in der Welt eintauschen.«

Seine Worte verschlugen ihr die Sprache. Callahan und Rebel Joe ließen sich nicht miteinander vergleichen, aber ihr drängte sich der Gedanke auf, dass Rebel Joe sie gewollt hatte, weil sie ein rebellischer, jungfräulicher Teenager gewesen war. Er hatte geglaubt, sie zähmen zu können, und hatte deshalb Anspruch auf sie erhoben. *Der ultimative Powertrip.* Callahan hingegen lernte sie kennen, versuchte, ihr zu helfen, und wollte ihretwegen mit ihr zusammen sein, mit allem, was dazugehörte.

Er beugte sich zu ihr herüber und küsste sie sanft auf die Lippen. »Hast du noch weitere Fragen?«

»Wie konnte ich nur so ein Glückspilz werden?«, flüsterte sie.

»Diese Frage stelle ich mir selbst auch seit dem Tag, an dem ich dich kennengelernt habe.« Er legte einen Arm um sie und zog sie an seine Seite. »Hast du Lust auf einen Spaziergang? Ich möchte dir gern etwas zeigen.«

»Liebend gern. Ich habe unseren Spaziergang gestern Abend vermisst.« Als sie aufstanden, ergänzte sie: »Auch wenn ich unsere anderen Aktivitäten sehr genossen habe.«

»Ich auch, Liebling.« Er nahm sie in die Arme. »Ich mag es, alles mit dir zu tun, aber zu hören, wie du meinen Namen sagst, während ich dir Lust bereite, steht ganz oben auf meiner Liste.«

Ihre Wangen brannten, aber er küsste sie leidenschaftlich und verwandelte ihre Verlegenheit in kribbelnde Lust.

»Aber jetzt sollten wir diesen Spaziergang machen, bevor wir in deinem Schlafzimmer landen und du es verpasst, dir die Sterne anzuschauen.«

Den Spaziergang für mehr dieser köstlichen Küsse auszulassen, klang in ihren Ohren gut, aber sie wollte nicht zu lüstern wirken. »Lass mich nur rasch meine Zeichensachen reinbringen.«

»Nimm sie mit. Du kannst deine Zeichnung dort fertigstellen, wo wir hingehen.«

Er legte ihr einen Arm um die Schulter, und sie gingen den Weg entlang, auf dem er von seinem Haus hergekommen war. Sully genoss die Nähe zu ihm und das angenehme Schweigen, das sie auf ihren Spaziergängen immer zu umgeben schien. Callahans Pick-up kam in Sicht, der neben einem Motorrad vor einer Blockhütte mit einer breiten Veranda parkte, die viel größer war als ihre. Hübsche Blumen sprossen aus dem Rasen, als wären Samen wie Regentropfen vom Himmel gefallen. Gleich rechts hinter der Auffahrt befand sich ein großer Hof mit einer Feuerstelle und mehreren Stühlen darum.

»Wohnst du hier?«

»Willkommen in meinem Zuhause.«

»Es ist wunderschön. Jetzt fühle ich mich richtig schlecht, weil du all die Nächte auf meiner Veranda verbracht hast, wo du auch hier hättest sein können.«

»Das wäre nicht so schön gewesen.«

»Warum? Dieser Ort ist großartig.«

»Weil du nicht da gewesen wärst.« Er beugte sich zu ihr, um sie zu küssen. Dann nahm er ihre Hand und führte sie links am Haus vorbei auf einen Weg, als hätte er ihr mit dieser Bemerkung nicht gerade ein weiteres Stück ihres Herzens gestohlen.

Sie folgten dem Weg auf die Rückseite seines Hauses, das auf einem Hügel stand und einen atemberaubenden Ausblick auf sanft geschwungene Berge und üppige Kiefern bot. Die hintere Hauswand war fast vollständig verglast, und davor befand sich eine Terrasse. Im ersten Stock führte ein Balkon am Haus entlang. Funkelnde weiße Lämpchen zierten das Balkongeländer, und weitere waren an einem anderen Gehweg aufgereiht, der den Hügel hinunterführte. »Wow, was für eine

Aussicht.«

»Ja, nicht wahr?« Er drückte ihre Hand, und sie sah ihn an. Bei seinen Worten hatte er sie angesehen und nicht die Berge, und ihr Inneres schien zu schmelzen.

Er führte sie über den anderen beleuchteten Fußweg auf eine massive Plattform, von der man einen Blick auf einen breiten Bach hatte. Sully war, als wäre sie in einem Märchen gelandet. Flammen loderten in einer erhöhten gemauerten Feuerstelle mit einem gewölbten Rost darüber und zwei gepolsterten Stühlen daneben, die sehr bequem wirkten. Auf der anderen Seite der Plattform war ein Lager aus dicken, flauschigen Decken und Kissen, das von Kerzen in hübschen Gläsern umgeben war. Ihr ging das Herz auf, als sie ihn anschaute und keinen Ton herausbrachte.

»Ich wollte dir eine Nacht unter den Sternen schenken. Aber mach dir keine Sorgen, denn ich habe keinerlei Erwartungen. Wir können vollständig angezogen schlafen, oder ich schlafe auf einem Stuhl oder bringe dich zu deiner Hütte zurück, wenn du heute Abend lieber allein schlafen möchtest.«

Vor Rührung kamen ihr die Tränen. »Das ist ein Traum, der Wirklichkeit geworden ist. Glaubst du wirklich, dass ich die Nacht allein in meiner Hütte verbringen möchte, statt hier mit dir zusammen zu sein?«

»Ich wollte dich nicht überrumpeln.«

Sie schlang ihre Arme um seine Taille und küsste ihn mitten auf die Brust. »Ich weiß nicht, womit ich dich oder irgendetwas hiervon verdient habe, aber ich bin wirklich froh, dass wir einander gefunden haben. Du kannst dir gar nicht vorstellen, wie viel mir das hier bedeutet. Wie viel du mir bedeutest. Danke.«

Er legte ihr die Hände auf die Wangen und blickte sie liebevoll an. »Ich habe dir doch versprochen, dafür zu sorgen, dass du all die Sachen genießen kannst, die du verpasst hast.«

Sie stellte sich auf die Zehenspitzen, während er ihr auf halbem Weg zu einem sanften Kuss entgegenkam. Ihr Herz war so von ihm erfüllt, dass sie sich nicht vorstellen konnte, wie darin noch Platz für irgendetwas anderes sein konnte.

»Am Feuer warten ein paar Leckerbissen auf dich.« Er nahm ihre Hand und führte sie auf die Plattform zu. »Ich dachte mir, dass du es vielleicht noch einmal mit einer Partie Dame versuchen möchtest, und ich habe noch ein paar andere Spiele mitgebracht, falls du deinen Horizont erweitern magst.«

»Unbedingt. Ich will auf jeden Fall noch mehr Spiele mit dir spielen«, erwiderte sie aufgeregt.

»Großartig. Und wenn du anfängst, dir die Sterne anzuschauen, musst du S'mores essen.«

»Ich werde dich beim Wort nehmen.« Beim Betreten der Plattform bemerkte sie eine Kühltasche auf der anderen Seite, die mit verschiedenen Getränken gefüllt war, sowie ein Tablett mit Marshmallows, Schokoriegeln und einer Packung Butterkeksen. »Das sind aber eine Menge Snacks und Getränke. Kommen noch andere Leute vorbei?«

»Nein. Die Snacks sind für die S'mores, und ich wusste nicht so recht, was du an Getränken außer Orangensaft und Wasser magst, also habe ich von allem etwas mitgebracht. Trinkst du gern Limonade?«

Sie schüttelte den Kopf. »Ich hab mal eine Cola probiert und mochte die Kohlensäure nicht.«

»Okay, also, ich habe auch Eistee mitgebracht, Limonade und ein paar andere Sachen. Ich war mir nicht sicher, wie es mit Alkohol aussieht«, gestand er vorsichtig. »Ich wollte durch den Anblick oder die Gerüche keine bösen Erinnerungen wecken, aber ich war mir auch nicht sicher, ob du welchen trinken würdest. Daher habe ich ein paar alkoholische Getränke mitgebracht und sie unter dem Eis in der Kühltasche versteckt.«

»Du hast sie versteckt?« Er hatte wirklich an alles gedacht. So, wie er immer auf sie aufpasste, hätte sie das vielleicht nicht überraschen sollen, aber sie staunte trotzdem darüber.

»Ja, ziemlich albern, oder?«

»Eher unglaublich fürsorglich. Danke, dass du daran gedacht hast. Es stört mich nicht, alkoholische Getränke zu sehen, und ich weiß nicht, ob mir der Geruch unangenehm sein wird.« Möglicherweise würde sie ihn nicht mögen, aber sie wollte Rebel Joe auf keinen Fall so viel Macht einräumen, dass er sich zwischen sie und ein normales Leben stellen konnte. »Vielleicht probieren wir es einfach später mal aus.«

»Fühl dich nicht unter Druck gesetzt.«

Sie betrachtete die Spiele, die romantischen Kerzen und die Decken. »Hast du vielleicht einen Blick auf meine Liste geworfen, während ich geschlafen habe?«

»Du meinst die Liste, auf der *Nackt im See schwimmen* draufstand? Nein, aber ich würde sie gerne sehen. Warum?«

»Weil ich all das hier aufgeschrieben habe, mit Ausnahme der Somemores.«

Er grinste. »S'mores, Liebling. Ersetze O-M-E durch einen Apostroph.«

»Ups.« Sie lachte leise. »Trotzdem steht das alles auf meiner Liste.«

»Ich würde liebend gern behaupten, dass ich deine Gedanken gelesen hätte, aber du hast mir erzählt, dass du immer aus eurem Fenster hinausgeschaut und dich gefragt hast, wie es wäre, unter den Sternen zu schlafen. Erinnerst du dich?« Schalk blitzte in seinen Augen auf. »Und was den Rest anbetrifft, denke ich vielleicht gerade darüber nach, dich mit Spielen abzulenken, während ich dich mit Schokolade high mache und sie dann von deinem Körper ablecke.«

»Dafür brauchst du mich nicht high zu machen.« Sie wusste nicht, woher ihre Kühnheit kam, aber es fühlte sich derart natürlich an, ihn so zu necken, als wäre es die ganze Zeit tief in ihr eingeschlossen gewesen, wie so viele andere Teile ihrer Persönlichkeit auch.

Er zog eine Augenbraue hoch. »Wenn du so weitermachst, werden wir es nie bis zum Sternegucken schaffen.«

»Du hast angefangen.« Sie musste schon wieder lachen.

Er beugte sich zu ihr hinüber und raunte ihr zu: »Ich werde es auch genießen, es zu Ende zu bringen.«

Schauer jagten durch ihren Körper, während er sie küsste.

»Leg deinen Zeichenblock hin und setz dich, Liebling.« Er grinste teuflisch. »Es ist Zeit für etwas Klebriges.«

Sie legte ihren Zeichenblock neben dem Lager ab und setzte sich auf den Stuhl neben ihm, während er Kekse, Schokoriegel und Marshmallows auf einen Teller legte. »Was genau müssen wir tun?«

»Im Grunde genommen machen wir Sandwiches aus Schokolade und Marshmallows mit Keksen anstelle von Brotscheiben. Ich glaube, normalerweise legt man ein Stück Schokolade oben auf den Keks, fügt ein geröstetes Marshmallow hinzu und rundet das Ganze mit einem weiteren Keks ab. Aber da du so auf Schokolade stehst, vermute ich, dass du sie eher auf meine Art essen willst, nämlich mit einem zusätzlichen Stück Schokolade oben auf dem Marshmallow. Es ist eine ziemliche Sauerei.« Seine Stimme wurde tief und verführerisch. »Aber das ist nichts, was man nicht mit ein bisschen Lecken beseitigen könnte.«

»Ich glaube, ich werde diese klebrigen S'mores mögen.«

Bei der Zubereitung der Leckereien erzählte sie ihm von ihrem Nachmittag mit Sasha, und er berichtete ihr von den Pferden, die er trainierte, und was sich sonst noch so am Tag ereignet hatte. Er erzählte ihr, wie Birdie ihn früher immer dazu gebracht hatte, zusätzliche S'mores für sie zu machen, während sie die aufaß, die sie selbst gemacht hatte, und sie scherzten darüber. Er raubte ihr Küsse, erzählte ihr noch weitere Geschichten über seine Schwestern, die ihm und seinen Brüdern, als sie jünger waren, überallhin hinterherliefen, und dass Sasha und er die amtierenden Könige des Paintballs waren und dass niemand den mechanischen Bullen im Roadhouse besser reiten konnte als Birdie. Sie sprachen über viele Sachen, aber nicht über das Treffen mit Jordan, und sie war froh darüber, denn das und die heißen Dinge, die Callahan und sie in der vergangenen Nacht getrieben hatten, waren alles, woran sie den ganzen Tag lang hatte denken können. Woher wusste er bloß, dass zu lachen, mehr über seine Familie zu erfahren und schokoladige Küsse zu teilen, die perfekte Art war, nach so einem emotionalen Tag den Abend zu verbringen?

Die S'mores waren unglaublich köstlich und so dick, dass sie sie zusammenquetschen musste, damit sie in ihren Mund passten. Ihre Wangen wurden ganz klebrig, und sie fühlte sich Callahan so nahe, dass sie sich jedes Mal, wenn er sich die Lippen oder die Fingerspitzen ableckte, vorstellte, er würde stattdessen sie lecken.

»Ich glaube, ich könnte allein von S'mores leben.« Sie biss ein weiteres Mal ab und versuchte, eine Schokoladenspur von ihrem Oberschenkel abzuwischen, aber an ihren Fingern klebte ebenfalls Schokolade, wodurch es nur noch schlimmer wurde.

Callahan schüttelte lachend den Kopf und stand auf. Er

warf seinen Hut auf die Plattform, legte die Hände auf die Armlehnen ihres Stuhls und beugte sich so nah an sie heran, dass sie praktisch die Schokolade in seinem Atem schmecken konnte. »Was soll ich jetzt mit meinem klebrigen Mädchen machen?« Er ließ die Zunge über ihre Unterlippe gleiten und küsste sie.

»Jetzt siehst du auch nicht viel besser aus.« Sie streckte die Hand aus und wischte mit der Fingerspitze Schokolade vom Rand seiner Lippen weg. Er steckte sich ihren Finger in den Mund und leckte ihn sauber, was in ihrem Körper einen wilden Rausch der Lust hervorrief.

»Es wird gleich noch viel schlimmer.« Seine Augen glühten, als er ihren Mund hungrig mit einem tiefen, leidenschaftlichen Kuss eroberte, der nicht enden wollte und Flammen unter ihrer Haut entfachte. Mit jedem seiner Zungenschläge verzehrte er mehr von ihr, schürte ihr Feuer von heiß zu lodernd, bis sich ihr gesamter Körper nach seiner Berührung sehnte. Gerade als sie glaubte, gleich in Flammen aufzugehen, zog er sich zurück und ließ sie atemlos und schwindlig vor Lust zurück, um sich vor sie hinzuknien.

Seine Augen wurden zu Vulkanen, und seine Fingerspitzen fuhren ihre Schenkel hinauf und schickten Hitzeströme zwischen ihre Beine. Ohne seinen Blick abzuwenden, senkte er den Mund auf ihre Oberschenkelinnenseite und küsste, leckte und saugte so herrlich daran, dass sie spürte, wie sie feucht wurde. Seine Berührung und die Mischung aus Lust und Begierde in seinen Augen waren zu viel für sie. Unwillkürlich fing sie an, das Becken zu bewegen, und flehte: »*Bitte hör nicht auf.*« Er verstärkte seine Bemühungen und saugte stärker an ihrer Haut. »*Grundgütiger …*«

Er fuhr mit der Zunge über die rosa Stelle, die er auf ihrem

Fleisch hinterlassen hatte, und verwöhnte ihren anderen Oberschenkel mit der gleichen Aufmerksamkeit, wobei er sie fast um den Verstand brachte. Seine Finger schlüpften in ihre Shorts, fuhren die Kante ihres Höschens entlang, kamen der Stelle, an der sie sie spüren wollte, dermaßen nah, dass sie die Hüften anhob, weil sie unbedingt mehr wollte. Sie war noch nie glücklicher über lockere Kleidung gewesen als in diesem Moment, in dem seine Finger über ihre Haut glitten. Aber im nächsten Atemzug stand er auf, und sie stieß enttäuscht die Luft aus.

Er sagte kein Wort, nahm ihr Handgelenk und zog sie auf die Beine, um sich auf den anderen Stuhl zu setzen und sie auf seinen Schoß zu ziehen. Sie schloss die Beine um seine starke Taille und spürte seine harte Hitze unter sich. Er verflocht die Finger einer Hand mit ihren Haaren und zog ihr Gesicht näher an seines heran. »Ich hab dich heute vermisst, Baby.« Unzählige Emotionen schwangen in seiner Stimme mit.

In ihrem Kopf hörte sie *Ich auch*, aber heraus kam »Küss mich«, und er tat es, rauer diesmal und irgendwie auch sinnlicher, während seine Finger wieder an ihren Schenkeln hochwanderten und sie am Saum ihres Slips streichelten. Da sie oben saß, wurde sie auf einmal sehr kühn und hatte das Gefühl, die Kontrolle zu haben. »Streichel mich«, verlangte sie eher, als dass sie ihn darum bat, was ihr ein weiteres hungriges Knurren einbrachte, das sie sogar noch mehr erregte.

Sein Griff in ihre Haare wurde fester. »Du bist so verdammt sexy.« Ein teuflisches Funkeln glitzerte in seinen Augen, und er küsste sie abermals so leidenschaftlich, dass ihr beinahe die Sinne schwanden. Gleichzeitig schob er die Finger in ihr Höschen. Sie keuchte vor Verlangen, als er den Kuss vertiefte, ihre feuchte Mitte erkundete und ihr ein bedürftiges Stöhnen entlockte. Mit der Hitze des Feuers im Rücken und der Wärme, die sein großer Körper unter ihr verströmte, verschlang sie seinen Mund und setzte sich ein wenig auf, um ihm mehr Bewegungsfreiheit zu verschaffen. Mit kräftigen Fingern drang er in sie ein, und Lust durchtoste sie. Sie ließ den Kopf nach hinten sinken. »Genau so, Baby. Reite meine Finger. Du bist so sexy im Mondlicht. Ich will mehr von dir sehen.«

Sie machte sich daran, ihr Shirt auszuziehen, wobei ihr bewusst wurde, dass sie immer noch das letzte Stück ihres S'mores in der Hand hielt. Er nahm ihr die klebrige Leckerei ab, und Flammen loderten in seinen Augen, als sie ihr Oberteil und den BH auszog.

»Du bist so wunderschön.« Er küsste erst die eine Brust, dann die andere und schickte ein glühend heißes Prickeln durch ihren Körper. Ohne den Blickkontakt zu unterbrechen, fuhr er mit einem Finger durch die Schokolade in seiner Hand und verstrich sie auf ihrer Brust. Das letzte Stück der klebrigen Leckerei warf er beiseite. »Mach den Mund auf, Süße.« Als sie der Aufforderung nachkam, schob er seinen schokoladebedeckten Finger hinein. »Leck ihn für mich sauber.«

Seine Worte ließen Schauer des Verlangens durch ihren Körper rasen, und sie wollte nur noch mehr von seinen Worten, seinem Mund, von ihm. Während sie an seinem Finger saugte, senkte er den Mund auf ihre Brust und ließ die andere Hand wieder ihren Oberschenkel entlangwandern, schob sie unter ihren Slip und drang in sie ein. Sie stöhnte um den Finger herum, an dem sie saugte. Er verwöhnte ihre Brüste mit liebevollen Küssen und langsamen Zungenbewegungen und knurrte dabei: *»So verdammt süß.«* *Himmel,* seine Worte ließen sie noch feuchter werden. Als er den Finger aus ihrem Mund herauszog, wollte sie schon widersprechen, doch dann berührte diese Hand ihre Brust und – *Großer Gott!* – fühlte sich das gut an. Sie konnte keinen klaren Gedanken mehr fassen, als er diese empfindliche Stelle in ihrem Inneren streichelte und gierige Gelüste in ihr hervorrief, bis sie vor Verlangen am ganzen Leib zitterte. Während sie auf seinen Fingern ritt, drückte er den Mund auf ihre Brust und saugte an der zarten Spitze. Prickelnde Hitze baute sich in ihr auf und pulsierte unter ihrer Haut. Sie bewegte die Hüften schneller und hielt sich an seinem Kopf fest, damit sein Mund auf ihrer Brust blieb.

»Fester«, verlangte sie und keuchte, als er so fest saugte, dass sie seine Zähne spürte. *»Oh mein … So gut. Cal …«*

Er riss ihre Shorts auf und legte die andere Hand auf ihre empfindsamste Stelle, was ihr völlig den Verstand raubte. Sie spürte ihn überall – in der Luft, unter ihrer Haut, in ihr – und überließ sich seinen Liebkosungen, während Wellen der Lust über ihr zusammenschlugen. *»Callahan …«* Sie packte seine Schultern und krümmte sich gegen seinen Mund. Ihr Körper zitterte und bebte, und ein verzweifeltes Stöhnen drang aus ihrem Mund. Sie verlor sich in der Leidenschaft, in ihm. Das war der Himmel. Dieser Mann, seine Berührung, sein Herz. Als sie schließlich vom Gipfel hinunterschwebte, küsste er sie lange und zärtlich, und kaum hatten sich ihre Lippen voneinander gelöst, kamen die Worte auch schon aus ihrem Mund. »Ich will mehr. Ich will *dich*.«

»Wir haben keine Eile, Baby.«

Sie sah ihm in die fürsorglichen Augen und spürte seine Gedanken förmlich. »Ich weiß, dass du dir Sorgen um mich machst, und ja, ich war in einer schrecklichen Situation und ich musste meinen Körper sehr lange Zeit einem Mann überlassen, den ich nicht wollte. Aber ich werde es nicht zulassen, dass dieser Teil meines Lebens mich davon abhält, das zu tun, was ich will. Du hast gesagt, dass meine Gefühle mir gehören, und ich möchte das mit dir erleben. Ich weiß nicht, wohin mein Leben mich nächste Woche oder nächsten Monat führen wird, aber ich weiß, was ich jetzt will, und ich entscheide mich dafür, mit dir zusammen zu sein.« Sie hielt einen Moment inne, um das sacken zu lassen. »Willst du auch mit mir zusammen sein?«

»Ja, Liebling, das wünsche ich mir so sehr. Für mich gibt es nur noch dich.«

Er küsste sie und stand mit ihr auf den Armen auf, um sie zum Lager zu tragen. Als er sie hinlegte, merkte sie, dass unter all diesen flauschigen Decken eine Luftmatratze lag, und ihr ging beinahe das Herz über. Er zog ihnen Stiefel und Socken aus und war sanft und liebevoll, als er ihr Shorts und Unterwäsche abstreifte und sie mit einer Decke zudeckte. Sie sah zu, wie er das Hemd und die Jeans ablegte, und seine Erektion zeichnete sich deutlich unter seinen schwarzen Boxershorts ab. Sie schluckte schwer. Obwohl sie vergangene Nacht ohne einen Hauch von Nervosität neben ihm geschlafen hatte, und er da nichts außer ähnlichen Shorts am Leib getragen hatte, standen ihre Nerven jetzt in Flammen.

Das Zögern in Sullys Augen hielt Cowboy davon ab, seine Boxershorts auszuziehen. Stattdessen kniete er sich neben sie. »Wir müssen nicht weitermachen, Sully. Es gibt keinerlei Druck. Ich bin kein Teenager, der seine Hose nicht anbehalten kann, und ich gehe nirgendwohin.«

Sie runzelte die Stirn. »Ich will mit dir zusammen sein, aber ich bin gerade ein bisschen nervös geworden.«

»Das ist in Ordnung, Liebling. Willst du dich wieder anziehen?«

Sie schüttelte den Kopf. »Würdest du dich neben mich legen?«

Er kam ihrer Bitte nach und stützte sich auf einen Ellbogen, damit sie einander anschauen konnten, streckte die Hand jedoch nicht nach ihr aus und überließ ihr die völlige Kontrolle. Als sie näher an ihn heranrückte, legte er einen Arm um sie und küsste sie sanft. »Ist das in Ordnung?«

Sie nickte, und er fuhr mit der Hand ihren Rücken hinunter und wollte sie beschwichtigen, aber nicht dazu verführen weiterzugehen. Wenn sie das brauchte, würde er monatelang warten. Aber heute Nacht wollte er vor allem, dass sie sich sicher und angebetet fühlte.

»Küss mich«, flüsterte sie.

»Ich liebe es, dich zu küssen und in den Armen zu halten.« Er küsste sie zärtlich. »Das reicht mir aus, Baby. Du reichst mir.« Er küsste sie noch sinnlicher, und dabei fuhr sie mit der Hand über seinen Brustkorb und seine Schulter. »Fühlt sich gut an«, murmelte er zwischen den Küssen. Ihre Hand wanderte tiefer und streichelte über seine Brustwarze, wobei seine Länge gegen sie zuckte. Ihre Hand erstarrte in der Bewegung, und als sie die Liebkosung wiederholte, zuckte seine Erektion erneut. »Entschuldige.«

Er spürte, wie sein Herz schneller schlug, und sie zog sich zurück und sah ihn mit den schönsten Augen, die er je gesehen hatte, neugierig an. Sie hob die Hand, fuhr mit den Fingern über seine Lippen, an seinem Kiefer entlang und seinen Hals hinunter, und dann beugte sie sich vor, um jede dieser Stellen zu küssen. »Ist das in Ordnung?«, fragte sie zögernd.

»Alles ist in Ordnung, Baby. Ich gehöre dir.« Er lehnte sich zurück und erlaubte ihr, ihn zu erkunden.

Sully bewegte ihre feingliedrige Hand über seinen Brustkorb und seine Brustwarzen. Sie ließ den Blick tiefer wandern und beobachtete, wie sein Körper auf ihre Berührungen reagierte. Ihr Mund folgte ihrer Hand, und während sie seinen Brustkorb küsste und ihre Zunge über seine Brustwarzen gleiten ließ, lächelte sie über die anerkennenden Laute, die er von sich gab. Sie fuhr fort, seinen Brustkorb, seine Rippen und seinen Bauch zu küssen und zu berühren, testete seine Beherrschung aus, zeichnete mit weichen Fingern seine Bauchmuskeln nach. Doch über seinen Boxershorts hielt ihre Hand inne, streifte dann seine Härte und brachte sie zum Zucken. Ihr Blick aus den hellblauen Augen huschte neugierig zu seinem Gesicht, während sie es noch einmal tat. Ihr Vertrauen in ihn war das beste Geschenk, das er je erhalten hatte. Er biss die Zähne zusammen und kämpfte gegen den Drang an, seine Hüften anzuheben, während sie fortfuhr, ihn zu berühren, zu beobachten, zu erkunden. Als sie mit der Hand in seine Boxershorts glitt und seine harte Länge damit umfing, stieß er ein keuchendes Stöhnen aus, bevor er es verhindern konnte, und sie verstärkte den Griff noch mehr.

»Grundgütiger. Das fühlt sich gut an, Liebling.«

Sie presste ihre heißen Lippen auf seinen Bauch, streichelte ihn dabei weiter, und er stellte fest, dass er kurz davor war, den Verstand zu verlieren. Sie fuhr fort, ihn auf die Folter zu spannen, küsste und streichelte ihn, hielt die Hand still, um zu spüren, wie seine Erektion bei jedem Druck ihrer Lippen zuckte. Als sie seine Shorts nach unten streifte, zog er sie aus und legte sich wieder hin, um ihr die volle Kontrolle über seinen Körper zu überlassen. Ihre Augen waren dunkel und lustvoll, als sie sich im Mondlicht neben ihn kniete, und die

Flammen des Feuers tanzten in ihren Augen, während sie ihn von Kopf bis Fuß betrachtete und sich einzuprägen schien.

Er fuhr mit der Hand über ihren Rücken. »Du musst nicht weitermachen.«

»Ich habe noch nie zuvor einen Mann berühren wollen«, erwiderte sie leise, aber dann wurde ihre Stimme kräftiger. »Ich empfinde so viel für dich und will alles von dir berühren.«

Das war das Sinnlichste, was er je gehört hatte. »Ich gehöre dir, Sully. Du darfst jeden Zentimeter von mir anfassen, und du brauchst dir keine Sorgen zu machen. Ich erwarte überhaupt nichts von dir. Das ist ein Versprechen. Du bestimmst, was heute Abend zwischen uns passiert.«

Sully schluckte schwer, nickte und nahm sich Zeit, um seinen Körper zu erkunden. Sie fuhr mit den Händen über seine Schultern, seine Arme, seinen Brustkorb, seinen Oberkörper und seine Beine, jede Berührung gefolgt von einem Kuss, einem Lecken oder einem kleinen Biss. Es war so erotisch, dass er sich dazu zwingen musste, still liegenzubleiben, während sie ihn überall außer an seinen empfindlichsten Stellen berührte. Sein Körper stand in Flammen, er hatte sämtliche Muskeln angespannt, seine Härte schmerzte vor Verlangen. Ihre Neugier, ihre Faszination und ihr Vertrauen waren genauso verlockend, als hätte sie ihn dort berührt, was seine Gefühle für sie noch vertiefte. So etwas hatte er noch nie erlebt, er hatte die Kontrolle noch nie auf diese Weise abgegeben, aber für Sully würde er alles tun, und sie strahlte förmlich beim Betrachten seiner Reaktionen. Sie biss sich auf die Unterlippe, um ihr Lächeln zurückzuhalten, und wiederholte bestimmte Berührungen oder zarte Bisse, um eine noch lautere Antwort bei ihm hervorzurufen. Sie saugte an seinen Brustwarzen und fuhr mit den Zähnen über sein Fleisch, was ihn stöhnen und knurren ließ.

Dann setzte sie sich rittlings auf seinen Bauch, ihre Erregung befeuchtete seine Haut, was seine Beherrschung ernsthaft auf die Probe stellte. Sie beugte sich zu ihm hinunter, um ihn zu küssen, und flüsterte: »Ist das in Ordnung? Ich habe noch nie oben gesessen.«

»Es ist mehr als in Ordnung, Baby. Deine Berührung ist das Mächtigste, was ich je gefühlt habe.« Er vergrub die Hände in ihrem Haar und küsste sie. Fieberhaft erwiderte sie seine Liebkosungen und rieb sich an ihm. Er wusste, dass sie mehr brauchte, und er sehnte sich danach, ihr Lust zu bereiten, aber er wollte ihr nicht das Gefühl geben, mit ihm schlafen zu müssen, wenn sie nicht dazu bereit war. »Liebling«, sagte er an ihrem Mund, »setz dich auf mein Gesicht. Ich möchte dir Lust schenken.«

Sie riss ungläubig die Augen auf, und er hatte den Eindruck, dass sie das noch nie zuvor getan hatte.

»Du hast die völlige Kontrolle«, rief er ihr ins Gedächtnis. »Du kannst jederzeit Nein sagen.«

»Ich will nicht Nein sagen. Ich will dir einfach nicht wehtun ... oder dich erdrücken.«

Sie war so unglaublich niedlich und unschuldig. »Das wirst du nicht, Baby. Vertrau mir, ich werde jede Sekunde davon genauso genießen wie du.«

Zögernd nahm sie die Position ein. »Ganz runter, Liebling.« Er schob sie auf seinen Mund und machte sich daran, sie zu lecken und zu verwöhnen, und intensivierte seine Bemühungen, bis sie stöhnte und sich wand, während er sich an ihr gütlich tat.

»Oh Gott ... Cal ...« Sie bebte über seinem Mund, und als er sie mit den Fingern an der empfindlichsten Stelle berührte und mit der Zunge tief in sie eindrang, bewegte sie das Becken noch schneller. *»Ja, oh ...«*, entrang sich ihrer Kehle. Er

verschlang sie, streichelte sie immer schneller und intensiver, trieb sie auf die höchsten Wogen der Lust, bis sie laut »*Jaaa …*« schrie. Ein Strom sinnlicher Laute erfüllte die Luft, und sie bebte auf seinem Mund und genoss ihre Lust bis zur letzten Woge.

Ihr Körper zitterte und bebte, als sie sich nach unten gleiten ließ und ihre Feuchtigkeit seine Brust und seinen Bauch benetzte. Er wischte sich den Mund mit dem Unterarm ab und streckte die Hand nach ihr aus, um sie an ihre Wange zu legen. »Komm herunter, Liebling, und küss mich.«

Sie senkte ihren Mund auf seinen und küsste ihn, anfangs langsam, als wollte sie sich an ihren Geschmack gewöhnen. Er verflocht seine Hände mit ihrem Haar, hielt ihren Mund über seinem und ließ sie weiterhin das Tempo bestimmen. Sie vertiefte den Kuss und erkundete seinen Mund so, wie sie seinen Körper erkundet hatte, fuhr mit ihrer Zunge über seine Zähne und am Gaumen entlang, verstärkte nach und nach die Intensität, bis sie ihn gierig küsste und er ganz bei ihr war.

Nach einer Weile löste sie sich keuchend von ihm. »Ich bekomme gar nicht genug von dir.« Schon küsste sie ihn wieder, leidenschaftlicher. Sie rutschte weiter nach unten und verharrte direkt über seiner Erektion, so heiß und so verdammt verführerisch, dass er sich mit aller Macht davon abhalten musste, die Haltung zu ändern und in sie einzudringen. Langsam bewegte sie sich an seiner Länge entlang, ebenso bedächtig wie entschlossen, zog sich dann wieder zurück und sah ihm mit ebenso viel Verlangen wie Zuneigung in die Augen.

Er wappnete sich gegen sein wachsendes Verlangen nach der bezaubernden Frau, die sich für ihn öffnete, und fuhr mit den Händen über ihre Oberschenkel. »Fühlt sich das gut an, Baby?«

»Ja, aber ich will immer noch mehr. Ich will dich in mir

spüren.«

Diese Worte aus ihrem Mund zu hören, ließ seine Härte unter ihr zucken. »Ich habe ein Kondom in meiner Brieftasche.«

»Das brauchen wir nicht. Ich nehme die Pille, und die Ärztin hat mir versichert, dass ich gesund bin. Was ist mit dir?«

»Bei mir ist alles bestens, aber bist du dir sicher, Baby? Ich will nicht, dass du dir Sorgen machen musst.«

»Ich will nicht, dass irgendetwas zwischen uns ist.« Sie runzelte erneut die Stirn. »Aber ich möchte oben bleiben.«

Er grinste. »Ein Platz in der ersten Reihe, wenn meine umwerfende Süße mich reitet, klingt ganz großartig.«

Sie biss sich verlegen auf die Unterlippe und senkte den Kopf, um ihn zu küssen. Ihre Haare legten sich wie ein Vorhang um ihre Gesichter. Er war mit einer beeindruckenden Erektion gesegnet, und als sie sich darauf sinken ließ, kämpfte er gegen den Drang an, das Becken anzuheben. Stattdessen ließ er ihr so viel Zeit, wie sie brauchte, bis er schließlich ganz in ihr war. Die Luft entwich aus seiner und ihrer Lunge und *du liebe Güte*, sie war so eng und heiß, und er hatte noch nie etwas so Perfektes gefühlt.

»Himmel, Baby, du bist so eng. Ist dir das zu viel?«

»Nein. Es fühlt sich gut an«, keuchte sie.

Er blieb reglos liegen, und sein Körper vibrierte vor Zurückhaltung, während er ihrem Körper Zeit gab, sich an ihn zu gewöhnen, und es ihr überließ, den nächsten Schritt zu machen. Es war die reinste Folter, aber das scherte ihn nicht. Nichts war wichtiger, als dass diese wunderschöne Frau sich fand, so wie sie einander gefunden hatten. Als sie sich schließlich bewegte, fühlte es sich unglaublich an. Er umfasste ihre Hüften und musste sich mit aller Macht beherrschen, um nicht die Kontrolle an sich zu reißen. Aber hier ging es um ihre Bedürfnisse, ihre

Entdeckungen. Sie versuchte, ihn dabei zu küssen, aber ihm entging nicht, dass es ihr schwerfiel, einen Rhythmus zu finden.

»Lass dir Zeit, Süße.« Er schob ihr die Haare hinters Ohr und sah in ihre neugierigen, lusterfüllten Augen. »Du kannst die Hände auf meinem Brustkorb abstützen oder verschränke deine Finger einfach mit meinen, wenn du in dieser Stellung bleiben willst.«

Er legte die Hände mit den Handflächen nach oben zu beiden Seiten seines Kopfes ab, und sie runzelte die Stirn, als würde sie darüber nachdenken. Dann verflocht sie ihre Finger mit seinen, drückte seine Hände neben seinem Kopf auf die Matratze und bewegte sich vor und zurück. Wieder senkte sie den Kopf, ihre Haare rutschten hinter ihrem Ohr hervor und verhüllten ihre Gesichter.

»Fühlt sich das gut an, Baby?«

»Mhm. Ich möchte es schneller machen.«

»Tu dir keinen Zwang an, Baby.«

Sie beschleunigte das Tempo und zog sich um ihn herum zusammen. »Das gefällt mir«, stieß sie hervor, während sie ihn hart und schnell ritt.

Er biss die Zähne zusammen und versuchte, den Druck zu ignorieren, der sich in ihm aufbaute. Als sie seine Hände losließ und die Handflächen auf seinen Brustkorb stemmte, wurde ihm bewusst, dass sie alles ausprobieren wollte.

»Das ist meine umwerfende Liebste. Nimm dir, was immer du willst.«

Sie ritt ihn schneller, wilder, und er liebkoste ihre Brüste und rollte ihre Brustwarzen zwischen den Zeigefingern und Daumen. »*Ja.* Das fühlt sich gut an.«

Stöhnend drückte sie den Rücken durch und ritt ihn weiter. Er wusste, dass er sie zum Höhepunkt bringen konnte, indem er ihre empfindlichste Stelle berührte, aber sie war so unglaublich atemberaubend, während sie ihren Körper besser kennenlernte und die Kontrolle über ihre Sexualität übernahm, dass er weitere Türen für sie öffnen wollte. Ihr zeigen wollte, was sie sonst noch machen konnte und zu was sie zusammen fähig waren. »Berühr dich, Liebling.« Er führte ihre Hand zwischen ihre Beine und war überrascht, dass sie ihm dabei die ganze Zeit in die Augen blickte, was unglaublich heiß war. »Genau so.« Er kniff ihr in eine Brustwarze, und sie keuchte. »Zu fest?«

Sie schüttelte den Kopf. »Das gefällt mir. Mach es noch mal.«

Das tat er, was ihm weitere bewundernde Laute einbrachte, während er mit den Hüften pumpte. »Such mit den Fingern nach der Stelle, die dich wild macht. Bringen wir dich zum Höhepunkt.«

»Ich habe das noch nie selbst gemacht«, gestand sie ihm.

Sein Herz war so von ihr erfüllt, dass er sie ebenso sehr halten wie sie lieben wollte. »Das ist in Ordnung, Liebling. Wir machen es gemeinsam.« Er legte seine Hand auf ihre und ermutigte sie.

»*Oh … Oh mein … Wow.*« Ihr Atem kam schnell und stoßweise.

»Das ist es, Baby, mach weiter so.« Mit einer Hand half er ihr, die andere legte er auf ihre Brust, während sie ihn ritt und immer heftiger atmete. Sie fanden einen gemeinsamen Rhythmus, ihre Energien verflochten sich miteinander und verbanden sie beide zu einem Ganzen. Sie schrie auf, und seine Hand hielt inne, während ihr Kopf zurücksank und sie den Mund weit aufriss. Er fuhr fort, ihre Finger für sie zu bewegen, und schickte sie über die Klippe. Ihr Innerstes zog sich eng und heiß um ihn zusammen, während Laute der Verzückung aus ihrem Mund drangen. Er kämpfte gegen das Bedürfnis an, ebenfalls zu kommen. »Das ist mein Mädchen«, stieß er zwischen zusammengebissenen Zähnen hervor. »Mach weiter.« Sie war wunderschön, wie sie sich an seine Brust klammerte, den Rücken durchgebogen, die Brüste rosa von seinen Händen, und ihren Höhepunkt bis zum Ende genoss.

Als sie schließlich auf ihm zusammensackte, nahm er sie in die Arme, küsste sie auf die Wangen und Lippen und kämpfte gegen sein Bedürfnis nach Erlösung an.

»Mehr«, flehte sie.

Er bedeckte ihren Mund mit seinem, umfing ihre Pobacken mit beiden Händen und liebte sie langsam. Dann drehte er sie auf den Rücken und schaute ihr in die vertrauensvollen Augen. »Ist das für dich in Ordnung, wenn ich vorsichtig bin?«

»Ja.«

Er küsste sie innig, liebte sie mit all der Zärtlichkeit, die sie verdient hatte, und der Hitze, nach der sie sich sehnte, und flüsterte zwischen den Küssen: »*Du fühlst dich so gut an … so sexy …*« Noch nie hatte sich etwas so richtig angefühlt. Er drang tiefer in sie ein und spürte, wie sich ihr Orgasmus ebenso aufbaute wie der seine. Sie atmeten beide schwer, und die Luft um sie herum schien zu pulsieren.

»Sei nicht so zurückhaltend«, flehte sie ihn an. »Ich will spüren, was du für mich empfindest.«

»Großer Gott, Liebling. Ich empfinde so viel für dich. Ich bin mir nicht sicher, ob dir klar ist, worum du mich gerade bittest.«

»Doch, das tue ich. Ich vertraue dir, also vertrau du mir bitte auch.«

Verdammt. Sie war sein Kryptonit. »Kannst du noch mehr von mir vertragen?«

»Das will ich doch hoffen.«

Er schob die Hände unter ihre Hüften, um sie anzuheben und in Position zu bringen, und stieß langsam so tief in sie hinein, wie er nur konnte.

»Oh Gott, das ist … Wow.«

Er küsste sie leidenschaftlich und nahm ihren Körper wahr, die Laute, die sie von sich gab, und wie sich ihre Hüften an seinen Rhythmus anpassten, während er das Tempo steigerte. Sie klammerte sich an ihn, und ihre Nägel gruben sich in seine Haut. Lustvolle Geräusche wanderten von ihrer Lunge in seine, während ihre Zungen einander umspielten und ihre Herzen in einen rasenden Takt verfielen. Ihre Haut war schweißnass, und er versuchte mit aller Macht, seinen Orgasmus hinauszuzögern. Seine Emotionen wirbelten wie wild umher, während sie sich ineinander verloren und ihre Körper die Kontrolle übernahmen. Ihre Küsse wurden chaotisch und wild, ihre Laute animalisch, und als sie kam, konnte er sich nicht mehr zurückhalten und ergab sich der Erlösung, die so machtvoll war, dass es sich anfühlte, als käme sie direkt aus seiner Seele.

Als die Welt allmählich wieder in den Fokus zurückkehrte, lehnte er seine Stirn an ihre und versuchte, wieder zu Atem zu kommen. »Bist du noch bei mir, Liebling?«

Sie schlug flatternd die Augen auf. »Mmh.«

Er nahm sie in die Arme, küsste ihre Lippen und ihre Wangen und ihre Stirn. »Ich bin hoffentlich nicht zu wild gewesen. Ich habe mich mitreißen lassen.«

»Das warst du nicht.« Sie schmiegte sich an ihn. »Mein ganzer Körper summt. Ich habe nicht geahnt, dass es so sein kann.«

Er strich mit der Nase über ihre Wange. »Ich auch nicht.«

»Das war nicht dein erstes Rodeo, *Cowboy*.« Ein neckisches

Lächeln umspielte ihre Lippen, als sie seine Worte nachahmte.

»Ich habe noch nie für jemanden so viel empfunden wie für dich, und dadurch wird alles viel intensiver.« Er küsste sie erneut, langsamer und tiefer, und strich mit den Lippen über ihren Mund. »Danke, dass du mir vertraut hast.«

»Das Gleiche könnte ich auch zu dir sagen, so, wie ich dich berühren durfte.«

»Ich liebe es, wenn du mich berührst.« Er hielt sie fest, während sich ihre Atmung beruhigte und sie ihren warmen, bezaubernden Körper sicher an ihn kuschelte. Er blickte zu den Sternen hinauf und fragte sich, wie er sein ganzes Leben hatte verbringen können, ohne je etwas wie das hier zu empfinden. Er wollte sich nicht bewegen, wollte nicht eine Sekunde davon verpassen, ihr nahe zu sein, und gestattete sich ein paar weitere Minuten dieses unglaublichen Genusses, bevor er ihr einen Kuss auf die Stirn hauchte. »Wenn ich gewusst hätte, dass es so endet, hätte ich ein Handtuch mitgebracht. Ich habe Servietten dabei, aber die sind zu rau.« Er griff nach seinem Shirt. »Ich werde das hier nehmen.«

Ihre Wangen röteten sich. »Du willst mich saubermachen?«

»Du bist meine Liebste. Selbstverständlich kümmere ich mich um dich.« Ihm wurde klar, dass sie das vielleicht in Verlegenheit bringen könnte, daher fügte er hinzu: »Außer, du willst das nicht.«

Tränen schimmerten in ihren Augen, und sie vergrub das Gesicht an seiner Brust.

Verdammt! Er drückte ihr einen Kuss auf die Stirn und hob ihren Kopf an, damit er ihr in die Augen sehen konnte. »Entschuldige. Ich wollte dich nicht aus der Fassung bringen.«

»Das hast du nicht. Das ist nur die Freude. Ich bin noch nie wie jemand von Bedeutung behandelt worden, nachdem …«

Die Emotionen schnürten ihm die Kehle zu. »Diese Zeit ist vorbei, Liebling. Du solltest dich langsam daran gewöhnen, geschätzt zu werden.«

Geschätzt.

Das war ein Wort, das Sully niemals mit sich selbst in Verbindung gebracht hätte, aber als sie lange, nachdem sie sich geliebt hatten, in Callahans Armen lag, in den Himmel starrte und mit ihm plauderte, während er mit ihren Haaren spielte und ihren Rücken streichelte, fühlte sie sich genau so: begehrt und wie jemand Besonderes. Schuldgefühle schlichen sich ein, tief eingeprägt von der Sekte, und sie musste sich erst daran erinnern, dass es in Ordnung war, glücklich zu sein, etwas zu wollen und zu brauchen und zu nehmen, ebenso wie etwas zu geben.

All diesen Emotionen folgte so etwas wie Erleichterung. Ihr war nicht bewusst gewesen, dass ihre Sorge, ob sie in die Welt hineinpassen würde, auf jeden Aspekt ihres Lebens abgefärbt hatte. Sie hatte sich gefragt, ob sie jemals in der Lage sein würde, eine normale, gesunde Beziehung zu führen. Während sie die Nachwirkungen ihres Liebesspiels genoss und daran dachte, wie Callahan ihr erlaubt hatte, die Kontrolle zu übernehmen, und wie er ihr dabei sanft auf die Sprünge geholfen hatte, so ganz anders als Rebel Joe mit seinen kalten, gefühllosen Händen, fiel ihr auch wieder ein, was Callahan zu ihrem Geständnis gesagt hatte, dass sie das Gefühl hatte, den anderen Frauen in ihrem Alter hinterherzuhinken. *Du musst überhaupt nichts tun, außer mit der Person glücklich zu sein, die du bist.* Dadurch fühlte sie sich im Vergleich zur restlichen Welt weniger wie eine Außenseiterin – und sie war Callahan unglaublich dankbar dafür.

Neunzehn

Sie lagen lange Zeit beieinander und gingen schließlich in Callahans Hütte, um das Badezimmer zu benutzen. Er zog sich ein sauberes Shirt an und gab ihr ein Sweatshirt. Es reichte ihr bis zu den Knien, aber es gefiel ihr, seine Kleidung zu tragen. Dadurch fühlte sie sich ihm sogar noch näher. Sie waren beide hungrig, darum plünderten sie seine Küche und kehrten mit Chips und Guacamole nach draußen zurück.

Callahan legte Feuerholz nach und zog die Kühltasche näher an die Decken heran, auf denen sie saß und Chips knabberte. »Was möchtest du gern trinken, Liebling?«

Sie musterte die Getränke. »Was glaubst du, was mir schmecken würde?«

»Ich.« Er beugte sich für einen Kuss zu ihr herüber.

»Man könnte ein Vermögen damit verdienen, dich in Flaschen abzufüllen.«

»Diese Idee hat nur einen Haken: Deine Lippen sind die einzigen, die ich auf meinen spüren möchte.«

Sie seufzte innerlich. Wie konnte das hier nur ihr Leben sein? Sie spähte in die Kühltasche. »Hast du irgendetwas Fruchtiges? Halt, warte.« Sie war in Hochstimmung, eroberte sich Teile von sich zurück, die Rebel Joe ihr vor viel zu langer

Zeit gestohlen hatte, und wollte unbedingt damit weitermachen. »Ich möchte wissen, ob mich Alkohol triggert.«

Er runzelte die Stirn. »Bist du dir sicher?«

»Ja. Bei dir fühle ich mich sicher. Wenn irgendetwas mich triggert, möchte ich das lieber mit dir zusammen herausfinden. Ist das in Ordnung?«

»Natürlich. Wie willst du das machen?«

»Hast du ein Bier und irgendetwas anderes Alkoholisches? Ich könnte zuerst daran riechen und ausprobieren, was ich dabei empfinde.«

»Das einzig Alkoholische, das ich außer Bier hier habe, ist fruchtig, extra für dich.«

»Hört sich gut an.«

Er schnappte sich ein Bier und einen Alcopop und setzte sich neben sie. »Bist du dir sicher, dass du das machen willst?«

Sie nickte.

Er öffnete die Bierflasche und reichte sie ihr. Nachdenklich legte er einen Arm um sie. »Das gefällt mir nicht, Sully. Du zitterst.«

»Weil ich Angst habe, dass es etwas in mir auslösen könnte.«

»Dann lass es«, erwiderte er bestimmt.

»Ich finde es toll, dass du dir Sorgen um mich machst, Callahan, aber es gibt nichts, womit ich nicht umgehen kann, schon vergessen?«

Er nickte, doch er sah angespannt aus.

Sie hob die Flasche an ihre Nase und schnupperte daran. »Es riecht widerlich.« Er legte den Arm fester um sie und griff nach der Flasche, aber sie zog sie weg. »Ich sagte widerlich und nicht, dass es mich triggert.«

»Sully«, warnte er sie.

»Gib mir einfach einen Moment.« Sie roch erneut daran,

und ihr Magen zog sich zusammen.

»Und?«, drängte er sie.

»Es ist unangenehm, aber versetzt mich nicht dorthin zurück. Mir ist gerade wieder eingefallen, dass auch andere Männer in der Anlage Alkohol getrunken haben, und sie haben nichts bei mir ausgelöst, also scheint es in Ordnung zu sein.« Sie reichte ihm die Bierflasche. »Würdest du einen Schluck nehmen?«

»Nicht wenn die Gefahr besteht, dass du dann auf Abstand zu mir gehst.«

»Keine Angst. Ich weiß, dass du es bist, und ich vertraue dir. Aber ich habe gehört, wie die Männer über das Roadhouse gesprochen haben. Ich weiß, dass du Bier trinkst.«

»Aber ich muss es nicht trinken. Ich komme auch ohne aus.«

»Lass es uns einfach ausprobieren, damit ich Gewissheit habe, in Ordnung? Bitte.«

Er stieß die Luft aus und trank einen Schluck, sah jedoch nicht glücklich aus.

Sie beugte sich zu ihm und küsste ihn, aber er hielt die Lippen fest verschlossen.

»Nun?«

Sie kletterte auf seinen Schoß, legte einen Arm um ihn und spürte die Spannung in jedem Teil seines Körpers. »Küss mich, als würdest du es wirklich wollen, und nicht so, als wolltest du den Atem anhalten.«

»Du machst mich fertig, Liebling.«

»Bitte. Du hast überhaupt nicht so wie er geschmeckt, und ich will sicher sein, dass es nicht nur daran liegt, wie du mich geküsst hast.«

Er stellte die Bierflasche ab und küsste sie, bis ihr Hören

und Sehen verging. »Und?«

Sie blinzelte mehrmals und versuchte, ihr Gehirn wieder in Betrieb zu nehmen. »Es löst nichts aus, aber vielleicht sollten wir es noch einmal wiederholen, nur für alle Fälle.«

Er lachte, und dann küsste er sie erneut, mit all den Emotionen, mit denen er sie die ganze Nacht lang geküsst hatte, und als sich ihre Lippen voneinander trennten, zog er eine Augenbraue hoch.

»Bier schmeckt an dir nicht schlimm. Ich vermute eher, dass mir deine Küsse immer schmecken werden.«

»Gott sei Dank.« Er atmete geräuschvoll aus und drückte sie an sich. »Aber möglicherweise sieht es anders aus, wenn wir miteinander intim sind und mein Atem nach Bier riecht, deshalb sollte ich vielleicht lieber für eine Weile auf Bier verzichten.«

»Das ist möglicherweise eine gute Idee. Danke, dass du es mit mir ausprobiert hast. Lass mich jetzt das andere versuchen.«

Er öffnete den Alcopop für sie und reichte ihr die Flasche.

Sie nahm einen Schluck und zog die Augenbrauen hoch. »Das schmeckt gut. Es ist süß wie etwas zu naschen und ruft keine unangenehmen Gefühle hervor.«

»Lass mich einen Schluck probieren.« Er füllte seine Wangen und bewegte das Getränk in seinem Mund hin und her, bevor er es hinunterschluckte. Dann beugte er sich vor, um sie zu küssen. »Jetzt schmeckst du noch süßer. Das gefällt mir.« Sie nahm ihm die Flasche ab und trank einen Schluck.

»Immer schön langsam, Liebling. Nicht dass du all deine Hemmungen verlierst und mich ausnutzt.«

Sie lachte leise. »Ich glaube, das habe ich bereits.«

»Und es war der Höhepunkt meines Lebens.« Er zwinkerte ihr zu.

Sie aß einen Chip und lehnte sich an ihn. »Bist du zu allen Frauen, denen du nahestehst, so wunderbar?«

»Nein. Du hast mehr von mir bekommen als je eine andere Frau zuvor. Emotional und körperlich. Ich habe noch nie einer Frau so die Kontrolle überlassen wie dir.«

»Warum nicht?«

»Weil das sehr viel Vertrauen erfordert, und vor dir war ich nie auf der Suche nach einer Beziehung. Für mich ging es immer nur um die Ranch und um den Club.«

»Aber jetzt wünschst du dir eine Beziehung? Mit mir?«

»So würde ich das nicht ausdrücken, Liebling. Zum ersten Mal in meinem Leben hat mein Herz die Führung übernommen. Ich brauchte nicht nach einer Beziehung zu suchen. Unsere Verbindung besteht schon seit dem Tag, an dem wir uns zum ersten Mal getroffen haben.« Er nahm einen Schluck von ihrem Alcopop und gab ihn ihr zurück. »Tatsächlich besteht sie schon, seit ich dein Foto auf dem Flyer zum ersten Mal gesehen habe. Auch wenn das Alterungsbild dir nicht besonders ähnlich sah, lag doch etwas in deinen Augen, das mir unter die Haut ging. Ich hatte das Gefühl, dass du irgendwo da draußen darauf wartest, gefunden zu werden, und ich musste unaufhörlich an dich denken. Es war so, als wäre mein Herz verschlossen und als hättest du den Schlüssel dazu gehabt. Ich dachte eigentlich, dass du bestimmt dasselbe gefühlt hast.«

Da war sie. Die Antwort darauf, woher die Schmetterlinge in ihrem Bauch kamen, der Grund, aus dem sie sich so zu ihm hingezogen fühlte und den Blick nicht hatte abwenden können. »Das habe ich und tue ich auch jetzt. Es ist immer da, so wie die Luft, die wir atmen.«

»Genauso fühlst du dich für mich an. Wie die Luft, die ich atme.« Er legte die Arme um sie und stützte seine Stirn an ihre.

»Ich fühle mich wie in einem Traum, aus dem ich nicht erwachen will.«

»Es ist kein Traum, Liebling. Das ist die Wirklichkeit, und nur ein kleines Stück davon.«

Er küsste sie erneut, und ein paar Minuten später kletterte sie von seinem Schoß herunter, um nach Chips und Guacamole zu greifen.

»Du hattest einen aufregenden Vormittag. Jetzt, wo du ein bisschen Zeit gehabt hast, um alles zu verdauen, möchtest du mir vielleicht von deinem Treffen mit Jordan erzählen?«

»Es war seltsam, aber schön. Es ist immer noch ein bisschen beängstigend, dass sie sich an mich erinnert, ich mich aber nicht an sie.«

»Hast du ihr deshalb nichts von deiner Zeichnung von dem kleinen Mädchen in dem schicken Kleid erzählt, das im Gras tanzt? Es klang so, als hättest du sie als Kind gezeichnet.«

Sie fuhr mit dem Finger das Etikett der Flasche nach, die sie sich teilten. »Ich hatte darüber nachgedacht, ihr davon zu erzählen, aber sie war so glücklich und hoffnungsvoll, da wollte ich nicht, dass sie glaubt, ich würde mich an mehr erinnern, als ich es tatsächlich tue. Dann wäre sie nur enttäuscht gewesen. Ich hatte dieses Bild von ihr im Kopf, wie sie im Gras tanzt, aber ich erinnere mich nicht wirklich daran, dort gewesen zu sein oder ihr dabei zugesehen zu haben. Ich habe darauf gewartet, dass irgendwas von ihren Worten all meine Erinnerungen zurückbringt, aber das ist nicht passiert.«

»Das ergibt Sinn, aber man weiß ja nie. Es hätte ihr vielleicht etwas Frieden bringen können, zu wissen, dass du diesen Augenblick gezeichnet hast. Denk mal darüber nach. Du hast erwähnt, dass du dich ein bisschen verloren gefühlt hast. Haben die Fotos, die sie mitgebracht hat, dir bei all dem geholfen?«

»Ich habe sie mir noch nicht wieder angeschaut. Das wollte ich mit dir zusammen machen.«

»Das bedeutet mir eine Menge. Ich fand es schön, etwas über deine Familie zu erfahren. Es klang, als hätten deine Eltern dich sehr geliebt.«

»Ich wünschte, ich könnte mich an sie erinnern.«

»Glaubst du, dass unter den Zeichnungen, die du zurückgelassen hast, auch welche von deiner Familie sein könnten?«

»Die Frage habe ich mir auch schon gestellt. Die Sache ist die, mein Onk… – *Richard* – hat mir immer Geschichten erzählt. Ich erinnere mich daran, wie ich Bilder von Menschen gezeichnet habe, aber wenn ich sie ihm gezeigt habe, sagte er immer, dass sie aus dieser oder jener Geschichte stammen würden, und dann hat er mir die Geschichte erzählt. Deshalb weiß ich nicht, was vielleicht eine Erinnerung gewesen ist und was von seinen Geschichten kommt.«

»Dieser Mistkerl hat dir eine Gehirnwäsche verpasst.« Er nahm einen Schluck und schüttelte den Kopf. »Ich würde diesen Bastard liebend gern in die Finger bekommen. Sein Glück, dass er bereits tot ist.«

»Mir geht es ähnlich. Ich wünschte, ich könnte mich an das erinnern, was er ausgelöscht hat.«

»Er hat deine Erinnerungen nicht gelöscht. Er hat sie umgeschrieben. Wahrscheinlich sind sie immer noch da, gut versteckt in seinen Geschichten.«

»Was ist, wenn ich mich nie an irgendetwas erinnern werde?«

»So wie ich das sehe, warst du bei deiner Entführung so jung, dass Jordan und du ohnehin neu anfangen müsst. Ihr müsst euch als die Personen kennenlernen, die ihr jetzt seid, als erwachsene Frauen. Du kannst neue Erinnerungen schaffen und eine neue Beziehung aufbauen. Das soll nicht heißen, dass du die Hoffnung aufgeben musst, jemals deine Erinnerungen zurückzugewinnen, aber ich würde mich davon nicht daran hindern lassen, etwas Neues zu beginnen.«

»Genau darauf hoffe ich. Ich habe die Fotos mitgebracht. Sie sind in meinem Skizzenbuch. Hättest du etwas dagegen, wenn wir sie uns anschauen?«

»Überhaupt nicht. Ich würde sie gern sehen.« Er reichte ihr das Buch.

Sie öffnete den Reißverschluss der Lederhülle und nahm die Fotos heraus. Gemeinsam sahen sie sich die Bilder an. Auf die Rückseiten hatte Jordan Daten und Namen geschrieben. Es gab Fotos von Sully als Baby mit hauchfeinen blonden Haaren und als Kleinkind, dessen Haare so wild waren wie ihre heute. Ihre Augen schienen vor Freude zu strahlen, und ihr stand die Welt offen. Sich selbst zu sehen, wie sie mit Jordan spielte und mit ihren Eltern zusammen war, verstärkte Sullys Wunsch, sich an sie erinnern zu können.

»Jordan hatte recht, dass du dich wie dein Dad angezogen hast.«

Auf fast allen Fotos von ihr als Kleinkind trug sie T-Shirts oder Flanellhemden und die winzigen Arbeitsstiefel, die Jordan erwähnt hatte. Sie betrachtete ein Familienfoto. Sie saß auf den Schultern ihres Vaters, und ihr Kinn ruhte auf seinen dunklen Haaren. Sie lächelte bezaubernd und hatte ihren dünnen Arm um seinen Hals gelegt, als gehörte er ganz ihr. Er war ein großer Mann gewesen. Nicht muskulös wie Callahan oder schwer wie Tiny, aber hochgewachsen und insgesamt kräftig, und seine beschützende Haltung und die Bewunderung in seinen Augen bewiesen, wie sehr er seine Familie geliebt hatte. Er hielt Sullys Hand und hatte den anderen Arm um die Schulter ihrer Mutter gelegt, deren Hand er ebenfalls hielt. Jordan stand vor ihr, und mit den schimmernden blonden Haaren, den hohen Wangenknochen und den großen blauen Augen sah sie wie eine jüngere Version ihrer Mutter aus. Ihre Mutter hatte einen Arm schützend über Jordans Schulter gelegt, und ihre Hand ruhte auf Jordans Bauch.

»Sieh dich nur an, Liebling. Du warst absolut bezaubernd mit diesen hellblauen Augen, wie du dich an deinem Daddy festgehalten hast, als wäre er dein Ein und Alles.« Er legte einen Arm um sie und küsste sie auf die Stirn. »Es tut mir so leid.«

Tränen brannten in ihren Augen. »Jordan hat gesagt, dass dieses Foto im Sommer vor dem Unfall aufgenommen wurde. Ich wünschte mir, ich könnte in der Zeit zurückreisen und einen Tag in Caseys Haut stecken, um ihn mit dieser Familie, die mich geliebt hat, zu verbringen, damit ich unsere Verbindung spüren kann.«

»Das wünschte ich auch«, erwiderte er, während ihr die Tränen über die Wangen liefen. Er drückte sie an sich. »Es ist in Ordnung, Liebling. Lass es raus.«

»Auf diesen Fotos gehöre ich zu ihnen, aber wie soll ich je wieder das Gefühl haben, dazuzugehören, wenn ich mich gar nicht daran erinnern kann, einst dazugehört zu haben?«

»Darauf kann ich dir keine Antwort geben, Baby, aber du hast mich nicht gekannt, und zwischen uns ist eine Beziehung entstanden. Ich glaube, du musst dem Ganzen Zeit lassen, und vielleicht wirst du überrascht feststellen, wie sich alles entwickelt. Deinen Onkel und deine Tante hast du noch nicht einmal getroffen.«

»Das werde ich noch, aber ich glaube, Jordan erwartet von mir, dass ich Casey bin, und das bin ich nicht mehr. Ich bin nicht einmal Sully. Das ist nur ein Name, den sie sich ausgedacht haben. Ich weiß überhaupt nicht, wer ich bin.«

Er fasste sie am Kinn, sodass sie ihn mit ihren tränenverschleierten Augen ansehen musste. »Genau deshalb bist du hier, Liebling. Die Therapie wird dir helfen, aber es geht nicht nur darum, wo du herkommst. Das ist wichtig, aber noch wichtiger ist vielleicht, wer du sein willst, losgelöst von allem und jedem anderen.«

»Es gefällt mir, wer ich bin. Ich würde nur gerne wissen, wo ich hingehöre.«

Sein Gesichtsausdruck wurde ernst. »Du bist gerade einer Situation entkommen, in der sie versucht haben, dich einzusperren und kleinzuhalten. Jetzt bist du frei, Sully. Du kannst sein, wer du sein willst, dorthin gehen, wo du hingehen willst, und mit jedem zusammen sein, der deiner Meinung nach deine Gegenwart verdient hat. Du gehörst dorthin, wo du hingehören willst, und das kann sich so oft ändern, wie du möchtest. Ich verstehe deinen Wunsch, zu einer Familie dazuzugehören und dich an all das zu erinnern, was du als kleines Kind gemacht hast, und ich hoffe, dass du das wieder zurückgewinnst. Ach, Baby, ich würde alles geben, wenn ich dir damit deine Erinnerungen zurückholen könnte, und ich werde dir auf jede mir mögliche Art helfen.«

»Das weiß ich«, stieß sie mit gepresster Stimme hervor.

»Aber selbst, wenn du dich niemals an diese Zeit in deinem Leben zurückerinnerst und das Gefühl hast, Jordan wäre dir einen Schritt voraus, so weißt du doch auf jeden Fall, dass sie dich liebt und Teil deines Lebens sein möchte. Für mich klang das eindeutig und ohne Vorbehalte, egal, welchen Namen du verwendest oder ob du dich daran erinnerst, dass du Rüschenkleider gehasst hast. Wenn du also jetzt daran arbeitest, dich an deine Vergangenheit mit deiner Schwester zu erinnern, die dich endlich gefunden hat, dann erwartet sie bestimmt nicht, dass du dieselbe Person bist wie vor all den Jahren. Versuch, mit ihr darüber zu sprechen, wie du dich fühlst und wer du jetzt bist. Bestimmt stellst du bald fest, dass sie dich genauso sehr schätzt wie ich.«

Sie ließ ihren Tränen freien Lauf, und er nahm sie in die Arme. »Verzeih mir. Ich wollte dich nicht aus der Fassung bringen.«

»Das hast du nicht. Ich weiß ja, dass du recht hast.«

»Das habe ich eigentlich immer«, neckte er sie.

Sie lächelte, dankbar für seinen Humor, und wischte sich über die Augen. »Ich habe einfach nur das Gefühl, dass es da einmal Casey gegeben hat und dann Sully, aber keines von beidem fühlt sich jetzt richtig an.«

Er legte ihr die Hände an die tränenfeuchten Wangen und küsste ihre salzigen Lippen. »Zu gegebener Zeit wirst du schon eine Antwort darauf finden.«

»Vermutlich ist Zeit jetzt alles, was ich habe.«

»Du hast noch mehr als das, Liebling. Du hast auch mich und meine Familie, die Freundschaften, die du hier schließt, Beauty und die Freiheit, deine Zukunft so zu gestalten, wie du es willst.« Er zog sie erneut in seine Arme, und sein Herz schlug zuverlässig und gleichmäßig an ihrem. »Du kannst den Namen wählen, der dir gefällt, aber wie auch immer du dich nennen möchtest, hoffe ich, dass ich immer Liebling zu dir sagen darf.«

Nachdem sie jahrelang auf ein besseres Leben gehofft und dafür gebetet, sich danach gesehnt hatte, geschätzt und ganz und gar gemocht zu werden, brachen seine Worte den Damm, und all ihre Emotionen flossen über.

Zwanzig

Am nächsten Morgen sahen sie sich eng umschlungen den Sonnenaufgang von ihrem behaglichen Nest auf der Plattform aus an. Sie machten einen Spaziergang am Bach entlang und bereiteten zusammen in Callahans riesiger Küche das Frühstück zu. Sie redeten und küssten sich, neckten sich und lachten und spielten beim Frühstück Scrabble. Sully zeigte ihm schließlich ihre Liste der Dinge, die sie gern machen wollte, und strich *Shorts tragen, mehr Spiele mit Callahan spielen* und *unter dem Sternenhimmel schlafen* durch. Als er sie zu ihrer Hütte zurückbrachte, damit sie duschen und sich für ihr Treffen mit Wynnie fertigmachen konnte, küsste er sie an der Tür und sagte ihr, dass sie ihm eine Nachricht schreiben sollte, wenn sie hinterher mit ihm reden wollte. Es war unglaublich, mit jemandem zusammen zu sein, der immer wissen wollte, wie sie sich fühlte, und der auch vor schwierigen Themen nicht zurückschreckte. Sie genoss diese Gefühle, weil sie eine andere Art von Freiheit darstellten, die sie nicht vorhergesehen hatte.

Es war die absolut beste Nacht und der beste Vormittag ihres ganzen Lebens gewesen. Aber ihr waren auch die Augen geöffnet worden. In Callahans Haus war ihr aufgefallen, dass sich alles nach ihm anfühlte, von den massiven Möbeln über die groben Holzdielen und den wundervollen gemauerten Kamin bis hin zu der anheimelnden Dekoration und den liebevoll platzierten Familienfotos. Er hatte ihr die Geschichte hinter einigen der Bilder erzählt und ihr die Namen von besonderen Pferden genannt, mit denen er gearbeitet hatte. Er schilderte ihr Erlebnisse mit seiner Familie und Orte, die sie besucht hatten, und sie hatte ihm aufmerksam gelauscht. Dadurch wurden viele Dinge, die sie an ihm bewunderte, noch weiter untermauert, wie zum Beispiel seine Loyalität zu seiner Familie und dass er immer gewusst hatte, wer er war, wo er hingehörte, und wer er sein wollte. Aber als sie in Wynnies Büro saß, spürte sie eine tiefe Sehnsucht nach etwas Eigenem, an dem sie sich festhalten konnte. Etwas, worauf sie hinarbeiten konnte, das ihr Sicherheit gab. Und so gut es sich auch anfühlte, mit Callahan zusammen zu sein, verspürte sie doch Schuldgefühle, weil sie die Therapie bei Wynnie aufs Spiel gesetzt hatte – und all das kam in einem einzigen wirren Wortschwall heraus, kaum dass Wynnie ihr gegenübersaß.

»Das mit mir und Callahan tut mir sehr leid. Ich wollte nichts falsch machen, und ich möchte wirklich herausfinden, wer ich bin und wer ich sein möchte und wozu ich fähig bin, um ein richtiges Leben zu führen, und ich will niemandes Gefühle verletzen oder etwas falsch machen.«

Wynnie lehnte sich lächelnd zurück. »Okay. Offenbar gibt es hier eine Menge zu besprechen.«

»Entschuldige. Anscheinend geht mir eine Menge durch den Kopf. Ich hatte nicht erwartet, dass alles auf einmal aus mir herausplatzen würde. In meinem Kopf herrscht gerade ein ziemliches Chaos.«

»Du brauchst dich nicht zu entschuldigen. Das ist gut so, und es kommt nicht wirklich unerwartet. Bei dir haben sich schlagartig viele Dinge geändert, und wir werden über alles reden, aber fangen wir doch mit Cowboy an. Was euch beide anbetrifft, hast du nichts falsch gemacht. Du bist eine erwachsene Frau. Du kannst mit dem Mann zusammen sein, mit dem du zusammen sein willst. Aber es gibt bestimmte Dinge, die ich als Therapeutin nicht machen kann, und dazu gehört auch, jemanden zu behandeln, der mit einem Mitglied meiner Familie liiert ist.«

»Das verstehe ich, aber du hast dir so große Mühe gegeben, mir zu helfen. Ich mag Callahan sehr. Ich weiß, dass mein Leben gerade in der Schwebe hängt, und wer weiß, wie lange wir zusammen sein werden, aber ich bin glücklich, dass wir einander gefunden haben. Ich habe nur ein schlechtes Gewissen, dass ich es mir mit dir vermasselt habe.«

»Du hast nichts vermasselt, meine Liebe. Du hast einen Schritt nach vorn gemacht und bist deinem Herzen gefolgt, was bedeutet, dass du die Kontrolle über dein Leben selbst in die Hand nimmst. Das ist gut, auch wenn ihr beide sehr schnell zusammengefunden habt und ich mir Sorgen mache, dass du dich übernimmst, weil es zu viel auf einmal ist.«

»Ich weiß, dass bei mir gerade viel passiert, aber er ist der einzige Teil meines Lebens, der nicht überwältigend ist. Er erdet mich, und er hilft mir dabei, Teile von mir zu finden, die ich für immer verloren geglaubt habe oder von deren Existenz ich nicht einmal wusste.«

»Das freut mich. So gerne ich auch mit dir darüber reden möchte, möchte ich doch keine Grenzen überschreiten, die ich nicht überschreiten sollte, und mich in eine schwierige Unterhaltung über dich und Cowboy verwickeln lassen. Ich habe mit Colleen gesprochen, und sie würde gerne mit dir arbeiten. Was hältst du davon?«

»Damit bin ich einverstanden. Sie hat einen netten Eindruck auf mich gemacht, als ich sie kennengelernt habe, und wenn du glaubst, dass sie mir helfen kann, dann vertraue ich ihr ebenfalls. Ich bin ihr dankbar dafür, dass sie mir helfen möchte. Ich kann noch immer nicht glauben, wie viel deine Familie für mich tut, und ich werde eine Möglichkeit finden, mich eines Tages dafür erkenntlich zu zeigen.«

»Dass du deinen Weg in ein stabiles, glückliches Leben findest, ist uns Lohn genug. Ich dachte, wir könnten heute eine normale Sitzung abhalten, und wenn es dir recht ist, kannst du morgen zu Colleen wechseln. Aber wenn du noch mehr Zeit brauchst, um dich an die Vorstellung zu gewöhnen, mit jemand Neuem zu arbeiten, können wir damit auch noch ein paar Tage warten.«

»Morgen klingt gut, und ich möchte wirklich gern heute mit dir reden.«

»Dann lass uns loslegen. Wir können über alles reden, außer über Cowboy. Diese Diskussion kannst du dir für Colleen aufsparen. Du hast gesagt, dass du gerne herausfinden möchtest, wer du bist. Sollen wir damit anfangen?«

»Ja. Ich wurde als Casey Lawler geboren, und jetzt bin ich Sullivan Tate, und ich weiß, dass das ein Teil von dem ist, wer ich bin. Ich will darüber reden und auch über mein Treffen mit Jordan, aber das ist nicht der Teil, über den ich zuerst sprechen möchte. Heute Morgen habe ich mich an etwas erinnert, was Gaia immer zu mir gesagt hat, als ich noch jünger war und häufig in Schwierigkeiten geriet. Sie hat gesagt, dass ich jeden Tag eine Entscheidung treffen kann. Ich kann mich dafür entscheiden, die Person zu sein, die ich schon gestern war, oder die Person, die ich an diesem Tag sein möchte, und damit eine Entscheidung treffen, die mein Leben leichter oder schwieriger macht und die nur ich in der Hand habe.«

»Sie ist eine weise Frau.«

»Ich weiß, und sie hatte in so vielerlei Hinsicht recht. Meine Vergangenheit kann ich nicht ändern, aber die Ziele auf meinem weiteren Weg schon. Ich mag die Person, zu der ich mich entwickle, und ich bin dankbar für die Chance, die ihr mir hier gebt. Aber ich habe das Gefühl, dass ich größere Ziele brauche als nur herauszufinden, wo ich in meine Familie hineinpasse.«

»Kannst du mir sagen, was du damit meinst?«

»Ich mag es nicht, in der Schwebe zu hängen. Das Leben in der Sekte gefiel mir nicht, aber ich hatte jeden Tag ein Ziel vor Augen, und das war angenehm. Und ich weiß, dass alle hier verstehen, wie wichtig es ist, ein Ziel zu haben. Ich helfe Sasha liebend gern, und wenn sie mich lässt, möchte ich das fortsetzen. Ich fühle mich den Pferden verbunden, und ihnen zu helfen, hilft mir. Aber ich muss etwas machen, womit ich Geld verdienen kann, damit ich letzten Endes nicht länger von der Großzügigkeit anderer Menschen abhängig bin und normale Sachen machen kann, wie zum Beispiel Lebensmittel und Kleidung kaufen und … Ich weiß nicht, Miete bezahlen, damit ihr mich nicht mehr unterstützen müsst.«

»Das sind wundervolle Ziele, und du kannst Sasha selbstverständlich weiterhin helfen. Ich glaube, das wäre sogar sehr gut für dich. Aber du machst gerade große Veränderungen durch, und ich bin der Meinung, dass es wichtig für dich ist, einiges davon zu verarbeiten, bevor du dir zu viel aufbürdest.«

»Ich weiß, dass ich einiges zu verarbeiten habe und dass es Zeit braucht. Ich sehne mich nur nach dem Gefühl, mich in die richtige Richtung zu bewegen. Zu wissen, dass Sasha jeden Tag auf mich zählen kann, würde mir helfen. Aber irgendwann möchte ich mich selbst ernähren können, selbst wenn es bis dahin Monate dauert.«

»Das kann ich absolut verstehen, und ich freue mich, dass du nicht vorhast, dich kopfüber in irgendetwas hineinzustürzen. Was hast du denn für Interessen?«

Sully zuckte mit den Achseln. »Ich weiß nicht, was ich für Optionen habe. Ich kann kochen und putzen und nähen und zeichnen, und ich arbeite gern mit Kindern und mag eigentlich alles, was ich im Freien machen kann. Aber vielleicht gibt es noch andere Sachen, die ich gut kann.«

»Es gibt jede Menge Möglichkeiten, und ich bin mir sicher, dass du viele Talente hast. Und jetzt, wo du nicht mehr auf die Ranch beschränkt bist, stehen dir noch viele weitere Wege offen. Wir haben tolle Werkzeuge, um sich über den weiteren Berufsweg klar zu werden. Aber diese Diskussion ist für eine Sitzung zu umfangreich. Colleen kann diese Möglichkeiten mit dir durchgehen, und zusammen könnt ihr euch etwas für die Zukunft einfallen lassen. Da du aber mit Cowboy zusammen bist, kannst du leider keine bezahlte Angestellte der Ranch werden. In der Vergangenheit hatten wir Probleme mit Angestellten, die eine Beziehung miteinander eingegangen sind, und deshalb wurde das untersagt. Aber während du dir über alles Gedanken machst, kannst du praktisch überall auf der Ranch ehrenamtlich mitarbeiten.«

»Das klingt großartig. Ich wollte dich auch gar nicht darum bitten, mich zu bezahlen. Ich hätte einfach nur gern Unterstützung dabei, die richtige Richtung zu finden.«

»Verstehe. Was du auf jeden Fall machen kannst, ist eine Liste von all den Sachen anzulegen, die du magst, Sachen, worin du gut bist, und Sachen, die du lernen möchtest. Manchmal bringt es einen auf Ideen, wenn man alles zu Papier bringt.«

»Okay, das mache ich.« Sie atmete erleichtert aus. »Ich fühle mich schon besser. Danke.«

»Das alles bist du, Sully. Ich bin stolz auf die Schritte, die du unternimmst. Achte nur darauf, dir Zeit zu lassen, um deine Familie und dich selbst kennenzulernen.«

»Das werde ich.«

»Ich weiß, dass wir vor deinem Treffen mit Jordan über die Berichterstattung in den Medien gesprochen haben, aber jetzt, wo du ein bisschen Zeit hattest, darüber nachzudenken, möchtest du vielleicht auch darüber reden?«

»Nicht wirklich. Ich bin einfach nur dankbar dafür, dass sie meinen Namen aus den Nachrichten herausgehalten haben.«

»Hast du dir schon Gedanken über deinen Namen gemacht? Möchtest du in Zukunft lieber Casey genannt werden?«

»Ich habe viel darüber nachgedacht. Ich bin nicht mehr Casey. Ich versuche gerade, herauszufinden, ob ich Sully bin.«

»Das hat keine Eile, und ich würde vorschlagen, dass du dir auch damit Zeit lässt. Während du dir über die anderen Bereiche deines Lebens Gedanken machst, kann sich deine Meinung dazu auch wieder ändern.«

»Vielleicht, aber ich bezweifle es. Ich spüre einfach keine Verbindung zu dem kleinen Mädchen aus dem Flyer.«

»Lass uns darüber sprechen. Gestern war ein großer Tag. Wie war es für dich, deine Schwester zu treffen?«

»Ziemlich emotional und überwältigend. Wo soll ich anfangen?«

Sully verließ Wynnies Büro bewaffnet mit einem Sack voller

Ermutigung und bereit dazu, Jordan wiederzusehen. Ihre Schwester traf kurze Zeit später ein, wieder schick gekleidet in Skinny Jeans, einem hübschen grauen Pulli und Stiefeletten. Ihre Haare hatte sie im Nacken zu einem Pferdeschwanz zusammengefasst, ihr Make-up war dezent, und sie trug eine große, modische Tasche. Nach einer leicht verlegenen Umarmung sagte Sully: »Ich dachte, wir könnten einen Spaziergang über das Gelände machen und uns dabei unterhalten.«

»Das klingt gut. Mir gefällt dein Oberteil. Der Boho-Stil steht dir wirklich gut.«

»Danke. Als ich hergekommen bin, hatte ich nicht viel dabei, und Callahan und seine Schwester haben mir ein paar Sachen besorgt.«

»Oh, Sully. Ich hätte dich fragen sollen, ob du irgendwas brauchst. Entschuldige. Ich war gestern so überwältigt, und ich weiß nicht viel über deine Situation. Ich hatte gehofft, dass wir heute darüber sprechen könnten. Brauchst du irgendwas?«

»Nein. Ich habe mehr als genug, aber danke.« Sie holte ein paarmal tief Luft, während sie sich vom Haupthaus entfernten, und versuchte, ihre Nerven zu beruhigen. »Ich weiß, dass du Fragen haben musst. Was möchtest du gerne wissen?«

»Alles, aber ich möchte nicht, dass du das Gefühl hast, mir irgendetwas erzählen zu müssen, worüber du nicht sprechen willst. Ich würde gern einfach etwas mehr über dein Leben erfahren.«

»Du meinst mein Leben in der Sekte?«

»Nein. Ich meine, ja, irgendwann, aber wir haben einander als Kinder gekannt, und jetzt sind wir Erwachsene. Ich hatte darauf gehofft, dass du mir etwas über dich erzählen kannst. Du weißt schon, was du so magst und so. Solche Sachen eben.«

»Ich bin gerade erst dabei, all diese Dinge herauszufinden«, erwiderte sie auf dem Weg über den Rasen zu einer der Weiden, auf der Pferde grasten. »Ich glaube, ich muss dir von meinem Leben in der Sekte erzählen, damit du verstehst, was ich meine.«

»Nur, wenn das für dich in Ordnung ist«, sagte Jordan mitfühlend.

»Es ist die einzige Möglichkeit, dir ein Gefühl davon zu vermitteln, wie ich aufgewachsen bin und was sich alles verändert hat. Als du gesagt hast, ich wäre unserem Vater sehr ähnlich, ergab einiges von dem, wie ich bin, viel mehr Sinn. Die Menschen, die mich entführt haben, wollten das lange Zeit unterdrücken, und ich habe einen hohen Preis dafür bezahlt, einen starken Willen zu haben.« Sie erzählte ihr von Richard und seinen Geschichten und wie ihr Kampfgeist ihr Strafen eingebracht hatte. Sie sprach über die Mädchenschlafräume, ihren reglementierten Tagesablauf und die Restriktionen, die ihr auferlegt worden waren. Jordan stellte eine Menge Fragen, aber Sully merkte, dass sie vorsichtig war.

Sie setzten sich in das Gras neben die Weide, und sie berichtete von Gaia und dass sie für sie einer Mutter am nächsten gekommen war. Auch ihre Freundschaft zu Ansel schilderte sie und wie sehr sie ihn vermisste. Sie hatte nicht vorgehabt, ihr das alles zu erzählen, aber als sie erst einmal damit angefangen hatte, war es so, als hätte sie ein Fluttor geöffnet, aus der die Vergangenheit herausströmte. Sie erzählte ihr von ihren misslungenen Fluchtversuchen und den Strafen, die ihr das eingebracht hatte, und wie sie von Rebel Joe auserwählt worden war, woraufhin Jordan mehrmals bitterlich weinte. Sullys Emotionen hatten sich bis an die Oberfläche durchgekämpft, genau wie in der vergangenen Nacht, und dort im Freien vergoss sie so viele Tränen wie sonst in Jahren, während sie sich an ihre Schwester klammerte, die sie kaum kannte.

Als Sully ihre Flucht beschrieb und wie verängstigt sie gewesen war, hielt Jordan ihre Hand. Sie erzählte ihr von Chester und Carol und allem anderen, was sie hierhergebracht hatte.

Jordan sah sie mit verquollenen, tränenverhangenen Augen an. »Du bist der tapferste Mensch, den ich kenne. Aber das bist du schon immer gewesen, selbst als kleines Mädchen.«

Das brachte Sully erneut zum Weinen. Mit den Taschentüchern, die Jordan ihr gegeben hatte, wischte sie sich die Augen ab. »Ich habe seit Jahren nicht mehr geweint, aber in letzter Zeit bin ich wie ein Wasserfall.«

»Vielleicht liegt das daran, dass du so lange dazu gezwungen warst, deine Gefühle zu unterdrücken. Und jetzt, wo du in Sicherheit bist, kommen sie alle heraus.«

»Genau das hat Wynnie auch gesagt.«

»Tja, wenn es um dich geht, bin ich immer so. In der Nacht des Unfalls bin ich förmlich durchgedreht. Siehst du diese Narbe?« Jordan berührte die Narbe über ihrer Augenbraue. »Jax und ich nennen sie meine Casey-Narbe.«

Ihr Herz zog sich zusammen. »Habe ich dich verletzt?«

»Nein. Als ich von dem Unfall erfuhr, war ich völlig durcheinander. Ich fühlte mich ohne dich oder Mom und Dad verloren. Sie hatten mir mitgeteilt, dass Mom und Dad bei dem Unfall ums Leben gekommen waren, aber über dich sagten sie nur, dass sie versuchen würden, dich zu finden. Aber ich hörte, wie sie darüber spekulierten, dass jemand dich mitgenommen hätte, und da bin ich ausgeflippt. Ich bin weinend hinausgerannt und habe geschrien: ›Nimm mich! Bring sie zurück, und nimm mich an ihrer Stelle!‹ Und dann bin ich gestolpert und habe mir den Kopf an einem Stein aufgeschlagen. Die Narbe stammt von der Naht.«

Erneut kamen Sully die Tränen. »Oh, Jordan. Es tut mir so

leid. Alle machen sich Sorgen, wie das für mich gewesen ist, aber für dich muss es ebenfalls schrecklich gewesen sein. Du hast uns alle auf einmal verloren.«

»Es war schrecklich, und ich musste meine Gefühle ebenfalls lange Zeit verbergen, was es noch schwerer gemacht hat. Deshalb verstehe ich, wie das für dich war, auch wenn ich nicht so oft bestraft wurde, weil ich eher versuche, es anderen recht zu machen, als zu rebellieren.«

»Ich wünschte, ich hätte auch etwas davon in mir. Warum musstest du deine Gefühle verstecken?«

»Weil ich in dem Gesicht von jedem Mädchen, das ich sah, nach dir gesucht habe, und als ich nach Massachusetts zu Tante Sheila und Onkel Gary gezogen bin, musste ich bald feststellen, dass die anderen Kinder das nicht verstanden. Es machte ihnen Angst. Ich glaube, dadurch wurde für sie die Vorstellung real, dass jemand verschwinden könnte. Deshalb konnte ich in der Schule oder mit meinen Freunden nicht über meine ver-schwundene Schwester sprechen, ohne mich zur Außenseiterin zu machen. Mein Therapeut und Tante Sheila und Onkel Gary waren der Ansicht, dass ich alles hinter mir lassen sollte, aber das konnte ich einfach nicht. Tief in mir drin war ich davon überzeugt, dass du irgendwo da draußen warst, deshalb behielt ich meine Gefühle für mich. Schließlich bin ich in Maryland aufs College gegangen in der festen Überzeugung, dass ich dich dort finden könnte, und sobald ich meinen Abschluss hatte, bin ich wieder in unsere Heimatstadt zurückgekehrt für den Fall, dass du den Weg nach Hause findest.«

Sully war zu Tränen gerührt. »Du hast mich niemals aufge-geben?« Genauso wie Callahan, nachdem er diesen Flyer gesehen hatte.

»Nicht eine Sekunde. Mein damaliger Freund wollte, dass

ich nach New York ziehe und so tue, als hättest du nie existiert. Auf dem College war er zwar für mich da, und ich bin viel zu lange bei ihm geblieben und auch noch aus den falschen Gründen. Aber es war nicht nur er. Alle hielten mich für verrückt, weil ich nach so vielen Jahren darauf bestand, dass du noch am Leben bist. Erst als ich Jax traf, hatte ich das Gefühl, deinen Namen aussprechen zu können. Von dem Moment an, in dem ich ihm von dem Unfall erzählt hatte, teilte er meine Überzeugung, dass du am Leben sein musst. Er hat auch Reggie Steele engagiert, den Privatdetektiv, der mitgeholfen hat, deinen Fall wieder in die Öffentlichkeit zu bringen.«

»Ich bin so froh, dass du Jax hast. Ich muss mich unbedingt bei ihm bedanken.«

»Ich kann dir versichern, dass ich das schon eine Million Mal getan habe.«

»Ich finde es schrecklich, dass du deine Gefühle verbergen musstest.« Ihr wurde bewusst, dass sie nicht die einzige Überlebende war, sondern dass dasselbe für Jordan galt. Vielleicht waren sie letztendlich doch gar nicht so verschieden.

»Mom und Dad hätten es gehasst, dass wir unsere Gefühle verstecken mussten. Sich selbst auszudrücken war ihnen sehr wichtig.« Jordan schniefte leise.

Sully versuchte, ihre Tränen wegzublinzeln. »Na, jetzt müssen wir sie nicht mehr verstecken. Jax scheint ein wunderbarer Mensch zu sein. Wie hast du ihn kennengelernt?«

»Wenn ich dir das erzähle, wirst du mich für eine schreckliche Person halten.«

»Sieh dir die Art von Menschen an, mit denen ich zusammengelebt habe«, rief sie ihrer Schwester ins Gedächtnis. »Nichts könnte mich dazu bringen, schlecht von dir zu denken.«

»Es ist eine andere Art von schrecklich. Jax entwirft Hochzeitskleider, und damals war meine Freundin Trixie mit seinem Bruder Nick verlobt. Inzwischen sind sie verheiratet, aber sie hat mich für mein Brautkleid an Jax verwiesen, weil ich diesen anderen Mann heiraten wollte, von dem ich dir erzählt habe.«

»Oh. *Wow.* Das ist …« Sie starrte sie fassungslos an, und sie mussten beide lachen.

»Ich sagte doch, dass ich in der Geschichte nicht gut wegkomme. Aber ich hatte meine Hochzeit schon dreimal verschoben. Ich wusste, dass ich ihn lieber nicht heiraten sollte, und als ich Jax kennenlernte, spürte ich so eine starke Verbindung zu ihm, dass ich praktisch aus seinem Büro hinausgerannt bin und meine Hochzeit noch einmal verschoben habe.«

»Das wirft kein schlechtes Licht auf dich. Es erinnert mich nur an etwas, was Gaia immer gesagt hat.«

»Was denn?«

»Sie sagte, dass man an gute Sachen glauben sollte, denn letzten Endes würde das Universum eingreifen, um das Unrecht zu korrigieren, das wir erlitten haben.« Sully zeigte auf ihre Umgebung. »Und schau dir an, wo ich gelandet bin, mit mehr Unterstützung, als ich mir je hätte erträumen können. Und bei wem du gelandet bist.«

»Da hatte sie wohl recht. Ich wünschte nur, ich hätte nicht so lange damit gewartet.«

»Was ist passiert? Hast du die Beziehung zu dem anderen Mann beendet, als du Jax kennengelernt hast?«

»Nein. Ich hatte Angst davor. Ich habe mich monatelang von Jax ferngehalten und versucht, über ihn hinwegzukommen, und dann habe ich ihn auf Trixies und Nicks Hochzeit wiedergesehen. Wir haben miteinander getanzt, und ich schwöre dir, Sully, in der Sekunde, in der ich ihn wiedergesehen habe, war es um mich geschehen. Ich habe versucht, gegen unsere Verbindung anzukämpfen, aber er war auf die bezauberndste Art unerbittlich. Ich bin niemals fremdgegangen, und er hat niemals versucht, mich dazu zu bringen, aber ich habe mich tief und schnell und absolut in ihn verliebt, und dann habe ich endlich die andere Beziehung beendet. Jax ist das Zweitbeste, das mir je passiert ist.«

»Was ist das Beste?«

»Dich wiederzufinden.« Ihr Lächeln war echt und umfassend, aber schon mussten sie beide abermals weinen.

Sully bot Jordan an, ihr ihre Zeichnungen zu zeigen, und sie machten sich auf den Weg zu ihrer Hütte. »Es ist wirklich wunderschön hier. Als du klein warst, bist du gerne draußen gewesen. Hat sich daran irgendetwas geändert?«, erkundigte sich Jordan.

»Nein. Wenn ich könnte, würde ich unter freiem Himmel leben, und ich bin liebend gerne bei den Pferden. Callahan bringt mir das Reiten bei, und seine Schwester Sasha ist eine Expertin für die Therapie kranker Pferde. Sie zeigt mir, wie ich ihr mit den geretteten Pferden helfen kann.« Sie erzählte ihr von all den Sachen, die sie gerade lernte. »Ich schlafe nicht besonders gut, deshalb unternehmen Callahan und ich abends lange Spaziergänge. Manchmal sehen wir uns zusammen den Sonnenaufgang an.«

»Heißt das, dass das zwischen dir und diesem stattlichen Cowboy mehr als nur Freundschaft ist?«

Sully spielte mit dem Saum ihres Oberteils herum. Sie wollte von ihm schwärmen, aber etwas in Jordans Stimme verriet ihr, dass sie sich zurückhalten sollte. »Ja.«

»Ich habe ihn für einen Leibwächter gehalten. Er sah aus, als würde er es für dich mit einem wilden Bullen aufnehmen.«

»Ich glaube, das würde er tatsächlich.« Sie erzählte ihr, wie er auf ihrer Veranda geschlafen hatte, als sie noch glaubten, sie würde in Gefahr schweben. »Er hat mir wirklich dabei geholfen, mich hier einzuleben, und ich mag ihn sehr.«

»Das ist gut.« Jordan runzelte die Stirn. »Ich möchte dich unterstützen, aber die ältere Schwester in mir macht sich Sorgen. Glaubst du, dass es klug ist, so schnell eine Beziehung einzugehen, noch dazu nach allem, was du durchgemacht hast?«

Sully konnte Jordans Besorgnis verstehen, aber es war so ein emotionaler Vormittag gewesen, dass ihre Worte leidenschaftlicher als beabsichtigt herauskamen. »Ich weiß, dass es schnell geht, und du bist nicht die Einzige, die sich Sorgen macht. Aber ich bin in dieser gottverlassenen Sekte ganz allein gewesen, habe den Mund gehalten und jeden Tag meines Lebens kluge Entscheidungen getroffen, nur um überleben zu können. Ich habe mich so lange Zeit einsam und unglücklich gefühlt, dass es mir ehrlich gesagt egal ist, ob das klug ist oder nicht. Er macht mich glücklich, und ich will mit ihm zusammen sein.«

»Ich wollte nicht … Es tut mir leid, Casey – *Sully*«, entschuldigte Jordan sich. »Natürlich triffst du kluge Entscheidungen, und ich wünsche mir so sehr, dass du glücklich bist. Es geht nur so schnell. Ich möchte nicht, dass du verletzt wirst.«

»Mir tut es ebenfalls leid. Ich weiß nicht, wo dieser Ausbruch herkam, aber ich muss meinem Instinkt vertrauen. Callahan ist freundlich und fürsorglich und vorsichtig, und er respektiert mein Bedürfnis, Dinge selbst in die Hand zu nehmen. Ich glaube nicht, dass er mir je wehtun würde, vor allem nicht so, wie ich bereits verletzt worden bin.«

»Es tut mir leid, dass ich überhaupt etwas gesagt habe. Gerade ich sollte in Bezug auf Beziehungen den Mund halten. Ich habe mich auf den ersten Blick in Jax verliebt und hatte so viel emotionalen Ballast dabei.«

»Schon gut. Ich kann es verstehen. Du hattest dein Päckchen zu tragen, aber immerhin hattest du schon Erfahrung mit normalen Beziehungen. Die habe ich bisher nicht. Das ist eine weitere Sache, die ich gerade lerne. Aber mit ihm zusammen zu sein fühlt sich richtig an, und ich glaube, du wirst ihn mögen, wenn du ihn richtig kennenlernst.«

»Ich würde ihn gerne besser kennenlernen. Vielleicht können wir mal alle zusammen essen gehen, und dann kannst du auch Jax kennenlernen. Ich weiß, dass Tante Sheila und Onkel Gary auch sehr gern etwas Zeit mit dir verbringen möchten.«

»Das würde mir gefallen. Wie lange bleibst du hier?«

»Wir hatten vor, bis nächsten Sonntag zu bleiben. Ich hatte gehofft, dich zumindest für eine Weile jeden Tag zu treffen, aber wenn du nicht so viel Zeit hast, verstehe ich das. Ich dachte, das würde uns Zeit geben, einander kennenzulernen, und dann können wir uns überlegen, wie es weitergehen soll. Natürlich wünsche ich mir, dass du mit nach Maryland zurückkommst, damit wir zusammen sein und unsere Beziehung aufbauen können, aber diese Entscheidung müssen wir nicht jetzt sofort treffen.«

Sully war sehr erleichtert darüber, dass Jordan sie nicht drängte. »Ich möchte Zeit mit dir verbringen, und ich möchte gerne die anderen kennenlernen, aber wäre es in Ordnung, wenn wir uns noch ein oder zwei Tage nur zu zweit treffen? Ich möchte dich gerne besser kennenlernen, und dann wird das

Treffen mit den anderen bestimmt entspannter. Vielleicht können wir ja Mittwochabend alle zusammen essen. Ich kann etwas kochen.«

»Du brauchst nicht zu kochen. Wir können dich in ein Restaurant einladen.«

»Mir wäre es lieber, wenn unser erstes Treffen hier stattfindet, wo ich mich wohlfühle, und ich koche gern, es macht also keine Umstände. Ist das in Ordnung?«

»Absolut. Mittwochabend also.«

Sully empfand einen Anflug von Stolz, als sie Jordan ihre Hütte zeigte. Zwar gehörte sie ihr nicht, aber sie war stolz darauf, was sie bereits geschafft hatte und dass die Whiskeys ihr erlaubten, hier zu wohnen.

»Das ist wunderschön. Die Whiskeys verstehen es wirklich, jemandem das Gefühl zu geben, willkommen zu sein.«

»Ich bin ihnen wirklich dankbar, dass sie mich aufgenommen haben. Anfangs war ich nicht so begeistert davon, dass wir alle zusammen essen, aber wie sich herausgestellt hat, ist es wirklich hilfreich, um alle anderen kennenzulernen und zu sehen, wie normale Menschen miteinander umgehen.«

»Das muss für dich ein echter Kulturschock sein.«

»Das war es, aber alle hier machen es mir leichter, weil sie mich nicht wie die Neue behandeln. Möchtest du was trinken?«

»Nein danke, aber ich freue mich darauf, deine Arbeiten zu sehen.«

Sully versuchte, ihre Beklemmung zu verbergen, während sie ihr Skizzenbuch herausholte und sich mit Jordan zusammen aufs Sofa setzte. »Ich hätte dir wahrscheinlich bei unserer ersten Begegnung davon erzählen sollen.« Sie blätterte zu der Zeichnung von dem kleinen Mädchen, das im Gras herumwirbelte, und reichte sie ihr.

Jordan musterte das Bild mit gerunzelter Stirn und sah sie dann verwundert an. »Daran hast du dich erinnert? Das war mein Lieblingskleid. Du hast die Rüschen und die Spitze gehasst, und ich habe sie so sehr geliebt.«

»Nein. Ich erinnere mich nicht daran. Deshalb habe ich es bisher auch noch nicht erwähnt. Ich hatte Angst davor, dir falsche Hoffnungen zu machen. Das hab ich gezeichnet, bevor ich überhaupt wusste, dass ich Casey war. Tatsächlich habe ich im Laufe der Jahre eine Menge ähnlicher Bilder gezeichnet, aber bei meiner Flucht musste ich die alle zurücklassen. Ich hatte wegen Richards Geschichten geglaubt, dass ich mir das kleine Mädchen ausgedacht hatte.«

»Ach, Sully«, murmelte Jordan traurig. »Sie haben dir alles genommen, was du kanntest, und es in eine Fantasiewelt verwandelt.«

»In gewisser Weise haben sie das auch mit dir gemacht, nicht wahr? Du warst fest davon überzeugt, dass ich am Leben bin, aber alle wollten dich von dem Glauben abbringen.«

Für einen Moment schwiegen sie beide, während ihnen diese bittere Gemeinsamkeit bewusst wurde.

»Ich weiß nicht, ob ich mich je an unsere Kindheit erinnern werde, aber ich werde es weiter versuchen. Ich hoffe sehr, dass wir einander als diejenigen kennenlernen könnten, die wir heute sind, und wenn die Vergangenheit zu mir zurückkehrt, ist das klasse, aber ich möchte mich lieber nicht darauf konzentrieren.«

Jordan legte sich eine Hand auf die Brust und atmete erleichtert aus. »Das wäre mir auch lieber. Ich habe mir Sorgen gemacht, dass du dich dazu gedrängt fühlst, dich erinnern zu müssen, und noch mehr Druck ist das Letzte, was du jetzt brauchst. Ich habe dich endlich wieder in meinem Leben, und ich werde mir auf jeden Fall Zeit für dich nehmen.«

Sully kamen schon wieder die Tränen, und sie blickte zur Decke hoch und versuchte, sie wegzublinzeln. »Ich glaube, mir hat die Zeit besser gefallen, in der ich nie geweint habe.«

»Diesen Luxus hatte ich nie. Ich werde ständig emotional.« Jordan lachte leise. »Darf ich mir noch mehr Zeichnungen ansehen?«

Sully holte das Buch heraus, das Carol ihr gegeben hatte, und zeigte Jordan alles, was sie seit ihrer Flucht gezeichnet hatte. Es gab Bilder von Carol und Chester und Ansel und Gaia und natürlich all jene, die sie seit ihrer Ankunft auf der Ranch gezeichnet hatte.

»Die sind unglaublich. Du bist viel talentierter als Mom oder ich. Ich kann nur Kleider zeichnen, und bei Mom sah es genauso aus. Aber du zeichnest Tiere und Gesichter, und sieh dir nur Callahan an. Er sieht so aus, als käme er gleich aus der Seite herausgeritten.«

»So gut ist es auch wieder nicht.«

»Doch, das ist es.«

»Danke, aber das sehe ich anders.« Verlegen lenkte sie die Aufmerksamkeit von sich weg. »Du hast gesagt, dass du im Modebereich arbeitest, was mich nicht wundert, wo du immer so schick angezogen bist. Entwirfst du selbst Kleider?«

»Ja, aber das mache ich erst seit Kurzem. Jax' Zwillingsschwester Jillian ist ebenfalls Designerin, aber sie entwirft Damenmode und keine Hochzeitskleider. Ihr gehört eine Boutique in Pleasant Hill, und ich arbeite in Teilzeit bei ihr. Mein Vollzeitjob ist Leiterin des Freiwilligenprogramms in einer

Einrichtung für betreutes Wohnen. Es ist ein großartiger Ort, und ich liebe die Menschen dort genauso sehr, wie ich das Entwerfen von Kleidungsstücken liebe.«

»Du hast so ein großes Glück, dass du tun kannst, was du liebst. Ich möchte arbeiten und Geld verdienen, aber ich habe keine Ahnung, was ich machen könnte.«

»Hallo …?« Jordan zeigte mit hochgezogenen Augenbrauen auf das Skizzenbuch. »Ich wette, wenn du dich bei einer der diversen Websites anmeldest, auf denen man Künstler engagieren kann, würdest du mehr Aufträge bekommen, als du bearbeiten kannst.«

»Du glaubst, dass die Leute mich dafür bezahlen würden, dass ich etwas zeichne?«

»Ja. Definitiv. Ich zeige dir einmal ein paar von den Künstlern, denen ich in den sozialen Medien folge.« Sie zog ihr Handy hervor und tippte darauf herum, um Sully mehrere umwerfende Zeichnungen zu zeigen. »Dieses Mädchen geht noch zur Highschool, und in ihrer Freizeit fertigt sie Illustrationen für alle möglichen Firmen an. Sie hat sogar ein Kinderbuch bebildert.« Sie navigierte zu anderen Profilen, auf denen andere Arten von Illustrationen zu sehen waren. »Dieser Mann hier hat seine Künstlerseite erst vor drei Monaten angelegt, und seine Zeichnungen sind im Vergleich zu deinen rudimentär. Er hat einen Artikel darüber geschrieben, wie er sich auf drei dieser Websites angemeldet hat, und er verdient bereits fast viertausend Dollar pro Monat mit Aufträgen. Ich habe den Artikel für die Enkelin einer der Frauen gespeichert, die in der Einrichtung für betreutes Wohnen lebt. Ich mache dir eine Kopie davon.«

»Das ist fantastisch. Ich kann mir nicht mal vorstellen, wie es ist, vier Dollar zu verdienen, geschweige denn viertausend. Wir durften kein Geld haben, daher habe ich noch nie einen

Penny verdient.«

»Oh. Das war mir nicht klar. Du weißt aber schon, wie das mit dem Geld funktioniert?«

»Ja. Gaia hat es mir erklärt.«

»Okay, das ist schon mal ein Anfang. Und wenn zeichnen das ist, was du liebst, würde es sich lohnen, sich das genauer anzuschauen. Ich meine, wenn du das willst und wenn du dazu bereit bist.«

»Ich wüsste nicht einmal, wo ich damit anfangen sollte. Wie würde ich den Menschen die Zeichnungen schicken? Mit der Post?«

»Es läuft alles elektronisch und mit digitalen Zeichentools. Ich werde es dir zeigen.« Sie wechselte zu einer anderen Website. »Das ist ein Grafiktablet. So eins verwende ich auch. Du zeichnest direkt auf dem Tablet, und das Gerät überträgt deine Zeichnungen auf den Computer.«

»Das ist faszinierend. Ist es schwer, so ein Gerät zu benutzen?«

»Nein. Ich zeige dir, wie es geht, wie du E-Mails verschickst und was du sonst noch alles lernen willst. Dafür sind große Schwestern doch da.«

Eine echte große Schwester. Sully wurde von Emotionen überwältigt, aber sie hatte den Preis des Geräts gesehen. Es war absolut unerschwinglich. »Danke, aber ich glaube, es wird noch sehr lange dauern, bis ich mir solche Zeichentools leisten kann.«

»Ich kann dir für den Anfang Geld geben. Ich habe einen Teil von Moms und Dads Lebensversicherung für meine Collegegebühren verwendet, aber auch etwas zurückgelegt, und das gehört ganz dir.«

»Ich kann dein Geld nicht annehmen.«

»Sully, dieses Geld ist dein Erbe.« Jordan sah sie beschwörend an. »Mom und Dad würden wollen, dass du es nimmst. Ich will, dass du es annimmst, selbst wenn es nicht hierfür ist. Du kannst mit dem Geld machen, was auch immer du willst.«

Sully war hin- und hergerissen. Was ihre Schwester sagte, ergab durchaus Sinn, stand aber im Widerspruch zu ihrem Bedürfnis, niemandem irgendetwas zu schulden. »Darf ich darüber nachdenken?«

»Natürlich, aber … Ich weiß, dass du dich nicht an unsere Eltern oder an mich erinnerst, aber du bist ihre Tochter. Ich will jetzt nicht, dass es hier um mich geht, aber ich konnte dir all die Jahre nicht helfen, und jetzt kann ich endlich etwas tun. Es würde mir viel bedeuten, wenn du das Geld annimmst.«

Sullys Kehle war wie zugeschnürt. »Ich glaube, wir haben beide Sachen, über die wir hinwegkommen müssen.«

»Das stimmt, aber zumindest haben wir jetzt einander, nicht wahr?«

Ihre Worte hingen zwischen ihnen und schufen eine Verbindung, die Sully zwar wollte, mit der sie aber nicht umzugehen wusste. Also versuchte sie, zu ihrem vorherigen Gesprächsthema zurückzukehren. »Fürs Zeichnen bezahlt zu werden, wäre die Erfüllung eines Traums. Aber ich weiß nicht, wo ich anfangen soll oder was ich dafür überhaupt nehmen kann. Und ich bin mir immer noch nicht sicher, ob ich dafür gut genug bin.«

»Du bist gut genug. Aber das brauchst du nicht heute zu entscheiden. Ich werde dir zeigen, wie es funktioniert, und wir können uns andere Künstler und ihre Preise ansehen.«

»Ich kann das alles gar nicht glauben. Es klingt so unwirklich.«

»Du wirst staunen, kleine Schwester. Hast du einen Laptop?«

»Nein, nur ein Handy.«

»Kein Problem. Ich hab mein iPad mitgebracht.« Jordan zog ihr iPad aus der Handtasche.

»Ich hab so was noch nie benutzt, aber schon mal bei Sasha eins gesehen. Sie benutzt es, um die Behandlungspläne der Pferde im Auge zu behalten.«

»Ich werde dir zeigen, wie das alles geht. Dieses kleine Gerät wird dein neuer bester Freund.«

Sully fragte sich, ob sie etwas Ähnliches auch einmal über Jordan sagen würde.

Cowboy ging vor Dares Hütte auf und ab und dachte über Sully nach, während er darauf wartete, mit seinen Brüdern Dares Pläne für die neue Motocross-Strecke und Billies Clubhaus zu besprechen. Es war später Nachmittag, und er hatte Sully nicht mehr gesehen, seit er sie nach dem Frühstück bei ihrer Hütte abgesetzt hatte. Er musste unaufhörlich an die vergangene Nacht denken und wie natürlich es sich angefühlt hatte, als sie heute Morgen zusammen aufgewacht waren und in seinem Haus gefrühstückt hatten. Sie hatte ihn vor dem Mittagessen per Nachricht darüber informiert, dass sie und Jordan zusammen in ihrer Hütte essen würden, und ein Selfie von sich und Jordan mit der Unterschrift *Sieh mal, was Jordan mir beigebracht hat!* angehängt.

Jetzt rief er das Bild auf und lächelte vor sich hin, während er ihr hinreißendes Gesicht und ihre glücklichen hellblauen Augen betrachtete. Die Sorgen darin hatten ihn ziemlich mitgenommen, genau wie die Wärme darin ihn nun magisch anzog.

Dare kam mit einigen Unterlagen in der Hand aus dem Haus. »Was lächelst du so versonnen?«

»Sully hat gerade gelernt, wie man ein Selfie macht.« Er steckte sein Handy in die Tasche. Seit er ihrer Mutter von sich und Sully erzählt hatte, gab er sich kaum noch Mühe, seine Gefühle vor anderen zu verbergen. Als sich seine Brüder beim Mittagessen nach Sully erkundigt hatten, war ihnen schon aufgefallen, was er für sie empfand, und er hatte ihnen erzählt, dass sie jetzt zusammen waren. Er hatte das Gefühl, dass alle am Tisch es gehört hatten, und das war für ihn völlig in Ordnung.

»Mann, kannst du dir vorstellen, was sie gerade durchmacht? Herauszufinden, dass dein ganzes Leben eine Lüge gewesen ist, und die Welt auf diese Art kennenzulernen?«

»Ja, das kann ich mir vorstellen«, murmelte Cowboy und nickte Doc zu, der gerade mit einem Geländewagen vorfuhr. »Ich weiß über alles Bescheid, soweit sie es zulässt. Ich hätte ihr zeigen sollen, wie man ein Selfie macht, aber auf die Idee bin ich gar nicht gekommen.«

»Das liegt daran, dass du die moderne Technik hasst. Im Gegensatz zu mir, der so viele Nacktfotos von seiner Süßen bekommt wie nur irgend möglich.«

Cowboy sah ihn ausdruckslos an. »Erinnere mich daran, dass ich mir niemals dein Handy ausleihe.«

»War nur Spaß. Glaubst du wirklich, Billie würde sich darauf verlassen, dass ich mein Handy nie verliere?«

»Nicht wenn sie schlau ist«, bemerkte Doc, der aus dem Wagen stieg.

Dare gluckste einmal und sah Cowboy dann ernst an. »Mach dir keine Vorwürfe, dass du nicht an Selfies gedacht hast. Du hattest wichtigere Dinge im Kopf, wie zum Beispiel Sullys allgemeinen emotionalen Zustand, und so sollte es auch sein.«

»Ja, das weiß ich. Aber das erinnert mich nur daran, dass es eine Million Kleinigkeiten gibt, bei denen ich ihr helfen sollte, beispielsweise wie man ins Internet geht, damit sie nicht das Gefühl hat, hinterherzuhinken, und herausfinden kann, was sie aus ihrem Leben machen soll. Genau das hat sie beim Frühstück gesagt. Nicht das mit dem Internet, aber dass sie sich fühlt, als würde sie allen anderen hinterherhinken.«

»Das ist für jemanden in ihrer Situation kein Kinderspiel«, bemerkte Dare. »Sie ist erst seit letztem Wochenende hier.«

»Das weiß ich, aber sie hat ein paar Wochen bei den Finchs verbracht. Sie hat die Sekte vor über einem Monat verlassen, und sie will nicht in der Vergangenheit verweilen. Sie will herausfinden, wer sie ist und wie sie alles hinter sich lassen kann.«

»Genau dafür ist die Therapie gedacht«, sagte Dare. »Ich weiß, dass du alles für sie in Ordnung bringen willst, aber das ist es nicht, was sie von dir braucht. Also setz dich nicht so unter Druck. Wie hältst du dich? Du hast dich ziemlich schnell in die Beziehung zu ihr reingestürzt.«

»Mir geht es gut.«

Seine Brüder tauschten wissende Blicke, was ihn nervte. Er war es nicht gewohnt, dass es dabei um ihn ging.

»Ich sagte doch, dass es mir gut geht. Ich mache mir Sorgen um Sully, aber wer würde das nicht?«

»Tja, wir machen uns Sorgen um dich«, erwiderte Doc.

»Das ist unnötig. Ich bin ein großer Junge und kann auf mich aufpassen.«

Doc legte den Kopf schief und kniff die Augen zusammen. »Kannst du das wirklich? Ich meine, du kannst jeden auf der Ranch herumscheuchen, aber du musst schon zugeben, dass du einen ziemlichen Retterkomplex hast.«

»Was bist du, Salonpsychologe?« Cowboy schüttelte den Kopf. »Nur weil ich Pferde rette, heißt das nicht, dass ich das Bedürfnis habe, Frauen zu retten. Sieh dir an, wo wir arbeiten. Wenn das meine Vorgehensweise wäre, wäre sie nicht die erste Frau, die in meinem Bett gelandet ist.«

»Da hat er nicht ganz unrecht«, stellte Dare fest.

»Natürlich habe ich das, verdammt noch mal.«

»Er ist also wählerisch«, sagte Doc. »Denk mal darüber nach, Cowboy. Für wen hast du zuletzt geschwärmt?«

»Wovon zum Teufel redest du da? Ich bin schon seit hundert Jahren nicht mehr verknallt gewesen.«

»Er redet von Carly«, erwiderte Dare. »Während ihres Aufenthalts bei uns ging es ihr gar nicht gut, und du hast sehr für sie geschwärmt.«

Cowboy schnaubte. »Carly ist eine beeindruckende Person, und falls euch das damals nicht aufgefallen ist, solltet ihr euch schämen. Und Sully ist völlig anders. Sie wurde verarscht. Diese Leute haben ihr das Leben gestohlen. Mag sein, dass sie sich nicht mehr an die Familie erinnern kann, der sie weggenommen wurde, und sie hat mehr ertragen müssen, als ihr beide euch je vorstellen könnt, aber es hat sie nicht so kaputtgemacht, wie Carly kaputt war. Carly hat es die meisten Tage kaum aus dem Bett geschafft, und ja, ich wollte für sie da sein. Ich mochte sie, trotz ihres damaligen Zustands, aber mir wurde ziemlich schnell klar, dass ich nicht der Richtige für sie war, und das liegt schon mehr als zehn Jahre zurück. Das war eine verdammte Teenagerschwärmerei im Vergleich zu dem, was ich für Sully empfinde.« Er konnte es nicht verhindern, dass seine Stimme lauter wurde. »Und ich will Sully nicht retten. Sie hat sich selbst gerettet, und ich bewundere sie unendlich für all das, was sie getan hat, um sich aus diesem Drecksloch zu befreien. Sie ist eine der stärksten Frauen, die ich je kennengelernt habe. Fängt sie komplett neu an? Ja. Hält sie das auf? Nein. Will ich ihr die verdammte Welt zu Füßen legen? Auf jeden Fall. Herr im Himmel, wenn irgendjemand verstehen kann, wie selten solche Gefühle sind und dass sie nicht mit Worten oder Eigenschaften, sondern mit deinem verdammten Herzen verknüpft sind, dann ja wohl ihr beide, würde ich denken.« Er starrte sie an, bis sie den Blick abwandten. »Also sagt mir, wann ich das letzte Mal irgendeiner Frau mein Herz geschenkt habe?«

Seine Brüder zuckten mit den Achseln und schüttelten die Köpfe.

»Meines Wissens noch nie«, antwortete Doc.

»So ist es. Aber mein Herz gehörte schon Sully, bevor wir uns überhaupt kennengelernt haben, also lasst mich gefälligst in Ruhe.«

»Entspann dich«, sagte Dare. »Wir haben es kapiert.«

»Ja, wir haben es kapiert, aber ich mache mir trotzdem Sorgen«, gab Doc zu. »Ich habe nichts an Sully auszusetzen. Wenn ich von dem bisschen ausgehe, was ich über sie weiß, ist sie genau das, was du gesagt hast, und sie hat offensichtlich ein gutes Herz, denn die Pferde spüren das. Aber, Cowboy, du bist unser Bruder, und du bist völlig verschossen in eine Frau, die gerade erst am Anfang steht. Da steht in Großbuchstaben Herzschmerz drauf.«

»Glaubst du, das wäre mir nicht selbst klar?«, fauchte er. »Glaubst du, ich würde nicht den Atem anhalten, wenn sie mit ihrer Schwester zusammen ist? Andernfalls wäre ich ein Idiot. Aber was ihr nicht versteht und vielleicht nie verstehen werdet, ist, dass es für mich nur darum geht, der Frau, nach der ich verrückt bin, dabei zu helfen, ihr Leben auf die Reihe zu bekommen und wieder glücklich zu sein. Wenn das bedeutet, dass sie uns verlässt, um zu ihrer Schwester zu ziehen und sich dort ein Leben aufzubauen, in dem ich keinen Platz habe, dann muss ich das Kreuz eben tragen. Aber ich wäre verdammt, wenn ich die einzige Frau verlassen würde, für die ich je solche Gefühle entwickelt habe, nur weil ich vielleicht verletzt werden könnte. Ich verlasse auch keine Pferde, bei denen ich weiß, dass sie es nicht schaffen werden. Ich bleibe bei ihnen, während sie ihren letzten Atemzug tun, und ihr wisst ganz genau, dass ich jedes Mal am Boden zerstört bin, wenn wir eins verlieren. Ich glaube, ich kann mit einem gebrochenen Herzen klarkommen, wenn es sein muss.«

»Bilde dir nicht ein, dass du stärker bist, als es tatsächlich der Fall ist«, entgegnete Doc stoisch. »Manch ein gebrochenes Herz heilt nie.«

»Das Kreuz musst du tragen, nicht ich.« Cowboy fühlte sich mies, weil er so etwas sagte, aber seine Gefühlsdinge gingen nur ihn etwas an.

Die Haustür flog auf, und Billie stolzierte in einer tief ausgeschnittenen Weste, Hüftjeans und Cowgirlstiefeln heraus. Sie stemmte die Hände in die Hüften und starrte die Männer finster an. »Worüber streitet ihr euch?«

»Über nichts«, knurrte Cowboy wütend.

»Das klang mir aber verdammt noch mal nicht nach nichts.« Sie trat von der Veranda herunter, blickte Doc und Cowboy an und drehte sich mit einem Lächeln zu Dare um. »Ich fahre jetzt los, um Männern Drinks zu servieren, die die Hände nicht bei sich behalten können. Kommst du später noch vorbei?«

Dare gluckste. »Du weißt einfach, wie du mich dort hinlocken kannst.«

»Ich bin doch keine Idiotin. Hab dich lieb.« Sie küsste ihn

und warf dann einen Blick zu Doc und Cowboy hinüber. »Wenn ihr beiden euch wieder eingekriegt habt, könnt ihr auch vorbeischauen.«

Sie stolzierte zu ihrem Pick-up und fuhr davon. »Gehen wir jetzt diese Pläne durch, oder was?«, brummte Dare.

Cowboy war zu aufgebracht, um sich darauf zu konzentrieren. »Sorge einfach nur dafür, dass du einen Umwelt- und Landwirtschaftsexperten hierherholst, bevor du anfängst, Straßen anzulegen und die Erde aufzuwühlen.«

»Allzeit ganz Pfadfinder«, witzelte Dare.

»Irgendjemand muss doch auf die Tiere aufpassen.« Cowboy nahm seinen Hut ab und fuhr sich mit der Hand durch die Haare, als Sully gerade die Straße hinuntergerannt kam und mit den Armen wedelte.

»*Callahan!*«

»Mist.« Ihm schlug das Herz bis zum Hals, und er rannte auf sie zu. »Was ist?«

Sie warf sich in seine Arme.

»Was ist passiert? Geht es dir gut?« Er trat einen Schritt zurück, um nach Verletzungen Ausschau zu halten.

»Ich fühle mich großartig!«

»Himmel, Sully. Du hast mich zu Tode erschreckt.«

»Tut mir leid. Meine Güte, es tut mir wirklich leid. Ich bin einfach nur so glücklich! Ich hatte einen tollen Tag mit Jordan. Ich habe ihr alles erzählt. Eigentlich hatte ich das gar nicht vor, aber ich habe es getan, und es war so eine Erleichterung, nicht das Gefühl zu haben, etwas verstecken zu müssen, und danach haben wir uns auf das Hier und Jetzt konzentriert. Sie hat mir mehr über sich und Jax erzählt, und wir haben über dich gesprochen. Sie hat mir gezeigt, wie man ein iPad benutzt und ins Internet geht, und sie findet meine Zeichnungen genauso toll wie du. Sie hält mich sogar für gut genug, um dafür bezahlt zu werden. Sie hat alle möglichen Ideen. Ich weiß, dass du gesagt hast, ich könnte Illustrationen anfertigen, aber sie hat mir Websites gezeigt, wo einen Menschen aus der ganzen Welt beauftragen können. Es läuft alles elektronisch, und man trifft sie niemals persönlich.« Sie redete zu schnell, als dass er auch nur ein Wort einwerfen konnte. »Sie hat mir auch angeboten, mir etwas von dem Geld aus der Lebensversicherung unserer Eltern zu geben, aber ich weiß noch nicht, wie ich dazu stehe. Ich muss mit Colleen darüber reden. Und ich möchte, dass Jordan dich kennenlernt, und ich will Jax und meinen Onkel und meine Tante kennenlernen, deshalb habe ich angeboten, Mittwochabend für alle zu kochen, weil ich weiß, dass du Dienstagabend nicht kannst, und ich will dich dabeihaben, wenn ich sie treffe. Ist das in Ordnung? Bist du dabei? Hast du was dagegen?«

Endlich hielt sie inne, und er musste einfach lachen, während er sie an sich drückte. »Um nichts in der Welt würde ich das verpassen wollen. Aber das sind sehr viele Menschen. Willst du das nicht in meiner Hütte machen, wo wir einen größeren Tisch und mehr Platz haben?«

»Das wäre klasse, wenn du wirklich nichts dagegen hast.« Sie strahlte ihn an, aber dann rümpfte sie die Nase. »Ich habe nur ein Problem. Dummerweise habe ich vor lauter Aufregung ganz vergessen, dass ich kein Geld habe, um Lebensmittel zu kaufen. Ich hasse es, mir Geld leihen zu müssen, aber glaubst du, ich könnte mir etwas von dir leihen, wenn ich es dir später zurückzahle? Ich habe vierzehn Dollar und ich weiß, dass es viel mehr kosten wird, aber ich werde genau auf die Preise achten, und ich würde wirklich gern mit dir zum Supermarkt fahren. Ich hab mir noch nie das Gericht selbst aussuchen dürfen, das ich zubereite. Ist das in Ordnung? Hast du Zeit? Danach hätte ich zuerst fragen sollen. Entschuldige. Wenn du keine Zeit hast, lasse ich mir etwas anderes einfallen.«

Ihre Freude war ansteckend. »Ich habe immer Zeit für dich, und ich würde deine Verwandten liebend gern kennenlernen. Aber dein erstes Abendessen mit ihnen ist etwas Besonderes, deshalb gehen die Lebensmittel auf mich, und streite dich deswegen bitte nicht mit mir.«

»Das würde ich ja … Aber ich bin zu aufgeregt zum Streiten. Vielen Dank!« Sie warf erneut ihre Arme um ihn, und er wirbelte sie herum und küsste sie.

Als er sie wieder auf die Beine stellte, plapperte sie abermals schnell drauflos und erzählte ihm mehr über ihren Tag mit Jordan. Er warf einen Blick zu seinen Brüdern hinüber. Dare grinste breit, und Doc nickte zustimmend, auch wenn seine Augen sorgenvoll aussahen.

Cowboy konnte es ihm nicht verdenken, aber Zeit mit seiner Geliebten zu verbringen war jedes Risiko wert.

Einundzwanzig

Nach einem langen Gespräch zur Übergabe mit Colleen am Montagmorgen und einem netten Besuch von Jordan, bei dem sie ihr den Stall für die geretteten Pferde gezeigt und ihr Sasha und die Pferde vorgestellt hatte, verbrachte Sully den Nachmittag mit Sasha und half ihr im Stall. Anschließend zeigte Sasha ihr ein paar grundlegende Massagetechniken für Pferde.

»Ist das so richtig?«, erkundigte Sully sich, während sie Sunshines Hals massierte.

»Perfekt, mach einfach in einer kreisförmigen Bewegung bis hinunter zum Widerrist weiter.«

Sully arbeitete sich über Sunshines raues Fell den Hals hinunter. »Ich wusste gar nicht, dass du auch mit den Pferden arbeitest, die nicht wieder aufgepäppelt werden müssen.«

»Ich versuche, jedes Pferd mindestens einmal im Monat zu massieren. Es ist harte Arbeit, ein Pferd zu sein, und Massagen regen den Blutkreislauf an, steigern die Flexibilität und Mobilität und helfen den Muskeln, sich zu erholen. Außerdem hilft es mir dabei, eventuelle wunde Stellen zu finden, bevor sich etwas Schlimmeres entwickelt.«

Sully fuhr mit ihrer Massage fort. »Woran merke ich, dass ihr das hilft?«

»Manchmal fängt das Pferd an zu gähnen oder beugt den Kopf. Es hilft eigentlich alles, denn selbst die simple menschliche Berührung zeigt ihnen, dass sie geliebt werden.«

»Diese Pferde haben ein gutes Leben. Es muss sich fantastisch anfühlen, jeden Monat massiert zu werden.«

Sasha nahm ihren Hut ab und schüttelte ihre Haare aus. »Bist du noch nie massiert worden?«

»Nein. In der Sekte gab es so etwas nicht. Ich durfte mir nicht einmal die Haare abschneiden.«

»Das ist ja widerlich. Hör mal, was ich gestern gesagt habe, meine ich auch so. Ich kann ziemlich gut zuhören, falls du je darüber reden möchtest, was du durchgemacht hast.«

»Danke, das weiß ich zu schätzen.«

»Du hast deine Haare erwähnt. Ich finde sie wunderschön, aber willst du sie immer noch abschneiden?«

»Ich denke darüber nach.«

»Meine Freundin ist Friseurin in der Stadt. Sag mir einfach, wenn ich für dich einen Termin bei ihr ausmachen soll. Ich würde dich gern begleiten, und wenn Birdie und ich uns das nächste Mal einen Wellness-Tag gönnen, solltest du auch mitkommen.«

»Was macht ihr an einem Wellness-Tag?«

»Was auch immer Birdie gerade will.« Sasha lachte leise. »Ich nehme die Massage, weil mein Körper durch diese Art von Arbeit häufig schmerzt, aber Birdie liebt es, auf allerlei Arten verwöhnt zu werden. Sie sorgt dafür, dass ich mir kosmetische Gesichtsbehandlungen und Pediküren gönne, und manchmal überredet sie mich auch zu einer Maniküre, was für mich völlige Geldverschwendung ist.«

Sully dachte an Jordan. Sie gönnte sich wahrscheinlich ebenfalls Wellness-Tage. »Macht es dir etwas aus, so etwas mit ihr zu unternehmen?« Sie erreichte den Widerrist des Pferdes und arbeitete sich wieder zurück zu Sunshines Kopf.

»Nicht wirklich. Wir haben immer sehr viel Spaß dabei. Und du hast sie ja kennengelernt. Glaubst du wirklich, dass sie mich vom Haken lassen würde? Sie kann verdammt hartnäckig sein und würde mir so lange in den Ohren liegen, bis ich doch nachgebe.«

»Es ist schön, dass ihr euch so nahesteht.« Sie fragte sich, ob Jordan und sie jemals so eine schwesterliche Beziehung wie Sasha und Birdie haben würden.

»Das ist es, aber manchmal ist sie sehr anstrengend. Sie ist immer auf dem Sprung, und ich bin eher ein häuslicher Mensch. Sie schleppt mich zum Shopping und zum Yoga und geht mit mir was trinken.« Sie zog eine Schulter hoch. »Ich kann mich nicht wirklich beklagen. Sie ist eine tolle Schwester. Wie läuft es mit Jordan? Es war schön, sie heute Morgen kennenzulernen. Sie ist wirklich nett.«

»Danke, dass ich sie herumführen durfte. Ich wollte, dass sie die Pferde kennenlernt und sieht, wo ich meine Zeit verbringe.« Sie hatte sie auch über die restliche Ranch geführt und sie Simone und ein paar der anderen Menschen vorgestellt, die hier arbeiteten.

»Es muss seltsam sein, sie nach so langer Zeit wiederzutreffen.«

»Das ist es. Ich finde es schön, sie kennenzulernen, aber ich weiß nicht, ob wir uns je so nahestehen werden wie du und Birdie.«

»Eure Beziehung wird im Laufe der Zeit garantiert enger. Es muss schrecklich für sie gewesen sein, dich und deine Eltern gleichzeitig zu verlieren. Ich wäre durchgedreht.«

»Sie war am Boden zerstört.« Sully konnte sich eines Anflugs von Schuldgefühlen nicht erwehren, auch wenn sie nichts für ihre Entführung konnte. »Aber jetzt ist sie verlobt, und sie scheint glücklich zu sein. Mittwochabend werde ich ihren Verlobten und den Rest meiner Familie kennenlernen. Das macht mich ganz schön nervös.«

»Das kann ich mir vorstellen. Möchtest du darüber reden?«

»Eigentlich nicht. Ich hab mich irgendwie leer geredet. Ich hab heute Morgen schon mit Colleen darüber gesprochen, und es würde mich nur noch nervöser machen.«

»Das kann ich absolut verstehen. Ich könnte dir ein paar Atemübungen zeigen, die du ausprobieren kannst, bevor du dich mit deiner Familie triffst. Möglicherweise helfen sie dir, deine Nerven zu beruhigen. Ich führe sie mit nervösen Pferden durch und mache sie manchmal auch selbst, wenn ich mich mit jemandem verabredet habe.«

Sully widmete sich weiterhin Sunshines Hals. »Callahan wird mit dabei sein, und das ist schon mal eine große Hilfe. Aber ich bin durchaus gewillt, etwas auszuprobieren. Ich werde für alle kochen.«

»Ich wusste gar nicht, dass du gern kochst.«

»Ich liebe es zu kochen. Dieser Teil wird wahrscheinlich gut klappen. Aber bei allem anderen bin ich für Vorschläge offen. Du hast mir schon so viel Hilfreiches beigebracht, und ich bin auch sehr dankbar dafür, dass die Pferde großartig zuhören können.«

»Ich weiß, was du meinst. Wenn diese Pferde reden könnten, bekäme ich echt Schwierigkeiten. Ich vertraue ihnen all meine Geheimnisse an.« Sunshine gähnte, und Sasha meinte: »Sieh dir das an. Du hast magische Hände. Ich möchte dir noch eine weitere Technik zeigen. Dabei übst du mit der flachen Hand Druck aus, und zwar so.« Sasha legte eine Handfläche auf den Pferdehals. »Für ein paar Sekunden übst du mittleren Druck auf eine Stelle aus und lässt dann wieder locker. Dann rückst du mit deiner Hand ein Stück weiter und wiederholst das Ganze.« Sie machte es ihr vor. »Und dann machst du einfach so weiter, am Hals und am Körper entlang. Hier, probier es mal aus.«

Sully ahmte ihre Bewegungen nach und drückte ihre Hand flach gegen den Pferdehals, hielt den Druck für ein paar Sekunden und löste ihn dann. »So?«

»Perfekt.« Sashas Handy klingelte, und sie zog es aus der Tasche und las eine Nachricht. »Hast du schon Pläne für morgen Abend, wenn Cowboy bei der Church ist?«

»Nicht wirklich. Ich dachte, ich zeichne einfach.«

»Birdie und Simone kommen zu mir, um Kekse für Gus' Klasse zu backen. Als Ezra es das letzte Mal versucht hat, sind sie ihm verbrannt, und Gus hat mich angebettelt, dass ich das übernehme. Möchtest du dich uns anschließen?«

Der Abend letzte Woche mit Sasha und Birdie hatte ihr so viel Spaß gemacht, dass sie das Angebot sofort annahm. »Bist du sicher, dass sie nichts dagegen haben werden?«

»Absolut. Ich habe sie längst gefragt.« Sie schwenkte das Handy durch die Luft. »Sie hätten dich gern dabei.«

»In dem Fall komme ich liebend gerne.« Ihr fiel wieder ein, dass Simone ihre wahre Identität nicht kannte. Sie würde aufpassen müssen, was sie sagte, und sie fühlte sich dazu verpflichtet, Sasha ebenfalls daran zu erinnern. »Aber Simone weiß nicht, wer ich wirklich bin. Ist das ein Problem?«

»Überhaupt nicht. Birdie und ich hüten schon seit Ewigkeiten anderer Leute Geheimnisse. Deins ist bei uns sicher.«

Gleich fühlte sie sich viel besser.

Etwas später, als sie die Massage beendete, hallte das Dröhnen eines Motorrads durch die Luft. »Klingt so, als wäre einer der Jungs hier«, meinte Sasha.

»Wahrscheinlich Callahan. Er scheint einen sechsten Sinn zu haben, wenn es um mich geht. Er ist in die Stadt gefahren und wollte mich hier abholen, wenn ich nachmittags fertig bin. Könntest du mir morgen ein paar Atemübungen zeigen?«

»Sicher doch«, erwiderte Sasha, als Callahan mit einem Motorradhelm in der Hand durch die Hintertür hereinkam. Er begrüßte seine Schwester mit einem Nicken, und als sein Blick Sullys fand, erschien ein heißes Grinsen auf seinem Gesicht. »Wie läuft's, Liebling?«

Sullys Nerven flatterten, während er sich zu ihr beugte, um sie zu küssen, und Erinnerungen an die vergangene Nacht schlichen sich in ihr Gehirn. Als er sie nach einem langen Spaziergang unter dem Sternenhimmel zu ihrer Hütte zurückgebracht hatte, war sie noch nicht dazu bereit gewesen, sich zu verabschieden, und hatte ihn gebeten, bei ihr zu bleiben. Wieder hatte sie den Luxus genossen, seinen Körper erkunden zu dürfen und in seinen Armen einzuschlafen. Callahan Whiskey war das perfekte Mittel gegen Schlaflosigkeit. Sie hatte bis zum Morgen durchgeschlafen und keine Albträume gehabt.

»Ich bringe Sunshine auf die Weide und muss mich sowieso beeilen«, sagte Sasha und nahm Sunshines Zügel.

Callahan zog eine Augenbraue hoch. »Wo willst du so eilig hin?«

»Nach dem Abendessen treffe ich mich auf einen Drink mit Flame, und vor dem Essen möchte ich mir noch die Haare waschen.«

Callahan blickte sie finster an. »Sei vorsichtig mit ihm. Du kennst seinen Ruf.«

Sasha sah ihn unbewegt an. »Männer müssen immer große

Töne spucken. Ich komme schon allein zurecht. Wir sehen uns dann beim Abendessen.«

»Nicht heute Abend«, rief er ihr hinterher, während sie Sunshine aus dem Stall führte.

»Dann eben zum Frühstück«, erwiderte Sasha.

»Warum werden wir sie nicht beim Abendessen sehen?«

Er legte Sully einen Arm um die Schultern und ging mit ihr aus dem Stall. »Wir haben schon etwas anderes vor.«

»Tatsächlich? Sollte ich nicht duschen und mich umziehen?«

»Das ist nicht nötig. Du bist so wunderschön wie immer. Aber du musst das hier aufsetzen.« Er reichte ihr den Helm.

Ihr Herzschlag beschleunigte sich. »Fahren wir mit deinem Motorrad irgendwo hin?«

Er nahm sie in die Arme und küsste sie. »Da du wegen des Treffens mit deiner Familie nervös bist, dachte ich mir, du könntest heute Abend mal etwas anderes als unseren üblichen Spaziergang gebrauchen, um auf andere Gedanken zu kommen.«

Ihr Brustkorb zog sich zusammen, weil er so viel Rücksicht auf sie nahm. Die einzigen Menschen, die sich je wirklich für ihre Gefühle interessiert hatten, waren Gaia und Ansel gewesen, aber das war etwas völlig anderes. Gaia und Ansel hatten sich Sorgen gemacht, weil sie die Regeln missachtet oder etwas gesagt hatte, das sie in Schwierigkeiten brachte. Sie hatten versucht, sie zu schützen, aber Callahan sorgte für sie, hatte die Freiheit, darüber nachzudenken, was sie vielleicht wollte oder brauchte, und er ermutigte sie, mit nichts hinterm Berg zu halten.

»Woran hast du gedacht?«, fragte sie.

»Weißt du noch, wie sehr du den Ritt auf Thunder genossen hast, als er über das Feld galoppiert ist?«

»Ja«, antwortete sie gespannt.

»Warte erst, wie es ist, auf meinem Motorrad mitzufahren. Die Windtherapie ist eine weitere Form der Freiheit, die ich mit dir teilen möchte. Ich verspreche dir, dass ich nicht zu schnell fahren werde. Das heißt, wenn du mir genug vertraust, um überhaupt aufzusteigen.«

Vermutlich sollte sie viel nervöser sein, als sie es tatsächlich war, aber jetzt endlich verstand sie das Vertrauen, das Wynnie Tiny bei ihrer ersten Verabredung geschenkt hatte. »Ich vertraue dir.«

»Dann lass uns losfahren.« Er erteilte ihr eine Lektion in Motorradsicherheit und sagte ihr, dass sie ihm auf den Bauch klopfen sollte, falls sie Angst bekäme, damit er rechts heranfahren konnte. Dann öffnete er ein Fach am Motorrad, zog ein Sweatshirt der Dark Knights heraus und half ihr dabei, es anzuziehen.

Es passte ihr perfekt. »Das kann nicht dein Pullover sein.«

»Ich habe ihn für dich machen lassen.«

»Für mich machen lassen?« Dadurch war er erst recht etwas Besonderes. Über dieses Geschenk konnte sie nicht mit ihm streiten. »Er gefällt mir. Danke.«

Er küsste sie und half ihr dabei, den Helm aufzusetzen. Ihr war ein bisschen schwindlig, als sie auf das Motorrad stiegen, und sie legte die Arme um ihn. Er griff nach hinten und presste eine große Hand auf ihren Hintern, um sie enger an sich heranzuschieben. Dann nahm er ihre Hände, zog ihren Oberkörper an seinen Rücken und drückte ihre Hände auf seine Rippen.

»Halt dich fest, Liebling.«

Das ist sogar noch besser, als auf Thunder zu reiten.

Das Motorrad erwachte donnernd zum Leben, und während sie vom Stall wegfuhren, der Motor unter ihr vibrierte und Callahans Muskeln sich an ihrer Brust und unter ihren Händen anspannten, wurde ihr trotz der kühlen Abendluft warm. Er fuhr von der Ranch und beschleunigte, als er auf die Hauptstraße abbog. Kühle Luft strömte durch ihre Kleidung, und die Welt raste an ihr vorbei. Adrenalin schoss durch ihre Adern, und sie verspürte den Drang, die Arme auszubreiten und ihr Gesicht dem Himmel zuzukehren, aber sie hielt sich an dem Mann fest, der ihr Türen zu Dingen öffnete, die sie nie für möglich gehalten hätte.

Er fuhr über verlassene Straßen an Weiden und schönen Bauernhäusern vorbei und bog schließlich auf eine von Bäumen gesäumte Landstraße ab, die sich einen Berg hochwand. Sie genoss das Gefühl, wie Callahans kräftiger Körper sie beide leitete, und die Freiheit, draußen zu sein; das laute Rauschen des Blutes in ihren Ohren wetteiferte mit dem Dröhnen des Motors. Als Callahan neben einem ausgetretenen Pfad durch das Gebüsch an den Straßenrand fuhr, wollte sie ihn gar nicht loslassen.

Selbst nachdem er ihr geholfen hatte, den Helm abzunehmen und vom Motorrad abzusteigen, vibrierte ihr Körper weiter. »Das war fantastisch! Und es war wirklich befreiend. Ich wollte dich loslassen und meine Arme wie Flügel ausbreiten …«

»Mach das bloß nicht«, warnte er sie ernst.

Sie legte ihm lachend eine Hand auf die Brust. »Das würde ich nie tun, aber es fühlte sich einfach so gut an, als würden wir beide die Straße entlangfliegen und als könnte uns nichts und niemand etwas anhaben.«

»Das ist das Schöne an der offenen Straße, und wenn man sich das mit jemandem teilt, an dem einem etwas liegt, ist es noch viel besser. Aber Motorräder sind gefährlich, Liebling.

Vergiss das nie.«

Sie sah zu ihm auf. Es berührte sie, wie er nie ihre Sicherheit aus den Augen verlor. »Ich verspreche es. Für eine kurze Weile fühlte es sich nur so an, als würde meine Vergangenheit nicht existieren. Ich weiß, dass das nur Träumerei ist, aber es war schön, das Gefühl zu haben, mir keine Sorgen darüber machen zu müssen, wer ich bin oder wo ich herkomme. Es war, als könnte ich einfach nur eine normale Frau sein, die sich an einem großartigen Mann festhält, während die Welt an ihr vorbeirast.«

»Genau darauf hatte ich gehofft.« Er zog sie in die Arme und küsste sie.

»Was für Tricks hast du sonst noch auf Lager?«

»Das werden wir schon noch herausfinden.« Er zog eine braune Papiertüte aus dem Motorradkoffer und hielt sie hoch. »Ich habe Sandwiches und Getränke fürs Abendessen mitgebracht.« Dann holte er eines der zusätzlichen Skizzenbücher heraus, die er ihr geschenkt hatte, und hielt es hoch. »Ich habe mir das geschnappt, bevor wir heute Morgen deine Hütte verlassen haben. Für den Fall, dass dich die Inspiration überkommt, während wir hier sind.«

»Du hinterhältiger Mann. Du denkst immer an alles.«

»Wenn es um dich geht, fällt mir das leicht.«

Er nahm ihre Hand, und sie gingen den Pfad entlang. Kiefernduft und frische Luft umgaben sie, während sie über Felsen und abgebrochene Äste kletterten und zu einer steinigen Anhöhe mit einer atemberaubenden Aussicht auf die Redemption Ranch gelangten. »*Wow.* Von oben sieht die Ranch aus, als wäre sie riesig. Ich bezweifle, dass ich diesen Anblick jemals satthaben könnte.«

»Damit sind wir schon zwei, Liebling.«

Sie setzten sich auf einen Felsen und blickten auf die Schönheit der Ranch hinunter, und Sully war voller Dankbarkeit. Sie dachte daran, wie berauschend die Fahrt auf dem Motorrad gewesen war und wie unglaublich es sich anfühlte, einfach weiterklettern und gehen zu können, ohne dass irgendjemand sie zurückhielt. »Woher wusstest du, dass es mir gefallen würde, auf deinem Motorrad mitzufahren?«

»Weil du dich nach Freiheit sehnst, und ich will, dass du sie auf jede nur mögliche Art erlebst.«

Sie prägte sich dieses bezaubernde Gefühl für später ein. »Windtherapie ist der perfekte Name dafür. Eine solche Fahrt kann dich völlig von deinen Sorgen ablenken und deinen Kopf freipusten. Das ist so ganz anders als eine normale Therapie.«

Er legte einen Arm um sie und küsste sie auf die Schläfe. »Wo wir gerade von Therapie sprechen: Wie war deine erste Sitzung mit Colleen?«

»Gut. Ich mag sie wirklich. Sie hat einen anderen Ansatz als deine Mom. Aber im Gegensatz zur Windtherapie bringt dich die Gesprächstherapie zum Nachdenken. Heute Morgen haben wir über Vertrauen und Angst gesprochen, und ich habe den ganzen Tag darüber nachgedacht. Ich muss dich etwas fragen. Ich weiß, dass ich mich auf Thunder und auf deinem Motorrad sicher gefühlt habe, weil ich weiß, dass du auf mich aufpasst, aber glaubst du, dass das, was ich in der Sekte durchgemacht habe, ein Grund dafür sein könnte, dass ich nicht mehr Angst verspüre?«

»Ich weiß nicht so genau, worauf du hinauswillst.«

»Colleen glaubt, dass andere Szenarien mir weniger Angst machen, weil ich schon so viel durchgemacht habe, und ich dachte gerade, dass das schon sein könnte. Ich wusste, dass ich vom Pferd fallen kann, und jetzt eben war mir klar, dass wir mit deinem Motorrad einen Unfall haben können, aber ich bin das Risiko trotzdem eingegangen. Vielleicht hat sie recht und das liegt daran, dass nichts davon so beängstigend ist wie die Vorstellung, dass dir die Nahrung vorenthalten wird, du in eine Metallkiste eingesperrt oder gebrandmarkt wirst.«

Er zog sie näher an sich, und sie spürte, wie er die Muskeln anspannte. »Es ist eine furchtbare Vorstellung, dass du das durchgemacht hast, und ich bin froh, dass du mir vertraust, aber glaubst du nicht, dass du auch deshalb so wenig Angst davor hast, neue Sachen auszuprobieren, weil es deine eigenen Entscheidungen sind? Diese Möglichkeit ist dir so lange vorenthalten worden, dass es durchaus auch etwas damit zu tun haben könnte.«

»Daran habe ich noch gar nicht gedacht. Das ist definitiv möglich. Ich bin zufrieden mit den Entscheidungen, die ich seit meiner Ankunft hier getroffen habe. Niemand hat mir gesagt, dass ich auf das Pferd steigen muss. Ich habe darüber nachgedacht, was passieren könnte, und mich dafür entschieden. Genauso wie auf dein Motorrad zu steigen und dir nahe zu sein.«

»Für mich klingt das so, als würdest du deine Ängste nicht verleugnen, sondern dich ihnen stellen. Macht Colleen sich Sorgen, dass du zu viele Risiken eingehst?«

»Ich glaube nicht, dass sie darauf hinauswollte. Sie sagte, dass es für Menschen, die in einer ähnlichen Situation wie ich gewesen sind, nicht ungewöhnlich ist, ihre Gefühle zu unterdrücken oder alles in Schwarzweiß zu sehen, und ich glaube, das trifft teilweise auch auf mich zu. Ich habe zwar kein Problem damit, dir von meinen Gefühlen zu erzählen und für mich einzustehen, aber vielleicht unterdrücke ich meine Ängste und übersehe Grauzonen. Möglicherweise denke ich in Schwarzweiß und es gibt für mich nur die Kategorien ängstlich oder mutig, obwohl wahrscheinlich Dutzende von Abstufungen dazwischen existieren.«

»Ich glaube, du stellst dein Licht unter den Scheffel. Wenn du die Konsequenzen von Pferd und Motorrad abgewogen hast, hast du nicht in Schwarzweiß gedacht, und auch in unserer ganzen Beziehung geht es um Grauzonen. Du drückst eine große Palette von Emotionen aus, Baby, und nicht nur, wenn wir uns körperlich nahe sind.« Sein Blick wurde weich. »Du hast mir deine Ängste und Befürchtungen gezeigt, deine Neugier, deine Aufregung, deine Wünsche und hundert Emotionen dazwischen. Und nach allem, was du mir über die gemeinsame Zeit mit Jordan erzählt hast, hört es sich so an, als würdest du auch in ihrer Gegenwart eine große Palette von Emotionen erleben. Aber wenn du dir Sorgen machst, können wir daran arbeiten.«

Sie lehnte sich an ihn und dachte über all das nach, was er gesagt hatte. »Wir?«

»Ja, *wir*. Ich werde dich auf jede mir mögliche Art unterstützen.«

»Du hilfst mir schon jeden Tag.« Warum musste etwas so Wundervolles mit Schuldgefühlen verbunden sein?

»Und warum klingst du dann nicht glücklich?«

Sie seufzte. »Weil die Sekte mich so manipuliert hat, dass angenehme Emotionen Schuldgefühle in mir hervorrufen. Ich fühle mich wegen so vieler Sachen schuldig, wie zum Beispiel, dass ich hier bin und Hilfe bekomme, dass ich meine Familie kennenlerne und mit dir zusammen bin, und ich denke über die anderen Mädchen aus der Sekte nach. Wie viele von ihnen sind als Kind entführt worden? Bekommen sie Hilfe? Werden sie mit ihren Familien wiedervereint?«

»Das sind verdammt viele Sorgen mit einer Menge unbekannter Faktoren, Baby. In den Nachrichten kam nichts darüber, dass auch andere Mitglieder Entführungsopfer sind.«

»Ich bin mir ohnehin nicht sicher, ob ich das überhaupt wissen will. Es ist schwer genug, mit meiner eigenen Vergangenheit fertig zu werden. Ich will nicht auch noch die Last der Sorgen aller anderen tragen. Aber auch das ruft Schuldgefühle in mir hervor. Wie kann ich ihnen einfach den Rücken zukehren?«

»Sieh mich an, Liebling.« Er wartete, bis sie ihm in die Augen sah. »Du kehrst niemandem den Rücken zu. Du hast allen Mädchen dort geholfen, von diesen Leuten wegzukommen und eine Chance auf ein besseres Leben zu erhalten. Du kannst nicht alles für alle tun, Sully. Es ist in Ordnung, wenn du dich auf dich konzentrierst. Ich glaube, darüber solltest du ebenfalls mit Colleen sprechen.«

»Das mache ich bereits. Sie sagte, dass Schuldgefühle normal seien und dass sie mir helfen wird, sie zu verarbeiten. Sie meinte auch, dass ich mir erlauben müsste, alles zu verarbeiten, ohne mir zusätzliche Lasten aufzubürden.«

»Das ist bestimmt schwer, wenn dir über eine so lange Zeit Schuldgefühle eingeimpft wurden, aber ich glaube, sie hat recht.«

»Wäre es nicht großartig, wenn ich einfach einen Schalter umlegen und alles loslassen könnte?«

»Du bist ein zu aufmerksamer Mensch, als dass du jemals einfach nur einen Schalter umlegen und dich damit zufriedengeben könntest. Ich glaube, dass du dich auch deswegen so hin- und hergerissen fühlst, was deine Familie angeht.«

Sie ließ den Kopf an seiner Schulter ruhen und beobachtete, wie die Sonne hinter dem Horizont versank. »Wie ist es nur möglich, dass du mich nach so kurzer Zeit schon so gut kennst?«

Er küsste sie auf den Scheitel und drückte sie an seine Seite. »Weil du mir dein wahres Ich zeigst.«

»Ich glaube, du siehst mehr als das, was ich dir zeige. Du siehst Dinge, von denen ich gar nicht weiß, dass ich sie fühle, und du hilfst mir dabei, sie auch zu erkennen, und das mag ich sehr.«

»Höre ich da ein Aber heraus?«

Sie lehnte sich an ihn. »Siehst du, wie gut du mich kennst? Ich weiß, dass ich diejenige bin, die meine Therapie und die Vergangenheit immer wieder anspricht, aber ich liebe dieses Gefühl von Freiheit, das ich hinten auf deinem Motorrad verspürt habe, und ich will mehr davon. Heute Abend möchte ich deshalb versuchen, alles andere beiseitezuschieben und so zu tun, als würde es nicht existieren, einfach unser Zusammensein genießen, den Sonnenuntergang und was der Abend sonst noch so bringt.«

»Das klingt großartig, solange dir bewusst ist, dass unsere gemeinsame Zeit nicht weniger besonders ist, wenn wir über diese Dinge sprechen. Wenn überhaupt wird sie dadurch noch bedeutsamer.«

Als die Sonne hinter den Bergen verschwand, wurde ihr Herz noch viel voller und sie verliebte sich noch ein bisschen mehr in ihn.

Zweiundzwanzig

Sully war ebenso aufgeregt wie nervös gewesen, weil sie mit Sasha und den anderen zusammen Kekse backen und den Abend verbringen würde, trotzdem war sie froh, dass sie gekommen war. Die anderen Frauen plauderten munter, und es machte Spaß, mit ihnen zusammen zu sein. Sashas Hütte war gemütlich und wunderschön mit weiß gekalkten Wänden, hübschen bogenförmigen Schmuckelementen sowie Panoramafenstern, die auf einen begrünten kleinen Hof hinausgingen. Ein Blumenteppich bedeckte verblichene Parkettböden vor einem Kamin aus weißen Ziegelsteinen, und ein eleganter Kronleuchter hing an der zwei Etagen hohen Decke und verlieh dem Wohnzimmer eine luftige Atmosphäre. Rosa, weiße und mintgrüne Kissen lagen auf cremefarbenen Sofas, die zu den abgenutzten mintgrünen Couch- und Beistelltischen und den weißen Schränken in der offenen Küche passten, in der sie den Abend damit verbracht hatten, mehrere Dutzend Kekse zu backen.

Birdie und Simone tanzten zu Countrymusik durch das Wohnzimmer, während Sasha und Sully die letzten beiden Bleche aus dem Ofen holten.

»Hey, Sully, wie gefällt es dir hier auf der Ranch?«, fragte

Simone, deren Locken beim Tanzen um ihre Schultern hüpften.

»Ich finde es schön hier, und ich arbeite wirklich gern mit den Pferden.«

»Du hättest sehen sollen, wie sie heute Sunshine massiert hat. Sie hat die Techniken angewendet, als hätte sie nie etwas anderes getan«, bemerkte Sasha.

Sully lächelte stolz.

»Vielleicht könnte sie Cowboy mal massieren und ihn ein bisschen lockermachen«, meinte Simone, die in die Küche geschlendert kam.

»Ich weiß, dass du ihn für verklemmt hältst, aber ich bin da anderer Meinung.« Sully legte die Topflappen beiseite und fragte sich insgeheim, wie es sich wohl anfühlen mochte, all diese harten Muskeln zu massieren, statt sie nur zu erkunden.

»Wenn Sully ihn massieren würde, hätte das den gegenteiligen Effekt und würde ihn erst richtig hart machen.« Birdie wackelte mit den Augenbrauen. Die anderen lachten, und Sully errötete. »Er ist total verknallt in dich, Sully, und das gefällt mir.«

»Das ist er definitiv«, bestätigte Sasha.

Simone schnappte sich einen Keks vom Blech und zeigte damit auf Sully. »Okay, ich gebe ja zu, dass der Mann jedes Mal, wenn er dich sieht, Herzchen in den Augen hat, er ist also definitiv nicht ganz so verklemmt wie sonst. Aber er ernennt sich dennoch immer selbst zum Wachhund für jeden, den er unter seine Fittiche nimmt. Du hättest ihn letztens bei Kenny hören sollen. Der arme Bursche hat was davon gesagt, dass er mit Freunden ausgehen wollte, und Cowboy hat ihm eine regelrechte Predigt darüber gehalten, dass er sich nicht dem Gruppendruck beugen und ein verantwortungsbewusster Freund sein soll.«

»Mir gefällt es, dass er sich um andere Menschen kümmert und alles ernst nimmt«, verteidigte Sully ihn. »In meiner Kindheit hätte ich alles dafür gegeben, wenn ich jemanden wie ihn gehabt hätte, der auf mein Wohlbefinden achtet. Bevor ich hierherkam, konnte ich kaum schlafen, aber wenn Callahan da ist, schlafe ich wie ein Baby.«

»Mit so einem Mann hat man aber auch gut zu tun. Er hält dich garantiert ganz schön auf Trab«, neckte Simone sie.

»*So* habe ich das nicht gemeint.« Sie musste sich immer noch daran gewöhnen, wie offen die Menschen hier über Dinge wie Sex und das Küssen scherzten, und sie wusste, dass ihre brennenden Wangen verrieten, wie verlegen sie das machte, deshalb wechselte sie das Thema. »Abgesehen davon macht Doc auf mich auch einen ziemlich ernsten Eindruck. Warum besorgt ihr *ihm* nicht mal jemanden, der ihn massiert?«

»Ich arbeite daran«, erwiderte Birdie, die in die Küche wirbelte, wobei ihr Minikleid um ihre Oberschenkel schwang. »Doc hat seine lustige Seite verloren, als ihm das Herz gebrochen wurde. Aber ich habe ihn auf meiner Verkuppelliste stehen, und ich werde ihm helfen, sein Glück zu finden.«

»Verrate ihm das bloß nicht«, warnte Sasha sie.

Birdie verdrehte die Augen. »Er braucht meine Hilfe. Er weiß es nur noch nicht.«

»Eines Tages werde ich mich auf deiner Verkuppelliste eintragen«, sagte Simone.

»Ich bin dafür bereit, wenn du es bist«, erwiderte Birdie.

»Es wird noch eine Weile dauern«, gestand Simone. »Jedenfalls freut es mich, dass es dir hier gefällt, Sully. Dieser Ort war meine Rettung, nachdem ich aus der Entzugsklinik rauskam und mein widerlicher drogendealender Ex hinter mir her war.«

»Das klingt beängstigend«, sagte Sully.

»Das war es auch«, gab Simone zu. »Ich war damals in einer echt schlechten Verfassung, aber dank des Entzugs und allen hier liebe ich das Leben jetzt und bin gerade dabei, einen Abschluss als Beraterin für Suchtfragen zu machen. Es fühlt sich gut an, einen soliden Berufsweg eingeschlagen zu haben.«

»Wenn ich mich nicht täusche, hatte Cowboy eine Menge damit zu tun«, bemerkte Sasha und aß einen weiteren Keks.

»Tatsächlich? Wie das?«, erkundigte sich Sully.

»Ich habe mit seiner Crew von Rancharbeitern zusammengearbeitet, und er hat mich immer dazu angetrieben, mehr zu geben«, erklärte Simone. »Ich mache Witze über ihn, aber in Wirklichkeit bin ich voller Respekt für diesen sturen Maulesel. Ich hab eine Weile gebraucht, um das zu verstehen, aber er wusste, wozu ich fähig bin, und er hat mich dazu gezwungen, mich zu bessern. Nach all den Drogen und der Scheiße, in die ich mich in Maryland hineingeritten hatte, hab ich genau das gebraucht.«

»Du warst in Maryland?«, fragte Sully.

»Mhm. Peaceful Harbor. Warum?«

Sully rief sich ins Gedächtnis, dass sie aufpassen musste, was sie sagte. »Ich bin in Prairie View geboren, aber als ich dort weggegangen bin, war ich noch so klein, dass ich mich an nichts davon erinnere, und jetzt wohnt meine Schwester in Pleasant Hill, und ich glaube, sie möchte, dass ich zu ihr ziehe.«

»Das ist nicht weit vom Hafen entfernt«, erklärte Simone.

»Wirklich? Wie ist es dort?«, fragte Sully neugierig.

»Können wir dieses Gespräch im Wohnzimmer fortsetzen und mit den Schlammpackungen anfangen?« Billie schnappte sich ihre Umhängetasche und huschte ins Wohnzimmer, wobei sie ihnen bedeutete, ihr zu folgen.

»Was ist eine Schlammpackung?« Sully ging wie die anderen

ins Wohnzimmer.

»Kennst du das gar nicht?«, fragte Birdie.

Sully schüttelte den Kopf.

»Ging mir genauso, bis Birdie mich an einem dieser Mädelsabende dazu genötigt hat«, gab Simone zu.

»Sully ist auch noch nie massiert worden«, bemerkte Sasha.

»Ich schon«, sagte Simone. »Was auch immer du tust, lass dich nicht von Cowboy massieren, sofern du nicht am Ende nackt dastehen willst. Alle Männer glauben, dass Massage ein Codewort für Sex ist.«

Sasha und Birdie nickten zustimmend.

Leicht verlegen versuchte Sully, das Gespräch vom Sex wegzulenken. »Können wir auf die Schlammpackungen zurückkommen? Ich weiß immer noch nicht, was das ist.«

»Das ist dieser Dreck, den du dir ins Gesicht packst, und er macht deine Haut ganz weich«, erklärte Simone.

»Du vereinfachst alles wie immer viel zu sehr«, schimpfte Birdie und breitete ihre Utensilien auf dem Beistelltisch aus. »Sie öffnen deine Poren und beseitigen Hautunreinheiten. Los, ihr müsst euch zuerst das Gesicht waschen. Ich hab Stirnbänder mitgebracht, damit euch die Haare nicht ins Gesicht fallen.«

Sie reichte jeder von ihnen ein Stoffstirnband, und Sully folgte den anderen ins Bad. Als sie ins Wohnzimmer zurückkehrten, deutete Birdie auf die Couch. »Pflanzt eure sexy Hintern dorthin, und dann kann Simone Sully weiter von Maryland erzählen, während ich euch verrückten Hühner hier sogar noch schöner mache, als ihr ohnehin schon seid.«

Sully setzte sich zwischen Sasha und Simone, und Birdie machte sich daran, eine Schlammpackung auf Sashas Gesicht aufzutragen. »Bei Gesprächen mit Birdie mithalten zu wollen, ist so, als würde man einem Kaninchen hinterherjagen«, stellte

Simone fest.

Birdie grinste breit. »Ich weiß, dass du mich liebst. Und jetzt mach schon und erzähl Sully von Maryland.« Sie senkte die Stimme. »Ich bin nicht so zerstreut, wie sie glaubt. Ich denke nur an ziemlich viele Dinge gleichzeitig.«

Simone verdrehte die Augen. »Jedenfalls ist Maryland ziemlich cool, Sully. Die Kleinstädte, die du erwähnt hast, liegen nicht weit voneinander entfernt, aber sie sind doch ziemlich unterschiedlich. Peaceful Harbor hat auf einer Seite Strände und auf der anderen Berge, aber die Berge sind nicht so hoch wie hier. Sie erinnern eher an große Hügel, und wenn du gerne wandern gehst, ist das der perfekte Ort dafür.«

»Das klingt gut.« Ein Strandspaziergang stand auch auf Sullys Liste.

»Ja, nicht wahr? Die Dark Knights haben ein Chapter in Peaceful Harbor und schützen dort die Gegend, genau wie das Hope-Valley-Chapter hier«, fuhr Simone fort. »Pleasant Hill hat eher etwas von einer Kleinstadt in einer ländlichen Umgebung. Es ist vornehmer als der Hafen und von sanften Hügeln und ausgedehnten Weiden umgeben statt von Stränden und Bergen. Prairie View ist einfach eine charmante Kleinstadt, nicht ganz so gehoben wie Pleasant Hill, allerdings ist der Strand dort eher vernachlässigbar.«

Als Nächstes trug Birdie Schlamm auf Sullys Gesicht auf. »Wir waren auf der Hochzeit meiner Geschäftspartnerin Carly in Pleasant Hill. Die Hochzeitsfeier war auf dem Weingut der Familie ihres Ehemanns Zev.«

»Jordan hat mir erzählt, dass sie sich mit Jax Braden verlobt hat«, sagte Sully.

»Das stimmt.«

»Jax ist Zevs Bruder«, erklärte Sasha.

Jax' Familie besitzt ein Weingut? Sully wurde wieder einmal bewusst, wie unterschiedlich sich ihr Leben entwickelt hatte. Sie verspürte kein Verlangen nach ausgefallenen Sachen oder reichen Freunden, aber während Birdie und Sasha ihnen von der Feier erzählten und wie viel Spaß sie dort gehabt hatten, überkam sie ein Anflug von Sehnsucht nach all den Jahren, die sie ohne Jordan hatte auskommen müssen.

Bis Birdie die Schlammpackungen bei Simone und sich selbst aufgetragen hatte, trocknete Sullys bereits.

»Bist du dir sicher, dass sich das so anfühlen soll?«, fragte Sully. »Meine Haut spannt richtig.«

»Ja«, antworteten alle drei.

»Genau so soll es sich anfühlen. Während der Schlamm trocknet, zieht er die Toxine und Unreinheiten an die Hautoberfläche, damit du sie abwaschen kannst. Deine sieht genauso aus wie unsere.« Birdie reichte Sully einen Spiegel. »Siehst du?«

Sie hatte ihre Haare mit einem roten Stirnband zurückgebunden, und die graue Maske bedeckte ihr Gesicht, wobei sie fleischfarbene Ringe um ihre Augen und den Mund freiließ. »Ich sehe aus wie ein Waschbär.« Sie sah die anderen an. »Wir sehen alle wie die Waschbären aus.«

Sie musste lachen, und die anderen wedelten mit den Händen, um einander zu beruhigen und stillzuhalten, damit sie die Masken nicht ruinierten. »Jetzt sehen wir aus wie neurotische Waschbären«, stellte Simone fest, woraufhin alle erneut losprusteten.

»Oder Außerirdische«, meinte Birdie. »Wir sollten mal so ins Roadhouse gehen.« Sie sprang auf und stolzierte durch den Raum, wobei sie beim Sprechen den Mund so wenig wie möglich bewegte. »Hey, mein Großer, willst du es mal richtig schmutzig haben?«

Sie grölten los, und Sasha lehnte sich an Sully. »Wenn Cowboy dich jetzt so sehen könnte!«

»Hyde und Taz würden dann ›Schlammcatchen!‹ schreien!« Simone warf die Fäuste in die Luft und schrie »Jippie!«, womit sie sie in Hysterie versetzte.

Das Dröhnen von Motorrädern ließ sie verstummen, und sie rissen die Augen auf. Das Geräusch wurde lauter, entfernte sich dann jedoch, und sie atmeten erleichtert auf, aber als es an der Tür klopfte, hielten sie sich wieder die Bäuche vor Lachen. Birdie rannte zum Fenster und spähte hinaus. »Es ist Cowboy!«

Sullys Herz machte einen Sprung und rutschte ihr dann in die Hose. »Das Treffen ist schon vorbei? Er darf mich nicht so sehen!« Sie rannte los, um sich hinter Sasha zu verstecken, doch da klopfte es schon erneut, bevor die Tür aufgerissen wurde und Callahan in all seiner ernsten, umwerfenden Herrlichkeit hereinkam. Die Frauen drängten sich flüsternd und kichernd um Sully.

»Sieh nicht hin!«, verlangte Sasha, was sie alle noch mehr zum Lachen brachte.

Er stiefelte mit starrer Miene durch den Raum, griff zwischen Sasha und Simone hindurch und zog Sully in seine Arme. Er sah ihr in die Augen, ein Anflug von Zuneigung schimmerte in seinem Blick. »Ein Mann müsste schon verrückt sein, um den Blick von dieser wunderschönen Frau abzuwenden.« Er beugte sich zu ihr hinunter und küsste sie, was sie ein bisschen verlegen machte.

»Ihre Schlammpackung!«, schrie Birdie, aber das feuerte ihn nur dazu an, den Kuss noch zu vertiefen, womit er die Frauen erst richtig zum Lachen brachte und Sully dahinschmelzen ließ. Sein leidenschaftlicher Kuss ließ sie die Verlegenheit vergessen. Als sich ihre Lippen schließlich voneinander lösten, war sie atemlos, und er grinste arrogant, obwohl er im ganzen Gesicht Schlammflecken hatte.

»Verdammt. Ich nehme alles zurück, was ich über deine Verklemmtheit gesagt habe«, murmelte Simone unter allgemeinem Kichern.

Callahan schüttelte den Kopf. »Billy konnte sich früher loseisen und macht mit Dare ein Lagerfeuer. Seid ihr Ladys hier gleich fertig?«

Birdie quietschte. »Ja! Lagerfeuer! Gib uns fünf Minuten.« Sie griff nach Sullys Arm und zog sie ins Bad, wobei ihnen Sasha und Simone dicht auf den Fersen folgten.

Der Gesprächslärm war wie weißes Rauschen für Cowboys Gedanken, als er Sully beobachtete, wie sie sich mit seinen Freunden und Verwandten unterhielt. Die Veränderungen an ihr waren zwar subtil, doch gleichzeitig erschütterten sie ihre gesamte Persönlichkeit. Er spürte das in ihrer Körpersprache, hörte es in ihrem Lachen und sah, wie die Schatten in ihren Augen Platz für das Schimmern von Licht und Freude machten. Er spielte eine gefährliche Partie emotionales Roulette, indem er sich in eine Frau verliebte, die sich über so vieles klarwerden und noch so viele Lebenserfahrungen machen musste. Er versuchte, sie sich in ein paar Jahren vorzustellen, fest in ihrer Beziehung zu ihrer Familie verankert, wie sie an einem Lagerfeuer Tausende von Meilen entfernt mit Menschen saß, die er nicht kennen würde, die Augen frei von dem Schmerz, den sie erlebt hatte, ihr Herz offen für jemand anderen.

Aber er konnte dieses Bild nicht sehen.

Alles, was er sehen konnte, waren diese wunderschönen, ausdrucksstarken Augen, während sie an einem Lagerfeuer Händchen hielten, so wie jetzt gerade.

Dare stieß ihn an und holte ihn aus seinen Gedanken. »Dein Marshmallow ist Toast, Mann.« Er zeigte mit dem Kinn auf das verbrannte Marshmallow am Ende von Cowboys Stock.

»Mist.« Cowboy warf den Stock ins Feuer, und Dare lachte leise.

Sully warf einen Blick zu ihnen herüber, und ihr hinreißendes Lächeln traf Cowboy mitten in die Brust. »Willst du was von mir abhaben?«

Allerdings. Dein Herz, deinen Verstand, deinen Körper und deine Seele, Liebling. »Nein danke, Baby. Genieß ihn.«

»Sully hat uns gerade von ihrer ersten Fahrt auf dem Motorrad erzählt.« Doc zog eine Augenbraue hoch.

»Du hast sie auf deinem Motorrad mitgenommen?« Birdie riss die Augen auf. »Hast du ihr erzählt, was das für einen Biker bedeutet?«

Alle Blicke wandten sich Cowboy zu. *Vielen Dank auch, Birdie.* Er wollte alle wissen lassen, dass Sully sein Mädchen war, aber sie dabei in Verlegenheit zu bringen, war nun wirklich nicht nötig.

Sully runzelte die Stirn. »Was bedeutet es denn?«

»Alles«, antwortete Birdie überschwänglich. »Insbesondere, weil er noch nie eine Frau, die nicht mit ihm verwandt ist, hinten auf seinem Motorrad mitgenommen hat.«

Er sah ihr in die Augen. »Es bedeutet, dass du mein Mädchen bist.«

»*Oh*«, hauchte sie und errötete zart. Ihr Blick huschte nervös hin und her. Er drückte ihre Hand, um ihren Blick wieder zu ihm zu lenken, und spürte das Knistern ihrer Verbindung stärker als je zuvor.

»Wie hat dir das Motorradfahren gefallen?«, erkundigte sich sein Vater.

Sullys Augen leuchteten auf. »Ich liebe es! Ich wollte am liebsten die Arme ausbreiten, als würde ich fliegen.«

»Das hört sich gut an«, sagte Dare. »Wir werden dich im Nullkommanichts dazu bringen, auf dem Lenker sitzend zu fahren.«

Cowboy starrte ihn finster an. »Nein, das wirst du nicht.«

»*Dare*, behalt solche Ideen für dich«, ermahnte ihn ihre Mutter.

»Was denn?« Dare riss die Augen auf. »Ich sehe Sully jeden Nachmittag mit Cowboy auf einem Pferd reiten. Sie macht das schon wie ein Profi. Und so ein großer Unterschied ist das nicht.«

Cowboy starrte ihn an, und Dare hob kapitulierend die Hände.

»Sitzt du beim Fahren wirklich auf dem Lenker?«, fragte Sully.

»Zum Teufel, ja. Sieh dir das an.« Dare zog sein Handy heraus, tippte darauf herum und reichte es Cowboy. »Gibst du ihr das bitte?«

Cowboy warf einen Blick auf das Display. Dare hatte eines der vielen Videos seiner halsbrecherischen Stunts aufgerufen. »Du hast wirklich den schlechtesten Einfluss auf sie.« Er reichte Sully das Handy. »Komm ja nicht auf dumme Gedanken, Liebling. Das ist gefährlicher Unsinn.«

»Ich würde nicht behaupten, dass Dare den schlechtesten Einfluss hat«, kommentierte Billie mit süffisantem Grinsen.

»Ja, hast du schon Hyde kennengelernt?«, witzelte Ezra, der Gus dabei half, ein Marshmallow zu rösten.

»Das Abzeichen trage ich mit Stolz, vielen Dank auch«, erklärte Hyde über das Feuer hinweg. Er saß zwischen Sasha und Simone und hatte seine Arme mit breitem Grinsen über die Stuhllehnen der beiden Frauen gelegt.

Sully betrachtete das Video und schüttelte den Kopf. »Ich kann nicht fassen, dass du so etwas tust. Hast du denn keine Angst, wenn du ihn so fahren siehst, Billie?«

»Schon, aber er ist vorsichtig, und zumindest springt er jetzt nicht mehr über Busse.« Billie beugte sich zu Dare hinüber, und er küsste sie.

»Busse?«, wiederholte Sully fassungslos.

»Das willst du gar nicht wissen«, sagte Cowboy. »Er hat uns alle zu Tode erschreckt.«

»Mich erschreckt alles, was er auf seinem Motorrad macht«, bemerkte ihre Mutter. »Aber wenn ich etwas gelernt habe, dann dass Hengste nur noch heftiger bocken, wenn du versuchst, sie anzubinden.«

»Außer Cowboy trainiert sie«, warf Doc ein.

»Cowboy ist ein guter Pferdetrainer«, verkündete Gus von Ezras Schoß aus. »Er wird es mir beibringen, wenn ich größer bin.«

Cowboy nickte. »Das stimmt, Kumpel.« Sully musterte ihn und Gus voller Zuneigung, und Cowboy kämpfte gegen seine hyperaktive Fantasie an, die ihm eine Zukunft mit eigenen Kindern ausmalen wollte, die er vielleicht nie mit ihr haben würde. Zum Teufel, er wusste ja noch nicht einmal, ob sie nach all dem, was sie durchgemacht hatte, überhaupt Kinder haben wollte, und ihm wurde bewusst, dass dies, wenn es um seine Gefühle für Sully ging, nicht einmal ein Ausschlusskriterium war, selbst wenn er noch so gern eine Familie gründen wollte.

»Cowboy hält schon Menschen und Pferde im Zaum, seit er

so groß war.« Sein Vater hielt seine Hand etwa sechzig Zentimeter über den Boden und nickte Cowboy anerkennend zu. »Der Himmel weiß, wie sehr wir das gebraucht haben, sobald Dare erst mal auf der Welt war.«

»Aber gelegentlich musste man Cowboy doch auch ein bisschen lenken«, warf seine Mutter ein. »Erinnerst du dich nicht an die ersten paar Monate nach Dares Geburt? Er bestand die ganze Zeit darauf, dass Dare in einer Box im Stall schlafen müsste, weil die Fohlen auch dort schliefen.«

Alle mussten lachen.

»Das ist so süß.« Sully warf Cowboy einen verliebten Blick zu.

»Es war wirklich süß«, bestätigte sein Vater. »Er ist der geborene Beschützer. Nach Sashas Geburt schlief er jede Nacht mit seinem Plastikgewehr in den Armen auf dem Fußboden in ihrem Zimmer.«

»Angeber«, brummte Dare.

»Das gefällt mir«, sagte Sully, was ihm das Herz wärmte.

»Bis Birdie geboren wurde, hatte er dazugelernt und einen Schlafsack in ihr Zimmer geschleift«, fuhr seine Mutter fort. »Aber als unser frühreifes kleines Mädchen ungefähr ein Jahr alt war, wusste sie schon, wie sie aus ihrem Gitterbett hinausklettern konnte, und wir fanden sie jeden Morgen mit ihm zusammen auf dem Fußboden vor. Und als Sasha merkte, dass sie dort Pyjamapartys veranstalteten, bestand sie darauf, mit dabei zu sein.«

»Ich hatte einen schlimmen Fall von FOMO«, gestand Sasha, was ihr ein Kichern einbrachte.

»Was ist FOMO?«, erkundigte sich Sully.

»Das steht für *Fear of Missing Out*, also die Angst, etwas zu verpassen«, erklärte Cowboy.

»Nun ja, eure Pyjamapartys entgingen auch deinen Brüdern nicht«, setzte ihre Mutter den Bericht fort. »Also mussten Doc und Dare ebenfalls mitmachen. Sie haben unseren Wäscheschrank und Tinys Werkbank geplündert und sich mit Laken, Seilen und Werkzeugen ausgerüstet. Cowboy hat ihnen dabei geholfen, ein Fort aus Laken zu bauen, das für sie alle groß genug war. Nur Dare hatte andere Vorstellungen.«

»Bessere Vorstellungen«, korrigierte Dare sie.

»Birdies Wände waren seitdem nie wieder dieselben«, fuhr seine Mutter fort. »Dare überredete seine älteren Brüder dazu, für ihn eine Hängematte zu bauen, in der er schlafen konnte. Auf einmal schliefen alle fünf Kinder in Birdies Zimmer. Drei in dem Lakenfort, einer schaukelte in seiner Hängematte, und Cowboy hockte mit seinem Plastikgewehr schlafend auf der Türschwelle.«

Sully betrachtete Cowboy einen Moment lang verträumt, bevor sie den Blick über die anderen rund um das Feuer schweifen ließ. »Ihr habt so ein Glück, einander zu haben.«

»Wie war es in deiner Kindheit?«, fragte Simone.

Schatten verdüsterten Sullys Blick. Cowboy umfasste ihre Hand fester. Er wusste, dass sie keine detaillierte Antwort geben konnte, ohne ihre wahre Identität zu enthüllen, und das ärgerte ihn. Wie sollte sie sich da ein ganzes Leben lang durchlavieren?

»Ich kann mich nicht wirklich gut daran erinnern, aber ich glaube nicht, dass es so war, und das hier …« Sully hielt Dares Handy hoch. »… macht mir Angst.« Sie reichte Cowboy das Handy, damit er es Dare zurückgeben konnte. »Ich kann noch nicht einmal auf einem normalen Fahrrad fahren, und Dare macht Stunts, während er die Landstraße entlangrast.«

»Ist das dein Ernst, dass du nicht Fahrradfahren kannst?«, fragte Birdie.

»Ja. Ich hatte nie die Gelegenheit, es zu lernen, aber ich würde gerne«, gestand Sully.

»Ich habe das auf deiner Liste gesehen und hatte vor, es dir am Wochenende beizubringen«, erklärte Cowboy.

»Warum zeigen wir es ihr nicht jetzt?«, fragte Billie.

»Ja«, stimmte Dare zu. »Wir haben Fahrräder in der Garage, und wir können die Lampen auf dem Parkplatz beim Haupthaus einschalten.«

»Jetzt? *Wirklich?*«, fragte Sully aufgeregt.

»Wenn nicht jetzt, wann dann?«, drängte Simone.

»Aber du musst das nicht tun«, fügte seine Mutter hinzu. »Mach nichts, wobei du dich nicht wohlfühlst.«

»Die Jungs haben damals auch ihren Schwestern das Fahrradfahren beigebracht. Sie sind gute Lehrer«, bemerkte sein Vater.

»Ich korrigiere«, widersprach Sasha laut. »Doc und Cowboy sind gute Lehrer. Dare ist mit mir oben auf einen Hügel geklettert und hat dann gesagt, ich soll aufsteigen und mich von der Schwerkraft nach unten tragen lassen.«

Dare schnaubte. »Du hättest es schaffen können.«

»Und mir den Kopf aufschlagen.« Sasha sah Sully an. »Halte dich an Cowboy und Doc, dann kann dir nichts passieren.«

Alle fingen gleichzeitig an, darüber zu reden, Sully das Fahrradfahren beizubringen. Cowboy beugte sich zu ihr und senkte die Stimme. »Entschuldige. Ich wollte da nichts in Gang setzen. Du brauchst das nicht heute Abend zu machen.«

»Ich freue mich darauf, es zu versuchen. Bleibst du bei mir für den Fall, dass ich nervös werde?«, fragte sie.

»Immer, Liebling.«

Ihre Augen leuchteten, und sie zuckte auf hinreißende und glückliche Art mit den Achseln. »Okay, dann probieren wir es einfach.«

Alle jubelten und sprangen auf. Sein Vater legte einen Rost über das Feuer. »Wir holen das Fahrrad und treffen euch unten am Haupthaus«, rief Dare im Loslaufen.

»Bring bitte auch einen Helm, Knie- und Ellbogenschützer sowie Handschuhe mit«, bat Cowboy.

»Willst du sie auch noch in Luftpolsterfolie einwickeln?«, neckte Simone ihn.

Er starrte sie mit zusammengekniffenen Augen an.

Simone lachte laut und ging mit den anderen zusammen über den Rasen auf das Haupthaus zu. Cowboy legte Sully einen Arm um die Schultern und raunte ihr ins Ohr: »Was hältst du von Luftpolsterfolie?«

Zwanzig Minuten später saß Sully mit Knie- und Ellbogenschützern, Handschuhen und Helm ausgestattet auf einem violetten Fahrrad. Wahrscheinlich war das übertrieben, aber sie war so oft verletzt worden, dass es für ein ganzes Leben reichte.

Cowboy erklärte ihr, wie man die Bremsen benutzte, und er und Doc blieben zu beiden Seiten des Fahrrads stehen, während sich alle anderen zum Zuschauen auf dem Parkplatz versammelten. Dare filmte sie mit seinem Handy, und Wynnie hielt Tinys Hand und wirkte gleichzeitig hoffnungsvoll und besorgt. Mit diesem Blick hatte sie auch Cowboy und seine Geschwister oftmals bedacht.

»Bist du nervös?«, fragte Cowboy, nachdem er ihr die Benutzung der Handbremse gezeigt hatte.

Sullys Augen funkelten vor Begeisterung. »Ein bisschen,

weil alle zuschauen, aber mir geht es gut.«

»Soll ich sie wegschicken?«, bot Cowboy an.

»*Nein.* Ich komme schon zurecht, und sie freuen sich so sehr für mich, dass ich mich wiederum über ihre Unterstützung freue«, erwiderte sie.

»Denk nicht an sie«, sagte Doc. »Du musst dich konzentrieren, damit du das Gleichgewicht halten kannst.«

»Warum fangen wir nicht mit ein paar Laufschritten an?«, schlug Cowboy vor.

»Was ist das?«, fragte sie.

»Du setzt dich auf den Sitz, lässt die Füße dabei auf dem Boden und gehst auf diese Weise los, wobei du dich zwischen den Schritten ein bisschen rollen lässt«, erklärte Cowboy ihr. »Damit gewöhnst du dich daran, das Gleichgewicht zu halten.«

»Versuch nicht, die Pedale oder die Bremsen zu benutzen. Wenn du anhalten willst, stellst du einfach die Füße auf den Boden«, fügte Doc hinzu.

»Du schaffst das schon, Baby.« Cowboy legte ihr eine Hand auf den Rücken. »Wir sind an deiner Seite.«

Sie nickte und begann mit Laufschritten, und alle klatschten und feuerten sie an.

»Gut gemacht!«, rief Tiny.

»Du schaffst das, Sully!«, feuerte Dare sie an.

»Violett steht dir ausgezeichnet!«, jubelte Birdie und brachte damit alle zum Lachen.

Sullys Grinsen erhellte die Nacht, während sie über den Parkplatz rollte und Cowboy und Doc neben ihr herliefen.

»Das ist es, Liebling. Wie fühlt sich das an?«, fragte Cowboy.

»Großartig! Was kommt als Nächstes? Kann ich jetzt in die Pedale treten?«

Doc lachte auf. »Wie wäre es, wenn du zuerst einmal das Bremsen übst? Roll weiter und versuch dann, einmal zu bremsen, damit du ein Gefühl dafür bekommst, aber brems nicht zu stark.«

Sie ließ sich rollen und bremste mehrere Male. »Okay. Ich bin bereit!«

»Gut gemacht, Sully«, schrie Wynnie.

»Du musst das Fahrrad anhalten, damit du lernst, wie man anfährt«, sagte Cowboy. Sie tat es. »Es gibt mehrere Möglichkeiten, wie du losfahren kannst. Am einfachsten ist es, glaube ich, wenn du einen Fuß auf das Pedal stellst und dich mit dem anderen Fuß vom Boden abstößt. Damit bekommst du Schwung. Aber du kannst auch mit beiden Füßen auf den Pedalen starten oder mit beiden Füßen abstoßen und dann die Füße in der Bewegung auf die Pedale setzen, aber wenn du es gerade erst lernst, kann das schwierig sein.«

»Okay. Ich habe es verstanden«, erwiderte sie zuversichtlich. »Ich werde es auf deine Art versuchen, mit einem Fuß auf dem Pedal.«

»Du schaffst das, Sully«, ermunterte Doc sie.

Cowboy beugte sich zu ihr herüber. »Wenn du erst einmal gelernt hast, auf dem Fahrrad das Gleichgewicht zu halten, wirst du ziemlich schnell dazu in der Lage sein, die Arme beim Fahren auszubreiten, und dann wird sich das anfühlen, als würdest du die Straßen rauf und runter fliegen.«

»Brauche ich noch Luftpolsterfolie?«, witzelte sie.

Doc grinste breit.

»In Ordnung, Klugscheißerin«, neckte Cowboy sie. »Zeigen wir diesen Leuten, wozu du fähig bist.«

Als sich Sully mit einem Fuß abstieß und dann den anderen auf das zweite Pedal stellte, schwankte das Vorderrad. Sie gewann schnell die Kontrolle, und dann strampelte sie rund um den Parkplatz, während seine Familie und ihre Freunde sie anfeuerten.

»Weiter so«, ermunterte Doc sie, der zu den anderen hinüberjoggte.

»Das ist es, Liebling!« Cowboy rannte neben dem Fahrrad her. »Es gibt nichts, was du nicht kannst!«

»Außer freihändig Motorrad fahren!«, brüllte Dare.

»Schaut mal! Ich fahre Fahrrad!«, rief Sully fröhlich.

Weiterer Jubel ertönte. »Seht euch das an! Sie trainiert Cowboy!«, grölte Hyde.

Alle lachten, und Cowboy zeigte ihm einen Vogel, woraufhin alle noch mehr lachten, aber das war ihm egal. Nichts davon konnte seine Freude über den Anblick seiner Liebsten trüben, die vor Glück strahlte.

Dreiundzwanzig

Mittwoch nach dem Mittagessen steckte Cowboy den Kopf durch Ezras Bürotür und fand ihn am Computer vor. »Hey, Mann, hast du eine Minute?«

Ezra blickte vom Bildschirm auf. »Sicher. Was gibt's?«

Cowboy schloss die Tür hinter sich. »Ich wollte nur gerade etwas über Sully loswerden.«

»Auf mich wirkte sie so, als hätte sie gestern Abend jede Menge Spaß gehabt.« Ezra kam um den Schreibtisch herum und setzte sich auf die Kante.

»Sie hat es genossen. Vielleicht mache ich mir einfach zu viele Sorgen und Gedanken, aber ich will nichts übersehen, wenn es um sie geht. Seit Sonntag, als sie mit ihrer Schwester zusammen gewesen ist, ist sie wirklich darauf konzentriert, die Vergangenheit hinter sich zu lassen und herauszufinden, wer sie ist und wer sie sein will, was ich großartig finde. Aber als ich das Dare gegenüber erwähnt habe und sagte, dass ich ihr den Umgang mit dem Internet zeigen wollte, gab er zu bedenken, das könnte für jemanden wie sie zu viel sein. Und jetzt frage ich mich, ob es nicht besser wäre, sie ein wenig zu bremsen.«

»Ich weiß nicht genau, was Sully durchgemacht hat, aber wenn ich mir so anschaue, was durch die Medien gegangen ist, fällt es mir nicht schwer, meine Schlüsse zu ziehen. Für mich klingt es, als wäre Dare einfach nur vorsichtig, oder vielleicht war er überrascht davon, wie schnell alles bei ihr geht. Aber ich würde Sully ihr Tempo selbst bestimmen lassen. Sie spricht bestimmt mit Colleen über das alles, und während sie sich an das Leben außerhalb der Sekte gewöhnt, ist es ganz natürlich, dass sie noch mehr in Angriff nehmen und ihren Weg in ein neues Leben finden will.«

»Ich sollte also nicht auf die Bremse treten?«

»Es ist nicht deine Aufgabe, sie zurückzuhalten«, erwiderte Ezra. »Aber du kannst ihr auf ihrem Weg dabei helfen, die Gefahren der echten Welt zu verstehen.«

Cowboy atmete erleichtert auf. »Danke, Mann. Das werde ich tun.« Er bemerkte eine Zeichnung, die an der Seite von Ezras Aktenschrank hing. Darauf saß Gus auf einem Zaun und Sasha stand hinter ihm. »Hat Sully das gezeichnet?«

»Ja. Sie hat es mir heute nach ihrer Sitzung mit Colleen geschenkt. Sie ist wirklich talentiert.«

»Das ist sie auf jeden Fall. Jordan hat mit ihr darüber gesprochen, dass sie als Auftragskünstlerin arbeiten könnte, wenn sie dazu bereit ist, und sie hat schon einen ganzen Haufen Bilder gezeichnet in der Hoffnung darauf, dass sie eines Tages damit Geld verdienen kann.« Sie hatte mehrere Bilder von den Pferden und Menschen auf der Ranch gezeichnet, einschließlich Cowboy beim Schlafen, wie er Pferde trainierte und wie er mit verschränkten Armen bei ihr und Jordan im Zimmer stand. Das war sein Lieblingsbild, weil sie und ihre Schwester darauf genauso emotional aussahen wie an jenem Morgen.

»Das klingt vielversprechend.«

»Das finde ich auch, aber ich mache mir trotzdem Sorgen. Ich befürchte, dass sie an üble Leute geraten könnte. Ich habe ihr im Gemeinschaftsraum gezeigt, wie man einen Computer benutzt, und ich habe sie davor gewarnt, welche Gefahren es mit sich bringt, wenn sie online mit Menschen in Kontakt tritt. Aber aktuell macht sie nichts davon. Sie sieht sich nur allerlei Websites an und vergleicht ihre Zeichnungen mit denen anderer Künstler und findet heraus, was sie dafür verlangen.«

»Das klingt recht zielstrebig.«

»Das ist sie auch. Wie du weißt, sehen wir hier ständig Menschen dabei zu, wie sie ihr Leben neu aufbauen, aber es ist anders, wenn es um jemanden geht, für den du Gefühle hegst. Das ist so verdammt schön, als würde man einen Schmetterling dabei beobachten, wie er sich aus seinem Kokon befreit. Du hast sie bei den Mahlzeiten erlebt. Sie hat Freundschaften geknüpft und wirkt richtig glücklich. Das heißt nicht, dass sie nicht mit irgendwelchen Dämonen zu kämpfen hat, aber sie unterdrückt sie nicht oder tut so, als würden sie nicht existieren. Sie befasst sich mit ihnen.«

»Das ist gut«, erwiderte Ezra. »Wie läuft es zwischen euch beiden?«

»Wir sind uns näher gekommen, als ich je für möglich gehalten hätte. Und vermutlich macht mir auch das ein bisschen Sorge. Ich habe mich emotional zurückgehalten, aber sie wollte aufs Ganze gehen, daher habe ich ihr die Führung überlassen.« Er dachte über die vergangenen zwei Nächte nach, in denen er hatte gehen wollen und sie ihn gebeten hatte, bei ihr zu bleiben. Jedes Mal, wenn sie sich liebten, ließ er sie weiterhin ihren eigenen Weg finden, und es war so, als wüssten ihre Körper einfach, wie und wann sie in den gleichen Rhythmus verfallen sollten. »Glaubst du, dass es ihr auf irgendeine Art schaden könnte, dass wir miteinander intim sind?«

»Ich bin nicht ihr Therapeut, also kann ich mir nicht hundertprozentig sicher sein. Jeder geht mit einem Trauma anders um, und jeder hat einen anderen Zeitrahmen. Aber es hört sich so an, als würde sie die Kontrolle über die Teile ihres Lebens übernehmen, die sie bisher nicht in der Hand hatte, und solange du aufhörst, wenn sie Nein sagt, würde ich sie, wie ich schon sagte, ihr Tempo selbst bestimmen lassen.«

»Genau das mache ich. Mit der Wirklichkeit so umzugehen, wie sie es tut, sollte für jemanden in ihrer Situation eigentlich geradezu unmöglich sein. Nur dass es ihr möglich ist, weil es in der Sekte eine Frau gab, die seit ihrer Kindheit wie eine Mutter für sie gewesen ist. Ich glaube, sie hat Sully vor jeder Menge emotionalem und körperlichem Schaden bewahrt. Das soll nicht heißen, dass sie nicht mehr gelitten hat, als jemand je leiden sollte. Ich spüre ihren Schmerz, wenn sie darüber spricht, aber ich spüre auch ihre Hoffnung und dass sie fest entschlossen ist, darüber hinwegzukommen. Allerdings frage ich mich auch, ob ich da nur sehe, was ich sehen will.«

Ezra lächelte. »Ich wünschte mir, alle meine Patienten hätten Partner wie dich. Ich weiß nicht, ob du nur das siehst, was du sehen willst, aber ich bezweifle es. Ich kenne dich, Cowboy, und du bist vorsichtig. Du überlegst dir die Konsequenzen, und du beschützt jeden um dich herum. Es klingt, als würden Sully und du eine Beziehung aufbauen, die auf offener Kommunikation beruht, und das ist gut so. Wenn du dir Sorgen machst, würde ich dir empfehlen, mit ihr darüber zu sprechen. Aber es gibt zwei Sachen, die du bedenken solltest: Erstens können traumatische Situationen die Wahrnehmung einer Person auf vielerlei Ebenen verzerren. Egal, von welcher Stelle aus sie die Welt nun betrachtet, ihre Gefühle werden sich wahrscheinlich ändern, möglicherweise sogar mehrere Male.«

»Das weiß ich. Und ich denke die ganze Zeit darüber nach.

Und was noch?«

»Dass du es hier oben drin weißt ...« Er zeigte auf seinen Kopf. »... bedeutet nicht, dass du es auch hier drin glaubst.« Er klopfte sich mit der Hand aufs Herz.

Cowboy schluckte. »Ich werde daran denken. Vielen Dank, Mann.«

»Meine Tür steht immer offen.«

Cowboy fuhr zum Stall mit den geretteten Pferden hinunter, und als er aus seinem Pick-up stieg, bemerkte er Sully, die mit Beauty in den Stall ging, und Grundgütiger, in dem blauen T-Shirt und den Jeans, die ihre sanften Kurven betonte, sah sie einfach umwerfend aus. Sie hatte die Haare hochgesteckt und trug ein blaues Bandana als Stirnband. Er fragte sich, wo sie das herhatte, und direkt anschließend, ob sie noch mehr Haarschmuck brauchte. Nachdem sie im Stall verschwunden war, blickte er über die Weide hinweg und dachte darüber nach, wie viel sich seit ihrem ersten gemeinsamen Spaziergang verändert hatte.

Wie sehr er sich verändert hatte.

Die Ranch war immer sein Zufluchtsort gewesen, und er hatte sich durch nichts von der Arbeit ablenken lassen. Aber wenn er jetzt morgens aufwachte, galt sein erster Gedanke der Frau in seinen Armen, und sobald sein Arbeitstag vorüber war, gab es nur einen Ort, an dem er sein wollte, und das war an Sullys Seite.

Er ging in den Stall, und als er auf die Box zuging, in der Sully mit Beauty redete, hob sie den Kopf und ihre Augen funkelten voller Liebe.

»Hey, Liebling. Wie geht es ihr?«

»Sie wird mit jedem Tag kräftiger.« Beauty drückte ihre Nüstern an Sullys Brust. »Ich liebe es, wenn sie das macht.« Sie streichelte das Pferd am Kopf. »Morgen komme ich wieder zu dir.«

Er hatte Dutzende von Frauen mit ihren Pferden umgehen sehen, aber der Anblick von Sully mit einem Pferd hatte etwas an sich, das ihm unter die Haut ging. Vielleicht lag es daran, dass ihn jedes Mal, wenn er sie ein Pferd liebkosen sah, das Gefühl beschlich, sie würde es so behandeln, wie sie selbst gern behandelt worden wäre. Sie verließ die Box und schloss die Tür. Er legte von hinten die Arme um sie und küsste sie auf den Hals, wobei er den Duft ihres Lavendelshampoos einatmete. »Ich mag es, wenn du dir die Haare hochsteckst.«

»Ich auch, weil das bedeutet, dass ich mehr Nackenküsse bekomme.«

Er biss sie zärtlich in den Nacken, und sie kicherte, drehte sich in seinen Armen um und strahlte ihn an. »Das Bandana ist bezaubernd.«

»Dein Dad hat es mir geschenkt. Er war hier, als ich mir die Haare hochgesteckt habe, und dann ist er gegangen und kurze Zeit später damit zurückgekehrt. Er meinte, es würde ›wirklich süß‹ aussehen. Seine Worte, nicht meine.«

»Das klingt ganz nach meinem alten Herrn. Wahrscheinlich hat er hundert Stück davon in einer Schublade liegen und benutzt trotzdem immer noch seine alten. Das hier sieht brandneu aus. Brauchst du noch mehr Sachen für deine Haare?«

»Nein. Tatsächlich denke ich darüber nach, mir die Haare abzuschneiden.«

»Das habe ich neulich auf deiner Liste gelesen.«

»Ich wollte sie mir immer abschneiden, aber wir durften das nicht. Jetzt fühlen sie sich wie eine Kette zu meiner Vergangenheit an, und sie nerven, wenn ich mit den Pferden zusammen bin.«

»Wenn du sie abschneiden willst, dann machen wir das doch einfach. Sasha und Birdie gehen zu einer von Sashas Freundinnen in der Stadt. Sie können dir bestimmt einen Termin machen.«

»Sasha hat das erwähnt, aber es klingt teuer. Ich hatte darauf gehofft, dass deine Schwestern sie mir schneiden könnten.«

»Ich liebe meine Schwestern, aber lass sie bloß nicht mit einer Schere in die Nähe deiner wundervollen Haare kommen. Das übernehme ich.«

»Du hast bereits genug getan.«

»Das ist das erste Mal, dass du dir die Haare abschneiden lässt. Das ist ein besonderes Ereignis. Bitte lass mich das für dich tun.«

»Schön, aber ich werde …«

»Ich weiß. Du wirst es mir zurückzahlen, wenn du eine großartige Illustrationskünstlerin geworden bist. Bist du fertig für unsere Verabredung?«

Sie wippte auf den Zehen. »Ja. Ich habe meine Einkaufsliste dabei, und ich freue mich darauf.«

»Du bist einfach hinreißend.« Er beugte sich zu ihr hinunter und küsste sie, als Sasha gerade den Stall betrat.

»Aber hallo!«, neckte Sasha sie.

»Ich bin fertig mit Beauty. Sie hat sich auf ihrem Spaziergang großartig gemacht«, sagte Sully und trat nervös einen Schritt von Cowboy zurück.

Er nahm ihre Hand und zog sie näher an sich heran. »Wie läuft es, Sasha?«

»Nicht so gut wie bei euch beiden.« Sasha warf ihm einen anerkennenden Blick zu, und dann zog sie eine Augenbraue hoch. »Ich habe gehört, dass ihr zum Einkaufen fahrt. Du weißt wirklich, wie man einer Frau den Hof macht.«

»Ich freu mich schon drauf«, sagte Sully eifrig.

Er grinste. »Wir sehen uns, Schwesterherz.«

Während sie durch die malerische Kleinstadt fuhren, in der Cowboy aufgewachsen war, spähte Sully zum Fenster hinaus und plapperte aufgeregt. »Die Geschäfte mit den Ziegelstein-fronten sind so bezaubernd. Mir gefallen die Flaggen an den Türen, und sieh dir nur all die Blumen vor dem Haus dort an.« Sie näherten sich dem Brunnen in der Stadtmitte. »So einen Brunnen hab ich noch nie gesehen, und sieh dir nur den Imbiss dort an.«

Sie war zu begeistert, um diesen Ausflug abzukürzen. Er fuhr an den Straßenrand und parkte.

Sie sah sich um. »Wo ist der Supermarkt?«

»Da kommen wir auch noch hin.« Er stieg aus dem Pick-up aus und ging auf die Beifahrerseite, um ihr die Tür zu öffnen.

Sie nahm seine Hand und sprang aus dem Wagen. »Wo gehen wir denn hin?«

»Ich dachte mir, du würdest dir vielleicht gern die Stadt ansehen, in der du jetzt wohnst.«

Sie zögerte, aber als sie den Blick über die Straße schweifen ließ, gewann ihre Begeisterung die Oberhand. »Hier gibt es so viele Geschäfte, und ist das dort am Ende der Straße ein Park?«

»Genau.«

»Wo fangen wir an?«

»Wo auch immer dein kleines Herz anfangen möchte, Lieb-ling.«

Als Erstes gingen sie in den Park, wo sie sich wieder in Kinder verwandelten, die lachend herumrannten, schaukelten, sich am Klettergerüst hochhangelten und zusammen eine Rutsche hinunterrutschten. Sie waren außer Atem, als sie Hand in Hand die Straße entlangschlenderten und durch die Läden zogen. Sully verliebte sich sofort in das winzige Postamt, genauso wie in den Geschenkartikelladen und all die hübschen Sachen darin. Cowboy hatte Kaugummi auf ihrer Liste gesehen, darum kaufte er fünf verschiedene Geschmacksrichtungen, und sie öffnete das erste Päckchen mit der Freude eines Kindes, das ein Weihnachtsgeschenk auspackt, und kaute mit strahlenden Augen darauf herum. Sie war so unfassbar bezaubernd, wenn er sie den Ladenbesitzern vorstellte und all ihre zahllosen Fragen über die Menschen und die Geschäfte beantwortete. Sie teilten sich in einem Café einen Muffin, und er erzählte ihr alles über die Festivals und anderen Veranstaltungen in der Stadt.

»Ich will zu allen hingehen«, erklärte sie, als sie das Café verließen und in den Lederladen gingen.

Er hoffte, dass sie dann immer noch hier sein würde.

»Der Geruch hier drin gefällt mir«, sagte sie. »Er erinnert mich an dich.«

Das hörte er gern, und er zog sie an sich, um sie zu küssen. Sie schlenderten durch den Laden und Sully bestaunte die vielen Stiefel. Es gab Dutzende von unterschiedlichen Farben und Stilen, aber ein Paar zog sie besonders an: braune Stiefel im Used Look mit flachen Absätzen und eckiger Schuhspitze und einer dezenten Stickerei am Schaft. Es war, als stünde ihr Name darauf.

»Die würden dir großartig stehen.«

»Vielleicht eines Tages«, erwiderte sie leise.

Eine blonde Verkäuferin, die nicht älter als zwanzig sein konnte, kam auf sie zu. »Kann ich Ihnen behilflich sein?«

»Ja.« Er blickte Sully an. »Welche Größe hast du, Liebling?«

Sully trat von den Stiefeln zurück. »Oh, nein. Ich will nicht, dass ...«

»Doch, das tust du. Welche Schuhgröße hast du?«

Sie riss die Augen auf. »Callahan, du kaufst doch schon Lebensmittel für mich.«

Er nahm ihre Hand, zog sie näher an sich und erklärte ruhig: »Du arbeitest mit den Pferden und reitest jeden Nachmittag. Du brauchst ein vernünftiges Paar Stiefel.« Bevor sie mit ihm streiten konnte, sah er die Verkäuferin an. »Bringen Sie diese doch bitte in Größe 38 und 39 und dann sehen wir weiter.«

Als die Verkäuferin die Stiefel holen ging, drehte Sully sich zu ihm um und versuchte, ihn finster anzusehen, was ihr jedoch völlig misslang. »Du kannst mir nicht einfach alles kaufen, was ich deiner Ansicht nach brauche.«

»Das tue ich doch gar nicht. Ich kaufe dir Sachen, von denen ich weiß, dass du sie brauchst.« Er zog sie in seine Arme und küsste sie.

»Du verwöhnst mich.«

»So wie ich das sehe, bist du mit dem Verwöhntwerden zwanzig Jahre im Rückstand und hast mit mir genau den richtigen Mann dafür gefunden. Also lass mir den Spaß, und danach können wir noch einen Punkt von deiner Liste streichen.«

»Stiefel stehen nicht auf meiner Liste«, erwiderte sie mit leisem Lachen.

»Nein, aber ein Besuch in der Bibliothek schon.«

Ihre Augen leuchteten abermals auf, und – *Grundgütiger!* – er würde sich nie an das Glücksgefühl gewöhnen, wenn er diesen Blick von ihr sah.

Vierzig Minuten später standen sie mit neuen Stiefeln an Sullys Füßen, mehreren geliehenen Büchern in einer Tasche der Hope Valley Library und ihrem vierten Kaugummistreifen im Mund vor dem Brunnen in der Stadtmitte. Den Büchereiausweis hatte er auf seinen Namen ausstellen lassen müssen, weil Sully keinen Ausweis besaß, was noch einen weiteren Punkt auf einer langen Liste von Dingen darstellte, über die sie sich Gedanken machen mussten.

Er zog eine Münze aus der Tasche und reichte sie ihr. »Wünsch dir etwas, Liebling, und verschwende den Wunsch nicht darauf, dass du gerne Ansel wiedersehen möchtest. Dafür habe ich bereits gesorgt.«

»Was meinst du damit?«

»Mein alter Herr hat mit dem FBI gesprochen, und sie werden ein Videotelefonat für euch beide arrangieren.«

»Machst du Witze? Wirklich?« Vor Freude kamen ihr die Tränen.

»Ja. Ich weiß nur noch nicht, wann. Sie haben gesagt, dass es ein paar Tage dauern könnte, also könnte es nächste Woche stattfinden. Aber es wird passieren.«

»Oh, Callahan!« Sie warf ihm mit tränennassen Wangen die Arme um den Hals. »Vielen Dank!«

»Gern geschehen, Liebling. Deine Wünsche sind schon viel zu lange unerfüllt geblieben. Es wird Zeit, dass du dir etwas Großes wünschst und von wundervollen Dingen in der Zukunft träumst.«

Sie trat zurück, wischte sich über die Augen und grinste. »Mir gefällt die Vorstellung. Willst du dir nicht auch etwas wünschen?«

Alles, was ich mir wünsche, steht direkt neben mir. Aber sich etwas zu wünschen, konnte nicht schaden. »Ja, okay.« Er zog eine weitere Münze aus der Tasche.

»Wünschen wir uns beide gleichzeitig etwas«, schlug sie vor.

Er stellte die Tasche mit den Büchern ab und nahm ihre Hand, wobei er die Münze in der anderen Hand hielt. »Weißt du, was du dir wünschen möchtest?«

»Ja. Was ist mit dir?«

»Mich brauchst du dir nicht zu wünschen, Liebling. Mich hast du bereits«, neckte er sie und küsste sie auf ihre lächelnden Lippen. »Auf drei?«

Sie nickte, und zusammen zählten sie: »Eins, zwei, drei.« Während sie ihre Münzen in den Brunnen warfen, schickte Cowboy stumm seinen Wunsch an die Mächte da draußen, welche auch immer zuhören mochten. *Bitte, lass Sully alles finden, worauf sie hofft, und noch mehr.* Nicht ganz uneigennützig fügte er hinzu: *Und lass mich um Himmels willen Teil davon sein.*

Sie besiegelten ihre Wünsche mit Küssen und kehrten zu Cowboys Wagen zurück.

Eine halbe Stunde später standen sie im Supermarkt und waren erst zwei Gänge weit gekommen. Sully verglich akribisch die Preise jedes Artikels, verzichtete auf manche komplett und entschied sich bei anderen für Handelsmarken. Während sie die Preise auf zwei Mehltüten verglich, schnappte Cowboy sich beide und warf sie in den Einkaufswagen.

»Hey!« Sie sah ihn fassungslos an.

»Mir ist klar, dass du es nicht übertreiben willst, aber das ist dein großer Abend, Liebling. Ich liebe deinen Drang zur

Unabhängigkeit, und ich weiß, dass du eine stolze Frau bist, die nicht gern Sachen geschenkt bekommt. Aber du musstest dein Leben lang spartanisch leben und dir Sorgen machen. Heute Abend sollst du mal sämtliche Sorgen vergessen. Bitte kauf, was du haben willst, und ignorier die Preise. Wenn du eine bestimmte Sorte von Käse und Crackern haben willst, pack sie ein. Wenn ein Rezept eine bestimmte Sorte von irgendetwas verlangt, nehmen wir sie. Herrgott noch mal, mir ist egal, ob du den Einkaufswagen mit Sekt und Kaviar füllst. Kauf das, was auch immer dein wundervolles Herz begehrt.« Er legte ihr die Hände an die Wangen. »Du freust dich schon seit Tagen darauf, Lebensmittel einkaufen zu gehen. Bitte erlaube dir einfach, das Erlebnis zu genießen. In Ordnung? Wenn du das nicht für dich selbst machst, dann tu es für mich, denn nichts macht mich glücklicher, als das Strahlen in deinen Augen zu sehen.«

Sie sah aus, als würde sie gleich in Tränen ausbrechen, und er fragte sich, ob er zu weit gegangen war und sich seine unabhängige Liebste nicht mehr wohlfühlte. Aber sie legte ihre Hände auf seine Handrücken und flüsterte: »Okay.«

»Ja?«

Sie nickte.

»*Ja*. Danke.« Er presste seine Lippen auf ihre. »Dann lass uns jetzt anständig einkaufen.«

»Warte! Bleib hier.« Sie rannte aus dem Gang und kam eine Minute später mit den Armen voller Avocados, Tomaten und einem breiten, wunderschönen Lächeln im Gesicht zurück. »Ich will Guacamole machen.«

Er lachte. »Das gefällt mir schon besser.«

Vierundzwanzig

Sully war wegen ihres ersten Ausflugs in die Stadt etwas nervös gewesen, aber es hatte ihr so großen Spaß gemacht, sie mit Callahan zusammen zu erkunden, dass sie den ganzen Nachmittag lang auf Wolke sieben schwebte. Zumindest bis sie anfing, sich für den abendlichen Besuch ihrer Familie fertig zu machen. Sie hatte zwei Stunden lang gekocht und eine frische Guacamole, Blattsalat, gebackenes Ingwer-Zitronen-Hühnchen, Kartoffelpüree mit Schnittlauch und Cheddar-Kekse zubereitet. Diese Art von Hühnchen hatte sie noch nie zuvor gemacht, aber sie hatte das Rezept genauestens befolgt und hoffte, dass es genießbar sein würde.

Sie schleuderte den Blattsalat zum x-ten Mal, legte noch mehr Chips auf das Tablett mit der Guacamole und zweifelte zum zehnten Mal in zehn Minuten an ihrer Kleidung, als Callahan in die Küche geschlendert kam. Er sah in Jeans und einem schwarzen Henleyshirt so attraktiv aus, wie es nur irgend möglich war, und seine Haare schimmerten noch feucht von der Dusche. Sie sah ihn so selten ohne seinen Cowboyhut, dass sie sich wie eine der Frauen vorkam, die ihn in der Stadt begafft hatten, und versuchte, das Flattern in ihrer Brust zu ignorieren.

»Es riecht unglaublich gut.« Seine dunklen Augen glitten

anerkennend von ihrem Gesicht ihren ganzen Körper hinunter und hinterließen eine Hitzespur. »Du siehst großartig aus, Liebling. Ich liebe es, wenn du in meiner Küche stehst, und damit meine ich nicht, dass du hier kochst.«

Ihr Herz machte einen Salto. Sie trug ihre Haare offen und hatte sie hinters Ohr geschoben. Nun blickte sie auf ihre Röhrenjeans, eines der bezaubernden weiten, geschnürten Boho-Oberteile, die Birdie ihr besorgt hatte, und die neuen Stiefel herab, mit denen Callahan sie verwöhnt hatte. Die Stiefel waren viel bequemer als die alten, die sie seit einer Ewigkeit getragen hatte.

»Bist du sicher, dass meine Aufmachung in Ordnung ist? Jordan kleidet sich viel schicker als ich. Was mache ich, wenn die anderen ebenfalls eleganter aussehen? Ich habe immerhin ein Kleid. Soll ich mich noch mal umziehen?« Sie hatte das Kleid für einen besonderen Anlass aufbewahrt, aber sie war zu nervös gewesen, um es heute Abend anzuziehen.

Er legte die Arme um ihre Taille und schenkte ihr ein verführerisches Lächeln. »Würdest du dich in einem Kleid wohler fühlen?«

»Nein.«

»Warum willst du dich dann umziehen? Du siehst wunderschön aus, ganz egal, was du trägst, und vergiss nicht, dass dich deine Tante und dein Onkel schon gekannt und geliebt haben, als du noch in Flanellhemden und Leggings herumgelaufen bist.«

Sie ertappte sich bei einem Lächeln. »Du hast recht. Kleidung spielt keine Rolle.«

»Genau. Aber wenn du dich darin wohler fühlst, hole ich dir eins meiner Flanellhemden.«

Sie umarmte ihn. »Ich habe drei Flanellhemden von dir in

meiner Hütte und kann mir nicht vorstellen, dass du noch so viel mehr davon besitzt.« Sie genoss es so sehr, die Nächte in seinen Armen zu verbringen. Manchmal wachte sie mitten in der Nacht auf und es war, als würde er mit einem offenen Auge schlafen, nur um sicher zu sein, dass es ihr gutging, denn dann zog er sie immer enger an sich, küsste sie auf die Wange oder den Hals und flüsterte: *Was brauchst du, Baby? Ich bin da.* Und was seine Flanellhemden anbetraf, trug sie sie liebend gern morgens, wenn er zum Duschen nach Hause ging und sie in den Erinnerungen an seine bezaubernden Worte und sinnlichen Küsse schwelgen konnte.

»Ich habe oben ungefähr noch zehn weitere, auf denen dein Name steht.«

»Und ich freue mich darauf, sie einzufordern.«

Callahan küsste sie auf die Nasenspitze. »Komm und sieh dir den Tisch an.«

Er nahm ihre Hand und führte sie ins Esszimmer, und ihr fiel wieder einmal auf, wie sehr es ihr gefiel, dass er immer ihre Hand hielt oder einen Arm um sie legte.

Der große Tisch im Farmhausstil war mit Weingläsern und normalen Gläsern, gewebten hellbraunen Platzdeckchen, weißen Stoffservietten, wunderschönen olivgrünen Tellern und glänzendem Besteck gedeckt. Drei schlanke Vasen voller hübscher Herbstblumen standen in der Mitte des Tisches. Sie konnte kaum glauben, wie schön das aussah.

»Sag mir, was du gerne anders haben möchtest.«

»Machst du Witze? Ich habe noch nie etwas so Schönes gesehen. Wann hast du nur die Zeit für all das gefunden?«

»Während du gekocht hast. Ich habe mir die Vasen von Sasha geliehen und die Blumen im Hof gepflückt.«

Sie legte die Arme um ihn, und ihr Herz quoll vor Liebe

beinahe über. »Ich kann gar nicht glauben, dass du dir all diese Mühe gemacht hast. Vielen Dank.«

»Für dich würde ich alles tun, Liebling.«

Es klingelte an der Tür, und ihre Nerven begannen zu vibrieren. Sie griff nach seiner Hand, und ihr Magen zog sich zusammen. »Sie sind da! Ich hoffe so sehr, dass sie mich mögen und dass ihnen das Essen schmeckt. Was mache ich, wenn es ihnen nicht schmeckt? Oder wenn ich sie nicht mag?«

»Atme tief durch, Baby.« Er legte ihr die Hände auf die Schultern und sah ihr beruhigend in die Augen. »Das sind deine Verwandten, und sie lieben dich. Es wird ein großartiger Abend. Und wenn es dir zu viel wird, zupfst du einfach an deinem Ohrläppchen, und ich werde so tun, als wäre mir schlecht, und bitte alle, zu gehen.«

Sully kicherte. »Mein Ohrläppchen. Verstanden.« Sie stellte sich auf die Zehenspitzen und küsste ihn. »Vielen Dank, dass du heute Abend bei mir bleibst.«

»Es gibt keinen Ort, an dem ich lieber wäre.«

Als Callahan die Tür öffnete, ruhte seine Hand auf Sullys Rücken, wofür sie ihm sehr dankbar war. Callahan, sie, ihre Tante und Jordan sagten alle gleichzeitig: »Hi.«

»Entschuldigt. Ich bin wirklich nervös«, gestand Sully.

»Wir ebenfalls«, erwiderte ihre Tante Sheila, deren Augen bereits tränenfeucht waren. Sie sah genauso aus wie auf ihrem Foto und war zierlich mit heller Haut, honigblondem Haar und nervösem Lächeln. »Cas… – *Sully*.« Sie presste sich eine Hand aufs Herz. »Tut mir leid. Ich muss mich noch an deinen neuen

Namen gewöhnen. Ich bin deine Tante Sheila, die Schwester deines Vaters, und ich bin so glücklich, dich wiederzusehen.«

Tränen strömten über Sheilas Wangen, und Sully hatte plötzlich einen Kloß im Hals. Sie rückte näher an Callahan heran, und er legte eine Hand an ihre Taille. »Ich freue mich auch sehr, euch zu sehen.« Ihr Blick wanderte zu ihrem Onkel Gary, der eine Flasche Wein in der Hand hielt. Er war einige Zentimeter kleiner als Callahan und hatte graumeliertes Haar und freundliche Augen. Er sah so aus, als würde er seine Emotionen zurückhalten, genau wie Jordan. Sie hielt mit Jax Händchen, der sogar noch attraktiver war als auf den Fotos. Seine Haare hatten die gleiche Farbe wie Callahans, und er lächelte freundlich. »Hi.«

»Hi, Liebes«, grüßte Gary. »Es ist wundervoll, dich wiederzusehen.« Er gab Callahan die Hand. »Hallo, ich bin Gary Matheson, und das ist meine Frau Sheila.«

»Freut mich sehr, euch kennenzulernen. Sully nennt mich Callahan, aber die meisten sagen Cowboy zu mir.«

Sully gefiel die Art, wie er sie an seine Seite drückte, als er sich vorstellte, weil es so klang, als würde Callahan ihr und nur ihr allein gehören.

»Dann also Cowboy«, erwiderte Gary.

»Sully, Cowboy«, sagte Jordan. »Das ist mein Verlobter Jax.«

»Ich habe schon viel von dir gehört«, erklärte Sully. »Danke, dass du Jordan unterstützt und ihr geglaubt hast, was mich betrifft.«

Jax tauschte liebevolle Blicke mit Jordan. »Du bist einer der wichtigsten Bestandteile von Jordans Leben, und sie war sich so sicher, dass du noch lebst, daher hätte ich alles getan, um euch zwei wieder zusammenzubringen. Ich könnte mich gar nicht mehr für euch alle freuen.«

»Danke.« Sully spürte, wie sich die Knoten in ihrem Magen lösten.

»Kommt bitte herein.« Callahan trat beiseite und gab Jax die Hand. »Schön, dich wiederzusehen. Wir haben uns kurz auf Carlys Hochzeit getroffen.«

»Das stimmt. Jetzt erinnere ich mich. Das war ein großartiger Abend, der mir nur noch verschwommen in Erinnerung ist. Ich habe mich nach einer Frau verzehrt, von der ich geglaubt hatte, sie nie wiederzusehen.« Jax blickte zu Jordan hinüber, die gerade Sully umarmte. »Aber das Schicksal war auf meiner Seite.«

Sie gingen ins Wohnzimmer. »Das ist ein wunderschönes Haus«, stellte Sheila fest.

»Es gehört Callahan. Ich wohne in einer Hütte am Ende der Straße, aber darin ist nicht genug Platz für so viele Gäste.« Sully rang die Hände. »Kann ich irgendjemandem etwas zu trinken anbieten? Ich habe Guacamole gemacht. Natürlich nicht zum Trinken.« Sie lachte nervös. »Entschuldigt. Ich bin eine bessere Köchin als Gastgeberin.«

»Schon okay, Liebling.« Callahan küsste sie auf die Schläfe. »Warum entspannst du dich nicht? Ich hole die Guacamole und die Chips, und dann sorge ich dafür, dass alle etwas zu trinken bekommen. Wir haben Wein, Bier, Mischgetränke sowie alkoholfreien Eistee und Saft.«

»Ich hole die Getränke«, bot Jax an. »Was darf ich euch allen bringen?«

Sheila und Jordan baten um Wein, während Sully sich für einen Eistee entschied, und Gary bot an, Jax zur Hand zu gehen.

Kaum hatten die Männer den Raum verlassen, griff Sheila nach Sullys Hand. »Du bist zu so einer hübschen jungen Dame herangewachsen. Ich erkenne meinen Bruder in deinem Lächeln und deine Mutter in deinen Augen wieder. Ich würde gern einen Vorschlag machen, weil wir alle nervös sind. Schauen wir einfach mal, was wir tun können, damit es weniger überwältigend ist.«

»Wie fangen wir das an?«, fragte Sully und warf Jordan einen Blick zu, die genauso verloren wirkte wie sie.

»Ich sage dir, was ich denke, und du teilst mir deine Gedanken mit«, schlug ihre Tante vor. »Ich glaube, das würde uns helfen.«

»Okay. Mir gefällt die Idee.«

»Schön. Vor allem aber sollst du wissen, dass Gary und ich dich wirklich sehr lieben und auf jede uns mögliche Art für dich da sein wollen. Ich möchte auch gern mehr aus deinem Leben erfahren, aber ich werde dich nicht über deine Vergangenheit ausquetschen. Du kannst uns erzählen, was du möchtest, oder wir verschieben das auf später. Ich bin einfach nur so glücklich, dich zu sehen, dass ich vor Freude außer mir wäre, wenn du mich umarmen würdest.« Sheila kamen abermals die Tränen. »Jetzt bist du dran.«

Sie war genauso direkt wie Sully, und das mochte Sully sofort an ihr. »Warum fangen wir nicht mit der Umarmung an?« Sie drückte Sheila an sich, während Callahan das Tablett mit der Guacamole und den Chips auf dem Wohnzimmertisch abstellte. Ihre Blicke trafen sich, und sie beantwortete sein stummes *Geht es dir gut?* mit einem Nicken. Nachdem sie sich aus Sheilas Armen gelöst hatte, gestand sie: »Was mich gerade am meisten beschäftigt, ist, dass ich mich an nichts erinnern kann und mir Sorgen mache, dass ihr das von mir erwartet.«

»Dann kann ich dich beruhigen, weil ich überhaupt nichts von dir erwarte«, erwiderte Sheila. »Ich möchte dich einfach nur kennenlernen.«

Sully stieß den Atem aus. Erst jetzt wurde ihr bewusst, dass sie ihn angehalten hatte.

»Es riecht köstlich. Kochst du gerne?«, erkundigte sich ihre Tante.

»Ja. Das war eine meiner Aufgaben bei der Sekte.« Sully erzählte ihr ein bisschen darüber, wie ihr Leben dort ausgesehen hatte, und sie taten sich alle an Chips und Guacamole gütlich. Dabei ging sie nicht zu sehr ins Detail und erwähnte auch die Strafen oder ihre Beziehung zu Rebel Joe nicht, die ihr Kennenlernen mit allzu schweren Themen überschatten würden.

Als sie sich schließlich zum Abendessen hinsetzten, konnte Sully schon befreiter atmen.

Alle machten ihr Komplimente für das Essen, und sie unterhielten sich angeregt. Callahan verhielt sich so aufmerksam und beschützend wie eh und je. Sully wusste, dass er jeden Blick, jedes Lächeln und jedes verlegene Schweigen registrierte. In diesen Momenten hielt er ihre Hand oder legte einen Arm um sie, was alles gleich viel schöner machte.

»Ich wusste gar nicht, dass es einen Ort wie diese Ranch gibt«, bemerkte ihre Tante, als sie das Abendessen beendeten. »Ich würde gerne wissen, wie du deine Tage verbringst, Sully.«

»Meine Tage sind ziemlich ausgefüllt. Normalerweise essen wir alle zusammen im Haupthaus, was für mich anfangs ziemlich überwältigend war, aber jetzt macht es mir Spaß, Anschluss zu finden und zuzuhören, wie sich alle fröhlich unterhalten.«

»Ist es ein lauter Haufen?«, fragte Gary.

»Ja«, gab Callahan zu. »Aber Sully weiß sich zu behaupten.«

»Sie sind alle wirklich nett, und ich habe normalerweise nach dem Frühstück eine Sitzung mit Colleen, meiner Therapeutin.«

»Wie läuft das genau ab?«, fragte ihr Onkel.

»Ich dachte, du wärst bei Wynnie in Behandlung«, ergänzte ihre Tante.

»Das war ich, aber seit Callahan und ich zusammen sind, kann seine Mutter nicht länger meine Therapeutin sein; deshalb musste ich zu Colleen wechseln. Aber ich mag sie wirklich, und sie hilft mir sehr.«

»Das ist gut«, fand ihre Tante. »Und was machst du sonst noch so?«

»Na ja, ich helfe Callahans Schwester Sasha, die das Reha-Programm für die Pferde leitet. Ich füttere und pflege die Tiere, gehe mit denen spazieren, die das brauchen, und fasse überall dort mit an, wo sie noch eine weitere Hand braucht. Ich lerne eine Menge von ihr. Diese Woche habe ich sogar ein Pferd massiert. Ich mag es wirklich, bei den Pferden zu sein, und mit Sasha verstehe ich mich sehr gut.«

»Ich hab sie kennengelernt«, warf Jordan ein. »Sie ist wundervoll, und sie hält eine Menge von Sully.«

»Das tun wir alle«, ergänzte Callahan und drückte unter dem Tisch Sullys Hand.

»Hast du hier viele Freunde?«, wollte ihr Onkel wissen.

»Ich habe ein paar«, antwortete sie und dachte an Callahans Schwestern und Simone und wie viel Spaß sie mit ihnen gehabt hatte, ebenso mit all den anderen am Lagerfeuer und als sie Fahrradfahren gelernt hatte. Sie wusste nicht, ob sie sie schon als ihre Freunde bezeichnen konnte, aber sie hatte das Gefühl, dass sie auf dem Weg dorthin waren.

»Reitest du auch?«, fragte Jax.

»Ja. Callahan gibt mir nachmittags Reitunterricht, und am Freitag werden wir es mit einem Ausritt ins Gelände versuchen.«

»Mein Bruder Nick und seine Frau Trixie besitzen eine Ranch bei uns in der Nähe, und Jordan und ich begleiten sie auf ihren Ausritten, wann immer wir können«, sagte Jax.

»Wenn ihr alle reitet und wenn Sully so weit ist, können wir ja mal zusammen ausreiten«, schlug Callahan vor.

»Das würde mir gefallen«, sagte Sully.

Jordan blickte Jax an, der nickte. »Uns auch.«

Sully musterte ihren Onkel und ihre Tante und hoffte, dass sie sich ebenfalls anschließen würden. »Was ist mit euch? Reitet ihr?«

»Ja, und wir würden euch gerne begleiten«, antwortete ihre Tante. »Wir reisen Samstag frühmorgens ab, es wäre also ein schöner Abschluss unseres Besuchs.«

»Auf jeden Fall«, sagte ihr Onkel. »Wir freuen uns darauf.«

Vorfreude keimte in Sully auf. Es war ein angenehmes Gefühl nach all der Beklemmung, aber sie spürte auch einen Anflug von Traurigkeit, dass sie so bald schon abreisen würden.

»Es klingt, als würdest du deine Zeit hier genießen«, stellte ihre Tante fest.

»Und wie. Callahan ist genauso gerne im Freien wie ich, wir gehen also häufig spazieren, und ich sitze auch oft draußen und zeichne.«

»Das ist ja wunderbar. Ich würde mir gern irgendwann mal deine Zeichnungen anschauen«, sagte ihre Tante. »Jordan meinte, dass du unglaublich talentiert wärst.«

Sully warf Jordan einen Blick zu. »So talentiert bin ich nun auch wieder nicht, aber ich zeige sie euch gern.«

»Sie ist zu bescheiden«, widersprach Callahan. »Ihre Zeichnungen sind so lebensecht, dass sie einen umhauen. Jordan hat vorgeschlagen, dass Sully vielleicht über ein paar Websites als Auftragskünstlerin arbeiten könnte, und seitdem hört Sully gar nicht mehr auf zu zeichnen.«

»Wirklich?«, fragte Jordan.

»Ja«, gab Sully zu. »Als ich mir diese Websites angesehen habe, sind mir dort alle möglichen Anfragen aufgefallen, aber die meisten wollten frühere Arbeiten sehen. Da ich bislang keine bezahlten Aufträge vorweisen kann, wollte ich mein Portfolio so abwechslungsreich wie möglich gestalten.«

»Du suchst schon nach einem Job?«, erkundigte sich ihre Tante besorgt.

»Nein, jetzt noch nicht«, versicherte Sully ihr. »Aber ich hätte gern die Gewissheit, dass ich die richtige Richtung einschlage, damit ich eines Tages nicht mehr von anderen abhängig bin.«

»Das klingt logisch, aber übereile es nicht«, ermahnte ihre Tante sie. »Brauchst du keine Zeit, um all das zu verarbeiten, was du durchgemacht hast?«

»Doch, und ich bin schon dabei. Ich versuche nur, alles in den Griff zu bekommen. Es gibt eine Menge, womit ich mich für meine Zukunft befassen und was ich entscheiden muss. Dinge, über die ich noch nie zuvor nachgedacht habe. Ich kann mir noch nicht mal einen Bibliotheksausweis holen, weil ich keinen Ausweis habe.«

»*Du meine Güte*«, sagte Jordan. »Ich hätte deine Geburtsurkunde mitbringen sollen. Wir haben Maryland in solcher Eile verlassen, dass mir das gar nicht in den Sinn gekommen ist. Ich lasse sie dir direkt hierherschicken.«

»Schreib Jilly eine Nachricht und sag ihr, wo sie liegt. Sie hat einen Schlüssel zu unserem Haus«, sagte Jax. »Sie schickt sie dir sicher gerne zu.«

»Danke«, erwiderte Sully. »Das ist bestimmt hilfreich.«

»Es muss schwierig sein, sich nicht daran erinnern zu können, wer du bist, und neu anfangen zu müssen«, mutmaßte Jax.

»Das ist es, aber ich bin fest entschlossen, mich nicht von meiner Vergangenheit zurückhalten zu lassen.«

»Du warst schon immer ein sehr durchsetzungsstarkes Mädchen«, bemerkte ihre Tante. »Selbst als du noch klein warst, konnte dich nichts aufhalten, wenn du etwas wolltest. Das hast du von deinem Vater.«

»Genau das hat Jordan auch gesagt.« Sully warf ihr einen Blick zu. »Das zu wissen, gefällt mir.«

»Erinnerst du dich an Sully auf dem Schlitten?« Ihr Onkel gluckste. »Ich habe noch nie ein Kleinkind gesehen, das so darauf konzentriert war, irgendetwas zu bewältigen, wie sie es damals war, als sie unbedingt lernen wollte, wie man allein Schlitten fährt.«

»Das klingt nach einer Geschichte, die ich gerne hören würde.« Callahan rückte näher an Sully heran. »Wenn du damit einverstanden bist.«

»Ich möchte sie auch gerne hören«, gab Sully zu.

»Das ist eine schöne Geschichte«, sagte ihre Tante. »Es war im Februar vor dem Unfall, du warst also knapp vier Jahre alt, und deine Familie hat uns in Massachusetts besucht. Über Nacht waren ungefähr fünfzehn Zentimeter Neuschnee gefallen, und ihr beiden Mädchen wolltet Schlittenfahren gehen, deshalb haben dein Vater und Gary draußen im Hof eine Bahn angelegt. Jordan fuhr allein, aber du warst noch so klein, dass dein Dad zusammen mit dir fahren wollte, und das wolltest du auf gar keinen Fall. Du hast gesagt, dass du kein Baby mehr wärst, und hast dich schlichtweg geweigert, mit ihm zusammen auf dem Schlitten zu fahren.«

»Das klingt ganz nach dir, Liebling.« Callahan zog sie näher an sich heran und küsste sie auf die Schläfe.

»Du hast den Schlitten hochgezogen und dich draufplumpsen lassen«, fuhr ihre Tante fort. »Und du hast deinem Dad gesagt, dass er dich anschubsen soll. Er hat dir nur einen ganz kleinen Schubs gegeben, aber du hast dich vor- und zurückbewegt und versucht, schneller zu fahren, und als du den Hügel ungefähr zu einem Drittel hinuntergesaust warst, bist du in den Schnee gefallen.«

»Sie hat nicht erwähnt, dass dein Dad neben dir hergelaufen ist, während du den Hügel runtergefahren bist«, ergänzte ihr Onkel.

»Dazu wollte ich noch kommen«, sagte ihre Tante freundlich. »Als du runtergefallen bist, hat dein Dad dich auf den Arm genommen, aber du hast darum gekämpft, wieder abgesetzt zu werden. Du wolltest unbedingt wie Jordan sein, und du hast den Schlitten wieder den Hügel hinaufgezogen und bist ein weiteres Mal runtergefahren ... und wieder im Schnee gelandet.«

Alle mussten lachen. »Klingt ganz nach Sully«, fand Callahan.

Sullys Herzschlag beschleunigte sich, Erinnerungsfetzen von diesem Tag oder von Bildern, die sie gezeichnet hatte – was von beidem es war, wusste sie nicht so genau –, schossen ihr durch den Kopf. Callahan bemerkte das offenbar, denn er legte einen Arm um sie und zog sie fester an sich an.

»Du hast den ganzen Nachmittag mit dem Versuch verbracht, Schlittenfahren zu lernen, und nach ungefähr einem Dutzend Stürzen hattest du schließlich den Bogen raus«, berichtete ihre Tante mitfühlend. »Du warst so ein winziges Ding, eingemummelt in einen Schneeanzug, mit dem breitesten Lächeln, das ich je gesehen habe, und Jordan, die immer dein größter Fan war, sagte ...«

»Wusste ich's doch, dass du das schaffst«, sagte Sully gleichzeitig mit ihrer Tante. Tränen schimmerten in Jordans Augen, was Sully ebenfalls zum Weinen brachte. Alle anderen wirkten erstaunt.

»Erinnerst du dich?«, fragte Jordan leise.

»Nur an Bruchstücke.« Sully blinzelte die Tränen weg. »Hattest du eine Bommel an der Mütze?«

Jordan nickte. »Eine rosa Mütze mit weißer Bommel.«

»Ich habe häufig zwei Mädchen beim Schlittenfahren gezeichnet. Eins hatte eine Bommelmütze. Aber ich dachte, das wäre nur aus einer von Richards Geschichten.«

»Richard?«, fragte ihre Tante.

»Das war der Mann, der mich entführt und zur Sekte gebracht hat. Er hat mich als seine Nichte aufgezogen«, erklärte Sully. »Ich bin mir ziemlich sicher, dass er all meine Erinnerungen in eine Geschichte verwandelt hat, bis sich alles miteinander vermischte.«

Ihre Tante und ihr Onkel sahen sie besorgt an.

»War er gut zu dir?«, fragte ihre Tante.

»Das dachte ich immer, aber er hat mich meiner Familie weggenommen. Spielt es da wirklich noch eine Rolle, wie er sonst mit mir umgegangen ist?« Sie presste die Hände auf ihre Oberschenkel. »Jetzt ist er sowieso tot, also spielt es keine Rolle mehr.«

Callahan legte eine Hand auf ihre. »Natürlich spielt es eine Rolle. Alles, was sich auf dein Leben ausgewirkt hat, spielt eine Rolle.«

»Entschuldige, meine Liebe. Ich wollte dich nicht aus der Fassung bringen«, murmelte ihre Tante.

»Ist schon in Ordnung. Ich will nur jetzt nicht über ihn sprechen«, erwiderte sie unbehaglich. »Ich bin immer noch richtig wütend, weil mir mein Leben gestohlen wurde, und es ist gerade so schön mit euch. Ich möchte das nicht kaputtmachen.«

»Dann lassen wir dieses Thema«, entschied ihr Onkel. »Aber die Tatsache, dass du dich an den Tag erinnerst, ist doch großartig, nicht wahr?«

»Ich weiß es nicht«, erwiderte Sully ehrlich und ein bisschen frustriert. »Colleen und Wynnie haben beide gesagt, dass meine Erinnerungen zurückkehren könnten, aber sie meinten auch, dass ich lieber nicht damit rechnen sollte. Es ist nicht so, als könnte ich in einen Eimer voller Erinnerungen greifen und sie herausziehen. Vielmehr blitzen immer mal wieder Erinnerungs-fetzen in meinem Kopf auf, die mit den Dingen verknüpft sind, die ich nach meiner Entführung gezeichnet habe. Vermutlich erinnere ich mich besser an die Zeichnungen als an die tatsächlichen Ereignisse, und es ist beunruhigend, dass sich alle außer mir an die Person erinnern, die ich einmal gewesen bin.«

Callahan zog ihre miteinander verschränkten Hände auf sein Bein, als wollte er ihr vermitteln: *Ich bin da. Ich beschütze dich.*

»Ich weiß, dass das schwer ist, Liebes«, sagte ihre Tante. »Aber worauf es jetzt am meisten ankommt, ist, dass wir alle uns wieder kennenlernen. Vielleicht fängst du an, dich an mehr Dinge zu erinnern, wenn du nach Hause kommst, und selbst wenn du dich nicht erinnerst, könnten Jordan und du einander zumindest besser kennenlernen.«

»Wenn ich nach Hause komme?« Sullys Blick wanderte zwischen Jordan und ihrer Tante hin und her, und ihr Herz raste erneut.

»Die Ranch war doch nur ein Zwischenstopp, oder? Ein sicherer Ort zum Ankommen?«, fragte ihre Tante. »Du wurdest zu deinem Schutz hierhergebracht, und jetzt, wo die Gefahr nicht mehr besteht, bin ich davon ausgegangen, dass du mit Jordan nach Maryland zurückkehrst.«

Sully wollte Callahan nicht verlassen, aber diese Menschen waren ihre Familie, und es wäre selbstsüchtig, ihnen fernzubleiben. Sie schluckte schwer und kämpfte gegen die in ihr tobenden widersprüchlichen Emotionen an. »Ich versuche, mir darüber klarzuwerden. Ich brauche immer noch Colleens Hilfe.«

»Ja, aber wie lange kannst du hierbleiben ohne eine Versicherung, die die Kosten übernimmt?«, fragte ihre Tante. »Das ist etwas, worum wir uns ohnehin kümmern müssen, und es gibt sehr viele gute Therapeuten in Maryland, mit denen du arbeiten kannst. Vielleicht hilft es dir dabei, dich an deine Familie zu erinnern, wenn du mit deiner Schwester in der Gegend wohnst, in der du deine Kindheit verbracht hast.«

Sully war so hin- und hergerissen, dass ihr die Worte fehlten. Sie konnte sich nicht vorstellen, noch einmal die Therapeutin zu wechseln, und obwohl sie bezweifelte, dass sie sich jemals an irgendetwas von vor so vielen Jahren erinnern würde, so fragte sie sich doch, ob es vielleicht Erinnerungen heraufbeschwören könnte, wenn sie bei Jordan oder in der Nähe ihrer Heimatstadt lebte. *Will ich mich überhaupt erinnern?* Ein Teil von ihr wollte es, aber ein anderer Teil von ihr fürchtete sich davor, dass sie versuchen würde, die Erwartungen der anderen zu erfüllen und zu der Person zu werden, die alle anderen in ihr sahen, anstatt herauszufinden, wer sie wirklich war.

»Ja, das könnte in der Tat hilfreich sein«, stimmte Callahan knapp zu. »Aber um deine Frage zu beantworten, Sully braucht keine Versicherung, um hierbleiben und unsere Leistungen in Anspruch nehmen zu können. Wir haben Spender, die in solchen Situationen einspringen. Sie kann hierbleiben, solange es nötig ist, egal, ob sie mit mir zusammen ist oder nicht.«

»Du meine Güte, da bin ich aber in ein Fettnäpfchen getreten«, murmelte ihre Tante bedauernd. »Ich hatte mich so darauf konzentriert, dass wir Sully wieder in unserem Leben haben, und gar nicht an eure Beziehung gedacht.«

»Du musst dich nicht entschuldigen«, sagte Callahan. »Ich weiß, dass du für Sully das Beste willst, und genau das will ich auch. Und Sully weiß, dass ich sie vollkommen unterstütze, und zwar bei allem, was sie für das Beste hält.«

Sullys Herz raste bei der Aussicht darauf, von hier wegzugehen, aber als sie sich am Tisch die Familie anschaute, die sie verloren hatte, und darüber nachdachte, wie viel diese Menschen vermisst hatten, tat es ihr auf eine ganz andere Art leid. »Ich habe noch keine Entscheidung getroffen. Ich fange gerade erst an, herauszufinden, wer ich bin und wie ein Leben außerhalb der Sekte aussieht. Ich fühle mich hier sicher und wohl und weiß nicht, ob ich jetzt schon dazu bereit bin, irgendwo anders noch einmal neu anzufangen, aber ich schließe es nicht aus.«

»Lass dir Zeit mit Maryland«, sprang Jordan ihr zur Seite. »Du bekommst die Unterstützung und Beratung, die du für deine Zukunft brauchst, von Menschen, denen du vertraust, und das ist doch das Wichtigste. Bei mir und Jax hast du immer ein Zuhause, und du kannst dann zu uns kommen, wenn du dazu bereit bist, egal, wann das sein wird.«

Das wäre dann ihr Zuhause, nicht Sullys.

Aber die Hütte gehörte ihr ebenso wenig.

Callahans Oberschenkel spannte sich unter ihrer Hand an, und als sich ihre Blicke trafen und sie spürte, wie ihre Anspannung nachließ, fragte sie sich, ob es möglich war, dass sich eine Person mehr wie ein Zuhause anfühlte, als es ein Gebäude je konnte.

Nach der etwas holprigen Unterhaltung beim Abendessen wandten sie sich leichteren Themen zu und gingen ins Wohnzimmer. Sully zeigte allen ihre Zeichnungen, und alle waren richtig beeindruckt, vor allem Sheila, eine erfolgreiche Malerin, die sich nicht genug über Sullys angeborenes Talent auslassen konnte.

Während Sully mit Jordan und Sheila über die Kunstwelt sprach und wie schwierig Auftraggeber sein konnten, lernte Cowboy ihren Onkel und Jax besser kennen.

Sie waren beide großartige Männer, die eindeutig das Beste für Sully wollten. Gary erzählte ihnen, wie schwierig es für sie alle gewesen war, als sie Jordans Eltern verloren hatten und Casey/Sully verschwunden war. Er berichtete, dass Sheila ihrem Bruder und ihrer Schwägerin sehr nahegestanden hatte und dass er und Sheila einige Jahre vor dem Unfall ein Kind verloren hatten, weshalb der Verlust von Sully und ihren Eltern sie noch schwerer traf. Da war es kein Wunder, dass Sheila Sully dazu drängte, eher früher als später nach Hause zu Jordan zurückzukehren. Jax erkundigte sich, wie man der Ranch Geld spenden konnte, und Cowboy erwiderte, dass er sich deswegen keine Gedanken machen müsse. Jax' Verwandte in der Gegend waren große Unterstützer der Ranch, aber er bestand darauf und sagte, dass es ihm und Jordan wichtig wäre. Cowboy konnte nicht viel mehr machen, als ihm zu danken und ihn auf die Spendenseite auf ihrer Homepage zu verweisen.

Als Sullys Familie schließlich ging, sah Sully ziemlich mitgenommen aus. Sie stand auf der Veranda und sah ihnen mit gerunzelter Stirn hinterher.

Cowboy nahm sie in die Arme und drückte einen Kuss auf ihre gefurchte Stirn. »Das ist doch gut gelaufen.«

»Finde ich auch. Es war allerdings auch überwältigend.«

»Was hältst du davon, wenn wir einen Spaziergang machen, um den Kopf freizubekommen?«

»Und wer spült das ganze Geschirr?«

»Lass die Hände von meinem Geschirr, Liebste, und das ist rein wortwörtlich gemeint.«

Das brachte ihm ein aufrichtiges Lächeln ein.

Er nahm ihre Hand, setzte sich auf einen Stuhl und zog sie auf seinen Schoß. »Du hast eine hervorragende Mahlzeit gekocht und den ganzen Abend damit verbracht, deine Familie kennenzulernen. Das Einzige, was du heute noch tun wirst, ist, dich zu entspannen. Ich kümmere mich um das Geschirr, aber das kann warten.« Er schob ihr die Haare hinters Ohr, damit er ihre Augen sehen konnte. Die Sorge darin beunruhigte ihn. »Sprich mit mir, Baby. Was geht in deinem schönen Kopf vor?«

»Ich bin nur ein bisschen überwältigt. Was meine Tante darüber gesagt hat, dass es besser wäre, in Jordans Nähe zu sein, klingt sinnvoll. Ich bin nicht die Einzige, die all diese Jahre verloren hat, und ich weiß, dass es nicht fair von mir ist, hier zu bleiben, wo Jordan doch so lange nach mir gesucht hat. Aber Colleen hilft mir dabei, mein Leben in die Hand zu nehmen und herauszufinden, was all der Mist, den ich durchgemacht habe, wirklich mit mir gemacht hat. Ich vertraue ihr meine Geheimnisse an, und wir arbeiten doch erst seit so kurzer Zeit miteinander. Ich kann mir nicht vorstellen, noch einmal mit jemand anderem von vorn anzufangen, und die Arbeit mit den Pferden hilft mir ebenfalls, und ich verbringe gerne Zeit mit deinen Schwestern und lerne hier alle kennen.«

Die Tatsache, dass er nicht zu den Menschen und Dingen

gehörte, die sie nicht verlassen wollte, war wie ein Schlag in die Magengrube und auf sein Herz, aber hier ging es nicht um ihn, selbst wenn ihn das noch so sehr schmerzte. »Jordan wird dir bestimmt dabei helfen, eine gute Therapeutin zu finden und Freundschaften zu schließen, und du kannst ehrenamtlich auf einem Gnadenhof in Maryland arbeiten.«

Sie legte die Arme um ihn und flüsterte: »Aber ich habe dich doch gerade erst gefunden.«

Sein Brustkorb zog sich zusammen. »Baby, du weißt, dass ich dich immer an meiner Seite haben will, aber wir sind diese Beziehung offenen Auges eingegangen. Wir wussten, dass jeder gemeinsame Tag für uns ein Geschenk sein würde, aber das Gleiche gilt auch für jeden Tag, den du mit deiner Schwester verbringen kannst. Wenn also auch nur der Hauch einer Chance besteht, dass es dir weiterhelfen wird, wenn du mit Jordan zusammen bist, dann musst du das tun, was für dich am besten ist, und diesen Schritt gehen.« Verdammt. Dieses Gespräch würde ihn noch umbringen.

»Genau das ist das Problem. Ich weiß nicht, was für mich das Beste ist.« Sie atmete vernehmlich aus. »Genau genommen stimmt das nicht. Ich weiß, dass du der beste Teil meiner Therapie bist. Du verleihst mir Stärke und ermutigst mich dazu, an mich zu glauben und neue Sachen auszuprobieren. Du hilfst mir, zu begreifen, dass es in Ordnung ist, ich zu sein, egal wer dieser Mensch auch ist, während ich wachse und mich verändere und mir über so viele Dinge Klarheit verschaffe.«

Er hielt sie fester, und ihre Worte bohrten sich tief in sein Innerstes, ebenso wie die seinen ihm ein Messer zwischen die Rippen getrieben hatten. »Das höre ich wirklich gern. Ich wünsche mir sehr, dass du diese Zuversicht behältst, aber das darf dich nicht davon abhalten, mit deiner Familie zusammen zu sein, Liebling.«

»Aber ich bin mir nicht sicher, ob es für mich besser wäre, nach Maryland zu gehen, und ich befürchte, dass es vielleicht sogar schlimmer wäre. Ich habe viel über die Vergangenheit nachgedacht und darüber, wer ich jetzt bin. Ich bin mir noch nicht mal sicher, ob ich mich an ein Leben erinnern will, das beendet ist und niemals eine Fortsetzung finden wird. Was soll ich denn machen, wenn ich mich erinnere und Jordan dann will, dass ich diese Person bin?«

»Dann erklärst du ihr, wie du dich fühlst. Du hast einfach nur Angst, Baby, und das ist verständlich. Aber du bist Jordans Schwester, und das ist wichtig, egal, ob du dich erinnerst oder nicht. Sie ist eine Blutsverwandte, und sie erinnert sich.« Es fühlte sich an, als würde er sich das Herz aus der Brust reißen. »Mit Jordan zusammen zu sein, würde dein Leben um etwas bereichern, das niemand anderes dir je geben kann. Geschwister helfen einem dabei, zu wachsen und herauszufinden, wer man ist, und das auf eine Art und Weise, wie Partner es nicht können, und ich möchte nicht, dass dir das entgeht, Liebling.« Er stieß die Worte trotz der quälenden Schmerzen in seiner Brust hervor. »Ich weiß, dass das schwer ist, aber jedes Mal, wenn du dich mit Jordan triffst, sehe ich neues Licht in deinen Augen. Du suchst nach einer Verbindung und baust eine zu ihr auf, und genau das solltest du auch tun.«

Tränen strömten ihr über die Wangen. »Ich bin so verwirrt. Ich möchte eine Beziehung zu Jordan haben, aber zum ersten Mal in meinem Leben bin ich wirklich richtig glücklich. Wenn ich abends ins Bett gehe, fühle ich mich sicher, und wenn ich morgens aufwache, freue ich mich auf jeden Teil meines Tages. Darauf, Zeit mit dir zu verbringen und alle beim Frühstück zu treffen, mit Colleen zu arbeiten und Sasha zu helfen. Ich kann mich nicht daran erinnern, so etwas je gehabt zu haben, auch wenn es so klingt, als wäre es vor meiner Entführung vielleicht so gewesen. Ich weiß einfach nicht, ob ich dazu bereit bin, all das aufzugeben – uns aufzugeben –, noch dazu für etwas, was vielleicht sein könnte.«

Jede Zelle von ihm wollte ihr sagen, dass sie bleiben und sich ein Leben mit ihm aufbauen sollte, aber er musste sein Versprechen halten. »Ich weiß, dass es beängstigend ist, aber ich glaube, dies könnte eine der Grauzonen sein, von denen du letztens gesprochen hast. Du kannst nicht wissen, wie es sein wird, solange du der Sache keine Chance gibst. Du könntest dort ankommen und jede Menge neuer Dinge finden, die du gerne machst. Du brauchst dich nicht heute Abend zu entscheiden, aber du solltest darüber nachdenken.«

»Das tue ich.« Sie lehnte den Kopf an seine Schulter und schwieg lange Zeit. »Ich habe mit Jordan über das Geld von der Lebensversicherung gesprochen und ihr gesagt, dass ich es annehmen werde.«

Er wusste, dass ihr das nicht leichtfiel, da sie doch so unabhängig sein wollte. »Das ist gut, Liebling. Es wird dir einiges erleichtern.«

»Und neue Schuldgefühle hinzufügen, denn verdiene ich das Geld überhaupt, wenn ich den Erinnerungen an meine Eltern gar nicht nachjagen will?«

Er hielt sie fester und wünschte sich, er könnte ihr die Zweifel nehmen. »Doch, Baby, das tust du. Deine Eltern haben dich geliebt und dafür gesorgt, dass für dich gesorgt ist, wenn sie nicht mehr da sind. Das war nicht an Bedingungen geknüpft. Wenn sie jetzt hier wären, würden sie einfach nur wollen, dass du glücklich bist. Du hast das Richtige getan, und du solltest dich deswegen nicht schuldig fühlen.«

Sie hob den Kopf von seiner Schulter und strich ihm über die Wange. »Du bist wirklich der beste Teil meines Lebens. Du weißt einfach, was du sagen musst, damit ich nicht mehr so denke, als würde ich immer noch bei der Sekte leben, wo wir so wenig hatten und uns nur dafür, dass wir mehr wollten, Schuldgefühle eingeredet wurden.«

»Wenn es nach mir ginge, Baby, würde ich dir die Welt zu Füßen legen.« *Und dich niemals auch nur einen Hauch von Schuld verspüren lassen.*

»Das hast du bereits«, flüsterte sie und beugte sich vor, um ihre Lippen auf seine zu pressen.

Ihr Kuss war langsam und süß und weckte die Sehnsucht, die bei ihnen immer direkt unter der Oberfläche lauerte. Er schob die Finger in ihre Haare, vertiefte den Kuss, wollte sich an alles von ihr erinnern. Ihren Geschmack, ihren Duft, ihre Begierde, während ihre Zunge über seine glitt. Er wollte sie ins Haus tragen und ihre Sorgen – und seine eigenen – weglieben. Die Realität auslöschen, die auf sie zukam und der er sich nicht stellen wollte. Aber sie hatte einen sehr emotionalen Abend hinter sich, und er bezweifelte, dass ihr das guttun würde, daher zog er sich zurück und blickte ihr in die mondhellen Augen, die vor Verlangen überquollen. *Verdammt!* Er würde sein Leben für diese Frau geben und konnte nicht widerstehen, sie erneut zu küssen. Sie war direkt hier bei ihm, erwiderte verzweifelt seine Küsse, stöhnte, als er ihren Kiefer und ihre Mundwinkel mit Küssen bedeckte, die Unsicherheit ihrer Situation durch die Gewissheit ihrer Gefühle ersetzte.

»Du hattest einen anstrengenden Abend«, flüsterte er zwischen den Küssen. »Ich sollte dich nach Hause bringen.« Er hauchte Küsse auf ihre Lippen. »Aber eigentlich würde ich nichts lieber tun, als dich ins Haus zu tragen und zu lieben.«

»Das will ich auch.«

Ihre Münder trafen wild und begierig aufeinander. Er stand auf und trug sie ins Haus, musste jedoch immer wieder stehen bleiben und sie noch leidenschaftlicher küssen. Als sie es schließlich in sein Schlafzimmer geschafft hatten, atmete sie schwer. Ihre Stiefel polterten auf das Parkett, als er sie beide auszog und Sully aufs Bett legte. Sein Blick glitt über ihren wunderschönen Körper, und das Herz wurde ihm schwer. Sie streckte die Hand nach ihm aus, während er sich über sie beugte, und sie trafen sich zu einem weiteren leidenschaftlichen Kuss. Sie unter sich zu spüren, den Geschmack ihrer salzigen Tränen und die Sehnsucht, die sich bereits in ihm ausbreitete – all das war zu viel. *Ich liebe dich*, drängte es aus ihm heraus, aber er unterdrückte den Satz, um ihr die Entscheidung nicht noch schwerer zu machen. Er neigte den Kopf und leckte an ihrer Ohrmuschel. »Du bist das Beste, was mir je passiert ist.« Sie stöhnte und klammerte sich enger an ihn. Er fuhr mit der Zunge erneut um den Rand ihres Ohrs und biss sie zärtlich ins Ohrläppchen, woraufhin sie scharf die Luft einsog. Sie drückte die Finger in seinen Rücken, und er saugte an ihrem Ohrläppchen.

Sie hob die Hüften an und rieb sich an ihm. »*Gott …*«

Die Lust in ihrer Stimme spornte ihn an, und er kostete sich seinen Weg zu ihren Brüsten hinunter, neckte und reizte sie mit den Zähnen und der Zunge, ließ dabei eine Hand ihren Bauch hinab zu den Löckchen zwischen ihren Beinen gleiten. Er saugte eine Brustwarze tief in den Mund und machte sie ganz wild. Sie drängte sich gegen ihn, wand sich und flehte: »*Cal.*« Er fuhr fort, sie zu lecken und an ihr zu saugen, bis sie den Rücken von der Matratze hob. Dann ließ er die Finger in sie hineingleiten, was ihm verlockende Laute einbrachte, die wie Flammen durch ihn hindurchfuhren, und rieb mit dem Daumen über ihre geschwollene Klit. Sie krallte die Fäuste in die Decke, flehte und keuchte. »*Mehr!*«

»Das kommt noch. Reite meine Finger, wie du mich letztens geritten hast.«

Sie stöhnte und wiegte sich, während er die Finger in ihre enge Hitze hinein- und wieder hinausgleiten ließ. Mit dem Mund bahnte er sich eine Spur aus Küssen nach unten, liebkoste die Unterseite ihrer Brüste, verweilte dort mit langsamen Zungenschlägen und saugte lange an ihrer empfindlichen Haut, brachte sie bis kurz vor die Schwelle zur Erlösung und hielt sie dort. Sie zitterte und keuchte, war so unglaublich hinreißend, dass er ihr Vergnügen sogar noch weiter verlängern wollte.

»*Ich halte ... es nicht ... aus.*«

»Genieß es, Baby.« Er wollte, dass sie sich an jede seiner Berührungen erinnerte und daran, wie sich seine Finger in ihr bewegten, an die Hitze seines Mundes auf ihrem Körper und den Klang seiner Stimme. Er nahm sich Zeit, küsste ihren Rippenbogen und ihren Bauch, was ihr noch mehr sündige Laute entlockte. Dann drehte er sie um und liebkoste jeden Zentimeter ihres wunderschönen Körpers mit dem Mund und den Händen. Er überschüttete das Brandzeichen mit besonders viel Liebe, wobei er sie mit einer Hand zwischen den Beinen streichelte, damit sie jedes Mal beim Anblick der Narbe an ihn dachte und an die angenehmen Gefühle, die er ihr verschaffte, und nicht an den Mann, der ihr Schmerzen bereitet hatte.

Als keine Stelle mehr unberührt geblieben war, rollte er sie sanft auf den Rücken und küsste ihre sinnlichen Lippen. »Bist du dazu bereit, auf meinem Mund zu kommen, Baby?«

»Ja. Ich liebe deinen Mund.«

Er legte die Hände auf die Innenseiten ihrer Oberschenkel, spreizte ihre Beine weiter und fuhr mit der Zunge über ihre Spalte, woraufhin sie noch lüsterner stöhnte. Bei jedem seiner Zungenschläge hob sie das Becken von der Matratze. »Du bist so unglaublich süß, dass ich dich die ganze Nacht lang vernaschen möchte.«

»Ja. Halt. Nein. Dann würde ich vor Lust sterben und du müsstest das meiner Familie erklären.«

Er küsste sie lachend auf den Oberschenkel.

»Hör nicht auf«, beschwerte sie sich. »Ich verspreche dir, dass ich nicht sterben werde.«

Sie grinsten einander an.

»Grundgütiger, Liebling. Du machst mich fertig.« In diesem Moment wusste er, dass er nie wieder derselbe Mensch sein würde, wenn sie ihn verließ.

Er tauchte zwischen ihre Beine ein und verwandelte ihr Gelächter in verlangendes Stöhnen und noch mehr gierige Laute. »Himmel, Baby, alles an dir macht mich wild.« Er küsste ihre Oberschenkelinnenseite. »Die Art, wie du dich bewegst, die Laute, die du von dir gibst.« Er fuhr mit der Zunge über ihre Mitte und entlockte ihr ein verführerisches Stöhnen, woraufhin er seine Bemühungen intensivierte. Er brauchte so viel mehr von ihr und wusste, dass sie in ein paar Tagen vielleicht für immer fort sein würde. Doch er schob diesen schrecklichen Gedanken beiseite und schwor sich, dass er diese Tage in die besten Tage ihres Lebens verwandeln würde. Er legte sich ihre Beine über die Schultern und ergötzte sich an ihr, verwöhnte sie mit den Fingern und spürte ihre Lust, die ebenso wie die seine immer intensiver wurde, während ihre Beine zitterten und sie die Oberschenkel gegen seinen Kopf presste.

»Cal … Oh … Ja …« Ihre Hüften zuckten, während sie

seinen Namen laut und ungehemmt in die Welt hinausschrie. Ihre Mitte pulsierte so unglaublich perfekt gegen seine Zunge, dass er nicht nachließ, ihr Vergnügen verlängerte und bei ihr blieb, bis das allerletzte Zucken durch sie hindurchtoste und sie sich atemlos und schlaff auf die Matratze sinken ließ.

Er küsste sich den Weg ihren Körper hinauf, wobei sie jede Berührung seiner Lippen mit einem leisen Keuchen beantwortete. Eine Gänsehaut zog sich bei seinen Küssen über ihre Brüste und ihren Hals. Als er ihre Lippen mit seinem Mund streifte, schlug sie die Augen auf und ein süßes, befriedigtes Lächeln umspielte ihre Lippen.

»Meine wunderschöne Liebste«, flüsterte er an ihrem Mund, und als sie die Beine weiter öffnete und er in ihre enge Hitze hineinstieß, änderte sich alles. Er spürte die starke Anziehungskraft ihrer Körper, das Knistern der Elektrizität, die sie in ein Reich hineinzog, das nur ihnen allein gehörte. Während er die Emotionen festhielt, die ihn verschlangen, bedeckte er ihren Mund mit seinem und vertiefte den Kuss, bis sie ihren gemeinsamen Rhythmus fanden. Er liebte sie langsam, genoss die Art, wie ihr Atem mit jedem Stoß seiner Hüften stockte. Als er ihre Beine beugte, um noch tiefer in sie einzudringen, wandte sie den Kopf mit einem genussvollen Stöhnen ab, das sich durch seinen ganzen Körper zog und in ihm den Wunsch weckte, das Tempo zu steigern und ihr einen Höhepunkt zu bescheren.

Aber sie hatte mehr verdient.

Sie hatte es verdient, in einem Zustand der Wonne zu leben, und er war fest entschlossen, ihr das auch zu geben.

Er fuhr damit fort, langsam zuzustoßen, und drang noch tiefer in sie ein. Sie krallte sich stöhnend in die Laken. Er biss die Zähne zusammen und kämpfte gegen den Drang an, schneller zu werden, schlug die Augen auf und prägte sich ihren

Anblick ein. Ihre Wangen waren gerötet, goldene Strähnen breiteten sich auf seinem Kissen aus. Sie sah aus wie ein Engel, und sie fühlte sich himmlisch an. Eng und heiß und so verdammt gut, dass er nicht mehr lange durchhalten würde. Er beschleunigte seine Anstrengungen, und als er ihre Knie sinken ließ, klammerte sie sich an ihn und passte sich seinem Tempo an.

»Komm mit mir«, stieß er hervor und biss sie zärtlich in den Hals. Ihre Fingernägel gruben sich in sein Fleisch, ihre inneren Muskeln spannten sich um ihn herum an, und sie schrie seinen Namen heraus, zerstörte das letzte bisschen seiner Zurückhaltung. Hitze raste sein Rückgrat hinunter und aus seinem Schritt nach oben, und ihr Name drang über seine Lippen, als er sich einer erdbebenartigen Erlösung hingab. Sie stießen und stöhnten, klammerten und keuchten, bis das allerletzte Nachbeben sie erzittern ließ.

Er blickte auf diese atemlose Schönheit hinunter, die sein Herz so ganz und gar gestohlen hatte, und nahm sie in die Arme, küsste sie langsam und zärtlich, atmete Luft in ihre Lunge, bis ihr Atem sich beruhigte und sie das zufriedene Seufzen ausstieß, das er so liebte. Dann küsste er ihre Mundwinkel und flüsterte: »Öffne die Augen, Liebling. Sei bei mir.«

Sie schlug flatternd die Augen auf, und die Tränen darin trafen ihn bis ins Mark, als sie leise erwiderte: »Ich bin so sehr bei dir, dass ich glaube, wir sind zu zwei Teilen ein und derselben Person geworden.«

Die Worte hätten auch aus seinem Mund kommen können. Er war ein Narr gewesen, sich einzubilden, er könnte sie jemals gehen lassen. Sie hatte sich noch nicht einmal zum Gehen entschieden, und er vermisste sie bereits.

<h1 style="text-align:center">Fünfundzwanzig</h1>

»Wie war das Abendessen mit deiner Familie?«, fragte Colleen. Die zierliche, energische Blondine trug die Haare kurz und oben leicht stachlig und musste Anfang fünfzig sein.

Es war eine simple Frage. Eine gute Frage. Und doch nicht leicht zu beantworten.

Sully spielte mit dem Saum ihrer Shorts herum. »Das Abendessen war schön. Ich mag meine Tante und meinen Onkel, und Jax ist großartig, aber jetzt bin ich noch verwirrter als vorher.«

»Wieso das?«

Sie erzählte Colleen von der Unterhaltung beim Abendessen und ihrem Gespräch mit Callahan in der vergangenen Nacht. »Callahan hat recht. Ich habe Angst vor dem, was ich in Maryland vorfinden werde, aber derzeit fürchte ich mich vor so vielen Dingen. Jordan schickt mir meine Geburtsurkunde, aber ich weiß nicht, ob ich meinen richtigen Namen verwenden will. Der war ja überall in den Medien, und das könnte dazu führen, dass mich alle als *das Mädchen, das der Sekte entkommen ist* sehen, egal, was ich mache oder wo ich einmal ende. Oder ob ich überhaupt Sully sein möchte, da mir der Name von einem Mann verpasst wurde, der mich meiner Familie gestohlen hat.

Und als wäre das noch nicht schlimm genug, weiß ich nicht, wie ich damit umgehen soll, wenn man mich fragt, wo ich aufgewachsen bin, egal welchen Namen ich verwende. Wie kann irgendjemand verstehen, was ich durchgemacht habe? Es ist unangenehm, und ich bin mir nicht sicher, ob mir wirklich bewusst ist, wie wütend ich auf den Mann bin, der mich damals mitgenommen hat. Ich wünschte, ich wüsste, was ich mit alldem machen soll, und das beunruhigt mich. Aber vor allem habe ich Angst davor, Callahan zu verlassen, ebenso dich und diesen Ort, an dem ich mich sicher fühle. Ich befürchte, dass ich nie wieder so glücklich sein werde. Seitdem ich aus der Sekte entkommen bin, war ich die ganze Zeit fest dazu entschlossen, meine eigenen Entscheidungen zu treffen.« Tränen schimmerten in ihren Augen. »Aber ich kann diese Entscheidungen nicht treffen. Vor allem nicht die letzte. Egal, wofür ich mich entscheide, immer werde ich jemanden verlieren, den ich in meinem Leben haben will.«

»Oh, Liebes.« Colleen reichte ihr eine Schachtel Taschentücher. »Erinnerst du dich, wie wir darüber gesprochen haben, dass du freundlicher zu dir selbst sein und dir nicht so viel Druck machen solltest? Dass du nicht alle Antworten parat haben oder zu große Schritte machen kannst?«

Sully nickte und wischte sich über die Augen. »Aber ich will vorwärtskommen.«

»Das tust du bereits in so vielerlei Hinsicht, und so wird es auch weitergehen. Aber über manche Dinge zu entscheiden, wird seine Zeit brauchen. Warum reden wir nicht über diese Punkte, die du erwähnt hast, und schauen, ob ich dir helfen kann?«

»Das wäre gut.« Sie stieß die Luft aus. »Entschuldige, dass ich mit alldem so herausgeplatzt bin. Offenbar tue ich das immer, wenn ich überwältigt bin.«

»Genau dafür bin ich doch da. Für mich klingt es so, als wäre einer der wichtigsten Punkte, die dir gerade durch den Kopf gehen, die Frage, wer du wirklich bist und wie du von der Welt gesehen werden möchtest.«

»Alles, was ich erwähnt habe, fühlt sich für mich wichtig an.«

»Und das ist es auch, aber deine Identität ist wahrscheinlich der Punkt, mit dem du anfangen solltest. Vielleicht hilft es dir, dass viele Menschen, die in geschlossenen Gemeinschaften wie Free Rebellion aufgewachsen sind, die gleichen Sorgen haben wie du, egal ob ihr Name in den Nachrichten erwähnt wurde oder nicht. Es gibt verschiedene Möglichkeiten, wie man damit umgehen kann, aber was du nicht vergessen solltest, ist, dass du die Kontrolle über deine Antwort hast, wenn du dich zum Antworten entscheidest, und auch das ist deine Entscheidung. Du kannst ausweichen und gerade genug Informationen geben, um die Frage zu beantworten. Wenn du beispielsweise gefragt wirst, wo du aufgewachsen bist, kannst du einfach West Virginia sagen. Wenn dich jemand fragt, wo du herkommst, antwortest du Maryland, schließlich bist du dort geboren.«

»Tatsächlich habe ich genau das gemacht, als Simone und ich über Prairie View gesprochen haben. Ich habe ihr gesagt, dass ich dort geboren wurde, aber schon früh weggezogen bin und mich nicht mehr daran erinnere, wie es dort war.«

»Das ist eine perfekte Antwort. Das ist so ähnlich wie bei kleinen Kindern, die wissen wollen, wo sie herkommen. Sie wollen und brauchen nicht jedes kleinste Detail. Halte die Antwort so einfach, dass ihre Neugier befriedigt ist. Der Rest liegt in deinem Ermessen, und du darfst auf gar keinen Fall vergessen, dass nichts in Stein gemeißelt ist. Wie du mit dieser

Art von Fragen umgehst, kann sich im Laufe der Zeit ändern, je nachdem, wer dich fragt oder wie du dich fühlst, und das ist völlig in Ordnung. Das meinte ich mit Grauzonen. Auf persönliche Fragen braucht es keine Alles-oder-Nichts-Antworten. Du kannst dich dafür entscheiden, nicht zu antworten, einfach nur ›von der Ostküste‹ sagen oder was auch immer sich für dich richtig anfühlt. Aber ich würde vorschlagen, dass du möglichst nicht lügst, weil es erfahrungsgemäß schwierig ist, sich an alle Lügen zu erinnern, und das zu übermäßigem Stress führt.«

»Ich hasse es, zu lügen.«

»Das ist ein guter Grund, darauf zu verzichten. Möglicherweise kommt auch einmal der Tag, an dem du offener über das sprechen möchtest, was du durchgemacht hast. Du möchtest vielleicht eine Geschichte darüber schreiben, öffentlich darüber reden oder andere Wege finden, um Menschen zu helfen, die in einer ähnlichen Situation waren.«

»Ich helfe gerne anderen Menschen, aber ich bin wütend, weil ich entführt und gegen meinen Willen dort festgehalten wurde. Ich kann mir nicht vorstellen, dass ich einmal darüber reden möchte. Als ich vier Jahre alt war, wurde mir das Leben gestohlen, das ich hätte haben sollen, und ich konnte nichts dagegen tun.«

»Ja, das stimmt, und du hast jedes Recht, wütend zu sein. Wut ist ein Teil der Trauer.« Sie diskutierten über die Phasen der Trauer und womit sie vielleicht noch rechnen musste. »Du betrauerst den Verlust deiner Kindheit, den Verlust deiner Familie und den Verlust vieler Übergangsriten, die dir genommen wurden. Ich weiß, wie du dich heute fühlst, aber es ist wichtig, dass du dir selbst den Raum gibst, um all diese Gefühle zu würdigen. Im Laufe der Zeit entscheidest du dich vielleicht, deine Wut anders zu kanalisieren, um über deine Erfahrungen aufzuklären. Möglicherweise willst du auch nie mit anderen darüber sprechen. Das ist ganz deine Entscheidung.«

»*Das ist ganz meine Entscheidung.* Ich habe lange darauf gewartet, so leben zu können.«

»Und du hast es geschafft, Sully. Verliere nicht aus den Augen, wie bemerkenswert du bist.«

Sie senkte den Blick.

»Ist es schwer für dich, diese Worte zu hören?«

»Ja und nein. Ich bin stolz auf mich, aber es ist immer noch seltsam, Komplimente von anderen zu bekommen und anzunehmen.«

»Ich habe das Gefühl, dass du so etwas häufiger hören wirst. Du bist ein besonderer Mensch, und je mehr Menschen du triffst, desto häufiger wirst du das wahrscheinlich zu hören bekommen. Nicht nur wegen dem, was du für dich selbst gemacht hast, sondern auch für andere Leistungen. Mit der Zeit wird es dir hoffentlich leichter fallen, solche Komplimente anzunehmen, je weiter du mit der Therapie voranschreitest. Und ich habe einen Vorschlag, wie du mit deiner Trauer und Wut umgehen kannst.«

»Ich bin für alles offen.«

»Ich weiß, dass du gerne zeichnest, aber was hältst du von einem Tagebuch?«

»Einem Tagebuch?«

»Ja. Niederschreiben, was du gerade fühlst, um es aus dem Kopf zu kriegen. Oder sogar Bilder zeichnen, wenn dir das lieber ist. Manchmal ist uns gar nicht wirklich bewusst, was wir empfinden, bis wir es aufschreiben und entdecken, was sich dahinter verbirgt.«

»Ich kann es versuchen.«

Colleen schenkte ihr ein Lächeln. »Das wäre ein großartiger Anfang, und wenn du magst, kannst du mir zeigen, was du geschrieben oder gezeichnet hast, und dann können wir sehen, ob wir irgendetwas daraus lernen können.«

»Okay. Die Idee gefällt mir.«

»Klasse. Dann lass uns jetzt über deinen Namen sprechen. Es ist verständlich, dass du verhindern willst, von anderen wegen dem, was sie in den Medien gehört oder gelesen haben, vorschnell beurteilt zu werden. Aber der Name, den du jetzt benutzt, wurde überhaupt nicht in den Medien erwähnt. Also ist das ein sicherer Name. Aber worauf es ankommt, ist, wie du dich damit fühlst. Wen siehst du vor dir, wenn du an Sullivan Tate denkst?«

»Ich sehe definitiv nicht Casey. Ich sehe Sully. Aber meine Sully ist nicht die Sully aus der Sekte.«

»Was meinst du damit?«

»Es ist schwer zu erklären, aber für mich ist Sully das kleine Mädchen, das gegen die Dinge angekämpft hat, die ihm nicht gefallen haben, der Teenager, der zu flüchten versuchte, und die Frau, die es schließlich geschafft hat.«

»Das klingt nach einer sehr starken Person.«

Sully richtete sich gerader auf. Sie fühlte sich deswegen gut, aber das, was sie als Nächstes sagen wollte, bereitete ihr doch wieder Unbehagen. »Ja, aber es ist ein Name, der mir von Menschen gegeben wurde, die ich hasse.«

»Das stimmt. Andererseits hast du gerade gesagt, dass deine Sully nicht ihre Sully ist.«

»Das habe ich, nicht wahr?«

»Ja, und das sagt viel darüber aus, wie du dich fühlst. Die Frage ist, bringt es dich an den Ort zurück, an dem du nicht sein willst, wenn du diesen Namen hörst oder ihn benutzt?

Oder fühlst du dich gut mit der Person, die du geworden bist, trotz all ihrer Anstrengungen, dich vom Wachsen und Verändern abzuhalten?«

Sie musste einen Moment darüber nachdenken. »Die meiste Zeit fühle ich mich gut damit, aber manchmal, wenn ich wütend werde, würde ich am liebsten alles davon wegwaschen.«

»Und welchen Namen würdest du benutzen, wenn du alles wegwaschen könntest?«

»Ich weiß es nicht. Ich weiß nur eins mit Sicherheit: Ich will nicht, dass ich immer als das Mädchen gesehen werde, das einer Sekte entkommen ist. Oder als das Mädchen, das entführt wurde. Ich will als ich gesehen werden, und ich will nicht den Namen Casey benutzen. Aber ich habe Angst, meiner Familie wehzutun, insbesondere Jordan, wenn ich meinen Namen rechtsgültig ändere.«

Colleen nickte. »Ich kann verstehen, wie du auf die Idee kommst, dass du damit ihre Gefühle verletzen könntest, aber ihre Gefühle sind nicht wichtiger als deine. Ich weiß, dass dies vielleicht schwer zu akzeptieren ist und Schuldgefühle mit sich bringen könnte, aber dies ist ein weiterer Schritt darin, deinen eigenen Weg zu gehen.«

Sully schluckte schwer. Sie wusste, dass sie recht hatte.

»Hast du mit Jordan darüber gesprochen, wie du das siehst?«

»Nein.«

»Dann wäre das doch ein guter Anfang. Von dem, was du mir über sie erzählt hast, scheint sie deine Entscheidungen zu unterstützen und will das, was für dich am besten ist.«

»Das stimmt. Ich werde versuchen, mit ihr darüber zu reden und mich deswegen nicht zu schuldig zu fühlen.«

Colleen lächelte erneut. »Das ist perfekt. Hast du es je mit Affirmationen versucht?«

»Ich habe mich immer selbst angefeuert, und das hat mir geholfen.«

»Affirmationen können genauso wirken, und sie sind normalerweise eine gute Methode, um sich auf schwierige Sachen vorzubereiten. Bevor du mit Jordan sprichst, möchtest du dich vielleicht daran erinnern, dass deine Gefühle eine Rolle spielen und dass es in Ordnung ist, dich an die erste Stelle zu setzen.«

»Seit ich hierhergekommen bin, scheine ich das sehr oft zu tun.«

»Und das ist gut so, Sully. Es ist wichtig, sich daran zu erinnern, dass es in jeder Situation Grauzonen gibt, auch in dieser. Die Entscheidung, wie du dich nennen willst, muss nicht für immer sein. Du kannst deinen Namen zu Sullivan Tate oder Sullivan Lawler ändern, und wenn du dich einen Monat später entscheidest, dass du Casey sein willst, kannst du dich Casey nennen. Wenn du Casey als deinen bürgerlichen Namen führen willst, dich selbst aber Sully nennst oder irgendeinen anderen Namen benutzt, sind das alles deine Entscheidungen.«

»Wenn ich mit dir spreche, wirkt das alles gar nicht mehr so überwältigend.«

»Du bist mit vielen Sachen auf einmal konfrontiert. Es ist verständlich, dass du dich überwältigt fühlst. Ich bin froh, dass es dir hilft, mit mir zu sprechen. Wie wir schon besprochen haben, können Gefühle kommen und gehen – Freude, Traurigkeit, Trauer wegen der Jahre mit deiner Familie, die dir entgangen sind, Wut, Einsamkeit, Schuld. Aber wenn du das Tempo zurücknimmst und sie analysierst, ist es ein bisschen einfacher, damit umzugehen.«

»Bis auf die Entscheidung, ob ich bleiben oder gehen soll.«

»Auch das ist nicht in Stein gemeißelt. Du kannst eine Entscheidung treffen, und wenn sie sich nicht richtig anfühlt, kannst du deine Meinung ändern.«

»Aber ich werde Jordan oder Callahan verlieren.«

»Glaubst du wirklich, dass du sie verlieren würdest, oder weichst du den Grauzonen aus? Besteht nicht auch die Chance, dass Jordan es verstehen würde, wenn du deine Therapie hier für eine Weile fortsetzen möchtest?«

Sully bemerkte ihren Fehler. »Wahrscheinlich, aber ich glaube, es würde sie verletzen.«

»Und was denkst du, wie Callahan darauf reagieren würde, wenn du nach Maryland ziehst?«

»Genauso. Er hat gesagt, dass er mich unterstützt, egal wie ich mich entscheide, und ich weiß, dass er das auch so meint, aber ich weiß auch, dass es ihn verletzen würde, wenn ich gehe.«

»Ich hoffe, du bist dir bewusst, was das wirklich bedeutet, nämlich, dass du eine ganz besondere Person bist und bereits großen Einfluss auf das Leben der beiden hast.«

»Anscheinend«, erwiderte Sully leise.

»Und hier kommt die wichtigste Frage, und diese ist die schwierigste. Wenn Callahan nicht in deinem Leben wäre, würdest du dann mit Jordan mitgehen?«

Sully spürte einen Anflug von Schmerz in ihrem Brustkorb, und ihr kamen die Tränen. »Ich weiß es nicht. Wahrscheinlich. Er denkt, dass ich gehen sollte, aber die Vorstellung, ihn zu verlassen, tut so weh.« Ihre Stimme brach, und die Tränen brachen sich Bahn. Sie schnappte sich mehrere Taschentücher, um sich die Augen abzutupfen. »Was wir haben, ist etwas völlig Neues für mich, und ich habe nicht danach gesucht. Ich hätte nicht gedacht, dass ich je auch nur in der Nähe eines Mannes sein möchte, aber als wir uns besser kennengelernt haben, fühlte ich mich so sehr zu ihm hingezogen. Ich habe so etwas noch nie gespürt. Es ist ... auf eine gute Art unausweichlich. Auf die beste Art. Ich habe noch nie jemanden wie ihn kennengelernt. Er ist offen und ehrlich und geht vorsichtig mit meinen Gefühlen um, und er passt auf eine Art und Weise auf mich auf, dass ich mich fühle, als wäre ich etwas Besonderes und nicht etwa sein Eigentum. Er hat mir auf so viele Arten geholfen. Er ist der Grund dafür, dass ich mich sicher fühle. Er hat mich auf einen Weg gebracht, der es mir ermöglicht, die Menschen nicht nur durch einen Schleier von Angst und Beklemmung zu sehen. Bei ihm kann ich ich selbst sein und alles von mir zeigen. Meinen Schmerz und meine Freude. Ich bin am glücklichsten, wenn ich mit ihm zusammen bin, und ich fühle mich auf eine Art und Weise ganz, wie ich es noch nie zuvor erlebt habe.«

»Das verstehe ich, meine Liebe, und all das ist wichtig. Callahan ist ein guter Mensch, und ich bezweifle nicht, dass seine Gefühle für dich echt sind, aber wie kannst du wissen, dass du hier am glücklichsten bist, wenn deine einzigen Vergleichsmöglichkeiten die Sekte und die paar Wochen sind, die du bei den Finchs verbracht hast?«

Sechsundzwanzig

Am Samstag weckte Cowboy das unaufhörliche Summen seines Handys auf dem Nachttisch und das bezaubernde Geräusch von Sullys Atemzügen, die neben ihm schlief. Vorsichtig zog er seinen Arm unter ihrem Kopf hervor und las die Nachricht von seinem Vater. *Wir haben einen Rettungseinsatz auf einem Privatgrundstück außerhalb von Lockwood. Vier Pferde. Keine Infos bezüglich Verletzungen.* Er verschickte ein Daumen-hoch-Emoji, rieb sich mit einer Hand über das Gesicht und warf einen letzten Blick auf Sully. Sie wirkte so friedlich.

Aber er wusste es besser.

Sie rang mit der Entscheidung, ob sie morgen mit Jordan mitgehen sollte oder nicht. Ihre Geburtsurkunde war gestern angekommen und hatte eine Achterbahn der Gefühle ausgelöst, ebenso wie der Ausritt mit ihrer Familie, der für alle ein großartiges Erlebnis gewesen war. Sully war hinterher auf einem Höhenflug gewesen, der jedoch schlagartig endete, als ihre Tante und ihr Onkel vergangenen Abend herübergekommen waren, um sich zu verabschieden. Sie hatte ihnen ein paar Bilder mitgegeben, die sie von ihren Besuchen gezeichnet hatte, und es war für alle drei ein tränenreicher Abschied gewesen.

Er war emotional erschöpft und sein ganzer Körper seit

Tagen verspannt. Er stieg aus dem Bett und ging ins Badezimmer. Unter der Dusche stützte er sich mit einem Unterarm an die geflieste Wand und ließ das heiße Wasser seinen Rücken hinunterfließen in der Hoffnung, dass das seine Anspannung lindern würde.

Ein paar Minuten später öffnete sich die Tür, und als er aufsah, sah er Sully in die verschlafenen Augen. »Ich wollte dich nicht aufwecken, Liebling.«

»Das hast du nicht. Warum bist du schon so früh auf?«, fragte sie, während ihr Blick seinen Körper hinunterwanderte.

»Wir haben einen Rettungseinsatz.«

Sie runzelte die Stirn, und dann nahm er erstaunt zur Kenntnis, dass sie ihr Shirt und den Slip auszog und zu ihm in die Dusche kam. Das hatte sie noch nie gemacht, und während sie ihre Arme um seine Taille legte und ihre Wange an seine Brust drückte, wurde ihm das Herz schwer. Er umarmte sie, drehte den Körper so, dass sie unter dem heißen Wasser stand, und ließ seine Hand ihren Rücken hinuntergleiten. »Alles in Ordnung?«

»Mhm. Ich hab dich einfach vermisst.« Sie küsste seinen Brustkorb.

»Ich bin hier, Liebling.« Nachdem ihre Familie am vergangenen Abend gegangen war, hatten sie einen Spaziergang gemacht, und danach hatte sie ihn gebeten, sie festzuhalten, so wie in der Nacht, in der sie die Wahrheit über ihre Vergangenheit erfahren hatte. Sie war in seinen Armen eingeschlafen, voll bekleidet, und als sie ein paar Stunden später wieder aufgewacht war, hatte sie die Jeans ausgezogen, sich wieder eng an ihn gekuschelt und war direkt wieder eingeschlafen. Er selbst hatte lange auf der Suche nach Antworten wach gelegen, konnte jedoch keine finden.

Er streichelte ihr über das Haar. »Freust du dich darauf, dir heute die Haare schneiden zu lassen?« Jordan und Sasha würden mit ihr zum Friseursalon gehen.

»Ja.« Sie küsste ihn wieder auf die Brust und blickte zu ihm hoch. »Glaubst du, dass es gut aussieht, wenn sie kürzer sind?«

»Du bist wunderschön und wirst immer großartig aussehen, egal, was du mit deinen Haaren machst.« Er fuhr mit den Fingern durch ihre Haare, und sie küsste sich einen Weg über seine Brust. »Das fühlt sich gut an, Baby.«

Sie fuhr fort, seinen Brustkorb zu küssen, strich mit den Händen an seinem Körper auf und ab und rieb sich an ihm. Als sie mit der Zunge über eine Brustwarze fuhr, schossen Hitzewellen direkt in seine Mitte. Er biss die Zähne zusammen, und sie legte den Mund fest über die Brustwarze und presste sich gegen seine harte Länge. »Vorsicht, Baby, du spielst mit dem Feuer.«

»Ich will nicht vorsichtig sein.« Sie zog eine Spur von Küssen bis zu seiner Körpermitte hinunter, während warmes Wasser über ihren Hals und Rücken floss. »Ich möchte deine Flammen spüren.« Ihr Blick huschte zu ihm hoch. »Ich will, dass du dich genauso gut fühlst, wie ich mich bei dir fühle.«

Himmel, sie war bereits alles für ihn. Sie hatte seinen gesamten Körper erkundet, nur seine Erektion noch nicht mit den Lippen berührt. Er wusste nicht, wozu dieser Mistkerl sie gezwungen hatte, und er wollte ihr nicht das Gefühl geben, dass sie ihm irgendetwas schuldig war. »Du musst das nicht tun. Ich fühle mich immer wohl, wenn wir zusammen sind.«

»Ich will es aber.« Sie legte die Finger um seine Härte und sah ihn mit ihrem bezauberndsten, hoffnungsvollsten Ausdruck an, und ihm wurde bewusst, dass sie diese Kontrolle brauchte, diese Gelegenheit, ihm etwas zurückzugeben. »Mag sein, dass ich nicht sehr gut darin bin«, sagte sie leise. »Ich hatte nie eine

Wahl, also habe ich nie versucht, gut darin zu sein. Wenn ich es nicht bin, würdest du mir dann dabei helfen?«

Das traf ihn mitten ins Herz, und seine Gefühle drohten, ihn zu übermannen. »Ich werde tun, was auch immer du willst, aber alles, was du machst, fühlt sich großartig an, Liebling.«

Sie küsste ihn wieder auf den Bauch und umfasste ihn fester, während sie sich vorbeugte und über die Eichel leckte. Er sog die Luft zwischen den zusammengebissenen Zähnen ein, und sie schaute zu ihm auf, so unschuldig, neugierig, voller Begierde. Er schob eine Hand in ihre Haare und liebkoste ihre Wange mit dem Daumen. »Das fühlt sich gut an, Baby.« Sie lächelte und wiederholte es, arbeitete sich um die Spitze herum und seine Länge auf und ab, bis er gierig pochte. »So verdammt gut, Liebling.« Sie nahm ihn in ihren heißen, feuchten Mund, streichelte ihn und saugte an ihm, und sein Kinn sank auf seine Brust. »*Verdammt fantastisch.*«

Ihr Blick ruhte die ganze Zeit auf ihm. Ihr zuzusehen, wie sie ihn mit dem Mund und der Hand liebte, ihn tief in sich aufnahm und langsam in einem Rhythmus herauszog, der ihn verrückt machte und seinen ganzen Körper in Brand setzte, war besser als jede Fantasie, die er je gehabt hatte. Er kämpfte gegen den Drang an, das Becken zu bewegen, die andere Hand in ihren Haaren zu vergraben und die Kontrolle zu übernehmen, und spannte vor Zurückhaltung sämtliche Muskeln an. »So verdammt sexy, Baby. Ich liebe es, wenn du mich so mit dem Mund verwöhnst.« Ihre Augen verdunkelten sich, und sie steigerte das Tempo, drückte ihn fester, saugte härter. Herr im Himmel, sie war einfach umwerfend.

Er führte ihre andere Hand zu seinen Hoden und zeigte ihr, wie fest sie zufassen sollte. Doch das war alles zu viel – das Vertrauen in ihren Augen, ihren Mund zu spüren, die Emotionen, die zwischen ihnen hin- und herwaberten, so heiß und greifbar wie der Dampf des heißen Wassers. »Ich komme gleich, Baby«, warnte er sie, aber sie streichelte ihn nur noch schneller. »Sully«, wiederholte er seine Warnung und schob ihr die andere Hand in die Haare, wobei er aber weiterhin ihr die Führung überließ. Er schloss die Augen und versuchte, sich zurückzuhalten, aber sie saugte und streichelte ihn fest und schnell, so unglaublich perfekt, dass er sich in diesem Rhythmus verlor. In einem letzten Versuch, sie zu warnen, öffnete er die Augen, aber der Anblick, wie sie ihn betrachtete, die Augen so voller Freude, während sie seine Hoden drückte, bewirkte, dass es um ihn geschehen war und er kam. Seine Hüften zuckten, und vor seinen Augen verschwamm alles. »Sully. Verdammt. Sully …«, stieß er hervor. Er kämpfte darum, wieder einen klaren Gedanken zu fassen und den Blick zu fokussieren, und merkte, dass sie die ganze Zeit bei ihm blieb, obwohl ihr sein Sperma aus dem Mund lief. *Verdammt.* Sofort zog er sich zurück, und der letzte Rest seiner Erlösung spritzte auf ihre Brüste. »Entschuldige, Baby.« Sein Körper zitterte und bebte, als er sie in die Arme nahm und spürte, wie ihrer beider Herzen rasten.

»Tut mir leid, dass ich es nicht zu Ende bringen konnte«, sagte sie atemlos.

»Grundgütiger, Liebling. Du machst mich fertig.«

Sie runzelte die Stirn. »Ist das gut?«

Himmel, ich liebe dich. Er brauchte all seine Kraft, um dieses Gefühl unter Verschluss zu halten. »Mehr als das, Baby.« Er küsste ihre lächelnden Lippen und fragte sich, ob sie auch nur den Hauch einer Ahnung hatte, dass er ihr schon sehr viel früher ganz und gar verfallen war.

Sully saß auf dem Friseurstuhl und hoffte, dass sie keinen Fehler machte, gleichzeitig freute sie sich unbändig, dass ihr endlich die Haare geschnitten wurden, und konnte kaum noch stillsitzen. Sie hatte eine halbe Stunde damit verbracht, sich mit Jordan und Sasha zusammen die Bücher mit Frisuren anzusehen und sich schließlich für einen Schnitt mit langen Stufen entschieden, die ihr bis knapp über die Schultern reichen würden. »Bist du dir sicher, dass dieser Schnitt gut aussehen wird?«, fragte sie Becky, Sashas resolute rothaarige Friseurinnenfreundin.

»Es wird fantastisch aussehen, aber dank deiner Wangenknochen würde dir jede Frisur stehen.« Becky machte sich daran, Sullys nasse Haare zu kämmen.

»Genau das haben wir ihr auch gesagt«, bemerkte Jordan, und Sasha nickte zustimmend.

Um sie herum summten Föhne, während die Friseurinnen ihre Kundinnen zu ihrem Aussehen beglückwünschten, und Sully fiel auf, dass sie sich nie wie andere Frauen Gedanken um ihr Aussehen gemacht hatte. Selbst in der Sekte hatte sie manchmal mitbekommen, wie sich einige Mädchen über ihr Aussehen unterhielten, aber Sully hatte immer wichtigere Sachen im Kopf gehabt. Sie dachte daran, dass Callahan sie als wunderschön und umwerfend bezeichnet hatte, und auch wenn sie wusste, dass er sie für schön hielt, hatte sie immer das Gefühl, dass er über mehr als nur ihr Aussehen sprach, und das gefiel ihr. Es gab Momente, in denen sie Kleider anzog, die er für bezaubernd halten würde, so wie heute, als sie sich für das Minikleid entschieden hatte, das sie Birdie verdankte, und die

Stiefel, die er ihr gekauft hatte. Er hatte sie noch nie in einem Kleid gesehen, und sie wollte ihn mit ihrer Frisur und ihrem Outfit überraschen, wenn er von dem Rettungseinsatz für die Pferde zurückkehrte. Aber an ihr Gesicht hatte sie überhaupt nicht gedacht.

Das war gut, entschied sie, weil er sie so mochte, wie sie war.

»Du hast wundervolle Haare«, sagte Becky und holte Sully aus ihren Gedanken. »Wann hast du sie zum letzten Mal schneiden lassen?«

Da muss ich vier Jahre alt gewesen sein, hätte Sully fast geantwortet, doch sie entschied sich stattdessen für eine allgemeinere Antwort, wie Colleen ihr empfohlen hatte. »Vor sehr langer Zeit. Es ist schon immer trocken gewesen.«

»Mach dir deswegen keine Sorgen. Wenn wir erst einmal die kaputten Spitzen losgeworden sind, werden sie bei Weitem nicht mehr so trocken aussehen, und ich habe großartige Haarpflegeprodukte«, versicherte Becky ihr und legte den Kamm beiseite. »Okay. Ich denke, wir sind so weit.«

Birdie kam in den Friseursalon gestürmt und rannte auf sie zu. »Wartet!« Auf ihren Plateaustiefeln schlitternd kam sie zum Stehen, und ihre dunklen Haare fielen über die Schultern ihres bauchfreien gelben Pullis.

»Was machst du hier?«, fragte Sasha. »Ich dachte, du musst arbeiten.«

»Das musste ich auch, aber ich habe dieses Foto von einem Haarschnitt gefunden, der Sully großartig stehen würde, und heute Vormittag herrscht bei uns wenig Betrieb, was verrückt ist, aber egal. Jedenfalls haben sich Quinns Pläne geändert, und sie hat mir angeboten, zu übernehmen, sodass ich zu euch kommen kann. Jetzt bin ich also hier, und schaut nur!« Sie drückte Sully das Foto einer hübschen Frau mit schulterlangen Haaren in die Hand. Jordan, Sasha und Becky beugten sich vor, um es sich anzuschauen. Die Haare waren vorne ein bisschen länger als am Hinterkopf, seitlich gescheitelt und durchgestuft.

»Danke, Birdie. Mir gefällt, wie natürlich das aussieht, und ich glaube, diese Länge ist besser, als wenn die Haare bis über meine Schultern reichen«, sagte Sully. »Aber sie scheint welligere Haare zu haben als ich, meines ist eher glatt. Glaubst du, das würde bei mir genauso gut aussehen wie bei ihr?«

»Definitiv«, erwiderte Becky. »Deine Haare sind gar nicht so glatt. Die Länge täuscht über die wahre Haarstruktur hinweg. Wenn wir sie einmal abgeschnitten haben, werden sie sich leichter anfühlen und voller aussehen.«

»Wirklich?« Aufregung machte sich in Sully breit. »Dann nehmen wir doch einfach diesen Schnitt.«

»Ja!«, jubelte Birdie und zog ihr Handy heraus. »Lasst uns ein paar *Vorher*-Bilder machen. Rückt alle näher an Sully heran.«

Jordan stellte sich links neben Sully, Sasha rechts von ihr. »Ich mache das Foto«, erklärte Becky. »Stell dich dazu, Birdie.«

Birdie reichte Becky ihr Handy. *»Ich komme!«*, trällerte sie, kletterte auf Sullys Schoß, legte ihr einen Arm um den Hals und brachte alle für das Bild zum Lachen. »Und jetzt noch eins nur mit Jordan und Sully.« Nachdem Becky das Foto gemacht hatte, ließ Birdie sie noch eins von Sully und Sasha schießen und im Anschluss ein weiteres von sich mit Sully. Als Becky ihr das Handy zurückgab, fotografierte Birdie auch noch Sully mit Becky und zu guter Letzt Sully ganz allein. »Das hier ist für Cowboy.«

Sully grinste und dachte an die Nachricht, die er heute Morgen auf dem Küchentresen hinterlassen hatte, zusammen mit viel mehr Geld, als der Haarschnitt kostete. *Liebling, ich wünsche dir viel Spaß mit den Mädels. Ich kann es kaum erwarten, deine neue Frisur zu sehen, auch wenn ich mir nicht vorstellen kann, dass du noch schöner aussehen kannst, als du es jetzt schon bist. Gönn dir auf deinem Ausflug noch irgendetwas anderes, worauf du Lust hast. C.*

»Okay, Annie Leibovitz.« Sasha zog Birdie vom Friseurstuhl weg. »Können wir Becky jetzt endlich Sullys Haare schneiden lassen?«

Nach einer Menge Geplauder, ermutigender Worte und unzähligen Schnitten der Friseurschere saß Sully mit dem Rücken zum Spiegel, noch nervöser als bei ihrer Ankunft, während Becky ihre Haare trockenföhnte und sie mit den Fingern kämmte und in Form brachte. Die anderen sahen so aus, als würden sie vor Aufregung gleich platzen. Birdie hatte ungefähr eine Million weitere Fotos geschossen und jeden besorgten Blick und jedes nervöse Lachen eingefangen.

Becky trat einen Schritt zurück und grinste stolz. »Bist du dazu bereit, die neue Sully kennenzulernen?«

Die neue Sully. Die Vorstellung gefiel ihr. »Ja.«

Becky drehte den Stuhl um, und Sully erkannte die hübsche Frau im Spiegel kaum wieder. Ihr Haar wellte sich auf ganz natürliche Weise und sah gesund aus. Der Scheitel auf der rechten Seite verlieh der linken Seite mehr Volumen, und Becky hatte ihr Haar auf die perfekte Länge geschnitten, sodass es gerade die Schultern streifte. Ihr war vorher noch gar nicht aufgefallen, wie viel gesünder ihre Haut aussah, seit sie die Sekte verlassen hatte. Der Haarschnitt betonte ihre Konturen und unterstrich ihr Lächeln, und sie erkannte, dass ihre Tante recht hatte. Ihr Lächeln erinnerte wirklich an das ihres Vaters. In ihrer Augenpartie erkannte sie mehr von ihrer Mutter wieder, und ihre Wangenknochen wirkten ebenfalls markanter, wodurch sie etwas mit Jordan gemein hatte.

Verschiedenste Emotionen schnürten ihr die Kehle zu, und sie versuchte, diese im Zaum zu halten, als Birdie verkündete: »Süße, du gehörst auf das Cover einer Zeitschrift«, und fortfuhr, Fotos zu schießen.

»Cowboy wird den Verstand verlieren«, sagte Sasha.

Sully warf Jordan im Spiegel einen Blick zu und presste eine Hand auf ihr Herz. »Jordan, gefällt es dir?«

Jordan sah sie mit tränenverhangenen Augen an und nickte. »Jetzt sieht man die Ähnlichkeit mit Mom und Dad noch deutlicher.«

Auch Jordans Stimme klang belegt und Sully brach in Tränen aus.

»Oh nein.« Becky griff nach ein paar Taschentüchern und reichte sie Sully. »Gefällt es dir nicht?«

Sully schüttelte den Kopf und wischte sich über die Augen. »Ich liebe den neuen Schnitt. Es ist nur …« Den Teil über ihre Vergangenheit und ihre Eltern musste sie notgedrungen weglassen. »Ich wusste nicht, dass ich so schön aussehen kann.«

Ein kollektives »*Ah*« ertönte.

»Damit stehst du aber allein da«, erwiderte Jordan und beugte sich zu ihr hinunter, um sie zu umarmen. »Du warst schon umwerfend, als du den Salon betreten hast. Jetzt bist du nur auf eine andere Art umwerfend.«

Birdie machte ungefähr ein Dutzend weitere Fotos, und als sie den Friseursalon verließen, fühlte sich Sully leichter, zuversichtlicher und ein bisschen mehr wie eine typische junge Frau, statt wie eine, die einer Sekte entkommen war. Ihre langen Haare hatten sich wie eine Kette angefühlt, die sie mit der Sekte und all dem verband, was ihr dort zugestoßen war, und es fühlte sich großartig an, davon befreit zu sein.

Birdie schlich sich an sie heran. »Schau dir nur an, wie gut dir das Kleid steht! Ich wusste, dass du darin klasse aussehen würdest.«

»Danke. Dein Geschmack ist großartig. Kannst du mir die Fotos zusenden, die du geschossen hast? Ich möchte Callahan eins schicken.«

»Schon erledigt. Schau mal auf dein Handy.«

Sully holte ihr Telefon aus der bezaubernden Tasche, die Birdie ihr mitgebracht hatte, und schaute sich die Fotos an. Sie konnte immer noch nicht glauben, dass die Frau darauf sie selbst war. Sie wirkte richtig glücklich, und auch wenn sie wusste, dass sie sich glücklich fühlte, wurde es für sie noch realer, als sie das Strahlen in ihren Augen auf dem kleinen Display sah.

»Das muss gefeiert werden«, erklärte Sasha. »Lasst uns im Roadhouse zu Mittag essen.«

»Klasse Idee. Ich habe großen Appetit auf einen Burger«, erwiderte Birdie.

»Ist das für euch in Ordnung?« Sashas Blick wanderte zwischen Jordan und Sully hin und her. »Es ist zwar eine Bikerkneipe, aber keine versiffte. Sie gehört Billies Familie, und sie arbeitet da. Nachmittags ist dort normalerweise nicht viel los. Das wird lustig.«

Sully spürte einen Anflug von Anspannung. Sie war noch nie in einer Bar gewesen, aber sie wusste, wie sich Rebel Joe verhalten hatte, wenn er von einem Barbesuch zurückgekehrt war.

»Sie haben die besten Burger in ganz Hope Valley«, ergänzte Birdie.

Birdie und Sasha schienen sich zu freuen, und Sully wollte ihnen nicht den Spaß verderben. Sie redete sich ein, dass es sich nur um ein Mittagessen handelte. »Gern.«

»Ich bin auch einverstanden, aber das Mittagessen geht auf mich«, sagte Jordan.

»Ist schon in Ordnung. Du brauchst nicht für mich zu bezahlen. Callahan hat mir Geld gegeben.«

»Das war wirklich nett von ihm«, fand Jordan. »Und ich weiß, dass ich es nicht tun muss, aber ich möchte meine Schwester gern zum Mittagessen einladen. Ist das zu viel verlangt?«

Sully dachte daran, wie oft sie in den letzten Wochen gesagt hatte, dass sie selbst etwas tun wollte, und konnte nachvollziehen, was Jordan durch den Kopf ging. »Okay. Danke.«

»Siehst du? Das war doch gar nicht so schwer.« Jordan umarmte sie und wandte sich an Sasha und Birdie. »Ihr seid so gut zu Sully, dass eine Einladung zum Mittagessen das Mindeste ist, was ich für euch tun kann.«

»Hey, bei *Das Mittagessen geht auf mich* hattest du meine Stimme schon.« Birdie grinste breit.

Sasha verdrehte die Augen. »Wir lieben Sully, und du kannst das Mittagessen gerne bezahlen, aber nächstes Mal sind wir dran.«

Auf dem Weg zum Parkplatz tippte Sully eine Nachricht an Callahan. *Ich habe es getan!* Sie hängte eines der *Nachher*-Bilder an, auf dem nur sie allein zu sehen war. *Wir gehen zum Mittagessen ins Roadhouse.* Als sie in Sashas Pick-up einstieg, überlegte sie, ihm zu gestehen, wie nervös sie war, weil sie in die

Kneipe gingen, aber er war vermutlich mit dem Rettungseinsatz beschäftigt, und sie wollte ihn nicht noch mehr belasten. Stattdessen schrieb sie: *Wie ist euer Einsatz gelaufen? Geht es den Pferden gut?* Sie fügte ein rosa Herz-Emoji hinzu und schickte die Nachricht ab.

Siebenundzwanzig

»Wenn nur alle geretteten Pferde so viel Glück hätten«, sagte Cowboy, als er mit Kenny und Hyde zwei kastanienbraune Stuten und eine ältere Palominostute vor einer freien Weide aus dem Transporter auslud. Es war ein langer Vormittag gewesen. Tiny und er waren zwei Stunden lang gefahren, um vier Pferde abzuholen, deren Besitzer vor zwei Tagen gestorben war. Der Nachbar, von dem sie informiert worden waren, hatte sich mit ihnen getroffen und ihnen berichtet, wie sehr der Besitzer seine Pferde geliebt hatte. Drei Pferden ging es gut, aber eine der Stuten hatte eine Sehnenzerrung. Doc war gerade bei ihr.

»Wäre das nicht schön?« Hyde schüttelte den Kopf. »Zu dumm, dass es so viele Arschlöcher gibt.«

»Ich weiß, dass diese Pferde Glück hatten, weil sie gut versorgt wurden, aber ich kapiere es immer noch nicht«, gestand Kenny. »Du hast gesagt, dass der Besitzer fünfundachtzig Jahre alt war. Wenn du so alt bist, würdest du dann nicht sicherstellen, dass für deine Pferde gesorgt wird, falls dir etwas zustößt?«

»Niemand denkt gerne an den Tod.« Cowboy öffnete das Tor zur Weide.

»Vermutlich stimmt das, aber die Pferde bezahlen den Preis dafür, und das ist nicht in Ordnung.« Kenny tätschelte eine

Stute und führte sie auf die Weide. »Dem verletzten Pferd ginge es wahrscheinlich gut, wenn er Vorkehrungen getroffen hätte und wir sie direkt an seinem Todestag abgeholt hätten.«

»Zwei Tage sind nicht optimal, aber besser als in vielen anderen Fällen«, erwiderte Cowboy. »Zumindest sind sie nicht in den falschen Händen gelandet.« *So wie Sully.* Er schob den Gedanken beiseite und löste den Führstrick vom Pferdehalfter. »Aber jetzt bist du in Sicherheit, nicht wahr, Spirit?«

»Glaubst du, dass sie ihren Besitzer vermissen?«, fragte Kenny und ging mit dem Pferd durch das Tor.

»Sie wurden gut gepflegt, daher gehe ich davon aus, dass sie ihn vermissen«, antwortete Cowboy.

Kenny löste ebenfalls den Führstrick. »Könnten sie depressiv werden?«

»Würde dir das nicht passieren? Pferde sind empfindsam, genau wie Menschen.« Hyde ließ seine Stute laufen. »Sie werden ein paar Tage brauchen, um sich einzugewöhnen, aber zumindest haben sie einander.«

»Du weißt, dass Pferde uns Menschen sehr ähnlich sind«, sagte Cowboy. »Sie betrauern mehr als nur den Verlust ihres Besitzers. Sie trauern um den Verlust der Annehmlichkeiten und ihrer vertrauten Umgebung. Diese Pferde wurden wirklich geliebt. Sie werden seine Berührung vermissen, seine Stimme, einfach alles.« Er dachte an die vierjährige Sully, die verängstigt weinte, nach ihren Eltern fragte und dafür bestraft wurde. *Kannst du mich einfach festhalten?* Wenn sie mit Jordan nach Maryland zurückkehrte, wer würde sie dann in den Armen halten, wenn sie Angst hatte oder sich einsam fühlte? Würde sie Jordan darum bitten? Wer würde durch einen Blick in ihre Augen erkennen, dass sie jemanden brauchte, der ihre Hand hielt oder der sie von ihren Gedanken ablenkte? Es schnürte ihm die Kehle zu.

»Aber wir werden ihnen helfen, so gut wir können«, erklärte Hyde beim Verlassen der Weide. »Deshalb bringen wir sie auch auf die Weide und versuchen, ihre normale Routine einzuhalten. Sie werden jeden Tag gestriegelt, um sie zu trösten, und wir achten darauf, ob sie unruhig werden.«

Cowboy schloss das Gatter und lehnte sich an den Zaun, um die Pferde ein paar Minuten lang zu beobachten, bevor sie zum Stall zurückkehrten. Kennys Handy klingelte, und er zog es heraus, um sich die Nachricht anzuschauen. Hyde spähte ihm über die Schulter.

Kenny deckte sein Telefon ab. »Geh weg, Mann.«

»Was ist los?«, fragte Cowboy streng.

»Da schicken ihm ein paar hübsche Mädchen Bilder zu«, antwortete Hyde.

»Vom Hals an aufwärts, hoffe ich«, brummte Cowboy.

Kenny sah leicht verlegen weg.

»Bilder vom Hals an abwärts sind die besten.« Hyde lächelte süffisant.

Cowboy blickte ihn finster an. »Was habe ich dir über Respekt Mädchen gegenüber gesagt, Kenny?«

»Hey, ich habe sie nicht um die Fotos gebeten«, beharrte Kenny.

»Aber du hast ihnen deine Nummer gegeben, oder?«, erkundigte sich Cowboy.

Kenny zuckte mit den Achseln. »Und?«

»Tu nicht so unschuldig. Wir wissen beide, dass du nicht mit ihnen zusammen lernen wolltest. Was hält Mariah von deinen außerschulischen Textnachrichten?« Mariah war eine enge Freundin von Kenny. Cowboy war sich nicht sicher, ob Kenny mit ihr zusammen war, aber er wusste, dass sie das gern wollte.

»Es sind einfach nur Fotos«, sagte Kenny. »Es ist ja nicht so, als würde ich mit ihnen rummachen. Abgesehen davon ist Mariah nicht meine feste Freundin. Wir verbringen nur Zeit miteinander.«

Cowboy schüttelte den Kopf. »Hör zu, es ist dein Leben, und letzten Endes bist du derjenige, der in den Spiegel blickt und der Person im Spiegel in die Augen schauen muss. Fühlst du dich gut dabei, dass du solche Bilder bekommst?«

Kenny lachte auf. »Na, und ob.«

»Vermutlich mehrmals pro Nacht.« Hyde kicherte.

Cowboy starrte Hyde finster an und warf dann Kenny einen ernsten Blick zu. »Wenn du diese Fotos vor Mariah versteckst, dann ist es Zeit, die Beziehung zu beenden. Freundin hin oder her, das Mädchen ist eindeutig verrückt nach dir und hat es nicht verdient, verletzt zu werden.«

Kenny schluckte hörbar.

»Da hat er nicht ganz unrecht, Junge«, stimmte Hyde zu. »Ich bin absolut fürs Spaßhaben, aber wenn irgendein Mann Mariah Penisfotos schicken würde, was würdest du dann davon halten?«

»Weiß nicht«, murmelte Kenny auf dem Weg zum Stall.

Cowboy stieß den Atem aus. »Hör zu, Kumpel. Ich verstehe, dass es sich gut anfühlt, begehrt zu sein. Aber denk daran, dass es nur sehr wenige Dinge im Leben gibt, die du kontrollieren kannst. Ganz oben auf der Liste steht, wie du andere Menschen behandelst, und das wirkt sich auf alles andere aus, einschließlich deiner Selbstachtung und deines Rufs. Du hast hart dafür gearbeitet, um dorthin zu kommen, wo du jetzt stehst. Ich empfehle dir, dich klug zu entscheiden.«

»Ja, ich hab's verstanden«, gab Kenny mit hängenden Schultern nach.

Sie betraten den Stall und trafen dort Dare im Gespräch mit Doc vor der Box der verletzten Stute an.

»Wie geht es ihr?«, erkundigte sich Cowboy.

»Ich habe sie bandagiert und ihr ein Schmerzmittel gegeben«, berichtete Doc. »Es wird eine Weile dauern, aber sie wird wieder.«

»Das freut mich.« Cowboys Handy vibrierte in seiner Tasche. Er zog es heraus, und als er Sullys Nachricht öffnete, hatte er ein Bild mit ihrer neuen Frisur vor Augen, das ihm den Atem verschlug. Einen Moment lang betrachtete er den neuen Look seiner wunderschönen Liebsten, dann las er die Nachricht, und die Vorstellung, dass sie jetzt im Roadhouse war, machte ihn ganz unruhig. Zwar hatte sie schon einen weiten Weg hinter sich, doch sie war jeden Donnerstagabend von diesem betrunkenen Mistkerl vergewaltigt worden, und er hatte das dumpfe Gefühl, dass sie in dem Moment, in dem sie die Bar betrat, von all den hässlichen Erinnerungen wieder eingeholt werden würde.

»Was hast du denn?« Hyde warf über seine Schulter einen Blick auf sein Handy. »Alter Falter. Ist das Sully?«

Cowboy kniff die Augen zusammen. »Behalt deinen Schwanz in deiner Hose.«

»Hey, warum ist es in Ordnung, wenn du Nacktbilder bekommst, aber ich darf das nicht?«, beschwerte sich Kenny.

Dare warf Kenny einen strengen Blick zu. »Du bekommst Nacktfotos? Wir müssen wohl mal ein ernstes Wörtchen miteinander reden.«

»Cowboy hat mir schon einen Vortrag gehalten. Du solltest mit *ihm* reden. Er ist so was von scheinheilig.« Kenny beäugte Cowboy.

»Verdammt noch mal, Kenny, stell keine dämlichen Vermutungen an. Sie ist nicht nackt.« Cowboy zeigte ihm das Telefon. »Sie hat sich die Haare schneiden lassen.«

»Boah. Sie war schon vorher zu heiß für dich. Und jetzt ist sie absolut zu heiß für dich.« Kenny lachte laut los.

»Ich kümmere mich um ihn.« Hyde packte Kenny am Kragen, um ihn wegzuziehen. »Gehen wir, du Großmaul. Da wartet noch Arbeit auf dich.«

»Lass mich mal sehen.« Dare schnappte sich Cowboys Handy. »Verdammt, Mann. Sie sieht unglaublich aus. Schau sie dir an, Doc.« Er drehte das Telefon um, damit Doc das Foto sehen konnte.

»Ich fürchte, Kenny hat recht. Sie hat sich aus deiner Liga herauskatapultiert, Bruder«, neckte Doc ihn.

»Halt verdammt noch mal die Klappe.« Cowboy nahm Dare sein Handy ab. »Die anderen gehen mit ihr zum Mittagessen ins Roadhouse. Ich fahre hin, um sie zu überraschen.«

»Du meinst wohl eher, du willst sicherstellen, dass kein anderer Mann sie anbaggert«, sagte Doc.

Bei der Vorstellung, dass Sully sich wegen irgendjemandem unwohl fühlen könnte, biss Cowboy die Zähne zusammen. »Das ist nur ein Bonus. Willst du mitkommen?«

»Nein. Ich hab hier noch zu tun«, erwiderte Doc.

»Ich bin dabei.« Dare klopfte Cowboy auf den Rücken. »Billie hat bald Feierabend, und du weißt ja, wie gern sie es hat, wenn ich ihr bei der Arbeit den Kopf verdrehe.«

»Ja«, erwiderte Cowboy, während sie den Stall verließen. »Ungefähr so gern, wie sie Hämorrhoiden hat.«

Auch wenn ihre neue Frisur und die hübsche Kleidung ihr Selbstvertrauen steigerten, fühlte sich Sully in der rustikalen Bar wie ein Fisch auf dem Trockenen. An sich war hier alles in Ordnung, die Kneipe war auch gar nicht heruntergekommen oder zwielichtig, so wie sie sich das Nigel's vorstellte, aber sie hatte immer noch das Gefühl, dass die Menschen sie anstarrten. Mehrere Männer hatten Sasha und Birdie bei ihrer Ankunft lautstark begrüßt, und Sasha hatte ihr erklärt, dass es sich um Dark Knights handelte. Sully wusste, dass diese Männer ihre wahre Identität kannten, was sie nicht weniger nervös machte, aber es gab noch einen weiteren Tisch voller junger Männer, die immer wieder zu ihnen hinüberblickten, genau wie einige Gäste an der Bar. Konnten sie erkennen, dass sie Casey Lawler war, oder litt sie einfach nur unter Verfolgungswahn?

Sie spähte über den Rand ihrer Speisekarte hinweg zu Jordan, die mit Sasha und Birdie plauderte, und zu Billie, die gerade am Tisch jener Männer bediente, die ständig herüberschauten. Jordan, Sasha, Birdie und Billie fühlten sich hier offensichtlich wohl. Sie spürte einen Anflug von Neid. Colleen wollte, dass sie neue Erfahrungen machte, aber Sully fragte sich unwillkürlich, ob sie sich bei jedem neuen Ausflug so fühlen würde. Wenn ja, würde sie sich ein dickeres Fell zulegen müssen. Aber als sie mit Callahan zusammen in der Stadt gewesen war, hatte sie sich nicht so gefühlt. *Wenn du jetzt doch bloß hier wärst.*

»Weißt du schon, was du essen willst, Sully?«, fragte Jordan.

»Keine Ahnung. Die Auswahl ist viel zu groß.« Sie hatte sich darauf gefreut, sich ihr Mittagessen selbst aussuchen zu können, aber es war nicht so einfach, wie sie sich das vorgestellt hatte. Sie bereiteten Burger auf fünf verschiedene Arten zu, und es gab drei Salatsorten und eine Handvoll weiterer Gerichte auf der Speisekarte. Und alles war so teuer. Fünfzehn Dollar für einen Burger mit Pommes? Für den Preis konnte sie zu Hause acht oder zehn Burger zubereiten. »Was nehmt ihr?«

»Ich habe mich auch noch nicht entschieden«, antwortete Jordan.

»Ich nehme den Mustang-Burger mit allen Beilagen und Pommes«, erklärte Birdie.

»Ohne Frage den Buffalo-Hähnchensalat.« Sasha schob sich die Haare hinters Ohr und legte die Speisekarte auf den Tisch. »Den esse ich jedes Mal hier.«

»Hört sich gut an«, fand Jordan. »Ich glaube, ich nehme den mit gegrilltem statt paniertem Huhn.«

»Das klingt beides lecker, aber ich bin immer noch unsicher.« Sully las die Speisekarte erneut.

»Worauf hast du Appetit?«, fragte Birdie.

»Ich weiß es nicht. Mit einer so großen Auswahl komme ich nicht klar. Das ist mein erster Restaurantbesuch.«

Birdie riss vor Erstaunen die Augen auf, doch kurz darauf stand nur noch Mitgefühl darin. »Daran habe ich nicht gedacht.«

»Wenn ich gewusst hätte, dass du noch nie essen gegangen bist, hätte ich einen ruhigeren Ort vorgeschlagen«, sagte Sasha.

»Ist schon in Ordnung. Irgendwann muss ich mich sowieso daran gewöhnen«, erwiderte Sully, die nicht wollte, dass ihre Vergangenheit zum Mittelpunkt ihrer Unterhaltung wurde. »Was sind Gackerkrallen?«

»Das sind panierte Hühnerfleischstreifen. Meistens werden sie Hähnchennuggets genannt«, erklärte Birdie. »Hier haben sie für alles unkonventionelle Namen.« Sie legte ihre Speisekarte zwischen sie und ging mit Sully Gericht für Gericht durch.

Billie trat an ihren Tisch, als Birdie gerade mit ihren Erklärungen fertig war. Zuvor hatte Billie ihnen die Speisekarten und Wassergläser gebracht und Sully so überschwängliche Komplimente zu ihrer Frisur gemacht, dass Sully knallrot geworden war. Jetzt musterte Billie sie amüsiert. »Die Kerle an dem Tisch dort drüben wollen wissen, wer der neue heiße Feger in der Stadt ist.«

»Damit müssen sie Jordan meinen«, murmelte Sully skeptisch.

»Jordan trägt einen Diamantring am Finger, der so groß ist, dass man ihn auch vom Weltall aus erkennen kann«, erwiderte Billie. »Sie haben sich nach dem Feger in dem Kleid erkundigt, und wenn ich von den Blicken ausgehe, die einige andere Gäste dir zuwerfen, würde ich sagen, dass sie nicht die Einzigen sind, die dich abchecken.«

Sie war erleichtert, dass sie nicht die Verbindung zu Casey Lawler gezogen hatten, aber bevor sie deren Interesse verarbeiten konnte, stolzierten Callahan und Dare in die Bar. Callahans und ihr Blick trafen sich. Ihr Herzschlag beschleunigte sich, und Erleichterung durchflutete sie und ließ die ständig anwesenden Schmetterlinge durch ihren Bauch flattern.

Billie stupste sie an. »Hat Cowboy dich verwanzt, oder was?«

Nein. Er weiß einfach, wann ich ihn brauche.

Callahan schnappte sich einen Stuhl von einem Nachbartisch und knallte ihn neben ihr auf den Boden. »Hey, Liebling.« Er küsste sie, und sein Blick huschte über ihr Gesicht, während Anerkennung in seinen Augen schimmerte. »Ich hätte es nicht für möglich gehalten, dass du noch umwerfender aussehen kannst, Liebling, aber das ist ganz offenbar der Fall.«

»Schön, dass es dir gefällt.« Sie griff nach seiner Hand, hielt sie fest und konnte gar nicht glauben, dass er tatsächlich da war. »Was machst du hier?«

»Du kannst mir nicht ein Foto von der schönsten Frau in Hope Valley schicken und von mir verlangen, dass ich mich von ihr fernhalte.« Er berührte ihre Haarspitzen. »Ich will dich nicht in Verlegenheit bringen, aber du könntest diesen Ort problemlos in Flammen aufgehen lassen.«

Ihre Wangen brannten, während Jordan und die anderen Frauen sie anerkennend musterten.

Callahan warf den Männern, die sich bei Billie nach ihr erkundigt hatten, ein arrogantes Grinsen zu und senkte die Stimme, sodass nur Sully und alle an ihrem Tisch ihn hören konnten. »Verblasst nur schön vor Neid, Leute. Sie gehört mir.« Die Frauen lachten, und er beugte sich näher zu Sully hinüber und flüsterte ihr ins Ohr: »Ich weiß, dass du zum ersten Mal in einer Kneipe bist. Ich wollte einfach nur hier sein für den Fall, dass du dich unwohl fühlst. Aber wenn du mit den Frauen allein sein willst, sag es einfach.«

Seine Komplimente hatten sie bereits erröten lassen, und nun fühlte sich ihr Herz an, als versuchte es, aus ihrem Brustkorb herauszuspringen, um zu ihm zu gelangen. »Ich bin froh, dass du hier bist. Bleib bitte.«

Er drückte ihre Hand und nickte einmal.

Dare legte einen Arm um Billies Taille. »Wie wäre es mit etwas Zucker, meine Süße?«

»Dies war eigentlich als Mädelsausflug gedacht.« Birdie sah ihre Brüder finster an. »Ihr dürft gar nicht hier sein.«

»Und ob wir das dürfen.« Callahan ließ Sullys Hand los, um einen Arm um ihre Schulter zu legen. »Sully ist mein Mädchen, und das ist ein großer Tag für sie. Den wollte ich nicht verpassen.«

»Ach, ist das schön«, murmelte Jordan.

»Okay, das kaufe ich dir fast ab.« Birdie sah Dare erwartungsvoll an. »Und wie lautet deine Ausrede?«

Dare grinste süffisant. »Meine Süße hat mich vermisst. Ich konnte es in meinen Knochen spüren.«

»An der Stelle, an der du es gespürt hast, gibt es gar keine Knochen«, erklärte Billie mit liebevollem Blick. »Bobbie sollte gleich hier sein, dann kann ich gehen.«

»Ich glaube, du meinst, wir können dann gehen.« Dare wackelte mit den Augenbrauen.

»Das war jetzt aber echt nicht nötig«, schimpfte Sasha.

»Ernsthaft«, stimmte Birdie ihr zu. »Hättet ihr etwas dagegen, uns euer Liebesfeuer nicht unter die Single-Nasen zu reiben?«

Die Männer lachten los, und auch Sully fiel mit ein, weil alles leicht wurde, wenn sie mit Callahan zusammen war.

»Hey, Jordan, du solltest Jax fragen, ob er nicht auch zu uns rüberkommt«, schlug Callahan vor.

Jordan warf Sasha und Birdie einen Blick zu. »Noch mehr Männer sind jetzt echt nicht notwendig.«

»Nein, er hat recht«, ermutigte Sasha sie. »Jax sollte hier bei dir und Sully sein.«

Jordan sah Birdie an. »Bist du damit einverstanden?«

»Natürlich«, erwiderte Birdie heiter. »Je mehr, desto besser. Ich nerve meine Brüder nur so gern. Jax hat nicht zufällig noch ein paar nette, alleinstehende Freunde hier in der Gegend?«

»Ich glaube, die meisten seiner Cousins hier in der Gegend sind verheiratet, aber er hat ein paar alleinstehende Freunde bei sich in Maryland«, antwortete Jordan.

»Dann wird es wohl Zeit, eine Reise zu Cousine Dixie in Maryland zu planen«, sagte Birdie.

»Das kannst du vergessen«, knurrten Callahan und Dare wie aus einem Mund.

»Ich muss wieder an die Arbeit«, sagte Billie. »Wie wäre es, wenn ihr jetzt euer Mittagessen bestellt, dann könnt ihr und eure Leibwächter euch wegen dieser Lüsterne-Mädchen-Reise streiten?«

Sie gaben ihre Bestellung auf, und jetzt, wo Sullys Nerven sich allmählich beruhigten, entschied sie sich für ein gegrilltes Gacker-Sandwich mit Pommes, das sich als köstlich entpuppte. Nach einer Weile tauchte Jax ebenfalls auf, und die Unterhaltung verlief entspannt und heiter. Als sie gerade mit dem Essen fertig waren, betraten Hyde, Ezra und Doc zusammen mit einer hübschen Blondine die Bar.

»Schaut mal, wen wir auf dem Parkplatz getroffen haben«, sagte Hyde und legte der Blondine einen Arm um die Schultern.

»Als wenn ich nicht hier arbeiten würde«, konterte die Blondine, schien sich an Hydes Seite jedoch ganz wohlzufühlen.

»Sully, das ist Bobbie Mancini, Billies jüngere Schwester. Bobbie, das sind Sully und ihre ältere Schwester Jordan, und das ist Jordans Verlobter Jax«, stellte Sasha alle vor. »Sully wohnt gerade auf der Ranch, und Jordan und Jax sind aus Maryland zu Besuch hergekommen.«

Bobbie winkte ihnen zu. »Hi. Schön, euch alle kennenzulernen.«

»Freut uns ebenfalls«, erwiderten Sully, Jordan und Jax.

»Ich muss an die Arbeit, damit Billie Schluss machen kann, aber sobald ich eine Minute Zeit habe, komme ich zu euch rüber.« Bobbie schlüpfte unter Hydes Arm hervor und wollte zur Bar gehen, aber Hyde hielt ihre Hand fest.

»Geh nicht zu weit weg, Süße. Wir werden ein paar Krüge Bier brauchen.« Hyde zwinkerte ihr zu.

»Ich gehe dahin, wo ich hingehen will, und bringe die Krüge, wenn ich dazu komme.« Bobbie riss ihre Hand los, aber Sully hätte schwören können, einen Anflug von Koketterie in ihrem Lächeln erkannt zu haben.

Dare und Callahan standen auf, und es wurde kurz etwas turbulenter, als sie einen weiteren Tisch an ihren heranschoben und die Männer weitere Stühle holten.

»Hey, Doc, freut mich, dass du hergekommen bist«, sagte Callahan.

»Als ob diese Kerle ein Nein akzeptieren würden.« Doc nickte Sully zu und setzte sich auf ihre andere Seite. »Deine Frisur sieht klasse aus.«

»Vielen Dank.« Sie berührte zaghaft ihre Haare.

»Du meinst wohl eher richtig heiß«, kommentierte Hyde und brachte sie zum Erröten. Er zog sich ebenfalls einen Stuhl heran, um sich zwischen Sasha und Birdie zu zwängen.

Ezra nahm zwischen Jordan und Sasha Platz. »Ja, du siehst fantastisch aus, Sully. Es ist schön, dich hier draußen zu sehen.«

»Danke. Wo steckt Gus?«, fragte Sully.

»Er ist bei seiner Mutter.« Ezra schien nicht glücklich darüber zu sein, und er tauschte mit Sasha Blicke, die Sully nicht verstand.

»Dann kann die Party ja losgehen«, rief Hyde, und alle fingen gleichzeitig an zu reden.

Eine Stunde später tanzten Dare und Billie miteinander und küssten sich, während Hyde und Doc sich mit einer Blondine an der Theke unterhielten und alle anderen Birdie anfeuerten, die auf dem mechanischen Bullen ritt. »Sie ist so furchtlos!«, rief

Sully über die Musik und die Jubelrufe hinweg.

Callahan stand hinter ihr, hatte die Arme um ihre Taille gelegt und presste seinen harten Körper an ihren Rücken. Er drückte ihr einen Kuss auf die Wange. »Das bist du aber auch, Liebling.«

»Sie muss ganz schön stark sein. Das erfordert doch sicher eine Menge Kraft, sich da drauf zu halten?« Jax zeigte auf Birdie, die mit einer Hand über dem Kopf auf dem Bullen ritt.

»Birdie ist zwar klein, aber kämpferisch. Keiner reitet besser als sie, außer vielleicht dein Bruder Zev«, erwiderte Callahan. »Als wir ihn das erste Mal trafen, hat er alles aus dem Teil herausgeholt und alle möglichen Tricks aufgeführt. Er hat uns alle schwer beeindruckt.«

»Ich habe die Geschichten gehört«, meinte Jax. »Ihr solltet mal meinen Bruder Nick hierherholen. Er ist Freestyle-Pferdetrainer und Showreiter und reitet doppelt so gut wie Zev.«

»Vielleicht schaffen wir es ja, ihn eines Tages mal herzulocken. Wie steht es mit dir? Willst du es versuchen?«, fragte Callahan.

»Nein danke«, lehnte Jax lachend ab.

Sully sah zu Callahan auf. »Willst du auf dem Bullen reiten?«

Er näherte sich mit dem Mund ihrem Ohr und raunte ihr zu: »Ich möchte nur dich, Liebling.« Mit einem teuflischen Glitzern in den Augen hielt er ihren Blick fest.

Ihr wurde ganz heiß, während um sie herum Applaus und Pfiffe aufbrandeten und der mechanische Bulle langsam zum Stillstand kam.

»Gut gemacht, Schwesterherz!«, jubelte Sasha.

»Das war wild«, sagte Jordan.

Birdie sprang herunter und zeigte auf Sully. »Jetzt bist du dran!«

»Oh nein.« Sully winkte ab. »Auf gar keinen Fall.«

»Jordan?«, fragte Birdie.

»Ich würde schon runterfallen, bevor ich auch nur aufgestiegen bin«, erklärte Jordan und brachte damit alle zum Lachen.

»Okay, schön.« Birdie stolzierte aus dem Bullenring heraus. »Dann lasst uns tanzen. Kommt schon, Mädels!«

Sully war begeistert, aber auch ein bisschen nervös. »Zu dieser Art von Musik habe ich noch nie getanzt. Ich möchte es gerne, aber möglicherweise bin ich darin schrecklich schlecht.«

»Du könntest in gar nichts schrecklich schlecht sein, und das ist ein weiterer Punkt, den du von deiner Liste streichen kannst.« Callahan zwinkerte ihr zu und beugte sich zu ihr hinunter, um sie zu küssen. »Los, geh dich amüsieren, Liebling.«

»Ich bin keine tolle Tänzerin, also häng dich an mich ran.« Jordan nahm ihre Hand und zog sie hinter Sasha und Birdie her auf die Tanzfläche.

Birdie wirbelte herum und tänzelte zu Billie und Dare, die lasziv miteinander tanzten.

»Nehmt euch ein Zimmer«, kommentierte Sasha.

»Klingt gut«, rief Dare, woraufhin Billie loslachte.

»Himmel, die können wirklich tanzen«, bemerkte Sully.

»Wenn sie schon voll bekleidet so tanzen, stell dir nur vor …«, murmelte Jordan, was allein für Sullys Ohren bestimmt war, und sie mussten beide kichern.

Sie schlossen sich Birdie und Sasha an, und Sully gab ihr Bestes, um ihre Bewegungen nachzuahmen und mit ihnen mitzuhalten. Abgesehen von dem Tanz mit Callahan am See hatte sie noch nie mit jemandem getanzt.

»Du bist eine gute Tänzerin, Sully«, bemerkte Sasha.

»Hast du wirklich noch nie zuvor getanzt?«, fragte Jordan.

»Nicht auf diese Art. Ich habe in der Sekte immer beim Kochen getanzt, aber es lief keine Musik, also habe ich mir im Kopf Melodien vorgestellt. Ich mache einfach nur eure Bewegungen nach.«

»Genauso lernst du es«, sagte Birdie. »Aber du solltest meine Bewegungen nachahmen. Ich bin eine bessere Tänzerin als Sasha.«

Sasha verdrehte die Augen, und sie tanzten zu mehreren Liedern. Sully spürte, wie Callahan sie beobachtete, aber es war ihr nicht peinlich. Tief in ihrem Herzen wusste sie, dass es keine Rolle spielte, ob sie eine gute oder schlechte Tänzerin war, denn in seinen Augen war sie perfekt, so wie sie war, und das war alles, was zählte.

Birdie fing an, alberne Tänze aufzuführen, und Sully und die anderen fielen lachend ein und ermutigten einander. Dare und Billie schlossen sich ihnen ebenfalls an. Sully sah sich nach Callahan um und bemerkte, dass er die Musikbox fütterte. Als ein neuer Song ertönte, quietschten Birdie und Sasha auf, und Callahan legte einen Arm um Sullys Taille. »Es wird Zeit, einen Line Dance zu lernen, Liebling. Folge einfach meinen Schritten. Ich glaub, das wird dir gefallen.«

»Ich weiß auch nicht, wie ein Line Dance geht«, gestand Jordan.

»Kein Problem, Baby.« Schon tauchte Jax bei ihnen auf. »Ich kann zwar keinen Bullen reiten, aber beim Line Dance kann ich es mit den Besten aufnehmen.« Er zog Jordan für einen Kuss an sich.

Doc, Hyde und die Frau, mit der sie sich am Tresen unterhalten hatten, eilten herüber, ebenso ein paar weitere Gäste, und sie stellten sich in drei Reihen auf. Sully ließ sich von Callahan führen, um die Schritte zu lernen. Jordan und sie stolperten ein paarmal, aber sie lachten miteinander, und die anderen feuerten sie an und riefen ihnen hilfreiche Hinweise zu. Nach ein paar weiteren Liedern konnten sie mit den anderen mithalten und tauschten fröhliche Blicke. Auch wenn Sully sich nicht an ihre Vergangenheit erinnern konnte, war dies doch ein Tag, den sie niemals vergessen würde.

Als »My Girl« ertönte, nahm Callahan sie in die Arme, während sich die anderen zu Paaren zusammenfanden oder die Tanzfläche verließen. Sie sah ihn an, und ihr Herz schmolz dahin. »Dieses Lied.«

Er sah ihr in die Augen. »Ich wusste, dass du es gerne hören möchtest, und gäbe es einen besseren Ort dafür als in meinen Armen?«

Bei seinen Worten schnürte es ihr die Kehle zu.

Er hauchte einen Kuss auf ihre Lippen. »Sieh dich nur an in dem Kleid und mit diesem scharfen neuen Haarschnitt. Du bist noch nie so schön gewesen wie heute, aber ich weiß, dass es nicht darum geht. Wie fühlt es sich an?«

»Meine Frisur?«

»Alles, Baby. Die Frisur und dass du den Tag mit Jordan und allen anderen zusammen verbringst.« Er zog sie enger an sich. »Dass du so mit mir zusammen bist.«

Sie wollte ihm so viele Dinge sagen, aber als sie dem Text des Songs lauschte, in dem es darum ging, sich in einen Cowboy zu verlieben und wilde Pferde in der Brust zu spüren, fiel ihr Blick auf Jordan, die mit Jax tanzte. Jordans und ihre Blicke trafen sich, und ein neues Lächeln ließ sie beide strahlen. Es stand für eine neue Verbindung, die nur ihnen gehörte und die ihr Callahans Worte wieder ins Gedächtnis rief. *Mit Jordan zusammen zu sein, wird deinem Leben etwas geben, das niemand anderes dir je geben kann.* Sie kämpfte gegen den Schmerz in ihrer Brust an und wollte mit aller Kraft an beiden festhalten. Während sie den ungewöhnlichen Mann ansah, der ihr gezeigt hatte, wie es sich anfühlte, zu leben und zu jeder Tageszeit bedingungslos geliebt und geschätzt zu werden, und der ihr geduldig beigebracht hatte, wie sie wiederum ihn wertschätzen konnte, konnte sie nur eines sagen. »Ich wünsche mir, dass es niemals zu Ende geht.«

Achtundzwanzig

Als sie die Ranch erreichten, wollten Tiny und Wynnie das Gelände gerade auf Tinys Motorrad verlassen. Tiny hielt neben dem Pick-up und schaltete den Motor aus. Sully bemerkte seine Hand auf Wynnies Bein, bevor sie abstiegen, und blickte auf ihre und Callahans miteinander verschränken Hände, die auf seinem Bein ruhten. Wynnie nahm auf dem Weg zu Callahans Wagen Tinys Hand. Das erinnerte Sully daran, wie sehr ihr diese Geste in der Nacht ins Auge gefallen war, in der sie sie kennengelernt hatte. Sie war damals so verängstigt und besorgt gewesen, diese Leute könnten vielleicht doch nicht so ehrlich und gut sein, wie die Finchs behauptet hatten, doch sie hatten ihr gezeigt, dass sie viel mehr waren, als sie sich je hätte erhoffen können.

Genau wie Callahan.

Tinys Bart bewegte sich, als er sie anlächelte. »Du siehst wirklich hübsch aus, meine Liebe.«

Wynnies Augen leuchteten auf. »Du hast dir die Haare schneiden lassen! Es sieht wunderschön aus.«

»Danke.« Sie berührte ihre Haare. Noch hatte sie sich nicht daran gewöhnen können, wie leicht sie sich nun anfühlten.

»Ein neuer Look für einen Neuanfang«, fügte Wynnie hinzu.

Callahan verspannte sich, und er drückte ihre Hand. »Im Roadhouse haben sich alle nach ihr umgedreht, und Sully hat sogar Line Dance gelernt.«

»Ihr wart wirklich im Roadhouse?«, fragte Wynnie überrascht. »Wie hat es dir dort gefallen?«

»Es war schön. Zu Anfang ein bisschen nervenaufreibend, aber dann ist Callahan aufgetaucht, und nun ja, mit ihm ist alles leichter.«

»Danke, Baby.« Er drückte ihr einen Kuss auf die Schläfe.

»Erinnert dich das an jemanden, Wynnie?« Tiny schlang einen Arm um sie und küsste sie seitlich auf den Kopf, was ihm ein bezauberndes Lächeln und ein Nicken von Wynnie einbrachte. »Ach, bevor ich es vergesse, Simone hat vorhin nach Sully gesucht.«

»Okay, danke. Wo wollt ihr gerade hin?«, fragte Callahan.

»Ich mache mit meiner Old Lady eine Spritztour«, antwortete Tiny.

»Wir sind bald zurück«, ergänzte Wynnie. »Bleibt es dabei, dass Jordan morgen abreist, Sully?«

»Ja.« Auf einmal war ihre Kehle wie zugeschnürt.

»Hast du dich schon entschieden, ob du sie begleiten wirst?«, wollte Wynnie wissen.

»Ich bin mir immer noch nicht sicher.«

Das Mitgefühl in Wynnies Augen war nahezu greifbar. »Ich weiß, dass es keine leichte Entscheidung ist, aber ich bin mir sicher, dass du die richtige treffen wirst.«

Ich wünschte mir, ich wäre mir dessen auch so sicher.

»Ich beneide dich wirklich nicht«, sagte Tiny. »Es ist bestimmt nicht leicht, neu anzufangen, aber die Familie ist wichtig, und egal, wofür du dich entscheidest, du hast immer einen Platz in unserer Familie, ob du nun auf der Ranch bist, in Maryland oder anderswo.«

Sully hatte das Gefühl, dass sie gleich in Tränen ausbrechen würde, und sie kämpfte mit aller Kraft dagegen an. »Danke.«

Danach trennten sich ihre Wege und Callahan und sie fuhren zu ihrer Hütte. Dort angekommen zeigte Callahan auf etwas, das auf dem Verandatisch lag. »Was ist das?«

Sie hob es hoch. »Das ist ein Zwei-für-eins-Gutschein für das Spa, in das deine Schwestern gehen, und eine Nachricht von Simone.« Sie las die Nachricht laut vor. *Dieser Gutschein ist doch ein deutliches Zeichen, dass wir uns Sasha und Birdie für einen Wellness-Tag anschließen sollten. Ich kann mich noch daran erinnern, wie schwer es für mich war, nach meinem Neuanfang über die Runden zu kommen, nachdem ich clean geworden war. Dein Besuch wäre damit kostenlos. Sag mir, wann du hinwillst, und wir können uns mit Sasha und Birdie absprechen.* Ihr kamen die Tränen.

Callahan nahm sie in die Arme. »Was ist los, Liebling? Hast du dich letztens nicht gut mit Simone amüsiert?«

»Es war ein richtig toller Abend mit ihr«, stieß sie hervor. »Aber ich habe noch nie zuvor Freundinnen wie Simone oder deine Schwestern gehabt.« Sie hielt sich an ihm fest, und die Emotionen, die sie zurückgehalten hatte, brachen sich zusammen mit den Tränen Bahn. »Ich wollte nichts anderes, als frei zu sein. Ich hätte nie gedacht, dass ich dich finden würde, geschweige denn gleich *zwei* Familien …« Das Schluchzen erstickte ihre Stimme.

Cowboy hielt sie fester und riss sich mit aller Kraft zusammen. »Es ist in Ordnung, Liebling.«

»Nein, das ist es nicht«, erwiderte sie zwischen zwei Schluchzern. »Nichts ist in Ordnung. Ich muss die schwierigste Entscheidung meines Lebens treffen.« Mit geröteten Augen sah sie zu ihm hoch. »Ich will dich nicht verlassen, und ich möchte Jordan nicht wehtun. Sie war auch die ganze Zeit allein, und alle haben ihr gesagt, dass ich wahrscheinlich tot bin.« Sie vergrub ihr Gesicht an seiner Brust und schluchzte, um mit gedämpfter Stimme weiterzusprechen. »Wie kann ich mich ihr jetzt noch einmal entziehen?«

Er fühlte sich, als würde ihm jemand eine Axt in die Brust rammen. »Das kannst du nicht. Du musst morgen mit ihr mitgehen, damit ihr euch besser kennenlernen könnt.«

»*Nein*. Ich *kann* dich nicht verlassen.«

Ihre Stimme brach, und das tat verdammt noch mal weh. Aber hier ging es nicht um ihn. Gegen Emotionen ankämpfend, die größer waren als er, verlangte er: »Baby, sieh mich an.«

Sie schüttelte den Kopf.

Er zwang sich dazu, ihr Kinn anzuheben, damit sie ihn ansehen und sich anhören musste, was er zu sagen hatte. Die Traurigkeit in ihren Augen legte sich um ihn wie ein Umhang voller Nägel, die mit jeder ihrer Tränen tiefer in ihn hineinge-hämmert wurden. »Du verlässt mich nicht, Liebling. Du wirst einen weiteren Teil von dir selbst finden. Du machst das Richtige.«

Sie schüttelte heftig den Kopf, und die Tränen strömten nur so über ihre Wangen.

»Du musst das tun, Baby. Du wirst mit ihr mitgehen, an-sonsten wirst du dich immer fragen, ob du das Richtige getan hast.«

Sie bebte am ganzen Körper, und ihre Unterlippe zitterte. »Aber ich liebe dich.«

Nun kämpfte er ebenfalls gegen die Tränen an, hielt jedoch an seiner Wahrheit fest und tat das Richtige. »Nein, das tust du nicht, Baby. Du hast noch nicht genug Lebenserfahrung gesammelt, um zu wissen, was wahre Liebe ist.«

Sie sah ihn verwirrt an, während gleichzeitig herzzerreißende Schluchzer ihren ganzen Körper erschütterten. »Da irrst du dich.«

Er nahm sie in die Arme und blickte zum Himmel hoch, während die Tränen in seinen Augen brannten. »Es tut mir leid, Liebling. Ich hätte das mit uns nicht so weit gehen lassen dürfen.«

Sie krallte sich mit den Händen in die Rückseite seines Hemdes. »Nein, Callahan«, kam schwach und so zittrig heraus, dass es für ihn wie ein weiterer Schlag in die Magengrube war.

»Es tut mir leid. Es tut mir so unendlich leid.«

Neunundzwanzig

Jax nahm Sullys Tasche, und Jordan griff nach dem Holzkasten mit dem Malzubehör, den Callahan ihr geschenkt hatte. »Ist das alles?«, fragte Jordan.

Sie wollte Nein sagen. All die Freude, die Callahan so großzügig mit ihr geteilt hatte, gehörte ihr ebenfalls. Ihr Leben war größer als diese blöde Tasche. Es bestand auch daraus, mit Callahan an ihrer Seite zuzusehen, wie die Sonne den Horizont küsste, weil sie auf- oder unterging, im Mondlicht am See zu tanzen und mit den Pferden zu arbeiten. Hatten sie noch eine zusätzliche Tasche, die groß genug war, um das alles hineinzupacken? Und wie sah es mit ihren spätabendlichen Spaziergängen, ihren intimen Unterhaltungen und dem angenehmen Schweigen aus, das für sie zu etwas so Besonderem geworden war? Ihr Leben bestand aus geräuschvollen Mahlzeiten und albernen Spielen. Aus der Hoffnung, dass die anderen Frauen sie dazu einluden, den Dienstagabend mit ihnen zu verbringen, und der Gewissheit, dass sie die Nacht in Callahans Armen verbringen würde.

Und all das ließ sie jetzt zurück.

»Ja«, antwortete Sully und versuchte, nicht verdrießlich zu klingen, aber wie hätte sie das verhindern können, wo ihr Herz doch in eine Million armselige Teile zersprang?

»Was ist mit den Sachen auf dem Tisch?« Jax zeigte auf das Informationspaket der Redemption Ranch und das Handy.

»Die gehören ihnen.«

»Okay. Wir bringen alles in den Wagen«, sagte Jax.

Sie versuchte, den dumpfen Schmerz in ihren Knochen zu ignorieren, als sie die Hütte verließen, und sah sich noch ein letztes Mal um. *Das war nur vorübergehend*, ermahnte sie sich, so wie sie es die ganze Nacht lang getan hatte. Zuvor hatte sie Jordan angerufen, um ihr zu sagen, dass sie heute Morgen mit ihnen mitkommen würde, und Colleen eine Nachricht geschickt, um ihr für alles zu danken. Himmel, sie hatte die ganze Nacht wach gelegen und sich gescholten und herauszufinden versucht, warum der Mann, der nichts anderes getan hatte, als sie dazu zu ermutigen, zu fühlen, zu sprechen und sie selbst zu sein, sie genau in dem Moment im Stich gelassen hatte, in dem sie all das tat.

Seine Familie stand draußen bei Jax' und Jordans Leihwagen und wartete darauf, sich von ihr zu verabschieden, aber als sie das letzte Mal nachgeschaut hatte, war Callahan nicht dabei gewesen. Sie fragte sich allmählich, ob er sich überhaupt von ihr verabschieden wollte. Tief in ihrem Herzen wusste sie, was er für sie empfand, aber so, wie er ihre Gefühle abgetan hatte und einfach davongegangen war – *Du machst das Richtige, Liebling. Ich lasse dich jetzt allein, damit du packen kannst* –, fragte sie sich unwillkürlich, ob sie mit ihrer Einschätzung nicht doch falsch lag.

Sie schluckte schwer und weigerte sich, schwach zu sein und ihren Gefühlen nachzugeben, aber das fiel ihr jetzt so viel schwerer, seit ihr Herz nicht länger von Stahlwänden umgeben war. *Jetzt, wo ich weiß, wie es sich anfühlt, von Callahan geliebt zu werden.*

In dem Versuch, vor diesen erschütternden Emotionen davonzulaufen, ging sie ins Schlafzimmer, um den Brief zu holen, den sie ihm geschrieben hatte. Als sie sich den Briefumschlag vom Nachttisch schnappte, hörte sie, wie jemand die Hütte betrat. Hoffnung flammte in ihr auf, und sie rannte aus dem Schlafzimmer. *»Calla...«* Beim Anblick ihrer Schwester fielen ihre Hoffnungen in sich zusammen, und im nächsten Moment machte sich an ihrer Stelle eine Welle der Schuldgefühle breit.

»Ich bin es nur«, sagte Jordan entschuldigend. »Ich habe ihn da draußen noch nicht gesehen. Habt ihr euch gestritten?«

»Nein.« Sie befand sich immer noch in einer Art Schockzustand und konnte nicht einmal sagen, was genau eigentlich passiert war.

»Geht es dir gut?«

Sully nickte. »Ja.« Sie sah sich ein letztes Mal um, um Zeit zu schinden in der Hoffnung, dass Callahan auftauchen würde. Plötzlich erinnerte sie sich daran, wie sie die Hütte zum ersten Mal betreten hatte. Sie hatte ihren unbekannten Geruch nicht einordnen können. Jetzt wusste sie, dass das der Geruch der Sicherheit war.

Jordan ging zu ihr. »Du siehst nicht aus, als würde es dir gut gehen. Bist du dir sicher, dass du uns begleiten willst?«

»Ja. Du hast schon genug Zeit mit mir verloren. Lass uns einfach gehen. Ich komme schon zurecht.« Bevor sie zu viel darüber nachdenken konnte, reckte sie das Kinn und ging zur Tür hinaus – und ihr Herz musste einen weiteren Schlag einstecken. Callahan war immer noch nicht da, dafür aber Colleen und Simone.

»Bist du bereit?«, erkundigte sich Colleen.

Nein. Sully nickte. »Ich kann es kaum glauben, dass du gekommen bist, um dich zu verabschieden. Vielen Dank für alles.«

»Es war mir ein Vergnügen.« Colleen umarmte sie. »Ich bin stolz auf dich.«

Als sie sich aus Colleens Umarmung löste, zog Wynnie sie in ihre Arme. »Wir sind alle stolz auf dich, und wir werden dich vermissen.«

Sully kämpfte gegen ihre Tränen an. »Ich werde euch auch vermissen.«

»Komm uns mal besuchen, hörst du?«, verlangte Tiny.

Wie könnte sie jemals an den Ort zurückkehren, an dem sie ihre einzige wahre Liebe gefunden – und verloren hatte? Das behielt sie allerdings für sich, als sie ihn umarmte. »Vielen Dank, dass ihr mich beschützt habt.«

»Immer gern«, erwiderte Tiny. »Ich habe etwas für dich.«

Er reichte ihr eine goldene Visitenkarte, auf der auf der Vorderseite »Mitglied der Redemption-Ranch-Familie« und auf der Rückseite »Im Falle des Verlusts bitte zurückgeben« stand, zusammen mit der Adresse und Telefonnummer der Ranch. Nun konnte sie die Tränen nicht länger zurückhalten.

»Nicht weinen.« Sasha umarmte sie fest.

»Ich bin gar nicht dazu gekommen, mich von …« – *Callahan* – »Beauty zu verabschieden«, sagte Sully verzweifelt. Warum erwähnte ihn niemand? Hatte er sie darum gebeten?

»Wir werden es ihr ausrichten.« Birdie schlang die Arme um sie beide.

»Ich werde ihr auch eine Extraportion Liebe schenken«, versprach Simone und schloss sich der Gruppenumarmung an.

»Dare und ich ebenfalls«, sagte Billie.

»Danke«, erwiderte Sully erstickt, als sie sich aus der Umarmung löste.

»Ich schicke dir Nachrichten und halte dich über die Pferde auf dem Laufenden«, versicherte Sasha ihr.

»Ich habe kein Handy.«

»Wir werden dir eins besorgen«, erklärte Jordan mit bebender Stimme.

Sully sah Dare und Doc an und fragte sich, ob Callahan ihnen gegenüber den vergangenen Abend erwähnt hatte, wagte es jedoch nicht, sie danach zu fragen.

»Besuch uns mal, damit ich dir beibringen kann, wie du auf dem Lenker deines Fahrrads fahren kannst.« Dare umarmte sie. Aus irgendeinem albernen Grund brachte sie das noch mehr zum Weinen.

Doc breitete die Arme aus, drückte sie fest an sich und flüsterte: »Er ist auf dem Weg hierher.«

Ihr Puls beschleunigte sich, und sie wischte sich über die Augen, während sie Doc ungläubig anschaute. Er wies über ihre Schulter. Sie drehte sich um, und ihr schlug das Herz bis zum Hals. Callahan kam auf Thunder den Weg entlanggeritten und führte Beauty mit sich. Er hob das Kinn an und lächelte, aber das Lächeln wirkte nicht echt.

Er saß ab, reichte Doc Thunders Zügel und brachte Beauty zu Sully hinüber. »Hallo, Liebling. Ich dachte, dass du dich vielleicht von deinem Mädchen verabschieden möchtest.«

Sully musste ihre Tränen mit aller Kraft zurückhalten. Sie wollte ihm sagen, wie falsch er vergangene Nacht gelegen hatte und wie sehr sie ihn bereits vermisste, aber er sah so aus, als hätte er genauso wenig geschlafen wie sie, und sie wusste nicht, wie sie die unangenehme Kluft zwischen ihnen überbrücken sollte. Also schob sie den Umschlag und die Karte in ihre Gesäßtasche und ließ Beauty all die Liebe spüren, die sie ihm nicht schenken konnte.

Die Stute legte den Kopf auf Sullys Schulter, und sie umarmte sie. »Ich hab dich lieb«, flüsterte sie. »Ich werde dich jeden Tag vermissen, aber ich weiß, dass du weiterhin aufblühen wirst. Du wirst ein wunderschönes Leben haben.« Sobald sie diese Worte ausgesprochen hatte, erinnerte sie sich daran, dass Carol genau das gleiche zu ihr gesagt hatte. Zu dem Zeitpunkt hatte sie sich das nicht vorstellen, geschweige denn darauf hoffen können. Aber jetzt wusste sie, wie ein wunderschönes Leben aussah und wie es sich anfühlte. Sie konnte sich nicht vorstellen, dass das Pferd einen ebensolchen Schmerz empfand wie sie, und hoffte im Stillen darauf, dass Beauty ein gesegnetes Leben haben würde statt eines wunderschönen, denn jetzt wusste sie, dass schöne Dinge einem das Herz brechen konnten.

Sie trat von dem Pferd zurück und blickte zu Callahan auf, wobei sie versuchte, Haltung zu bewahren. »Danke. Das habe ich gebraucht.«

Er nickte mit verkniffenem Mund, und in seinen liebevollen Augen sah sie die Qual von irgendetwas Dunklem und Stummem und Einsamem, was ihr erneut das Herz brach. »Ich habe etwas für dich.« Er löste die Kette von seiner Gürtelschlaufe und zog den Kompass seines Großvaters aus der Hosentasche, um ihn ihr in die Hand zu drücken. »Damit kannst du immer den Weg nach Hause finden.«

Verblüfft fragte sie sich, ob es möglich war, dass sich ein Herz gleichzeitig zum Überlaufen voll und wie kurz vor dem Zerbrechen anfühlen konnte. »Das kann ich nicht annehmen«, erwiderte sie zitternd und kämpfte gegen die Tränen an. »Er hat deinem Großvater gehört.«

Callahan sagte kein Wort. Er schloss ihre Finger um den Kompass und breitete die Arme aus. Sie wurde von ihm wie

Metall von einem Magneten angezogen. Während sie gegen die Tränen ankämpfte, atmete sie tief ein und inhalierte seinen Geruch zum letzten Mal.

Er hielt sie fester und raunte ihr zu: »Du könntest eine Million Meilen entfernt sein, Liebling, und mein Herz wird immer dir gehören.«

Eine Flut heißer Tränen wollte sich Bahn brechen, doch sie kniff die Augen zu und versuchte, sich zusammenzureißen, bevor sie sich aus seiner Umarmung befreite. Aber sie fühlte sich wie ein Scherbenhaufen, der von seinem starken Körper zusammengehalten wurde, und befürchtete, zu zerbersten, sobald er sie losließ. Sie hätte nie gedacht, dass sie jemals freiwillig wieder an die Schrecken zurückdenken würde, die sie durchgemacht hatte, aber in dem Moment blieb ihr keine andere Wahl. Sie zwang sich dazu, sich wieder an den dumpfen Geruch der Metallkiste zu erinnern, an die erbarmungslosen Schmerzen, als sie gebrandmarkt wurde, und wie widerwärtig es in Rebel Joes Bett gewesen war. Es reichte fast aus, um die Mauern um sich herum erneut hochzuziehen, aber sie weigerten sich, ihren Platz wieder ganz einzunehmen, und ließen genug Raum, damit Callahan sich hineinschleichen konnte. Zumindest stärkte es sie genug, um einen Schritt zurückzutreten und ihm den Umschlag zu überreichen.

Sein gequälter Blick schien sie zu durchbohren. »Was ist das?«

»Ein Abschied«, brachte sie mühsam über die Lippen.

Er nickte einmal knapp, und seine Miene bleib undeutbar.

Sie stellte sich vor, wie er die Finger um die Mauern in ihrem Inneren legte und sie beiseiteschob, sich nicht aussperren ließ. Aber er kämpfte nicht um sie, und sie stieg rasch mit Jax und Jordan in den Wagen, wobei sie so heftig atmete, dass sie schon glaubte, ohnmächtig zu werden.

»Ich weiß, dass es hart ist«, sagte Jordan. »Aber ich glaube, Maryland wird dir gefallen. Unser Haus ist großartig, und wir haben einen Swimmingpool, und das Grundstück geht auf das Weingut von Jax' Familie hinaus ...«

Während Jordan weiter von dem erzählte, was vor ihnen lag, fuhr Jax los, und Sully verspürte einen lähmenden Schmerz, ein dringendes Bedürfnis, sich umzudrehen und Callahan ein letztes Mal anzuschauen. *Nichthinsehennichthinsehen-nichthinsehen.* Warum kämpfte er nicht um sie? *Du musst das tun, Baby ... Oder du wirst dich immer fragen, ob du das Richtige getan hast ... Du machst das Richtige, Liebling ... Es tut mir so unendlich leid.*

Sie wiegte sich auf ihrem Sitz hin und her und sagte sich, dass sie das Richtige tat. Sie war bei ihrer Schwester, wo sie hingehörte. Aber das Bedürfnis, ihn noch ein letztes Mal zu sehen, war zu stark, und sie drehte sich um und beobachtete ihn, bis Tränen ihren Blick verschleierten, ihre kaum vorhandene Selbstbeherrschung zerbrach und sie von Schluchzern erschüttert wurde.

Dreißig

Cowboy fühlte sich, als würde ihm das Herz aus der Brust gerissen, als Sully davonfuhr. Alle um ihn herum redeten. Ob mit ihm, über ihn oder miteinander wusste er nicht, und es war ihm auch egal. Ihre Stimmen wurden von dem Elend erstickt, das an ihm nagte. Er blickte auf den Umschlag hinunter – *Ein Abschied* – und riss ihn auf. Darin befanden sich mehrere von Sullys Zeichnungen, die er zum Großteil noch nicht kannte. Die erste zeigte ihn, wie er im Wohnzimmer der Finchs stand und auf sie hinabblickte, während sie auf der Couch saß. Er sah überlebensgroß aus, und sie wirkte verletzlich und verängstigt. Oben über die Seite hatte sie geschrieben: *Als ich dich zum ersten Mal sah, dachte ich, dass du der stärkste und schönste Mann bist, den ich je gesehen habe. Es fühlt sich komisch an, das aufzuschreiben, aber es ist die Wahrheit, und es hat mich erschreckt.*

Sein Brustkorb zog sich zusammen, als er sich die nächste Zeichnung anschaute, auf der er auf einem Bein vor ihr kniete und seinen Hut gegen seine Brust drückte. Er las, was sie darauf geschrieben hatte: *In dem Moment, in dem du mit mir gesprochen hast, war ich nicht mehr so verängstigt wie davor. Ich fühlte mich zu dir hingezogen, mit dir verbunden auf eine Art, die ich nicht verstand.*

Er blätterte zur nächsten Zeichnung weiter, innerlich bebend, und betrachtete das Bild von ihnen beiden, wie sie auf dem Feld bei der Weide saßen und zu den Sternen hochschauten. Darunter stand: *Als ich dich besser kennengelernt hatte, wurde mir klar, dass deine Stärke nicht von all diesen Muskeln kommt und dass deine wahre Schönheit nicht nur mit den Augen wahrgenommen werden kann.*

Auf dem nächsten Bild schlief er auf der Veranda und sie spähte hinter einem Vorhang aus dem Fenster. Darüber stand: *Deine Stärke liegt in der Art, wie du dafür sorgst, dass sich alle sicher fühlen, und deine Schönheit kommt von den Dingen, die du sagst und tust. Vielen Dank, dass du das mit mir geteilt hast, aber du hast einen tragischen Makel, und der liegt in deinem Denken.*

Er konnte gar nicht schnell genug umblättern und fand sich mit einer Zeichnung konfrontiert, auf der sie mit den Füßen im See im Mondschein tanzten. *Du hast gesagt, ich wüsste nicht, was Liebe ist, weil ich nicht genug Lebenserfahrung hätte, aber da liegst du falsch. Ich habe zwanzig Jahre lang in einer dunklen Welt gelebt, und für mich fühlte sich das wie ein ganzes Leben an. Es mag zwar sein, dass mein Herz nicht so erfahren ist wie deins, und es war definitiv fest verschlossen, aber du hattest recht, dass all die Liebe, die meine Eltern mir geschenkt haben, immer noch in mir lebt.*

Auf der nächsten Zeichnung sah er sie beide, wie sie auf den Decken am Lagerfeuer auf der Plattform neben dem Bach lagen. Er lag auf dem Rücken, einen Arm unter dem Kopf, und sah sie so liebevoll an, dass er es kaum fassen konnte. Sie lag neben ihm, eine Hand auf seiner Brust, den liebevollen Blick mit der gleichen Neugier auf ihn gerichtet, die er in jener Nacht gesehen hatte. Es zerriss ihm das Herz, als er ihre Anmerkung las. *Mir wird jetzt klar, dass dein Herz den Schlüssel besaß, um meines zu öffnen. Ich danke dir, dass du mir gezeigt hast, wie es sich anfühlt, zu lieben und geliebt zu werden.*

Tränen brannten in seinen Augen, während er zur nächsten Zeichnung weiterblätterte, die ein Herz mit einem gezackten Riss bis in die Mitte zeigte. Auf der einen Seite hatte sie Jordan gezeichnet und auf der anderen ihn. Und innerhalb dieses gezackten Sprungs saß Sully mit den Knien bis zur Brust hochgezogen, das Kinn auf die Knie gestützt, und sah ihn mit ihren blauen Augen an. Ihre Worte schnitten ihm ins Herz. *Mag sein, dass ich nicht weiß, ob ich Casey oder Sully bin, aber in meinem Herzen werde ich immer die Deine sein.*

Cowboys Hände zitterten. Er konnte nicht atmen, als er zur letzten Seite blätterte und ihre Liste sah, auf der sie die meisten Punkte durchgestrichen hatte. Neben jedem einzelnen Punkt hatte sie das Datum vermerkt, an dem sie ihn abgehakt hatten, und ihre Gedanken dazu notiert. Neben *Geküsst werden wie Josie Geller* hatte sie *Callahan hat den Kuss übertroffen* geschrieben und ein Herz dazu gezeichnet, was Cowboy erneut bis ins Mark traf. Ganz unten auf der Liste stand *Mich verlieben.* Daneben hatte sie geschrieben: *Das stand ursprünglich nicht auf meiner Liste, aber da es das Beste ist, was mir je passiert ist, hätte es wohl draufstehen sollen.*

»Ist alles in Ordnung?«, erkundigte sich Dare. »Du siehst aus, als wolltest du jemanden umbringen.«

Cowboy war am Boden zerstört und so stocksauer auf sich, dass er keinen Ton herausbrachte. Er hatte geglaubt, das Richtige zu tun, und er hatte der einzigen Person wehgetan, für deren Schutz er sogar töten würde. Er schob die Zeichnungen zurück in den Umschlag und steckte sie in die Tasche.

»Du hast das Richtige getan, Schatz«, sagte seine Mutter.

»Nein, das habe ich verdammt noch mal nicht. Aber ich

werde es korrigieren.« Er saß auf Thunder auf, drückte dem Pferd die Fersen in die Seiten und schrie: »*Hüa!*« Thunder schoss über den Rasen. Cowboy stand im Sattel auf, während sie den Hügel hinaufrasten. Jax' Wagen war nirgendwo zu sehen. Er trieb Thunder weiter an – »*Hüa!*« –, und als sie den Gipfel des Hügels erreichten, erblickte er am Tor der Ranch die Rücklichter. Sein Herz hämmerte, während das Pferd in halsbrecherischem Tempo auf den Wagen zugaloppierte, und er bemerkte, dass das Fahrzeug angehalten hatte und die hintere Tür weit offenstand. Sein Gehirn brauchte eine Sekunde, um Sully wahrzunehmen, die die Straße hinunterrannte.

»*Hüa!*« Er beugte sich vor und ließ Thunder weiter galoppieren. Sully sah sie und rannte über den Rasen. Sie rief etwas, aber das Blut rauschte so laut in seinen Ohren, dass er sie nicht hören konnte. Er ließ Thunder langsamer werden, war jedoch zu angespannt, um zu warten, darum sprang er auf den Boden, stolperte, fing sich wieder und rannte auf Sully zu.

»Du hast mich angelogen, damit ich gehe!«, schrie sie. Sie zitterte, ihre Nase war rot angelaufen, ihre Augen sahen rot aus, und Tränen strömten über ihre Wangen.

Er nahm sie fest in die Arme. »Es tut mir so leid, Baby. Ich liebe dich so sehr und dachte, ich würde das Richtige für dich und Jordan tun.«

»Da hast du dich geirrt«, fauchte sie. »Als wir weggefahren sind, konnte ich nicht mehr atmen. Ich dachte, ich habe einen Herzinfarkt. Du bist mein Zuhause, Callahan. Du, nicht Maryland, nicht Colorado. Du.«

Erleichterung überkam ihn. »Ich bin ein verdammter Idiot. Es tut mir so leid, Baby. So etwas Dummes werde ich nie wieder tun. Ich werde mit dir nach Maryland gehen und dort eine Ranch eröffnen, damit du bei Jordan sein und mit den

Pferden arbeiten kannst, und wir werden dir eine großartige Therapeutin suchen.«

Sie schüttelte vehement den Kopf und konnte nicht aufhören zu schreien. »Nein! Das ist meine Entscheidung, und ich will hierbleiben, bei dir und deiner Familie und all den Menschen, die mir geholfen haben. Bei diesen Pferden und diesen Weiden.« Sie rang nach Luft und sprach dann etwas leiser und hoffnungsvoll weiter. »Dir war es in die Wiege gelegt, hier zu leben, und ich glaube, dass ich ebenfalls hier sein soll.«

Ihre Tränen brachten auch ihn zum Weinen. »Großer Gott, Baby. Das wünsche ich mir mehr als alles andere. Aber bist du dir sicher?« Er sah ihr forschend in die Augen, und als sie nickte, nahm er darin alles wahr: ihre Hartnäckigkeit, ihre Gewissheit und ihre unendliche Liebe.

»*Ja. Du* hast mir einmal gesagt, dass da etwas in der Art wäre, wie Sunshine dich angesehen hat, als sollte sie einfach in deinem Leben sein, und genauso geht es mir, wenn du mich anschaust, und wenn ich mir die Ranch ansehe, fühle ich mich einfach genauso damit verbunden.«

»Dann bleiben wir eben hier und werden Jordan gemeinsam besuchen, so oft wie du willst.«

Sie nickte mit tränenüberströmtem Gesicht, und ein süßes Lächeln umspielte ihre Lippen. »Genau das habe ich ihr auch gesagt.«

»Du hast es ihr schon gesagt?« Er folgte ihrem Blick zu Jax und Jordan, die Hand in Hand einige Meter von ihnen entfernt standen. Jax hielt Thunders Zügel in der Hand. Cowboy war nicht mal aufgefallen, dass die beiden zurückgekommen waren.

»Mit unerschütterlicher Liebe kennen wir uns aus«, rief Jordan, die ebenfalls weinte. »Ich habe meine Schwester wieder, und ich weiß, dass sie in Sicherheit ist. Ich möchte, dass sie glücklich ist, und am glücklichsten ist sie an deiner Seite.«

Cowboys Herz war so voll, dass es ihm schwerfiel, die Stimme wiederzufinden, aber als er in Sullys wunderschöne blaue Augen blickte, kamen ihm die Worte ganz einfach über die Lippen. »Vermutlich werden Wünsche doch irgendwann einfach wahr, Liebling, denn auch ich bin mit dir am glücklichsten.« Er drückte die Lippen auf ihren Mund und küsste sie voller Hoffnung und Liebe und allem dazwischen.

Einunddreißig

Sully beobachtete die vom Himmel fallenden Schneeflocken durch das Fenster. Es schneite schon seit zwei Stunden, und der Schnee lag bereits einige Zentimeter hoch. Es war kaum zu glauben, dass es vor nicht einmal einem ganzen Monat noch warm gewesen war und Callahan und sie sich zusammen mit den Pfadfindern draußen auf dem Rasen einen Film angesehen hatten.

Sie staunte auch darüber, wie viel sich in den letzten drei Monaten verändert hatte, seit sie auf die Ranch gezogen war. Noch an dem Tag, an dem sie sich zum Bleiben entschieden hatte, war sie bei Callahan eingezogen, und ihr Zuhause füllte sich zunehmend mit Bildern von ihnen beiden und ihren Familien und auch von Beauty, denn sie gehörte ebenfalls zur Familie. Callahan hatte beschlossen, das Pferd nicht umzusiedeln, daher hatten sie und Sully ihr Zuhause auf der Ranch bei den Menschen gefunden, die sie liebten. Callahan verhielt sich jetzt wieder genauso wunderbar, wie er die ganze Zeit gewesen war. Er liebte Sullys Zeichnungen so sehr, dass er die, die ihm am besten gefielen, immer gerahmt an die Wand hängte. Sie hatte geglaubt, dass sie glücklich und zufrieden war, noch bevor sie sich zum Bleiben entschieden hatte, aber als dieser Entschluss feststand, war ihr eine große Last von den Schultern genommen worden, und sie hatte sich mit einem beständigeren, zufriedeneren Gefühl der Zugehörigkeit einleben können, ohne dass irgendwer oder irgendjemand drohte, sie von dem geliebten Mann und dem ebenso geliebten Leben wegzureißen.

»Sullivan Lawler, hör auf, deinen Tagträumen über Cowboy nachzuhängen«, neckte Ansel sie und lenkte ihre Aufmerksamkeit wieder auf sein ansteckendes, schiefes Grinsen auf ihrem neuen iPhone.

Das Geld aus der Versicherung ihrer Eltern hatte sich letztendlich als nützlich erwiesen. Sie hatte ihren Namen offiziell geändert und zeigte damit ihren Respekt vor ihrer Ursprungsfamilie, ohne sich selbst zu verlieren, und sie hatte sich einen Anwalt leisten können, der dafür gesorgt hatte, dass sämtliche Gerichtsakten unter Verschluss blieben und sie sich keine Sorgen mehr machen musste, die Presse könnte irgendetwas davon erfahren. Sie hatte versucht, Callahan all das zurückzuzahlen, was er ihr gegeben hatte, und ihr großzügiger Cowboy hatte sich mit Händen und Füßen dagegen gewehrt. Schließlich hatte er nachgegeben, aber nur um das Geld – und noch *mehr* – dafür zu verwenden, ihr noch weitere Geschenke zu kaufen, wie zum Beispiel ihr neues iPhone, elektronische Zeichentools und einen Laptop. So ungern sie auch ein Telefon bei sich trug, war FaceTime doch zu einer ihrer Lieblingsbeschäftigungen geworden. Oft schrieb sie Ansel und Jordan Nachrichten oder führte ein Videotelefonat mit ihnen. Sie liebte die Zeichentools und hatte vor, sich im neuen Jahr als Illustratorin zu bewerben.

»Ich habe den Schnee beobachtet und nicht geträumt. Er liegt draußen schon ziemlich hoch.« Der Winter hatte ihren abendlichen Spaziergängen mit Callahan, bei denen sie sich die Sterne ansahen oder Sonnenaufgänge und -untergänge betrachteten, keinen Abbruch getan. Sie mummelten sich einfach ein und kuschelten sich enger aneinander. »Liegt bei euch Schnee?«

»In Kalifornien schneit es doch nicht. Unser Thanksgiving-Dinner werde ich in Shorts genießen, was ich ziemlich cool finde.« Nach der Auflösung der Sekte hatte Gaia sich von ihrem Mann scheiden lassen, und kurz nach der Urteilsverkündung war sie mit Ansel und seiner Schwester in den Westen gezogen, um in der Nähe ihrer Familie zu sein.

Sie waren dabei, ihren Weg zu finden, und erhielten dabei die nötige Hilfe, genau wie die anderen Mädchen und Frauen aus der Sekte. Sully war eines von Dutzenden von Opfern, die gegen Rebel Joe ausgesagt hatten, der in Wirklichkeit John Joseph Kilam hieß. Er war wegen Vergewaltigung, Frauenhandel, Zwangsarbeit und mehreren weiteren Straftatbeständen zu hundertzwanzig Jahren Haft verurteilt worden. Sully war in der Tat seine Auserwählte gewesen. Inzwischen hatte sie erfahren, dass er ein paar der anderen Mädchen auch dazu gezwungen hatte, seinen Handlangern zu Willen zu sein, und diese mussten ebenfalls für lange Zeit hinter Gitter. Dieses Wissen hatte Sullys Schuldgefühle noch gesteigert, aber mit der Hilfe von Colleen, Callahan und Jordan lernte sie, damit umzugehen.

»Ich werde das hier tragen.« Sie befand sich in einem der Versammlungsräume im Haupthaus, stellte ihr Handy aufrecht auf den Tisch und trat einen Schritt zurück, damit er ihr großartiges Samtminikleid in einem satten Bernsteinton sehen konnte. Es hatte eine geschnürte Taille, einen dekorativen Ledergürtel und komplizierte Stickereien am Halsausschnitt. »Jordan hat es für mich gemacht.« Jordan hatte ihr auch eine Strickstrumpfhose geschickt, und die Kleidung passte perfekt zu den Stiefeln, die Callahan ihr geschenkt hatte. »Ist es nicht großartig?« Sie drehte sich um die eigene Achse.

Jordan und Jax waren an dem Tag, an dem Sully eigentlich mit ihnen hätte nach Hause fahren sollen, nicht abgereist, sondern eine weitere Woche geblieben und hatten die ganze Zeit mit Sully und Callahan verbracht. Sie hatten mit ihnen zusammen im Haupthaus mit der ungestümen Mannschaft der Redemption Ranch gegessen und alle kennengelernt, was Sully unendlich freute. Sie und Jordan hatten ein paar gemeinsame Sitzungen mit Colleen gehabt, was ihnen auf eine Art und Weise geholfen hatte, von der sie nicht einmal geahnt hatten, dass sie sie brauchten. Jordan hatte die geretteten Pferde besser kennengelernt, indem sie Sully im Stall half, während Jax sich mit Callahan zusammen an Rancharbeiten versuchte. Aber sie hatten nicht nur gearbeitet, sie waren auch zusammen ausgeritten, hatten im Freizeitraum Brettspiele gespielt und waren durch das bezaubernde Hope Valley geschlendert. Wenn das nicht der perfekte Name für ihre neue Heimat war! Und sie waren sogar in Birdies Schokoladengeschäft gegangen, das einfach göttlich war, und gemeinsam hatten Callahan, Jordan und Jax Sully das Autofahren beigebracht. Jetzt war sie stolze Besitzerin eines Führerscheins, eines Büchereiausweises und eines Schulabschlusses auf dem zweiten Bildungsweg, alles unter einem Namen, mit dem sie sich verbunden fühlte: Sullivan Lawler.

»Du siehst schön aus, aber eigentlich tust du das immer. Hat deine Familie es vor dem Schnee nach Colorado geschafft?« Ansel schob sich das wellige braune Haar aus der Stirn, aber es fiel ihm direkt wieder in die Augen.

»Ja! Jetzt sind sie alle mit Callahan in unserem Haus, aber sie sollten jeden Moment hier sein.«

»Wo bist du jetzt? Im Snackschuppen?«

Sie lachte über seinen neuesten Namen für das Haupthaus.

Er dachte sich immer irgendwelche unkonventionellen Namen dafür aus, wie zum Beispiel Versammlungsvilla oder Schmausehaus. »Ja. Ich habe Dwight dabei geholfen, das Thanksgivingessen zuzubereiten. Er ist ein phänomenaler Koch.«

»Lass dich nicht von Cowboy dabei ertappen, dass du das sagst.« Er grinste sie breit an.

Sie verdrehte die Augen und bemerkte einen Aufruhr im Korridor. »Ich sollte lieber gehen. Es klingt so, als wären jetzt alle da. Wünsch deiner Mutter und Schwester von mir ein frohes Thanksgiving, und nächste Woche sprechen wir uns wieder.«

»Ich werde es ihnen ausrichten. Ich wünsche deiner Familie auch ein schönes Thanksgiving, und sag Cowboy, dass ich zu Besuch komme, wenn es bei euch nicht mehr so verdammt kalt ist. Er sollte sich dann aber möglichst benehmen.« Er hielt drei Finger hoch. »Hab dich lieb, Sully.«

Sie winkte mit drei Fingern zurück. »Ich dich auch.«

Sie beendete den Anruf und bewunderte das Sperrbildschirm-Foto von sich und Callahan auf ihrem Handy, als er im Türrahmen auftauchte, groß und breit und so hinreißend sexy, dass das Flattern, das er in ihr auslöste, sich nicht nur auf ihren Brustkorb beschränkte.

»Da ist ja meine wunderschöne Liebste. Was hast du so getrieben, Liebling?« Seine Stimme war tief und verführerisch, als er zu ihr herüberkam und sie in seine starken Arme nahm.

»Ich hab dich vermisst.«

»Richtige Antwort.« Er hauchte ihr einen Kuss auf die Lippen.

»Ich hab eben das Telefonat mit Ansel beendet und mir noch dieses Bild von uns beiden angeschaut.« Sie zeigte ihm das

Foto, das sie bei ihrem Besuch bei Jordan und Jax letzten Monat in Maryland aufgenommen hatten.

»Das war eine großartige Reise.«

»Auf jeden Fall. Ich bin froh, dass wir uns alles gemeinsam anschauen konnten.« Sie hatte es genossen, die Stadt zu sehen, in der sie einst gelebt hatte, auch wenn dadurch nicht eine einzige Erinnerung zurückgekommen war, und Pleasant Hill, wo Jax und Jordan wohnten, war für die beiden perfekt. Sie waren auch nach Peaceful Harbor gefahren und hatten einen langen Strandspaziergang gemacht, sodass sie noch eine weitere Sache von ihrer Liste hatte streichen können.

»Bist du immer noch davon überzeugt, dass du die richtige Entscheidung getroffen hast?«

»Nun ja«, erwiderte sie in neckendem Tonfall, »ihr Haus ist echt luxuriös, und der Swimmingpool und die Aussicht auf das Weingut sind absolut atemberaubend.« Sie spürte, wie er die Muskeln anspannte, und konnte das Spiel nicht weitertreiben. »Aber von dir in dem Zuhause geliebt zu werden, das wir uns gemeinsam geschaffen haben, und das Glück, das wir hier auf der Redemption Ranch miteinander teilen, das lässt sich mit nichts vergleichen.«

»Einen Moment lang hattest du mich fast.« Er biss ihr zärtlich in die Unterlippe.

Sie musste kichern. »Mach dich nicht lächerlich. Wir könnten in einem Zelt leben und ich würde nie von deiner Seite weichen wollen. Wie sieht es bei dir aus? Denkst du immer noch, dass es die richtige Entscheidung war, mich zu bitten, bei dir einzuziehen?«

»Baby, so sicher, wie ich mir bei uns beiden bin, war ich in meinem ganzen Leben noch bei keiner Sache.« Er gab ihr einen langsamen, sinnlichen Kuss.

»Hab sie gefunden!«, brüllte Gus, sodass sie vor Schreck auseinanderfuhren.

»Hey, kleiner Mann. Was machst du hier?« Callahan hob ihn hoch und nahm Sullys Hand.

»Meine Mom war nicht zu Hause, deshalb feiern wir Thanksgiving hier!«, erwiderte Gus auf dem Weg ins Esszimmer, wo sich alle um den Tisch herum versammelten.

Sully hatte erfahren, wie flatterhaft Gus' Mutter war, und es tat ihr für den Jungen leid, auch wenn das Verschwinden seiner Mutter ihn nicht weiter zu stören schien.

»Da seid ihr ja«, sagte Jordan.

»Sie haben sich geküsst!«, petzte Gus, und alle lachten.

Callahan hob den sich windenden kichernden Jungen über seinen Kopf. »Kleiner Mann, du verrätst all unsere Geheimnisse.«

»Das ist kein Geheimnis«, rief Gus glucksend. »Dare hat gesagt, dass ihr knutschen würdet und dass die erste Person, die euch findet, ein Extrastück Kuchen zum Nachtisch bekommt! Jetzt habe ich wirklich was, wofür ich dankbar sein kann.«

Um sie herum ertönte Gelächter. »Süße! Ich kann mit dir zusammen essen!«, rief Gus und wand sich aus Callahans Armen, um zu Sasha zu laufen.

»Ich Glückliche!« Sasha hob ihn hoch, und er umarmte sie fest.

»Daddy isst auch mit uns«, sagte Gus. »Du solltest besser auf ihn aufpassen! Er isst immerzu deinen Kuchen auf. Erinnerst du dich an letztes Jahr?«

»Ich wette, dass Sasha Ezra liebend gern von ihrem Kuchen naschen lässt«, kommentierte Birdie.

Ihre drei Brüder starrten sie finster an, und Sully musste lachen.

»Birdie«, warnte Tiny sie.

»Was denn?« Birdie setzte eine Unschuldsmiene auf. »Es ist Thanksgiving. Zu Thanksgiving essen wir immer Kuchen.«

»Das ist mir wirklich eine«, murmelte ihre Tante Sheila kichernd.

»Ich liebe Birdie«, erklärte Jordan.

Callahan schüttelte den Kopf und zog Sully in die Arme, um sie mit liebevollem Blick anzusehen. »Willst du deine Aussage von vorhin noch mal überdenken, dass du deine Entscheidung hierzubleiben nicht bereust?«

Umgeben von ihren Familien und engen Freunden wusste sie, dass sie keine zehn Pferde mehr von hier wegbringen würden. »Vergiss es, Cowboy. Mag sein, dass dies mein erstes Rodeo mit diesen Witzbolden ist, aber es wird definitiv nicht mein letztes sein.«

Epilog

Cowboy wiegte sich mit Sully in seinen Armen im Mondlicht, und ihre Körper bewegten sich in perfektem Einklang. Dutzende von Sternen schienen auf sie hinunter, und spiegelten sich im See. Es gab keine Musik, nur das Knistern ihrer Verbindung und das Gefühl ihrer Herzen, die im Gleichtakt schlugen. Aber sie brauchten auch keine Musik. Ihre Liebe hatte einen ganz eigenen Rhythmus.

Es war ihr Geburtstag, der siebzehnte April, sieben Monate, nachdem Sully in Callahans Leben getreten war, und jede neue Herausforderung, der sie sich stellten, während sie durch die Höhen und Tiefen ihrer Therapie und ihres Pärchendaseins navigierten, hatte seine Liebe zu ihr noch vertieft. Sully und Jordan waren sich inzwischen sehr nahe, und einmal die Woche arbeitete Sully weiterhin mit Colleen. Zusätzlich zu ihrer ersten Leidenschaft – Sasha mit den geretteten Pferden zu helfen – hatte sie mit dem Illustrieren eine weitere Liebe gefunden und eine hübsche Nische für sich geschaffen. Sie hatte zwei Kinderbücher bebildert und arbeitete gerade an einem dritten.

Er fuhr mit einer Hand ihren Rücken hinunter und raunte ihr ins Ohr: »Willst du heute Nacht immer noch draußen schlafen?« Das war zu einer ihrer zahlreichen Lieblingsaktivitäten geworden, zusammen mit spätabendlichen Spaziergängen, Liebemachen bei Sonnenaufgang, Massagen, Reiten und der Windtherapie. Alles an Sully war unerwartet gewesen. Oberflächlich gesehen kamen sie aus ganz unterschiedlichen Richtungen, aber Cowboy glaubte an die Macht der Liebe und der Familie, und Sully war in beides hineingeboren worden, genau wie er selbst. Er dankte seinem Glücksstern, dass sie einander gefunden hatten, und er würde ein Leben lang dafür sorgen, dass sie nie wieder allein sein würde.

»Mhm.« Sie sah durch ihre langen dunklen Wimpern zu ihm hoch. In ihren Augen leuchtete nun eine andere Art von Kampfgeist, als er bei dem kleinen Mädchen im Flyer gesehen hatte. Es war eine Stärke, die aussagte, dass sie mit allem zurechtkommen konnte, und eine Schönheit, die ihm vermittelte, dass sie das mit ihm zusammen machen wollte.

Genau das wollte er jetzt und für immer und alle Ewigkeit.

Er wurde unruhig, und seine Liebste, die gelernt hatte, jeden seiner Atemzüge wie ihr Lieblingsbuch zu lesen, runzelte die Stirn. »Worüber machst du dir Sorgen?«

»Über nichts, Baby. Ich bin einfach nur glücklich.« Es war nicht wirklich eine Lüge. Er war glücklich.

Sie vertraute ihm so unbesehen, dass sie lächelte. »Ich auch.«

Für nichts in der Welt würde er dieses Vertrauen jemals missbrauchen, und dort unter den Sternen, an dem Ort, wo sie einander ihre Herzen zum ersten Mal geöffnet hatten, ergriff er ihre Hand und ging auf ein Knie.

Fassungslos starrte sie ihn an und stieß ein zittriges *»Callahan …?«* aus.

Er lachte nervös. »Liebling, gib mir einen Moment. Mein Herz hat noch nie so schnell geschlagen wie jetzt.« Sie lachten beide, und ihr kamen die Tränen. »Sully, mein süßer Liebling, ich habe immer gedacht, dass ich mein Leben im Griff hätte, und dann kamst du, ein kleines Mädchen, das mich aus einem Flyer heraus anstarrte, und auf einmal war alles anders. Plötzlich wusste ich nur noch, dass du irgendwo da draußen warst und dass wir irgendwie miteinander verbunden waren oder es zumindest sein sollten. Ich weiß nichts über das Schicksal oder Zeichen des Universums oder all so was, aber, Baby, von dem Moment an, in dem ich dich auf dieser Couch sitzen sah, wusste ich, dass mein Herz dir gehört.«

Ihre Tränen kannten kein Halten mehr.

»Du bist nicht nur die Luft, die ich atme, du bist zu den größten und besten Teilen von mir geworden. Du bist mein Herz und meine Seele, und ich will mein Leben damit verbringen, mir mit dir zusammen den Sonnenaufgang anzuschauen, lange Spaziergänge zu machen und dich unter dem Sternenhimmel zu lieben. Ich will dabei zusehen, wie du durch das Leben fliegst, zeichnest und Pferden beim Gesundwerden hilfst, und ich möchte dich bei allen Leidenschaften, die du unterwegs entwickelst, anfeuern. Und eines Tages, wenn du eine eigene Familie haben willst, dann ziehen wir kleine, überfürsorgliche Cowboys und künstlerische Cowgirls auf und bringen ihnen bei, das Leben unter freiem Himmel zu lieben und jeden Moment zu schätzen, so wie wir es auch tun. Und wenn du keine Kinder haben willst, wird es bestimmt noch jede Menge Neffen und Nichten geben, mit denen wir unsere Liebe teilen können.«

»Eines Tages möchte ich schon welche haben«, gab sie zu.

»Eines Tages also. Baby, du hast mich einmal gefragt, wie das wäre, genau zu wissen, wer ich bin und was ich mit meinem Leben anfangen will. Ich habe versucht, mir eine Antwort für dich zurechtzulegen, aber die Sache ist die: Es mag zwar sein, dass ich vor unserem Kennenlernen gewusst habe, wer ich war, aber jetzt, wo ich weiß, wie es sich anfühlt, dich zu lieben, weiß ich ehrlich gesagt nicht mehr, wer ich ohne dich an meiner Seite wäre, und das möchte ich auch niemals herausfinden.« Er griff in seine Tasche und zog den Diamantring heraus, den er für sie hatte anfertigen lassen und auf dem ein Kreis gelber Diamanten unterschiedlicher Größe einen runden weißen Diamanten umgab, sodass sie sich zu einem Stern zusammenfügten.

Ihre Unterlippe zitterte, und sie konnte gar nicht mehr aufhören zu weinen.

»Meine bezaubernde Sully, wirst du mir die Ehre erweisen, mich zu heiraten und mich der Mann sein zu lassen, der dich liebt und schätzt in guten wie in schlechten Zeiten, bis dass der Tod uns scheidet?«

»Ja, Callahan«, antwortete sie unter Tränen und mit einem nervösen Lachen. »Ja, ich möchte deine Frau werden!«

Er sah ihr tief in die liebevollen Augen und steckte ihr den Ring an den Finger. »Dieser Stern ist für das kleine Mädchen, dem Sterne auf die Zehennägel lackiert wurden, und für die wunderschöne Frau, die darum gekämpft hat, sich zu befreien, und die meinen sternenklaren Nächten eine neue Bedeutung und wahre Liebe geschenkt hat.«

Sobald er sich wieder erhoben hatte, schlang sie die Arme um ihn und brachte ihn damit aus dem Gleichgewicht. Kreischend versuchte sie, an ihm wie an einem Baum hochzuklettern, während er rückwärts in knietiefes Wasser stolperte. Sie mussten beide lachen. »Was ist das nur mit dir und diesem See?«, neckte er sie.

Sie strahlte ihn an. »Es ist nicht der See. Das bist du. Und das war schon immer so.«

»Himmel, ich liebe dich so sehr.«

Sie besiegelten ihr Eheversprechen mit einem Kuss, und als sich ihre Lippen voneinander lösten, sagte sie: »Zumindest hast du jetzt deine Antwort.«

»Welche Antwort?«

»Was du ohne mich wärst. Dann wärst du trocken.«

»Baby, ich bin lieber nass bis auf die Knochen und durchgefroren, als einen einzigen Tag ohne dich an meiner Seite zu verleben.«

Bereit für mehr von den Whiskeys?

Ich hoffe, die Geschichte von Sully und Callahan hat Ihnen gefallen. Bitte beachten Sie, dass ich mir beim Schreiben einige Freiheiten herausgenommen habe. In der wirklichen Welt hätte das Ganze selbstverständlich sehr viel länger gedauert, aber ich glaube felsenfest an Seelenverwandtschaft und dass man genau merkt, wenn man den einen Menschen getroffen hat, der für einen bestimmt ist. Demzufolge gehe ich auch fest davon aus, dass Sully und Callahan zusammen jedes Hindernis überwinden können, und in Sasha Whiskeys Geschichte *Der Geschmack von Whiskey* begegnen Sie den beiden wieder. Wer mehr über Sullys Schwester Jordan Lawler und Jax Braden wissen möchte, greift zu »*Und dann kam die Liebe*« *(Die Bradens & Montgomerys)*; die Geschichte der beiden ist zeitlich vor *Um Whiskeys willen* angesiedelt.

Sasha Whiskey will nicht länger das brave Mädchen sein. Sie

ist entschlossen, sich den einen Mann zu schnappen, der nicht eingefangen werden will, und ihn auf den Geschmack von Whiskey zu bringen. Mit etwas Glück bekommt er gar nicht genug davon. Eine heiße, emotionale Geschichte über verbotene Liebe und eine Freundschaft, aus der so viel mehr wird.

Als Physiotherapeutin für Pferde hat Sasha Whiskey auf der Redemption Ranch alles, was sie braucht – einen Job, der sie erfüllt, eine liebevolle Familie und Ezra Moore, den heißen Single-Vater, der sie als streitlustiger Teenager unbedingt ins Bett bekommen wollte, sie allerdings jetzt als erfolgreicher Therapeut auf Abstand hält und der Mann ist, mit dem sie alle anderen vergleicht. Doch sie ist die Vergleiche leid. Sie will ihn. Aber wenn sie diesem Verlangen nachgibt, setzt sie alles aufs Spiel, wofür sie beide so hart gearbeitet haben. Denn es ist dummerweise verboten, etwas mit einem Kollegen anzufangen.

und schafft es schließlich, den Panzer um sein Herz zu durch-
dringen. Als Trumans dunkle Vergangenheit seine Zukunft in
Gefahr bringt, steht seine Loyalität auf dem Prüfstand und er
muss die schwerste aller Entscheidungen treffen.

Neu bei »Love in Bloom – Herzen im Aufbruch«?

Falls dieser Band Ihr erstes Buch aus der Reihe »Love in Bloom – Herzen im Aufbruch« ist, warten noch jede Menge Geschichten über unsere sexy, selbstbewussten und loyalen Heldinnen und Helden auf Sie. *Die Whiskeys: Dark Knights von der Redemption Ranch* ist nur eine der Serien aus meiner großen Sammlung von Liebesromanen mit Tiefgang, Humor und Happy-End-Garantie. In allen Büchern finden Sie eine abgeschlossene Geschichte, die auch für sich allein gelesen werden kann. Figuren aus den einzelnen Serien und Büchern der weitverzweigten »Love in Bloom – Herzen im Aufbruch«-Familien tauchen immer wieder auch in den anderen Bänden auf. So verpassen Sie nie eine Verlobung, eine Hochzeit oder eine Geburt. Wenn Sie mögen, lernen Sie doch auch die anderen Serien der Reihe kennen! Eine vollständige Liste aller auf Deutsch erschienenen und geplanten Bücher gibt es am Ende des Buches und unter dem folgenden Link finden Sie weitere Informationen:

www.MelissaFoster.com/Herzen-im-Aufbruch

Danksagung

Erst zehn Jahre, nachdem ich angefangen hatte, Sullys Geschichte zu schreiben, konnte ich ihr endlich das Happy End schenken, das sie verdient hat. Ich hoffe daher sehr, dass Ihnen ihre und Callahans Liebesgeschichte ebenso sehr gefällt, wie ich Freude daran hatte, sie zu schreiben. Bitte beachten Sie, dass ich mir beim Schreiben einige Freiheiten herausgenommen habe. In der wirklichen Welt hätte das Ganze selbstverständlich sehr viel länger gedauert, aber ich glaube felsenfest an Seelenverwandtschaft und dass man genau merkt, wenn man den einen Menschen getroffen hat, der für einen bestimmt ist. Demzufolge gehe ich auch fest davon aus, dass Sully und Callahan zusammen jedes Hindernis überwinden können, und ich freue mich sehr darauf, Ihnen bald weitere Whiskey-Liebesgeschichten zu präsentieren.

Auch diesmal danke ich Aeryn Havens, der Autorin von *Spirit Called*, für ihre Geduld bei der Beantwortung meiner Fragen zum Thema Pferde. Außerdem Dank an Lisa Filipe, die es immer schafft, mich in Haare-rauf-Momenten wieder zur Vernunft zu bringen.

Meine Fans und mein Freundeskreis inspirieren mich jeden Tag aufs Neue, und viele von ihnen sind Mitglied meines Fanclubs auf Facebook. Wenn Sie noch nicht dabei sind, sind Sie herzlich eingeladen! Und man kann ja nie wissen, ob Sie nicht vielleicht

die Inspiration für eine Geschichte oder eine Figur sein könnten oder ob Sie sich auf einmal in einem meiner Bücher wiederfinden, wie es einigen meiner Fanclub-Mitglieder schon passiert ist.
www.Facebook.com/groups/MelissaFosterFans

Folgen Sie mir auf Facebook, um immer die neuesten Neuigkeiten zur Welt unserer fiktionalen Boyfriends mitzubekommen.
www.Facebook.com/MelissaFosterAuthor

Melden Sie sich auch für meinen Newsletter an, um immer auf dem Laufenden zu bleiben.
www.MelissaFoster.com/Newsletter_German

Vergessen Sie nicht, auf meiner Seite mit »Reader Goodies« vorbeizuschauen! Dort finden Sie Serienübersichten, Checklisten, Stammbäume und einiges mehr (in englischer und deutscher Sprache).
www.MelissaFoster.com/Checklisten_und_Stammbaume

Wie immer gilt mein unendlicher Dank meinem großartigen Redaktionsteam: Kristen Weber, Penina Lopez, Elaini Caruso, Juliette Hill, Lynn Mullan, Justinn Harrison, Lee Fisher sowie Anna Wichmann, Mona Gabriel, Stephanie Schottenhamel und Judith Zimmer. Ich bin meiner Familie, meinen Assistentinnen und Freundinnen, die inzwischen zur Familie gehören, unendlich dankbar, darunter Lisa Filipe, Sharon Martin und Missy Dehaven für ihre grenzenlose Unterstützung und Freundschaft, und Terren Hoeksema dafür, dass sie angeheuert hat, um die Lebensläufe meiner Figuren in Ordnung zu halten. Danke, dass ihr mir stets den Rücken stärkt, selbst wenn ich im Deadlinestress wahrscheinlich völlig unerträglich bin.

Die Bradens (Peaceful Harbor)

Geheilte Herzen
Voller Einsatz für die Liebe
Liebe gegen den Strom
Vereinte Herzen
Melodie der Liebe
Sieg für die Liebe
Endlich Liebe – ein Braden-Flirt

Die Bradens & Montgomerys (Pleasant Hill – Oak Falls)

Von der Liebe umarmt
Alles für die Liebe
Pfade der Liebe
Wilde Herzen
Schenk mir dein Herz
Der Liebe auf der Spur
Verrückt nach Liebe
Liebe süß und sündig
Und dann kam die Liebe
Eine unerwartete Liebe
Verliebt in Mr. Bad

Die Remingtons

Spiel der Herzen
Im Dschungel der Liebe
Herzen in Flammen
Herzen im Schnee
Liebe zwischen den Zeilen
Von der Liebe berührt

Die Ryders

Von der Liebe bestimmt
Von der Liebe erobert
Von der Liebe verführt
Von der Liebe gerettet
Von der Liebe gefunden

Seaside Summers

Träume in Seaside
Herzen in Seaside
Hoffnung in Seaside
Geheimnisse in Seaside
Nächte in Seaside
Herzklopfen in Seaside
Sehnsucht in Seaside
Geflüster in Seaside
Sternenhimmel über Seaside

Bayside Summers

Sommernächte in Bayside
Verführung in Bayside
Sommerhitze in Bayside
Neuanfang in Bayside
Mondschein in Bayside
Versuchung in Bayside

Die Whiskeys: Dark Knights aus Peaceful Harbor

Tru Blue – Im Herzen stark
Truly, Madly, Whiskey – Für immer und ganz
Driving Whiskey Wild – Herz über Kopf
Wicked Whiskey Love – Ganz und gar Liebe
Mad About Moon – Verrückt nach dir
Taming My Whiskey – Im Herzen wild
The Gritty Truth – Kein Blick zurück
In For A Penny – Süßes Glück
Running on Diesel – Harte Zeiten für die Liebe

Die Whiskeys: Dark Knights von der Redemption Ranch

Immer Ärger mit Whiskey
Sullys Befreiung
Um Whiskeys willen
Der Geschmack von Whiskey

…

Entdecken Sie Melissa Fosters Bücher auch auf:
www.MelissaFoster.com/Herzen-im-Aufbruch